그림자 없는 밤

김미유 장편소설

I

그림자 없는 밤 I

초판 1쇄 인쇄일 | 2021년 7월 02일
초판 1쇄 발행일 | 2021년 7월 12일

지은이 | 김미유
펴낸이 | 박성면
펴낸곳 | (주)동아

출판등록 | 제406-3960100251002007000071호
주소 | 경기도 파주시 문발로 115, 세종대학교출판부 206호
전화 | (031)8071-5201
팩스 | (031)8071-5204
E-mail | bear6370@hanmail.net

정가 | 12,800원

ISBN 979-11-6302-506-1 (04810)
　　　 979-11-6302-505-4 (set)

그림자 없는 밤

ZERONOVEL

김미유 장편소설

I

동아

CONTENTS

1부

2부

1부

붉은수레바퀴의 로젤린.
시체조차 발견되지 않은 것은 오직 그녀뿐이었다.

1

점점 날이 풀림과 동시에 기하급수적으로 번식하는 각종 야생 동물과 마수는 많은 사람들의 골칫거리였다. 연에 몇 번씩 토벌대가 파견되기는 했지만, 마른가시나무 백작령, 비스타는 유독 그 횟수가 잦은 편이었다. 험준한 산세 때문에 잘 훈련된 기사들도 며칠을 버티지 못하기도 했거니와, 그것들이 몸을 숨길 만한 곳이 많은 것이 가장 큰 문제였다. 얼추 정리가 되었다 싶어도 얼마 뒤에 다시 슬그머니 기어 나와 극성을 부리곤 했다.

사냥꾼과 토벌대가 마른가시나무 백작령을 다녀간 이튿날, 산 뿔 멧돼지의 형태를 띤 마수 한 마리가 산 아랫마을을 초토화시켰다. 토벌로 인해서 먹이가 줄어들어 마을로 내려온 듯했다. 마수는 비쩍 마른 소년을 잡아먹다가 마른가시나무 백작 휘하의 기사에게 사살당했다.

황실 주최의 사냥 대회가 이곳에서 열리게 된 것은 그러한 연유였다. 술렁이는 민심을 잠재우고, 황실의 선재함을 알리고자 열린 이 사냥 대회에는 많은 귀족과 황족, 또 황실 기사단이 출진했다.

2황자 소속의 '하얀밤' 기사단과 5황자를 호위하는 황실 제2기사단 '깊은숲', 그 외에도 황실 제4기사단 '물보라', '마른가시나무' 기사단, '강철발굽' 기사단까지. 전쟁이라도 치른다고 생각될 정도로 대거의 무력이 이동했다. 짧은 일정 동안 사냥 대회는 순조롭게 진행되었다. 험준한 산길 때문에 발목이 삔 하인 몇몇을 제외하고는 별다른 사상자조차 없었다.

사냥 대회 5일 차. 사건이 일어났다. 제국 일라베니아와 이웃한 거대한 왕국 발타. 그 발타를 거점으로 하는 암살 부대가 일라베니아의 권력이 응집되어 있는 산을 침범했다. 어둠이 짙게 깔린 밤에 하나둘 횃불이 늘어나며 전투는 시작되었다. 기습을 당해 잠시간 흐트러지긴 했지만, 곧 진열이 가다듬어지며 형세가 역전되는 것은 순식간이었다. 수의 차이도 차이거니와, 무력 또한 한낱 암살 부대와 비교할 수 없었다.

새벽이 찾아올 즈음, 소란은 점차 잦아들었다. 습격자들은 모두 소탕되었고, 황자들은 생채기 하나 없이 무사했다. 하지만 승리의 기쁨에 취하기에는 아군의 피해 또한 상당했다. 아침 해가 비추어진 땅 위에는 적아를 가리지 않는 피가 흩뿌려져 있었다. 수십밖에 되지 않는 암살자들은 독과 암기를 써서 그들이 할 수 있는 최대한의 피해를 남겼다.

더 이상 사냥 대회는 지속될 수 없었고 황자들은 급히 환궁했다. 각각의 기사단은 호위를 위해 수도 티가드로 향했지만, 일부의 인원이 남아 부상자와 사망자를 수습했다.

사망한 하얀밤 기사단의 부단장. 그의 부관은 기사단의 명단 위로 하나둘 선을 그었다. 열다섯이 다치고, 일곱 명이 사망했다. 아니, 부상자 열넷과 사망자 여덟 명이다. 방금 치료받던 단원 한 명이 사망하였노라 의사가 선고했다. 그는 참담함을 미처 감추지 못하고 사망한 단원의 이름을 찾아 선을 그었다.

반나절 정도 지나자 어느 정도 명단이 분리되었다. 호위를 위해 떠난 자, 다친 자, 죽은 자. 부관은 종이에 적혀 있는 이름 중, 그 어디에도 포함되지 않은 이가 있다는 것을 깨달았다.

붉은수레바퀴의 로젤린. 붉은수레바퀴 백작의 장녀로, 여자임에도 불구하고 하얀밤 기사단에 들어올 정도의 실력을 갖춘 단원이었다. 무력은 남자 기사들에 비하면 약했지만 성실하게 일하는 태도를 높이 사 이번에 죽은 부단장이 아끼던 자였다.

부관은 다른 기사단 쪽으로 시체가 잘못 흘러갔나 싶어 사방팔방으로 알아보았다. 하지만 그녀의 검은 머리는 어디서도 찾아낼 수 없었다.

붉은수레바퀴 백작가로부터 수색대가 파견되어 숲속 아주 깊은 곳, 절벽 아래 큰 부상을 입은 그녀를 찾아낸 것은 전투가 있던 날로부터 6일이 지난 후였다.

* * *

하얀 천을 늘어놓았던 저택은 며칠간의 긴 침묵에서 벗어났다. 사냥 대회에서 일어난 전투로 사망했을 거라 추측했던 붉은수레바퀴 백작의 장녀가 살아 돌아왔기 때문이었다. 상을 당했다는 표식의 하얀 천은 치우다 말았는지 반쯤 애매하게 성벽에 걸쳐져 있었다. 천을 거둬들이는 것보다 급한 일이 많았다.

바깥이 소란스러운 것도 잠시, 백작가의 문이 열렸다. 검은 머리의 남자가 표정을 잔뜩 굳힌 채로 들어왔다.

"누님은?"

"어서 오십시오, 도련님. 아가씨는 방에 계십니다. 높이 계시는 분이 굽어살폈나 봅니다."

그 높은 절벽에서 떨어졌음에도 어디 하나 부러지지 않았다고 했다. 대신 크고 작은 상처들 때문에 출혈이 상당했으며 고열에 시달리는 상태였다고.

막 발견했을 당시에는 생을 장담하지 못한다는 말이 있을 정도였다. 위중한 상태였기 때문에 그녀는 곧바로 붉은수레바퀴 백작가로 돌아오지 못하고 비스타에서 치료받아야만 했다. 상처는 조금씩 아물어 갔지만 그녀는 줄곧 눈을 뜨지 못했다.

하다못해 객사하는 것만이라도 막고 싶었던 붉은수레바퀴 백작이 그녀를 비스타에서 백작가로 옮기라 명했다. 환자의 몸에 무리가 가는 여정이었지만 놀랍게도 이튿날 아침, 그녀의 의식이 돌아왔다. "아가씨께서는 집에 돌아오고 싶었던 게지요." 집사는 손수건을 꺼내서 눈물을 닦았다.

칼릭스는 빠르게 계단을 올랐다. 하인과 하녀 몇 명이 우르르 그의 뒤를 따랐다. 2층에 올라서니 퉁퉁한 백작가의 주치의가 막 로젤린의 방을 나오고 있었다. 그는 찌푸린 표정으로 급하게 올라오는 칼릭스를 보더니 급하게 고개를 숙여 인사했다.

"누님은 좀 어떠신가."

"아, 칼릭스 도련님. 아가씨께서는 이제 열도 내리시고…… 무사하신 것 같습니다……."

말이 길게 늘어지는 것이 어쩐지 이상했다. 칼릭스는 가는 눈으로 그를 쳐다보았다. 침묵이 묵직하게 주치의를 압박했다. 그는 더 이상 참지 못하고 기어코 한 단어를 더 토해 냈다.

"아마도……."

말이 왜 저따위야. 무사하다는 것인지 아니라는 건지. 한층 더 사나워진 칼릭스의 표정에 주치의 바시오는 눈알을 이리저리 굴렸다. 원래도 땀을 많이 흘리는 자였는데, 지금은 무슨 비라도 맞은 양 흠뻑 젖어 있었다.

전조가 좋지 않다. 칼릭스는 제 마음이 요동치려는 것을 겨우 다잡았다.

"누님에게 무슨 문제라도 있는 건가."

"그, 그것이."

칼릭스는 그의 말을 끝까지 듣지 않고 문을 벌컥 열었다.

'남매지간이라 하더라도 허락 없이 드나드는 것은 예의가 아니야, 칼릭스.'

어릴 적 많이 혼났던 행동이었지만, 지금의 그는 방 주인의 허락을 기다릴 만큼 여유롭지 못했다. 칼릭스의 시야에 침대에 앉아 있는 누이가 들어왔다. 그녀는 갑작스러운 소란이 일어난 문 쪽을 응시하고 있었다.

팔에는 붕대를 감고 있고 얼굴엔 작은 생채기가 여럿 있었다. 얼굴이 핼쑥해 보였지마는 며칠간 생사를 오갔던 사람치고는 아주 양호해 보였다. 칼릭스는 안도의 한숨을 내쉬었다. 주치의 바시오의 이상한 행동 때문에 괜히 불안했던 것이다.

칼릭스는 미간에 잡고 있던 주름을 풀고 로젤린에게 다가섰다. 침대 옆에 있는 작은 의자를 끌어 앉는 동안에도 그녀는 말똥말똥 칼릭스의 얼굴만 쳐다봤다. 제 누이의 무덤덤한 성격을 잘 알고 있으나, 그 험한 전투에서 겨우 살아 돌아온 사람의 반응이라고 생각하기엔 어딘가 어색했다. 얼싸부둥켜안고 기뻐하지는 않더라도 이렇게까지 평온할 일도 아닐 텐데…….

"누님, 몸은 좀 괜찮으세요? 어디 불편하진 않으십니까?"

시계 침이 똑딱이는 소리가 흘렀다. 칼릭스의 물음에도 그녀는 눈만 깜박거렸다. 일자로 다물린 입은 열릴 기색이 없었다. 조금 이상한 기류에, 칼릭스는 "누님?" 하며 재차 대답을 요구했다. 예쁜 페리도트색 눈동자가 그의 모습을 담았다. 로젤린의 눈꺼풀이 천천히 내려앉다가, 올라갔다. 그간의 고생을 입증하는 듯 거칠고 낮게 가라앉은 목소리가 울렸다.

"몸, 좀 괜찮. 어, 디 불편하…… 아니?"

칼릭스는 그녀 쪽으로 기울이고 있던 몸을 확 일으켰다. 순간적으로 밀려드는 위화감에 몸이 본능적으로 반응한 것이다. 칼릭스는 자신의 행동이 당황스럽다는 듯 인상을 구겼다. 그의 눈동자가 흔들렸다.

로젤린은 여전히 칼릭스를 가만히 쳐다보기만 했다. 감정 한 톨 남겨 있지 않은 눈동자는 평소보다 서늘했다. 칼릭스는 제 낯을 몇 번 쓸어내리고 억지로 웃어 보였다. 누가 봐도 당황하는 기색이 역력했으나, 목소리만은 차분하고 상냥했다.

"조금 쉬세요, 누님. 저는 할 일이 있어서 이만 나가 보겠습니다."

"조금. 쉬……세요."

"네. 나중에 또 뵙겠습니다."

뒤돌아선 칼릭스는 주치의를 째려보았다. 바시오는 식은땀을 뻘뻘 흘리며 방 밖을 나서는 칼릭스를 뒤따랐다. 문이 닫히고 복도에 무서운 침묵이 내려앉았다. 칼릭스는 피곤하다는 듯 눈 주변을 손으로 꾹 눌렀다.

"이게…… 대체 무슨 일이냐."

바시오는 칼릭스의 이가 빠드득 갈리는 소리를 들었다. 그는 차마 칼릭스와 눈을 마주치지 못하고 송구스럽다는 듯 그의 발끝만 쳐다봤다.

"무슨 일이냐고, 물었을 텐데."

바시오는 파드득 몸을 떨었다. 그는 달달 떨리는 목소리를 겨우 가다듬고 제 진단을 그에게 전했다.

절벽에서 떨어지면서 머리를 크게 부딪쳤다. 출혈도 심했다. 심신이 미약하여 잠시간 기억을 잃은 것 같다. 나이 든 노인들이 치매에 걸리면 언어체계가 무너지기도 하는데 그런 것과 비슷한 것 같다.

"치매?"

칼릭스는 인상을 확 구겼다. 총명하기 그지없는 붉은수레바퀴 백작가의 장녀에게 '치매' 따위의 단어가 붙여진 것이 마음에 들지 않는 듯했다.

바시오는 급하게 그의 말에 대답했다.

"뇌는 아주 섬세한 부분이라 파악하기 어렵습니다. 뇌에 문제가 생기면 언어 체계가 무너질 수도 있다는 사실을 설명드리고 싶었던 것이지 아가씨 께서 치매에 걸렸다는 것은 아닙니다."

"그럼 누님께서 날 기억 못 한다는 얘기인가?"

"송구합니다만, 아가씨께서는 현재 자신이 누구인지도 모르셨습니다. 하지만 방에 걸려 있는 가문의 문양을 보시더니 '붉은수레바퀴'라고 말씀 하셨지요. 일시적으로 기억을 잃은 상태이긴 하지만 돌아올 가능성이 높 아 보입니다."

"……가능성이 높다 이거지."

"아가씨는 지금 많이 약해진 상태입니다. 사실 이런 때에는 어떤 장담도 할 수 없습니다, 도련님. 다만 아가씨의 치료가 가장 우선되어야 하며, 이 에 따라 지금의 증세가 호전되리라는 추측밖에 할 수 없는 상황입니다. 육 체와 성신은 긴밀하게 연결되어 있다고들 하지 않습니까……."

정론이다. 하나 틀림없는 말이었지만, 칼릭스는 답답한 마음에 제 입술 을 질끈 깨물었다. 칼릭스의 굳은 표정을 보는 하인과 하녀들이 초조한 기 색을 내보였다. 그는 제 머리를 엉망으로 쓸었다. 아까 방 안에서 보았던 누이의 행동이 머릿속을 떠나지 못했다.

항상 단정하게 묶여 있던 머리는 산발이고, 총기가 맴돌던 눈동자는 흐 리멍덩했다. 오랫동안 사용되지 않은 성대에서는 거친 소리가 쉭쉭 새어 나 왔다. 기사였기 때문에 항상 작고 큰 상처를 달고 살았던 누이였지만, 이런 경우는 상상조차 하지 못했다.

원래 아랫사람들은 주인의 행동 하나, 기분 하나에 큰 영향을 받는 자들이 다. 아버지가 국경 수비 임무로 자리를 비운 지금 백작가를 통솔해야 하는 것은 자신이었다. 칼릭스는 한숨을 쉬고 표정을 풀었다. 경사스러운 날이었 다. 죽었다고 생각했던 누이가 돌아온 기쁜 날에 할 만한 얼굴이 아니었다.

"성벽의 천을 마저 거둬들여라. 붉은수레바퀴의 로젤린은 무사하다. 아 버지께는 알렸나?"

"예, 도련님."

"치료를 도와준 마른가시나무 백작에게 감사의 인사를 해야겠군. 선물을 준비해 둬라. 서신은 내가 쓰도록 하지."

"네, 도련님."

"누님 방에는 전담 하녀를 정해 두고 소수만 드나들게 해라. 이상한 말이 붉은수레바퀴령에 나돌지 않도록."

"말씀대로 하겠습니다, 도련님."

칼릭스의 명에 하인들이 분주하게 움직였다. 수십 개의 하얀 천으로 뒤덮여 있던 커다란 성이 그 고고한 자태를 드러낼 즈음엔, 칼릭스 또한 마음을 진정시킬 수 있었다.

돌아오시라. 살아 돌아오기만 하시라. 그렇게 수백 번을 빌지 않았던가. 다른 기사단에 비해 로젤린이 속해 있던 2황자의 하얀밤 기사단은 유독 피해가 컸다.

2황자는 1황자와 함께 황태자 후보로 꼽히는 유명 인사다. 전쟁에서 공을 세운 것으로 위명이 자자한 만큼 적 또한 많았다. 그 탓인지 이번 사냥 대회의 사건에서도 2황자를 집요하게 쫓더라는 얘기가 왕왕 들렸다. 하얀밤 기사단에 다른 기사단의 배가 되는 피해가 발생한 것은 괜한 우연이 아니었다. 그러다 보니 로젤린이라는, 실력이 그다지 좋지 못한 단원이 죽었으리라 하는 추측이 기정사실화되어 나돌았던 것이고.

하지만 그녀는 모두의 예상을 뒤엎고 팔다리 어디 하나 못 쓰는 곳 없이 그 격전에서 살아남았다. 의사의 말에 따르면 기억이 돌아올 가능성 또한 높다. 천운이었다.

"누님께서는 뭔가를 좀 드셨나?"

"점심에 환자식을 드셨습니다. 오래 굶으셔서 얼마 못 드실 줄 알았는데, 세 그릇 드시고도 탈이 나지 않는 걸 보니 후에 저녁을 드셔도 될 것 같습니다."

"내 식사도 누님 방으로 올려라. 같이 먹겠다."

"네, 도련님. 곧 준비하겠습니다."

창밖으로 해가 저물고 있었다. 붉은 노을이 성벽을 물들이고 마지막 남은 하얀 천을 하인들이 거둬들이고 있었다. 천이 흩날렸다. 칼릭스는 멍하니 제 누이의 모습을 떠올렸다. 그녀는 깜박깜박 눈을 느리게 감았다가 뜨는 행위를 어색하게 반복했다. 얕은 위화감이 그녀를 감싸고 있었다.

무언가가 마음에 걸려 내려가지 않았다. 칼릭스는 제 마음속의 그것을 차곡차곡 접어 한구석에 두었다. 하인이 식사 준비가 끝났노라 알려 왔다.

그러고 보니 가장 먼저 해야 하는 말을 하지 못했다. 잘 돌아오셨다, 무사하셔서 기쁘다고.

저녁을 먹기 전에 얘기해야겠다.

* * *

결과적으로 칼릭스는 그 말을 하지 못했다.

제 누이가 맨손으로 스테이크를 쥐고서 우악스럽게 뜯어 먹고 있는 지금의 이 장면 때문에.

볼은 다람쥐처럼 양쪽 다 불룩해져 있고, 손과 입에선 스테이크의 육즙과 적갈색의 소스가 뚝뚝 떨어지고 있었다. 스테이크의 피가 흐르며 미묘하게 공포스러워 보이기까지 했다.

칼릭스는 방에 들어오지 못하고 문가에 우뚝 섰다. 눈앞의 광경을 현실이라고 인정하기까지 많은 시간이 소요되었다.

붉은수레바퀴 백작가에서 20년 이상 근무한 노련한 하녀조차 제 표정을 숨기지 못하는 상태였다. 예법을 개한테 줘 버리고 살아 돌아온 아가씨. 맨손으로 스테이크를 잡으면 뜨거우실 텐데, 라는 걱정은 그녀가 고깃덩어리를 씹어 먹는 당찬 모습에 쏙 들어갔다.

문제는 마침 방에 들어서 그 모습을 목격한 칼릭스 도련님의 입이 떡 벌어진 채로 다물어지지 않고 있다는 거였다. 하녀는 아가씨의 식사를 도와야 할지, 아련히 흩어지는 도련님의 정신을 보살펴야 할지 정하지 못해 멀뚱히 서 있었다. 쩝쩝거리는 소리만이 방 안을 가득 채웠다. 칼릭스는 겨우 정신을 차리고 그녀의 옆에 앉았다.

"……."

"…음…… 벌써 고기를 드셔도 되는 건가? 부담이 되지는 않고?"

그는 눈앞의 광경을 애써 무시했다. 하녀 또한 아가씨 어깨의 실밥을 떼어 줄지언정 그녀의 손에 들린 고기는 보이지 않는 양,

"의식이 없으실 때에도 수프와 환자식을 조금씩 흘려 넣긴 했다더군요. 아침에 드신 수프에도 고기를 잘게 다져서 넣었는데 별 탈이 안 나신 걸 보면 괜찮을 것 같습니다."

라고 대답했다.

"그래……."

칼릭스는 그녀 몫으로 나온 수프를 제 쪽으로 끌어당겼다. 제 몫으로 나온 스테이크의 행방은 묻지 않아도 알 수 있었다.

"조금만 기다리시면 식사를 내오겠습니다."

"그래."

칼릭스는 간이 안 되어 있는 묽은 수프를 입에 넣었다. 밍밍해서 아무 맛이 없었지만, 그 맛을 음미할 정도로 여유로운 상황이 아니었다.

로젤린은 3분의 1쯤 남은 스테이크를 입에 욱여넣었다. 칼릭스는 두 볼이 빵빵해진 제 누이의 모습을 아련하게 쳐다보았다.

"……천천히 드세요, 체하면 어쩌시려고요."

로젤린은 한 번 끄덕이고는 꼭꼭 씹었다. 두 살 차이라고는 믿기지 않을 정도로 항상 어른스럽던 누이였다. 이런 아이 같은 모습은 처음이었다. 어쩐지 유년기의 누이와 식사를 하는 것 같은 묘한 기분이 들었다. 살짝 미소 짓고 있던 칼릭스는 도로 표정을 일그러트려야 했다. 로젤린이 손에 묻은

소스를 핥기 위해 혀를 날름 내밀고 있었던 것이다.

탁.

다행히 칼릭스가 잽싸게 그녀의 손목을 잡은 덕에 미수로 그쳤다. 칼릭스의 심장이 벌렁거렸다.

"제가 아직 거기까지는 마음의 준비가 안 되어 있습니다, 누님."

전과 후의 차이가 어마어마했다. 행동 하나하나에 기품과 기사도가 담겨 있던 누이의 소스 핥는 모습은 너무 파괴력이 컸다. 로젤린은 칼릭스의 제지에 인상을 썼다. 줄곧 무표정이던 얼굴에 나타난 첫 감정이었다. 짜증.

칼릭스는 헛웃음을 지었다. 로젤린의 짜증이라니, 정말 희귀한 것이었다. 본디 그녀는 천성이 순하고 선했으며, 남에게는 관대하고 나에게는 엄격한 사람이었다. 아무리 불합리한 일을 당하더라도 그것을 계기로 자신을 너 돌아보고 수련했다. 답답할 정도로 고지식한 사람이었다.

하지만 지금은 붉은수레바퀴 백작가에 대대로 내려오는 쭉 째진 날카로운 눈이 한층 더 예리해져 있었다. 칼릭스는 그녀의 불만 가득 찬 표정을 보고 황급히 부드러운 목소리로 말했다.

"여기 누님이 좋아하시던 아보카도 샐러드입니다. 이걸……."

'이걸 드세요.'라고 말하려던 칼릭스는 재빨리 말을 바꿨다. 샐러드를 보는 로젤린의 표정이 한층 흉흉해진 탓이었다. 뭐야, 이 풀때기는. 그녀의 눈이 말하고 있었다.

"드시지 말고…… 조금 있으면 스테이크를 가지고 올 테니 그걸 조금만 더 드세요. 조금만입니다."

로젤린은 그제야 표정을 풀고 끄덕였다. 칼릭스는 핑거볼에 담겨 있는 물로 그녀의 손을 대충 씻어 내었다. 그녀는 쩝 하며 아쉬운 소리를 내긴 했지만, 얌전히 그에게 손을 맡겼다.

생각해 보니 자신은 그리고 그녀는 참으로 담백한 남동생이었으며 누나였다. 그 흔한 포옹도 볼에 하는 입맞춤도 해 본 적 없었다. 그 때문일까, 이 짧은 접촉이 어색하게 느껴졌다. 어릴 때에도 잡아 본 적 없던 누님의 손을 스물하나 먹고 잡아 보는군. 그는 쓴웃음을 지었다. 곧 그녀가 말릴 틈도 없이 핑거볼의 레몬을 집어 먹고 웩웩거려서 그의 감성을 다 깨 버리긴 했지만, 아무튼 간에 그런 낯선 기분에 잠시간 싱숭생숭했다.

"누님."

로젤린의 눈동자가 굴러 칼릭스를 향했다. 웃지 않으면 째려보는 것 같다거나, 화가 난 것 같다는 평을 받던 날카로운 눈이었다. 똑같은 얼굴인데도 오늘의 여러 사건 때문인지 맹하게 보였다.

"제가 누군지 아시겠어요, 누님?"

정신이 오락가락하는 증조할아버지께 똑같은 질문을 했던 것이 기억나, 칼릭스는 큭 하는 신음성을 내뱉었다. 로젤린이 고개를 절레절레 흔들었다.

"저는 누님의 두 살 아래 동생 칼릭스입니다. 누님이 기사단 일로 바쁘셔서 최근에는 자주 뵙지 못했지요. 물론 편지로 안부를 전해 주시기는 했습니다. 아무리 바쁘셔도 한 달에 한 번씩은 꼭 보내시더군요. 아, 누님은 황실 기사단 소속입니다. 정확히는 2황자 전하의 직속 호위 기사단, 하얀밤의 하급 기사이시죠."

로젤린은 칼릭스의 말을 귀 기울여 듣는 듯 보였다. '응.'이라고 대답하거나 고개를 끄덕이는 기색은 보이지 않았지만 어쨌든 그렇게 느껴졌다.

"아버지…… 그러니까 붉은수레바퀴 백작은 기사단을 이끌고 국경을 수비하시는 임무를 맡고 계십니다. 마무리할 일이 있어 곧장 오지는 못하시지만, 아버지께서도 누님 걱정을 아주 많이 하셨습니다. 안 그래도 무서운 얼굴이 더 사나워져서…… 지나가는 어린 영지민마다 자지러지듯이 울었죠."

붉은수레바퀴 백작은 일라베니아 제국 평균 남자 키를 훌쩍 뛰어넘은 체격을 가지고 있었다. 부리부리하고 날카로운 눈, 밤을 떠올리게 하는 검은 머리, 짧게 정돈된 수염. 왼쪽 눈의 세로로 난 긴 흉터까지. 흉흉한 생김새와 더불어 가문의 기사단을 이끄는 그의 사나운 기세는 붉은수레바퀴 영지의 무시무시한 소문에 힘을 더했다.

칼릭스는 영지를 시찰하며 돌아다닐 때 "카민! 너 말 안 들으면 붉은수레바퀴 백작님이 이놈 한다! 이놈 백작님 보고 이놈 하라고 한다!" 하면 아이가 울음을 뚝 그치거나 하는 장면을 종종 보고는 했다. 어이가 없었다. 깊은 산에 들어가면 그림자한테 잡아먹힌다든가, 거짓말을 하면 엉덩이에 뿔이 난다는 수준으로 제 아버지가 쓰이고 있다니.

"아버지께서는 약자에게 권력을 휘두르는 것을 매우 싫어하십니다. 그래서 휘하의 가문들 또한 영지민을 함부로 대하지 않죠. 아버지의 이름을 딴 와인도 있을 정도로 존경받고 계십니다."

로젤린은 호오 그렇군, 이라는 표정을 짓고 있었다. 맛은 좋아? 그렇게 묻고 있는 것 같았다. 칼릭스는 웃음을 작게 흘렸다.

"하지만 누님은 못 드십니다. 포도 알레르기가 심하시거든요. 저희 영지의 대표 작물이 포도인데 이게 무슨 운명의 장난이냐며 누님께서 항시 슬퍼하셨……."

칼릭스는 말을 잇지 못했다. 아까 제 누이가 뜯어 먹던 그 스테이크. 거기에 뿌려져 있던 소스의 색이 붉은빛을 띠고 있던 것이 생각났다. 칼릭스는 와인을 졸여 만든 소스를 좋아했다. 별다른 주문이 없었으니, 자신의 몫으로 나온 스테이크의 소스는 그것이었으리라. 손으로 식사하는 그녀의 모습에 충격을 먹어 미처 생각하지 못했다.

제 누이는 조리가 되어 있든 아니든, 포도를 먹으면 피부에 붉은 발진이 나고 기도가 부어 숨을 제대로 쉬지 못하는 극심한 알레르기가 있다. 칼릭스는 창백한 낯빛으로 그녀의 얼굴을 부여잡았다.

"누님!"

로젤린은 눈을 동그랗게 뜨고 칼릭스가 마구잡이로 몸을 살피는 대로 이

끌렸다. 그는 그녀의 목과 가슴팍을 확인했다. 지금쯤이면 진즉에 피부에 붉은 발진들이 생겼을 양과 시간이었다.

"숨 잘 쉬어지세요? 목 안이 붓는 것 같다든가, 히지는 않으십니까?"

로젤린은 고개를 절레절레 흔들었다.

"아 해 보세요."

"아."

칼릭스는 그녀가 이상 없음을 확인한 후에도 한참을 살폈다. 눈, 피부, 목, 그녀의 숨소리 하나하나 지켜보던 그가 숨을 크게 쉬며 풀썩 자리에 앉았다. 어찌 된 일인지 그녀의 상태는 아주 양호해 보였다. 하지만 지금은 괜찮아도 또 어찌 될지 모르는 일이다. 종을 울려 하인을 부르려던 차에 방문이 벌컥 열렸다. 아까 전 칼릭스 몫의 스테이크를 가지러 갔던 하녀였다.

"아가씨!"

하녀가 다급히 외치며 들어왔다. 그녀 또한 지금의 상황을 눈치챈 것이다. 그녀는 로젤린에게 다가가 칼릭스가 한 것처럼 목과 가슴, 등을 확인했다.

"아가씨, 숨이 제대로 쉬어지세요? 목이 붓는 것 같지 않으세요?"

로젤린은 절레절레 고개를 흔들었다.

"아 해 보세요, 아가씨."

"아."

하녀는 로젤린을 샅샅이 살피다가 한숨을 푹 쉬며 이마의 식은땀을 닦아내었다. 얼마 지나지 않아 그레이비소스를 끼얹은 스테이크가 올라왔다. 지글지글 끓는 스테이크를 로젤린이 손으로 잡기 전, 칼릭스는 먹기 좋게 썰어 그녀의 손에 포크를 쥐어 줬다. 그가 먹는 시범을 보인 후로는 로젤린도 포크와 나이프를 곧잘 사용했다.

"아가씨가 드실 줄 모르고, 제가 미처 신경 쓰지 못했습니다. 죄송합니다, 도련님.”

“……아니다. 나도 잠시간 잊고 있었으니.”

“그래도 천만다행이네요. 이델라브힘께서 도우시나 봅니다. 어렸을 때 알레르기를 앓다가 완화되는 경우가 있다고 듣긴 했지만…… 혹시 모르니 알레르기 약을 식후에 드시는 편이 낫겠어요.”

하녀는 잰걸음으로 주치의를 찾아 나섰다. 칼릭스는 로젤린으로 인해 난잡해진 식탁 위 광경을 하나하나 훑었다. 한입 먹고 내버린 아보카도 샐러드. 비어 있는 스테이크 접시. 흔적을 찾기도 힘든 와인 소스.

[정말 작은, 사소한 것이라도 놓치지 말고 잘 살펴야 해, 칼.]

그는 등골을 서늘하게 스쳐 지나가는 감각에 얼굴을 굳혔다.

[눈썹을 움찔거린다든가, 눈동자를 굴린다든가, 식은땀이 난다든가, 혀로 입술을 훑는다든가. 숨기려 해도 그 사람은 니에게 많은 정보를 얘기하고 있을 거야. 말로 하는 것만큼, 어쩌면 그보다 더욱더.]

칼릭스는 앞에 앉아 있는 그녀의 뒤로 예전의 로젤린을 겹쳐 보았다. 상상 속 그녀는 볼에 음식물을 묻히고 있지도 않았고 구불거리는 머리를 풀어 헤치지도 않았다. 목 끝까지 채운 하얀 제복. 하나로 높게 묶은 검은 머리, 생생하게 빛나던 올리브색 눈동자.

[말로 무장한, 거짓으로 위장한 자들의 이면을 읽어 내야 해. 너라면 잘할 수 있어. 붉은수레바퀴의 사람들은 감이 좋으니…….]

그녀가 어릴 적 말했던 것과 같이 자신과 제 누이는 아주 예민했다. 문제와 사물을 파악하는 능력이 뛰어났다. 붉은수레바퀴 백작 또한 검술 실력과 함께 뛰어난 동물적 감으로 유명한 자였다. 이상하게 후퇴하고 싶더라니 타국의 함정이 있었다더라, 이상하게 마음에 안 드는 놈이 있어서 냅다 패고 잡아 봤더니 타국의 간자라더라, 하는 묘한 무용담의 소유자였다.

로젤린이 말한 대로 이상하게 발달된 감은 붉은수레바퀴 가문의 특징일지도 몰랐다. 칼릭스는 인정했다. 줄곧 눈앞의 누이에게서 느껴지던 얕은 위화감. 단순히 기억을 잃어버렸다든가, 행동 양식이 예전과 다르다든가 하는 문제와는 별개였다.

칼릭스의 날카로운 눈동자가 로젤린을 담았다. 그녀는 입가에 묻은 소스를 날름 핥고 있었다. 같은 얼굴을 하고 있지만, 이면이 다르다면 그것은…….

* * *

로젤린은 극진한 보살핌으로 빨리 회복했다. 믿을 수 없는 회복 속도 때문에 바시오는 자신의 의술과 약 제조 실력이 이제는 신의 영역까지 손을 뻗친 건가 생각했다.

칼릭스는 매일매일 그녀를 찾아가 간호했다. 붉은수레바퀴 백작의 후계자로서 바쁜 나날을 보내는 와중에도 하루도 거르지 않았다. 참 눈물겨운 우애였다.

이따금 칼릭스의 태도에 대해 의문을 가지는 사람도 있었다. 로젤린이 실종된 기간 동안 식음을 전폐하며 슬퍼했던 것치고는 그렇게 기뻐 보이지 않는다는 이유에서였다. 하지만 그 소문의 당사자, 붉은수레바퀴의 칼릭스는 어릴 적부터 차갑고 무뚝뚝한 성정으로 유명한 자였다. 사건이 마무리되었으니 원래의 모습을 되찾은 것뿐이라고, 모두가 그렇게 생각했다.

로젤린의 일과는 단순했다. 일어나면 밥을 먹고, 쉬다가 먹고, 또 쉬다가 낮잠을 자고 일어나서 먹은 후 잤다. 식사나 수면 시간을 제외하고서는 여기저기 돌아다녔다. 때문에 멍하니 백작가를 돌아다니는 모습이 여러 군데에서 목격되었다. 방 안에서나 입는 잠옷 차림에 슬리퍼를 신고 곱슬머리는 묶지도 않아 산발이 되어 있는 매우 자유분방한 차림새로.

이에 집사는 명석하고 똑똑했던 아가씨가 백치가 되어 버렸다며 손수건으로 눈물을 찍었고 칼릭스는 지끈거리는 두통 때문에 머리를 부여잡았다.

하루가 채 지나기도 전에 백작가에 이런저런 소문이 퍼졌다. 하지만 사고

전의 로젤린이 보여 온 행실 덕분인지 다소 그 소문의 내용이 이상했는데…….

"아가씨의 머리가 좀…….”이라는 서두로 시작했다가 옆에 있던 다른 하녀에게 등짝을 맞고서는 "역시 과하게 똑똑하셨었지…… 약간은 덜 똑똑해지셔도 괜찮아.”로 끝나기도 했고, "맨발로 걷는 게 몸에 좋대. 역시 우리 아가씨 영특해.” 혹은 "머리 풀고 계신 거 완전 와일드해. 유행을 이끌어 가는 신여성. 우리 아가씨 멋있어.”로 이어지는 식이었다.

칼릭스는 제 보좌관이 모아 온 로젤린에 관한 소문들을 쭉 읽어 내렸다. 그리고 굉장히 떨떠름한 표정으로 입을 열었다.

"그러니까…… 우리 누님께서…… 높이 계시는 분의 가호를 받아 6일 만에 죽음의 계곡에서 살아 돌아오신 후 백작가에 퍼진 검은 죽음의 기운을 없애기 위해 오신 지 하루 만에 눈을 뜨셨고, 심한 상처에도 불구하고 백작가를 두루 살피시어 민심을 안정시키셨으며 낮은 자들을 위해 제 머리 흐트러지는 줄도 모르고서 발 벗고 나섰다고?"

"네."

"……그래…… 정말 발 벗기는 했지…….”

하녀들의 머리가 이상한 것 같았지만, 칼릭스는 차마 그 말을 뱉지 못하고 흠 하는 소리로 묻어 버렸다. 주인의 허물을 감싸는 태도가 가상하다 못해 무서운 수준이었다.

"누님이 아이들한테 잘해 주셨다는 건 알았지만, 덜 익은 과실더러 황금 사과라고 하는 수준인데…… 뭐, 누님께 해가 되는 건 아니니 주의만 조금 주도록 해."

"아가씨의 인품이 빛나는 순간인 거죠. 뭐, 알겠습니다. 아, 백작 부인께서 오찬을 함께하고자 하셨습니다. 아가씨도요."

"알겠다. 누님은 내가 모시고 가지."

로젤린은 오늘 또한 복도 한편에 앉아 있었다. 칼릭스는 멀리서 그 모습을 바라보았다. 눈을 감고 있어 낮잠이라도 자는 듯 보였지만, 아래층의 하녀들이 이야기를 나누며 지나가는 순간 그녀의 입이 웅얼거리며 움직이기 시작했다. 무언가를 속삭이듯 말하고 있었다. 칼릭스는 그녀의 입 모양을 읽기 위해 집중했다.

'하녀장님이 오늘은 시트를 전체적으로 갈라고 하시더라. 아, 그렇지. 아가씨 실종 사건 때문에 정신없어서 저번 주는 그냥 넘겼었지? 다들 팔 걷고 나서니까 얼마 안 걸릴 거야. 일 끝나고 놀러 가자. 비비안도 이번에 옷을 좀 사고 싶다던데 같이 갈까? 응, 내가 비비안이랑 같은 구역이니까 말해볼게. 아, 저기 마침 비비안이. 비비안! 오늘 저녁 일 끝내고 시장에 같이 가자. 그래, 안 그래도 이번 주 중으로 사고 싶은 게 있었는데, 잘됐다. 같이 가자.'

"같이 가자."

'같이 가자.'

하녀들의 목소리와 로젤린의 입 모양이 겹쳐졌다. 칼릭스는 제 팔뚝 위로 오소소 돋은 닭살을 확인했다. 한두 번 목격한 장면이 아니지만 볼 때마다 섬뜩했다. 그녀는 집안에서 발생하는 여러 가지 얘기들을 듣고 반복해서 학습하고 있었다. 무리에 섞이기 위해서는 언어를 습득해야만 한다는 것을 본능적으로 알아챈 것처럼.

칼릭스가 상념에서 급하게 깨어났을 때는 그녀 또한 그를 응시하고 있었다. 마치 처음부터 그가 지켜보고 있었다는 것을 안다는 듯이. 어두운 복도 한구석에서 로젤린의 눈동자가 빛나고 있었다. 칼릭스는 걸음을 옮겨 로젤린에게 천천히 다가섰다.

"어머니께서 돌아오셨어요. 같이 점심을 하자고 하십니다."

로젤린이 반색했다. 분명 '어머니'가 아니라 '점심'이 그녀의 마음을 흔들었으리라. 칼릭스가 손을 내밀자, 그녀는 손을 잡고 냉큼 일어났다.

"칼릭스, 같이 가자."

'같이 가자.'인가. 그는 쓴웃음을 지었다. 참 대단한 학습 속도였다.

* * *

"괜찮은 겁니까?"

칼릭스의 보좌관, 알터가 감흥 없는 목소리로 물었다. 오찬에 가기 전, 로젤린은 잠옷을 갈아입고 머리를 정리하기 위해 방으로 들어갔다. 남자 두 명은 근처 가까운 응접실에서 대기했다. 알터는 탁자 위에 놓인 오셀로 판의 나무 조각을 뒤적이고 있었다. 게임하자는 건가 싶었더니 흑색 말로 하트 모양을 그리고 있었다. 뭘 하는지 도통 알 수가 없었다.

"붉은수레바퀴 백작의 장녀가 실종되었는데, 그것도 몰라. 다쳤는데, 그 것도 몰라. 돌아왔는데, 그것도 몰라. 심지어 당장은 밝힐 생각조차 없으시 죠? 엄청 섭섭해하시겠는데요."

붉은수레바퀴 백작 부인. 에델바이스.

그녀가 딸의 실종 소식을 들은 것은 불과 이틀 전이었다. 6일간 실종이 되었을 때에도, 로젤린이 마른가시나무 백작령에서 치료를 받을 때에도, 또 붉은수레바퀴 백작가로 돌아왔음에도. 에델바이스는 어떠한 사실도 알지 못했다.

그녀는 백작가가 위치한 에스터에서 제법 벗어난 바다가 보이는 붉은수 레바퀴 백작의 별장에 머물렀다. 특별히 앓는 병은 없었지만, 툭하면 쓰러 지고 툭하면 아파서 요양이라는 이름하에 1년에 반 이상은 그곳에 있었다.

칼릭스는 얼마 전, 에델바이스가 쓰러졌다는 소식을 접했다. 그 상황에 서 제 누이가 실종되었고 백작가에서는 하얀 천을 준비하고 있노라고 말할 수는 없다. 로젤린을 찾으면 연락해야지, 살 수 있을 것 같으면 연락해야 지, 집에 오면 연락해야지, 눈을 뜨면 연락해야지 하고 차일피일 미루다가

3일 전 겨우 연락해서 이틀 전에 소식이 닿았다.

물론 그 소식도 그녀가 죽다 살아났다는 서술을 몽땅 빼먹은 채 [사냥 대회에서 조금 불미스러운 일이 있어서 집에서 심신을 안정시키며 요양 중입니다.]라고 축약해서 보내야만 했다. 만약 있는 그대로 얘기했다간 그녀는 실신할 게 분명했다.

"그것도 얘기 안 하셨죠?"

"뭐."

"아가씨 머리가 좀."

칼릭스가 눈을 시퍼렇게 빛냈다. 머리가 뭐. 내 누이 머리가 뭐. 뭐. 이상한 단어가 하나라도 나왔다가는 요절을 내 버리겠다는 표정이었다.

"……머리가…… 좀…… 귀여워졌다는 거요."

"……."

칼릭스는 침묵했다. 알터는 그 침묵에서 긍정의 뜻을 읽어 냈다. 한숨이 절로 나왔다. 앞길이 천리만리였다.

로젤린은 곧 옷을 갈아입고 나왔다. 아직 군데군데 붕대를 감고 있기는 했지만, 소매가 길어 거의 감춰졌다. 얼굴의 자잘한 생채기쯤은 기사단 일을 하면서 항상 달고 있던 것들과 큰 차이도 없었다. 산발인 머리도 하나로 모아 곱게 정리되어 있었고, 드레스도 입었다. 오랜만에 보는 멀쩡한 모습이었다.

칼릭스와 알터의 시선이 그녀의 몸을 따라 쭉 내려와 드레스로 가려진 발치에 머물렀다. 눈치 빠른 하녀가 로젤린의 드레스 자락을 살짝 들어 올렸다. 그들은 반질반질한 구두코를 보고 고개를 끄덕였다. 음, 신발도 신었군.

"우리 아가씨 완전 멀쩡해 보이네요!"

칼릭스의 팔꿈치가 알터의 옆구리를 매섭게 강타했다. 알터가 억 소리내며 쓰러졌다. 칼릭스는 바닥에서 꿈틀거리는 것을 짓밟고 로젤린을 향해 손을 내밀었다.

"가실까요, 누님. 어머니께서 기다리십니다."

"그래, 칼릭스."

일주일간의 변화는 놀라웠다. 짧게 단어를 끊어서 얘기하던 첫날과 달리 그녀는 놀라운 속도로 예전의 모습을 되찾기 시작했다. 여자 말투였다가, 남자 말투였다가, 존대를 했다가 반말을 했다가, 그날 들은 것에 따라 마구잡이로 변하긴 했지만, 단어를 벗어나 문장을 구사하게 된 것만으로도 놀라운 발전이었다. 집사는 우리 가문에 전무후무한 천재가 나왔다며 입이 닳도록 칭찬했다. 칼릭스는 이 집안의 분위기가 정말 극성맞다고 생각했다.

그렇다고 해도 아직 많이 부족했다. 막 입이 터서 들리는 말을 무작정 반복하는 아이와 같았다. 다른 사람들이 본다면 단박에 이상함을 느낄 만한 수준이었다. 하지만 그녀는 예선부터 말수가 적고 조용한 사람이었으므로 식사를 하는 짧은 시간 정도야 간단한 대답으로도 넘길 수 있을 것 같았다. 아니, 그래야만 했다.

"어머니가 말을 걸면요?"

"네, 또는 아니요."

"식사하실 때는요?"

"포크랑 나이프랑 스푼을 써야지."

"훌륭하십니다."

칼릭스는 로젤린의 자신만만한 표정을 보며 어머니가 있는 곳으로 들어섰다. 빛이 부서지는 샹들리에, 백작 부인의 귀환에 잔뜩 솜씨를 부려 화려해진 만찬장. 로젤린은 그 광경을 휙휙 소리 나게 둘러보는 중이었다.

칼릭스는 자리에서 일어서는 갈색 머리의 여인과 다정하게 포옹했다. 그녀 또한 몇 개월 만에 본 아들을 품에 얼싸안았다. 그녀는 곧 로젤린도 꼭 껴안더니 얼굴을 붙잡고 여기저기 살피기 시작했다.

"우리 로즈. 얼굴이 너무 상했구나. 아직 많이 아프니? 괜찮은 거야?"

"네."

"숙녀 얼굴에 이게 뭐니, 정말. 그런 기사단 당장 관두라고 했지!"

"아니요."

만나자마자 쓸 수 있는 두 개의 대답을 전부 소모해 버렸다. 칼릭스가 급하게 끼어들어 둘 사이를 중재했다.

"어머니! 먼 길 오시느라 수고 많으셨습니다! 피곤하실 텐데 먼저 자리에 앉으세요."

"그래그래. 내가 아픈 애를 붙들고 또 잔소리를 하고 있었어. 앉자꾸나."

"네."

로젤린은 참 꼬박꼬박 대답을 잘했다. "사람이 말을 하면 대답하셔야 대화가 됩니다."라고 말했던 것이 엄청난 효과를 발휘하고 있었다.

급성 단기 교육이었지만 로젤린은 포크와 나이프를 곧잘 사용했다. 칼릭스는 제 눈물겨운 노력의 흔적을 아련하게 쳐다봤다. 하지만 예전의 로젤린을 기억하는 에델바이스에게는 많이 부족해 보이는 듯했다. 차마 입 밖으로 타박을 내뱉지는 않았지만, 살짝 인상 쓰며 불편한 심기를 내보였다. 입을 너무 벌린다는 둥, 음식물 씹는 소리가 크다는 둥. 만약 로젤린이 다쳐서 요양 중이지만 않았더라도 진즉에 몇 마디 듣고도 남았을 것이다.

달그락.

로젤린이 스푼을 내려놓는 소리가 조용한 공간을 크게 울렸다. 에델바이스의 미간이 꿈틀거렸다. 칼릭스는 그 모습을 보다 한숨을 뱉었다. 천천히 그녀의 상태를 알릴 예정이었지만, 생각보다 그 시기를 당겨야 할 것 같았다.

"어머니."

"왜 그러니, 칼릭스."

"드릴 말씀이 있습니다."

"그래, 그 전에 나부터 말하자꾸나. 로즈?"

로젤린은 입 안에 음식을 넣은 채 "네." 하고 대답했다. 에델바이스의 표정이 확 찌푸려졌다. '어떻게…… 그런…… 몰상식한 행동을!'이라고 당장에라도 말하고 싶어 하는 것 같았다.

"매일 밖으로 다니기만 하고, 기사단이니 뭐니 하면서 다쳐 오잖니. 이번에도 그렇고 말이다. 이 어미가 항상 노심초사하며 걱정하는 건 알고 있니?"

"아니요."

칼릭스는 눈을 질끈 감았다. 제 누이의 정직함이 아찔했다. 에델바이스가 얼떨떨해하고 있어서 그는 급하게 말을 덧붙였다.

"어머니, 누님께선……."

"아니, 되었다. 그래. 집에서 좀 떠나 있었더니 많이 섭섭했던 모양이구나. 내 배 아파 낳은 자식인데 어떻게 걱정을 안 하겠니, 로즈."

"네."

"이번에도 네가 다쳤다는 소식에 얼마나 놀랐는지 몰라. 팔이 부러져도 검을 들던 애가, 무슨 사달이 났기에 집 안에서 쉰다는 얘기가 나오나 해서."

"네."

"그래서 이 어미가 별장을 떠나기 전에 여기저기 알아보았단다. 너도 가정을 이룰 때가 되었잖니……."

"어머니!"

칼릭스는 벌떡 일어섰다. 그녀가 항시 입에 달고 살던 안건이었으나, 죽다 살아난 누이에게 할 만한 말은 아니었다. 물론 부모로서는 제 딸이 위험한 검을 놓고 좋은 집에 시집가 편하게 생활하기를 바라는 게 당연할지도 몰랐다. 하지만 단 한 번도 로젤린은 그것을 바라지 않았다. 서로의 이상이 너무나 다른 탓에 둘은 번번이 부딪쳤다.

여자가 작위를 받고, 여자가 상인이 되고, 여자가 검을 드는 시대에 에델바이스는 과하게 고리타분한 감이 있었다.

"지금 꺼내실 말이 아닌 것 같습니다."

"누가 보면 너보고 시집가라고 하는 줄 알겠구나, 칼. 누가 지금 당장 만나라고 그랬니? 좀 쉬다가 몸이 낫거든 한번 만나나 보라는 거야. 저 꽃다운 나이에 아깝게 이세 뭐니, 대체. 이 어미가 어렵히 괜찮은 사람 알아 놓았겠니? 서른하나에 젊은 백작인데 장사 수완도 아주 뛰어나고, 인품도 훌륭하다고 하더구나. 내가 에스터로 돌아가야 한다고 했더니 동대륙에서 발굴되는 아주 귀한 보석을 주지 뭐니. 약혼하거든 이걸로 반지를 해서 우리 로즈가……"

에델바이스는 말을 미처 끝맺지 못했다. 본인을 끼고 얘기하고 있음에도 꿋꿋하게 식사를 하던 로젤린 때문이었다. 정확히는 그녀의 식사법이 문제였다. 막 바닥에 떨어진 빵을 주워서 천연덕스레 뜯어 맛있게 먹는 모습에 순간 좌중이 침묵했다.

굳어 있던 칼릭스는 손으로 제 얼굴을 감싸며 보기 드물게 괴로운 소리를 내었고, 뒤에서 지켜보던 알터는 절레…… 절레…… 고개를 흔들었다. 그러고 보니 확실히 식사 예절 교육 당시, 떨어트린 것을 집어 먹지 말라는 내용은 없었다. 애초에 그런 교육이 필요할 것이라는 생각조차 하지 못했으니까.

시중을 드는 하인 또한, 바닥에 떨어진 빵을 치우려고 그녀에게 다가가다가 급하게 방향을 틀었다. 식탁보를 정리하는 손길이 자연스러웠다. 마치 처음부터 식탁보가 구겨진 게 신경 쓰여 다가온 사람 같았다. 상태 안 좋은 로젤린을 며칠간 보살핀 덕에 생긴 순발력이었다.

에델바이스는 '지금 내가 본 것이 정말 현실인가? 뭔가 질 나쁜 장난을 하는 건가?'라고 생각하며 눈을 빠르게 깜박거렸다. 하지만 아무리 부정해 보아도 그녀의 딸은 바닥에 떨어진 빵을 주워 먹은 게 확실했다. 그것도 아주 맛있게.

"……로즈?"

로젤린은 주운 빵을 꼭꼭 씹어 삼키고 냅킨으로 입을 톡톡 닦았다. 그러

고는 제법 도도한 표정으로,

"네."

대답했다. 그야말로 100점 만점의 100점짜리 예절이었다.

* * *

칼릭스는 제 누이가 덜 똑똑해졌으며, 머리가 조금 귀여워진 것이라는 하녀와 알터의 말을 빌려 설명했다. 에델바이스는 점점 더 모르겠다는 표정을 했다.

"조금…… 덜 똑똑해질 필요성이 있어서…… 조금 덜 똑똑해졌고…… 머리가 조금 귀여워지면…… 바닥에 떨어트린 음식을 주워 먹게 되는 거니?"

물론 그건 아니었다. 칼릭스는 세 어머니의 충격을 완화하기 위해 최대한 말을 고르고 골라 약간의 정보를 흘렸다. 머리를 다쳐서 행동이 예전 같지 않을 것이다. 의사의 말로는 곧 돌아온다고 하더라.

에델바이스는 눈물 흘리며 로젤린을 꼭 끌어안았다.

"우리 불쌍한 로즈……."

로젤린이 집 안에서 쉬는 동안 약혼을 진행하려고 했던 에델바이스의 모든 계획이 전부 파기되었다. 그녀는 눈물을 삼키며 어느 백작에게 받아 왔다는 약혼석을 돌려주라고 하인에게 명령했다. 바닥에 떨어진 음식을 주워 먹는 수준의 아이를 시집보낼 순 없었다. 몸이 아픈 줄 알았더니 마음이 아픈 것이었다니. 상상도 못 한 일이었다.

"네 아버지는 아시니?"

"……머리를 조금 다쳤다는 건 아십니다."

"우리 로즈가 약간…… 그……."

에델바이스는 식사를 지속하는 제 딸을 보며 말을 최대한 골랐다.

"약간 덜 똑똑해진 건……?"

다들 미쳤다든가, 모자라다든가 하는 정확한 표현은 미루고 있었다. 칼릭스는 조용히 고개를 흔들었다. 에델바이스는 마른 손으로 자신의 이마를 쓸었다. 그녀는 혼란스러워하는 모습을 보이며 횡설수설하더니 쉬겠다며 방으로 올라갔다.

에델바이스와 칼릭스는 거의 음식을 먹지 못했지만, 많은 접시들은 바닥을 보이고 있었다. 로젤린의 왕성한 식욕 덕분이었다. 그녀는 후식으로 나온 케이크까지 깔끔하게 해치웠다. 저 멀리 백작가의 요리사가 그 모습을 흐뭇하게 바라보고 있었다. 손주의 재롱을 보는 할아버지 표정이었다.

칼릭스는 후우 숨을 내쉬었다. 길고 길었던 식사 시간이 끝났다.

정신없는 오찬 후, 고풍스러운 원목 탁자에서 부지런히 손을 놀리던 칼릭스는 알터로부터 종이 뭉치를 건네받았다. 자료의 양이 미비하기 짝이 없었다. 칼릭스가 의외라는 표정을 짓자 알터가 흥 콧방귀 뀌었다.

"이게 뭐라고 생각하십니까?"

"……내가 알아 오라던 자료?"

"제 피, 땀, 눈물입니다."

칼릭스는 헛소리를 가볍게 무시했다. 알터가 펄펄 날뛰었다. 어쨌든 이게 제 최선이라 얘기하는 것인데…… 누군가를 조사해 오라 명령하면 그 사람이 3년 전에 버린 속옷 색이 무엇이었는지까지 알아 오던 자의 솜씨가 아니었다. 그만큼 알기 어렵고 또한 알려져 있지 않은 정보라는 뜻이었다.

맨 처음 명령을 받은 알터의 표정은 정말 볼만했다. 장성한 주인이 아이들의 입에서나 오르고 내릴 법한 허황된 괴담에 대해서 조사해 오라니, 당연한 일일지도 몰랐다. 수족을 부리거나, 정보 길드를 통해서는 안 된다는 당부 때문에 표정이 그랬던 것일지도 모르지만, 어쨌거나. 까라면 까는 게 하급자의 운명이었다.

그리고 알터는 정보를 수집하며 알게 되었다. 이 어이없는 명령이 단순히 자신을 골탕 먹이고자 하는 것이 아님을. 발끝부터 머리까지 순식간에 관통하는 그 섬찟함이란. 제 주인은 이것을 보지 않은 채로 진실에 대해 가늠하고 있음이 분명했다.

칼릭스는 알터가 가져온 자료를 한 자 한 자 읽었다. 10분이면 다 읽을 짧은 분량을 꼼꼼히, 오랜 시간을 들여 정독했다.

알터는 시시각각 변하는 칼릭스의 표정을 바라보았다. 눈썹을 들썩이기도 했고 제 턱을 마구 쓸기도 했다. 마지막 장이 팔랑, 덮임과 동시에 칼릭스는 이마를 짚고 거친 숨을 쉬었다.

자료는 [깊은 숲에 들어가면 그림자에게 잡아먹힌다.]라는 유명한 괴담으로 시작했다. 그 또한 어릴 적 많이 들었던 얘기였다. 개구쟁이 아이들이 겁 없이 산을 오르는 것을 방지하기 위한 대비책의 일종이었다. 칼릭스 역시 그런 것이라고 생각했다. 하지만.

[많은 사람들이 아이들에게 산을 경고하는 용도로 사용했다. 사나운 마수나 산의 위험함 그 자체를 그림자로 표현했다고 추측된다.]

[그 괴담은 영지마다 지역마다 조금씩 다른 형태를 띠고 있다.]

[깊은 숲에 들어가면 그림자에게 잡아먹힌다.

숲의 그림자는 사람이 보지 않을 때 움직인다.

깊은 숲에는 사람을 흉내 내는 그림자가 있다.

숲의 그림자는 말을 한다.]

['깊은 숲', 또는 '사람의 발길이 닿지 않는 장소'와, '그림자'라는 존재가 이 괴담들의 공통점이었다.]

그리고 종이 위에는 그 '그림자'를 목격했다는 사람들의 얘기가 있었다.

[알데스 파터(66세) 약초꾼.

23년 전 란슈브 산맥 깊은 곳, 절벽에 자라는 약초를 수집하던 중 실족.]

.

.

.

"나도 모르게 기절을 했더라고. 분명 점심이었는데 일어나 보니 아침 해가 뜨고 있더군. 몸을 일으킬 기운도 없어서 그냥 누워서 하염없이 울창한 숲을 보고 있는데…… 그때였지. 그놈이 나타난 건."

"?"

"그림자 말이네. 선배 약초꾼들한테나 듣던 그 그림자. 겁주려고 지어낸 말인 줄 알았는데 진짜로 있었을 줄이야…… 굶주린 맹수를 보는 거랑은 차원이 다르더군. 손발이 벌벌 떨리고 몸에 오한이 들더구만."

"?"

"처음에는 그냥 평범한 나무 그림자인 줄 알았지. 울창한 숲의 안쪽은 심해만큼 어둡기도 하니…… 그런데 가만히 지켜보고 있으려니 그 어둠에서 무언가가 움직이고 있더라고. 아주 천천히, 아주 느리게, 100세 먹은 노인보다도 느리게, 달팽이만큼이나 느리게…… 새벽안개를 헤치고 다가오더군. 아주 섬뜩하고 무서운 광경이었지."

"?"

"글쎄, 그런 마수가 있다는 얘기는 들어 본 적 없지만. 약초꾼들 사이에서는 유명한 얘기지. 죽음의 냄새를 기가 막히게 맡는 그림자가 있다고 말이야. 그놈을 보면 가까이에 죽음이 있다고 알라 하더군. 그래서 그때 마구 주위를 둘러보니 죽음에 가장 가까운 건 나뿐이지 뭔가. 내 냄새를 맡고 온 거였어, 그놈은."

"……."

"그놈이 내 머리맡에 우뚝 서서 내려 보기만 하는 걸 보고 내가 죽는 걸 기다리는 것 같다고 생각했었지. 그래서 그 귀한 약초들을 먹고, 씹어서 바르고, 온갖 짓을 해서 버텨 봤어. 다행히 이삼일 지나니 출혈도 멎고 부목을 대 놓은 다리의 부기도 조금 가라앉았더군. 아, 이제 살겠다 생각했더니 계속 머리맡에서 날 내려 보던 놈이 숲을 향해서 천천히 사라지는 게 아닌가!"

"……."

"진짜라니까! 정확히 23년 전! 내가 어제 일처럼 생생히 기억해!"

"?"

"햐, 아무튼 지금 와서 생각해도 무서워. 아, 그리고 내가 생각해 봤지! 왜 그걸 그림자라고 부르는 걸까 하고. 온몸이 새카매서 그런가 했는데……."

"?"

"처음에 그놈이 다가올 때에는 검은 연기가 뭉쳐 있는 것 같은 모습이었거든?"

"?"

"그런데 며칠이 지나니 꼭 사람 같은 모습을 하고 있더구만. 이목구비는 없지만 정말 내 그림자라고 해도 믿을 정도로 똑같은 형태였지."

"……!"

* * *

붉은수레바퀴 백작가는 손님이 많은 편이었다. 현 백작이 뛰어난 무위로 일라베니아 황제의 커다란 신임을 얻고 있기도 하고, 영지 자체도 넓고 풍요로워 상인들이 많이 드나들기 때문이었다.

그 뜨거운 인기는 밤이 된다고 식는 것이 아니어서 여간 골치 아픈 게 아니었다. 큰 전쟁에서 총사령관을 맡은 전적이 있는 백작은 군사 회의에서도 큰 발언권을 가지고 있었다. 밤 손님들은 붉은수레바퀴 백작과 그 아들이 주고받는 서신에 무슨 내용이 쓰여 있는지 몹시 궁금해했다. 하루에도 서넛이 왔다 간 적도 있고, 사용인으로 들어와서 몰래 빼내려고 하기도 했다.

하지만 그들이 주고받는 서신의 내용에는 정말 특별한 게 없었다. 타 영지나 타국의 첩자들이 볼 것을 애초에 고려해서 작성했기 때문이었다.

[잘 지내고 있느냐. 나는 요즘 사슴 고기가 좋다. 푸른등불 공작의 앵무새는 후미약 하고 운다. 길거리 고양이한테 배웠다고 하더구나, 신기하지 않느냐?]

따위의 정말 쓸모없는 정보뿐이었다. 누가 봐도 상관없는 내용이긴 했지만, 첩자들의 손에 고이 들려 보낼 수는 없는 노릇이었다.

칼릭스가 발코니에 나타나자 순찰하던 기사가 집무실로 한 놈 들어갔노라 신호를 보내왔다. 칼릭스는 검을 들고 조심스럽게 걸음을 옮겼다. 문을 열고 들어감과 동시에 검을 뽑아 눈앞에 있는 자의 목에 겨누었다. 초대받지 않은 누군가로 인해 열린 창문. 그 틈새로 불어온 바람이 커튼을 밀어내어 어두운 방 안에 달빛이 스며들었다.

"!"

허리까지 닿는 검은 머리를 가진 여자의 실루엣이 창문 앞에 드러나 있었다. 마주친 시선에 칼릭스의 눈동자가 흔들렸다. 자신의 이름을 부르던, 낮에 정원을 산책하던, 그 익숙한 누이의 얼굴이었다. 그녀는 문을 박차고 들어온 칼릭스의 행동과 위협이 아무렇지도 않다는 듯 눈을 깜박거리기만 했다.

칼릭스는 잠시간 당황하다 주위를 살폈다. 그리고 원래의 목적이었던 첩자를 발견할 수 있었다. 태연하게 서 있는 그녀의 발밑에 검은 덩어리가 쓰러져 있었다. 목이 완벽하게 뒤틀려 있는 상태였다. 아무리 검을 다루는 기사라 해도 완력이 약한 여자의 몸으로는 성인 남자의 목뼈를 이렇게까지 비틀어 꺾을 수 없었다. 심지어는 흉기를 들고 있는 사람을 상대로 상처 하나 없이.

쾅!

칼릭스는 그녀를 붙잡아 벽으로 세게 밀고 턱 밑에 검을 바짝 대었다. 그녀는 눈을 말똥말똥 뜬 채 칼릭스를 올려 보기만 했다.

맑은 눈동자와 마주친 순간, 속에서 치솟는 불길을 느꼈다. 이빨이 덜덜 떨리는 걸 막기 위해 턱에 꾹 힘을 줘야만 했다. 분노가 그녀의 목을 계속 파고들려 했지만, 자신을 닮아 있는 그녀의 그 얼굴이, 달빛을 받은 녹음의 눈동자가,

"칼릭스."

자신을 부르는 목소리가 이렇게나 선명했다.

칼릭스는 어느새 눈물을 뚝뚝 흘리고 있었다. 자신도 모르게 새어 나오는 것이었다. 화가 나고 슬프고 답답하고 괴로웠다. 칼릭스는 그녀의 어깨를 조금 너 세게 그러쥐었다. 무시무시한 완력으로 압박하고 있음에도 그녀는 일말의 불편한 기색조차 없었다. 첫날 이후부터 이 순간까지, 변하지 않는 그녀의 표정이 그를 끝없이 자극했다. '나는 당신이 아는 그 사람이 아니야.'라고 온몸으로 말하는 것만 같았다. 칼릭스의 턱을 따라 눈물이 흘러 내렸다. 그는 한 자 한 자, 씹어 먹는 듯 말을 내뱉었다.

"네가 혈육의 모습이라고 베지 못할 것 같나? 말해! 아니면 목을 날리겠다. 무슨 목적으로 여기에 온 거냐! 감히, 그 모습을 하고서!"

칼릭스는 거칠게 숨을 몰아쉬며 그녀를 다그쳤다. 알 수 없는 감정이 그의 온몸을 두드려 댔다.

"너는 대체!"

거친 손길에 밀리고 흔들려 그녀의 머리는 더 흐트러졌다. 칼릭스는 그 머리카락이 반쯤 가리고 있는 얼굴에서 눈을 뗄 수 없었다.

"대체, 누구야!"

마지막 물음은 비명과도 같았다. 뒤에서 보면 그녀를 품에 안고 있는 듯한 모양새였지만, 그와 그녀의 사이는 칼 한 자루로 완전히 단절되어 있었

다. 칼릭스는 그 상태로 움직이지 않았다.

　시간이 흘렀다. 시계 초침의 소리조차 몇 번 들리지 않은 짧은 시간이었다. 그와 조우한 순간부터 줄곧 침묵을 지키던 로젤린이 움직였나. 그녀의 손이 가볍게 칼릭스의 검을 쓸었다. 칼릭스는 흠칫 떨었지만, 뒤로 물리지는 않았다. 눈싸움이라도 하는 것처럼 줄곧 마주 닿아 있던 그녀의 시선은 검신 위를 떠돌았다. 손질이 잘되어 있는 금속의 표면에 로젤린의 모습이 비쳤다.

　그녀는 잠시간 제 모습을 응시한 후 입을 열었다.

　"나는 그림자."

　그러고는 웃었다. 칼릭스는 멍하니 그 모습을 쳐다보았다. 그녀의 웃는 모습이 누군가와 너무나도 닮아 있었다. 눈썹이 살짝 처지며 날카로운 눈이 부드러워지고, 입꼬리만 살짝 올라가 있는 아주 잔잔한 미소였다.

　"나는 로젤린의, 그림자다."

* * *

　'그것'은 가끔은 새의 모습이었다가, 혹은 벌레였다가, 때로는 커다란 야수의 형태를 하고 있었다. '그것'은 아주 깊은 산, 사람의 발길이 닿지 않는 태고의 숲에서 오랜 시간 존재해 왔다. 마력의 성질로 이루어진 것으로 보아 '그것'은 마수라고 불러야 할지도 몰랐다.

　붉게 빛나는 눈, 맹수보다 강한 힘, 높은 공격성까지. 마수라고 정의 지어지는 틀에서 아슬아슬하게 비껴 서 있는 이것이 마수로 규정지어지지 않았던 또 다른 이유는 '그것'을 마수라고 부를 이가 없었기 때문이었다.

　사슴, 호랑이, 원숭이, 멧돼지, 때로는 곤충까지. '그것'은 자신이 과거에 먹었던 것으로 의태하는 능력을 가지고 있었고, 많은 인간들은 이를 한 번씩 스쳐 지나가면서 봤을지는 모르나 '그것'의 진정한 모습은 알 수 없었다.

검은 연기 같기도 했으며 살아 있는 모래의 집단처럼 보이기도 했다. 검은 '그것'은 정확한 경계를 가지지 못하고 부서지듯 흩어지듯 보였으나, 부서지지도 흩어지지도 않고 간신히 뭉쳐 있는 모양을 갖추고 있었다. 과거 누군가는 이것을 귀신이라고도 했고 과거의 또 다른 누군가는 나무의 그림자로 착각하기도 했다.

'그것'들이 의태를 풀고 본모습을 드러낼 때는 먹이를 흡수하는 순간이다. 그래서 더더욱 발견된 적이 없었다. 때로는 1년 이상 먹지 않기도 했으므로. '그것'은 죽어 있는 생물만 섭취했기에, 사냥이라는 행위를 하지 않았다. 오래 굶주려야만 했던 이유였다. 어떤 동물, 어떤 마수도 자신이 사냥한 사냥감을 바닥에 버리고 가지 않았다.

'그것'은 절벽에서 떨어져 죽은 것을 흡수했으며 때로는 영역 싸움의 패자들 근처에서 그들의 죽음을 기다리기도 했다. 그저 행운만을 기다리다가 소멸하는 개체도 있었다.

마른가시나무 백작령, 비스타에 자리한 '마의 산' 그 높고 험한 깊은 곳.

'그것'은 조금 오래 굶었다. 2년 전에 작위를 물려받은 마른가시나무 백작은 마수 토벌에 많은 관심을 보이는 자였다. 사냥꾼과 용병들이 산을 드나든 결과, 마수와 동물의 개체 수가 급감했다. 그 때문에 '그것'은 오랜 시간 굶주렸다.

세 달 전쯤 썩어 가는 과일을 발견해 조금 흡수했지만, 턱없이 부족한 양이었다. '그것'은 지쳐서 잠들었다. 오랜 시간 동안 움직이지 않았다.

'그것'이 일어난 이유는 날카롭게 제 감각을 찔러 오는 위험 때문이었다. 산의 마수들이 비명을 지르며 하나둘 사라지는 게 느껴졌다. '그것'은 과거에 흡수했던 파랑새로 의태해서 더욱 깊은 곳으로 들어갔다. 그건 아주 옳은 선택이었다. 얼마 후, '그것'이 머물던 곳까지 인간들이 거칠게 밀고 들어왔다. '그것'은 무당벌레로 변해서 더욱 깊은 곳으로 들어갔다. 찬란하게 빛나는 은색 갑주들이 저 멀리 번쩍이는 것을 보았다. 인간들은 번개처럼 거대한 산맥을 정벌하기 시작했다.

'그것'은 숨죽인 채, 그들이 사라지기를 기다렸다. 몇 시간이고 몇 닌이고 숨어 지내는 것은 '그것'들의 특기였다. 길지 않은 기다림 끝에 조우한 것은······.

"······."

죽어 가는 생물이었다. 검은 머리를 가진 인간이었다. 부서지고 찢어진 신체는 절벽 아래의 바위 무덤, 그중 가장 큰 바위에 걸쳐져 있었다.

하얀 꽃 한 송이를 가지고 놀던 '그것'은 여자를 발견하고 바위 무덤에 다가갔다. 여자는 봄에 막 싹트는 어린잎과 비슷한 눈동자를 지니고 있었다. 그녀는 눈을 깜박거리며 느리게 다가오는 것을 바라보고 있었다. 흐려지는 눈빛에 당황하는 기색이 떠올랐다. '그것'은 멀지 않은 곳에서 기다렸다. 살아 있는 것을 먹는 건 유일한 금기였다. 쓸리고 부서지고 뒤틀리고 베인 상처로부터 바위는 점점 피로 젖어 갔다.

'이 인간은, 곧 죽는다.'

'그것'은 이런 장면을 제법 많이 보아 왔다. 높은 절벽은 인간을 단번에 죽여 주는 자비로움이 없었다. 어떨 때는 노인, 어떨 때는 건장한 젊은 남자, 어떨 때는 길을 잃은 아이. 갈비뼈가 부러져 폐를 찌르고, 입에서 피를 토하는 중에도 그들은 두려워했다. 눈앞에 떠도는 그 새카만 덩어리를 무서워했다. 인간들은 기어서라도 도망갔다. 비명을 지르고 돌을 던져서라도 '그것'을 쫓아내려 했다. 살고자 하는 욕구가 아닌 미지의 생물에 대해 느끼는 원초적인 두려움일지도 몰랐다.

하지만 그 어떤 누구도 이런 눈을 한 적 없었다. '그것'은 이런 눈동자를 처음 보았다. 아주 투명하고 예쁜 구슬 같은 눈이었다. 인간들이 흔히들 이런 상황에서 흘리는 눈물 같은 것도 없었다. '그것'이 그녀를 바라보는 것처럼 그녀 또한 '그것'을 관찰하듯 눈을 떼지 않았다.

"……당신……."

검은 머리의 인간은 '그것'을 불렀다. 바람이 색색 새는 목소리로 작게 속삭였다. '그것'은 조금 주춤거리다가, 평소보다 빨리 움직여 그녀의 곁에 조금 더 가까이 섰다. 인간은 겁도 없이 '그것'을 덥석 잡았고 '그것'은 살아 생전 처음 놀랐다. 그녀 또한 놀랐다. 잡히지 않을 거라 생각했던 검은 연기는 마른 모래, 마른 나무처럼 익숙한 듯 생경한 감촉이었다. 부서지는 입자가 그녀의 손안에서 스르르 빠져나가는 것이 느껴졌지만 일부는 붙잡을 수 있었다.

"도, 도와주세요……."

'그것'은 곤란했다. 인간의 언어는 알고 있었다. 때문에 그녀가 무엇을 바라는지 이해할 수는 있었지만 치료해 줄 수단이 없었다.

검은 형체가 스르르 움직였다. 그 안에서 무언가가 대류하는 것 같다고 그녀는 생각했다. '그것'은 곧 어린 여자아이의 형태로 변하기 시작했고 검은 부분이 점점 사라지며 이윽고 완벽한 인간이 되었다. '그것'이 몇 년 전 흡수한 어린아이였다. 그녀는 자신이 잡고 있던 부분 또한, 아이의 팔로 변했음을 깨달았다. 따뜻한 온기가 돌고 있었다. 그녀의 눈이 확장되었다. 그녀는 알았다. 이 존재를 알고 있었다.

"너. 피 많다. 죽어. 나는. 안 돼."

너는 죽을 것이고 자신은 도와줄 수 없다. 그녀는 아이의 뜻을 읽었다. 그녀는 눈을 질끈 한 번 감고 떴다. 맑던 눈동자에 불티 같은 것이 탁탁 튀었다. 남아 있던 두려움의 한 자락, 공포의 파편이 활활 타올랐다. 출혈로 인해 점점 멀어지는 의식과 가빠지는 숨. 그녀는 자신의 상태와 상황을 제대로 인식했다. 죽음이 다가오고 있었다. 시간이 얼마 남지 않았다는 것이 느껴졌다. 그녀는 닳아 가는 의식 속에 한마디를 겨우 내뱉었다.

"……저를 먹어도 좋으니,"

아이는 이 인간이 굉장히 흥미로웠다. 누군가에게 허락을 맡고 먹은 적도 없었고 그 허락이 내려진 것도 처음이었다. 여자는 컥, 컥 하며 피를 토하더니 웃었다.

"대신 제 부탁, 하나만 들어주세요."

아이는 왜 그녀가 웃는 건지 이해할 수 없었다. 그래서 조금 더 알고 싶었을지도 모른다. 아이는 떠듬떠듬 그녀와 몇 마디를 더 나누었다.

마른가시나무 백작령, 비스타.

그 깊은 숲 어딘가.

금기의 계약이 이루어졌다.

* * *

붉은수레바퀴 백작가의 넓은 정원. 칼릭스는 창 아래를 내려다보고 있었다. 정원사의 솜씨가 빛나는 색색의 화원에서 사람들이 산책 중이었다. 검은 머리를 하나로 묶고 흰 셔츠, 회색 바지, 서스펜더를 착용한 여자가 있었다. 귀족가의 영애가 할 만한 복장이 아니었다. 하지만 로젤린은 전부터 드레스를 거추장스러워했다. 몸을 움직이는 게 직업인 그녀에게는 고역이었을 것이다.

화단을 산책하는 그녀의 뒤로 하녀들이 졸졸 따라다녔다. 한 명은 아가씨의 피부를 위해 양산을 들고, 한 명은 아가씨가 추울까 봐 숄을 들고 있었다. 또 다른 한 명은 아가씨가 더울까 봐 부채를 들고 다급히 뒤를 쫓았으며 아가씨가 배고플까 봐 간식 바구니를 들고 있는 하녀도 있었다. 칼릭스와 비슷한 연배인 그녀들은 예전부터 로젤린을 잘 따랐다. 그런 그들에게는 로젤린의 공백이 느껴지지 않는 것일까. 칼릭스의 표정이 일그러졌다.

"아가씨, 이것 보세요. 꽃이 아주 예쁘게 피었네요."

"네가 더 예뻐."

어머, 어머! 하녀들은 까르륵 소리를 내며 즐거워했다. 칼릭스는 전에도 이 풍경을 본 적이 있다. 꽃 피어오르는 봄날, 밖으로 놀러 가고 싶어 하는 어린 하녀들을 위해서 그다지 관심도 없는 나들이를 가셨더랬다. 하녀들이 꽃이 너무 곱다 예쁘다 조잘대면,

[네가 더 예쁘구나, 일리야.]

하고 애먼 마음 훔치고 있는 것이 딱 로젤린이었다. 하녀들 또한 아무것도 기억하지 못하는 제 아가씨의 행동이 과거와 흡사함에 놀라워했다.

"아가씨는 어쩜, 기억을 못 하셔도 똑같으시네요!"

"역시 아가씨는 아가씨예요!"

그녀들의 말이 칼릭스의 머릿속을 맴돌았다. 저건 로젤린이 아니었다. 저건 로젤린이 아닌데. 저건 내 누이가 아닌데. 아니었는데.

칼릭스는 복잡한 마음으로 알터의 보고서를 팔락였다. 그림자에 관한 서류였다. 습관적으로 계속 들여다봤더니 이제는 토씨 하나 틀리지 않고 줄줄이 외울 수 있을 정도였다.

[지키러 왔다.]

무엇을?

[그를 지키기 위해 왔다.]

누구를!

[하얀 밤의 주인.]

완벽한 타인이었다. 로젤린의 껍데기를 쓰고 있는 단순한 괴물이었다. 그 말을 하기 전까지는. 하얀 밤의 주인을 지키겠다는 말을 하기 전까지는 단순히 제 누이의 탈을 쓴 무언가에 불과했는데……

칼릭스는 그녀의 두 눈에서 무언가가 타오르며 불티가 튀어 오르는 것 같다고 생각했다. 그는 자기도 모르게 헛웃음을 지었다. 의심에 의심, 갖은 고뇌를 한 끝에 완벽한 타인이라 규정지었더니 그 순간에 진정 제 누이와

같은 말을 하고 있었다. 그녀가 제 아버지와 대립하면서까지도 지키고 싶어 했던 이름. 그 때문에 칼릭스는 검을 치워야만 했다.

순간 칼릭스는 '어찌면,'이리고 생각했다. 어쩌면 이선 그녀가 보낸 것일 지도 모른다. 죽음을 코앞에 둔 그녀의 최선의 선택일지도 모른다. 어쩌면…… 이건 그녀가 바란 모습일지도 모른다.

칼릭스는 그날, 집무실 바닥에 널브러진 첩자의 목을 베었다. 목뼈가 뒤틀려 죽은 이상한 모습에는 누구든 쉽게 의문을 가질 수 있으니.

[밤공기가 차갑습니다. 조심히 들어가세요, 누님.]

그는 힘겹게 말하고서 첩자의 시체를 들고 방을 나섰다. 그 밤으로부터 2주가 흘렀다. 로젤린의 상처는 자국만 남고 거의 아물었다. 포크와 나이프도 더없이 능숙하게 사용했고 바닥에 떨어트린 음식을 주워 먹지도 않았다. 기억을 잃은 틈을 타 에델바이스가 제 딸의 드레스를 마구 사들여 입혔지만, 어느 날부터 그녀는 드레스를 입지 않았다. 셔츠와 바지, 종아리 바로 아래까지 오는 부츠까지. 에델바이스가 보고 통곡하던 옷차림새로 백작가를 돌아다녔다.

그리고 글자와 언어를 배웠다. 아직 부족하긴 하지만 빠른 속도였다. 마치 알고 있었지만 오랜 시간이 지나 잊고 있던 것을 차근차근 일깨우는 과정처럼 보이기도 했다.

화단을 구경하던 로젤린이 돌연 고개를 휙 돌렸다. 팔짱을 끼고 내려 보던 칼릭스와 시선이 마주쳤다. 그녀는 손을 가슴까지 들어 올려 살짝 흔들었다. 칼릭스는 뒤통수를 얻어맞은 듯한 표정을 지었다. 조금 얼떨떨하긴 했지만, 그 또한 손을 흔들어 화답했다. 로젤린은 살짝 입꼬리만 올려서 웃더니 다시 하녀들과 나란히 걸었다. 그 모습은 점점 작아졌고, 이윽고 건물에 가려 보이지 않게 되었다.

"괜찮으십니까?"

칼릭스의 뒤에 멀뚱히 서 있던 알터가 물어 왔다. 그가 묻는 것은 여러 가지의 의미를 담고 있었다. 도련님 당신은 괜찮으냐 또는 그녀를 그대로 두어도 괜찮으냐. 하지만 칼릭스는 온종일 로젤린만 생각하고 있었기에 후자의 뜻으로 받아들였다.

그는 손에 들고 있던 서류를 벽난로에 집어넣었다. 알터가 뜨악한 표정을 짓거나 말거나, 칼릭스는 부싯돌을 들고 탁탁, 솜씨 좋게 불을 붙였다. 알터는 울 것 같은 표정을 지었다. 제 피, 땀, 눈물이 몽땅 재가 되게 생겼다.

"나는 착한 동생이거든."

착한 칼릭스. 우리 칼. 착한 아이구나. 어릴 적 로젤린이 자주 해 주던 말이었다. 칼릭스는 쓴웃음을 지었다.

"누님의 바람이 진정 이것이었다면……."

칼릭스의 눈동자에 막 타오르기 시작한 불꽃의 일렁임이 비쳤다. 그것은 종이의 조각 하나, 잉크 한 방울 남기지 않게 타오르고도 멈추지 않고 너울거렸다.

"나는 따를 뿐이다."

자욱한 검은 연기는 길을 따라 굴뚝 밖으로 빠져나갔다. 로젤린은 하늘 위로 올라가는 연기를 잠시간 쳐다보다 다시 걸음을 옮겼다.

* * *

"도련님!"

뛰는 것 금지. 큰 소리 금지. 경박한 말투 금지. 타의 추종을 불허하는 집사의 모범이 와장창 깨진 날이었다. 검술 수련을 하던 칼릭스는 급하게 달려오는 집사의 모습에서 무슨 일이 있음을 직감했다. 또한 그 일이 그녀와 관련이 있다는 것까지도.

"큰뿔산양의 레이몬드 경께서 아가씨를 뵙고자 백작가를 방문하셨습니다!"

급한 일, 맞다. 젠장. 칼릭스는 땀투성이였지만 그걸 씻어 낼 생각도 하지 못하고 겉옷을 걸쳐야만 했다. 로젤린이 기억 상실에 걸렸다는 사실을 아는 자는 붉은수레바퀴 백작가의 사람들뿐이었다. 내부적으로는 에델바이스가 제 딸의 혼삿길을 위해, 외부적으로는 하얀밤 기사단이 현 기사단원인 그녀의 직위가 위험할 것 같다고 판단해 소문을 막았기 때문이다.

하얀밤 기사단의 단장은 항상 로젤린을 주시했다. 1황자파에 속하는 붉은수레바퀴 백작가. 한데 그 장녀가 2황자의 기사단에 들어앉아 있으니 그 시선이 고울 리 만무했다. 한 달이 지나도록 그가 잠잠했던 것은 그녀의 부상이 심각하기도 했거니와 사냥 대회의 사건으로 그의 일정이 매우 바빴기 때문이었다. 하지만 모든 일이 수습되기에는 충분한 시간이 흘렀고 그녀의 병가 기간 또한 끝을 보이고 있었다.

큰뿔산양 레이몬드. 그는 로젤린의 몇 안 되는 친한 단원이었다. 개인적인 병문안 겸, 단장의 압박을 함께 들고 왔으리라. 하지만 상처 회복의 유무는 둘째 치더라도 그녀의 복귀가 마땅히 미뤄져야만 하는 이유가 분명히 있었다. 그녀는 이제 말은 곧잘 했지만, 반말과 존댓말의 차이를 잘 몰라 어려움을 겪고 있었고 또한 예전 로젤린의 기억도 없는 상태였다.

급하게 본관에 들어서는 칼릭스를 따라 하녀와 하인들이 따라붙었다. 그들의 표정에 초조함이 덕지덕지 붙어 있어 칼릭스는 조금 더 빨리 움직였다.

"도련님, 레이몬드 경께서 먼저 아가씨를 뵙겠다며 올라가셨어요!"

"안 막고 뭣들 했나, 대체!"

"친구를 만나는데 무슨 허락이 필요하느냐며 무작정 올라가시는데, 귀한 집 자제분이셔서 차마 손도 못 대고……."

칼릭스는 이를 악물고 뛰었다. 뒤에서 도련님, 도련님! 하는 소리가 다급하게 울렸다. 그녀의 방문이 활짝 열려 있었다. 문가에서 하녀들이 안절부절, 발을 동동 구르고 있다가 칼릭스를 보고 왈칵 울 것 같은 표정을 지었다. 도련님, 도련님, 도련님! 칼릭스는 평생 들을 도련님 소리를 오늘 다 듣는 것 같다고 생각했다.

눈앞에 펼쳐진 광경은 언젠가를 떠올리게 했다. 로젤린이 제 스테이크를 손으로 쥐고 뜯고 있던…… 그…… 야생. 날것의 모습.

방 안에는 하얀밤 기사단의 제복을 입고 있는 남자가 있었다. 큰뿔산양의 레이몬드. 익히 아는 자였다. 그런데 자세가 좀 이상했다. 천하를 호령하는 무장처럼 떡하니 서 있는 로젤린 앞에 두 무릎을 꿇고 바들바들 몸을 떨고 있었다.

"감히 어딜 만져. 죽고 싶나?"

그녀의 말투는 칼릭스와 많이 닮아 있었다. 요즘 뒤에서 몰래 제 모습을 지켜보더라니 그새 말투를 배웠구나 싶었다. 그건 그렇다 치고…… 그녀가 말한 내용이 조금 이상했다. 만져? 뭘 만져? 칼릭스는 눈에 불을 켜고 레이몬드의 어깨를 확 잡았다.

"경, 이게 지금 무슨……? 무, 무슨 일이십니까? 레이몬드 경? 경?"

어깨를 잡을 때만 해도 서늘했던 칼릭스의 말투는 짧은 시간 안에 다양하게 변화했다. 추궁, 의문, 경악. 레이몬드의 새파래진 낯빛이 심각해 보였다. 레이몬드는 파들파들 떨면서 칼릭스의 팔을 붙잡더니 끅 소리를 내며 실신했다. 쿵. 바닥이 울렸다. 어린 하녀가 놀라서 엉엉 울었고 저 멀리에서는 집사가 헐레벌떡 뛰어오는 중이었다. 로젤린은 옆 테이블에서 스콘에 잼을 바르며 콧노래를 부르고 있었다.

"……"

아수라장이었다.

레이몬드는 손님방의 침대로 옮겨졌다. 제복을 벗겨 보니 명치에 새빨간 자국이 남아 있는데 조만간 크게 멍이 들 것 같았다. 칼릭스는 무슨 일이 일어났는지 제 누이에게 우선 물었다. 그녀는 흘러내린 머리를 곱게 귀 뒤로 꽂더니 시큰둥한 얼굴로 밀크티를 마셨다.

"그거 아주, 아주 나쁜 놈이야."

"……사람더러 그거라고 하시면 안 됩니다."

전혀 도움이 되지 않았다. 그녀의 수발을 담당하는 하녀에게 물어보니 레이몬드 경이 그녀를 보자마자 와락 껴안았다고 했다. 무사한 아가씨를 보고 기쁜 마음에 한 행동이었다고. 어디를 더듬거나 이상한 행위를 하지는 않았단다. 하지만 불행하게도 바로 전날. 순하고 착한 아가씨가 기억을 포함한 상식까지 모두 잃어버린 것이 몹시 걱정되었던 하녀들은,

[아가씨. 우리 아랫것들이 이렇게 아가씨를 꾸며 드리려고 가끔씩 아가씨를 만지게 되잖아요. 이런 것 말고, 모르는 사람이 아가씨를 만지려고 하거나, 쓰다듬으려고 하면 꼭 말씀하세요. 그 사람은 정말, 정말 나쁜 놈이거든요? 저희가 혼내 드릴게요.]

[칼릭스는?]

[칼릭스 도련님은 괜찮아요. 하지만 처음 보는 사람이 그렇게 행동하잖아요? 그러면…….]

"일단 패세요."라고 말했단다. "수습은 칼릭스 도련님께서 하실 겁니다."라고도 했단다.

칼릭스는 두 눈을 질끈 감았다. 그들이 간과했던 것은 기억을 잃은 로젤린에게는 가족과 고용인을 제외하면 전부 처음 보는 사람이라는 점이었다. 그는 로젤린과 함께 그녀의 방으로 갔다. 사람들을 다 물리고서야 교육이 시작되었다.

"사람을 함부로 때리면…… 안 된다. 사람을 함부로 죽이면 안 된다……후…… 복창하세요…….."

"사람을 함부로 때리면 안 된다. 사람을 함부로 죽이면 안 된다."

"잘하셨습니다. 아까 누님이 때려눕힌 분은 큰뿔산양 후작가의 레이몬드

경이십니다. 누님과 같이 하얀밤 기사단에 적을 두고 계시고, 사적으로는 친구입니다."

"때리면 안 돼?"

"안 됩니다."

"알았어."

로젤린은 고개를 끄덕였다. 칼릭스는 손으로 얼굴을 몇 번 세게 쓸며 괴로운 소리를 냈다. 칼릭스는 누군가가 흉기를 들거나 살의를 비친다면 패도 되고 죽여도 된다는 말을 덧붙였다. 이 말을 하지 않으면 전쟁터에서도 얌전히 화살을 맞아 주고 있을 것 같았다. 로젤린은 고개를 끄덕였다.

"사람을 함부로 때리면, 아주아주 무서운 곳에 갑니다. 그곳에는 정말 무서운 아저씨가 있지요."

"무서운 곳……."

로젤린이 침을 꼴깍 삼켰다. 부족한 상상력으로나마 열심히 무서운 아저씨와 무서운 곳을 그려 보는 것 같았다.

곧 레이몬드가 깨어났다고 하인이 알려 왔다. 손님방에 도착하니 그는 상반신을 어정쩡하게 일으킨 상태로 앉아 있었다. 이 집에 들어올 때만 해도 단정하던 레이몬드의 머리는 산발이 되어 있었다. 칼릭스는 벌써 피곤이 몰려왔다. 뭐라고 변명을 해야 좋을지 한참 머릿속으로 생각하고 있노라니 로젤린이 대뜸 먼저 입을 열었다.

"미안."

"……."

로젤린은 전혀 안 미안한 얼굴로 유감을 표했다. 칼릭스는 머리가 지끈거리며 두통이 밀려오는 것을 느꼈다. 레이몬드는 침대에 앉아 멍한 얼굴로 그녀를 쳐다보았다. 그리고 방을 천천히 둘러보더니 마지막으론 제 옷을 들어 배에 새겨진 폭력의 흔적을 확인했다. 꿈인지 생시인지 구분이 안 가는 모양이었다.

"로젤린?"

"그래."

"붉은수레바퀴의 로젤린 에스터?"

"응."

"아까 이 오라버니를 때린 게 너라고, 로젤린?"

"응. 미안."

"어…… 음…… 빠른 사과 아주 보기 좋아…… 좋은데…… 아니, 그게 문제가 아니라…….

그의 시선 처리에서 당황스러움이 느껴졌다. 로젤린은 침대 옆 의자를 끌어와 철퍽 앉고 레이몬드를 위해 차려 놓은 다과를 먹기 시작했다. 레이몬드는 멍청하게 입을 벌리고 그 모습을 쳐다보다 그녀의 뒤에 서 있는 칼릭스 쪽으로 시선을 옮겼다.

"칼릭스 경…… 혹시…… 우리 로젤린의…….

레이몬드는 풍부한 손짓을 하며 말을 골랐다. 손이 머리쯤에서 뱅글뱅글 돌고 있어서 그가 로젤린의 상태를 정확히 이해하고 있다는 것을 알수 있었다. 하지만 적나라한 손짓과는 별개로 그는 심사숙고하여 말을 내뱉었다.

"로젤린의 컨디션이 예전 같지 않다든가……?"

여태껏 들은 표현 중에 제일 점잖은 것이었다. 누님, 어찌하여 저에게 이런 고난을 남겨 주고 가셨습니까. 칼릭스는 제 참담한 기분을 가다듬다가 고개를 끄덕였다.

"예…… 누님의…… 컨디션이…… 예전 같지는 않으십니다…….

레이몬드는 복잡한 얼굴로 잠시 골똘히 생각했다. 그는 까치집이 된 머리를 더 헤집으며 엉망으로 만들더니 침대에서 벌떡 일어났다. 로젤린이 물끄러미 시선만 옮기자 그녀의 손을 잡아 일어나게 했다.

"이번에는 때리면 안 된다, 로젤린."

"응."

그리고 와락 껴안았다. 로젤린은 조금 답답한 듯 인상을 찌푸리긴 했지만, 교육이 효과가 있었던지 냅다 주먹을 쓰지는 않았다. 칼릭스는 뒤에서 그 모습을 보고 있다가 쯧 혀를 찼다. 괜히 때리면 안 된다고 했나. 시집도 안 간 남의 집 귀한 딸을 덥석덥석 안다니. 영 마음에 안 들었다. 하지만 딱 한 번만 눈감아 주기로 했다.

"잘 살아 돌아왔다."

레이몬드의 얼굴, 그의 목소리에서 깊이 쌓인 감정들이 녹아내리고 있는 것이 보였다. 그 마음을 모르는 것도 아니니.

* * *

"예상했던 대로 검은달 놈들이더라."

레이몬드는 제 옷을 들어 타격당한 부분을 쳐다보며 이야기했다. 새파랗다 못해 거무죽죽한 멍이 들어 있어 흠칫 몸을 떨며 놀라긴 했으나, 곧 아무렇지 않다는 듯 다시 옷을 내렸다.

"검은달?"

로젤린의 목소리는 높낮이가 없어서 의문형이라고 알기 힘들었다. 레이몬드는 측은하다는 듯 그녀를 바라보았다.

"이런 것도 다 잊은 거였나…… 음. 검은달. 우리가 살고 있는 이 나라, 신성 제국 일라베니아와 항상 사이가 안 좋았던 왕국 '발타'의 마력 숭배 집단이지."

"마력?"

"성력과 반대의, 상극의, 불길한 힘을 말하는 거야. 그놈들은 어둠과 혼돈의 신인 크레안 티다니온이 진정한 신이라고 생각하고 빛과 질서의 신 이델라브힘은 거짓된 존재라고 주장하는 광신도 집단이야. 2황자 전하께서는 역대 황제들을 넘는 성력을 지니고 계셔서 항상 검은달 놈들이 노리고 있지. 암살 시도가 스물한 번을 넘어갔을 때, 하얀밤이라는 2황자 전하의 특수 호위 기사단이 창설되었어. 그리고 그게 우리야. 하얀밤 기사단의 로젤린 경."

로젤린은 흠, 하고 보기 드물게 반응했다. 그녀는 팔짱을 낀 채 다리를 쫙 벌리고 있다가 칼릭스가 "누님…… 다리 좀…….." 하고 그녀에게 자세를 바꿀 것을 청하자 다리를 꼬았다. 그녀의 한쪽 다리가 까닥거리며 발짓하고 있었다. 첩첩산중이었다. 칼릭스의 깊은 한숨 소리에 레이몬드가 웃었다.

"이번 사냥 대회 사건에 하얀밤의 기사단원들이 많이 사망했어. 심지어는…… 음…… 부단장님도 돌아가셨지. 네가 부단장님을 많이 따랐어, 로젤린. 혹시 기억나?"

"아니."

"……기억 못 하는 게 다행일지도 모르겠네. 많이 슬퍼했을 거야, 너. 음, 아무튼 간에 새로운 부단장으로 전 부단장의 부관인 나단 경이 새로 임명되셨고, 크으…… 그리고 무려 이 몸이 부단장의 새로운 부관이 되었단 말씀."

레이몬드는 허리에 두 손을 떡하니 올려놓고 잔뜩 뽐냈다. 로젤린은 그 모습을 보다가 "좋아?"라고 물었고 레이몬드는 그 물음에 스르륵 무너졌다.

"아니…… 안 좋아…… 누구는 승진이라고 부럽다고 하지만…… 그 부단장 밑에서 이리저리 구를 생각을 하니 벌써부터 눈앞이 깜깜하다…… 아, 참. 그리고 너도 상급 기사로 승급했어. 전에 치렀던 승급 시험 점수도 좋았고 플러스로 죽은 동료들 중에 상급 기사들이 많았지. 너도 이제 2황자님을 직접 호위하는 인원에 들어가."

"그래?"

태평한 로젤린을 대신하여 칼릭스가 깜짝 놀랐다. 과거에 그녀와 했던 대화가 떠올랐기 때문이었다.

[그를 지키기 위해 왔다.]

[하얀 밤의 주인.]

전의 말대로 된 셈이었다. 그녀가 정말 하얀 밤의 주인을 지키는 인원 안에 들어가게 된 것도 놀라운 일이었지만, 그보다 더욱 놀라운 사실은 '그' 기사단장이 그녀를 상급 기사로 승급시켜 줬다는 점이었다. 1황자파에 속하는 로젤린의 가문을 알고 있음에도. 더욱이 한번 호위 임무를 실패한 적이 있는 자에게도 기회가 돌아갈 정도로 사태가 심각하다는 것인가? 칼릭스의 표정이 굳어졌다.

"생각보다······."

"그렇게 됐습니다, 칼릭스 경."

"······그렇군요. 아니, 잠시만. 레이몬드 경. 문제는 그게 아닐 텐데요."

"아."

"······."

칼릭스와 레이몬드의 고개가 돌아갔다. 그 둘의 시선 끝에는 여전히 다리를 꼰 채로 발을 까닥거리고 있는 로젤린의 모습이 들어왔다. 그들은 식은땀을 뻘뻘 흘렸다. 로젤린이 상급 기사로 승급하기 전에, 일라베니아의 황실로 돌아가기 전에, 아주 시급한 문제가 그들을 기다리고 있었다.

두 사람은 얼른 자리에서 일어나 로젤린을 끌고 연무장으로 향했다. 로젤린은 그들의 손을 잡고 쭐레쭐레 따라갔다. 하녀가 로젤린의 긴 머리를 하나로 묶자, 레이몬드가 검을 들고 그녀 앞에 다가갔다.

"검 뽑아서 들어 봐, 로젤린."

레이몬드는 제 심장이 하도 쿵쿵 뛰어서 입 밖으로 나오는 것 같다고 생각했다. 제발, 제발······ 검술은 기억하고 있겠지? 그의 손이 덜덜 떨렸다. 칼릭스 또한 그 광경을 보며 침을 꿀떡꿀떡 삼켰다. 두 남자의 뜨거운 시선 아래, 그녀는 내밀어진 검을 뽑았다. 스르릉, 검집을 스치는 날이 예리하게 울었다.

"……크윽……."

"……."

칼릭스는 차마 못 보겠다는 듯, 손을 들어 눈을 가렸다. 레이몬드는 처참하게 무너져 연무장 바닥에 기대듯이 쓰러졌다. 검술 이전에 파지법조차 엉망이었다. 검이라고는 생전 처음 잡아 보는 자의 모습이었다. 로젤린은 눈을 빛내며 검을 이리저리 살폈다. 장난감을 선물 받은 아이 같은 반응이었다.

"……로젤린…… 귀여운 건 좋은데…… 크……흑……."

"이거 내 거야?"

"아냐…… 그거 내 검이야…… 너는 무거워서 이거 못 쓰는데……? 어? 안, 안 무거워, 로젤린?"

로젤린은 어깨를 으쓱하더니 제 손끝으로 바스타드 소드를 들어 보였다. 레이몬드가 입을 떡 벌리는 모습을 보고 칼릭스가 급하게 말을 붙였다.

"누님께서는 회복하시는 동안 체력 단련을 중점적으로 하셨습니다! 기억을 잃은 상태에서 검은 위험하다고 판단해서 체력 훈련을 평소보다 두 배, 아니 세 배 정도!"

"내가?"

"네! 누님께서 그러셨습니다!"

병가를 낸 기간 동안 하루 종일 먹고 자고 놀기만 했다. 자신의 기억과 다른 발언에 로젤린은 온 얼굴로 의아하다는 빛을 내보였지만, 칼릭스는 그녀가 얼마나 열정적으로 훈련을 했는지에 대해 상당한 시간을 소요하며 일장 연설 했다. 레이몬드는 당황한 표정으로 고개를 끄덕였다.

"대단한걸? 로젤린 너는 힘이 약한 게 좀 흠이었는데 쉬는 동안 잘 보완했구나. 어쩐지 아까 내 명치 때릴 때부터 범상치가 않더라니. 하하, 5년 전에 돌아가신 할아버지가 빛의 강 너머에서 막 이리 오라고 하시더라고."

"왜 안 갔어?"

"아니야, 로젤린…… 거기 가면 큰일 나…….'

레이몬드는 시답잖은 농담을 몇 번 주고받다가, 곧 진지한 얼굴로 돌아왔다. 로젤린은 객관적으로 괜찮은 기사였다. 힘보다는 기술과 지략을 내세우는 여자 기사들 중에서는 이미 적수를 찾아볼 수 없는 수준이었다. 또한 그녀 특유의 성실함을 높게 평가받아서 짧은 수습 기사 기간을 거치고 곧바로 하급 기사로 승급했었다. 하지만 하급 기사들은 수습 기사들과 달리 실력이 검증된 자들이 많았다. 조금 뛰어난 기술만으로는 그들의 실력을 뛰어넘을 수 없었다.

로젤린은 그 한계에 부딪히고도 좌절하지 않았고 노력했다. 누구보다 많은 시간을 수련했으며 누구보다도 많이 공부했다. 장점을 갈고닦고, 약점에서는 눈을 돌리지 않으려 했다. 여자 기사라고 은연중에 무시하던 이들도 그녀가 노력하는 모습을 보고서는 스스로의 편협한 시선을 점차 바꿀 정도로.

로젤린이 상급 기사로 승급했다는 소식에 레이몬드는 자기 일처럼 기뻐했다. 로젤린의 노력과 마음이 헛되지 않았구나 싶어서. 오죽하면 그녀의 승급 소식을 전해 준 부단장에게 입을 맞추기까지 했다. 그런 만큼 포기할 수 없었다.

로젤린이 바라고 지키고자 했던 것들은 잊었다고 한들 사라진 게 아니었다. 어렵사리 온 기회를 놓치게 할 수 없었다. 레이몬드는 그녀에게 검을 건네받았다. 그는 검신을 똑바로 세워 잡았다. 넓은 바스타드 소드의 검신이 레이몬드의 얼굴을 반쯤 가렸다. 로젤린은 레이몬드의 행동 하나하나를 조용히 지켜보고 있었다.

"너는 지금 검도 하나 제대로 잡지 못하는데…… 기사단에 돌아온다고 뭘 할 수나 있을까, 로젤린?"

"그래도…….'

"그래도?"

"가야 해."

"왜?"

레이몬드는 얼굴 앞에 있던 검을 모로 세웠다. 날카로운 검날 너머로 로젤린이 두 눈을 빛내고 있는 것이 보였다.

"하얀 밤의 주인을 지키기 위해서."

레이몬드는 씨익 웃었다. 기억을 잃었다고 하더니 가장 중요한 것은 기억하고 있다. 그녀다웠다. 로젤린은 언제 어디서든 어떤 본질을 파악하는 능력이 뛰어났다. 그것이 심지어 이런 상황에서도 발휘되고 있을 줄은 몰랐지만.

레이몬드는 뒤로 물러서며 그녀와 거리를 벌렸다. 칼릭스도 레이몬드가 뭘 하려는 건지 눈치채고 조금 물러섰다.

"잘 봐, 로젤린. 잘 기억해."

레이몬드는 잠시간 눈을 감더니 움직임과 함께 눈을 떴다. 장신의 남자는 재빠르게, 물이 흐르는 것같이 자연스럽게 움직였다. 일라베니아 제국 검법의 가장 기본이 되는 동작들이었다. 로젤린은 눈 하나 깜박이지 않고 그의 모습을 유심히 바라보았다. 레이몬드의 움직임에 따라 녹색의 눈동자가 휙휙 움직였다. 무서울 정도의 집중력이었다.

찌르고, 베고, 막고. 검 끝은 하늘을 향했다가, 허공을 가르고 땅을 스치기도 했다. 검이 지나는 공간마다 크게 바람이 불었다. 제법 떨어져 있는 거리임에도 불구하고 검의 날카로움이 생생했다.

"후."

레이몬드는 처음 시작할 때처럼 검을 제 얼굴 앞에 세우며 움직임을 멈췄다. 진지하던 얼굴에 웃음기가 돌아올 즈음엔 로젤린도 뻑뻑한 눈을 깜박일 수 있었다.

"끝! 이것만 다 할 줄 알아도 반은 간 거야. 사실 너는 몸보다는 머리를 쓰는 일을 많이 했기 때문에 나머지는 차근차근 배우는 걸로 하고……."

"한 번 더."

"응?"

로젤린은 인상을 찌푸렸다. 왜 귀찮게 말을 두 번 하게 만들고 난리야. 딱 그 표정이었다.

"한 번 더."

레이몬드는 "어……엇? 그, 그래." 하면서 허둥지둥 두 번째로 검법 시연을 펼쳤다. 그는 어린 시절 막 검을 배우던 때를 떠올렸다. 하루에도 몇백 번씩 연습하고는 했었다. 그때는 지겨워 미칠 것 같고 힘들기만 했는데 지금에 와서 보면 그것도 다 추억이었다. 그가 속으로 허헛 웃으며 두 번째 시연을 끝내니,

"한 번 더."

"……나…… 왜 좀 불안하지, 로젤린……?"

레이몬드는 과거의 힘들었던 그 추억이 현실이 될 때까지 "한 번 더, 한 번 더, 한 번 더."라는 소리를 끝없이 들어야만 했다. 그의 검은 몇 시간째 멈추지 않고 움직였다. 밤이 찾아와 검날에 달빛이 반짝, 반짝 비칠 때까지.

"청구할 거야…… 검술 교사 비용 청구하고 말 거야!"

"해. 칼릭스 돈 많아."

"젠장! 그건 그래!"

"……."

칼릭스는 그들의 대화를 어이없다는 듯 바라보았다. 레이몬드는 헉헉거리면서 소파에 대충 널브러졌다. 목 끝까지 채우고 있었던 제복은 단추 두어 개를 제외하고는 전부 풀려 있었다. 예전 로젤린이 보았다면 한 소리 했을 복장 상태였다.

"수고하셨습니다. 저녁이라도 들고 가시죠, 레이몬드 경."

레이몬드는 손을 휘휘 저었다. 대답할 힘도 없는 모양이었다.

"저도 이제 슬슬 복귀해야 해서, 휴. 권유는 감사하지만, 일정이 바쁘군요. 그런데 오늘 한 고생이 뭔가 소용이 있겠습니까? 몸을 직접 움직인 것도 아니고 그냥 보기만 했는데?"

칼릭스는 비죽 웃었다.

"누님께서는 기억력이 아주 좋으시거든요."

"그렇다면 다행이지만. 아, 2주 뒤에 서임식이 있습니다. 부디 그때까지…… 그…… 로젤린의 말투 좀 어떻게……."

"……."

"상급 기사로 임명되는 자들의 서임식은 2황자 전하께서 직접 진행하실 예정입니다. 그때 '붉은수레바퀴의 로젤린 경을 상급 기사로 임명한다!'고 선언하실 텐데 '응. 그래.' 하는 사태는 막아야 하지 않겠습니까? 상상만 해도 오싹하군요."

칼릭스도 그의 말에 동의한다는 듯 몸을 부르르 떨었다. 2주일. 검술과 예법을 익혀야 하는 시간이 고작 2주밖에 남지 않았다. 레이몬드는 바쁜데 짬을 내서 겨우 찾아온 것이니 아마 다음번은 황궁에서 만나게 될 거라 그녀에게 말했다. 로젤린은 "응, 그래."라고 대답했다. 그들의 등골은 다시금 서늘해졌다.

레이몬드는 남매의 배웅을 받고 저택을 곧 떠났다. 로젤린은 자신의 방에 걸려 있던 레이피어를 들고 연무장으로 다시 내려왔다. 칼릭스와 하녀가 식사 시간이라 알렸음에도 그녀는 연무장 중앙에 앉아 눈을 감고 움직이지 않았다.

눈을 감은 그녀의 시야 너머로 흰 제복을 입은 남자가 나타났다. 그는 갈색 머리를 휘날리며 검을 휘둘렀다. 몸의 중심을 찾고, 왼쪽, 오른쪽, 어느 방향으로도 움직일 수 있게 경계하며, 부드럽지만 강하게. 그는 로젤린의 앞에서 끝없이 움직였다. 그녀는 한참 그 모습을 떠올렸다. 부푼 근육이 제복 위로 씰룩이는 것이 보였다. 그의 머리카락을 타고 땀이 뚝뚝 떨어져 내렸다. 바람을 가르는 검의 환상이 그녀를 여러 번 베고 지나갔다.

로젤린은 검을 뽑았다. 그의 바스타드 소드와는 형태도 무게도 다른 검이었다. 하지만 그녀는 망설임 없이 움직였다. 칼릭스는 가만히 그녀의 모습을 지켜보았다. 레이몬드가 몇 시간을 보여 준 덕에 그녀는 움직이는 순서와 형태를 뚜렷이 기억하고 있었다. 하지만 아직 많이 어설펐다. 검을 처음 잡아 봤을뿐더러 파지법조차 엉망이었으니 당연한 결과일지도 몰랐다. 하지만 그녀가 검을 휘두를 때마다 형태가 조금씩 다듬어지기 시작했다.

체격이 확연히 다른 그녀가 레이몬드를 따라 하기에는 여러 가지 제약이 따랐다. 검을 몇 번 휘두른 그녀는 그걸 깨달은 것처럼 보였다. 수없이 검을 휘두르는 동안 본능적으로 알게 된 것일지도 몰랐다. 맹목적으로 레이몬드의 움직임을 따라가지는 않았지만, 그 동작이 가지고 있는 의미는 정확히 이해하고 있었다. 베는 것, 찌르는 것, 막는 것, 공격하는 것, 지키는 것, 몸의 중심을 견고히 하는 것.

그녀는 레이몬드의 움직임에서 자신을 찾아갔다. 로젤린의 체격, 현재의 이 신체가 지닌 힘, 검의 길이. 모든 것을 고려한 합리적이고도 아주 영리한 형태였다. 몇 시간 지나지 않아서 수년을 검을 휘둘러 온 사람 같은 뛰어난 검술 실력을 내보일 수 있었다.

레이몬드가 검법을 끝낼 때처럼 그녀는 검을 자신의 얼굴 앞에 세웠다. 눈을 감은 로젤린의 뒤로 하얀 달빛이 비치고 있었다. 굽이치는 검은 머리가 휘날리며 밤하늘에 녹아들었다.

2

어둠의 신 크레안 티다니온을 몰아내고 세상에 빛을 가지고 온 이델라브힘의 나라. 일라베니아 신성 제국. 대륙 구석구석에 널리 퍼진 위명에 걸맞은 크기였다. 눈이 부실 정도로 찬란하게 빛나는 백색의 성은 아무리 멀리 내다봐도 끝이 보이지 않을 정도로 넓게 그리고 아주 높게 펼쳐져 있었다.

로젤린은 마차의 창을 통해 아름다운 성들이 줄지어 서 있는 것을 감상했다. 하얗다. 많다. 일정한 규칙으로 만들어져 있는 이 높은 성들은 자신이 살았던 숲과는 매우 다른 성질을 띠고 있었다. 고요하고 적막한, 아름다운 이곳은 [좋다, 싫다] 둘 중에 [싫다] 쪽에 가까웠다. 그녀의 본능이 울렁거렸다.

항상 로젤린의 곁을 지키던 칼릭스는 지금 그녀의 곁에 없었다. 수도 티가드로 떠난 것은 오직 로젤린뿐이었다. 그는 백작 대리로서 붉은수레바퀴령을 지켜야 할 의무가 있었다. 칼릭스의 끝없는 잔소리와 걱정이 덕지덕지묻은 시선만이 그녀의 기억에 남아 있을 뿐이었다.

안 됩니다. 하시면 안 됩니다. 그건 안 됩니다. 이건 더 안 됩니다. 그건 정말로 하면 큰일 납니다, 안 됩니다. 뭘 그렇게 하면 안 되는 게 많은지. 인간들은 고생을 사서 하는 종족이었다.

"로젤린!"

마차는 황성의 문을 지나고도 한참을 달렸다. 로젤린은 내리자마자 저 멀리서 달려오는 레이몬드의 모습을 볼 수 있었다. 레이몬드는 헉헉 숨을 몰아쉬며 그녀 앞에 멈춰 섰다.

"오랜만입니다, 레이몬드 경. 그간 평안하셨습니까."

"⋯⋯나한테는 편하게 해도 돼, 로젤린."

레이몬드는 로젤린의 반듯한 모습에서 누군가의 노력을 엿봤다. 눈물이 찔끔 날 뻔했다. 레이몬드는 마차에서 그녀의 짐을 같이 내렸다. 레이몬드 휘하의 수습 기사들도 짐을 들고 기숙사로 날랐다. 깔끔하고 커다란 건물이었다. 아직 정식 서임을 받지 않았지만, 상급 기사로 승급했기 때문에 넓고 좋은 방으로 옮겨졌다고 했다. 그 넓은 곳에 채워 넣을 짐은 많지 않았다. 순백의 제복 몇 벌, 검 몇 자루, 평상복과 생활용품들. 로젤린이 대충 짐을 던져 놓자 레이몬드가 차곡차곡 꺼내어 정리했다.

"평소보다 더 살벌한걸. 어째 드레스 한 벌이 없어."

"칼릭스가 내 옷 다 유행 지났다고 수도 가서 사 입으랬어. 레이몬드보고 같이 가 달라고 하래."

그 자식 나한테 다 떠넘기고 있잖아? 레이몬드는 속으로 칼릭스를 조금 욕했다. 뭐, 그래도 제 동생 같은 아이를 위해서니, 휴일 정도는 반납하고 드레스 샵을 돌아봐야겠다고 생각했다. 로젤린은 제 방을 이리저리 둘러보다가 침대에 털썩 앉았다. 레이몬드는 정리하던 중, 제복 한 벌을 그녀에게 건네었다.

"자, 이거 받아. 일단 옷부터 갈아입고 나와. 아니! 나 나가고 벗어!"

옷을 갈아입으라는 말에 로젤린이 단추를 풀기 시작하자 레이몬드가 황급하게 눈을 가렸다. 제복을 입고 나온 로젤린은 한동안 레이몬드에게 잔소리를 들었다. 다른 사람 앞에서는 함부로 옷 벗고 막 그러면 안 돼, 알겠어? 어? 빨리 이 오라버니 앞에서 약속해. 새끼손가락. 도장.

로젤린은 한동안 계속된 잔소리에 인상을 찌푸렸지만, 꼬박꼬박 알겠다고 대답했다. 기숙사 복도는 넓고 잘 정돈되어 있었다. 레이몬드는 길을 걸으며 그녀에게 몇 가지를 일러 주었다.

"단장실에 가서 복귀했다고 알리는 게 우선이야. 서임식까지는 시간이 있으니까 기사단 돌아다니면서 이것저것 좀 봐야 할 것 같고…… 아, 그리고 내일 상급 기사로 정식 임명 된 후에는 수습 기사 몇 명이 붙을 거야. 최대 다섯 명까지. 네 가르침을 받고 싶어 하는 수습 기사들이 지원하면 그중에서 뽑으면 돼. 자잘한 업무나 심부름 정도는 시킬 수 있는데, 시간 내서 돌봐 줘야 하는 게 좀 힘들긴 하지. 네가 감당할 수 있을 만큼만 뽑아. 예식 순서랑 언약문은 외웠어?"

"응."

"대단한걸, 잘했어. 그리고 로젤린 너…… 기억 잃은 건…… 음…… 어떻게 하기로 했어? 말해도 된대?"

"응."

칼릭스는 고뇌했다. 말하자니 로젤린에게 불이익이 갈 것 같고, 말을 안 하자니 그녀의 자유분방한 행동이 납득되지 않을 것 같았다. 어느 정도의 행동은 다듬어졌다고는 하나, 로젤린의 예전 모습을 알던 사람들이라면 대부분 눈치챌 것이다. 어쩔 수 없는 일이었다. 통제를 벗어나 이상한 소문이 일파만파 퍼지기 전에 미리 다른 수를 차단해야 했다.

로젤린의 병명은 기억 상실. 하지만 기사단 업무를 보는 것에 지장은 없을 것이며, 기억을 잃었음에도 남아 있는 2황자에 대한 충심으로 기사단에 복귀하다. 그것이 로젤린의 이야기였다.

로젤린은 레이몬드의 안내를 받아 단장실에 도착했다. 문 앞에 수습 기사 두 명이 서 있다가 레이몬드의 얼굴을 보고 문을 열었다. 로젤린은 탁자에서 서류를 살피던 남자와 눈이 마주쳤다. 날카롭게 빛나는 눈, 깊게 팬 주름. 관록이 느껴지는 외모였다. 붉은 머리의 남자가 자리에서 일어나 탁자 앞으로 이동했다. 레이몬드와 로젤린은 오른손으로 주먹을 가볍게 쥐고 손등이 보이도록 심장 위에 올려놓았다.

"검은 달을 가르는 이델라브힘의 영광을. 붉은수레바퀴의 로젤린. 하얀 밤 기사단에 막 복귀했습니다."

"검은 달을 가르는 이델라브힘의 영광을. 큰뿔산양 레이몬드. 기사단장님을 뵙습니다."

기사단장, 스타스 또한 그들과 마찬가지로 주먹을 심장 위에 올려놓았다.

"이델라브힘의 영광을 그대에게. 몸은 좀 어떤가, 로젤린 경."

레이몬드가 조마조마한 표정으로 쳐다보는 게 느껴졌다. 로젤린은 양손을 등허리에서 맞잡았다.

"괜찮습니다."

"그래 보이는군. 다행이야. 앞으로도 그 운을 전하를 위해 써 주길 바라네."

"알겠습니다."

"이번 상급 기사로 승급한 것 축하하네. 경이 부지런히 노력한 덕이지."

"감사합니다."

"서임식에 관해 궁금한 점이 있는가?"

"없습니다."

레이몬드는 칼같이 오고 가는 그들의 대화를 주시하다가 큼, 흠, 목을 풀고 끼어들었다. 원래 말이 긴 편이 아님을 알더라도, 지금의 로젤린은 기사단장에게 시비를 거는 것 같았다. 짧게 끊어지는 말들이 퉁명스러워 보이기까지 했다.

"실례가 안 된다면 한 가지 말씀드려도 되겠습니까, 단장님."

"말해 보게."

"……실은, 로젤린 경의 몸은 다행스럽게도 완벽히 회복되었습니다만…… 그…… 마음이 아직 조금 아픈지라……."

스타스는 의문이 가득한 낯빛으로 레이몬드를 보았다. 무슨 소리를 하는 거지, 이 부단장 부관은?

"그게 무슨 소리지, 레이몬드 경? 마음이 아프다니. 물론 심정은 이해하네. 나 또한 그대들처럼 동료를 잃었으니. 그러나 그 슬픔과 분노를 딛고 일어서는 게 우리들의 일이야."

"……."

너무 돌려 말했나…… 레이몬드는 입가에 띠고 있던 미소를 한순간에 지웠다. 에라, 모르겠다, 될 대로 돼라.

"로젤린 경의 기억에 문제가 있습니다. 기억 상실이라고 합니다."

"……?"

언제나 무표정을 고수하는 기사단장의 얼굴에 당혹스러움이 잔뜩 올라왔다. 아주 희귀한 광경이었다.

"대부분의 기억이 소실되었음에도 2황자 전하를 지키고자 하는 하얀밤의 맹세는 그대로 기억하고 있었습니다. 또한 지식의 습득 속도가 매우 빠릅니다. 그녀가 임무를 진행하기에 부적합하다고 생각되지 않아, 그대로 복귀 명령을 진행했습니다. 곧 기억이 돌아올 것이라는 의사의 소견서도 있습니다."

스타스는 레이몬드에게서 소견서를 받아, 찬찬히 읽어 내렸다. 다른 내용은 다 흐릿한데 [기억 상실] 그 단어만 아주 생생하고 뚜렷했다. 평소보다 낮게 가라앉은 짧은 대답들이 이것으로부터 기인했던 건가.

그는 자신의 턱을 매만지면서 소견서와 로젤린을 번갈아 쳐다봤다. 1황자파의 계략이 아닐까 잠시 생각해 봤으나, 로젤린의 올곧고 일관된 태도는 그 누가 보아도 2황자에게 진실한 사람이란 것을 확신할 수 있을 정도였다. 1황자파의 붉은수레바퀴 가문이라는 그 출신만 아니었더라도 더 아꼈을 것이다.

검은 머리의 로젤린은 자신의 이야기가 오가고 있는 걸 빤히 들으면서도 무표정을 고수하고 있었다. 조금은 지루해 보이기까지 했다. 예전의 그녀는 관대하고 담대했지만 이런 거짓말로 제 잇속을 챙기는 능숭란한 자는 아니었다. 로젤린의 성품을 잘 아는 스타스는 인정할 수밖에 없었다. 이 허황된 보고가 한없이 진실에 가깝다는 사실을.

스타스의 얼굴에 복잡한 심정이 떠올라 있었다. 한참을 침묵을 지키던 그가 입을 힘겹게 열었다.

"……몸은…… 좀 어떤가, 로젤린 경."

아까와 같은 물음이었지만, 담긴 뜻은 조금 달랐다. 로젤린은 허리를 곧게 세우며 똑바로 스타스를 쳐다봤다.

"괜찮습니다. 감사합니다."

스타스는 조금 입가를 달싹이며 망설이다 그녀에게 축객령을 내렸다. 레이몬드는 단장실에 남아 잠시간 그와 더 얘기를 나누었다.

단장실 밖에 서 있던 두 명의 수습 기사들이 그녀의 얼굴을 흘끗흘끗 쳐다보았다. 로젤린은 하얀밤 기사단 내에서 유명 인사였다. 1황자를 비호하는 가문의 장녀, 죽음에서 살아 돌아온 붉은수레바퀴의 로젤린 에스터. 자신을 향한 여러 감정이 담긴 시선을 받으며 그녀는 미소를 띠었다. 당황스럽지는 않았다. 칼릭스에게 미리 들어서 대충 어떤 상황인지 알고 있기 때문이었다.

하얀밤 기사단에 있는 인간들은 자신을 좋아하지 않는다. 세력이 다르기 때문이라고 했다. 그렇다면 기사단장이라는 자도 마찬가지일 텐데. 무뚝뚝한 말투와 표정으로도 그의 걱정은 감춰지지 않았다. 문 안쪽에서 레이몬드와 스타스가 두런두런 얘기를 주고받는 소리가 들렸다. 로젤린은 문밖에 있었지만, 그 얘기를 들을 수 있었다. 청각 능력이 뛰어나다는 무엇의 세포를 조금 빌려 온 덕이었다.

"……로젤린 경이……."

"그렇다면……."

로젤린이 떠난 후에도 기사단장의 걱정은 끊이지 않았다. 레이몬드가 질려 할 정도였다. 로젤린은 레이몬드를 기다리며 벽에 머리를 툭 기대었다.

안타깝다, 로젤린. 검은 머리의 인간. 그대는 꽤 괜찮은 사람이었을지도 모르겠다.

* * *

로젤린은 미간에 주름을 잡고 불편한 심기를 내보였다. 옆에서 레이몬드가 안절부절 어쩔 줄 몰라 했다. 그녀는 여기저기서 찔러 대는 시선을 느꼈다. 지나가는 인간들마다 다시 고개를 돌려 쳐다보는 건 그렇다 치더라도, 부러 멀리서부터 찾아와서 제 얼굴과 생사를 확인하는 경우까지 있었다. 로젤린의 인내심이 슬슬 한계에 부딪히기 시작했다.

로젤린은, '그것'은 눈에 띄는 것을 좋아하지 않았다. 생물들은 수년의, 수백의 시간과 몇 세대를 거쳐 생존에 유리한 방향으로 진화하며 때로는 도태되기도 한다. 근처에 있는 생물을 흉내 내어 무리에 섞이고 위협으로부터 도망치기도 했다. '그것'의 의태 능력은 이러한 환경에서 발달된 것일지도 몰랐다.

그러니 사람들의 시선이 로젤린에게 집중되고 있는 이 순간은 그녀를 초조한 기분으로 몰아넣는 최적의 상황이나 다름없었다. 이렇게까지 뚫어져라 바라볼 필요가 있는 건가? 마수의 모습도 아니고, 눈이 하나 없는 것도 아니고, 팔이 한 짝 어떻게 된 것도 아닌, 지극히 평범한 인간의 형태인데? 혹시 나도 모르게 의태가 풀렸나? 그녀는 제 팔다리를 확인한 후, 제 등을 보기 위해 낑낑거렸다.

"뭐 해, 로젤린?"

"나 어디 이상해?"

왜 계속 쳐다보는 거지? 레이몬드는 뱅글뱅글 도는 그녀의 모습을 쭉 보다가 고개를 흔들었다. 그을음 하나 묻지 않은 완벽한 옷차림이었다.

"네가 좋은 아이기는 하지만, 로젤린. 그렇다고 해도 그게 모든 사람이 널 좋아해 줄 이유가 될 수 없다는 거지."

"무슨 말인지 모르겠어. 이상해."

"좀 이상하고 어렵지? 인간관계가 원래 그래."

붉은수레바퀴의 페르탄 에스터 백작. 1황자를 비호하며 전선에서 수많은 공을 세워 백작 위를 제외하고도 수많은 작위를 보유하고 있는 자. 한마디로 일라베니아에서도 제법 괜찮은 입김과 힘을 가지고 있는 가문이었다. 그 가문의 딸이 어느 날 2황자의 기사단에 들어오더니 빠른 시간 안에 수습 기간을 마치고 하급 기사로 승급했다. 기사단장은 그녀를 조용히 지켜볼지언정 차별하거나 저어할 사람이 아니었고, 부단장은 다른 세력의 자식임에도 2황자를 지키고자 하는 그녀의 마음을 갸륵하게 여기며 그녀를 몹시 아꼈다.

하지만 그 모습이 다른 기사들이 보기에 그다지 좋은 광경이 아니었음이 문제였다. 어린 주제에, 여자 주제에, 1황자파 주제에, 그다지 실력도 좋지 않으면서! 주제도, 수치도 모르는 자. 그들에게 붉은수레바퀴의 로젤린 에스터란 그런 사람이었다. 그런 그녀가 사냥 대회에서의 전투로 시체조차 소실되어 찾을 수 없게 되었다고 했다. 로젤린을 싫어하는 이들 또한 그때만큼은 애도했다.

하지만 모두의 예상을 뒤엎고 로젤린은 살아 돌아왔다. 그래도 한솥밥 먹은 사람으로서 미운 정이라도 들었는지 그 소식이 싫지만은 않았다. 한데 승급이란다. 상급 기사로 임명받는단다. 그녀의 적은 소리 없이 불어났다. 황자 전하를 지키고자 목숨 바친 이들의 자리를 꿰차기엔 한없이 부족한 인물이라고 여겼기에. 심지어는 추모식 때는 코빼기도 안 보이고 제 영지에 박혀서 놀다가, 서임식 때나 슬그머니 기어 나오다니. 어쩌면 저렇게까지 간악할 수 있을까. 모두는 아니더라도 대부분의 단원들은 그런 마음을 조금이라도 품고 있었다.

상급 기사들은 자격과 능력이 모자란 기사가 굴러들어 오는 것을 탐탁지 않아 했고, 하급 기사들은 제 자리를 뺏긴 것 같아 분노했으며, 수습 기사들은 현재 로젤린의 직위를 그녀의 가문과 권력으로 얻어 낸 거라 믿어 의심치 않았다. 로젤린을 쳐다보는 수많은 눈빛들은 그런 감정으로부터 온 것이었다. 집요하게 질척거리며 그녀에게서 떨어질 줄을 몰랐다. 열렬한 구애의 눈빛보다 더 진했다.

레이몬드는 눈에 모를 세우고 주위를 쭉 둘러봤다. 그와 눈이 마주친 하급 기사들이 급하게 자리를 떠났다. 죽었다 살아 돌아온 사람에게 축하는 못 해 줄망정 뒤에서 수군거리고나 있는 작태를 보노라니 절로 한숨이 나왔다. 칼깨나 쓴다고 하는 어린 엘리트의 집단이다 보니 자존심과 아집으로 똘똘 뭉쳐 여간 피곤한 게 아니었다. 기사도를 백날 배우고 외우면 뭘 하나. 그것은 의미 없이 어디론가 모두 흘러가 버린 것 같은데.

"로젤린."

"응."

"하나 말해 둘 게 있는데……."

"말해."

"사실…… 너…… 친구…… 나밖에 없다……?"

그녀는 눈썹 한쪽을 들고 그를 올려 봤다. 퍽 의외라는 표정이었다.

"나 친구 많을 줄 알았는데."

칼릭스도, 하녀들도, 레이몬드도, 기사단장까지. 만나는 사람마다 로젤린을 좋아하는 게 빤히 보였는데. 참 이상한 일이었다. 거울로 로젤린이라는 인간을 볼 때면 풍성한 까만 머리털엔 윤기가 반질반질 흐르는 데다 눈 색은 풀잎 같아 예쁘다고 생각했다. 살이 없는 게 좀 흠이긴 하지만 키가 훤칠하니 크고 근육의 질도 좋으니까 튼튼하고 멋져 보였는데…… 인간들은 외적인 부분에 많이 좌우된다더니 그것도 다가 아니었나?

그녀의 또랑또랑한 표정을 보며 레이몬드는 가슴을 부여잡았다. 마음이 너무 아팠다. 로젤린의 곁에 있어야만 했을 가상의 친구를 송두리째 뺏어 버린 것 같았다. 자신이 너무 나쁜 놈처럼 느껴졌다. 레이몬드는 찔끔 나온 눈물을 소매로 훔쳤다.

"걱정 마. 이 오라버니가 일당백의 친구니까!"

레이몬드는 제 머리를 그녀의 검은 머리에 마구 비볐다. 두피가 당겨서 조금 아팠다. 해가 뉘엿뉘엿 넘어가기 시작하자 둘은 사이좋게 기숙사에 딸린 식당으로 갔다. 많은 사람들이 지켜보는 걸 잠깐 잊을 정도로, 식사는 맛있었다.

그녀는 자신의 방으로 돌아가면 먼저 편지지를 꺼내야겠다고 생각했다. 로젤린은 제 동생에게 꼬박꼬박 편지를 썼다고 했다. 성은 하얀색이었는데 자신을 마중 나온 레이몬드가 있었고 기사단장도 만났다. 사람들이 쳐다봐서 불쾌했지만 때리지도 죽이지도 않았다. 난 예쁜데 친구가 별로 없다고 한다. 밥은 맛있었다. 에스터의 밤과 같이 티가드의 밤 또한 달과 별빛으로 반짝거린다.

하지만 로젤린은 오랜 여행의 피로로 인해 끝까지 쓰지 못하고 잠들었다. 책상에 그대로 엎어진 채 그녀는 아침까지 깊은 잠을 잤다. 꿈에 로젤린이 나온 것 같았다. 널 좋아하는 사람도 많고 싫어하는 사람도 많더라. 처음 만났을 때보다 능숙한 인간의 언어로 말을 걸었더니 로젤린은 그때처럼 미소 지으며 원래 그런 거라 이야기했다.

* * *

로젤린은 눈을 떴다. 복도에서 바지런한 인기척이 느껴졌다. 하늘을 보니 아침에 가까운 새벽의 색이었다. 오늘은 하얀밤 기사단의 서임식이 있는 날이었다. 그녀는 책상에서 일어나 거울을 확인했다. 편지지로부터 새어 나온 잉크가 볼에 몇 개의 글자를 남기고 있었다.

씻은 후 제복으로 갈아입고서 머리를 묶으니, 기다렸다는 듯 누군가가 노크했다. 로젤린은 감각을 곤두세워 문 너머를 바라보았다. 일당백의 친구 레이몬드였다. 그녀는 방긋 웃고 문을 열었다.

"좋은 아침이야, 로젤린."

"좋은 아침. 레이몬드."

기억을 잃어버린 채로 의지할 수 있는 혈육과 집마저 떠나왔다. 마음고생이 심할 것이라 생각했지만 그 걱정이 무색하리만큼 그녀는 숙면을 취한 듯 보였다. 하얀 피부에 만질만질하게 윤기가 돌았다. 레이몬드는 저도 모르게 웃었다. 전에도 이렇게까지 적응력이 좋았나? 애가 죽다 살아나더니 마음에 여유가 생겼나 보다.

레이몬드가 안내하는 길을 따라갔다. 그녀는 서임식이 진행되는 넓은 제단을 보았다. 흰 돌이 크게 원을 그리고 있는 중앙에는 월계수가 있었고 그 옆에 독수리 석상이 세워져 있었다. 그녀는 칼릭스에게 들었던 인간의 신화를 기억해 낼 수 있었다. 이델라브힘이 하늘과 땅을 잇는 매개로 자신의 분신을 인간들에게 보냈는데 그것이 독수리였고, 그 독수리가 앉은 월계수 나무를 중심으로 일라베니아 제국이 세워졌다든가, 그래서 일라베니아의 중요한 의식을 치르는 제단마다 월계수 나무와 독수리 석상이 있다든가 하는 흘려들었던 정보들이었다.

그녀가 제단을 멀뚱히 구경하는 사이 흰 제복을 입은 기사들이 하나둘 모였다. 그들은 누가 명령을 내리지 않았음에도 오와 열을 맞추기 시작했다. 이것도 칼릭스에게 배운 것이었다. 맨 뒤에는 수습 기사, 중간 줄에는 하급 기사, 앞줄에는 상급 기사가 서 있게 된다. 그 앞에 기사단장의 부관과 부단장, 부단장 부관이 상급 기사와 마주 보며 서 있는 형태. 제단의 한

가운데는 의식을 진행할 2황자가 차지할 것이고 그 옆에서 기사단장이 그를 지킬 것이다.

로젤린은 아직 정식으로 임명받지 못했으므로 하급 기사들과 같이 줄을 섰다. 여전히 곱지 않은 눈빛들이 그녀 주변을 맴돌았다. 상급 기사들은 어디 갔는지 대열에는 하급 기사와 수습 기사뿐이었다. 그 상태로 많은 시간이 흘렀다.

부우우.

공기를 울리는 소리가 퍼지며 얽혀 있는 빛무리가 그려진 흰색 깃발이 차례대로 올라갔다. 기사들은 탁, 탁 움직이는 소리를 내며 허리를 곧게 펴고 차렷 자세를 했다. 저 멀리 하얀 궁에서부터 상급 기사들이 발맞춰 걸어오고 있는 것이 보였다. 그들이 좌우로 감싸고 있는 중앙에는 기사들과 마찬가지로 하얀 옷을 입은 남자가 있었다. 하지만 기사들의 제복이 아닌 신전에서나 입을 법한 화려한 예복이었다. 그는 길게 찰랑이는 머리를 늘어트리고 제단을 향해 천천히 걸어왔다. 달빛을 담은 듯 은은하게 빛나는 은발이었다.

로젤린은 순간 그와 눈이 마주친 것 같다고 생각했다. 그가 누구인지 미처 알기 전이었다. 바다같이 푸른 눈동자를 본 순간 무엇인지 이해할 수 없는 감정과 혼란이 그녀를 덮쳐 왔다. 심장이 소란스럽게 쿵쿵 로젤린을 두드려 댔다.

이게 뭐지? 이게, 뭐야? 독인가? 아니, 인간의 모습으로 변해 있지만, 여느 생물과 다르게 자신에게는 독이 통하지 않는다. 살아 있는 것을 흡수해서는 안 된다는 금기를 깬 부작용인가? 아니, 그렇다면 진즉에 이상을 느꼈을 것이다.

로젤린이 숨을 가쁘게 쉬며 오른손으로 가슴을 꽉 눌렀을 즈음엔, 모든 기사들 또한 그녀와 같은 동작을 했다. 기사들의 경례 방식이었다. 로젤린은 우연의 일치로 그들 속에 녹아들었다.

상급 기사들은 중앙의 남자를 제단까지 호위한 후, 자연스럽게 돌아와 그녀의 앞에 섰다. 로젤린은 앞에 서 있는 상급 기사의 어깨 너머 단편적으로 보이는 그를 응시했다.

로젤린은 들은 적이 있었다. 현 일라베니아 황실에서 유일하게 은발을 가진 황자. 설원의 월계수. 2황자 리카르디스.

그녀가 지키고자 했던 하얀 밤의 주인이었다.

* * *

[2황자 전하의 생모이신 밀리아 황비님께서는 변방 자작가 출신이십니다. 심지어 황비님의 어머니께서는 평민이셨죠. 그래서 2황자 전하의 출신을 걸고넘어지는 자들이 많습니다. 비천하네, 평민의 피가 흐르네 하면서요. 하지만 그렇게 말하면서도 황자님 앞에서는 한마디도 못 하곤 하죠. 왜 그럴 것 같습니까, 누님?]

[황자라서?]

[그것도 있습니다. 가장 큰 이유는 성력이지요. 그리고 황자님의 그 외모.]

[……외모?]

[남성, 여성 가릴 것 없이 추앙하는 아름다운 외모를 지니고 계십니다. 또한 이델라브힘을 상징하는 순백. 황자 전하의 눈부신 은발은 그것을 떠올리게 하죠. 거기에다 역대 황제들과 비견해도 전혀 뒤지지 않는 성력의 양까지. 감이 좀 잡히십니까? 빛의 신을 모시는, 성력을 다루는 나라에서 황자 전하의 모습이 어떻게 비쳐질지?]

그 당시에는 그렇구나, 하고 넘어갔다. 하지만 로젤린은 현재 그 뜻을 절절히 이해할 수 있었다. 인간의 미의식을 다 깨우치지 못한 그녀의 눈에도 2황자는 정신이 아득하리만큼 아름다웠다. 깊고 선명한 푸른색의 눈동자.

곧게 뻗은 콧날. 부드러운 입매와 도자기 인형 같은 투명하고 하얀 피부, 기사들과 비교해 보아도 흠이 없는 강건하게 단련된 몸까지.

리카르디스의 새하얀 옷과 머리칼이 찬란하게 빛나고 있었다. 햇살마저도 그의 곁을 비추는 것 같은, 그런 기이한 풍경이었다.

칼릭스, 레이몬드, 백작가의 하인들과 하얀밤 기사단의 단원들까지. 로젤린은 적지 않은 수의 남자들을 보아 왔지만, 이렇게까지 본능에 호소하는 지독한 아름다움은 처음이었다. 그래서인가? 그의 겉모습이 충격적이었기 때문에 심장이 이렇게 뛴 것이었나? 조금 이상하다고는 생각했지만, 그 이외의 이유를 가늠할 수 없었기에 그냥 수긍했다.

그녀의 혼란스러움을 뒤로하고 예식은 이미 차례대로 진행되고 있었다. 2황자가 두꺼운 책을 펼쳐서 읽어 주기도 했고, 기사단장 스타스가 큰 소리로 무언가를 외치자 기사단원들이 같이 복창하기도 했다. 로젤린은 입을 뻥긋뻥긋하며 따라 하는 시늉을 했다.

신관처럼 보이는 이들이 세공된 넓은 접시를 가져와 제단 앞에 올려놓았다. 얇고 하얀 접시에는 맑은 물이 가득 담겨 있었다. 이델라브힘의 독수리가 앉은 월계수. 바로 그 앞에 있는 호수의 물이었다. 성수라고도 불렀다. 그 물 자체에 무슨 효력이나 효능이 있는 건 아니었지만 중요한 의식을 치를 때마다 사용되는 것이었다.

서임식은 수습 기사에서 하급 기사로 승급되는 자들부터 시작되었다. 황자는 뒤로 물러나 있어 기사단장이 대신 그들의 맹세를 받았다. 많은 사람들이 제단에 오르고 내렸다. 하급 기사에서 상급 기사로 승급하는 이들의 서임식이 시작되자 뒤로 물러서 있던 황자가 앞으로 나왔다. 그들의 서임식은 리카르디스가 직접 진행했다. 모두 눈을 빛내며 하얀밤 기사단의 주인을 우러러보았다. 한참을 기다린 끝에 로젤린의 이름이 불렸다.

"붉은수레바퀴의 로젤린 에스터. 앞으로 나오라."

그녀는 칼릭스가 가르쳐 준 대로 걸었다. 한 발 한 발. 다리를 너무 벌려서는 안 되고 보폭이 너무 커서도 작아서도 안 된다. 목을 당기고 허리를 편 채로 정면을 응시하며…… 그녀는 속으로 중얼중얼 칼릭스의 말을 반복했다. 제단 앞에 선 그녀는 검을 뽑아 땅에 박은 후 한쪽 무릎을 꿇어 준비를 끝냈다.

제단의 한중앙에는 2황자가, 그의 오른쪽에는 기사단장 스타스가, 왼쪽에는 신관이 있었다. 그녀를 내려다보던 2황자의 눈썹이 꿈틀거렸다. 하지만 그녀는 고개를 숙이고 있어 그걸 미처 보지 못했다.

"하얀밤의 하급 기사 로젤린 에스터. 맹세하라."

그의 낮고 부드러운 목소리가 머리 위에서 웅웅 울렸다. 로젤린은 고개를 들고 입을 열었다.

"붉은수레바퀴의 로젤린 에스터가 설원의 월계수 앞에서 진실 된 맹세를 하고자 합니다."

"설원의 월계수 리카르디스 다리우 일라베니아가 붉은수레바퀴 로젤린 에스터의 맹세를 듣는다."

시선이 마주쳤다. 그의 푸른 눈동자가 흔들림 없이 그녀의 눈을 마주하고 있었다. '그래, 그 잘난 맹세. 한번 해 보아라.'라고 말하는 것 같은 표정이었다.

"붉은수레바퀴의 로젤린은 검은 달을 가르는 이델라브힘의 검이 되겠습니다."

"그대는 이델라브힘의 빛이 되어 검은 달을 가르라."

"붉은수레바퀴의 로젤린은 약자를 보호하고 제국에 충성하겠습니다."

"그대는 약한 자의 강인한 울타리, 일라베니아의 부수지 못할 방패가 되어 명예를 지키라."

"영광된 이델라브힘의 광휘 아래, 두 번째 월계수의 기사가 되어 이 목숨을 바칠 것을 맹세합니다."

"영광의 이델라브힘의 광휘 아래, 붉은수레바퀴의 로젤린을 상급 기사로 임명한다."

리카르디스는 넓은 접시에 있는 물을 손에 찍어 그녀의 이마에 죽 그었다. 로젤린은 차갑게 닿는 감촉에 잠시 눈을 감았다가, 떴다. 눈앞에는 밝은 은발이 찰랑이고 있었다. 그녀는 조금 고개를 들어 그를 보았다. 아무 감정 없는 무심한 눈동자가 로젤린을 잠시간 담다가 곧 흥미 없다는 듯 다른 곳을 향했다. 로젤린은 마지막 경례 후 자리로 돌아갔다.

이후 레이몬드가 부단장 보좌로 임명되는 짧은 의식이 있었다. 뒤를 이은 새로운 부단장의 서임식을 마지막으로 모든 일정이 마무리되었다. 리카르디스는 서임식이 모두 끝나자마자 뒤도 돌아보지 않고 제단을 떠났다.

기사단장이 폐회를 선언했다. 이내 백색의 제복을 입은 하얀밤 기사단의 단원들도 모두 흩어졌다. 로젤린은 이마를 쓱쓱 만졌다. 그의 손끝이 닿았던 흔적은 이미 말라서 없어졌지만, 이상하게도 그 차가운 온도가 아직 선명하게 느껴지는 듯했다.

* * *

의외로 평탄한 나날이 이어졌다. 상급 기사라고는 하나, 막 승급한 로젤린에게 황자 호위라는 중대한 임무가 돌아올 리 만무했다. 결국 그녀에게 돌아오는 몫의 일거리는 검술 훈련이나 문서 작업뿐이었고, 그 일감은 자연스럽게 레이몬드의 책상 위에 쌓였다.

깐깐한 부단장의 보좌로 일하며 살인적인 업무량에 시달리던 레이몬드는 밤을 새우면서 로젤린 몫의 문서 작업까지 해내었다. 하지만 그것도 하루 이틀. 곧 레이몬드의 눈 아래에 시커먼 피곤의 흔적이 내려오기 시작했다. 생기만 간신히 붙어 있는 시체 같았다. 인간의 표정을 다 구분하지 못하는 로젤린이 보아도 좀 심각한 상태라고 느껴질 정도였다. 미안하다는 감정의 의미를 진정 깨우친 때였다.

"미안…… 나 그런 거 할 줄 몰라서."

로젤린의 시무룩한 반응에 레이몬드는 왈칵 눈물을 흘릴 뻔했다. 마음만으로는 이깟 서류 작업 따위 천년만년 해 줄 수도 있었지만, 그런 건 로젤린을 위한 게 아닐 수도 있다. 배고픈 자에게 물고기를 주기보다는 낚시하는 방법을 알려 주라고 하지 않던가. 슬슬 그녀도 하얀밤 기사단에 정착할때였다. 레이몬드는 애써 웃으며 시무룩한 그녀를 다독였다.

"아니야. 모르면 배우면 되지, 뭐. 넌 머리가 좋아서 금방 익힐 거야."

"응."

"필요한 건 도서관에서 내가 빌려 올게. 지금쯤이면 연무장 비어 있겠다. 가서 검술 훈련하고 있어. 매일 하고 있지?"

"응. 방에서 매일매일. 남는 시간마다."

기억을 잃었다고 해도 그 성실함이 어디 가지는 않은 모양이었다. 레이몬드는 유명 제과점에서 사 온 쿠키를 그녀에게 건넸다. 큰뿔산양 저택의 강아지를 교육할 때에도 포상용 간식이 있었는데……까지 생각이 미친 그의 기분은 급격히 참담해져 버렸다. 어쨌거나 로젤린은 초코 칩이 박힌 쿠키를 맛있게 먹으며 레이몬드의 말을 따라 연무장으로 향했다.

로젤린은 레이몬드의 충고에 따라 검술은 방 안에서만 수련했다. 준비가 덜 된 상황인 만큼 다른 기사들과 마주치는 것을 최소화하기 위해서라고 했다. 방 안이 넓어서 움직일 공간이야 충분했지만, 연무장의 흙냄새와 땀이 날 즈음 서늘하게 불어오는 바람, 찌르르 우는 풀벌레 소리까지. 그 어떤 것도 없어서 아쉬웠던 참이었다.

연무장은 텅 비어 있었다. 다른 기사들은 식사 후 조금의 휴식 시간을 가지고 있을 것이다. 로젤린은 검을 뽑았다. 머릿속으로 두 남자의 모습을 그렸다. 레이몬드와 칼릭스는 그녀의 상념 안에서 끝없이 움직였다. 길고 무거운 검이 나비가 움직이듯 나긋나긋하게 춤추고 있었다. 어떨 때는 무게가 한 톨도 느껴지지 않다가도 어떨 때는 태산보다 무겁게 내려앉았다.

로젤린은 주위를 감싸고 있던 적막을 깨트리며 움직였다. 일라베니아의 기본 검법이었다. 그녀는 동작 하나하나를 정확하게 짚어 가며 천천히 검을 흘렸다. 누가 보면 답답하다고 느낄 만큼 느렸지만, 움직임은 완벽함에 닿아 있었다. 햇살 아래 로젤린의 높게 묶은 검은 머리가 흔들렸다. 그녀는 자기도 모르게 살짝 웃었다. 시원한 바람이 기분 좋았다.

한참을 움직이던 로젤린의 감각에 불순물이 끼어들었다. 하얀밤 기사단에 오고 나서 줄곧 느껴 왔던 껄끄러운 시선이었다. 로젤린은 검술 연습을 지속하며 그 시선의 근원을 찾았다. 저 멀리 장신의 남자들 몇이 자신을 주시하고 있었다. 그들이 달고 있는 견장의 모양에서 하급 기사임을 알아챌 수 있었다. 그들은 로젤린을 쳐다보다가 입을 모아 무언가를 얘기했다. 그러고는 낄낄거리며 웃었다.

로젤린은 알고 있었다. [기분이 좋을 때는 웃는다]는 공식이 절대적으로 성립하지 않는다는 것을. 그들은 숨길 생각도 없이 로젤린에 대한 감정을 흘리고 있었다. 그 적나라한 감정과 얼마간 인간으로서 쌓아 온 경험이 그녀에게 말하고 있었다. 저들은 로젤린을 좋아하는 자들이 아니다. 그녀에게 흠을 내고 싶어 하고, 그 틈을 비집을 순간을 보고 있었다.

[누님에게는 적이 많으십니다. 정확히는 적이 많은 곳으로 누님이 들어가신 겁니다. 그걸 각오하고 성으로 가셔야 할 겁니다.]

칼릭스가 해 주는 말들은 정말 하나같이 옳았다. 그녀는 적이 많았다. 같은 종족인 데다가 같은 옷을 입고, 더욱이 한 건물 아래 같이 사는 인간들은 어떻게든 그녀를 끌어내리고 싶어 하며 로젤린의 곁을 맴돌고 있었다. 신경이 사나워지기 시작했다. 로젤린의 검은 여전히 느렸지만, 몹시 날카로워졌다.

멀리서 그녀가 기초 검법을 연습하는 걸 지켜보던 하급 기사들이 걸음을 옮겼다. 위풍당당한 모습이었다. 멀지 않은 거리에 있었기에 그들은 연무장 중앙에 있던 로젤린에게 금방 다가섰다. 로젤린은 그들이 오는 것을 느끼고 연습을 끝맺지 못한 채 중단해야만 했다. 다섯 명 전부 주먹을 심장 위에 올려놓으며 경례했다. 입을 한쪽으로 비틀며 웃고 있던 금발의 젊은 남자가 입을 열었다.

"검은 달을 가르는 이델라브힘의 영광을. 오랜만에 뵙습니다. 로젤린 경."

"이델라브힘의 영광을 그대들에게."

[그나마 다행인 건 기사단은 상하 관계가 분명한 집단이라는 겁니다.]

칼릭스의 목소리 위로 웃음기 어린 남자의 목소리가 겹쳐졌다.

"상급 기사로 승급하신 것, 진심으로 축하드립니다."

"감사합니다."

"귀띔이라도 해 주시지 그러셨습니까. 전에 같이 조를 짰던 때를 생각해 보면…… 음…… 상상도 못 할 일이었던지라, 축하 선물을 보내야겠다는 생각조차 못 했지 뭡니까."

[……상하 관계가 분명한…….]

"……."

아닌 것 같은데…… 상하 관계 분명하지 않은 거 같은데…… 로젤린은 과거의 칼릭스가 가르쳐 준 내용에 딴죽을 걸었다. 금발의 남자는 자신에게 지금 시비를 거는 중이었다. 둔한 로젤린도 알아챌 수 있을 만큼 노골적이었다.

로젤린은 외유내강을 넘어서, 겉으로 보기에 아주 물렁한 사람이었다. 같이 조를 짠 하급 기사들이 싫은 말을 해도 묵묵히 받아넘기고, 이상한 장난질을 치거나 시비를 걸어도 상관에게 보고해야겠다는 생각조차 하지 않는 사람이었다. 승급했다고는 하지만 그녀는 여전했다. 계급으로 타인을 찍어 누를 생각도 없어 보였고, 다른 상급 기사라면 진즉에 처벌하고도 남았을 발언에도 그저 쳐다볼 뿐이었다. 지금도 그녀의 날카로운 눈이 다소 위협적으로 보이긴 했지만 남자는 잘 알고 있었다. 로젤린은 원래 저렇게 생긴 사람이었다.

바다협곡의 네스터. 금발의 남자는 바다협곡 백작의 차남이었다. 그는 로젤린과 같은 시기에 하얀밤 기사단의 수습 기사가 되어 동기라는 이름으로 묶였다. 네스터가 보기에 로젤린은 부족한 검술 실력을 머리로 채우는 전형적인 여기사였다. 전술이야 괜찮은 전략가를 옆에 두면 되는 것이고 기사에게 중요한 것은 역시 검술 실력이 아니겠는가. 네스터는 사사건건 그녀와 자신을 비교하며 제 자존감을 채웠다.

하지만 로젤린이 먼저 하급 기사로 승급한 그날부터 그의 자존심은 구깃구깃 구겨지고 말았다. 네스터 또한 곧 하급 기사로 승급하긴 했지만, 하루든 이틀이든 그녀가 먼저 앞서는 것은 용납이 되지 않았다.

그런데 이번에는 상급 기사로 승급하기까지 했다. 존경해 마지않던 기사단장의 안목이 의심되는 순간이었다. 그녀의 서임식을 황자 전하께서 직접 진행하는 모습을 보니 속에서 불길이 확 치솟았다. 로젤린에게 반감을 가지고 있는 하급 기사들과 그녀의 사소한 하나하나를 트집 잡아 비웃는 것도 하루 이틀이었다.

도리어 제 꼴이 우스워지는 것 같다고 생각할 즈음에 네스터는 보게 되었다. 로젤린이 기사 가문의 자식들이 여덟 살 때나 하는 기본적인 검법을 계속 반복하고 있었다. 그것도 원래 펼치는 동작보다 수배는 늦은 동작들이었다. 어떻게 저렇게까지 허술할 수가! 그저 웃음만 나오는 실력이었다. 고작 그 정도의 실력을 가지고 상급 기사로 승급해?

네스터는 웃었다. 하급 기사에게 지는 상급 기사는 없었다. 상급 기사들 중엔 여자가 없기도 했거니와 모두가 백전노장의 전사들이었다. 머리가 조금 좋을 뿐인 여자가 들어갈 수 있는 자리가 아니었다. 네스터는 자신이 그 차이를 직접 몸으로 깨닫게 해 줘야겠다고 마음먹었다.

"한때 서로의 등을 맡겼던 것도 인연인데 한 수 가르쳐 주시지요, 로젤린 경."

네스터의 뒤에 서 있던 하급 기사들이 웃음을 겨우 삼키는 게 보였다. 로젤린은 그들의 모습을 쭉 지켜보았다. 이럴 경우에는 어쩌라고 했더라.

이런 경우는······.

[그래도 가끔씩 질투에 눈이 멀어서 위아래를 모르는 놈들이 있긴 합니다.]

이런, 경우에는······.

[누님이 검술이 약하다는 걸 꼭 걸고넘어지겠죠.]

다섯 번째로 칼릭스와 대련한 후에 그의 입에서 나왔던 말이었다. 칼릭스는 연무장 바닥에 무릎을 꿇고 헉헉 거친 숨을 몰아쉬고 있었다. 그의 왼쪽 목덜미에는 로젤린의 검이 서늘한 빛을 내고 있었다. 칼릭스는 어이없다는 듯이 헛웃음을 몇 번 짓다가 그녀를 향해 짓궂은 표정을 했다.

[검투건 박투건, 원하는 대로 해 주세요.]

로젤린은 몇 개의 키워드를 기억해 내었다. 원하는 대로 해 줘라. 그리고 또 뭐라고 했더라?

[두 번 다시 기어오르지 못하게.]

아, 그래. "두 번 다시 기어오르지 못하게."였다.

로젤린은 고개를 끄덕였다. 네스터는 갑자기 몰려오는 한기에 몸을 부르르 떨었다.

* * *

로젤린이 고개를 끄덕이는 모습을 보며 네스터는 한쪽 입꼬리를 올려 웃었다. 하룻강아지 범 무서운 줄 모른다더니 상급 기사가 됐다고 검술 실력도 자연스럽게 따라가는 줄 아는 건가?

"입회인을 두고 정식으로 하시죠. 대련 도중에 무슨 일이 일어날지 알 수 없는 것 아니겠습니까?"

"알겠습니다."

"클로드 경, 바스티안 경. 부탁합니다."

네스터의 뒤에 서 있던 기사들 중 두 명이 앞으로 나섰다. 암기 금지, 검술과 체술의 종합적인 대련. 한 사람이 항복 선언을 할 때까지 지속된다. 대련 중 무슨 일이 일어나도 서로에 대한 책임은 없다. 낯선 기사 두 명이 로젤린에게 대련 조건을 읊어 줬다.

두 하급 기사의 입회 아래, 로젤린과 네스터의 대련이 준비되었다. 로젤린이 흐트러진 머리카락을 다시 묶을 즈음엔 사람들이 하나둘씩 연무장에 모이기 시작했다. 연습이라도 하러 왔다가 우연한 광경에 눈을 뺏긴 듯 보였다. 결투처럼 입회인까지 두고 대치하는 모습을 보고 다들 즐거워하며 구경했다. 소문의 상급 기사 로젤린. 그리고 하급 기사이긴 하지만 검 실력이 꽤나 좋다는 바다협곡의 네스터. 결과는 불 보듯 뻔했다.

짧은 시간 안에 소문이 퍼졌는지 수습 기사, 하급 기사 할 것 없이 연무장을 둘러싸고 있었다. 간간이 상급 기사들도 끼어 있었다. 네스터는 속으로 웃었다. 자신이 의도한 대로 흘러가고 있다. 많은 사람들이 보면 볼수록 로젤린을 끌어내리기에 용이할 것이다.

네스터는 빛나는 눈으로 로젤린의 모습을 지켜보았다. 부슬거리는 검은 머리카락, 여자치고는 큰 키. 미인이라고는 말할 수 없는 흔하디흔한 생김새는 날카로운 눈매 때문에 더욱 박한 평가를 받았다. 그녀는 주위의 소동에도 별다른 반응 없이 몸을 풀고 있었다. 부서지는 검날에 다치면 큰일이니 구경하던 자들도 조금 더 거리를 벌렸다.

로젤린과 네스터는 검을 뽑았다. 날이 검집을 스치는 소리가 연무장을 울렸다. 두 사람 다 얼굴 앞에 검을 세웠다가 검 끝을 서로 마주했다. 얇고 가느다란 검과 크고 넓은 검의 대비가 극명했다. 챙. 하는 작은 소리와 함께 대련이 시작되었다.

'속전속결!'

네스터의 검이 재빠르게 허공을 갈랐다. 검을 부러트릴 것 같은 우악스러운 힘이 그녀의 검을 향했다.

챙!

금속끼리의 마찰음이 크게 울리더니 검신이 크게 하늘로 떠올랐다. 허공에서 뱅글뱅글 도는 검을 따라 햇빛도 반짝이며 반사되었다. 높게 떠 있던 검은 공중에 머무르는 듯싶더니 이내 연무장 바닥에 퍽 박혔다.

기사들이 술렁이기 시작했다. 검을 놓치는 것은 수습 기사들도 하지 않는 행위였다. 매우 수치스러운 일이었다. 네스터의 얼굴이 울긋불긋해졌다. 검을 놓친 건 로젤린이 아니었다.

네스터의 손이 부들부들 떨렸다. 한순간에 큰 충격을 받아 버린 손은 그의 통제를 벗어나 떨리고 있었다. 마치 돌벽에 대고 검을 내려친 것 같았다. 이게 뭐지? 대체 무슨 일이 나에게, 그녀에게 일어난 거지? 지금 내가 뭘 한 거지? 네스터는 눈을 굴려 로젤린을 바라보았다. 네스터는 그녀의 녹안을 보고 지금의 상황을 인지했다.

"이, 이게 무슨⋯⋯!"

네스터는 고개를 돌려 입회하고 있던 동료들을 쳐다봤다. 클로드와 바스티안의 눈이 동그래져 있었다. 네스터의 형형한 눈빛에 두 남자가 고개를 마구 저었다. 암기 아냐. 속임수 없었어. 그 뜻을 읽은 네스터는 더욱 혼란스러워졌다. 멀거니 서 있기만 하는 그의 귓가로 고저 없는 목소리가 들려왔다.

"한 수, 잘 배우셨습니까."

네스터의 얼굴이 터질 듯 붉어졌다. 연무장을 둘러싸고 있던 수많은 기사들이 동요하는 것이 느껴졌다. 그는 이를 갈았다. 운이 좋아서 힘의 중심을 어찌 받아친 모양인데 그 정도로 의기양양해하기는!

"⋯⋯조금 더 부탁드립니다."

"알겠습니다."

로젤린은 고개를 끄덕이더니 검을 검집에 집어넣었다.

"?"

알겠다더니 왜 검을 집어넣지? 네스터의 의문은 곧 풀렸다. 그녀가 허리춤에 있던 검집을 풀어 멀리 던졌기 때문이었다. 그가 황당해하는 사이, 로젤린은 주먹을 쥐어 박투 자세를 취했다.

지금 나랑 체술을 겨뤄 보자는 건가? 저 여자 미친 거 아냐? 체급도 체급이지만 여자와 남자는 종이 다르다고 해도 좋을 정도로 힘의 차이가 있다. 여자의 몸으로 기사가 되어 그 사실에 대해 누구보다 체감하고 있어야 할 그녀가 지금 주먹 너머로 눈을 번쩍이고 있었다.

네스터가 보기에 로젤린은 그저 자신보다 한참 작고 마른 인간에 불과했다. 그런 그녀의 몸에서 무언가가 뭉글뭉글 피어올랐다. 전쟁을 치른 적 있는 네스터는 그게 무엇인지 알았다. 압력이다. 자신의 본능이 진심으로 저 여자를 경계하고 있었다. 대련 초의 미소를 잃은 지는 오래되었다. 네스터는 그녀와 마찬가지로 박투 자세를 취했다. 기사들 또한 둘 사이에 흐르는 긴장감에 침을 꼴깍꼴깍 삼켰다.

바람이 불었다. 열을 식히는 바람에 나뭇잎이 한 장 실려 와 두 사람의 사이를 가로질렀다. 로젤린의 눈동자와 같은 색의 잎사귀였다.

그것이 네스터가 기억하는 마지막 장면이었다.

* * *

사냥 대회에서 일어난 사건으로 인해, 하얀밤 기사단의 인원이 대폭 줄어들었다. 이후 급히 서임식을 치르며 빈자리를 채우긴 했지만, 정상 궤도로 올라서기까지는 아직 많은 시간을 필요로 했다.

현재 2황자의 성을 호위할 만한 인력은 넉넉했다. 문제는 2황자 리카르디스의 곁을 지킬 만한 실력을 갖춘 자는 그리 많지 않다는 것이었다. 예전엔 3교대로 빈틈없이 호위했었지만, 지금은 최소한의 2교대 호위조차도 겨우 해내고 있을 정도였다. 상급 기사로 올라온 자들의 급속한 성장이 필요한 시기였다.

레이몬드는 각 조마다 훈련 성과를 보고받은 것을 살펴보던 중이었다. 잠시 밖으로 외출했던 부단장 나단이 멍한 얼굴로 들어오더니 자리에 털썩 앉았다. 레이몬드는 서류에서 눈을 떼지 않고 물었다.

"무슨 일 있으십니까, 부단장님?"

"붉은수레바퀴의 로젤린 경을 2황자 전하의 호위로 넣는다."

"예엑?"

"붉은수레바퀴의 로젤린 경을 2황자 전하의 호위로 넣는다."

"네엑? 아니, 제대로 못 들어서 되물은 게 아닙니다! 아니, 아니아니아니! 갑자기 무슨 소리를 하시는 겁니까. 로젤린 경은 현재 매우, 마음과…… 머리가 아프다고 제가 말씀드리지 않았습니까!"

"기억하네. 기억 상실이라고, 아무것도 모른다고 했지."

"그런 말 하지 마세요! 애가 들으면 얼마나 상심하겠습니까!"

나단은 헛소리를 하고 있는 레이몬드를 가는 눈으로 보았다. 대체 뭐라고 하는 거지, 이 부관은? 기억 상실을 기억 상실이라고 하지 달리 뭐라고 표현한단 말인가. 레이몬드도 "아차, 이게 아니라!" 하고 급하게 말을 덧붙이며 본론으로 돌아왔다.

"로젤린 경이 뛰어난 기사라는 것은 이미 알고 있습니다. 하지만 황자 전하의 호위를 하기에는 아직 부족한 부분이 많습니다. 몇 달 훈련을 더 받은 후에……."

"기사단장실에 가던 길이었지."

"……?"

나단은 뜬금없이 말을 내뱉었다. 레이몬드는 조금 불만스러운 표정이었지만 그의 말을 끊지 않고 경청했다.

"밖이 소란스럽더군."

"사건으로부터 시일이 지나 좀 해이해졌나 봅니다. 더 굴리겠습니다."

"좋은 생각이야. 아무튼 간에, 연무장 쪽에서 소리가 나는 것 같기에 무슨 일인가 싶어 가 봤는데……."

"기특하게 훈련이라도 하고 있었습니까?"

"로젤린 경이 네스터 경을 개 패듯이 패고 있더군. 아니, 로젤린 경은 동물을 때릴 것 같지 않으니 개라면 그렇게 안 팼겠어. 말을 바꾸지. 수련용 허수아비를 패듯이 팼다고."

레이몬드는 입을 떡 벌렸다. 누가, 뭘 패?

"상대방이 하급 기사 바다협곡의 네스터 경이 맞습니까?"

"볼이 심각하게 부어서 알아보기 힘들었지만, 아마도 맞네."

레이몬드는 네스터에 대해 잘 알고 있었다. 사사건건 로젤린에게 시비 걸던 아주 저열한 놈이었다. 무례한 행동을 뒷받침하듯 검술 실력만은 제법 훌륭했고, 로젤린은 그런 네스터에게 별다른 반응을 보이지 않은 채 넘어가곤 했다. 때문인지 네스터는 자신이 로젤린보다 위라고 생각하며 기고만장하게 구는 편이었다. 이번에 그가 승급하지 못한 것은 상급 기사란 단순히 검술 실력만으로 결정되는 자리가 아니기 때문이었다.

그렇다고 해도 누군가가 객관적으로 둘 중에 누구의 검술 실력이 더 뛰어난지 레이몬드에게 물어본다면, 그는 당연히 네스터의 손을 들었을 것이다. 그 정도의 확연한 차이가 있었다. 그런데 로젤린이 그런 네스터를 개 패듯이 팼다고?

"네스터가…… 취한 것 같아 보이진 않았습니까? 아니면 앞서 누군가에게 쥐어 터지고 왔다든가?"

"……자네, 로젤린 경을 아끼는 것에 비하면 그녀에 대한 신용은 별로 없는 것 같군."

레이몬드는 입을 합 다물었다. 확실히 로젤린에게 실례되는 발언이었다. 하지만 그만큼 믿기 힘든 상황이었다. 몇 주 전까지만 해도 검조차 제대로 잡지 못하던 사람이었다. 그는 자리에서 벌떡 일어섰다.

"퇴근하겠습니다!"

"1시 반에? 해가 아직 중천이네."

"조퇴하겠습니다!"

"아주 난리가 났군. 휴식 시간 줄 테니 1시간 안에 돌아오게."

사랑합니다, 부단장님! 레이몬드는 그의 허락이 떨어지자마자 부단장실을 뛰쳐나왔다. 가문도 확실하고, 실력도 성품도 괜찮은 놈이지만 제 사람을 너무 과하게 아끼는 경향이 있었다.

나단은 절레절레 고개를 흔들다가 그녀에게 호위 임무를 부여하기 위해 올려야 하는 서류 몇 가지를 작성하기 시작했다.

레이몬드는 달렸다. 나단이 보았으면 인상을 찌푸리며 한 소리 했을 것이다. 그는 얼마 지나지 않아 복도를 걷고 있는 로젤린을 발견했다. 그녀에게서는 어디 하나 작은 생채기도 찾을 수 없었다. 몇 분 전까지 대련을 했다고는 믿어지지 않을 정도로 평온해 보였으며, 제복에도 흙이나 먼지 따위가 묻어 있지 않았다. 그녀의 두 팔 위에 얌전히 들려 있는 네스터만 아니었더라도 앞서 그렇게 격한 대련을 했다고는 도무지 믿지 못할 것 같았다.

"……로젤린 경?"

"검은 달을 가르는 이델라브힘의 영광을."

레이몬드는 자신의 두 눈을 마구 비볐다. 로젤린은 평온한 얼굴로 네스터를 들고 있었다. 마치 동화책에 나오는 기사가 공주님을 안을 때처럼.

"검은 달을 가르는 이델라브힘의 영광을……."

"검은 달을 가르는 이델라브힘의 영광을……."

그녀 뒤에서는 익숙한 얼굴 두 명이 새파랗게 질린 채 그녀를 따르고 있었다. 하급 기사 클로드와 바스티안. 항상 네스터와 같이 다니며 고개를 뻣뻣하게 들고 다니던 자들이었다. 한데 지금은 엉덩이를 맞은 어린 강아지같이 잔뜩 풀 죽어 있었다.

"이델라브힘의 영광을 그대들에게…… 경, 그, 그건, 아니 네스터 경은 어쩌다가……."

그렇게 참혹한 꼴을 당한 거니……? 얕보던 상대에게 쥐어 터져서 기절한 건 그렇다 치더라도, 그녀의 품에 다소곳이 안겨 있는 모습이 매우 참혹했다. 모르긴 몰라도 그가 깨어 있었다면 수치심에 눈물이라도 흘렸을 것같은 광경이었다.

"대련했습니다. 의무실에 가던 중입니다."

그가 궁금했던 것은 그녀가 대답한 [대련했습니다]의 조금 더 길고 상세한 설명이었지만, 보는 눈이 있어서 굳이 되묻지는 않았다. 네 명은 사이좋게 의무실로 향했다. 의사와 의무실에 상주하는 신관이 네스터의 몰골을 보고 헉, 숨을 들이켰다. 뭐지? 낙마해서 말한테 밟힌 건가?

"무, 무슨 일이 있었던 겁니까? 마수라도 나타났습니까?"

어, 예리한걸. 로젤린은 속으로 그 말을 삼켰다. 조용히 입을 다물고 있는 그녀를 대신해 바스티안이 입을 열었다.

"대련……했습니다……."

"대련이요? 얼굴이 이렇게 떡이 될 때까지 하는 대련이 있습니까?"

의사가 그의 옷을 들춰 보다가 여기저기 올라오기 시작한 시커먼 멍들을 보고 식겁했다. 그의 물음에 클로드가 기운 없는 목소리로 얘기했다.

"항복 선언을 할 때까지 대련하기로 했는데, 첫 공격에 기절해 버려서 항복이라는 말을 못 했어……."

클로드는 차마 말을 끝맺지 못했다. 그 어마어마했던 광경을 반추하는 것 같았다.

레이몬드는 로젤린의 강해진 힘에 대해 잘 알고 있었다. 그리고 여러 가지 상식을 깡그리 잊어버린 것 또한 잘 알았다. 로젤린은 기절해 버려서 항복이라는 말을 꺼내지 않은 네스터를 계속 팼을 것이고, 그는 항복이란 말을 못 해서 계속 맞았을 것이다. 그 광경을 조금 지켜보던 바스티안과 클로드가 기겁하며 대신 항복 선언을 하지 않았다면. 음. 상상만 해도 오싹했다.

레이몬드는 의사에게 그를 잘 부탁한다고 했다. 인력이 부족한 시기니 힘써 달라고 했더니 인력이 부족한 걸 아는 사람이 한 명의 인력을 박살 냈냐는 불손한 눈빛을 보냈다. 옆에 있는 검은 머리의 여기사가 그랬으리라고는 짐작조차 하지 않는 것 같았다.

레이몬드는 괜히 자신이 찔려서 호탕한 웃음을 내뱉고 로젤린을 끌고 나왔다. 그녀는 대련으로 흐트러진 머리를 풀어서 손으로 대충 빗고 있었다.

"……다친 곳은 없고?"

"응. 걔 약해서."

"그거 네스터 앞에서는 얘기하면 안 된다?"

"응."

"그리고 다음부터 대련할 때는, 기절하면 항복이라고 말 안 해도 패면 안 돼. 알겠지?"

"응."

어, 알았어. 나 알았어. 얘, 문서 작업은 무리야. 절대 안 되겠네. 지금의 로젤린에게는 호위 임무가 적격이었다. 조용히 곁에 서 있다가 수상한 자를 쥐어 패는 임무. 부단장의 선견지명이 반짝반짝 빛나 보였다.

* * *

2황자가 머무는 월장석 성. 아침부터 리카르디스의 집무실은 만원이었다. 황금정원 자작, 바다협곡 백작, 가을안개 백작, 푸른등불 공작, 큰뿔산양 후작까지. 2황자 세력의 주요 인물들이 모두 자리에 앉아 있었다. 그들은 술렁였다. 푸른등불 공작이 가지고 온 정보 때문이었다. 2황자 리카르디스는 가장 상석에 앉아 태연한 얼굴로 차를 마셨다. 물론 은제 식기의 색을 확인한 후였다.

"다들 놀라는 척하기는. 빤한 일 아니겠는가? 타국의 암살 부대가 국경을 지키는 수천, 수만의 눈에 띄지 않게 넘어온 것까진 그렇다 치고 말이야. 우연히 발견한 막사에 공격을 퍼부은 것뿐인데 일라베니아의 2황자만 피해를 입었고, 심지어는 놀랍지 않나? 어떤 곳에도 1황자는 없었다니. 이거야 원, 바보라도 눈치챌 수 있을 정도로 작위적이니…….”

그의 말에 큰뿔산양 후작이 눈썹을 꿈틀거렸다. 이런 간악한 놈들. 어찌 일라베니아의 황자라는 자가 타국의 광신도와 손을 잡을 수가 있단 말인가. 그의 손이 부들부들 떨렸다.

“아무래도 1황자 전하께서는 검은달과 손을 잡으셨다고 확정을 내려도 될 것 같습니다. 아, 발타 왕실이라고 정정할까요?”

“뭐, 굳이 구분까지 할 필요가 있나. 검은달 놈들이 왕실까지 들어앉아 있는데. 그놈이 그놈이지.”

리카르디스는 지루해하며 턱을 괴었다. 변함없이 치졸한 수법이었다. 제 형님이라는 자가 그러했다. 그 황제라는 자리가 대체 무엇이기에 그토록 사람을 미치게 만드는 것인지. 우스울 뿐이었다.

“증거는?”

“쉽게 발 뺄 수 있을 겁니다. 도리어 덮어쓸지도 모릅니다.”

“나와 내 기사들이 가장 피해를 많이 입었음에도?”

“정치적인 쇼라고 말할 겁니다.”

“정확하군, 후작. 형님이 하실 만한 헛소리야.”

테이블에 앉아 있는 남자들의 표정이 영 좋지 못했다. 리카르디스보다 황태자 위에 근접한 1황자 엘피디오. 그는 일라베니아라는 대륙 절반을 차지하는 거대한 제국을 이끌어 갈 만한 그릇이 아니었다. 1황자로서 군주학을 비롯해 다양한 분야의 학문을 두루 공부해 왔지만, 주변의 말을 귀 기울여 듣는 꼴을 보지 못했고, 오냐오냐 떠받들어지며 자란 탓에 타의 추종을 불허하는 오만한 성질까지 갖추었다.

그러나 그의 뒤에 있는 황후, 정확히는 황후의 집안인 사자갈기 공작가.

그 세력은 말로 표현할 수 없을 정도였다. 제국에 몇 없는 공작 위를 지니고 있음은 물론이요, 애초에 황실로부터 갈라져 나온 방계 가문이었기 때문에.

황후와 황제는 멀지 않은 혈연관계였으나, 황실은 세력을 위해 근친혼도 마다하지 않았다. 그리고 그 집착이 엘피디오에게서 결실을 맺은 것이다. 황후 소생이라는 강력한 뒷배, 역대 황제와 비견해도 뒤지지 않는 방대한 세력. 특별한 경우가 아니고서야 장자가 가문을 계승하는 일라베니아에서 엘피디오는 사실상 황태자나 다름없었다.

하지만 얼마 지나지 않아서 일은 일어났다. 엘피디오가 열한 살 되는 해, 황제가 새로운 비를 맞이했다. 시골 자작가라는 비천한 출신의 황비. 가난한 탓에 사교계에서도 본 적 없는 인물이었다. 다들 이름조차 알지 못했던, 장점이라고는 곱상한 얼굴과 달빛같이 빛나는 아름다운 머리색밖에 없는 여자였다.

황제가 여색을 밝히는 것은 공공연한 사실이라 다들 놀라워하지도 않았다. 문제는 그녀가 황성에 입성하며 데리고 온 두 명의 아이였다. 황비와 똑 닮은 머리색의 열 살짜리 남자아이와 다섯 살짜리 여자아이는, 무려 황제의 자식이었던 것이다. 황제가 변방 시찰을 했던 때에 생긴 아이라나 뭐라나. 황실이 왈칵 뒤집혔다.

황실에 사생아란 없다. 그저 지위가 낮은 황녀, 황자만 있을 뿐. 그럼에도 황제는 아이의 존재를 숨긴 것이다. 왜지? 모두의 의문이 점점 커져 갈 때쯤, 사내아이는 정식으로 황실 일원이 되어 새로운 이름을 받았다.

리카르디스 다리우 일라베니아. 신의 햇살이 비추는 영원의 나라. 그 이름을 드높일 두 번째 황자였다.

그리고 열 살에 갑자기 나타난 황자에 대한 의문은 곧 풀리게 된다. 리카르디스가 1황자 엘피디오를 뛰어넘는 세력을 가지고 있음이 공표된 것이다. 신의 비호를 받는 신의 나라에서 세력이란 그 어떤 힘보다 강력했다. 리카르디스는 자신이 원하든, 원하지 않든 황태자 후보에 이름을 올릴 수밖에 없는 운명이었다. 고작 시골 자작가 출신의 황비가 리카르디스를 지킬 만한 힘은 없었을 것이다. 목숨이라도 보전하기 위해 입성을 미룬 것이리라. 그때부터 황실은 바람 잘 날이 없게 되었다. 유일무이하던 황태자 후보에 한 명이 더 이름을 써넣게 되었으니.

당연하다는 듯 황실에서 황태자 수업을 받는 엘피디오와 달리 리카르디스는 직접 전쟁과 정치를 겪어 왔다. 그의 행보에서 자신의 길을 찾은 자들이 한 명 두 명 붙어, 오늘날에야 1황자와 비견할 만한 세력이 갖춰졌다.

리카르디스가 황실 일원으로 인정받은 이후부터 암살 시도는 꾸준히 있었지만, 최근 몇 년간은 이델라브힘의 하늘 아래 같은 공기 마시고 살 수 없다는 식의 필사적인 태도로 나오기 시작했다. 그 싸움에 휘말려 리카르디스의 하나뿐인 동복 여동생이 목숨을 잃었다. 리카르디스가 황태자위 싸움에 본격적으로 뛰어든 것은 그때부터였다.

지금까지는 장난이었다는 듯, 그저 몸풀기였다는 듯, 본격적으로 세력을 확장하고 공을 세웠다. 그것에 초조함을 느낀 1황자가 사냥 대회라는 좋은 기회를 틈타 또 암살을 시도했던 것이다. 심지어 일라베니아의 오랜 정적, 발타와 손을 잡고서. 정말 어디서부터 지적해야 좋을지 감도 안 잡히는 멍청함이었다.

"실패했으니 몸이 달았겠군. 내 기사들이 아주 솜씨가 좋아서 말이지…… 나를 이델라브힘에게 닿게 하려면 그 정도로는 안 된다고 친히 말해 줘야 했을까, 백작?"

"무서운 소리를 하시는군요, 전하."

바다협곡 백작이 연신 땀을 닦아 가며 그의 말에 답했다. 리카르디스는 차가운 미소를 입에 걸었다.

"농일세. 그래. 이번 시도는 제법 뼈아팠지. 내 수족들이 비스타에서 그렇게 의미 없이 죽어 갈 인물들이 아닌데 말이야."

리카르디스는 얼굴에서 웃음기를 싹 지웠다. 악몽 같은 밤이었다. 일생을 편하게 살아오지 않았지만, 그중에서도 가슴에 남을 만한 밤이었다. 꽉 깨문 입술 사이를 비집고 나오는 얕은 신음 소리. 병장기에서 불꽃이 튀는 소리, 횃불이 공기를 태우는 소리, 나뭇가지를 밟는 사람들의 발소리. 황자 전하를! 리카르디스 전하를 지켜라! 상대는 독을 사용한다. 전하! 부디 몸을 피하시옵소서!

[하얀밤 기사단! 이델라브힘의 광휘 아래 맺었던 언약대로, 목숨을 바쳐라!]

그저 허례허식이라 생각했던 때도 있었건만, 그들은 정말 그때의 맹세처럼 자신을 지키다가 죽었다. 입 안이 썼다. 몇 년 동안 자신의 옆을 지키던 호위 기사들이 고작 독 따위에 죽었다. 그가 성력으로 치유하고자 했을 때는 이미 늦어 버린 후였다.

그때 도망치지만 않았었더라도, 그들과 싸우기만 했더라도…… 후회는 아무리 빨라도 항상 늦기만 했다. 어떻게든 돌려줘야 하는데. 이 엿 같은 감정을 그놈도 느끼게 해 줘야 하는데. 리카르디스의 눈이 차갑게 가라앉았다.

최근 상급 기사들의 얼굴에 점점 피곤한 낯빛이 돌기 시작했다. 사냥 대회에서의 실패 이후 암살 시도가 수그러들기는커녕 활발해졌기 때문이었다. 낮에는 독을 타랴 밤에는 비수를 들고 찾아오랴. 그들이 바쁜 만큼 호위들도 하루 종일 신경을 곤두세워야 했다. 이런 상태에서 제대로 교대할 만한 인력이 있는 것도 아니라 더욱 힘겨워 보였다. 엘피디오 그 멍청이는 전략상 후퇴라는 말도 모르는 건가? 리카르디스는 속으로 엘피디오를 신나게 욕했다.

"의미 없이 죽은 것은 아니지요. 전하를 위해 목숨을 바칠 수 있었으니 말입니다."

"웃기는 소리야. 난 나를 위해 죽는 자는 필요 없다."

"그래도 전하를 호위할 인원은 필요합니다. 마침 그 건으로 드릴 말씀이 있습니다."

리카르디스는 턱을 괴고 기사단장직을 맡고 있는 스타스를 쳐다보았다. 가을안개의 스타스 백작. 꼬장꼬장하지만 충성스러운 가신이 무슨 말을 할지 얌전히 기다렸다.

"붉은수레바퀴의 로젤린 경을 호위 임무에 추가하고자 합니다. 전하의 의견이 필요합니다. 이대로 진행해도 되겠습니까?"

리카르디스가 인상을 팍 구겼다. 주위 가신들의 표정도 확 찌푸려졌다.

"붉은수레바퀴의 로젤린이 일라베니아 제국 내에 또 있는 건 아닐 테고."

"제가 알기로도 그렇습니다."

스타스의 표정은 태평했다. 리카르디스는 머리를 쓸어 넘기며 웃었다.

"경은 아주 농담을 잘하는군. 지금 엘피디오의 밑이나 닦아 주는 붉은수레바퀴를 내 곁에 두라고 얘기하는 건가?"

"새 부단장 나단 경의 추천서가 열두 장이 쌓여 있습니다. 누군가의 아첨을 듣는 자도, 사람 보는 눈이 없는 자도 아닙니다. 그가 부단장 부관일 때부터 같이 일해 왔기에 잘 알고 있습니다. 그가 이렇게나 강력하게 의견을 피력하는 것에는 그만한 이유가 있으리라 봅니다. 또한 제가 보았을 때에도 로젤린 경은 그녀의 가문만 아니었다면 괜찮다고 평할 수 있는 기사입니다."

스타스는 나단의 추천서를 리카르디스에게 넘겨주었다. 리카르디스는 열두 장이나 되는 추천서를 차근차근 읽어 내렸다. 그사이 바다협곡 백작이 얼굴을 붉히며 스타스의 의견에 반박했다. 정말 얼토당토않은 일이었다. 현 황제의 충실한 가신이기도 하지만, 1황자의 손 또한 들어 주고 있는 붉은수레바퀴 가문의 자식을? 하루 종일 붙어 있어야 하는 호위 임무를 맡겨?

"가문만 아니면 괜찮은 기사라지만, 그 가문이라는 것이 가장 큰 문제가 아니오!"

"암살 시도는 더욱 늘어날 것이며 호위 인력은 그 어느 때보다도 부족하지. 칼을 잘 쓰는 자는 많지만, 전하에게 충성을 바치고 있다는 확신이 드는 자는 몇 없소."

"그렇다면 그녀가 백작에게 확신이라도 준다는 겁니까? 그녀가 붉은수레바퀴임에도?"

"그럼에도 불구하고. 그렇소."

리카르디스는 눈으로 추천서를 읽으며 귀로 그들의 오고 가는 말을 들었다. 호오, 생각보다 그녀는 수완이 좋았던 모양이다. 바늘 하나 안 들어가는 저 기사단장의 눈에 들다니. 리카르디스는 부단장의 추천서와 기사단장의 말에서 그녀에 대한 확신을 읽어 냈다.

그들의 언쟁 위로 하나의 목소리가 더 얹어졌다. 조용히 듣고 있던 큰뿔산양 후작이었다. 그는 자신의 콧수염을 만지며 눌린 목소리로 얘기했다. 영 탐탁지는 않지만 어쩔 수 없어 얘기한다는 식이었다.

"내 아들놈이 그녀는 말만 앞서는 기사들과는 다르다는 말을 입에 아주 달고 살더군요. 믿을 만하고, 충심이 깊은 데다 지휘관의 재능도 있고 애가 착하고 성실하고 어쩌고, 저쩌고. 누가 보면 내 아들놈의 손녀라도 되는 줄 알 겁니다. 요컨대, 자격은 갖추었다고…… 하더군요."

후작의 지원으로 천천히 추가 기울어지기 시작했다. 붉은수레바퀴임에도, 2황자 전하의 진면목을 알아보고 목숨을 바친 자. 성실하고, 명석하고, 명예를 알고 있는 자.

하지만 리카르디스는 여전히 그녀가 마음에 들지 않았다. 언제든 당신을 위해 죽겠노라고 말하고 있는 것 같은 그 눈동자가 치가 떨리도록 싫었다. 실력이 되지 않으면 나서지나 말 것이지. 멍청한 것. 모든 것이 다 스스로 부른 불행이었다.

"그래, 어쩌면 그녀가 엘피디오의 정보를 물어다 주는 파랑새가 될지도 모르지."

리카르디스는 입매를 비틀며 웃었다. 퍽 불쾌해 보이는 낯빛이었다.

"어디 한번 지켜보기로 할까."

* * *

기사단을 위해 오래 일했다거나 단순히 강한 기사라는 것. 상급 기사는 이런 두 가지의 조건으로만 선정되는 것이 아니었다. 그 한 명 한 명이 법, 예, 정치, 모든 분야를 두루 익혀 언제든 병사들을 이끌 수 있는 지휘관의 권한을 가지고 있기 때문이었다. 그래서인지 하급 기사들 중에서는 평민들도 간간이 있었지만, 상급 기사부터는 고위 귀족가의 자제들이 주를 이루었다.

현 하얀밤 기사단에는 열 명의 상급 기사가 있다. 수습 기사들은 존경하는 상급자에게 지원하고 상급 기사는 지원자의 가문과 성품, 발전 가능성 등 여러 가지를 따진 후 곁에 두었다. 수습 기사들은 상급 기사를 따르며 검을 배우고 그들의 일을 도왔다.

로젤린 또한 상급 기사로서 몇 명의 수습 기사를 데리고 다녀야 하는 권리와 임무가 생겼다. 문제는 그간 어느 누구도 그녀에게 지원하지 않았다는 것이다. 레이몬드는 자신의 밑에 있는 수습생들을 쥐어 패서 보낼까 생각도 해 봤지만, 차라리 제 목을 베라는 식으로 반항하는 그들에게 끝까지 강요할 수 없었다. 수습 기사들이 진심으로 로젤린을 따르지 않는다면 힘든 것은 오로지 로젤린이 감당하게 될 테니.

그런데 이게 무슨 일인지. 눈앞에 쌓여 있는 것은 로젤린의 가르침을 받고자 하는 수습 기사들의 지원서였다. 레이몬드는 고개를 끄덕였다.

'바다협곡의 네스터.'

그와의 대련을 많은 사람들이 보았다. 그간 사람들이 로젤린에게 지원하지 않은 이유는 그녀가 그들에게 가장 원하는 것을 주지 못할 거라는 인식이 퍼져 있기 때문이었다. 그들은 검 실력이 뛰어난 상급자를 만나 가르침을 받고 싶어 했다. 다소 성격이 괴팍한 상급 기사라고 해도 실력만 뛰어나면 지원율이 높았다.

하지만 하얀밤 기사단 모두가 아는 로젤린이라는 사람은 그다지 강한 기사가 아니었다. 과묵하고 성실하지만 리카르디스 2황자와 반하는 가문이었고, 여자인 데다가 약하기까지. 하급 기사들에게조차 얕보이는 그녀에게 가르침을 청할 수습 기사는 없었다. 그런데 어제부로 하얀밤 기사단 전체에 퍼져 있었던 인식이 조각조각 부서졌다. 하급 기사 네스터는 힘과 기술이 조화롭게 강한 인물이었다. 그 나이 또래의 하급 기사들 중에서는 가장 강하다고 알려져 있었는데…….

있었는데…….

대련 시작 3초 만에 검을 놓치고 2회차에서는 첫 공격에 기절했으며, 심지어는 그보다 10센티는 작고 한참 가느다란 대련 상대의 품에 다소곳이 안겨 퇴장했다. 그의 퇴장이 충격적인 만큼이나 그녀의 승리 또한 강렬했다.

"해서, 찾아온 거야. 뽑아 주셔야겠습니다. 로젤린 경."

수습생들의 지원서를 들고 있는 레이몬드를 문가에 세워 둔 채, 로젤린은 제 방을 뒤적거리고 있었다. 그녀는 한참 동안 방 안을 부산스럽게 돌아다녔다. 그러고는 탁자 위에 동화책 한 권, 붉은수레바퀴 가문을 상징하는 반지 하나, 방금 레이몬드가 갖다준 마카롱 세트를 늘어놓고서는 팔짱을 끼고 인상을 썼다. 매우 고심하는 모양새였다. 로젤린의 이마 사이에 잡혀 있는 주름을 보고 레이몬드가 끼어들었다.

"뭐 하는 거야, 로젤린?"

"병문안."

지금 그녀가 가려고 하는 병문안 상대는 한 명뿐이었다. 그녀가 반죽음 상태로 만들었던 바다협곡의 네스터. 그녀가 다친 상대에게 병문안을 가야 한다는 상식을 깨우친 것까지는 아주 좋았는데, 탁자 위에 올라와 있는 물건들이 문제였다. 동화책, 붉은수레바퀴 가문의 반지, 마카롱 세트? 설마 이거.

"병문안 선물이라든가…… 하는 건 아니지, 로젤린? 빨리 아니라고 말해. 어서."

레이몬드는 자기도 모르게 진지한 표정을 했다. 로젤린은 태평한 얼굴로 고개를 끄덕였다. 맞았다. 병문안 선물.

"책에서 봤어. 병문안 때에는 꽃과 선물을. 빠른 쾌유를 비는 의미로 귀한 물건을 줘야 한다고."

동화책이랑 마카롱이 귀한 물건에 들어가다니. 이런 귀여운 아이! 착한 아이! 레이몬드는 손으로 입을 가리고 웃다가 다시 진지한 표정을 지었다.

"반지는 주면 안 돼. 결혼하자는 얘기야, 그거."

"아."

로젤린은 반지를 쓱 집어서 자신의 목걸이에 매달았다. 네스터와는 결혼하기 싫은 듯했다. 그녀는 둘 중에 한참 고민하더니 마카롱 세트를 집었다. 물론 값비싼 유명 제과점의 디저트이긴 했다. 우락부락한 남자 기사에게 영 어울리는 선물은 아니었지만…… 알 게 뭐람. 제까짓 게 뭐라고. 로젤린이 주면 주는 대로 감사합니다, 하고 받아야 할 것이다.

"검은 달을 가르는 이델라브힘의 영광을…… 선물 감사……합니다, 로젤린 경. 레이몬드 부관님."

"이델라브힘의 영광을 그대에게. 몸은 좀 괜찮습니까."

네스터는 연한 파스텔 톤으로 포장된 마카롱 세트와 뿌리째로 뽑아 온 노란 야생화 무리를 흠칫흠칫 떨리는 손으로 받았다. 핑크색 레이스 리본으로 묶여 있는 상자와 아직까지 뿌리에서 흙이 떨어지고 있는 이 잡초의 조합은 대체 뭐지. 이 여자 날 엿 먹이는 건가? 하는 기색이 역력했다. 그럼에도 태도는 매우 공손했다. 황자 전하에게 하사받듯이 고개를 숙이고 두 손으로 받았다.

"걱정해 주신 덕에 많이 괜찮아졌습니다."

안 괜찮아 보였다. 목소리도 꺼끌꺼끌하니 거칠었고 얼굴도 하루 만에 팍 삭아 버렸다. 그때의 호승심과 자신감은 어디로 갔는지 찾아볼 수도 없었다.

"걱정하지 않았습니다."

로젤린이 네스터의 말에 바로 붙여 답했다. 와락 구겨지는 그의 표정과 달리 로젤린은 여전히 무덤덤했다. 레이몬드는 로젤린의 뒤에 서 있다가 제 눈을 가렸다. 솔직함이 과했다. 병실을 나가면 그런 말들은 그냥 의례적으로 하는 것이라 꼭 가르쳐야겠어…….

네스터도 매우 당황하는 중이었다. 역시 이 여자 날 엿 먹이는 거 같은데. 그 생각이 그의 머릿속을 떠나지 않았다.

"아, 네…… 그러시군요……."

걱정을 안 하셨다니, 다행…… 걱정을 많이 하면 잠을 설쳐서 몸에 안 좋고…… 네스터는 횡설수설했다. 그가 눈을 도통 마주치지를 못하자, 로젤린이 네스터의 턱을 손으로 올려서 자신과 시선을 마주하게 했다. 네스터와 그 광경을 지켜보던 레이몬드의 눈이 동그래졌다. '어디 고개를 한번 들어 보아라.'라는 말이 어울릴 법한 손짓이었다. 그녀는 네스터의 얼굴을 잡고 이리저리 돌리며 상처를 눈으로 훑었다.

"멍이 들었습니다."

"예! 경이 어제…… 아니, 제가 약한 탓에!"

"멍이 들면 아픕니다."

"네? 네, 그렇습니다. 멍은 아픕니다!"

"조심하십시오."

까불면 또 패겠다는 소리인가? 두 남자가 소리 없이 경악했다.

로젤린이 그의 턱을 고정하고 있던 한쪽 손을 움직여, 멍든 그의 얼굴 위로 흐트러져 있던 머리카락을 살짝 넘겨 주었다. 보기에 거슬려서 무의식중에 손이 나간 것이었다. 네스터는 그녀에게 얻어맞는 줄 알고 경기하듯 몸을 떨다가 부드러운 로젤린의 손길에 멍한 표정을 지었다.

"걱정할 테니, 빨리 나으시죠."

레이몬드는 어이없다는 듯이 로젤린을 쳐다보았다. 적막이 감도는 공간에 무뚝뚝한 기사와 한 남자가 이상한 기류를 형성했다. 네스터의 눈동자에 별빛이 내려오고 있었다. 열린 창틈 사이로 꽃향기를 실은 바람이 부드럽게 불어온 것 같기도 했다. 레이몬드는 이 어처구니없는 상황을 지키며 꿔다 놓은 보릿자루같이 멀거니 서 있었다. 시퍼런 멍이 들어 있는 네스터의 얼굴이 붉어졌다. 네스터는 멍든 홍당무 같은 얼굴로 감사하다는 인사를 겨우 쥐어 짜내었다.

레이몬드는 절레절레 고개를 흔들었다. 분명 그녀가 별 감정 없이 한 행동이란 건 알지만, 보기에 매우, 좀, 그랬다. 어느 소설에 나오는 남자 기사가 순진한 시골 아낙을 꾀는 손길 같았다. 순진한 시골 아낙 네스터는 그녀가 병실을 나설 때까지 열렬하게 로젤린을 바라보았다.

환자라는 사람이 병문안 온 사람을 지극정성으로 돌보았다. 간이 의자에 손수건을 깔고, 그녀가 화단에서 뽑아 온 야생초와 야생화 무리를 예쁘게 화병에 꽂고, 동료들이 병문안 선물로 들고 온 귀한 과일들을 손수 깎아서 로젤린에게 대령했다. 로젤린은 당연하다는 듯이 잘 받아먹었다. 네스터는 시종일관 흐뭇한 얼굴로 그녀를 바라보았다.

병동을 나선 로젤린의 두 손에는 네스터가 준 병문안 선물이 가득 들려 있었다. 그녀는 신나 보이는 낯으로 병문안은 참 좋은 것이라 얘기했다. 레이몬드가 피곤한 목소리로 물었다.

"아까…… 그거 뭐 한 거야, 로젤린? 막 손으로…… 네스터 경의 얼굴을 막…… 그거 있잖아."

"쾌유의 뜻을 전했어."

레이몬드는 눈을 잠시 감았다가 떴다. 별로 친하지도 않은 칼릭스가 너무 보고 싶었다.

* * *

로젤린에게 지원한 수습 기사들이 연무장 한구석에 옹기종기 모여 있었다. 그들은 검을 휘두르며 연습하다가 멀리서 걸어오는 두 명의 남녀를 보고 황급히 경례했다. 로젤린. 그리고 그녀와 절친한 부단장 부관, 레이몬드였다.

"검은 달을 가르는 이델라브힘의 영광을!"

열다섯 명의 인원이 입을 모으니 공간이 쩌렁쩌렁하게 울렸다. 많은 수습 기사들의 눈빛이 초롱초롱했다. 기대에 가득 차 있는 눈빛들을 보고 레이몬드는 속으로 살짝 웃었다. 로젤린이 제 수습 기사였을 때가 잠시 떠올랐다. 지금보다 어리고, 지금보다 머리도 짧고, 지금보다…… 똑똑했었지…… 아냐, 거기까지는 생각하지 말자. 레이몬드는 제 마음을 다잡고 목소리를 깔았다.

"이델라브힘의 영광을 그대들에게. 전부 모인 건가?"

"예, 레이몬드 부관님."

열다섯 명의 인원들이 일렬로 줄지었다. 대부분 남기사였지만 여기사도 두 명 있었다. 레이몬드는 지원서를 로젤린에게 넘겨주었다. 그녀가 한 장 한 장 넘길 때마다 그가 뒤에서 "아, 얘는 쟤야. 아, 이건 저기 왼쪽에서 두 번째 애야." 하고 일러 주었다. 지원서에는 그의 가문, 지원 동기, 특기 분야, 취미 등 다양한 정보들이 서술되어 있었다.

하지만 이것은 로젤린에게는 그다지 필요한 정보가 아니었다. 로젤린은 인간들과 오래 지내지는 않았지만, 그 짧은 기간으로도 고작 종이 한 장에

한 사람의 모든 정보를 담을 수 없다는 것 정도는 파악했다. 로젤린은 레이몬드에게 서류를 다시 넘겼다.

로젤린은 긴장한 얼굴로 서 있는 이들을 눈으로 쭉 훑다가 제일 왼쪽에 서 있는 기사의 앞에 섰다. 그녀가 다 읽지 않은 분량에 속한 지원자라 이름도 가문도 알지 못했다. 로젤린은 수습 기사의 눈을 조용히 바라보았다. 1초, 2초, 3초, 10초, 30초, 60초. 로젤린의 시선을 받고 있는 수습 기사는 시간이 점차 흐름에 따라 목이 타는 갈증을 느꼈다. 그늘진 녹색 눈동자가 호수의 가장 깊은 곳만큼이나 어두워 보였다. 그 안에서 무언가가 일렁이는 것 같기도 했다. 지원서에 뭔가 잘못 쓴 게 있었던가? 그렇다면 혼내도 좋으니 어떤 말이든 해 주셨으면 좋겠다고 그는 간절히 바랐다.

한참 뒤, 로젤린이 두 번째로 서 있던 수습 기사 앞으로 자리를 옮겼다. 첫 번째 지원자는 안도의 한숨을 작게 몰아쉬며 옆에 서 있는 동기의 안녕을 빌었다. 하지만 그의 예상과는 다르게 상급 기사 로젤린은 두 번째 지원자를 쓱 한 번 쳐다보고는 바로 세 번째 지원자에게로 넘어갔다.

무슨 기준인지 알 수 없었다. 누구의 앞에서는 몇 분 동안 머무르는 반면, 누구의 앞에서는 눈길도 주지 않고 스쳐 지나갔다. 그녀는 그렇게 열다섯 명의 인원을 한 번씩 마주하고서야 레이몬드의 곁으로 돌아갔다.

"꼭 다섯 명 다 뽑아야 해?"

"아니, 최대 정원이 다섯 명. 네 마음대로 해."

"당신, 당신. 앞으로 잘 부탁합니다."

"남자는 에버하르트, 여자는 레티시아."

"에버하르트, 레티시아. 앞으로 잘 부탁합니다."

첫 번째로 그녀의 시선을 가장 오래 받은 군청색 머리의 남자 기사와 키가 로젤린보다 큰 적갈색 머리 여자 기사가 지목되었다. 둘은 서로를 쳐다보더니 뛸 듯이 기뻐했다.

"감사합니다, 로젤린 경. 저는 올해로 3년 차 된 수습 기사, 서리나팔의 레티시아입니다. 최선을 다해 모시겠습니다. 잘 부탁드립니다!"

"뿌리의 에버하르트입니다. 수습 기사가 된 지는 4년입니다. 뽑아 주신 것에 후회가 없도록 노력하겠습니다. 잘 부탁드립니다!"

그들은 표정을 가다듬으려 노력했지만, 히죽히죽 올라오는 웃음을 결국 감추지 못했다. 로젤린도 무표정한 얼굴에 미미한 미소를 띠었다. 수습 기사는 상급 기사의 수족이나 다름없다고 했다. 지원서만 보고 수습생들을 뽑는 상급 기사도 있었지만, 로젤린은 그들을 직접 대면하길 원했다. 종이 서류만으로는 알 수 없다. 그들의 생각, 그들의 눈빛, 그들이 로젤린에게 담는 감정들 또한. 로젤린이 열다섯 명의 지원자를 꼼꼼히 살펴본 이유 또한 그런 것이었다.

얘는 눈빛이 영 더럽고, 얘는 로젤린을 얕보고 있고, 얘는 레이몬드만 빤히 바라보고 있으면서 왜 자신에게 지원한 건지 도통 모르겠고, 얘는 남들이 지원하니까 자신도 따라 지원했다는 식으로 의욕이라고는 없어 보이고. 총체적 난국 속에 딱 두 명이었다. 그들 또한 눈빛에 가득 욕심을 담고 있었지만, 그것은 좋은 상급 기사를 만나 실력을 향상하고자 하는 욕망에서 비롯된 것이었다. 게다가 조금 부담스럽기는 하지만 자신을 바라보는 눈에는 어쩐지 존경의 빛까지 서려 있었다.

그녀의 육감은 뛰어났다. 공통된 언어를 가지며 그것으로 서로 교류하는 인간에 비해 산속의 많은 생물들은 그 개체 수만큼이나 다양한 언어와 습성을 가지고 있어 대화라는 것이 불가능하다시피 했다. 그 덕에 길러지는 것이 육감이라는 것이었다. 다른 생물의 행동, 분위기, 또는 주위의 상황까지 두루 살펴야만 겨우 읽을 수 있었다.

로젤린은 오랜 시간 살아온 만큼, 다른 동물들로 많이 지내 온 만큼의 보는 눈은 있었다. 번드르르한 말로 치장하고 있는 사람들의 속이 훤히 들여다보였다. 그런 로젤린의 눈에 두 사람은 제법 괜찮은 자들이었다. 아마 다른 사람들을 섞어 놓아도 똑같이 이 사람들을 선택할 것이다.

지목된 두 명을 제외한 수습 기사들은 기분이 매우 상했다는 듯 인상을 찌푸렸다. 레티시아는 중앙과는 전혀 상관없는 힘없는 몰락 귀족 출신이었다. 심지어는 '뿌리'의 에버하르트까지 뽑다니. '뿌리'는 작위를 받지 않은 평민 출신들이 공통적으로 사용하는 가문명이었다.

평민과 몰락 귀족? 고작 저런 이들을 곁에 둔단 말인가? 상급 기사쯤 되면 더욱 위로 올라가기 위해 세력을 모으기 마련인데 붉은수레바퀴 로젤린은 그걸 모르는 것 같았다. 그들은 속으로 불쾌한 감정을 삭이려 노력했다.

레이몬드의 손짓에 그들은 뿔뿔이 흩어졌고, 에버하르트와 레티시아만 남았다. 얼굴에 홍조가 가득했다. 로젤린은 열렬한 그들의 눈빛이 조금 부담스러웠다.

"에버하르트, 레티시아."

"예!"

"그대들은 수습 기사의 기숙사를 벗어나, 로젤린 경이 머무는 숙소 근처로 배정될 것이다. 로젤린 경의 생활과 임무에 방해가 되지 않도록 최선을 다해 모시고, 그대들이 하급 기사가 되어 황자 전하에게 충성을 바칠 때까지 계속된다. 그대들이 로젤린 경을 존경하며 따르는 만큼, 로젤린 경 또한 그대들을 가르치며 이끌 것이다. 이의 있는가?"

"없습니다!"

"없습니다."

에버하르트는 이제 숨기지도 않고 싱글벙글 미소 짓고 있었다. 수습 기사는 이름만 기사지, 정식으로 서임받은 것이 아니었다. 때문에 월급을 받지도 않고 기초적인 가르침 이외에는 어떠한 교육도 받지 못했다. 허름하고 낡은 건물에 몇십 명이 함께 살아가며 생활비 또한 자신이 충당해야 했다.

그런 그들에게 상급 기사는 스승이기도 했고 주군이기도 했으며, 안정된 생활을 보증하는 무언가이기도 했다. 그들은 이제 쪽방을 벗어나 상급 기사의 기숙사에 머물 수 있게 되었다.

물론 로젤린의 방만큼 호화롭지는 않지만, 여태껏 지내 왔던 곳과는 비교도 할 수 없을 것이다. 아직 하급 기사로 정식 서임 받은 것도 아니지만 몇 년간의 고생이 녹아내리는 것 같았다. 레티시아는 눈시울을 붉히다가 울컥 올라오는 감정을 가다듬고, 활짝 웃었다.

"잘 부탁드립니다!"

* * *

"오늘부로 2황자 전하의 호위 임무를 명받은 상급 기사, 붉은수레바퀴의 로젤린입니다. 이 목숨을 바쳐 임하겠습니다."

며칠이 더 지난 후였다. 로젤린은 수속과 인수인계가 끝나고 나서야 리카르디스의 호위 임무를 맡게 되었다. 리카르디스는 원목 탁자에서 종이를 팔락였다. 눈앞에서 누가 경례를 하건, 인사를 하건 말건 그다지 신경 쓰는 모양새가 아니었다.

로젤린은 무뚝뚝한 표정 아래로 숨을 후 쉬었다. 서임식 때의 일이 깊게 남았기 때문이었다. 리카르디스를 조우하고서 터질 듯 뛰었던 심장 소리가 아직도 생생하게 기억났다. 그의 잘난 얼굴은 여전했으나 다행히도 심장은 문제없이 잔잔하게 순항 중이었다.

그는 깃펜으로 무언가를 쓰고 읽으며 서류에서 눈을 떼지 않은 채 입을 열었다. 나른하게 가라앉아 있으면서도 잔뜩 날이 선 목소리였다.

"그대의 목숨 따위는 필요 없다고 했을 텐데, 로즈 경."

로젤린은 눈동자를 굴려 반짝반짝 빛나는 그의 은색 머리를 내려 보았다. 칼릭스에게 '대화는 혼자서 하는 것이 아니라 다른 사람과의 교류이다.'라고 배웠지만, 리카르디스는 그 간단한 이치도 모르는 사람처럼 보였다.

그의 시선은 탁자와 종이 언저리에서 떠나지 않았다. 그녀에게 말을 꺼냈다고 생각되지 않을 정도로 리카르디스는 업무에만 집중하고 있었다.

로즈. 로젤린의 어미 되는 에델바이스가 그녀를 로즈라고 불렀다. 칼릭스에게 물어보니 그것은 '로젤린'의 애칭이라고 했다. 정확히는 그녀가 질색하는 애칭이었다고. 그녀 자신은 꽃과는 거리가 매우 멀다고 생각했기에 로즈라는 호칭에 제법 타격을 입었었노라 현재의 로젤린에게 일러 주었다. 눈앞의 미남자는 그 사실을 알고 부른 것인가?

"듣고 있나, 로즈 경?"

알고 있는 것 같았다. 그는 무표정하던 얼굴에 찬란한 햇살보다 눈부신 미소를 걸었다. 신성하게 느껴질 정도로 아름다운 남자는 눈앞의 초라한 검은 머리 여기사를 보며 '로즈' 따위의 호칭을 입에 담고 있었다.

서임식 그리고 지금. 고작 두 번의 만남이었으나 저렇게까지 대놓고 티를 내는데 모르려야 모를 수가 없었다. 간간이 느껴지는 말과 시선에 담겨 있는 감정은 그다지 호의적이지 않았다. 그러니 저 '로즈'라는 호칭 또한 어떤 애정에 기반하고 있지 않다고 보는 게 옳았다.

로젤린은, 그녀는 어쩌면 이 남자와 좋은 관계가 아니었을지도 모르겠다. 그녀가 죽음의 코앞에서조차 이 남자를 지키고 싶어 했음에도 그것이 둘 사이에 어떤 친밀한 관계가 형성되어 있으리란 보장을 하는 것은 아닌 모양이었다.

리카르디스는 웃지 않는 눈으로 그녀를 채근했다. 로젤린은 고개를 살짝 숙이고 입을 열었다.

"듣고 있습니다, 전하."

"아무튼 그 독과 암기 사이에서 살아 돌아오다니, 생각보다 재주가 뛰어나군."

"감사합니다."

"기억에 조금 이상이 있다지? 스타스 경에게 들었어."

한 사람의 중대사를 얘기하는 것치고는 담백하고 무성의한 목소리였다. 하지만 로젤린은 그 무성의함에 상처받을 만한 사람은 아니었다. 그녀 또한 담담하게 대답했다.

"그렇습니다."

"무엇을 알고 무엇을 모르지?"

리카르디스의 질문은 제법 어려웠다. 무엇을 아는지, 무엇을 모르는지. 그 범위를 가늠할 만한 능력은 애초에 그녀에게 없었다. 이런 상황에 대비해서 칼릭스가 가르쳐 준 말이 있다. 아무것도 모릅니다. 아무것도 기억나지 않아요. 타인의 입을 다물게 하는 마법의 말이라고 했다.

로젤린은 칼릭스가 일러 준 대로 말하기 위해 "아무것도."라고 운을 뗐다. 하지만 그녀가 말을 끝맺기 전에 리카르디스가 말을 끊고 들어오는 게 더 빨랐다.

"알지 못해?"

"예, 그렇습니다."

리카르디스는 삐딱하게 턱을 괴었다. 그의 움직임에 따라 밝은 은발이 사르륵 흘러내렸다. 리카르디스가 그녀를 빤히 쳐다보았다. 예전과 똑같은 얼굴을 하고 있지만, 어쩐지 다른 사람처럼 느껴졌다. 딱딱 끊어지는 단답형의 말투 때문인지, 언제나 안절부절못하며 할 말이 있다는 듯 쳐다보던 절실한 낯이 아니라 그런 건지는 알 수 없었다. 당장 자결하라고 명령해도 일말의 반항도 없이 알겠다며 칼을 꺼낼 것 같던 이의 눈빛이 아니었다. 그래서인지 전보다는 확실히 덜 거슬렸다.

"그대의 활약을 기대하지, 로즈 경."

"예."

로젤린의 눈썹이 꿈틀거렸다. 제 입에서 나온 호칭 때문에 심기가 불편해진 것 같았다. 리카르디스는 속으로 헛웃음을 지었다. 예. 예. 알겠습니다, 전하. 명 받들겠습니다, 전하. 하던 예전의 그녀와는 영 다른 모습이었다.

로젤린은 경례하고 나서 그의 탁자 바로 옆에 섰다. 리카르디스가 집무실에 있을 때 호위 기사의 배치는 문 앞에 두 명, 집무실 안에 두 명, 집무실 밖, 창가에 세 명을 두는 형태였다. 로젤린은 그중 집무실 안에서 그를 호위하는 역할을 맡게 되었다.

사실 어중이떠중이 같은 경우야 문 앞에서 다 걸러지기 때문에 어지간해서는 집무실 안까지 위험 요소가 들어올 일이 적었다. 그녀가 네스터를 박살 냈다고는 하지만 상급 기사들의 신임을 얻기는 아직 부족했다. 때문에 상대적으로 위험이 적은 집무실 안에 배치되었다.

그녀와 같이 집무실에 있는 호위 기사는 로젤린보다 2년 먼저 상급 기사가 된 자였다. 푸른등불의 카일로. 그는 눈을 동그랗게 뜨고 로젤린을 쳐다봤다.

기억에 이상이 있어? 아무것도 알지 못해? 처음 듣는 얘기였다. 로젤린은 원래 말수가 적고 침착하며, 감정도 쉽게 드러내지 않았다. 아무리 조에 같이 편성된 적이 없다 하더라도 며칠간 지나다니면서 인사를 주고받았는데 이상한 점을 전혀 못 느꼈다니. 그녀가 대단한 건지, 자신의 무신경함이 대단한 건지 알 수 없는 지경이었다.

카일로는 기사들이 쓰는 수신호로 그녀에게 괜찮은지 물어봤다. 로젤린은 그 수신호를 보고 고개를 갸웃거렸다. '무슨 소리신지?'라고 생각하는 기색이 역력했다. 이렇게 기초적인 것도 잊어버렸다고? 이런 애를 지금 호위 임무에 쓰는 거야? 카일로의 얼굴이 새파래졌다.

* * *

2황자의 월장석 성에는 많은 사람들이 드나들었다. 백작, 후작, 남작, 누구의 전령, 초대장을 들고 온 누구의 시종, 군략가, 전략가, 학자, 기사. 문무를 가리지 않고 계급을 가리지 않고 수많은 이들이 오고 갔다.

월장석 성의 호위 기사들은 위험인물을 골라내기 위해 모두들 신경을 곤두세웠다. 하지만 별사건 없이 시간이 순탄하게 흘러감에 따라 그들의 칼날은 조금씩 평화로움에 무뎌지기 시작했다. 카일로는 하품이 찔끔 나오려는 것을 겨우 참았다. 지금은 손님조차 없이 리카르디스가 여러 가지 서류를 처리하고 있을 뿐이었다.

다양한 훈련을 하며 성 외부를 경비하는 하급 기사들에 비해, 상급 기사의 업무란 것은 굉장히 단조롭게 느껴질 지경이었다. 가만히 자리에 서 있어야 하는 그 긴 시간을 인내하기 위한 체력 단련이었던 건가. 평화롭다 못해 지루하기까지 했다.

리카르디스의 휴식 시간이 찾아왔다. 내리 3시간을 일하던 그가 한숨을 길게 쉬는 것을 기점으로 그의 수석 비서관이 종을 울렸다. 곧 시종이 트레이를 밀고 들어왔다. 리카르디스가 좋아하는 홍차와 간단하게 배를 채울 수 있는 간식거리들이 잔뜩 담겨 있었다.

손을 분주히 움직이던 시종이 화려한 찻잔에 홍차를 따랐다. 시종은 모락모락 김이 나는 홍차를 은제 스푼으로 살짝 떠서 마시고는 고개를 끄덕였다. 별 이상이 없다는 얘기였다. 리카르디스는 오랜만에 취하는 휴식에 느슨해져 있었다. 창밖에서는 햇빛이 쏟아져 들어오고, 방 안은 따뜻한 데다가 홍차의 향기까지 감돌았다. 휴식이라는 단어에 걸맞은 오후였다.

리카르디스는 소파에 앉아서 창밖을 바라보다가 찻잔을 들고 향을 맡았다. 그의 입술이 찻잔에 닿았을 때였다. 동상처럼 우뚝 서 있기만 하던 로젤린이 재빠르게 움직였다. 그녀는 찻잔을 쥐고 있는 리카르디스의 손목을 덜컥 잡았다. 홍차가 흘러넘쳐 그의 옷을 더럽혔다.

"지금 이게 무슨 무례입니까, 로젤린 경!"

카일로가 대경실색하며 소리쳤다. 감히 한낱 기사가 고귀한 황자 전하께 손을 대다니! 대신해 펄펄 날뛰는 자가 있어서 리카르디스는 짓궂게 웃기만 했다.

"무슨 일이지, 로즈 경?"

"드시지 마십시오. 뭔가 섞여 있는 것 같습니다."

분위기가 순식간에 바뀌었다. 방 안의 온도가 갑자기 뚝 떨어졌다. 카일로의 손이 검 손잡이를 배회하며 꿈틀거렸고, 리카르디스도 방금 홍차를 따라 준 시종을 쳐다보았다. 로젤린의 말을 완벽하게 신뢰하지는 않지만 시종 또한 의심의 눈초리를 피할 수는 없었다. 티 포트를 들고 있던 남자는 사색이 되었다. 그는 말을 더듬으며 힘겹게 말을 꺼냈다. 자신이 방금 먹어 보았다며 독 같은 건 없었다고 항변했다.

"게, 게다가. 황자 전하께 독이 통하지 않는다는 건, 누구든 아는 사실인데 무슨 소용이 있다고 제가 그런 짓을 하겠습니까?"

로젤린은 높낮이 없는 태평한 말투로 입을 열었다.

"독이 통하면 그런 짓을 하겠다는 얘기입니까."

그녀의 말을 듣고 리카르디스는 오호라, 하는 소리를 냈다.

"그거 말 되는군. 아니면 통하는 독을 만들어 냈다든가?"

"그럴 수도 있겠군요."

쿵짝이 맞는 두 남녀를 보던 시종이 순식간에 표정을 바꾸며 움직였다. 잔뜩 억울함을 호소하던 그의 눈동자에 살의가 비쳤다. 그가 오른손으로 왼쪽 손목을 뜯었다. 피부 아래 묻혀 있던 날카로운 암기가 리카르디스를 향했다. 시종을 경계하고 있던 카일로가 검을 뽑았지만, 리카르디스와 얘기하던 로젤린이 앞으로 나서는 것이 먼저였다.

챙!

로젤린의 얇은 검이 날아오는 암기를 쳐 냈다. 아무도 그녀가 검을 뽑는 모습을 보지 못했을 정도로 빠른 속도였다. 시종의 눈동자가 흔들렸다. 그는 검은달 내에서도 암기의 대가였다. 바람과 같은 속도로 날아간 것을 눈 하나 깜짝 안 하고 쳐 내다니. 신입 호위 기사는 생각보다 실력이 좋은 듯했다.

회심의 일격이 무산되어 흔들렸던 마음은 금세 평정을 되찾았다. 암살자는 실패를 그대로 넘기고 두 번째 수를 준비했다. 그는 신발 밑창에 있던 단검을 꺼내고 리카르디스에게 몸을 날렸다. 로젤린에게는 트레이를 집어 던져 시야를 방해한 후였다.

그러나 암살자는 2황자에게 조금도 닿지 못했다. 콰드득 하는 소리와 함께 단검이 천장에 박혔다. 로젤린의 발길질 한 번에 남자의 손목이 완전히 꺾여 부러졌다. 그녀에게 날아갔던 트레이는 반파되어 공중에 흩어지고 있었다.

찰나의 순간, 반복된 훈련으로 인해 암살자는 지금의 상황을 정확하게 인지했다. 팔이 완전히 부러졌다. 세 번째, 네 번째의 수는 폐기. 그렇다면 그다음 수를 준비해야 하는데…….

눈앞에 이상한 게 보였다. 검은 머리의 호위 기사가 제 검을 호기롭게 내팽개치고 있는 게 아닌가. 아니, 검을 왜?

"?!"

"?!"

"?"

검을 왜…… 왜 버려? 카일로도, 수석 비서인 잇세리온도, 심지어 리카르디스조차 조금 당황해 버렸다.

그러나 로젤린은 아랑곳하지 않고 시종에게 돌진했다. 암살자의 시야를 검은 머리의 여기사가 가득 채웠다. 그녀의 뒤로 반짝반짝 빛나는 2황자의 은발이 사라져 갔다.

쾅!

몸과 몸이 충돌했다고 믿기지 않는 둔탁한 소리가 났다. 그의 몸이 빠르게 날아가 벽에 처박혔다. 단단한 벽이 끙음을 울렸다. 이변을 알아차린 호위 기사들이 검을 뽑아 들고 우르르 나타났다.

"……?"

매서운 기세로 들어온 기사들은 곧 검을 집어넣어야 하는 게 아닌가 하는 고민에 휩싸였다. 부나방처럼 이리저리 달려드는 암살자의 공격이 로젤린 한 명으로 인해 전부 무산되고 있었기 때문이었다. 챙챙, 잘도 쳐 내고. 퍽퍽, 잘도 팼다. 잠시 지켜봤으나 무력의 차이는 압도적이었다.

로젤린은 자신에게 덤비는 남자를 발로 걷어찼다. 컥 소리 내며 날아간 암살자는 문 앞에 서 있던 상급 기사들의 발치까지 굴러갔다. 그들은 넝쿨째 굴러온 그를 포박하려고 했지만, 로젤린이 성큼성큼 다가오는 모습에 움칠 몸을 떨고 물러났다.

로젤린은 이 시끄럽고 혼란스러운 가운데, 암살자에게 온전히 집중했다. 오감이 예민하게 바짝 일어섰다. 많이 다친 외관에 비하면 숨소리는 아직 차분했다. 암살자가 아직 포기하지 않았음을, 다음 수를 준비하고 있음을 알 수 있었다.

로젤린은 눈을 가늘게 떴다. 빛을 등지고 있었으나 그녀의 눈이 형형하게 빛났다. 그녀는 바닥에 널브러져 있는 시종의 멱살을 잡고 주먹을 올렸다. 퍽, 퍽, 퍽. 그녀의 주먹이 묵직한 망치처럼 둔탁한 소리를 낼 때마다 남자들이 몸을 떨었다. 검으로 베어 낸 것도 아닌데 코와 입에서 피가 분수처럼 튀었다. 시종의 얼굴은 겨우 몇 번의 주먹질로 뭉쳐 놓은 진흙 반죽 같은 꼴이 되었다.

죽은 거 아냐? 죽은 거 같은데? 리카르디스가 앞의 참혹한 꼴에 눈살을 찌푸리고 있자, 카일로가 퍼뜩 정신을 차리고 소리쳤다.

"경! 로젤린 경, 그만! 죽겠습니다!"

로젤린은 그의 말에 잠시 너덜너덜해진 시종을 들여다보았다. 신음 소리와 심장이 뛰는 게 들렸다. 로젤린은 고개를 저었다.

"아직 죽지 않았습니다."

죽을 때까지 패겠다는 소리로 들렸다. 카일로가 기겁했다. 리카르디스는 비교적 빨리 정신을 차렸다. 그는 머뭇거리며 그녀를 불렀다.

"배후를…… 캐야 하니…… 로즈…… 아니, 로젤린 경. 넘기고, 뒷정리만 좀 하도록 하지."

"알겠습니다."

로젤린은 시종의 머리를 잡고 벽에 퍽 박았다. 수박 터지는 소리 같은 것이 났다. 그녀의 손에 잡혀 기절한 척하고 있던 시종은 정말 기절해 버렸다. 열린 문으로 그 광경을 지켜보던 기사들이 흠칫거리며 그녀에게서 실신한 남자를 받았다. 따로 묶지 않아도 도망갈 힘이 없을 것 같긴 했지만 일단 포박하고 끌고 갔다. 시종이 지나간 자리에는 피가 길을 만들고 있었다. 곧 들어온 시녀들이 떨리는 손으로 핏자국을 치웠다.

로젤린은 후, 하고 숨을 내뱉으며 조금 흐트러진 머리를 쓸어 올렸다.

* * *

싸움이 끝났다. 로젤린은 무표정한 얼굴로 숨을 골랐다.

"어떻게 알았지?"

리카르디스의 목소리가 평소와 달랐다. 언제나 나른하게 늘어지는 목소리가 한 톤 높아져 있었다. 이 상황에 제법 흥미를 느끼는 듯했다.

로젤린은 리카르디스의 질문에 조금 전의 상황을 반추했다. 남자는 은제 스푼으로 홍차를 살짝 떠서 꿀꺽 삼켰다. 하지만 로젤린에게는 남자의 목울대 울리는 소리가 다소 인위적으로 느껴졌다. 이후 남자가 홍차를 소매에 스며들게 뱉는 것도 보았다. 흐트러진 앞머리를 만지는 척. 순식간에 벌어진 일이었기에 평범한 사람은 눈치채지 못했을 것이다.

하지만 로젤린은 그 장면을 보기 전부터 시종을 경계하고 있었다. 그가 방 안에 들어서자마자 썩어 가는 피 냄새가 느껴졌다. 살아 있는 사람에게서 느껴질 만한 향기는 결코 아니었다.

검은달의 암살자는 시종의 얼굴 가죽을 벗겨서 쓰고 있었다. 약품 처리를 했지만 완벽하게 부패를 막지 못했던 것이다. 그 냄새가 무엇인지, 어디서부터 왔는지 알지 못했지만 이런 냄새를 풍기는 자가 평범한 인간일 리 없다고 생각했다.

"그가 마시는 척을 했습니다."

"눈이 좋군."

"그리고 피 냄새가 났습니다."

"코도 좋아. 대단한걸, 기대 이상이야."

"감사합니다."

리카르디스는 그녀를 빤히 응시하다가 테이블로 시선을 옮겼다. 암살자의 코인가 입에서 튄 피 몇 방울, 바닥에 나뒹굴고 있는 티 포트. 그리고 그 소란에도 용케 쏟아지지 않고 천천히 식어 가고 있는 문제의 홍차가 있었다.

리카르디스가 찻잔을 들자 카일로와 로젤린이 몸을 움찔거렸다. 당장에라도 찻잔을 후려치고 싶어 하는 표정들이었다. 리카르디스는 웃으며 잔을 얼굴 가까이로 가져다 대었다. 홍차의 정체를 가늠하기 위해 다시 한번 향을 맡아 보려는 것이었지만, 다른 이들이 보기에는 홍차를 마시기 위한 준비 동작처럼 보였다. 카일로가 기겁하며 만류하기 전에 로젤린이 빠르게 움직였다. 바람과도 같은 빠르기였다.

텁.

"로젤린 경, 지금 무슨 무례를! 전하, 일단 찻잔을! 아니, 로젤린 경, 손을 얼른!"

로젤린의 손이 리카르디스의 입을 꼭꼭 덮었다. 로젤린은 아까 자신이 리카르디스의 손목을 잡았을 때 카일로가 큰 무례라고 했던 걸 똑똑히 기억하고 있었다. '손목을 잡는 게 무례하다면 다른 걸 해야겠다.'라는 갸륵한 사고방식에서 나온 행동이지만, 상황은 도리어 악화되었다. 카일로는 뒷목 잡기 일보 직전이었고, 리카르디스는 어이없다는 듯 눈알만 굴려서 그녀를 올려 보았다. 여전히 입은 막혀 있었다.

로젤린은 그의 손에서 찻잔을 뺏고서야 입을 풀어 줬다. 리카르디스는 얼얼한 입가를 쓸었다. 제 그림자를 밟을까, 숨소리가 거슬릴까 초조해하던 모습은 어디에도 없었다. 기억을 잃었다더니 사고 전과는 비교도 안 되게 파격적이었다. 조금 건방진 감이 있지만 아까 세운 공을 감안해 넘어가기로 했다.

"이리 내."

"안 됩니다."

"안 됩니다, 전하!"

"아니 됩니다, 전하!"

로젤린, 카일로, 수석 비서인 잇세리온이 차례로 반박했다. 잇세리온은 로젤린이 암살자를 두들겨 패는 동안 몸을 굳히고 있다가 리카르디스의 행동으로 퍼뜩 정신을 차렸다. 그는 성큼성큼 로젤린에게 다가갔다.

"이리 주시죠, 로젤린 경. 제가 조사해 보겠습니다."

"안 돼, 내 거야. 얼른 내놔, 경."

"안 됩니다! 스물다섯이나 드시고 이게 무슨 억지입니까, 전하! 독이 들어 있다고 하지 않습니까! 저한테 주세요, 로젤린 경!"

로젤린의 양쪽에서 아주 난리였다. 청력이 좋아서 배로 괴로웠다. 로젤린이 누구에게 넘겨줘야 하는지 한참 고민하고 있자, 리카르디스가 그녀의 손목을 탁 잡아 왔다. 언제나 차가웠던 낯이 한층 더 싸늘해져 있었다. 그의 푸른 눈동자가 낮게 가라앉아 있었다.

"신성력으로 치유가 가능하니 나에게는 독이 통하지 않는다는 것은 세 살배기 귀머거리 아이도 알고 있지. 그럼에도 독인지 무엇인지를 먹으려고 했어. 이게 무슨 뜻이라고 생각하나?"

"……무슨 수를 쓴 것이겠지요."

"나한테도 통하는 독인데 평범한 사람들에게는 보기만 해도 눈이 멀어 버리고, 향기만 맡아도 뇌가 썩어 버리는 것일 줄 어떻게 알고 넘기란 말을 하고 있는 거지? 요즘 잠을 못 자더니 머리도 굳어 버린 건가, 잇세리온."

"그렇다고 고귀한 몸으로 독을 감별하려고 하시면 어떻게 합니까. 신전 쪽에 한번 맡겨 보지요."

"알량한 신성력 믿고 세금 축내는 무능력한 밥버러지들?"

"전하!"

잇세리온과 리카르디스가 다투는 사이 로젤린은 찻잔에 담긴 홍차를 관찰했다. 리카르디스가 그녀의 손목을 잡으며 발생한 작은 움직임, 그 파동에 수면이 흔들거렸다. 한 몸이 되어 움직이고 있는 홍차 속에서 무언가가 분리되어 일렁였다.

눈에 보이지는 않았으나 로젤린만은 눈치챘다. 그녀는 이 기운을 잘 알고 있었다. 자신의 몸을 이루는 마의 성질. 마력이라 불리는 그것. 하지만 그녀가 가지고 있는 마력과는 조금 달랐다. 굳이 비교를 하자면 마수들의 몸에 떠도는 난폭한 마력과 비슷했다.

로젤린은 가만히 관조하다가 뻑뻑한 눈을 깜박였다. 집중하지 않으면 그녀에게도 느껴지지 않을 정도의 미약한 양이었다.

마력에 독을 결합한 새로운 물질. '성력과 마력은 서로 간섭하지 않는다.' 그 공식을 이용한 시도는 몇 달 전 사냥 대회의 사건에서 처음 나타났다. 로젤린은 붉은수레바퀴 백작가를 떠나기 전, 칼릭스에게 많은 정보를 들을 수 있었다.

사냥 대회에서 많은 기사들이 죽었다. 신관들이 있었음에도 불구하고 아주 얕은 상처를 입은 자들도 모두 죽었다. 암살 부대 '검은달'이 새로운 독을 만들어 내었다고 추정했다.

칼릭스가 가지고 온 암살자들의 무기가 몇 개 있었다. 로젤린은 그 암기에 마력의 기운이 은은하게 묻어 있음을 눈치챘다. 정확히는 암기에 발려 있는 독에서 느껴졌다. 로젤린이 그 사실을 칼릭스에게 알렸다. 그는 잠시 고민하더니 곧 아, 탄식했다.

[그렇군요. 마력과 성력은 서로 간섭할 수가 없으니…… 마력이 독과 완전하게 동화된 상태라면, 성력으로 아무리 치유하려고 해 봤자 어떤 간섭도 할 수 없었을 테니. 그런…… 거였군요. 놈들이 아주 위험한 걸 만들어 낸 듯합니다.]

그리고 그 독이 신성력에 파훼되지 않는다는 것이 사냥 대회의 일로 검증되었다. 수많은 기사들의 죽음으로써 입증되었다. 그들의 암살 시도가 날뛰는 것은 그 사실에 힘입은 것일지도 몰랐다. 로젤린은 여전히 말다툼을 하고 있는 그들의 목소리를 툭 끊었다.

"사냥 대회에서 썼던 독인 것 같습니다."

리카르디스와 잇세리온의 시선이 그녀에게 닿았다. 리카르디스가 의심스럽다는 듯 인상을 쓰며 그녀를 보았다.

"그걸 어떻게 알지?"

로젤린은 찻잔에서 시선을 들어 그의 푸른 눈동자를 응시했다. 칼릭스는 황실 쪽에서도 곧 독의 정체에 대해 알게 될 것이라고 생각했다. 침묵을 지키는 황실의 태도로 미루어 보아, 독의 치유법을 연구 중인 것이라고 추측했으나…… 황실은 그의 예상을 벗어나 아직까지 작은 실마리조차 찾아내지 못한 상태였다.

하지만 칼릭스 또한 로젤린의 언질이 없었다면 알지 못했을 것이다. 마력을 느낄 수 있는 건 마력을 가지고 있는 사람뿐이었다. 마력의 집합체인 제 누이는 예외로 치더라도 마력을 가지고 있는 사람은 정말 소수에 불과했다.

심지어는 마력은 크레안 티다니온의 산물이라 하여 그 힘을 가지고 있는 자는 불길하다고 박해받았다. 이델라브힘에 대한 믿음이 강한 마을에서는 마인(魔人)을 화형시키는 풍습도 종종 있다고 했다.

마력을 몸에 품고 있는 마수는 언제나 인간의 천적이었으니. 인간을 향해 손톱을 세우는 그 불길한 힘의 그릇이 동물에서 인간으로 바뀐다 하여도 크게 다를 게 없다고 생각한 것이다.

때문에 마인들은 살해당했고, 스스로 목숨을 끊기도 했으며, 숨기도 했다. 그들은 점차 자취를 감춰 이제는 강한 신성력을 가진 사람의 수만큼이나 찾아보기 힘들었다.

이것이 발타에서 새로 만든 독을 알아보지 못한 배경 중 하나였다. 마력을 가진 자가 없으니 당연히 알아보지 못할 수밖에. 그래서 칼릭스는 황실이 아직까지 독의 정체를 파악하지 못했으리라는 가능성도 염두에 두었다.

[누님, 기억하세요. 혹시나 황궁에서 그 독을 다시 보게 되거나 누군가에게 말해야 할 필요성이 있다면, 단 한마디만 하시면 됩니다.]

과거 칼릭스의 목소리와 로젤린의 목소리가 겹쳐졌다.

"마력과 성력은 서로 간섭하지 않으니까요."

이 말만으로 충분하다고 했다. 잇세리온의 눈이 크게 확장되었다. 리카르디스는 눈썹을 한쪽만 꿈틀거렸다. 황실에서도 사냥 대회에서 사용된 독의 조사를 시행했지만 별다른 성과가 없었다. 무색, 무미, 무취. 극악한 생존율을 보장하는 강한 독이라는 것 이외에는 밝혀지지 않았다. 성력이 잘 통하지 않는다는 얘기가 있긴 했으나 신관들의 신성력이 약한 탓이라 생각했다.

마력과 성력은 서로 간섭하지 않는다. 어린아이들도 알고 있는 상식을 미처 떠올리지 못했다. 등잔 밑이 어둡다는 속담 그대로였다. 잇세리온은 의식도 못 하고 큰 목소리로 떠들었다.

"그, 그렇군요. 신성력이 닿기 전에 이미 많이 진행되어서 죽은 게 아니라, 애초에 성력이 들지 않았다고 생각하는 쪽이 훨씬 설득력 있습니다. 왜 그걸 생각 못 했을까요! 굉장하군요, 로젤린 경! 일단 검증은 해 봐야겠지만 아마도 그게 맞을 것 같습니다."

리카르디스는 쯧, 하고 혀 차는 소리를 냈다. 그 또한 로젤린의 말을 듣는 순간 깨달았다. 검은달이 새로이 만든 독은 분명 마력과 연관이 있을 것이다. 아니, 연관이 있다.

즉사만 하지 않는다면 죽어 가는 사람조차 살려 내는 신성력을 가진 2황자. 검은달이 정보 조사에 치밀한 집단이란 건 차치하더라도 그의 신성력은 이미 온 대륙에 명성을 날리고 있었다. 그런 2황자에게 통할 것이리라 확정한 독이라면, 마력과 성력은 간섭하지 않는다는 공식을 이용하는 길밖에는 남아 있지 않을 것이다. 더군다나 그들은 언제나 성력이라는 이름이 가진 힘을 낮게 끌어내리고자 했으니…… 독을 치유하지 못하는 신성력? 볼 것도 없었다. 이델라브힘의 권위가 땅으로 추락할 것이다. 그리고 그것은 검은달이 가장 바라 왔던 일이다.

"그래, 굉장하군. 이런 것까지 만들어 냈단 말이지. 성력이 치유할 수 없는, 성력이 간섭할 수 없는 독의 영역이라."

정말 기분이 엿 같았다. 독의 조사가 한창 진행 중일 때 리카르디스 또한 신성력을 쏟아부어 본 적 있다. 하지만 그것은 물과 기름처럼 부드럽게 분리될 뿐이었다.

혹시나? 하는 생각은 있었다. 설마 이 독, 마력과 관련이 있는가? 하지만 눈에 보이지 않는 힘을 독이라는 물질과 섞는 일이 가능하단 말인가? 정말 그렇다면…… 자신도, 이델라브힘조차 손을 대지 못하는 영역이 아니겠는가. 그때의 리카르디스는 그렇게 의심을 묻어 두기만 했다.

성력의 무력화. 이델라브힘의 추락. 검은달이 이루고자 했던 핵심적인 목표였다. 검은달이 가장 바라는 방식인 만큼, 그들의 적인 일라베니아가 가장 바라지 않는 일이기도 했다. 그래서 애써 외면했던 건지도 모른다. 검증을 완벽하게 거치지는 않았지만, 오늘부로 리카르디스의 안에서는 확정이 났다. 검은달은 새로운 독을 만들었다. 어쩌면 이 대륙을 좌지우지할 만한 큰 패가 될 것이다. 대단하다. 적이라도 박수 쳐 주고 싶었다.

리카르디스는 지끈거리는 머리를 누르며 눈을 감았다. 단 한 번도 편하게 살아온 적 없고 언제나 자갈이 가득한 흙길을 걸어왔다고 생각했건만.

본격적인 진창은 이제부터였다.

* * *

소문은 발이라도 달린 것처럼 순식간에 퍼져 나갔다. 호위 임무에 막 배치된 상급 기사 로젤린 경이 암살자를 떡으로 만들었다는 내용이었다. 바닥에 뿌려진 피를 치우던 시녀 몇 명, 암살자를 인계받은 병사 몇 명. 그 목격자들에게서 그녀의 무용담은 확대되어 퍼지기 시작했다.

리카르디스를 향한 암살 시도는 언제나 열렬했다. 하지만 이번처럼 환한 대낮에 암기를 들고 직접적인 공격을 한 것은 손에 꼽을 정도로 적었다. 더군다나 성 내부 사람의 모습으로 변장하기까지 했으니. 그를 감싸고 있는 악의가 거세짐은 물론이요, 수법 또한 치밀해지고 있음을 알 수 있었다.

처음이자 성공으로써 마지막이 될 수 있었던 위험한 시도는 한 명의 호위 기사로 인해 단숨에 무너졌다. 일개 신입 호위 기사에 대한 기대치가 매우 낮았던 탓이었을까. 로젤린의 공은 더욱 빛났다.

로젤린의 수습 기사인 에버하르트와 레티시아도 얼마 지나지 않아 그 소식을 들었다. 암살자 다섯이 리카르디스 전하를 해하려고 하자 로젤린 경이 마치 팔이 여덟 개라도 된 것처럼 휘둘러 모두 잡아내었다고 했다. 독과 암기가 난무하는 사이에서 로젤린은 생채기 하나 없었을뿐더러 그녀가 지나간 자리에는 피가 강처럼 흘렀다나 뭐라나. 과장이 섞인 진실이 자극적으로 변해 사람들의 입을 오르고 내렸다.

레티시아는 막 연무장으로 들어오는 로젤린을 발견하고 에버하르트의 옆구리를 쿡 찔렀다. 제복의 단추를 몇 개 풀고 느슨한 복장을 하고 있던 에버하르트가 급하게 몸단장을 했다.

"검은 달을 가르는 이델라브힘의 영광을!"

"검은 달을 가르는 이델라브힘의 영광을!"

성안에 자자하게 퍼진 소문처럼 그녀는 작은 상처 하나 입지 않은 듯했다. 흰 제복 위로 마른 피가 엉겨 붙어 있어서 치열했던 전투의 흔적을 조금이나마 엿볼 수 있었다. 로젤린은 평온한 얼굴로 그들에게 인사했다.

"이델라브힘의 영광을 그대들에게."

로젤린은 붉은 노을이 퍼진 하늘을 등지고 있었다. 그녀의 얼굴에 그림자가 드리웠다. 반나절 만에 월장석 성의 사신으로 불리고 있는 그녀의 별명에 어울리는 모습이었다. 그들은 존경의 눈빛으로 로젤린을 쳐다보았다.

호위 임무 첫날이었음에도 불구하고, 암살자와의 격전에도 불구하고! 바쁜 시간을 쪼개어 연무장에 수습 기사들을 살펴보러 와 주다니. 그들은 기합이 들어 빳빳하게 서 있었다. 로젤린은 그들의 모습을 쭉 훑어보았다. 열심히 검을 휘둘렀는지 서늘한 바람에도 땀이 식지 않은 채 흐르고 있었다.

로젤린은 레이몬드와 칼릭스에게 여러 가지를 들었다. 하얀밤 기사단에는 많은 수습 기사들이 있다. 하지만 기사단 내부에서는 기사라고 불리지도 못하고 고작 수습생이라고 불리는 경우가 대다수라고 했다.

그러니 기사로서 인정을 받을 수 있는 하급 기사로 승급하는 것이 그들에게 가장 큰 목표인 셈이었다. 레티시아는 몰락 귀족 출신에다가 여자. 에버하르트는 평민. 수습 기사들 모두가 절실했지만, 그들은 특히 절실했다. 노력해 봤자 뒷받침해 주는 가문이 없다 보니 현실적으로 힘든 부분이 많았다. 재정적인 부분은 차치하고 검법을 배울 수 있는 환경조차 갖추지 못한 것이다.

어떠한 신념. 그리고 그 신념을 밑받침하는 파벌 이전에 하급 기사와 수습 기사를 가르는 가장 큰 기준은 검술 실력이었다. 그들이 아직 수습 기사에 머무르는 것은 하급 기사와 수습 기사 사이를 가로질러 놓은 기준을 뛰어넘지 못했기 때문이었다.

로젤린은 그런 둘을 하급 기사로 끌어올려야만 하는 과제를 가지게 되었다. 로젤린은 어제 자기 전 곰곰이 생각했다. 그들에게 부족한 것, 인간에게 부족한 것. 로젤린은 그것이 무엇인지 대충은 알 것 같았다. 하지만 수습 기사들의 실력을 파악하는 게 우선이었다. 그녀는 연무장 구석에서 뒹굴고 있는 목검을 들었다. 둔탁한 목재의 감촉이 익숙했다. 그녀는 목검의 표면을 만지작거렸다.

"일단 봅시다. 레티시아, 에버하르트."

레티시아와 에버하르트는 허둥지둥 당황했다. 그사이 로젤린은 자신의 얼굴 앞에 검을 세웠다. 대련 전의 준비 자세였다. 두 수습 기사는 서로의 눈치를 보며 머뭇거렸다. 네가 먼저 할래? 내가 먼저 할까? 눈빛으로 서로에게 순서를 미뤘다. 얼마 전 그녀에게 쥐어 터졌던 네스터의 모습이 아른아른했다. 그자는 아직까지 얼굴에 멍을 달고 다녔다. 수습 기사 두 명을 지켜보던 로젤린이 입을 열었다. 잔잔한 목소리가 연무장에 쿵, 무겁게 떨어졌다.

"둘, 다."

"예? 예!"

"예!"

두 사람은 서두르며 목검을 잡아 들었다. 1:2의 대치. 로젤린은 검을 들고 긴장하고 있는 그들의 모습을 쭉 훑었다. 겉핥기로만 배운 듯 어설픈 자세였다. 여기저기 빈틈투성이라 마수가 앞에 있었다면 진즉에 잡아먹혔을 것이다.

로젤린은 팔에 힘을 실었다. 그녀의 근육이 아주 미세하게 꿈틀거렸다. 자세히 관찰하지 않으면 알 수 없는 움직임이었다. 두 사람은 눈치채지 못한 듯 보였으나, 이미 주위에는 그 작은 움직임과 상반되는 흉흉하고 거대한 기운이 떠돌았다. 당장에라도 그들의 목을 베어 낼 듯 날카로웠다.

"……."

로젤린은 할 말을 잃었다. 이들은 마치…… 아기 사슴 같았다. 아니, 아기 사슴보다도 위험을 감지하는 능력이 떨어졌다. 이렇게 왼쪽, 오른쪽, 밑,

위. 다양한 방향으로 위협을 해도 '응? 언제 공격하는 거지?'라고 말하는 낯으로 쳐다보고 있었다.

로젤린은 검을 거둬들였다. 목검이 부딪치는 소리가 단 한 번도 울리지 않은 채, 대련이 종료되었다. 레티시아와 에버하르트는 당혹스러워하는 기색을 숨기지 못했다. 하지만 로젤린에게 그들의 능력을 판별할 만한 탐색전은 이만하면 충분했다.

수습 기사들에게도 공통적으로 기본 검술을 배우는 시간 정도는 있었다. 하지만 검을 어떻게 휘두르느냐에 관한 기본기에서 그쳤다. 유일하게 다른 사람들과 검을 맞대는 대련 시간조차 방어구와 목검을 사용해, 실전보다는 말 그대로 '대련'에 익숙해질 뿐이었다. 서로의 안위를 걱정하며 뭉툭한 나무 검을 휘두르는 것에서 위기감을 느끼기는 여간 힘든 게 아닐 것이다.

로젤린이 인간이 된 이후 느낀 것도 그것이었다. 그들에게는 생명의 위협이라는 것이, 위기감이라는 것이, 본능이라는 것이 심각하게 결여되어 있었다. 어지간히 강한 인간이 아니고서야 인간은 정말 약한 종족이었다. 그녀는 그들에게 필요한 과제가 무엇인지 깨달았다.

"심각합니다."

수습생 두 명이 눈에 띄게 축 처졌다.

"……어디가…… 심각……."

"모든 게 매우 심각합니다."

"아…… 네……."

에버하르트와 레티시아는 힐끗힐끗 그녀의 눈치를 보았다. 로젤린은 한숨을 쉬었다.

"이제부터 에버하르트와 레티시아를 공격합니다."

"네?"

"아침부터 자는 순간까지 긴장을 늦추지 마십시오."

언제 어디서든 제가 당신들을 노립니다. 로젤린의 높낮이 없는 고요한 말투와 내용이 오싹했다. 그들의 팔에 오소소 소름이 돋았다. 이게 무슨 소리지? 다른 상급 기사에게 소속된 수습 기사들에게서는 이런 이상한 내용의 훈련 방법을 듣지 못했다. 수습생들이 검을 휘두르면 상급 기사가 부족한 점을 말해 준다든가, 검법을 가르쳐 준다든가 하는 일반적인 가르침뿐이었다. 레티시아가 머뭇머뭇 손을 들었다. 로젤린이 고개를 까딱하자 그녀가 조심스레 물었다.

"음, 로젤린 경. 조금 더 상세하게 말씀해 주실 수 있으십니까?"

로젤린은 조금 고민하더니 주머니에서 꽃이 잔뜩 수놓아진 손수건을 바닥에 떨어트렸다. 레이몬드가 손수 자수해서 그녀에게 선물한 것이었다. 의아하다는 듯 지켜보는 수습 기사들의 시선 아래, 그녀는 몸을 구부려 바닥에 떨어진 손수건에 손을 뻗었다. 그리고 잡기 전 바로 한 치 앞에서 멈췄다.

"제가 뭘 하는 것 같습니까, 레티시아."

레티시아는 눈을 마구 굴리다가 더듬더듬 대답했다.

"손수건을…… 주우시려는 것 같습니다."

"맞습니다."

로젤린은 손수건을 잡아 올렸다. 그리고 연무장 옆에 있는 수풀에 다가가 얇은 나뭇가지를 콱 잡았다. 나뭇가지가 당장이라도 꺾일 듯 휘어져 있었다. 로젤린은 더 이상 힘을 주지 않고 또 멈췄다.

"제가 뭘 할 것 같습니까, 에버하르트."

"나뭇가지를 꺾으려는 것 같습니다."

"맞습니다."

로젤린은 나뭇가지를 꺾었다.

"방금 대련할 때에도 제가 여러 번 레티시아와 에버하르트를 공격하려고 했습니다."

"네?"

"예?"

그냥 가만히 서 있었잖아? 둘은 혼란스러웠다. 분명 그냥 서 있기만 했는데…….

"전혀 모르고 있더군요."

"아…… 네……."

에버하르트는 로젤린이 한 행동과 말을 이제야 이해했다. 물론 손수건을 잡지 않았고 나뭇가지를 꺾지 않았다. 하지만 그녀가 후에 취할 행동은 누구든 알아챌 수 있을 정도로 명확했다. 대련했을 때에도 그것만큼은 아니지만, 그녀는 공격 전의 징조를 뚜렷이 내보였을 것이다. 미세하게 움직이는 눈동자, 한쪽 발에 실리는 무게. 검을 잡은 손에 힘이 들어가며 수축, 팽창하는 근육의 움직임 따위로.

로젤린은 그 징조를 읽어 내지 못했다고 얘기하는 것이었다. 레티시아 또한 그녀가 하고자 하는 말을 깨달은 것처럼 보였다. 두 사람은 얼굴을 붉혔다. 여러모로 부족하단 것이 낱낱이 드러났다.

"읽어 내십시오."

눈에 보이는 것뿐만 아니라, 본능이 얘기하는 그 영역까지.

"네!"

"예!"

레티시아와 에버하르트의 목소리가 연무장을 쩌렁쩌렁하게 울렸다. 월장석 성의 사신이라고 불리는 로젤린은 소문처럼 정말 굉장했다. 가슴이 벅차올랐다. 그들은 그녀에게 경례한 후, 뿌듯하게 기숙사로 귀가했다.

방심한 채 돌아가는 도중에 하늘에서 뚝 떨어진 로젤린에게 공격당하는 걸 기점으로 그들의 세상은 180도 바뀌었다.

* * *

절로 인상이 찌푸려지는 지독한 냄새였다. 잇세리온은 어둡고 컴컴한 공간을 지나고 있었다. 빛 한 줄기 들지 않는 곳이었으나 앞서서 걷고 있는 병사가 들고 있는 등불 덕에 어느 정도 시야가 트였다. 나방처럼 보이는 날벌레가 잇세리온을 지나쳐 뒤로 날아갔다. 그는 화들짝 놀라 손을 휘휘 저어 벌레를 쫓았다. 그의 뒤에 서 있던 리카르디스를 위한 것이었다.

"이런 곳까지 직접 행차하실 필요가 있었습니까?"

리카르디스는 얼굴 주위에서 펄럭거리는 그의 손길을 피하며 대답했다.

"네가 병사에게 시키고, 그 병사는 또 말단에게 시키고, 그 말단은 그 말단에게 시키겠지. 답이 내게 돌아올 즈음이면 반년은 지났겠군. 기다리다가 숨넘어가겠어."

잇세리온은 투덜투덜했다. 확실히 리카르디스가 감옥을 찾지만 않았더라도 밑의 사람에게 시켜서 알아 오라 했을 것이다. 하여간 성격 급한 주인이었다.

그들은 나선형으로 돌고 도는 몇백 개의 계단을 내려가 최하층에 도달했다. 철창 안에 갇힌 짐승 같은 인영들이 울부짖으며 마구 손을 뻗었다.

"예쁘게 생겼네. 이리 와, 이리 와 봐, 예쁜이."

"죽, 여 줘. 죽여 줘. 제발!"

"배고파요, 쥐가 음식을 다 먹어 버렸어! 개 같은 자식들! 죽여 버릴 거야!"

병사가 죄수에게 찬물을 뿌렸다. 차가운 물이 그들의 상처를 후벼 팠다. 비명 소리와 신음 소리가 울렸지만 아까보다는 잠잠해졌다. 잇세리온은 이를 악물었다. 여전히 불쾌한 광경이었다. 그는 이 더러운 감옥에 전혀 어울리지 않는 빛나는 주인을 돌아보았다. 리카르디스는 미간을 조금 좁히고 있었다. 기분이 나빠 보였다.

하지만 항상 저런 표정을 하고 있다는 점으로 미루어 보아, 평소와 똑같다고 보는 게 맞는 것 같았다. 리카르디스는 무덤덤한 태도로 발걸음을 옮겼다. 이 광경에 일말의 신경도 두지 않는 듯했다. 잇세리온은 정신을 차리고 황급히 그를 따랐다.

최하층에서도 한참을 들어가야 하는 독방이었다. 병사가 창대로 철창을 두드렸다. 캉캉캉, 소리가 감옥을 크게 울렸다. 철창에서 녹슨 냄새가 났다. 피 냄새일지도 몰랐다. 안쪽에서 검은 형체가 꾸물거리며 움직였다. 어쩌면 밝은 금발이었을 머리카락은 흙과 피 따위가 엉겨서 갈색처럼 보였다.

그녀는 천천히 기어 왔다. 두 손에 씌워진 수갑이 바닥을 긁으며 철컹, 철컹하는 소리를 냈다. 더러운 누더기를 몸에 대충 감고 있던 여자가 철창을 잡고 겨우 일어섰다. 얼굴을 반쯤 가리고 있는 머리카락 사이로 그녀의 하얀 눈동자가 빛났다.

"이델라브힘의 개가 왔나? 냄새가 나는걸."

"크레안 티다니온의 노예를 보러 왔지. 신수가 훤한 걸 보니 그간 평안했나 보군?"

"입만 살아 있는 데다가 재수까지 없는 걸 보니 두 번째 월계수로구나."

그녀가 갑자기 철창 사이로 손을 불쑥 내밀었다. 눈이 보이지 않음에도 정확하게 리카르디스를 노려 왔다. 철컹! 수갑이 철창에 걸리며 듣기 싫은 소리를 냈다. 한 치 앞에 당도한 더러운 손끝을 보고도 리카르디스는 눈 하나 깜박하지 않았다. 거리가 아주 조금 모자라 닿지 못했다. 지켜보던 병사들이 창대 끝으로 그녀를 쳐 내려 했지만, 리카르디스가 손을 들어 그들을 제지했다.

"손버릇은 여전하고."

"위로해 주려고 했지. 또 네 형이 괴롭힌 거니?"

잇세리온은 병사를 부르러 가야 하나 잠시 고민했다. 그의 마음을 알아챈 것인지 리카르디스가 고개를 살짝 흔들었다. 잇세리온이 작게 혀를 찼다.

"사람 기분 더럽게 하는 것도 여전하군."

리카르디스는 품에서 유리병 하나를 꺼냈다. 그리고 여전히 자신을 향하고 있는 그녀의 손 위로 병을 떨어트렸다. 그녀는 손에 닿는 차갑고 단단한 감촉에 잠시 흠칫 몸을 굳혔지만, 곧 철창 안으로 병을 가져갔다. 유리병의 정체를 알아보려는 듯 손으로 더듬기도 하고 흔들어 보기도 했다. 얇은 유리 너머로 찰랑이는 것이 느껴져서 그녀는 그 안에 어떤 액체가 들어 있음을 눈치챘다. 그녀가 보이지 않는 눈으로 손안의 병을 뚫어져라 쳐다보고만 있자, 리카르디스가 달콤한 목소리로 속삭였다.

"그대를 위해 가져온 선물이야, 케틀린."

그녀는 잠시 머뭇거리다 유리병을 열었다. 짙게 내려앉은 어둠, 차가운 공기에 들러붙어 있는 짙은 피와 오물 냄새. 날카로운 쇠의 소리까지. 살풍경한 감옥과는 전혀 어울리지 않는 홍차의 향기가 그녀의 코끝을 맴돌았다. 그녀는 피식 소리를 내며 웃었다. 제 동료들이 또 2황자 암살에 실패한 모양이었다. 여전히 고전적인 수법이었다.

"리엔타의 알리가르테?"

알리가르테는 리엔타 지방에서 나는 홍차 이름이었다. 날카로운 시선 가운데에서 그녀는 홍차의 종류까지 맞힐 정도로 여유로워 보였다.

"교양이 뛰어나시군요, 레이디."

팔짱을 끼고 철창에 기대고 있는 리카르디스의 목소리는 퍽 느긋했다. 그녀는 비죽 웃더니 홍차를 손바닥에 살짝 부었다. 코에 가까이 대어 냄새를 좀 더 깊게 맡기도 했고 손끝으로 만져 보기도 했다. 그녀는 순간 몸을 흠칫 떨었다. 손바닥 안에 얕게 고여 있던 홍차에서 익숙한 어떤 기운이 느껴졌다. 그것은 눈이 보이지 않는 그녀에게 생생한 광경을 선사했다.

검붉게 물든 아지랑이 같은 것이 손바닥에서 피어올랐다. 아주 미약한 양이었지만, 그녀는 이것이 무엇을 뜻하는지 잘 알고 있었다. 그녀의 조국, 발타의 오랜 숙원이었다. 그녀가 일라베니아에 잡혀 있는 사이 독과 마력의 결합물, '파편'의 제조에 성공한 것이었다. 그녀는 자기도 모르게 주먹을 불끈 쥐었다.

그녀의 행동으로 리카르디스는 확신을 얻었다. 무색, 무미, 무취의 독에 그녀가 반응했다는 것은 그녀가 느낄 수 있을 만한 기운이 포함되어 있다는 뜻이었다. 마력을 가지고 있는 마인인 만큼 소량의 마력이라고 해도 알수 있었을 것이다.

그녀는 손에서 눈을 떼고 다시 리카르디스 쪽을 쳐다보았다. 만면에는 미소가 가득했다. 손목에는 녹슨 수갑을 차고 누구보다 허름한 옷을 입었으며 누구보다 쇠약해져 있는 상태였다. 하지만 지금 이 공간에 있는 그 누구보다 의기양양했고, 누구보다 행복해하는 것 같았다. 그녀의 거친 목소리가 즐겁게 울렸다.

"무엇을 알고 싶지?"

"무엇을 알고 있지?"

그녀는 편안하게 자리에 앉았다. 다소 불손해 보이는 감이 있어서 잇세리온은 속으로 작게 욕지거리를 했다.

"나는…… 리카르디스. 나는 아주 많은 걸 알고 있어. 네가 알고 싶어하는 게 무엇인지도 알아. 또한 이델라브힘의 빛이 기울기 시작했다는 것도, '이것'이 나타난 이상 너희에게 더 이상 승산이 없다는 것도. 난 다 알고 있어."

"아주 혼자 잘났지."

"……건방지기는."

그녀는 잡혀 있는 3년간, 단 한 번도 일라베니아에 정보를 넘긴 적이 없었다. 끈질긴 고문 끝에 뱉은 정보라고 하더라도 이미 사건이 일어난 이후라 소용이 없었다. 그런 그녀가 입을 열고자 한 것은 리카르디스가 1황자 엘피디오보다 덜 재수 없기 때문이 아니었다. 또한 그가 선물이랍시고 가지고 온 것에서 오랜 숙원을 풀었기 때문도 아니었다.

모든 것은 이제 크레안 티다니온의 뜻대로 돌아갈 것이며, 고작 독의 정체를 하나 밝혀낸다고 한들 크게 바뀌는 일은 없으리라 확신했기 때문이었다. 일라베니아 제국에 검은 장막이 내려오는 것이 느껴졌다. 그녀는 휙싸고 도는 희열에 몸을 잘게 떨었다.

"나에게 가지고 온 것을 보면 너도 이미 알고 있는 거겠지. 그래, 맞아. 이것은 위대한 크레안 티다니온의 산물. 감히 이델라브힘 따위가 끼어들 수 없는 완벽한 혼돈의 영역."

"말을 개떡같이 하는 재주가 있었나?"

"……이 독에는 마력이 섞여 있어."

"알아듣기 쉽고 좋군. 완벽해."

이미 독의 정체를 예상은 하고 있었으니 새삼스럽게 충격을 받는 일은 없었다. 덤덤하게 고개를 끄덕이는 리카르디스와 잇세리온 대신, 그 뒤를 따르던 많은 사람들이 술렁였다. 감옥이 그들의 동요로 들썩였다. 독과 마력의 결합이라니. 결코 믿을 수 없는 일이었지만, 눈앞에 있는 허름한 여자는 검은달의 간부였던 자였다. 신용할 수도 없지만 쉽게 그녀의 말을 무시할 수도 없었다.

신성력으로 치료되지 않는 독. 마력을 숭배하며 많은 마인들을 보유하고 있는 검은달. 그리고 마녀 케틀린의 입에서 나오는 말까지. 많은 정황과 상황이 리카르디스의 의견을 밑받침했다. 리카르디스와 잇세리온의 뒤로 서 있던 남자들이 작은 종이에 무언가를 사각사각 써 내려갔다. 그 증언들은 황제에게, 엘피디오에게, 귀족들에게 전해질 것이다.

리카르디스가 손을 휘휘 저으며 용건이 끝났음을 알렸다. 많은 비서와 보좌관들이 썰물처럼 감옥을 빠져나갔다. 고약한 냄새와 벌레가 가득 찬 이 공간에서 빨리 벗어나고 싶었던 듯 보였다. 리카르디스는 그들의 뒷모습을 보며 혀를 찬 후, 마지막으로 그녀에게 눈길을 보냈다.

"남은 건 선물이야, 케틀린. 몸에는 안 좋지만, 그대의 정신 건강에는 좋을 테지."

빛 한 줄기 들지 않는 어둡고 습한 공간에서 제대로 먹지도, 움직이지도 못한 채 고문을 받는 삶을 스스로 끝낼 기회를 주겠다. 리카르디스는 그렇게 말하고 있었다. 케틀린은 작게 웃음을 흘렸다. 온갖 악독한 고문을 일삼는 엘피디오와는 다르게 귀여운 맛이 있는 황자였다. 그녀의 웃음소리에서 그 뜻을 읽은 리카르디스가 얼굴을 팍 구겼다.

"이 선물은 사용하지 않을 거야, 예쁜이."

이 여자가 정말. 리카르디스의 목소리가 날카로워졌다.

"편안하게 죽지는 못할 거다."

"모두가 크레안 티다니온 님의 품으로 돌아갈 거야. 눈이 멀어 버렸지만, 그 광경은 환하게 보일 테지. 나에게는 살아서 그 장면을 봐야 하는 의무가 있어. 열심히 발버둥 쳐 보렴."

사람들이 빠져나가자 죄수들이 다시 철창을 울려 대었다. 감옥이 비명과 고함 소리에 순식간에 소란스러워졌다.

"네가…… 되찾을 수…… 이 어둠 속에서……."

리카르디스는 그녀의 마지막 말을 제대로 듣지 못했다. 잇세리온이 두 손으로 귀를 틀어막으며 얼른 나가자고 재촉하는 통에 그 또한 독방 앞을 떠났다.

리카르디스는 솜씨 좋게 그녀의 마지막 말을 머릿속에서 복원했다. 그녀의 입 모양이 한 글자, 한 글자를 그려 냈다. 저주인가? 또는 어떤 것의 암시? 지금은 알 수 없었다. 그는 그녀가 있는 독방을 한 번도 돌아보지 않고 걸음을 옮겼다.

네가 이델라브힘의 존재만으로 하얀 밤을 되찾을 수 있을지, 이 어둠 속에서 지켜보겠다, 리카르디스.

* * *

잇세리온이 조잘조잘 잔소리를 쏟아부어 귀가 다 먹먹할 지경이었다. 크레안 티다니온을 숭배하는 광신도 집단인 '검은달'. 그 간부였던 마녀 케틀린과 정답게 얘기를 나누면 어떻게 하느냐는 이유에서였다. 그 독설이 정다워 보였다니 기가 찼다.

자신을 살해하고자 했던 독에 마력이 섞여 있음은 케틀린의 말로써 확증이 되었다. 지하 감옥에서 그녀의 말을 같이 들었던 엘피디오와 황제의 사람들. 그들이 입증해 줄 것이다. 검은달, 또한 왕국 발타가 신성력조차 무의미하게 만드는 새로운 독을 만들어 내었음을. 그것은 리카르디스뿐만 아니라 일라베니아 황실에도 큰 위협이었다. 적의 적은 많을수록 좋았다. 문제는 적과 손을 잡은 아군이 있다는 것이지만.

리카르디스는 침대에서 한참 뒤척이며 천장에 있는 문양을 눈으로 따라 그려 보았다. 언제나 쉽게 잠들지 못하긴 했지만, 오늘따라 유독 더 힘들었다. 피로한 몸과 달리 정신은 생생했다. 어릴 때부터의 잦은 암살 시도 덕에 앓게 된 일종의 수면 장애였다. 리카르디스는 눈을 감고 검은 배경 위로 양 몇 마리를 세어 보고, 어린아이들에게 들려줄 법한 자장가를 떠올려 보기도 했다. 갖은 노력에도 불구하고 정신은 더욱 뚜렷해지기만 했다.

리카르디스는 한숨을 푹 쉬고 몸을 일으켰다. 오늘도 역시나 잠들기는 영 그른 듯했다. 긴 밤을 지루하지 않게 해 줄, 처리해야 하는 업무는 언제나 많았다. 여태껏 불면의 날에는 주로 깃펜을 들고는 했으나……

오늘따라 유독 와인이 차곡차곡 눕혀져 있는 수납장에 눈이 갔다. 리카르디스는 이런 날에는 책상 위에 앉는 것이 좋은 선택이 아님을 알고 있었다. 리카르디스는 와인을 한 병 집어 들고 긴 소파에 느슨하게 몸을 기대었다. 고작 몇 개의 촛불이 있을 뿐이라, 방 안은 밝지 않았다.

그래서 더욱 눈에 띄었다. 하얗고 희미한 빛이 와인 잔과 탁자를 비추고 있었다. 살짝 열려 있는 커튼 틈 사이를 비집고 들어온 달빛이었다. 리카르디스는 그 빛을 따라 시선을 옮겼다. 둥그렇게 떠 있는 달의 일부가 보였다. 새하얗게 멀어 버린 여자의 눈동자 같았다. 순식간에 기분이 더러워져서 그는 잔에 담긴 와인을 벌컥 들이켰다.

검은 달. 하얀 밤. 그것은 단순히 크레안 티다니온을 섬기는 광신도 집단만의 이름도 아니고, 신성 제국 2황자의 기사단 이름만도 아니었다. 지금은 노쇠하여 죽어 가고 있는 대륙의 찬란했던 과거, 오랜 옛날부터 내려오는 전설이었다.

[빛의 신 이델라브힘은 그의 성력이 극으로 치달은 날, 어둠의 신 크레안 티다니온을 밤에서 몰아내었다.

낮보다도 더 환한 축복의 하얀빛이 온 세상을 비췄다. 만물은 소생했다. 땅과 하늘을 덮고 있던 검은 장막은 서서히 하늘의 한편으로 물러났다. 어둠의 상징인 그림자 또한 사라졌으며, 이로써 대지에 내려앉은 일말의 어둠조차 남지 않게 되었다. 하얀 밤이 세상을 뒤덮었다. 크레안 티다니온은 밤에서 쫓겨나 달에 몸을 숨기고, 세상을 하얗게 물들인 이델라브힘의 밤이 사라질 때까지 검게 변한 달에 머물렀다.]

……라고 알려진 것이 일라베니아, 아니 온 대륙에 퍼져 있는 전설이었다. 전설? 리카르디스는 고개를 기울였다. 그 단어가 어울리는지 잠시 판별했으나, 역시 단순하게 '전설'이라고 말할 수 없다는 것을 깨달았다. 그러나 진실이라고 말하기에는 한없이 허황된 이야기처럼 들린다는 것 또한 알았다.

300여 년 전까지만 해도 하얀 밤과 검은 달이 뜨는 소생의 날, '축복의 밤'이 있었다고 알려져 있었다. 하지만 몇백 년이라는 세월은 진실을 숱한 전설 중 하나로 만들기에 충분한 시간이었다.

많은 사람들이 '축복의 밤'에 대한 이야기는 그저 모든 나라들의 건국 신화가 이르듯, 왕권에 정당성을 부여하기 위해 가져다 붙인 말이라고 생각했다. 전설이 가지는 힘조차도 많이 퇴색되어 버린 시대이긴 했으나 리카르디스는 알고 있었다. 그림자조차도 사라지는 비현실적인 신의 세계, 짧은 시간. '축복의 밤'은 존재한다.

일라베니아의 황실, 신전. 아무나 들어설 수 없는 깊숙한 곳에 숨겨진 낡은 서고. 여러 사람들이 써 내려간 책자에는 몇백 년 전, 일라베니아의 건국 때부터 반복됐던 하얀 밤과 검은 달의 기록이 생생히 남아 있었다.

1년…… 47년…….

236년…… 243년, 263년.

297년…… 345년…… 3……4…….

[일라베니아의 황제가 이델라브힘의 축복을 빌어, 크레안 티다니온을 달로 몰아내고 하얀 밤을 불러왔노라. 그림자가 사라진 대지는 축복으로 물든다. 생명은 순환하며 싹이 움트고 꽃이 피어, 열매를 맺는다.]

'축복의 밤'을 부르기 위해서는 많은 성력이 필요했다. 막대한 성력을 가진 자가 황제가 되는 것은 당연한 수순이었다. 하지만 시간이 흐르며 축복의 밤은 점차 소실되어 갔고, 황제들의 역량이 부족한 게 아니냐는 의견이 왕왕 들려오기 시작했다. 지금 현 일라베니아 황제로부터 2, 3세대 위 전대 황제들의 신성력이 강하지 않음을 지적한 것이었다. 그러나 그보다 훨씬 전부터도 축복의 밤은 떠오르지 않았기 때문에, 그 의견들은 힘을 얻지 못했지만 없어지지도 못한 채 지금까지도 조용히 묻혀 있었다.

축복의 밤이 뜬 마지막 기록으로부터 어느덧 몇백 년의 시간이 흘렀다. 대륙은 서서히 죽어 가는 중이었다. 성력과 성수로 축복한 땅은 다시 살아나긴 했지만, 곡식의 수확량과 열매 맺는 나무의 숫자가 점차 줄어드는 것은 멈출 수 없었다.

신성력이 닿는다고 죽어 가는 땅이 완벽하게 회복하는 게 아니기 때문이었다. 주기적으로 축복을 하지 않으면 다시 메마른 땅으로 곧바로 돌아갔다. 신전에서 여러 가지 실험을 거친 결과, 신성력으로 땅을 살리는 것은 가능했다. 하지만 그것은 중상자에게 약초를 달여 먹이는 정도의 일차적인 효과일 뿐이라는 결과로 확정 지었다. 가시적인 효과는 있으나, 근본적인 문제는 변하지 않았다는 것. 생명력이 순환하지 못하는 땅이 맞이할 결과는 뻔했다. 다급한 상황이었다.

리카르디스는 황제의 눈을 피해 '축복의 밤'에 대해 조사했다. 황실에 있는 자료가 안 된다면 지역마다 입에서 입으로 내려오는 구전이나, 옛 도서관의 성서라도 찾아야 했다. 그러나 세월이 흐르며 자료는 소실되었고, 오랜 얘기들은 변질되고 잊힌 후였다.

과정과 조건에 대한 상세한 진실은 황제만이 알고 있었다. 축복의 밤을 부르는 것은 오직 일라베니아의 황제만이 가지는 가장 큰 의무이자 고유의 권한이므로. 바꿔 말하자면, '축복의 밤'을 다른 자가 띄우는 행위는 황제에 대한 모반 행위가 된다는 것이다. 리카르디스가 만약 '축복의 밤'을 부를 수 있다고 하더라도 결코 시도해서는 안 된다. 황위를 계승받을 때까지는.

정말 어이없고 답답한 일이었다. 현 황제는 그 자체로도 성력이 미치지 못해, 다른 조건이 충분히 채워지더라도 '축복의 밤'을 부르지 못한다. 그럼에도 아득바득 권력을 쥐고 있었다.

만약 자신이 '축복의 밤'에 대한 정보를 캐고 있다는 사실을 들키면 곱게 죽지 못할 것이다. 모든 인간 위에 서 있는 정점. 말 한마디로 수십, 수백, 수만을 죽일 수 있는 유일한 자에게 반발하는 행위였으니. 리카르디스는 자신이 다소 위험한 상황이라는 것을 인지하고 있었으나, 위험을 감수할 가치가 있다고 생각했다.

모든 조건을 충족하는 날에는 황제에게 큰 위협이 될 것이었다. 이것은 일종의 보험. 누군가를 쳐 내기 위한 검이 아닌, 자신을 지키기 위한 검이다. 때문에 전쟁터에서 구르는 와중에도, 큰 부상을 입었을 때에도, 소중한 이들이 죽어 나갈 때에조차 '축복의 밤'에 대한 실마리를 찾아왔다. 형체조차 보이지 않아 흐릿하던 것이 오늘에서야 조금이나마 모습을 드러냈다.

'네가 이델라브힘의 존재만으로 하얀 밤을 되찾을 수 있을지, 이 어둠 속에서 지켜보겠다, 리카르디스.'

리카르디스는 와인을 물 마시듯 들이켰다. 과연, 인정하기로 했다. 한 가지만을 찾아왔다는 것을. 마녀 케틀린의 마지막 말에서 그는 중요한 단서를 얻었다. 하얀 밤이 나타난 날에는 항상 검은 달 또한 같이 있었다. 하얀 밤을 찾지 못했다면, 남은 것은 오직 검은 달뿐이었다.

리카르디스는 불그스름하게 물든 얼굴로 발코니 창을 열었다. 곧바로 눈앞에 드러난 광경에 그는 몸을 우뚝 굳혔다. 정면, 높은 나무 위에 앉아 있는 누군가와 눈이 마주쳤기 때문이었다. 리카르디스는 엉망으로 얼굴을 구겼다.

"이게…… 대체…… 무, 뭘 하는 거지, 로젤린 경?"

그답지 않게 당황해 말도 더듬었고 목소리도 한 톤 높았다. 비명 안 지른 것이 용할 정도로 정말 깜짝 놀랐다. 달빛이 희미하게 비추는 나뭇가지 위에 고양이처럼 앉아 있는 붉은수레바퀴의 로젤린. 그녀는 천연덕스레 대답했다.

"호위 중입니다."

"……그대의 호위 시간은 아침부터 저녁까지 아니었나?"

"암살자가 제 호위 시간을 생각해서 찾아오지는 않습니다."

로젤린은 곧바로 자신의 말을 확인시켜 주듯, 잎이 무성하게 자라 우거진 나무 안쪽에서 무언가를 잡아 바닥으로 패대기쳤다. 검은 옷을 입고 있는 인간이었다. 그 사람은 이미 로젤린에게 당한 후인지 기절해 있었다. 리카르디스는 말도 못 하게 유능한 제 호위 기사를 한 번, 나무 아래 피 흘리며 쓰러진 암살자를 한 번 보다가 사람을 부르는 종을 울렸다. 얼마 지나지 않아 기사들이 몰려왔다.

호위 기사들은 나뭇가지 위에 앉아 있는 로젤린을 한 번, 피떡이 되어 있는 암살자를 한 번 번갈아 보았다. 그들의 미묘한 표정이 리카르디스와 매우 닮아 있었다. 로젤린이 그들에게 "수고하십니다." 하며 경례했다. 그녀의 태평한 태도에 상급 기사들은 더욱 심란해졌다. '굉장히 유능하긴 한데…… 음…… 뭐…… 괜찮겠지…….'라고 생각을 마친 그들은 이 이상한 상황을 적당히 합리화하고 방을 나섰다. 잠시 소란스러웠던 방 안에 다시금 적막이 감돌았다.

리카르디스는 발코니 문을 닫고 들어가려다가 다시 뒤를 돌아봤다. 나뭇가지에 앉아 조용하게 침묵을 지키고 있는 로젤린이 보였다. 그녀의 행동이 신경을 자극했다. 어떤 과거가 떠올랐던 건지도 몰랐다.

"로젤린 경."

로젤린은 고개를 끄덕였다. 아니, 대답하라는 게 아니라 이리 오라고. 리카르디스는 조금 인상을 쓴 채 손짓으로 그녀를 불렀다. 로젤린은 능숙하게 나무를 내려와 벽을 타고 리카르디스의 앞에 섰다. 순식간이었다. 눈치를 어디 버리고 온 대신에 실력을 얻어 온 건가?

리카르디스는 별다른 말 없이 방 안으로 들어가 소파에 앉았다. 로젤린도 그를 따라 성큼성큼 걸었다. 이 야심한 시각, 남자의 방에 들어서면서도 거리낌이 없었다. 예전 같으면 제 주인에게 괜한 소문이라도 돌까 싶어 들어온다는 생각조차 못 했을 텐데. 이렇게 보면 정말 기억을 잃은 것 같다가도, 제 주위를 맴도는 행태를 보면 전혀 변한 게 없어 보이기도 했다. 리카르디스는 테이블 앞에 서 있는 로젤린을 눈에 담다가 그녀에게 잔을 건넸다.

"마실 텐가?"

"괜찮습니다."

"마셔."

"네."

그녀는 리카르디스의 손에 들린 잔을 받았다. 로젤린의 손마디가 그의 손등을 부드럽게 스쳐 지나갔다. 리카르디스의 눈썹이 꿈틀거리는 반면, 로젤린은 평온하기 그지없었다. 입을 꾹 다물고 있던 그는 곧 와인 잔을 하나 더 가지고 와, 두 개의 잔을 직접 채웠다.

로젤린은 그가 와인을 따르는 모습을 뚫어져라 보고 있었다. 눈을 마주치고 있지 않음에도 리카르디스가 눈치챌 정도의 강렬한 시선이었다. 로젤린은 먼저 와인을 받고 기다리고 있다가 다른 잔에 와인이 마저 채워지자마자 잽싸게 움직였다. 바람과도 같은 속도였다.

쨍.

질 좋은 유리잔이 부딪치는 소리가 청명하게 울렸다. 리카르디스가 어이없다는 듯 로젤린을 쳐다봤다. 아까 채워지는 잔을 열렬히 바라본 것이 이런 이유 때문이었던 건가.

지금 나랑…… 건배를 한 거야, 이 호위 기사? 그녀는 리카르디스의 황당함을 전혀 이해하지 못하는 것처럼 보였다. 아니, 도리어 뿌듯해 보이기까지 했다.

술을 나누고 나면 서로 가볍게 잔을 부딪쳐 소리 낸다. 로젤린은 칼릭스에게 배운 것을 잊지 않고 재빠르게 해냈다. 명석하십니다. 훌륭하십니다, 누님. 칼릭스의 박수갈채 소리가 들려오는 것 같았다. 로젤린의 뿌듯한 표정은 그에 기인한 것이었다. 물론 칼릭스가 알았다면 무척이나 괴로워했을 상황일 테지만, 로젤린은 알지 못했다.

리카르디스는 입가를 쓸었다. 요즘따라 당황할 일이 많았다. 기억 상실은 정말 사람을 크게 바꿔 놓는구나 싶었다. 그게 좋은 쪽인지 나쁜 쪽인지는 아직 판가름 나지 않았지만.

그는 "흠……." 하는 소리와 함께 그녀의 허물을 묻었다. 로젤린이 굉장히 뿌듯해 보였기 때문에 차마 혼낼 수가 없었다. 어린아이에게 진지하게 화내는 꼴이 될 것 같았다.

로젤린의 돌발 행동으로 잠시간 까먹었지만, 리카르디스는 사실 로젤린을 방 안으로 데리고 와서 몇 가지 물어볼 생각이었다.

사고방식이 많이 달라졌다고 하나, 그녀를 이루고 있는 근본은 크게 바뀌지 않아 보였다. 우선 군이 시키지도 않았건만 목숨을 걸고 제 곁을 지키려고 하는 점이 아주 똑같았다. 기억 상실이라고 보고한 것이 거짓이 아닌지 여러 번 의심할 정도로. 하지만 기본적인 상식 따위를 어딘가에 몽땅 버리고 온 걸 보면 기억 상실이란 말도 웃어넘길 수 없는 일이긴 했다.

그렇다면 대체 그녀는 왜 제 곁을 맴도는 것인가. 로젤린은 어떠한 영광도 어떠한 명예도 가지지 못할 것이다. 리카르디스 자신이 그녀에게 아무것도 주지 않을 테니. 붉은수레바퀴가 로젤린이라는 이름 앞에 있는 한, 그녀는 자신에게서 아무것도 가져갈 수 없었다.

리카르디스는 정확하게 자신의 뜻을 밝힌 적 있었다. 과거, 로젤린이 죄책감이 가득 찬 눈빛으로 자신을 바라볼 때였다. 그 눈빛이 소름 끼치도록 싫었다. 그래서 로젤린을 크게 밀어내려고 했다.

부드럽게 손질된 긴 은발이 헝클어지고 얼굴에는 까슬하게 그의 감정이 올라와 있었다. 옷도 입다 만 것인지 벗다 만 것인지 엉망이었다. 리카르디스는 미친 사람처럼 소리를 질렀었다.

[떠나, 떠나라고! 내 눈앞에서 사라져라! 아주 지긋지긋해 죽을 것 같으니! 대체 왜 내 곁에 있는 거냐!]

지금보다 어렸고 지금보다 감정을 숨기지 못했던 때라 해도 매우 격정적이었다. 그때 당시 그의 하나뿐인 여동생이 사망했던 상황의 특수성 때문인지도 몰랐다. 로젤린은 눈물을 줄줄 흘리며 온갖 집기가 부서진 방의 중간에 무릎 꿇고 있었다. 떨리며 흐느끼는 말이 그녀의 입술 사이를 비집고 나왔다.

[지켜 드리겠습니다, 전하. 제가 꼭 지켜 드리겠습니다. 전하만은 제가…… 꼭…… 목숨을 바쳐서라도…….]

리카르디스는 제 머리를 쥐어뜯고 악을 썼다. 자학에 가까운 몸짓을 막기 위해 로젤린이 그에게 다가섰지만, 리카르디스는 그녀의 개입을 결코 허용하지 않았다.

[그대가 뭐라고 날 지켜! 네가 뭐라고 나를 지킬 수 있어!]

그 대화가 오고 갔던 장소였다. 로젤린이 다시 이 방에 발 들일 수 있으리라고, 리카르디스는 생각해 본 적도 없었다. 기억 상실 전의 그녀 또한 마찬가지였을 것이다. 전과 달리 이렇게 차분하게 로젤린을 바라보고 있자니 느낌이 이상했다. 정말이지 비현실적인 광경이었다. 과거의 일 이전에 애초에 술잔을 나눌 만한 사이조차 아니었다.

리카르디스의 시야에 로젤린이 인상을 쓰는 모습이 담겼다. 단맛이 적은 와인이라 그런 것 같았다. 리카르디스는 자기도 모르게 피식 웃었다. 둘은 별다른 말 없이 잔을 기울였다. 와인을 따를 때마다 로젤린이 계속 건배를 하는 바람에 리카르디스가 몸을 움찔거리긴 했지만. 이후로도 로젤린이 혼나는 일은 없었다.

와인이 넘어가며 목울대가 울리는 소리, 잔이 부딪치는 소리, 옷자락이 바스락거리는 소리만 간간이 울렸다. 하루 종일 피곤했던 리카르디스와 인간의 언어가 아직 어려운 로젤린. 두 사람에게는 모두 괜찮은 시간이었다.

와인 한 병은 금방 동이 나 한 병을 더 가지고 왔다. 이번에는 달콤해서 여인들에게 인기가 좋다는 산딸기주였다. 로젤린의 구미에 맞았는지 아까보다 잘 마셨다. 그리고 한 병 더. 몇 시간 뒤에 또 한 병 더. 취할 기미가 보이지 않는 제 호위 기사의 모습은 묘하게 호승심을 불러일으켰다.

리카르디스는 동이 터 올 즈음에는 술에 떡이 되었다. 로젤린은 언젠가 네스터를 옮겼던 것처럼 리카르디스를 번쩍 들어 침대로 옮겼다. 그는 신음 소리를 내며 푹신한 베개에 머리를 뉘었다. 로젤린이 리카르디스에게 이불까지 곱게 덮어 주고 뒤돌아설 때쯤, 그의 입에서 거친 목소리가 흘러나왔다.

"대체……."

대체 왜 곁에 있냐는 이상한 물음이었다. 로젤린은 그다지 깊게 생각해 본 적 없었다. 그냥 하다 보니? 또는 직업이라서? 아니면 누군가와 약속해서? 알 수 없었다. 하지만 그녀의 가슴에 단단히 박혀 있었다. 하얀 밤의 주인을 지킨다. 반드시 지켜야만 한다. 로젤린은 붉은 얼굴로 눈을 깜박이고 있는 리카르디스에게 작게 속삭였다.

"꼭 지켜 드리겠습니다."

그의 입에서 욕지거리가 나왔던 것도 같았다. 하지만 곧 그 말들은 숨소리와 함께 흩어졌다. 이불 아래의 가슴이 규칙적으로 오르고 내렸다. 로젤린은 흐트러진 리카르디스의 머리카락을 정리하고 창을 통해 밖으로 나갔다.

아침 해가 떠오르고 있는 고요한 새벽이었다.

* * *

"하카브, 이 개자식이!"

정리 정돈 되어 있던 탁자가 어질러지는 것은 순식간이었다. 많은 가신들이 보고 있음에도 그는 격렬한 감정을 전혀 숨기지 못했다. 엘피디오는 씩씩대며 화병을 벽으로 집어 던졌다. 쨍그랑 소리와 함께 화병의 파편이 사방으로 튀었다.

밤이 까마득하게 내려앉은 시각임에도 불구하고, 1황자 엘피디오의 석영성에는 많은 사람들이 몰려왔다. 엘피디오의 호출 때문이었다. 2황자 리카르디스가 마녀 케틀린을 통해 새로운 독의 정체를 알아냈다. 이미 몇몇 주요 고위 귀족과 황제의 귀에도 들어갔을 것이다.

"뭐? 마력? 마력과 독을 섞어?"

엘피디오의 보좌관은 그의 눈을 쳐다보지도 못했다. 주인이 이렇게까지 심사가 뒤틀려 있는 경우에는 백번 조심해도 부족했다. 보좌관의 예상대로 그는 그냥 넘어갈 생각이 없는 듯했다. 엘피디오가 손바닥으로 보좌관의 머리를 퍽퍽 쳤다.

"야, 너 뭐 하는 놈이야. 뭐 하는 새끼냐고! 그런 거 먼저 알아 오라고 그 자리 앉혀 놓은 거 아냐? 내가 언제 리카르디스 그 자식 꽁무니나 쫓아다니면서 정보 주워 오라고 했어?!"

"죄송합니다. 하카브 왕자 쪽에서도 별다른 말이 없었기에……."

"더러운 발타의 개자식! 여간 마음에 드는 놈이 하나 없어! 어떻게 일이 이 지경이 되도록 다들 손만 빨고 있었나!"

엘피디오가 잔뜩 성내며 주위를 쭉 훑었다. 세간에 1황자를 지지한다고 알려져 있는 귀족들이었다. 제국 내외부로 명성이 자자한 가문의 수장들이건만, 그깟 독 하나의 정체를 파악하지 못했다. 희극도 이런 희극이 없었다.

검은달이 외부의 적이라고는 하지만 2황자 리카르디스를 제거하겠다는 목적을 위해 잠시나마 손을 잡았다. 검은달, 아니, 발타에서도 리카르디스의 존재는 눈엣가시였다. 리카르디스가 검은달의 세력을 약화시키는 것에 크게 공을 세웠기 때문이었다.

그 덕에 검은달과의 동맹은 아주 빠른 속도로 성립됐다. 엘피디오의 세력만으로 견제할 때보다 여러 가지 면에서 훨씬 수월해졌지만, 리카르디스는 역시 만만한 상대가 아니었다. 도리어 수세에 몰린 형국에서야 그의 진면모가 드러나는 듯했다. 바리바리 숨겨 놓은 것들이 어찌나 많은지. 동맹 후, 금방 결착이 날 것이라 생각한 승부는 아직까지도 일진일퇴를 하며 줄다리기 중이었다.

사냥 대회에서 기필코 처리를 하겠다고 하더니 실패했다. 이후에 암살자가 월장석 성내로 들어갈 수 있게 도와 달라고 해서 어떻게든 넣어 줬더니 그것도 실패했다. 심지어는 그날 막 호위 임무에 배치된 신입 상급 기사에게 피떡이 되었단다. 망신도 이런 개망신이 없었다. 리카르디스 그놈이 얼마나 기고만장해할지. 상상만 해도 열이 뻗쳤다.

그 상황에서 리카르디스가 독의 정체를 알아냈다. 마력과 독이 섞인 혼합물이라고 했다. 심지어는 성력으로 치유가 되지 않는다고. 엘피디오는 어이가 없었다. 성력이 쓸모없어지는 것은 차치하더라도, 독의 존재 자체가 문제였다. 엘피디오는 검은달로부터 그런 정보를 전달받지 못했다. 하카브가 동맹이라는 이름하에 독자적으로 움직이고 있는 것이다. 전혀 좋은 조짐이 아니었다.

만약 검은달의 발톱이 자신을 향하게 된다면. 그 독을 해독할 방법이 없다면 자신 또한 위험해질 것이다. 아니, 이미 위험했다. 하나의 목적을 위한다는 그럴싸한 명분은 언제든 깨어질 수 있었다. 엘피디오는 자신의 밝은 금발을 마구 헝클였다. 일이 엉망으로 꼬이고 있었다. 인상 쓰며 고민 중이던 강철발굽 백작이 무거운 입을 열었다.

"이미 일어난 일은 어쩔 수 없습니다, 전하. 하카브 왕자가 패를 전부 보이지 않았으리라고는 예상했던 일 아니겠습니까."

"젠장, 그래도 이런 거라고 생각이라도 했겠나? 리카르디스뿐만 아니라 이제 나, 그리고 그대들의 목숨까지 전부 하카브에게 달려 있는 거나 마찬가지지. 우리가 리카르디스의 방패가 되어 준 사이에 그 개새끼들은 일라베니아를 먹을 생각을 하고 있었어! 아주 환장하겠군!"

엘피디오가 초조한 발걸음으로 방 안을 서성였다. 강철발굽 백작은 속으로 한숨을 쉬었다. 윗사람으로서 보여야 할 태도는 어디에다 버리고 왔는지, 눈 씻고 보려야 찾아볼 수가 없었다. 아랫사람을 다독이며 차근차근 일을 해결해 나가려고 해도 모자란 판국이었다. 이렇게 오밤중에 가신들을 불러서 온갖 성질을 낸다고 풀릴 일이 아니었다.

"그럼에도 아직 동맹을 맺고 있지 않습니까. 그들이 아직 바라는 것이 남아 있는 겁니다. 그것을 쥐고 한번 거래를 해 보시지요. 해독제가 없는 독은 없습니다. 우선적으로 그걸 받아 내도록 하시지요, 전하."

엘피디오는 씨근덕대는 것을 멈추고 그제야 백작을 향해 고개를 돌렸다.

"결국 그들이 원하는 것은 뻔합니다. 축복의 밤을 불러내기 위한 시도는 일라베니아 제국뿐만 아니라 발타 왕국에서도 항상 있었습니다. 황제가 되면 열람할 수 있는 비밀 서고. 그곳에 있지 않습니까? 하얀 밤을 불러내기 위한 방법이 적힌 자료가."

"있기는 하지."

"방법을 안다고 할 수 있었다면, 저희도 진작 했겠지요. 하카브 왕자가 그 자료를 얻는다고 해도 결코 축복의 밤을 불러내지 못합니다. 결국에는 쓸모가 없는 정보라는 얘기입니다. 검은달에 넘어간다고 저희에게 치명적일 이유는 하나 없습니다."

"흠……."

엘피디오는 가만히 생각해 보았다. 백작의 말은 틀리지 않았다. 하지만 수천 년이 지나는 동안, 한 세대에 몇 명의 인원만이 겨우 알던 정보였다. 숨기고 숨겨 왔던, 어쩌면 예전에는 중요했을지도 모를 정보였다. 그렇다면 그럴 만한 이유가 분명 있을 것이다. 일라베니아가 대륙을 쥐고 흔들 수 있었던 강력한 무기일지도 몰랐다.

"나에게는 쓸모가 없고, 남에게는 필요하다면 최대한 비싼 값으로 팔아넘겨야지요."

"그건…… 그렇지."

"2황자 전하께서 파악한 독의 정체는, 이미 황제 폐하의 귀까지 들어갔을 겁니다. 빨리 움직이셔야 합니다, 전하."

엘피디오는 고민했다. 어떻게 움직여야 최선의 결과를 이끌어 낼 수 있을까. 황제는 신성력과 황권의 권위를 매우 중요시 여기는 자였다. 그런 제 아버지의 성격상, 그 독의 정보를 듣게 된다면 한바탕 난리가 날 것이 분명했다.

하지만 아직 전쟁은 일렀다. 해독제 이전에, 발타는 아직 엘피디오에게 쓸모가 있는 존재였다. 무엇보다도 리카르디스를 죽이는 것이 먼저였다. 일라베니아에 오랜 숙적이 발타라면, 엘피디오에게 가장 오래된 적은 리카르디스였다. 그를 경계하면서 해독제를 가장 빠르게 얻어 내는 방법. 엘피디오는 눈을 번쩍였다.

"다행히 쓸 만한 패가 하나 있군."

죽어도 상관없는. 엘피디오는 뒷말을 삼켰다. 수십 개의 눈이 엘피디오에게 와서 박혔다.

"디에즈를 불러와라."

* * *

리카르디스의 아침은 늦게 시작되었다. 간밤에 갑자기 시작된 술 대결의 여파에서 헤어 나오지 못했기 때문이었다. 꿀물을 가지고 온 잇세리온의 표정은 철없는 아들을 보는 어머니와 많이 닮아 있었다. 테이블 위에 즐비하게 굴러다니는 수많은 술병, 카펫에 얼룩덜룩 묻은 붉은 와인 자국. 아직 꿈나라에 있는 리카르디스에게서는 알코올의 향기가 풀풀 풍겼다.

몸을 흔드는 손길에 리카르디스는 신음을 내뱉으며 눈을 떴다. 빛의 방향 때문에 잇세리온의 짙은 갈색 머리가 검은색처럼 보였다. 그는 흠칫 몸을 떨고 눈을 비볐다. 보좌관 잇세리온이었다. 리카르디스는 한순간 그를 로젤린으로 착각했다는 것이 창피했다. 그러고 보니 그녀는 언제쯤 방을 나갔지?

술을 과하게 마셔서 두통이 약간 있는 걸 빼면 나름 숙면을 취했다. 덕분에 오늘은 모처럼 몸이 가벼웠다. 잇세리온이 미리 준비해 놓은 목욕물에서는 김이 피어나고 있었다.

리카르디스는 코 밑까지 깊게 몸을 담갔다. 따뜻한 물에 몸이 노곤히 풀리자 어젯밤의 기억이 어슴푸레 떠올랐다. 까무룩 잠들기 전에 그녀가 무어라 말했던 것 같은데, 도무지 기억나질 않았다.

막 황제의 집무실을 나서던 엘피디오가 인상을 찌푸렸다. 정면에서 걸어오던 리카르디스와 눈이 마주쳤기 때문이었다. 리카르디스는 그를 보고 더없이 환한 미소를 입에 걸었다. 찬란하게 빛나는 미소는 햇살조차 무색하게 만들 정도였다. 엘피디오는 그런 리카르디스의 모습을 보고 더욱 얼굴을 구겼다. 저게 약을 처먹었나.

"이런. 오랜만입니다, 형님. 그간 평안하셨습니까."

"…그래……."

떨떠름한 엘피디오의 답에도 그는 아랑곳하지 않고 자기 할 말만 했다. 날씨가 좋다는 둥, 이델라브힘이 굽어살피는 좋은 낮이라는 둥, 자신에게 좋은 찻잎이 들어왔는데 선물로 드리겠다는 둥. 엘피디오는 리카르디스의 사근사근한 태도, 부드러운 말투에 얼굴을 잔뜩 구기고 있다가 찻잎이라는 단어가 나오는 순간 몸을 딱딱하게 굳혔다. 최근 시도했던 회심의 암살이 빗나갔던 것을 상기해 냈기 때문이었다.

월장석 성에 심어 놓은 세작의 말로는 새로이 호위 임무를 맡은 기사의 공이라고 했지만, 엘피디오는 믿지 않았다. 고작 호위 기사 한 명에게 들킬 정도로 검은달은 어수룩한 집단이 아니었다. 분명 눈치가 빠르기로 둘째가라면 서러운 리카르디스가 알아챘을 것이다. 엘피디오는 언제나 리카르디스의 능력을 깎아내리려 했지만, 이런 순간에는 항상 그의 유능함을 믿었다. 언제나 제 일에 훼방을 놓고 자신만만한 낯으로 저를 쳐다보던 그 오만한 눈동자. 잊히려야 잊힐 수가 없었다.

암살 집단을 지원하는 것에는 많은 수고와 노력, 자금이 들어갔다. 이번에는 제법 출혈이 컸다. 그만큼 기대도 많이 했는데 이 미꾸라지 같은 것이 또 슬그머니 빠져나갔다. 속이 부글부글 끓었다.

엘피디오가 황제를 알현함으로써 형국은 다시 한번 리카르디스에게 불리해졌다. 이번에야말로 저 곱상한 얼굴에 죽음의 그늘이 확실하게 드리워졌다. 엘피디오는 그것을 알고 있음에도 미리 축배를 들 수는 없었다. 상대는 그 리카르디스였다. 죽음의 그림자가 드리워도 어떠한 희생을 하고서라도 살아남는. 거머리 같은, 잡초 같은 생명력을 지닌 2황자.

엘피디오는 얼굴을 확 굳히고 리카르디스 곁을 빠르게 스치고 지나갔다. 그 와중에 어깨가 서로 세게 부딪쳤다. 밀려난 건 엘피디오였다. 엘피디오는 붉은 얼굴로 씩씩대다가 달리는 것 같은 속도로 걸어서 빠르게 금강석성을 벗어났다.

리카르디스는 근사한 미소를 얼굴에서 싹 지우고 그와 닿았던 어깨를 툭툭 털어 내었다. 행동과 표정은 퍽 여상했지만, 그의 푸른 눈동자에 일렁이는 것은 아까의 엘피디오와 비슷해 보였다. 리카르디스의 분노는 몇 년이 지난다고 하더라도 쉽사리 수그러들 가벼운 감정이 아니었다. 옆에 줄곧 서 있던 잇세리온 또한 기분이 좋아 보이지 않았다.

"저렇게 감정을 못 숨겨서야, 원. 진지하게 대하던 내가 다 창피해지는군."

"……비위 상하지도 않으십니까?"

리카르디스는 하하 소리 내며 웃었다. 아까 엘피디오에게 웃어 보였던 것과는 많이 달라 보였다. 잔뜩 날카로워진 서늘한 얼굴이었다.

"내가 기분 더럽더라도 그놈이 더 기분 나쁘면 돼."

"항상 느끼고 있지만, 전하께서는 성격이…… 참……."

"성격 참 좋지? 나도 그렇게 생각해. 잡담은 그만하고 들어가지."

황제의 집무실 문밖에 서 있던 시종이 안으로 들어갔다. 리카르디스의 방문이 알려지자, 곧 문이 열렸다. 화려하게 꾸며진 내부 중앙에는 밝은 금발의 황제가 심기가 불편한 듯 얼굴을 굳히고 있었다.

"하얀 밤을 부르는 일라베니아의 축복을. 설원의 월계수, 영광의 황제 폐하를 뵈옵니다."

"하얀 밤의 축복을. 어서 오너라, 리카르디스."

리카르디스는 자리에 앉으며 테이블 위에 널려 있는 서류에 눈길을 돌렸다. 몇 개 보이는 단어와 문구를 조합해 보니, 발타 왕국과 인접한 영지에서 올라온 각종 보고서임을 알 수 있었다. 최근 들어 검은달의 활동이 활발해지고 있음이 입증된 것이다. 황제가 얼굴을 구기고 있던 것도 이해가 갔다.

"마녀가 입을 열었다지."

"예, 저번의 사냥 대회에서 처음 사용된 독입니다. 최근 월장석 성내에서도 사용되려 했지요. 이 서류를 보아도 되겠습니까, 폐하?"

"그리하거라."

리카르디스는 제일 위에 펼쳐져 있던 종이를 잡았다. 수십 장 쌓여 있는 서류의 제일 상단에는 마른가시나무 백작의 인장이 찍혀 있었다. 사냥 대회가 있었던 넓은 영토 비스타를 다스리는 자였다. 마른가시나무 백작은 변경백의 작위를 가지고 있었다. 황제에게 하사받은 영토를 방어하는 의무만 있는 타 귀족과 달리, 타국을 먼저 침범할 수 있는 권리까지 지닌 작위였다. 자치적인 군사권을 가지고 있어 다른 백작들보다 힘이 강했다. 마른가시나무 백작 위는 대대로 머리가 좋고 호전적인 인물이 물려받았다.

그렇다 하더라도 2년 전에 마른가시나무 백작 위를 승계한 그녀는 전대, 선대와는 비교가 안 될 정도의 전쟁광이었다. 여자라고 우습게 보던 이들의 말이 한순간에 쏙 들어갈 정도로 피가 자욱한 행보를 보였다. 마른가시나무 영지를 지키는 군사 수가 많은 것을 감안하더라도 전투에 대한 감각이 유달리 뛰어난 인물이었다. 군사를 잘게 흩트리고, 합치고, 유동적으로 움직이는 전술은 마치 그 자체가 살아 있는 것 같은 생생함이 있었다. 많은 전술가들이 그녀를 그렇게 평했다.

'경계의 학살자', '미친개'.

어떤 불리한 상황에서도 최선의 상황을 이끌어 내던 이였는데…… 지금 리카르디스가 보고 있는 서류에는 그녀에 대한 인식과는 제법 다른 내용이 서술되어 있었다. 굳이 표현하자면 최악이라 할 수 있는.

40명의 인원이 어둠을 틈타 산을 넘어와 400이 넘는 피해를 내었다. 인간의 힘도, 신의 힘도 소용이 없었다. 검은달은 과거와는 다른 위협을 휘두르고 있으니 부디 황제께서 어린 백성들을 굽어살피시어 일라베니아의 영광을 세세토록 전하길 간절히 바란다는 내용이 길게 늘어져 적혀 있었다. 마른가시나무 영지에 400이라는 인원은 사실 그렇게 큰 피해가 아니었다. 하지만 그녀는 자신의 영지뿐만 아니라, 인접한 다른 영지에서도 비슷한 일이 동시다발적으로 일어나기 시작하자 흐름이 심상치 않다고 여긴 모양이었다. 황제가 자신의 피곤해 보이는 낯을 연신 쓸었다.

"골치 아프게 되었다. 언제까지 묻어 둘 수 있는지……."

리카르디스는 속으로 코웃음을 쳤다. 그게 어디 숨겨질 만한 사안이던가. 검은달이 만들어 낸 새로운 독은 어떤 의사의 힘도, 어떤 신관의 힘도 간섭하지 못했다. 사냥 대회 이후로 잠잠하던 그들의 움직임이 활발해짐과 동시에 독의 사용도 점차 늘고 있었다. 검은달과 잦은 전투를 치러야만 하는 변경의 영지들은 빠른 시간 안에 높은 치사율을 가진 독에 의문을 가질 것이다.

"나는 독의 쓰임새와 영향이 확대되기 전에 발타를 지도에서 없애 버리면 될 일이라고 생각했지만……."

"……."

멍청하다, 멍청하다 했더니 이 정도면 가히 예술의 경지였다. 리카르디스는 어이가 없어서 그를 물끄러미 쳐다보았다. 황제는 정말 엘피디오의 아버지가 맞았다. 정말 똑 닮은 부자지간이 아닌가. 검은달의 수뇌부가 발타의 왕실까지 손을 뻗치고 있다고는 하지만, 왕실의 공식 입장은 항상 사실과 달랐다.

검은달이 발타에 주둔한다고 한들 우리 발타 왕실과는 전혀 관련 없으며, 발타 또한 검은달을 축출해 내기 위해 각고의 노력을 하고 있다는 얘기였다. 물론 그 얘기를 믿을 만한 나라는 대륙 그 어디에도 없었다. 어찌 되었든 표면적으로나마 그런 입장을 내세우고 있다는 게 중요했다.

일라베니아와 발타는 아직까지 큰 전쟁을 치른 적이 없었다. 한두 사람이 개인적으로 싸우는 것과 달리 나라와 나라의 충돌은 커다란 피해를 낳기 마련이었다. 그랬기에 전쟁은 명분이 중요했다. 발타는 검은달이라는 집단을 왕실과 분리함으로써 명분을 싹 지워 버렸다. 그런 상황에서 황제는 명분이고 나발이고 전쟁부터 일으키자는데, 그 생각 없음에 두통이 일어날 지경이었다. 심지어 다른 나라도 아니고 빛의 신을 모시는 신성 제국에서 다른 나라에 먼저 쳐들어가자고? 일라베니아 제국의 백성들조차 기함할 일이다.

리카르디스가 눈을 들어 황제를 쳐다보았다. '진짜로 전쟁 일으킬 생각은 아니겠지?'라는 뜻이 담겨 있는 눈빛이었다. 황제도 그 뜻을 읽은 모양이었다.

"한데 엘피디오가 돌아가는 추이를 좀 더 살펴보자 하더구나."

엘피디오가 황제보다는 머리가 조금 더 돌아갔나 보다. 리카르디스는 속으로 안도의 한숨을 내쉬었다.

"현명한 선택이십니다."

"그리고."

황제는 팔걸이 부분에 손가락을 느릿하게 부딪치며 딱…… 딱…… 하는 소리를 내었다. 황제의 손가락이 둘 사이의 침묵을 일정한 속도로 깨트리고 있었다. 이유 모를 불쾌함이 밀려왔다.

"사절단을 보내자는데 나 역시 그 의견에 동의했다."

엘피디오 이 개새끼가. 리카르디스는 얼굴을 확 굳혔다. 황성의 모든 이가 그렇듯 그 또한 감정과 표정을 숨기는 것에 능숙했지만, 지금 이 순간은 그 단단한 가면이 벗겨지고 말았다. 다행히도 황제는 제 할 말만 늘어놓느라 그것을 미처 보지 못하고 지나쳤다.

"발타에 사절단이 방문했던 게 2년 전이었던가. 제법 오래되었군. 슬슬 그놈들을 압박할 때도 되었어…… 더러운 들개 놈들 같으니.”

“……발타와 인접한 영지에서 크고 작은 전투가 일어나는 이 시점에서 사절단을 보내기엔 위험이 많이 따르리라 생각됩니다. 또한 새로이 만들어진 독에 대한 연구도, 완벽한 해독법도 없는 이 상황은 그들에게 훨씬 유리하게 돌아가겠지요. 사절단을 보낸다고 한들, 들이는 수고와 위험에 비해 소득이 적을 가능성이 높습니다.”

엘피디오가 왜 아침부터 황제를 찾았나 했더니. 하여간에 잔머리는 잘 돌아가는군. 황제를 부추겨서 자신을 사절단으로 보내 버리려는 것이다. 말이 사절단이지 지금의 상황에서야 사지로 걸어 들어가는 행위나 다름없었다. 심지어 하루에도 암살자 서넛을 보내며 죽이고자 간절히 염원했던 상대가 제 영역으로 걸어 들어온다는데…… 발타의 왕자, 하카브가 그 좋은 기회를 놓칠 리 없으니.

사냥 대회에서 생환한 지 얼마나 되었다고 황제는 또 자신을 사지로 몰아넣으려 했다. 만약 2황자 리카르디스가 발타에서 죽게 된다면 이보다 더 훌륭한 전쟁의 명분은 없을 테니까. 사절단으로서 발타에서 무언가를 얻어와도 그만, 리카르디스의 죽음으로써 전쟁을 일으킬 명분이 생겨도 그만. 엘피디오의 얘기를 수락한 배경에는 그런 계산이 깔려 있을 것이다.

“걱정이 과하구나, 리카르디스. 내가 누구더냐. 이 나라의 이름이 무엇이더냐. 대륙을 축복하는 영광의 빛은 눈과 귀가 먼 자들 또한 느끼는 것이다. 고작 독 하나에 수그러들 광휘가 아니다.”

새로운 독으로 인해 상황이 발타에 유리하게 돌아갈 것이라는 말이 매우 거슬렸던 모양이었다. 황제는 제 권위에 흠집이라도 간 듯 굴었다. 조금 까칠해진 태도와 목소리에 리카르디스는 속으로 혀를 찼다. 하여간 제 말에 토 다는 꼴을 못 보는 인간이었다.

“옳으신 말씀입니다. 발타의 들개들이 워낙 위아래를 모르는 놈들인 데다, 요즘 들어 더욱 기세가 사나워졌다 보니…… 제가 괜한 걱정을 했던 모양입니다."

리카르디스가 고개를 숙이자 황제의 목소리가 조금 부드러워졌다. 무슨 세 살배기 어린애도 아니고, 어르고 달래는 것을 뭐 이리 지극정성으로 해야 하는지. 피로가 몰려왔다.

"그래. 그놈들의 기세가 사나워지기는 했지. 그래서 사절단을 보내려는 것이다. 네가 검은달을 누르는 것에 혁혁한 공을 세웠지 않느냐. 리카르디스라는 이름이 발타를 압박하기에 아주 효과적일 듯하구나. 제국의 2황자라는 고귀한 신분과 너의 이름 안에 이델라브힘의 영광이 함께할 테니 걱정 말거라."

한 번 만류하려던 시도는 이미 실패했다. 리카르디스는 황제의 뜻을 거스르려는 시도를 두 번은 하지 않았다. 황제의 고집스러운 태도는 그에게 다양한 선택지를 주지 않았다. 엘피디오가 솜씨 좋게 제 아비를 구워삶은 모양이었다. 리카르디스는 눈을 한 번 지그시 감았다가 뜬 후, 소파에서 내려왔다. 무릎을 꿇은 그가 고개를 숙였다.

"황제 폐하의 뜻을 받들겠습니다."

황제가 허허 웃으며 리카르디스의 어깨를 툭툭 두드렸다. 정식으로 사절단을 보내겠다 공표하는 것은 며칠 뒤가 될 거라 했다. 리카르디스는 알겠노라 대답하고 황제의 방을 떠났다. 리카르디스의 뒤를 따르던 잇세리온이 분개하는 소리가 들렸다. 별다른 말은 하지 않았지만 거친 숨소리로 마음을 대변하고 있었다. 리카르디스는 턱이 아플 정도로 이를 꽉 물었다. 살짝 뜯긴 입술로부터 피 맛이 비릿하게 느껴졌다.

"월장석 성으로 돌아간다."

백색의 제복을 입은 호위 기사들이 그의 뒤를 따랐다.

* * *

2황자 리카르디스가 발타로 떠나는 사절단의 총책임자로 임명되었다. 월장석 성은 낮게 가라앉았다. 몇 달 전 사냥 대회에서 수많은 하얀밤의 기사 단원들이 사망했을 때만큼이나 어두운 분위기였다. 단순히 월장석 성의 주인이 오랜 기간 자리를 비우리라는 사실 때문은 아니었다.

일라베니아 제국과 검은달. 국경을 두고 나란히 있는 두 세력 간의 분쟁은 오랜 기간 지속되어 왔다. 검은달이 발타 왕실의 수족임을 모르는 자는 대륙 어디에도 없는 관계로, 일라베니아와 발타, 두 나라 간의 분쟁이라 말해야 정확할 것이다. 이 상황에서 사절단이라는 책무는 그저 이름만 평화로울 뿐, 단두대에 목을 들이미는 행위나 진배없었다. 심지어 리카르디스는 검은달과 분쟁이 있을 때마다 선두에 서 있었으며, 또한 언제나 승리해 왔다. 발타의 입장에서 그보다 더한 원수는 없을 것이다. 그의 공이 빛나는 만큼이나 단두대의 칼날 또한 번쩍번쩍 빛나고 있으리라.

수많은 하인과 하녀들의 얼굴에 칙칙한 그림자가 드리웠다. 누가 보면 월장석 성벽에 장례 중이라는 표식의 하얀 천이라도 걸렸다고 생각할 정도였다. 하얀밤 기사들 또한 주인의 처지에 분노함과 동시에 그들 자신의 미래에 깊은 애도를 보냈다. 바람 앞의 촛불보다 아슬아슬하고 보잘것없는 목숨. 누군가는 체념했고 누군가는 결의를 다졌다.

눈 쌓인 숲만큼 고요했던 월장석 성이 잠시간 떠들썩거렸다. 성을 방문한 손님 때문이었다. 리카르디스가 사절단의 총책임자로 임명된 이후로 많은 사람들이 월장석 성을 향하던 발길을 끊었다. 행여나 그의 눈에 들어 발타로 같이 먼 길을 떠나야 할까, 하는 걱정에서 비롯된 상황이었다. 누군가는 간사하다고 비난하는 행동이었지만 리카르디스는 그들을 이해했다. 자신이라 하더라도 얼씬도 안 했을 것이다. 그런 상황에서 오랜만의 손님이었다. 게다가 풍족한 선물과 함께였다. 발타의 왕자, 하카브가 좋아한다던 일라베니아 명장의 술과 각종 진귀한 보석, 산해진미, 아름다운 예술품이 늘여진 풍경이 장관을 이루었다.

로젤린은 호위 임무를 위해 월장석 성으로 향하다 그 광경을 보았다. 그녀의 뒤를 따르고 있던 레티시아와 에버하르트는 입을 떡 벌리고 산처럼 쌓이는 진귀한 선물들을 바라보았다.

웃음기 어린 목소리가 그들의 귓가를 스쳤다.

"로젤린 경."

밝은 금발의 남자가 인파 속에 묻혀 있다가 그녀를 향해 걸어왔다. 리카르디스에 비견할 만큼 장신이었다. 그의 유순한 인상이 단단한 체격에서 풍기는 위압감을 어느 정도 상쇄했다. 로젤린이 멀뚱히 그를 바라만 보고 있자 뒤에서 레티시아가 속삭였다.

'설원의 월계수, 5황자, 디에즈 전하이십니다.'

로젤린이 그녀의 말을 듣고 작게 고개를 끄덕였다.

레티시아와 에버하르트는 레이몬드로부터 그녀가 기억 상실로 인해 지식과 상식을 깡그리 잊어버렸다는 말을 들었다. 이후로 고위 귀족과 황족들의 인상착의와 이름, 작위와 직위 등을 다급히 암기해 둔 상태였다. 그들의 독특한 상급 기사를 보필하기 위한 업무의 일환이었다.

로젤린은 검술을 익히는 데에는 빠른 습득 속도를 자랑했으나, 책상에 앉아 하는 모든 작업에는 흥미를 보이지 않았다. '기사가 검만 잘 쓰면 됐지, 사람들의 얼굴이나 직위를 외우는 일이 뭐가 중요한 거지?'라고 생각하는 듯했다.

물론 그 사실을 알 도리 없는 두 명의 수습 기사들은, 황족과 고위 귀족은 고사하고 황제의 얼굴도 모를 것이라는 레이몬드의 말에 농담이 과하다며 웃어넘겼다.

하지만 이후 남자 기사들의 공용 목욕탕에 태연하게 들어가려던 로젤린을 목격해, 웃음기를 얼굴에서 지워야 했었다. 그 아찔한 순간 덕분에 레티시아는 제 상급자의 상식 수준이 어느 정도에 머무르고 있는지 단번에 이해했다.

"하얀 밤을 부르는 일라베니아의 축복을. 하얀밤 기사단의 상급 기사 로젤린이 설원의 월계수 5황자 전하를 뵙습니다."

로젤린이 한쪽 무릎을 꿇었다. 에버하르트와 레티시아 또한 그녀를 따라 무릎 꿇었다.

"이런. 일어나세요, 경. 오랜만입니다."

로젤린이 수습 기사 두 명을 돌아보았다. 그녀의 무표정한 얼굴이 '저랑 5황자 알던 사이입니까?' 하고 묻고 있었다. 그들의 눈동자가 요동치며 흔들렸다. 모…… 모르는데…… 모릅니다…… 그들이 고개를 살짝 저어 보였다.

인상착의와 장신구를 보고 인물을 파악해 내는 능력과 기억을 잃어버린 상급 기사의 인간관계를 파악하는 능력은 별개의 것이었으므로. 이번 건은 그들의 권한 밖이었다. 수습 기사라고 해도 그녀와 함께한 지 고작 2주가 지났을 뿐이었다.

로젤린은 다시 5황자와 눈을 마주했다. 디에즈 황자는 봄날의 햇살 저리 가라 할 정도로 따스한 미소를 짓고 있었다.

"사냥 대회에서 많이 다쳤다는 얘기를 듣고 걱정했는데, 이리 건강해 보이니 다행입니다."

"감사합니다."

"형님의 호위를 맡게 되었다지요? 이번 사절단에도 같이하겠군요."

"그렇습니다."

에버하르트는 진땀을 뻘뻘 흘렸다. 대화가 도무지 이어지질 않았다. 과거 로젤린도 지금의 그녀처럼 말수가 적다고 듣긴 했으나, 지금은 상대가 황족이다 보니 자칫 무례하다 여겨질 수 있을 것 같았다. 다행히도 5황자 디에즈는 그녀의 말투를 그다지 신경 쓰지 않는 듯했다.

"잘됐습니다. 친한 이가 몇 없어 걱정했는데. 발타에서도 잘 부탁드립니다, 로젤린 경."

"……발타로 떠나십니까?"

로젤린이 드물게 되물었다. 그녀는 사절단으로 떠나는 인원 명단 중에 다른 황자들이 없었음을 알고 있었다. 5황자가 예쁘게 웃어 보이며 그렇다고 대답했다.

"몇 년 전 타국에서 발타의 하카브 왕자와 잠시 대화를 나눈 적 있습니다. 보잘것없는 친분이지만 접점은 있는 셈이니까요."

디에즈는 하하 소리 내어 웃었다.

사절단에 뽑힌 귀족들은 자신의 죽음을 눈으로 보고 온 듯 벌레 씹은 표정을 하고 다녔다. 또는 그들의 가족이 대신 거무죽죽한 낯으로 참담해하고 있거나. 하지만 눈앞의 남자, 5황자 디에즈의 반응은 그들과는 매우 다른 양상을 띠고 있었다.

발타의 전통 음식 중에 어린 양을 향신료와 함께 통째로 삶는 것이 있는데 그게 아주 환상적이라는 둥, 자신이 잘 아는 곳이 있는데 나중에 리카르디스 형님과 같이 가자는 둥. 5년 전 만났을 때는 하카브가 자신보다 키가 컸는데 최근 자신이 급성장해서 이제는 본인이 더 클 거라는 둥. 철없어 보이기까지 하는 낙관적인 태도였다. 로젤린은 꼬박꼬박 네, 예, 기대됩니다. 네, 맛있겠군요. 예. 참 크십니다. 하면서 고개를 주억거렸다.

한참 발타의 풍습과 요리를 설명하던 디에즈가 눈웃음 지으며 그녀에게 신호를 보냈다. 수습 기사들을 떨어트리고 따로 얘기를 나누자는 듯 보였다. 하지만 애석하게도 지금의 로젤린은 그의 은근한 신호를 알아들을 만한 눈치를 갖추지 못했다. 레티시아와 에버하르트만 5황자의 눈짓을 알아듣고 초조하게 손바닥의 땀을 제복에 닦았다.

"……."

몇 초가 고요히 흐르며 그들 사이에 침묵이 늘어졌다. 디에즈는 시무룩한 표정을 지었다. 로젤린이 입을 딱 다물고 있는 행동을 보고 거절당했다고 생각한 것 같았다. 안절부절. 마음속으로 발만 동동 구르는 에버하르트를 뒤로하고, 레티시아는 눈을 질끈 감은 채 로젤린을 확 떠밀었다. 무례하다고 혼나는 건 혼나는 거고 지금은 눈치라고는 쥐뿔도 없는 제 상급 기사를 보필해야만 했다.

로젤린이 한 발자국 앞으로 밀려 나오자 디에즈가 환하게 웃으며 그녀를 이끌었다. 로젤린은 영문 모르겠다는 표정으로 레티시아를 돌아보았다가 움찔했다. 레티시아가 눈에 불을 켜고 격렬하게 디에즈를 손가락질하고 있었다. 로젤린은 그녀의 저의를 대충 깨달은 듯했다. '왜 5황자 전하에게 손가락질을 합니까?'라는 질문 없이 순순히 디에즈를 따라갔다. 수습 기사 두 명은 그제야 안도의 한숨을 푹 쉴 수 있었다.

둘은 제법 인적이 드문 곳까지 걸었다. 로젤린은 계속 월장석 성을 돌아봤다. 디에즈는 로젤린의 행동으로 그녀의 마음을 읽어 냈다.

"잠깐이면 됩니다."

"예."

'잠깐'이라는 기간이 정해졌음에도 디에즈는 부드럽게 웃으며 그녀를 바라볼 뿐이었다. 로젤린도 차분하게 그를 마주했다.

"걱정했습니다, 로젤린."

로젤린. '로젤린 경'이 아니었다. 눈앞의 이 남자와 로젤린은 친근한 사이였던 건가?

불어오는 바람에 그녀의 콧잔등 위로 꽃잎이 내려앉았다. 로젤린이 간지러움에 코를 찡그리자 디에즈가 그녀의 얼굴에 손을 가져다 대었다. 미소 지은 남자가 로젤린의 얼굴에서 꽃잎을 살포시 떼어 냈다. 디에즈의 손끝에 달려 있던 꽃잎은 불어오는 바람에 정처 없이 날아갔다.

로젤린은 바람을 좇던 눈동자를 굴려 그를 올려 보았다. 스스럼없이 다정한 손길이었다. 이 남자와 로젤린은 친했나 보다. 생각보다도, 훨씬.

"감사합니다."

그녀의 변하지 않는 딱딱한 대답에 디에즈는 기운 없는 미소를 띠었다.

"정말이었나 보군요. 그대의 머리에 조금, 아, 실례. 기억에 이상이 있다는 얘기를 들었습니다."

"그렇습니다."

"어디까지 기억하십니까? 저는 기억합니까?"

로젤린이 고개를 저었다. 씁쓸하게 웃은 디에즈는 기억 상실이란 병은 일시적인 경우가 많으니 걱정 말라고 그녀를 도리어 위로했다.

디에즈는 이후로도 로젤린에게 몇 가지 질문을 건넸다. 주로 그녀의 안위와 관련된 질문이었다. 로젤린은 '네.'와 '아니요.'를 적극 활용하며 열심히 답했다. 디에즈는 그녀의 무성의해 보이는 대답에도 어느 정도의 궁금증을 해소한 듯, 한숨을 푹 쉬었다.

"절벽에서 떨어졌다고 레이몬드에게 들었습니다. 정말 이만하길 다행이군요. 이델라브힘께서 로젤린을 도우셨나 봅니다."

"네."

"전투가 막 일어났을 때, 저는 당신을 찾고 있었습니다. 안 보여서 걱정을 많이 했어요. 막사와 그렇게 멀리 떨어진 절벽에 있었을 거라곤…… 생각도 못 했습니다."

"제가 발견되었던 절벽이 막사와 많이 떨어져 있었습니까?"

네, 아니요, 괜찮습니다. 세 가지 답변을 돌려 가면서 사용하던 로젤린의 새로운 대답이었다.

"네, 정반대 방향이었습니다. 그래서 찾는 게 좀 더 늦었다고 하더군요."

"그랬습니까."

"도움이 못 되어 미안합니다. 돌아온 이후로도 줄곧 바빠서 한 번을 찾아오지 못했는데, 건강한 모습을 봐서…… 음, 기쁩니다. 정말 다행이에요, 로젤린."

디에즈의 눈이 둥글게 휘어지며 곡선을 그렸다. 디에즈는 그녀가 봐 온 사람들 중에 가장 잘 웃는 사람이었다. 그의 미소를 따라 로젤린도 입꼬리를 올렸다. 감사합니다. 그녀의 짧은 대답에도 그는 기쁜 기색을 감추지 못했다.

디에즈는 곧 로젤린에게 인사하고 돌아섰다. 아까의 마지막 안부 인사가 그의 진짜 목적인 듯했다.

로젤린은 지금까지 줄곧 가지고 있었지만, 잠시 잊고 있던 의문을 떠올렸다. 레이몬드에게도 들었던 적 있었다. 암살 부대가 새벽에 막 습격했을 당시에는 그녀의 모습을 보지 못했노라고. 아니, 그보다 훨씬 전부터 보지 못했다고. 그때는 단순히 인원이 많아서 확인하지 못했던 건가? 하고 두 사람 다 대수롭지 않게 넘겨 버렸었다. 하지만 오늘 5황자의 말로써 그 전투 당시, 또는 이전부터 로젤린이 현장에 없었다는 사실을 알 수 있었다.

'그것'은 처음 로젤린의 몸을 구성하자마자 몸을 치유하는 것에 많은 힘을 썼다. 추락했을 당시에 발생했으리라 유추되는 부러진 뼈들. 그로 인해 압박되고 손상된 장기들. 가장 큰 치명상이 그것이었기에 살갗이 찢어지거나, 벌어진 외부적인 상처는 크게 신경 쓰지 못했다.

하지만 지금에 와서 생각해 보자니 등에 새겨진 상처도 범상치 않았다. 살가죽은 물론이거니와 근육까지 벌어져 뼈가 다 드러날 정도였으니. 만약 그녀가 절벽에서 떨어지지 않았더라도, 그 상처 하나로 충분히 사망에 이르렀을 것이다.

암살 부대의 습격 당시 그녀의 부재. 막사와는 한참 먼 곳에 위치한 그때의 절벽. 등 뒤에 깊게 찢겨 있던 상처. 몇 가지 사실이 얼기설기 맞춰지며 여태껏 로젤린이 알고 있던 사실을 비틀었다.

어쩌면 그녀는 암살 부대의 습격 이전에 사고를 당했을지도 모른다.

* * *

"칼릭스."

칼릭스는 멍한 눈길로 제 누이를 바라보았다. 웃는 얼굴이 봄바람만큼 부드러웠다. 안 본 사이 그녀는 더욱더 '로젤린' 같은 표정을 짓고 있었다. 로젤린이 빠른 걸음으로 다가가 칼릭스를 와락 껴안았다. 그는 흠칫 몸을 떨다 곧 그녀를 마주 안았다. 뭔가 좀 쑥스러웠지만, 손은 어느새 제 누이의 등을 도닥이고 있었다. 칼릭스의 입가에도 미소가 살짝 떠올랐다.

"그간 평안하셨습니까, 누님."

"응."

햇빛을 받는 로젤린의 눈동자가 반짝였다. 반가워하는 기색이 떠올라 있었다. 가면같이 온도 없는 표정을 하던 사람이었는데, 안 본 사이 많이 사회화된 모양이었다.

칼릭스는 로젤린에게 슈크림이 들어간 상자를 건넸다. 로젤린은 상자를 열어 보지도 않고 활짝 웃었다. 예민한 후각으로 내용물을 파악한 듯했다. 로젤린이 좋아하는 음식이라 하면 단연코 고기라 말할 수 있으나, 디저트 계열 또한 뺄 수 없었다. 처음 생크림을 먹은 로젤린이 눈을 부릅뜨고서 몸을 뻣뻣하게 굳히던 모습은 아직까지도 칼릭스의 뇌리에 깊게 박혀 있었다.

로젤린은 냄새를 킁킁 맡으며 기뻐했다. 칼릭스는 제 누이의 모습을 흐뭇하게 바라보았다. 그녀는 곧 상자를 열어 슈크림 하나를 칼릭스에게 건넸다. 그는 제 손바닥 위에 덩그러니 놓인 슈크림과 누이를 번갈아 가며 쳐다보았다.

설마 나에게 주는 건가? 음식을 나눠 먹는 수준까지 도달했단 말입니까, 누님? 칼릭스는 제 지난날 폭풍 같던 고난의 나날을 생각하며 눈물을 찔끔 흘릴 뻔했다. 칼릭스가 감격스러움에 그녀를 아련하게 쳐다보자 로젤린이 조금 시무룩한 기색을 띠었다.

그녀의 모습에 의문을 가질 찰나, 로젤린이 박스에서 슈크림을 하나 더 꺼내어 칼릭스의 손바닥 위에 올려놓았다. 그 감격의 눈빛을 하나 더 달라는 재촉으로 봤던 모양이었다.

칼릭스는 속으로 웃음을 삼키며 슈크림을 먹었다. 그리고 남은 하나는 로젤린의 입에 넣어 주었다. 수도에서 유명한 제과점이라더니 슈크림을 음미하는 그녀의 눈이 잔뜩 가늘어져 있었다. 무척이나 만족스러워 보였다.

"그런데, 누님. 지금은 황자 전하를 호위하는 시간이 아닙니까?"

"응."

"그런데 여기에…… 이렇게 계셔도 됩니까?"

"응. 전하가 허락했어."

로젤린이 말을 덧붙였다.

"죽기 전에 가족은 한번 봐야 하지 않겠냐 하시던데."

"……여전하시군요, 리카르디스 전하께서도……."

리카르디스가 발타로 떠나는 사절단의 총책임자가 되었다는 소식에, 칼릭스는 먼 황성까지 와야 했다. 2황자의 위험에는 당연히 제 누이의 위험이 따랐기 때문에. 물론, 칼릭스의 예상과 한 치도 다름없이 로젤린은 태평하기 그지없는 상태였다.

복잡한 마음이 한층 더 커졌다. 누이를 잃는 심정은 이미 잘 알고 있었다. 고통스럽게 조각난 마음을 이제야 허술하게라도 이어 붙였건만, 또다시 그녀를 잃게 될 수도 있었다.

칼릭스의 낯빛이 어두워졌다. 직접적으로 황자의 곁을 지켜야만 하는 상급 기사이니만큼 큰 위험에 노출될 것이다. 하필이면 승급하자마자 발타로 가야 한다니. 칼릭스는 목소리를 낮췄다.

"발타를 통치하는 1왕자 하카브는 분명 검은달과 깊은 관계가 있습니다. 발타의 최고 통치자가 검은달이니 발타 왕국 그 자체가 2황자 전하의 적이라고 보셔야 합니다."

"응."

"……위험……하실 겁니다. 폐쇄적인 기질을 가진 곳이라 밝혀지지 않은 부분도 많습니다. 새로 합성해 낸 마독 이외의 다른 위험 요소들도 많을 겁니다. 정말 조심하셔야."

"잠깐."

로젤린은 한쪽 손을 들어 그의 말을 끊어 내었다. 그녀는 야생 동물같이 고개를 휙 돌리며 높게 세워진 벽 너머를 뚫어져라 쳐다보았다. 로젤린은 곧 능숙하게 벽을 타고 반대편으로 넘어갔다. 칼릭스의 귓가에 "으아악!" "꺄악!" 하는 비명 소리가 들려왔다.

드디어 사람을 덮친 건가! 아직까지 제 누이가 지나가는 인간을 덮친 적이 없긴 했지만, 칼릭스는 잘 알고 있었다. 그녀의 야생성이 완전히 죽지 않았음을. 그 야생성은 어느 방향으로 튈지 모르는 울퉁불퉁 구겨진 공 같은 것이었다. 왼쪽으로 굴렸더니 오른쪽으로 튀어 오르고, 오른쪽으로 던졌더니 아래쪽으로 굴러가 버리고, 화가 나서 버리면 골 안으로 들어가 점수를 얻게 되는 그 미묘한 불규칙성.

그러므로 누이가 무언가를 뺏어 먹기 위해 누군가를 덮쳤다고 해도 그다지 이상하다고 생각되지 않았다. 도리어 착실히 사회화가 되어 인간적인 면모를 보이는 누이의 모습이 낯설 뿐이었다. 울퉁불퉁 공 같은 그녀를 알게 된 지는 고작 몇 달에 불과했지만, 어떠한 면에서는 스무몇 해를 보아 온 로젤린보다도 더 강렬한 부분이 있었다. 그래서 깊게 새겨졌다. 이 안정적인 불규칙성. 칼릭스는 내심 안도의 한숨을 내쉬었다.

칼릭스는 로젤린을 따라 벽을 타고 올라갔다. 그녀가 오를 때에는 손바닥으로 가볍게 벽을 치는 소리가 났다. 칼릭스는 도움닫기부터 땅이 파일 정도로 깊고, 무겁게, 그리고 쿵쿵 두드리는 거친 소리를 냈다. 극명하게 비교되었다.

칼릭스가 높은 담벼락 위에 올라서서 아래를 바라볼 즈음엔 로젤린이 한 남자를 제압하고 있었다. 칼릭스는 '죽이면 안 됩니다!'라든가 '다른 사람의 음식을 뺏어 먹으면 안 됩니다!'라고 급히 말하려 했다. 하지만 로젤린에게는 딱히 살의가 없어 보였고 그들의 손에도 먹을 것이 들려 있지 않았다. 칼릭스는 담 위에서 잠자코 지켜보기로 결정했다.

군청색 머리카락을 묶은 남자는 바닥에 엎어져 로젤린의 밑에 깔려 있었다. 또한 적갈색 머리의 여자는 무릎걸음으로 도망가는 중이었다. 로젤린은 멋지게 공중제비를 돌아 도망가던 여자의 앞에 탁 착지했다.

도망가던 여자, 레티시아는 고요하게 강림한 로젤린의 부츠를 보고 경기했다.

"히익!"

로젤린이 쭈그려 앉아 레티시아의 이마를 톡 건드렸다.

"또 죽었습니다. 레티시아. 에버하르트."

"흐아……."

"하아아……."

로젤린의 선고에 두 남녀가 풀썩 바닥에 누웠다. 그들의 등과 가슴이 오르락내리락하며 급박했던 순간의 심정을 대변했다.

"벽을 타고 오르는 소리도 못 들으면 어떻게 합니까."

"못 들었습니다……."

"심각하군요, 레티시아."

"작게 듣긴 했는데, 그냥 벽을 콩콩 치는 소리인 줄 알았습니다……."

"벽을 디디며 올라오니 소리의 위치도 다르지 않겠습니까? 벽의 상단 부분에서 소리가 나면 당연히 경계를 했어야 합니다, 에버하르트."

칼릭스는 그 알 수 없는 상황을 인지하기도 전에 제 누이의 깔끔한 존댓말에 감격했다. 영명하십니다, 누님……!

레티시아와 에버하르트는 억울한 눈으로 그녀를 올려 보았다. 모의로 몇십 번씩 죽어 가며 습격당해서 이제는 어느 정도 바람을 읽게 되었다고 생각했다. 그렇게 자신만만해하던 것이 어제였는데 바로 오늘. 그녀의 발소리가 한층 더 조용해졌다. 그렇다면 지금까지는 그녀의 전력이 아니었다는 말인가?

　로젤린의 습격을 못 막을 시, 혹독한 체력 단련 10세트를 해야 하는 것이 그들의 암묵적인 룰이었다. 체력 단련을 할 때 그녀가 옆에서 지켜보고 있던 적이 없었기에, 한번은 에버하르트가 "단련을 했는지 안 했는지 어떻게 아십니까? 혹시 저희가 거짓말을 한다든가……." 하는 소심한 의문을 제기한 적이 있었다. 그의 물음에 로젤린은 눈을 가느스름하게 뜨며 살짝 웃었다. 그러고는.

　[어디 한번 해 보시죠.]

　라는 대답을 했다. 에버하르트는 순간 그녀가 화난 어머니보다 더 무섭게 느껴졌다. 대놓고 널 죽이겠다고 말하는 암살자보다 훨씬 두려웠다.

　로젤린은 객관적으로 훌륭한 상급자였다. 잘 챙겨 주고, 잘 가르쳐 주고. 그럼에도 에버하르트와 레티시아는 그녀를 좀 어려워했다. 단순히 그녀가 직속상관이라거나, 지위가 높다는 이유 때문만은 아니었다. 신비로운. 불가사의한. 그녀를 감싸고 있는 분위기를 표현하자면 얼추 그런 단어로 설명할 수 있을 것이다. 보통 사람들은 그들이 온전히 이해하지 못하는 부분을 껄끄러워하지 않던가. 그들 또한 그랬다. 로젤린의 유능한 검 실력과 기묘한 분위기 사이에서 그녀를 존경도 했다가, 조금 어려워도 했다가 하며 마구 헤매었다.

　에버하르트는 흙바닥에 볼을 댄 채, 우뚝 서 있는 로젤린을 쳐다봤다. 다른 곳을 보고 있던 그녀가 에버하르트에게 눈을 돌렸다. 시선을 기가 막히게 알아차리는 사람이었다. 눈이 딱 부딪치자 그게 신호라도 되는 듯, 로젤린은 그의 제복 목덜미 부분을 잡아 불쑥 일으켰다. 어미 고양이가 새끼 고양이의 목을 물고 옮기는 것 같은 모양새였다.

　그녀는 곧 비슷한 방식으로 레티시아도 일으켰다. 공포에 후들거리던 심장과 다리가 어느 정도 안정이 된 듯했다. 로젤린이 에버하르트와 레티시아의 옷에 묻은 흙을 툭툭 털어 주었다. 둘은 경직된 자세로 상급자의 손길을 얌전히 받았다.

로젤린은 에버하르트의 엉덩이 부분에 묻어 있는 먼지들도 털어 내었다. 퍽, 퍽. 거친 손길이 거침없었다. 유독 엉덩이 부분에 흙이 많이 묻어 있어, 로젤린의 손은 오랫동안 그 위에 머물렀다. 에버하르트는 침묵하며 제 상급자를 쳐다보았고 레티시아는 고개를 돌려 로젤린의 허물을 보는 것을 회피했다. 그리고 칼릭스는 담벼락 위에서 한 손으로 두 눈을 가렸다. 얼마간 겪지 못했던 두통의 재래였다.

에버하르트는 경직된 낯 안쪽으로 웃음을 삼켰다. 그녀를 한 겹 감싸고 있는 알 수 없는 신비로움은 이렇게 미묘한 상냥함으로 중화되고는 했다. 그 때문인지, 친한 수습 기사들이 로젤린에 대해 물었을 때 자신이 "어…… 어…… 좋은 분이야?" 하는 어색한 대답을 했던 건지도 모른다. 레티시아는 "아! 로젤린 경 정말 좋은 분이야! 좋은 분인데……."라는 찜찜함이 다소 묻어 있는 평가를 했지만, 뒷말을 더 이상 하지 않음으로써 어쨌든 간에 둘 다 좋은 사람이라는 결론을 냈다.

그들의 미묘하지만 좋은 사람인 상급자가 수습생들의 몸단장을 모두 끝냈다. 에버하르트와 레티시아는 로젤린에게 경례 후 연무장으로 떠났다. 모의 죽음에도 굴하지 않는 씩씩한 발걸음이었다.

두 남녀의 뒷모습을 바라보던 칼릭스가 담벼락에서 내려왔다. 그는 우는 것도 웃는 것도 아닌 이상한 표정을 짓고 있었다.

"누님. 다른 사람의, 특히 이성…… 그러니까 남자의 신체 부위를 함부로 만지시면 안 됩니다."

오랜만의 "안 됩니다."였다. 칼릭스의 타박하는 말은 그녀에게 안정감을 줬다. 인간이 된 '그것'이 최초로 뿌리를 내린 붉은수레바퀴 성. 그곳을 연상시키는 문구였다.

"안 만졌는데."

만지지 않았다. 확실히 그 먼지를 털어 내는 매서운 손길은 '만졌다'라는 표현이 어울리지 않았다. 구태여 따지자면 '때렸다?' '쳤다?'에 가까웠다. 칼릭스는 그것을 깨닫고 "함부로 접촉하시면 안 됩니다."라고 말을 바꿨다. '특히 엉덩이.'라고 말하고 싶었지만, 이상하게 낯부끄러워서 신체 부위를 언급하는 단어는 입 밖으로 나오지 못했다.

그녀는 정확하게 이해를 한 것 같아 보이진 않았으나, 어찌 되었건 고개를 끄덕였다. 그것만으로 칼릭스의 마음은 조금 편해졌다.

둘은 너른 화단을 걸으면서 이런저런 얘기를 더 나눴다. 한 달여간 떨어져 있었을 뿐인데 많은 일이 있었다. 사실 누이는 1시간만 눈을 떼어도 이런저런 사고를 쳤다. 한 달이 지났으니 정말 무수한 일이 있었을 것이다.

로젤린은 무표정한 낯으로 조잘조잘 얘기했다. 색색으로 빛나는 화원의 느슨하고 화사한 공기가 누이를 부드럽게 감싸고 있었다. 예전의 과묵했던 그녀의 모습과는 달랐다. 언어나 행동이. 하지만 무표정한 얼굴로도 주위의 공간을 따뜻하게 만드는 것이 딱 로젤린이었다. 흰색의 나비들이 그녀의 주변을 날아다녔다.

로젤린은 머리에 꽃잎이 붙든, 나비가 앉든 간에 끊임없이 얘기했다. 듣기만 해도 속이 간질간질해지는 것 같았다. 로젤린이 그에게 보낸 편지에도 똑같이 쓰여 있던 내용들이었다. 하지만 칼릭스는 무뚝뚝한 얼굴로 열심히 호응하며 그녀의 말을 경청했다. 레이몬드가 쿠키도 주고, 마카롱도 주고, 하급 기사랑 대련하고, 팼고, 이겼다. 병문안도 갔다. 리카르디스 전하를 만날 때는 심장이 막 뛰었다.

그게 뭐였을까. 심장이 왜 그렇게 쿵쿵한 걸까. 로젤린이 차분하게 물었다. 칼릭스는 한층 날이 선 뚱한 표정으로 "글쎄요." 하고 대답했다. 그녀에게 처음으로 보이는 성의 없는 답변이었다. 그러고는 "저도 리카르디스 전하를 보면 심장이 쿵쿵하더군요. 그렇게 신경 쓰지 않으셔도 됩니다."라는 거짓말도 덧붙였다.

이야기는 흘러 흘러 암살자 몇을 때려잡았다는 얘기까지 도달했다. 칼릭스의 눈이 번쩍 빛났다. 사나워진 기세에 비해 목소리는 더욱 조용해졌다. 칼릭스의 얼굴이 그녀에게 가까워졌다.

"암살자요?"

"응. 내가 다 잡았어."

로젤린은 무표정한 얼굴로 한껏 뿌듯해하는 중이었다. 참새를 잡아 온 붉은수레바퀴 성의 고양이같이 가슴을 쭉 펴고서.

"그건 왜 편지에 안 쓰셨습니까?"

"썼는데……."

걸렸다. 월장석 성에서는 인간뿐 아니라 물품과 서류 따위에도 엄격한 경비가 적용되었다. 외부와 연락을 주고받는 편지는 내용까지 전부 확인한 후 들어오고 나갔다.

로젤린의 편지도 당연히 확인하는 사람이 있었으니 월장석 성 내부의 사정, 심지어는 2황자의 안위와 관련된 내용이라면 말할 것도 없이 몰수였다. 암살자 둘을 때려잡았다는 편지의 내용 때문에 로젤린은 2황자의 비서인 잇세리온에게까지 불려 가 혼났다.

안 그래도 1황자파인 붉은수레바퀴 가문이라 주시하고 있었건만, 이런 내부 사정까지 제 집안에 흘리려고 해? 내 이 기사를 요절을 내 버리고 말리라! 하고 마음먹고 그녀를 불렀지만…….

[이런 내용을 쓰시면 곤란합니다, 로젤린 경.]

[어떤 내용을 말하시는 겁니까.]

[제 눈이 잘못되지 않았다면, 암살자라는 단어가 있군요. 문제를 모르시겠습니까?]

잇세리온의 삐딱한 말에 로젤린은 무표정한 낯으로 "그럼 암살자를 나쁜 사람이라고 쓰면 보내도 됩니까."라고 되물었다. 잇세리온은 입을 합

다물었다. 그때 잇세리온의 눈빛은 여름에 겨울옷을 꼭꼭 껴입은 사람을 보는 것과 흡사했다. 저 사람 왜 저러는 거지? 미쳤나? 적당한 의문과 의심이 섞여 있었다.

그는 회수한 로젤린의 편지를 다시 읽었다. 여덟 살 수준의 어휘력으로 구성되어 있는 데다가 철자도 조금씩 틀리고, 필체도 완전 어린아이 같았다. 기억을 잃었다더니…… 혹시 근 10여 년간의 기억이 다 날아간 것일지도 몰랐다.

잇세리온의 화는 로젤린이 잃어버린 세월에 대한 안쓰러움으로 인해 누그러들다 못해 쪼그라들었다. 그렇게 총기가 넘치던 이였는데…… 잇세리온은 연민의 감정을 연보랏빛 눈동자에 한가득 담고는,

[안 됩니다.]

라고 했다. 연민이고 뭐고 간에 안 되는 건 안 되는 거였다.

이후 로젤린은 암살자를 '검은 옷을 입은 인간', '전하를 공격하는 사람', '독을 들고 다니는 남자' 등 다양하게 표현하며 잇세리온에게 번번이 불려 갔고, 지금은 대충 어떤 내용이 안 되는지 맥락을 파악하게 되었다.

칼릭스는 흐음 하고 목 안쪽을 울렸다. 확실히. 황자의 안위와 관련 있는 중요한 내용을 외부로 반출할 수 있을 리 없다. 제 누이만 걱정하다 보니 그런 기본을 망각했던 것이다.

편지로 얘기하지 못했던 수많은 그녀의 활약은 실로 대단했다. 로젤린은 왼손을 들면서 "이게 나야."라고 하고, 오른손을 들면서 "이건 암살자." 라고 설명했다. 왼손이 재빠르게 움직이며 오른손을 제압했다. 이렇게, 이렇게 잡은 거야. 하고 2황자를 호위하며 잡았던 수많은 암살자를 하나하나 설명했다.

지금의 그녀에게야 간단한 일일지도 모르지만, 검은달의 암살자들은 은밀하고 강하기로 유명했다. 예전의 누이라면 결코 쉽지 않았으리라. 어쩌면 사고에서 정말 살아 돌아왔다고 해도 이 성에서 죽었을 가능성이

매우 높았다.

칼릭스가 먼 황성까지 온 이유는 간단했다. 그만두시라. 힘들고 모진 시련만 가득한 그 길을 걷는 것을 그만두시라, 그 말만을 전하기 위해 왔다. 베이고 다치고 죽는 것이 기사의 숙명이라지만 가족으로서 그 모든 일을 온전히 이해하기는 매우 힘들었다. 지금의 '로젤린'이 진정 무엇이건 간에 그녀는 제 누이였다.

하지만, 오랜만에 만난 그녀는 나무만큼 높게 쌓아져 있는 담을 소리 없이 올라갔다. 악의의 냄새를 맡고, 타인의 얼굴 거죽을 뒤집어쓴 자를 한눈에 알아봤다. 뜻이 있다면 눈앞에 있는 것이 바위이건 강철이건 간에 그 얇은 검으로도 베어 낼 수 있었다.

로젤린이 그녀의 수습 기사들을 덮치는 모습에서 칼릭스의 머릿속에 있던 무언가가 와장창 깨졌다. 떨어져 있는 사이 잠시 잊고 있었던 것이다. 아, 그러고 보면 그녀는 강했다. 맨손으로 성인 남자의 목을 비틀어 놓을 만큼. 그녀를 걱정했던 이유는 어쩌면 그녀가 '로젤린'이라 그런 것일지도 모른다. 눈앞의 로젤린이 제 누이기에. 하나밖에 없는 나의 소중한,

"누님."

로젤린의 왼손은 여전히 오른손을 다양한 방식으로 제압하고 있었다. 칼릭스가 그녀의 왼손을 자신의 손으로 감싸 쥐었다. 닿아 오는 따뜻한 온기에 로젤린이 그를 쳐다보았다.

"꼭 무사히 돌아오셔야 합니다. 누님이 좋아하는 음식을 준비해 놓고, 기다리겠습니다."

로젤린이 빙그레 웃었다. 그래. 하고 대답했다. 그리고 최근에는 제철 과일이 들어간 타르트나 케이크도 좋다는 얘기도 덧붙였다. 칼릭스도 무뚝뚝한 낯을 무너뜨려 웃으며 알겠다고 대답했다.

"착한 아이구나, 칼."

신나서 맞잡은 손을 붕붕 흔드는 누이의 입에서 나온 말이었다. 지독하

게 쓰리기도 하면서, 상처를 순식간에 아물게 하는 그리운 울림이었다.

* * *

헉, 헉, 헉!

심장이 터질 것 같았다. 달리는 중에도 몸에서 흐르는 피 냄새를 맡을 수 있었다. 등에서 느껴지는 강한 통증이 아니더라도 상처의 깊이를 짐작할 수 있을 만큼 진했다.

'……'

그자는 내 얼굴을 보지 못했다. 비가 내려 망토를 입고 있었음에 감사했다. 어느 기사단 할 것 없이 공통으로 사용하는 밋밋한 무늬의 망토였다. 그것만으로는 누구인지 판별하지 못할 것이다. 멀리서 쫓아오는 소리가 들려왔다. 목 뒤로 소름이 돋으며 핏기가 가셨다.

떨리는 몸을 가까스로 추슬렀다. 냉정하게 생각해야 한다. 막사로 돌아가서는 안 된다. 살고자 하얀밤으로 돌아간다면, 그가 위험해질 수도 있을 테니. 하지만 알려야 했다. 알려야만 하는데! 생각해야 해. 그를 지킬 방법을!

"!"

달리던 도중 순식간에 발밑이 꺼졌다. 어두운 밤이라 풀숲에 가려진 절벽을 보지 못한 탓이다. 비명을 지를 뻔했지만, 입술을 깨물어 겨우 삼켜 내었다. 피 맛이 진득하게 입 안에 달라붙었다. 깜깜한 공간 속을 부유하는 것도 찰나.

우드득.

뼈가 부서지는 소리가 났다. 아프다고 인식하기 전부터 온몸이 벌벌 떨리고 있었다. 세게 부딪힌 탓인지 머리가 잘 돌아가지 않았다. 묵직한 죽음이 온몸을 짓눌러 왔다. 소리와 색이 점차 사라졌다.

"아……."

이내 시야가 점멸했다.

"!"

어둠에 물든 나뭇잎이 시야를 가득 메우고 있었다. 로젤린은 크게 숨을 들이쉬었다. 저녁의 찬 공기가 폐 깊숙이 스며들었다. 꿈에서 깨어났지만, 몸이 으스러지는 감각이 여전히 남아 있었다. 지금 앉아 있는 곳이 그 꿈의 환경과 많이 흡사하기 때문일까. 피비린내 대신 느껴지는 산뜻한 밤공기가 낯설었다.

로젤린은 주위를 둘러보았다. 어둑한 밤이었다. 그녀는 늘 그렇듯이 리카르디스의 방, 발코니 앞의 나무 위에서 그를 호위하던 중이었다. 며칠 몇 주 동안 신경을 곤두세워 호위했던 탓에 깜빡 선잠이 들었던 듯했다.

리카르디스의 방을 바라보니 창을 통해 촛불이 아른거렸다. 초의 길이가 크게 차이 나지 않았다. 시간이 별로 흐르지도 않은 것이다. 그 짧은 시간 동안 로젤린은 긴 꿈을 꾸었다. 누군가의 기억이었다.

꿈속의 '나'는 도망쳤다. 등에서 느껴지는 고통으로, 이미 상처를 입었음을 알 수 있었다. 누군가가 '나'를 쫓아오는 소리가 들려왔고, '나'는 한계까지 달음박질했다. 추적추적 내리는 비, 젖은 흙, 스치는 풀과 나무의 냄새가 아주 뚜렷했다. 등에서 느껴지는 통증과 눈앞에 그려진 풍경 또한 현실과 다름이 없었다. 마치 실제로 겪어 본 것만 같은 생생함이었다.

'그것'은 깨달았다.

'로젤린…….'

'로젤린'의 기억이었다. 쫓아오는 자는 보지 못했지만 도망치던 '내'가 몸서리치며 두려워했다는 것 정도는 느낄 수 있었다. 검은달의 암살자? 아니다. 암살자였다면 로젤린은 도망치기보다 검을 들었을 것이다. 그것이 기사였던 그녀의 본분이기도 했으니. 그래서 더욱 이해할 수 없었다. 그 외에 그녀가 두려워할 만한 것이 무엇인지 알지 못했다.

두방망이질 치는 가슴, 스쳐 지나가는 나뭇가지에 하나둘 생기는 얕은 생채기들, 비구름에 가려진 달. 어둠이 내려앉은, 괴물의 아가리 안쪽같이 깊은 숲. 나뭇가지를 우악스럽게 밟고 꺾으며 무섭게 쫓아오는 정체 모를 자의 발소리.

대체 누구였기에.

대체 무엇이었기에.

3

일라베니아의 수도, 티가드를 떠나는 사절단의 모습에는 비장함이 깃들어 있었다. 빛나는 갑옷과 무구를 장착한 기사들. 갈기를 휘날리며 지나가는 백마 무리. 하늘을 찌를 듯 높게 치솟아 있는 하얀밤 기사단의 깃발들. 그 웅장하고도 위압감이 드는 한가운데, 화려한 마차에 몸을 실은 리카르디스의 모습이 보였다.

사절단의 앞길에 꽃과 색색의 종잇조각이 뿌려졌다. 여인들은 창문으로 몸을 불쑥 내밀고 손수건을 던졌다. 누가 보면 큰 전투에서 승리하고 돌아오는 것처럼 보일 정도의 커다란 환성이었다.

일라베니아의 백성들은 리카르디스의 찌푸린 표정에도 아랑곳하지 않았다. 축제보다도 흥겨운 분위기였다. 리카르디스가 하얀밤 기사단을 이끌고 출정할 때면, 그곳이 어디든 어김없이 좋은 결과를 쟁취해 왔음을 잘 알기 때문이었다.

발타를 향하는 목적이 전쟁이 아닌, 친교를 위함이라는 사실은 모두 잘 알고 있었다. 그렇다 하더라도 전쟁 못지않게 중요하고 위험한 여정일 것이다.

이델라브힘의 나라를 호시탐탐 넘보는 더러운 들개의 집단. 검은달. 최근 변경에서 잦은 전투가 일어나 민중 사이에서도 많은 동요가 있는 상태였다. 그런 때에 고귀한 황자의 몸으로 멀고 험난한 길을 떠난다고 하니, 어떤 이가 그 길을 환송하지 않을 수 있겠는가. 황성에서부터 티가드를 벗어나는 모든 길에 인파가 빼곡히 들어앉아 있었다.

와아아ー

함성 소리에 리카르디스가 눈살을 찌푸렸다. 영 시끄럽고 마음에 차지 않는다는 듯 보였다. 잇세리온이 옆에서 한숨을 푹 쉬었다. 황성을 떠나기 직전에 1황자 엘피디오가 찾아온 이후로 줄곧 이 상태였다.

[길고 위험한 여정이 되겠구나. 무사히 돌아오기를, 이델라브힘께 기도하며 기다리고 있겠다. 리카르디스.]

입에서 나오는 내용과 다르게 엘피디오의 히죽거리는 낯은 다른 말을 하고 있었다. 물론 그 속내를 누구보다 잘 이해하고 있었지만, 리카르디스는 화사하게 웃어 보였다.

[좋은 소식을 전해 드릴 수 있도록, 이 동생이 열심히 하겠습니다. 형님.]

'네가 검은달과 손잡았다는 증거를 열심히 찾아내서 널 엿 먹이고야 말겠다, 멍청아.'라는 리카르디스의 뜻이 잘 전해졌는지, 엘피디오의 히죽대는 낯이 굳어 버렸다. 두 형제는 그 후로도 웃는 얼굴로 덕담을 몇 번을 더 주고받았다.

엘피디오의 덕담대로 위험한 길이었으나 본격적인 위험은 아직 형태조차 드러나지 않았다. 사람들의 함성 소리는 그를 더욱 가라앉게 만들었다. 흩날리는 종잇조각 몇 개가 리카르디스의 얼굴에 착 붙었다. 그의 인상이 한층 더 사나워졌다. 잇세리온이 리카르디스의 얼굴에서 종잇조각을 떼어 내며 말했다.

"어휴, 우리 전하, 더우시죠?"

잇세리온이 열심히 손부채질을 하며 리카르디스를 달랬다.

사절단에 포함된 자는 리카르디스와 하얀밤 기사단. 또한 기사단장 스타스는 가을안개 백작으로서. 푸른등불 공작의 차남, 호위 기사 카일로는 공작 대리로서 사절단의 일을 도울 예정이었다.

하얀밤 기사단 이외에도 리카르디스 휘하의 가문들이 기사단의 인원을 몇 명씩 추려서 사절단에 동행시켰다. 모두가 2황자파라 불리는 세력들이었지만 그 울타리 안에서 비껴 나간 인물이 한 명 있었다.

설원의 월계수 5황자 디에즈. 예정에도 없었는데 어느 순간 명단에 이름을 올리고 있었다. 발타의 1왕자, 하카브와 타국에서 교류한 적 있다는 명분에서였다.

디에즈는 굳이 분류하자면 엘피디오의 세력이라고 말할 수 있었다. 하지만 그는 욕심이 없고 원체 성정이 순해 적극적으로 권력 다툼에 끼어든 적은 없었다. 그저 성 한구석에서 차를 마시고 책을 읽으며 조용하게 살았을 뿐이었다.

그런 디에즈를 사절단이라는 지저분한 권력 다툼의 최전선으로 끌어낸 자는 엘피디오가 분명했다. 물론 디에즈가 물질적인 무언가를 얻고자 그를 따른 것은 아닐 테고, 그저 엘피디오에게 이용당하고 있을 가능성이 높았다.

엘피디오가 검은달과 손을 잡았다고는 하지만 그 동맹은 끈끈한 신뢰로써 형성되어 있지는 않을 것이다. 서로의 이익을 위해 날카로운 이빨을 감추고 있으리라. 여기서 서로의 이익이라 함은 리카르디스, 자신의 죽음일 가능성이 높았다. 그리고 그들이 일라베니아 2황자의 죽음이라는 뜻을 이뤄 내고 난 후에는 토사구팽의 시간이 분명히 온다. 누가 누구를 잡아먹는지는 미지수라 하더라도.

아슬아슬하게 줄타기하는 관계 위에 믿음이 있을 리 만무했다. 위험이 조금이라도 남아 있는 이상 엘피디오는 결코 발타에 발을 들이지 않을 것이다. 그래서 디에즈가 필요했다. 죽어도 상관없는 일회용 눈. 겸사겸사 하카브와의 연락책이기도 할 테고.

엘피디오가 자신을 곱게 보내 주리라고 생각하진 않았다. 하지만 이렇게 선언이라도 하듯 디에즈를 붙여 놓은 모양새가 의심스러웠다. 하기야 디에즈가 엘피디오 측의 사람이라고 한들 리카르디스가 취할 수 있는 행동은 그리 많지 않았다. 그저 여태 그래 왔듯, 어떻게 해서든 살아남는다. 리카르디스에게 깊게 박혀 있는 최초의 맹세였다.

리카르디스는 크게 숨을 쉬며 창밖을 바라보았다. 호위 중인 상급 기사들 몇 명이 눈에 들어왔다. 말 위에 앉아서 권태롭게 사람들을 바라보고 있는 검은 머리의 기사 또한 그 속에 있었다. 햇빛이 눈부신지 눈을 가느스름하게 뜨고는 손수건과 꽃송이를 머리에 잔뜩 달고 있었다. 리카르디스를 향해 날아가는 것은 종이 쪼가리 하나라도 전부 쳐 내고 있는 반면에 본인의 몰골은 생각도 하지 않는 듯 보였다.

리카르디스가 웃었다. 저 우스꽝스러운 꼴의 기사 덕에 여러 번 살아남았던 기억이 떠올랐다. 위기에서 자신을 몇 번이고 건져 올리곤 했던.

[전하. 제가 꼭 지켜 드리겠습니다. 전하만은 제가…… 꼭…… 목숨을 바쳐서라도…….]

로젤린은 조용하게 숨을 죽이고 있는 불꽃같은 자였다. 그녀의 눈동자 속에서 아른거리는 불티를 보았다. 리카르디스는 그녀의 맹세가 단순히 형

177

식적인 언어에 불과하다든지, 금방 사그라들 종류가 아님을 알았다.

'이 여자는 죽을 것이다.'

나를 위해서 언젠가 목숨을 바치고 죽을 자다. 그 사실이 못내 견디기 힘들었다. 리카르디스는 자신이 수많은 시체 위에 서 있음을 알았다. 자신이 원했든 아니든 간에 제국의 2황자라는 높은 자리를 위한 희생은 불가피했다.

시간이 지날수록 죄책감은 쌓여 갔다. 벗어나고 싶다고 벗어날 수 있는 종류의 감정이 아니었기 때문에. 그래도 이따금 눈을 감기라도 하고 싶었건만. 로젤린의 존재가, 그녀의 눈빛이 끝없이 그 죄책감을 상기시켰다.

2황자 리카르디스를 지킨다. 로젤린이 바라는 것은 오직 그뿐이었다. 어떤 영광도, 기사로서의 명예도 바라지 않았다. 고요하게 들끓는 그녀의 감정이 버거웠다.

리카르디스는 다시금 로젤린을 바라보았다. 그때와 같지만, 그때와 같지 않았다. 그녀가 지금 하는 행동의 본질도 지킨다는 맹세하에 이루어진 것이었다. 하지만 전과 달리 눈 어딘가에 서려 있던 비장한 결의 따위는 찾아보기 힘들었다. 조금 더 사무적이라고 해야 할지, '받는 돈만큼 일하겠습니다.' 같은 느긋한 표정이었다. 물론 새벽까지 제 방문 앞을 지키고 서 있는 행동력만큼은 예전의 로젤린을 떠올리게 했지만. 어쨌거나 리카르디스는 그녀를 조금 더 편하게 대할 수 있게 되었다.

첩자 역할로 따라붙은 5황자 디에즈, 클수록 무거워지는 환성의 중압감, 수많은 죽음이 도사리고 있는 땅으로 들어가야 하는 제 엿 같은 심정까지. 시종일관 그의 표정이 뚱했던 것도 그런 이유에서였다. 좋은 표정이 나올 만한 상황이 전혀 아니었다.

그럼에도 말 위에서 눈을 가느스름하게 뜨고 따끈한 햇빛을 받고 있는 제 호위 기사를 보노라니 몸이 노곤노곤해지는 기분이었다. 옆에서 잇세리온이 부지런히 그의 기분을 풀기 위해 말을 걸어왔다.

"날이 참 좋지 않습니까, 전하? 그저께까지만 해도 비가 많이 내렸는데, 이델라브힘께서 전하의 앞길을 굽어살피시나 봅니다!"

그저 혼잣말처럼 한번 말해 본 것에 불과했는데, 그 순간 리카르디스의 무거운 입술이 열렸다. 턱을 괴고 있는 그의 자세만큼이나 나른한 목소리였다.

"날이 좋긴 하군."

잇세리온이 신나서 더욱 떠들었지만 시끄럽다는 타박만 돌아왔다. 하늘을 보니 구름 한 점 없는 정말 좋은 날이었다.

* * *

순조로운 여정이었다. 밤을 보낼 만한 마을 한두 군데는 항상 있었고 큰 영지를 지날 때면 영주의 성에 머무르며 피로를 풀었다.

리카르디스는 오랜 시간 엘피디오와 부딪친 만큼 그의 성격을 질릴 만큼이나 잘 알고 있었다. 앞뒤 잴 줄 모르고 무작정 밀어붙이는 멍청함과 무식함. 분명 가는 길 또한 온갖 암살자며 함정을 풀어놓아 험난할 것이라고 생각했다. 하지만 폭풍 전의 하늘처럼 고요할 뿐이었다.

최후까지 기다렸다가 가장 성공 확률이 높을 때 목을 물어뜯는 것은 사냥의 기본 방법이었다. 이때까지 엘피디오는 그 기본조차 갖추지 못해서 사냥감을 번번이 놓치는 부류였으나, 이번만큼은 조금 다른 양상을 보였다. 이 기회의 가치를 높게 치는 듯했다. 말인즉슨 생각보다 더 위험할 가능성이 높다는 얘기였다.

기다림의 미학을 깨달았으니, 본격적으로 싸움을 걸어오는 순간은 발타에서 일라베니아로 돌아오는 길이 될 것이다. 발타 왕국 또한 마찬가지였다. 지금 당장의 전쟁은 하카브도 바라지 않을 가능성이 높았다. 그러니 더더욱 2황자의 죽음은 그들과 관련이 없어야만 했다. 발타를 떠난 뒤 우연히 도적을 만나서 사망했다든가, 우연한 사고에 휘말렸다든가. 어떤 죽음이 되건 그 앞에는 '우연히'라는 단어가 붙을 것이다.

어찌 되었든 가는 길만이라도 편하겠군. 리카르디스는 속으로 피식 웃었다. 그들은 이제 일라베니아의 영토를 벗어나 발타의 끝자락에 발을 들인 상태였다. 길이 험하고 복잡한 탓에 길잡이 몇 명을 고용해 빠르게 이동 중이었지만, 앞으로 하루 이틀간은 산에서 야영을 해야만 했다.

리카르디스는 야영이나 노숙이라는 단어를 직접적으로 듣고 있음에도 큰 반응을 보이지 않았다. 도리어 상급 기사들이 인상을 찌푸렸다. 그들은 기사이긴 했지만, 그 이전에 귀족이었다. 야영의 경험이 없지는 않았으나 그렇다 해도 두 손 들어 반길 일도 아니었다. 하지만 주군인 리카르디스조차 별다른 말을 하지 않는데 그들이 나서서 불만을 표할 수 있을 리 없었다.

하급 기사들은 부지런히 막사를 세웠다. 리카르디스는 기사들의 움직임을 눈으로 좇았다. 조금 더 더워지고, 습해졌다. 발타의 기후는 일라베니아의 사람들에게 혹독했다. 기사들이 지쳐 가고 있는 것이 보여서 해가 지기도 전에 행군을 멈추라 명령했다. 이틀째 야영이었지만 빨리 쉴 수 있어서인지 날카로워진 기색들이 조금 누그러져 있었다.

"물을 좀 드시지요, 전하."

일곱 번째였다. 충신 잇세리온이 끊임없이 물을 권했다. 더워지는 기온을 염려한 탓이었다. 리카르디스는 그의 말을 무시했다.

"기사들이 마실 물은 충분한가?"

"아까 로젤린 경이 작은 샘을 발견했습니다. 막사가 세워지면 다들 수통을 채우라 하겠습니다. 전하, 물을 드시지요."

잇세리온의 말은 또 한 번 무시당했다.

"수질은 괜찮고? 병이라도 걸리면 곤란한데."

"로젤린 경이 마셔 보더니 괜찮다고 하더군요. 흙과 자갈에 걸러진 깨끗한 물이라고 합니다."

"……그런 걸 로젤린 경이 어떻게 알지? 귀하게 자란 귀족가의 여식이 아니었나?"

글쎄요? 포기하지 않는 집념의 사나이 잇세리온은 어깨를 으쓱하고는 리카르디스의 입가에 수통을 들이댔다. 리카르디스는 짜증을 내면서도 한 모금 마셨다. 이후 곧바로 수통을 밀어내긴 했으나 잇세리온은 흡족한 표정을 지었다.

"기사 생활을 한 지 제법 되니, 훈련하면서 여기저기서 배웠지 않겠습니까?"

훈련하면서 여기저기에서 배웠다는 기사가 사냥꾼 출신의 길잡이보다 더 샘을 빨리 발견한다고? 그녀의 유능함 덕인지, 길잡이의 무능함 탓인지. 아무튼 간에 어이없는 일이었다.

얼마 후, 리카르디스의 곁으로 다가오는 로젤린의 손에는 토끼 세 마리가 들려 있었다. 그는 아까와 비슷한 표정으로 그녀를 올려 보았다.

"그게…… 뭐지……? 로젤린 경?"

로젤린의 고개가 살짝 기울었다.

"토끼입니다."

리카르디스는 한층 더 어처구니없어졌다. 토끼인 것은 보면 알았다. 그녀는 그의 표정을 뭐라고 해석했는지 "토끼…… 세 마리입니다."라는 말을 덧붙여서 리카르디스의 입을 기어코 다물게 했다.

어떻게 토끼를 잡았는가에 대한 의문은 로젤린의 뒤를 따르던 길잡이에 의해 풀렸다. 그녀의 어마어마한 사냥 솜씨에 대해 극찬을 늘어놓는 중이었다. 번개와 같았느니, 사냥의 신이니, 토끼가 아니라 호랑이라도 잡을 수 있을 것이니 뭐니.

확실히 토끼야 약한 초식 동물의 대표로 꼽힌다지만, 산에서 사는 토끼들은 재빠르기가 바람과 같았다. 활과 덫이 없다면 사냥꾼들도 잡기 힘들 것이다. 그런데 사냥 경험도 별로 없는 기사가 떡하니 세 마리나 잡아 왔다. 심지어는 돌팔매질로.

로젤린은 피가 뚝뚝 떨어지는 토끼와 리카르디스를 번갈아 보다가 그에게 토끼 사체를 더럭 안겼다. 리카르디스의 옷이 피로 축축하게 젖어 갔다. 잇세리온이 짧게 비명을 지르며 경악했다.

이후 그녀는 잇세리온, 호위 기사 카일로, 기사단장 스타스, 부단장 나단, 레이몬드에게까지 불려 다니며 혼났다. '건량보다 막 잡은 고기가 맛있겠지.'라는 가륵한 마음에 리카르디스에게 넘긴 것이었는데 억울했다. 리카르디스는 그녀의 뚱한 표정을 보면서 잇세리온에게 명령했다.

"다들 육포 씹느라 힘들지 않나? 낮부터 자리도 잡았겠다. 사냥 대회라도 간단하게 여는 게 좋겠군."

"명 받들겠습니다."

"그리고 이, 토끼는 내 저녁으로 할 테니 손질해 오고."

리카르디스의 말에 로젤린이 그를 향해 획 하니 고개를 돌렸다. 부루퉁하던 낮이 어느새 활짝 피어 있었다. 그 재빠른 표정 변화에 리카르디스가 웃었다.

잇세리온의 명령이 하달되자마자 기사들은 삼삼오오 조를 꾸렸다. 몇 조는 남아서 혹시 모를 위험에 대비했고 몇 조는 사냥을 하러 떠났다. 그들이 돌아오고 나면 교대로 사냥을 나가는 방식이었다. 상급 기사들도 숲속으로 많이 떠났지만, 로젤린은 멀거니 리카르디스의 곁을 지켰다.

잇세리온이 새 옷을 건네자, 리카르디스는 토끼의 피로 젖은 상의를 훌쩍 벗었다. 강하게 내리쬐는 햇살 아래 그의 상반신이 드러났다. 헉, 헉! 막사 주변을 호위하던 하급 기사들이 급하게 숨을 들이켰다.

로젤린도 눈앞에 드러난 백옥같이 투명한 피부를 눈으로 훑었다. 이델라브힘이 정성스럽게 한 올 한 올 뽑아낸 듯한, 은사 같은 머리카락이 빛을 반사하며 몸을 따라 부드럽게 흘러내렸다. 그녀의 시선은 점점 아래로 내려

갔다. 머리카락이 채 가리지 못하고 드러난 하얀 목덜미, 툭 도드라진 날개뼈. 울퉁불퉁하게 곡선을 그리며 날렵하게 붙어 있는 가슴과 등의 근육, 척추를 따라 옴폭 들어간 허리선까지.

"……."

리카르디스는 로젤린이 멀뚱히 쳐다보는 시선을 눈치챘다. 그녀의 직업 특성상 남자들의 벗은 몸을 자주 보긴 하겠지만…… 그렇다고 쳐도 미세한 동요조차 없는, 그야말로 무심의 눈이었다. 리카르디스는 다른 여자들이 어떤 시선으로 자신을 바라보는지 잘 알고 있었다. 같은 성별이어도 가끔 얼굴을 붉히는 경우가 있을 정도였으니 그런 그가 보기에 로젤린은 아주 희귀한 생물이나 다름없었다. 뭐, 호위 기사로서는 백 점 만점에 백 점을 줄 수 있는 좋은 태도였다.

다만 굳이 문제점을 꼽자면, 한 가지. 로젤린이 눈을 빛내며 제 몸을 계속 위아래로 훑어보고 있다는 것이었다. 집요하게 따라붙는 시선이 리카르디스에게 수치심의 정의를 일깨웠다. 묘하게 추행당하는 기분을 지울 수 없어서 그가 한마디 하려고 할 찰나, 로젤린이 더럭 입을 열었다. 그녀는 내내 무심했던 표정을 지우고 눈매를 부드럽게 휘면서 활짝 웃으며 말했다.

"아름다우십니다."

콜록콜록! 리카르디스는 사레가 들려 속이 쓰린 기침을 했다. 그는 제 귀를 의심했다. 물론 아름답다는 이야기를 들어 보지 못한 것은 아니지만, 이런 찬사를 내뱉으리라고는 상상조차 하지 못했던 이에게서 나온 말이었다. 급습하듯 튀어나온 미사여구의 파괴력은 컸다. 주위에 있던 다른 호위 기사들은 차마 기침을 뱉지도 못하고, 컥. 하고 목울대를 강하게 맞은 소리를 냈다.

ㄲ, 끌어내…… 하고 속닥이는 소리가 들렸다. 몇 년 전, 리카르디스에게 청혼서를 하루에 스무 장씩 보내며 쫓아다니던 한 영애에게 내렸던 조치이기도 했다.

"근육의 부피가 커다랗고 형태도 무척 아름다우십니다, 전하. 저도 그렇게 울퉁불퉁하게 되고 싶은데, 아무래도 신체적 조건이 남자와 다른 부분이 많아서…… 부럽습니다."

진심으로 부러움이 가득 들어찬 눈빛이었다. 아, 경계 해제, 경계 해제. 기사들이 휴, 안도의 한숨을 쉬며 가슴을 쓸어내리는 장면이 리카르디스의 시야에 들어왔다.

"…그러시겠지……."

리카르디스는 인상을 확 찌푸렸다. 그래, 이게 로젤린이다. 이 기사에게 뭘 더 바라겠는가. 잠시간 흐트러졌던 마음은 무슨 일 있었냐는 양 잔잔해졌다. 마치 잘 그려진 그림을 보면서 '색채가 아름답군요.'라고 말하는 것과 다를 바 없는 감상평이었다. 딱히 기분 상할 부분이 아닌데 이상하게도 신경에 거슬렸다. 로젤린을 흘끗 바라보니 그녀는 허공에다가 유려한 손짓으로 리카르디스의 몸 라인을 그리고 있었다.

'……너무 과하지 않나. 풍만한 몸매를 지닌 여성의 굴곡도 저만큼은 안 될 것 같은데…….'

로젤린은 곧 잇세리온에게 나쁜 손을 찰싹 맞고 영문 모르겠다는 표정을 했다. 그 후 성희롱이라고 엄청 혼났다. 성교육을 해야겠다며 씩씩거리던 잇세리온은 레이몬드를 불러냈다. 보호자 호출이라는 명목이었으나 레이몬드는 2황자 수석 비서관의 눈을 슬슬 피했다. "우리 로젤린의 보호자는…… 붉은수레바퀴의 칼릭스……." 누가 봐도 성교육 담당을 하고 싶지 않아 떠넘기는 거였다.

잇세리온과 레이몬드가 그녀의 성교육 문제로 아옹다옹 다투는 사이, 로젤린은 리카르디스의 복근 위에 희미하게 묻어 있는 핏자국을 발견했다. 그녀는 수통을 꺼내서 제 손수건을 적셨다. 로젤린의 행동을 목격한 리카르디스는 '설마……?'라고 말하는 것 같은 표정을 지었다.

"실례합니다, 전하."

"설마."

그의 입에서 아까 생각했던 그대로의 대사가 나왔다. 로젤린은 성큼 그에게 다가서서 손수건으로 복부 위에 말라 있는 핏자국을 문질렀다. 복부를 스치는 천의 감촉이 간지러웠다. 리카르디스는 그녀의 손길이 닿을 때마다 눈썹을 일그러뜨렸다. 그새 피가 말랐는지 로젤린은 무릎까지 꿇어 가며 열성적으로 손을 움직이기 시작했다.

"……."

제 앞에 무릎을 꿇고 바지춤을 잡아 가며, 열성적으로 복부를 닦는 여자의 모습이 보였다. 리카르디스는 하늘을 보며 조용히 생각했다. 이 감정을 뭐라고 부르면 좋을지. 아연하다? 참담하다? 글쎄, 어떤 언어로도 지금 그의 심정을 표현하기에는 힘들 것 같았다.

리카르디스는 그녀의 손에서 손수건을 모질게 팍 뺏었다. 상식을 깡그리 잊어버린 이 호위 기사의 행동은 요즘따라 그를 자주 당혹스럽게 만들었다. 리카르디스는 "그대……." 하고 입을 다물었다가 "아니, 진짜." 하고 답답함을 호소하려다가, 결국에는 "되었다……." 하고 아련하게 말을 흘렸다.

로젤린은 상급 기사들이 사냥을 마치고 돌아온 후에야 본인 몫을 사냥하러 떠났다. 리카르디스는 숲속으로 사라지는 그녀의 뒷모습을 잠시간 지켜보다 고개를 돌렸다. 잇세리온과 레이몬드는 그 광경에 쩡하고 굳어 있다가 성교육 시간을 열 배로 늘려야겠다는 다짐을 했다.

* * *

한 사람의 인영이 푸른 숲을 달렸다. 동물들은 바로 옆을 지나가는 로젤린의 모습을 미처 눈치채지 못했다. 그녀는 높은 나무의 나뭇가지를 타고 한 번의 발돋움으로는 닿을 수 없는 곳까지 도달했다. 풍경이 순식간에 휙휙 바뀌었다. 나무들이 높게 솟아 있는 풍경은 일라베니아와 비슷했지만,

기후가 다른 탓인지 숲을 감싸고 있는 향기가 조금 달랐다.

로젤린은 나뭇가지 위를 훌쩍훌쩍 건너뛰며 사냥감을 찾았다. 저녁거리였던 토끼 고기는 리카르디스에게 주었으니 따로 먹을 것이 필요했다. 인간으로 변이한 이후 최고의 소득은 음식이었다. 인간들은 다양한 방식으로 고기와 과일, 채소를 조리했다. 그것은 한 가지 재료만으로 낼 수 있는 한계를 넘어 다양하고 복잡한 맛의 조화를 이뤄 내곤 했다. 로젤린은 그 조화가 놀랍고 신기하고 맛있었다. 그렇다. 그녀는 로젤린이 된 이후에야 맛있다는 감각을 깨달았다. 한 끼를 거르는 게 아쉬운 처지였다. 그녀는 신경에 날을 세워 너른 풍경을 온몸으로 지켜보았다.

나무를 타고 넘던 그녀는 익숙한 풍경과 조우했다. 아까 길잡이와 둘러보았던 구역 근처였다. 그러고 보니 덫을 설치했었지. 문득 떠오른 기억에 로젤린은 높은 나무에서 훌쩍 뛰어내렸다. 쿵, 땅을 울리는 소리는 나지 않았다. 작은 소음마저 흙바닥에 스며든 것처럼 고요했다.

비이이− 피이이−

동물의 울음소리가 들렸다. 여러 동물을 먹어 본 적 있는 로젤린은 그 소리가 무엇인지 눈치챘다. 사슴이었다. 그녀는 그 소리의 주인을 곧바로 확인할 수 있었다. 사냥꾼이 설치해 놓은 덫, 그물에 걸려 있는 어린 사슴이 눈을 끔벅이고 있었다. 까만 눈동자에 물기가 어려 반짝였다.

사슴은 꾸물거리며 그물에서 벗어나려다가 로젤린을 발견하고는 뻣뻣하게 몸을 굳혔다. 나쁜 짓을 하다가 걸린 아이 같았다. 로젤린은 눈을 가늘게 뜨고 어린 사슴을 바라보았다. 아니, 정확히는 옅은 갈색 가죽을 뒤집어쓰고 있는 그 안쪽. 사슴의 형태 안에서 대류하기 시작한 마력의 기운을 조용히 들여다보았다.

로젤린은 이 존재가 무엇인지 금방 알아보았다. 지성을 가진 이후, 자신의 존재를 자각한 이후로 처음 만나는 동족이었다. 마력은 운용하지 않는 한 감지할 수 있는 힘이 아니었다. 그녀가 지금 동족을 만난 것 또한 우연의 산물이었다.

사슴 안에서 힘차게 대류하고 있는 마력은 의태 직전의 징후였다. 아마 자신이 이곳을 찾지만 않았더라도 그물보다 작은 생물로 변해서 빠져나갔으리라. 그렇다면 그냥 자리를 피하면 되는 건가?

그녀가 몸을 일으킬 찰나, 멀지 않은 곳에서 사람들의 발소리가 들렸다. 금속음. 일정한 보폭. 단련된 자의 숨죽인 발걸음. 같은 사절단 일행이었다. 로젤린은 쪼그려 앉아 그녀의 행동을 주시하는 어린 사슴과 눈을 맞췄다.

"도망가."

사슴은 그녀를 째려보는 것 같았다. '네가 사라져야 도망가지.'라는 책망의 눈길이었다. 눈앞의 어린 사슴은 동물의 대가리를 하고도 굉장히 다양한 표정을 지었다. 로젤린은 한쪽 팔을 들어 보였다. 그녀의 손등 위로 파충류의 비늘 같은 것이 토도독 올라오기 시작했다. '그것'이 예전에 먹은 악어의 특성이었다.

사슴은 더욱 동그래진 눈으로 그녀의 손을 주시했다. 파충류의 거죽이 아닌, 그 형태 안에서 막 대류하기 시작한 마력의 기운에 집중하는 것이었다. 사슴은 그제야 눈치챘다. 눈앞의 여자는 자신과 같은 종족이었다. 로젤린은 재차 다시 말했다.

"가."

사슴의 눈에 결의의 빛이 스쳤다. 그물에 얼기설기 얽혀 있던 어린 짐승의 다리에서 색이 사라지기 시작했다. 옅은 갈색에서 나무의 색으로, 그러고는 완전한 검은색으로. 그것은 점차 퍼져서 사슴의 온몸을 뒤덮었다. 사슴의 그림자처럼 온통 어둡던 형태가 조금씩 부스러졌다. 모래처럼, 연기처럼 퍼지고 흘렀다. 로젤린이 눈을 깜박하는 짧은 사이 어둠이 걷혔다.

사슴이 있던 자리에는 자그마한 다람쥐 한 마리가 대신 남아 있었다. 그 작은 동물은 연신 코를 씰룩거리며 로젤린을 한참을 쳐다보았다. 까맣고 반질반질한 눈에 그녀의 얼굴이 비쳤다. 기사들의 발걸음 소리가 점차 가까워지자 다람쥐는 재빨리 그물에서 벗어났다. 하지만 나무로 올라가기 직전 다시 한번 그녀를 돌아보았다.

사람들이 얼마 후 덫을 확인하러 왔을 땐, 다람쥐나 사람의 흔적은 숲속에 스며들어 찾을 수 없었다.

* * *

산 중턱에 위치한 막사가 들썩였다. 여기저기 타오르는 모닥불에서 황홀한 고기 냄새가 퍼졌다. 다들 물이 가득 담긴 수통을 들고 마시면서도 잔뜩 취한 것처럼 행동했다. 축제 저리 가라 할 정도의 흥겨운 분위기였다.

"로젤린! 로젤린!"

"로젤린!"

"최고다, 로젤린!"

"멋있다, 로젤린!"

상급 기사들이 와하하 웃으며 그녀의 등을 퍽퍽 두드리고 지나갔다. 로젤린도 입꼬리를 올려 웃었다. 이 많은 인원이 먹고 있는 고기의 5할이 로젤린의 성과였으므로, 이 축제 분위기를 형성하는 것에도 그녀가 큰 기여를 한 셈이었다.

마른 건량과 육포 따위로 배고픔만 간신히 달랜 지 벌써 이틀째였다. 검과 갑옷의 무게를 감내하며 산을 오르는 자들에게는 턱없이 부족한 양이었다. 주인인 리카르디스가 사냥해서 알아서 잘 먹어 보라고 했지만, 대다수의 기사들이 훌륭한 검술 실력에 비해 사냥 솜씨는 형편없었다. 누구는 개구리를 잡아 왔고, 누구는 무언가가 먹다 남긴 동물의 사체 따위를 들고 와 야유를 받았다.

그런 때에 로젤린이 어깨에 멧돼지를 지고 어두운 숲에서 성큼성큼 걸어 나왔다. 성인 남성만 한 크기에 무게는 크기의 배가 될 것이 분명한 두툼한 멧돼지였다. 그녀는 막사에 멧돼지를 툭 떨치고는 하급 기사들에게 손질하라 했다. 가장 좋은 부위를 전하께 바치고 나면 알아서 먹으라고도 했다. 많은 자들이, 특히 개구리도 고기랍시고 잡아 온 네스터가 그녀를 몽롱하게 바라보았다. 너무 멋있었다.

해가 저물기 시작한 숲은 점차 어두워지기 시작했으나 로젤린은 아랑곳하지 않고 다시 숲으로 들어갔다. 그녀의 뒤를 따르고 싶은 네스터가 "방해가 안 된다면 같이 가도 되겠습니까?"라고 물었지만…….

"방해됩니다."

라는 로젤린의 한마디에 축 처져서 멧돼지를 손질하러 갔다. 얼마 뒤 숲에서 나오는 로젤린의 어깨에는 커다란 사슴 한 마리가 들려 있었다. 사냥꾼 출신의 길잡이는 감동의 물결에 허우적거리며 차마 말을 잇지도 못하고 그저 엄지손가락만 치켜세웠다.

많은 사람들이 로젤린과 한마디 얘기라도 나누고자 했지만, 그녀는 자신이 잡아 온 사슴을 샅샅이 살필 뿐이었다. 이후에 약하게 안도의 한숨을 내쉬었는데, 주위에 있던 사람들은 무엇 때문인지 이해하지 못했다.

어쨌거나 로젤린은 그 이후로도 토끼와 날아가던 새, 야생 산닭을 몇 마리 더 잡았다. 그것에 더해 사냥에 성공한 자가 몇 명 있었다. 리카르디스 배 사냥 대회는 막사의 모든 인원이 풍족한 식사를 할 정도의 수확을 얻으며, 성공리에 마무리되었다.

리카르디스도 야영치고는 호화로운 식단에 흡족해했다. 지쳐 가던 이들에게 활력을 불러일으키는 좋은 밤이었다. 몇 없는 여기사들이 삼삼오오 모여서 고기를 구웠다. 로젤린도 그 무리에 끼어 있었다. 적당히 가죽만 벗겨 구워 먹는 남자 기사들에 비해, 여자 기사들은 소금과 후추를 뿌려서 지글지글 달궈진 돌판 위에 고기를 굽고 있었다. 대체 어디서 공수한 것인지 모를 허브 따위도 보였다. 사절단에 포함된, 황족들의 식사를 담당하는 요리사만큼이나 정성을 들이는 듯했다.

리카르디스는 아마 제 접시 위에 있는 고기나 여기사들이 먹는 고기나 크게 차이가 없으리라 생각했다.

여기사들은 다 구워진 고기를 가장 먼저 로젤린에게 건넸다. 구워진 마늘의 고소한 향기와 허브의 향긋한 냄새가 자꾸만 식욕을 자극했다. 그녀는 침을 꼴딱꼴딱 삼키며 눈을 떼지 못했다. 무뚝뚝하던 로젤린의 얼굴에는 격렬한 환희의 감정이 서려 있었다. 단검으로 고기를 조금씩 베어 먹는 자들이 대다수였으나, 로젤린은 고기를 통째로 들고 와구 씹었다. 한입 크게 베어 물자 입 안에 육즙이 탁 퍼졌다. 로젤린은 최선을 다해 열심히 먹었다. 여자 기사들이 까르르 웃었다. 임무 중일 때나 남자 기사들을 대할 때보다 세 톤 정도 높은 목소리였다.

로젤린은 눈을 감고 고기를 뜯으며 한껏 음미했다. 주변의 흐뭇한 시선이 그녀에게 쏟아졌다. 볼에 홍조가 띤 것 같은 착시가 보일 정도로 로젤린은 행복해했다.

"맛이 어떠십니까, 로젤린 경?"

"매우, 매우 맛있습니다."

"다행입니다. 20분 전에 라임과 로즈메리로 마리네이드 했습니다. 구울 땐 레몬 밤과 마늘 가루를 섞은 허브 버터를 사용했고요."

로젤린은 다소 충격받은 표정으로 고개를 끄덕였다. 리카르디스도 충격받았다. 이 와중에 마리네이드까지 했어⋯⋯?

"과연⋯⋯ 그래서 이런 맛이⋯⋯ 대단하십니다, 경."

알 수 없는 공감대가 형성된 여자 무리에서 다시 한번 까르르 웃음소리가 터져 나왔다. 순간 리카르디스는 자신이 멍하니 여자 기사들, 특히 로젤린에게서 눈을 떼지 않고 있었다는 사실을 깨달았다.

'이게 무슨⋯⋯ 열다섯 살 먹은 사춘기 소년도 아니고⋯⋯.'

리카르디스는 츳, 혀를 차고 접시 위의 고기를 씹는 것에 전념했다. 어느 정도 접시를 비운 리카르디스는 풍경을 천천히 둘러보았다. 자리와 멀지 않은 곳이었다. 5황자인 디에즈 또한 식사 중이었다. 그는 고기를 먹는 둥 마는 둥 하며 어딘가를 열렬하게 바라보고 있었다. 디에즈의 시선이 닿아 있는 방향이 익숙했다. 그녀들이 앉아 있는 모닥불 쪽이었다. 여기에 또 다른 사춘기 소년이 있었다.

리카르디스는 피식 웃었으나 곧 표정을 굳혀야만 했다. 디에즈의 눈길이 로젤린에게서 떠나지 않는다는 것을 깨달았기 때문이었다. 리카르디스의 눈썹이 꿈틀거렸다. 입 안에 혓바늘이 돋은 것처럼 거슬렸다.

* * *

소란스러웠던 저녁 시간이 끝났다. 다들 막사로 들어가 고단한 여정으로 쌓인 피로를 풀었다. 머리를 대자마자 잠이 드는 자도 많았다. 몇 조는 경계 보초를 서며 조용한 막사를 지켰다. 로젤린은 리카르디스의 막사 근처, 높게 자란 나무 위에 자리 잡았다. 2황자의 막사를 지키고 있는 상급 기사는 그녀의 존재를 눈치채지 못했다.

로젤린은 굵은 나뭇가지에 머리를 기대고 꾸벅꾸벅 졸았다. 예전에는 그다지 수면을 취하지 않아도 괜찮았는데 요즘은 일주일에 한 번꼴로는 반드시 자야 했다. 그것도 작은 소음과 미세한 살의에도 금방 깨어날 수준의 아주 얕은 잠에 불과했지만. 그래도 눈을 감고 있는 것만으로도 어느 정도 피로가 풀렸다.

토도도.

잠든 육체를 대신해 날카로운 감각이 나무를 타고 오르는 작은 생물의 발걸음 소리를 감지했다. 깃털 같은 무게에서 발생한 아주 작은 진동이었다. 로젤린은 눈을 번쩍 떴다.

"……."

다람쥐였다. 또한 그녀가 구했던 사슴이기도 했다. 로젤린이 코앞에 있음에도 도망칠 생각조차 하지 않는 이상하고 작은 생물이었다. 다람쥐는 폴짝폴짝 뛰어서 그녀의 무릎 위로 올라왔다. 그 덕에 눈높이가 어느 정도 맞춰졌다. 다람쥐가 코를 씰룩이면서 쥐 같은 소리를 냈다. 찌치 찍─ 뭔가를 말하고 있는 것 같긴 한데…… 로젤린은 인상을 찌푸렸다.

"나 다람쥐는 먹은 적 없어서."

다람쥐 말은 못 알아들어. 생략된 뒷말을 눈앞의 작은 동물은 알아들었다. 다람쥐는 동그란 눈을 날카롭게 세우며 '귀찮게 하네.'라는 듯 팩 쳐다보더니 로젤린의 무릎에서 내려갔다. 다람쥐의 털이 검게 물들기 시작했다. 그리고 연기처럼 흩어지며 넓게 퍼졌다. 검은 모래의 집단은 점차 몸을 불려 사람 한 명만큼이나 커졌다. 흐물거리는 검은 형태의 안쪽에서 마력이 세차게 대류했다.

자신의 말을 알아들을 때부터 눈치채긴 했지만, 이 동족도 인간을 먹은 적 있는 듯했다. 서서히 인간의 형태가 갖춰지기 시작했다. 갈색 머리를 늘어트린, 젊고 예쁜 여자였다. 옷을 입고 있지 않아서 그녀의 풍만한 굴곡이 그대로 눈에 들어왔다.

로젤린은 조금 떨어진 리카르디스의 막사를 내려 보았다. 상급 기사도 저 멀리 있었고, 그들의 얘기를 들을 만큼 귀가 좋거나 가까이 있는 사람 또한 없었다. 갈색 머리의 여자는 주먹을 쥐었다 폈다 하면서 몸을 움직이기 위한 시동을 걸었다. 어색한 몸짓이었다. 그녀는 아, 아. 하면서 목소리를 확인하더니, 부드러운 눈매로 로젤린을 바라보았다.

"인간의 몸은 역시 영 별로야. 근육이 허접해."

"말 잘하네."

로젤린은 자신이 막 인간이 되었을 때를 기억하고 있었다. 들리는 단어를 어설프게 흉내 낼 뿐으로, 지금의 수준에 이르기까지 수많은 시간과 노력이 필요했다. 그런데 눈앞의 여자는 지금의 자신보다도 훨씬 능숙하게 언어를 구사하고 있었다. 여자는 로젤린의 눈에 담긴 존경의 빛을 눈치채고 웃었다.

"인간으로 살아 본 적 있어. 정신이 오락가락하는 할매랑 살았지. 나를 손녀딸로 착각하더라고."

맨 처음은 아예 말을 못 하는 벙어리 흉내를 내었다고 했다. 어느 정도 입이 트일 때까지 기다리기만 했다고. 세상에, 그런 방법이. 로젤린은 감탄했다.

"그래도 인간이 되면 귀찮은 일이 많아서. 동물로 사는 게 훨씬 편하고 좋아. 그래서 좀 신기하네. 너, 인간들 사이에서 살고 있어? 안 불편해? 우리는 태생적으로 인간을 꺼려 하는데 말야. 개체마다 좀 다른가?"

태생적으로 인간을 꺼려 한다고? 곰곰이 생각해 보니 확실히 비스타의 깊은 숲에서 살 때만 해도 인간들을 피해 다니곤 했다. 인간보다 훨씬 강한 마수와 동물들은 무섭지 않았지만, 인간들에게서는 알 수 없는 원시적인 공포가 느껴졌기 때문이었다. 로젤린이 된 이후로 서서히 망각하고 있던 부분이었다. 혹시 금기를 저지른 탓인가? 로젤린은 자기도 모르게 생각하던 말을 그대로 흘렸다.

"금기 때문인가?"

여자가 눈을 부릅떴다. "금기?" 목소리가 조금 커졌다. 로젤린은 검지를 입술 앞에 세웠다. 조용히 말하라는 뜻이었다. 여자는 로젤린의 검지를 손으로 찰싹 쳤다. 조용히고 뭐고.

"설마 살아 있는 인간을 먹은 거야, 너?"

"응."

여자는 로젤린의 팔뚝을 한 대 더 쳤다. 찰싹하고 매서운 소리가 났지만 그다지 아프진 않았다.

"돌았어? 우리들 중에 암만 생각 없이 사는 애들이 많다지만 너는 해도 해도 너무한 거 아냐? 본능조차 거스를 정도로 멍청한 건가? 대체 얼마나 심각한 수준인 거야, 너?"

로젤린은 조금 뚱해졌다. 자신도 다 사정이 있었다. 여자는 로젤린의 억울한 표정을 보고도 그녀를 한 대 더 찰싹 쳤다. 로젤린의 어미, 에델바이스에게도 이렇게 혼난 적 없는데…….

"도망치지도 못하잖아, 이 기지배야! 너 이제 그 몸으로 죽어야 돼!"

"음."

"음, 같은 소리 하고 앉아 있네! 알고는 있었던 거야?"

본능은 누가 알려 주지 않아도 이미 새겨져 있는 것이었다. 동물이 독버섯을 본능적으로 기피하는 것과 같았다. 저 독버섯은 위험해. 먹으면 안 돼. 먹었을 때 어떤 일이 일어날지 모르지만, 먹으면 위험할 것이다. 피에서 피로 전해지는 기억이었다. '그것'들의 금기 또한 그런 본능의 영역이었다.

'살아 있는 것을 흡수해서는 안 된다.'

그녀가 금기의 진정한 의미를 깨닫게 된 것은 최근이었다. 로젤린의 육체로 생활한 것이 벌써 2개월을 훌쩍 넘어가고 있었다. 인간 세계의 음식은 맛있지만, 그것들은 인간의 육체를 이루는 영양분이 되어 줄 뿐이었다.

슬슬 본체로 돌아가야 할 때였다. '그것'의 존재를 유지하기 위해서는 반드시 원래의 형태로 돌아가 사체를 흡수하는 과정이 필요했다. 그녀는 조용한 밤, 미리 동물 사체를 준비해 놓고 의태를 풀었다. 아니, 풀고자 했지만, 마력만 그녀의 껍질 안에서 고요하게 대류할 뿐 어떠한 변화도 생겨나지 않았다. 로젤린은 번개를 맞은 듯 충격받았다. 변화를 하지 못해?

다른 생물에게는 당연하게 받아들여질 사실이었지만, '그것'에게는 손발을 잃은 것보다 더 큰 결핍이었다. 죽음을 선고하는 날카로운 송곳니보다 무서운 위협이었다. 로젤린은 처음으로 인간이 된 후 벌벌 떨었다. 그녀는 본능적으로 이 이상 상태가 금기로부터 이뤄진 어떤 벌, 어떤 부작용이라는 것을 깨달았다. 호랑이의 근육 조직을 빌려 온다든가, 매의 청각을 빌려 온다든가, 단단한 마수의 가죽을 빌려 온다든가 하는 부분적인 변이는 가능했다. 하지만 로젤린은 더 이상 완전한 '그것'의 형태로 돌아갈 수 없었다.

만약 '그것'이 로젤린의 껍데기를 막 뒤집어쓴 초기에 이런 사실과 마주했었다면, '그것'은 거대한 공황 속에 빠졌을지도 모른다. 하지만 현재, '그것', 로젤린은 인간의 삶에 점점 녹아들고 있었다. 칼릭스라는 동생이 있었고 레이몬드라는 친구도 있었다. 두 발로 걸어 다니는 이 생물들의 세계에는 '그것'으로서, 동물로서 느낄 수 없는 다양한 감정과 강렬한 감각들이 혼재되어 있었다.

'그것'은 그림자로서의 삶이 조금 지루했을지도 모른다. 죽은 듯이 잠들어 있다가 때가 되면 시체를 먹고 기다리고 또다시 잠이 드는 그 수백 년의 일상을 깨트린 인간의 삶이, 어쩌면 좋아지고 있던 것일지도 몰랐다.

'그것'은 제 안에 있는 마력에 희미하게 섞이기 시작한 어떤 종류의 힘을 느꼈다. 검은 머리의 인간 로젤린. 그녀의 안에 있는, 그리고 모든 살아 있는 생물이 가지고 있는 어떤 종류의 힘. 생물을 살아 숨 쉬게 하는 그 원초적인 힘, 생명. 그 생명이 조금씩 제 안에 녹아들며 융화되는 것을 깨달았다. 아마도 '그것'들의 금기는 살아 있는 생물 그 자체보다는 그들의 안에 있는 생명력을 경계한 것일지도 몰랐다.

물론 로젤린도 처음에는 무척이나 당황했다. 그럼 이제 더 이상 다른 생물을 흉내 낼 수도 없고 도망갈 수도 없어? 누군가가, 어떤 무언가가 날 죽이고자 하면 그대로 죽어야만 하는 운명이란 말인가? 충격적이었다.

그런데 불현듯 치미는 생각이 있었다. 내가 왜 도망을 가야 하지? 어째서 누군가를 흉내 내야만 했던 거지? 죽고 땅에 묻혀 썩어 가는 것은 자연의 당연한 섭리였다. 순환의 원리였다. '그것'은 그때서야 자신이, 또한 어딘가에 살고 있을 제 동족들이 이 세상의 법칙에서 벗어난 이상한 존재라는 것을 깨달았다.

'그것'은 죽을 것이다. 육체를 가지게 되었으니 어떤 사건 사고가 없더라도 이 몸에 담긴 힘이 닳는 날에는 숨이 끊어진다. '그것'은 로젤린으로서 죽을 것이다. 당연한 이치였다. 모든 생물과 생명이 그렇듯이. 그렇게 생각하니 더 이상 완전한 의태를 이루지 못하는 것도 크게 두렵지 않았다. 누군가에게서 끊임없이 도망치고자 했던 본능, 무언가를 공격하거나 죽여서는 안 될 것 같다는 거부감 또한 수그러들었다.

그 이후로 로젤린은 가끔씩 꿈을 꾸거나 어떤 기억을 떠올렸다. '그것'이 아닌 로젤린의 기억이었다. 열심히 공부했던 책의 내용이 떠올랐고, 까만 숲에서 누군가에게 쫓기기도 했다. 때로는 제 어린 동생을 바라보며 "착한 아이구나. 칼. 우리 칼릭스." 하고 다정하게 이야기했다. '그것'은 이 기억들이 로젤린, 그녀가 가지고 있던 생명의 조각이라 생각했다.

결국 그림자라 불리는 그들의 금기는 진정한 생명을 가지는 것에서부터 출발했다. 생이라는 출발점이 있어야 죽음이라는 것에 닿을 수 있기에. 죽음을 경계했기에 생겨난 금기. 누군가는 섣부르다 말할 것이며, 누군가는 멍청하다 했지만, 로젤린은 이미 생과 사의 기로에 들어서게 되었다. 이게 어떤 결과를 가져올지는 몰라도.

로젤린은 제 심장 위에 손을 올렸다. 피부 아래 심장이 거세게 맥동하는 것이 느껴졌다.

* * *

로젤린은 죽어 가는 검은 머리 인간을 만난 처음부터 차근차근 설명했다. 걔가 부탁을 해서, 살아 있는 걸 먹어야만 했던 거야. 여자는 예쁜 얼굴을 잔뜩 일그러트리며 로젤린을 보았다. 어처구니없다는 표정이었다.

"뭐라는 거야. 처음부터 설명해도 전혀 이해 못 하겠거든? 그래, 뭐⋯⋯ 가끔 원숭이 중에도 나무 못 타는 애들이 있긴 하더라⋯⋯."

어떤 무리든 좀 덜떨어지는 개체가 있지⋯⋯ 여자가 말을 흘렸다. 자신과 로젤린이 같은 종족이라는 사실을 회피하고 싶은 것처럼 보였다. 여자는 로젤린의 모습 뒤로 오랜 과거를 떠올렸다.

여자, 또 다른 '그것'은 금기를 저지른 동족을 지켜본 적이 있었다. 오랫동안 굶었던 동족은 운 좋게도 죽어 있는 뱀을 발견했다. 배고픈 동족은 커다란 뱀을 흡수했다. 설마 그 배 안에 아직 살아 있는 토끼가 있으리라고는 꿈에도 모른 채. 당혹스러워하며 토끼로 살아가던 그 동족은 자신의 의태 능력이 소실되어 가고 있다고 했다. 부분적인 변이는 가능했지만, 아무리 표범의 근육조직을 빌려 온다고 한들 토끼라는 큰 틀에서는 벗어날 수 없다고. 이후, 그 동족은 사냥꾼에게 잡혀갔다. 웃지 못할 희극이었다.

무기가 없다면 인간은 약해 빠진 종족이다. 날카로운 손톱이나 송곳니도, 강한 근육조차 없으니. 토끼보다야 낫긴 하겠지만 여자가 보기에는 토끼나 인간이나 그게 그거였다. 여자는 마음만 먹으면 집채만 한 마수로도 변할 수 있었다. 강함의 기준이 높은 것은 당연했다.

덜떨어진 동족은 제 안위와 관련된 얘기를 하고 있음에도 '너는 말해라, 나는 들을 테니.' 따위의 태도를 고수하며 인간들이 세워 놓은 한 막사만 뚫어져라 지켜보고 있었다.

걱정이 될 수밖에 없었다. 딱 봐도 세상 물정이라고는 모르는 것 같은 데다가, 금기까지 저질러 의태가 불가능한 동족이라니. '그것'의 머리 한편에는 과거 토끼로 살다가 사냥꾼에게 잡혀간 또 다른 동족이 자꾸만 떠올랐다. 여자는 한숨을 푹 쉬었다.

"나는 아주 오래전에 인간을 먹었거든."

"응."

귀담아듣고 있지 않았다. 이걸 확 그냥…….

"그 덕에 다른 동족들보다 좀 더…… 뭐랄까. 생각이란 걸 하는 편이더라고. 인간이 동물보다는 지성이 좀 높은 편이잖아?"

"응."

여자가 로젤린에게 조금 다가왔다. 풀 냄새가 언뜻 로젤린의 코를 스쳐지나갔다.

"인간이랑 지내기도 해서 공동체? 같은 걸 알아. 그래서 걱정이란 것도 한단 말이지. 좀 들어, 기지배야!"

리카르디스의 막사 근처를 기사들이 지나갔다. 로젤린의 신경이 자연스럽게 그들에게 향하자 여자가 로젤린의 팔뚝을 철썩 때리며 성질냈다. 여자는 제 입술을 꾹 한 번 깨물고는 로젤린의 어깨를 더럭 잡았다. 여자의 회색 눈동자에 비장함이 감돌았다.

"있잖아."

"응."

"금기를 저지른 동족의 끝을 내가 지켜봐 줄게."

겸사겸사 위험해 보이면 구해 주기도 하고. 인간 한 명 데리고 도망치는 것은 여자에게는 일도 아니었다. 하지만 로젤린은 눈을 조금 더 가늘게 뜰 뿐, 별다른 반응을 하지 않았다. 여자는 깨달았다. 얘, 못 알아듣고 있네…….

그녀는 말을 고쳤다.

"앞으로 너 따라다니겠다고."

로젤린은 "아." 하고 고개를 끄덕이다가, "그래." 하고 간단한 대답을 했다. 누구는 일생일대의 결정이었건만. 얘, 생각이라는 것은 하고 사는 거겠지? 여자는 다시금 제 선택이 옳았음을 깨닫고 한숨을 푹 쉬었다.

"어쨌거나…… 잘 부탁해."

"응."

로젤린이 손을 내밀었다. 여자가 피식 웃으며 그녀의 손을 맞잡았다. 꼴에 이런 인사는 또 배운 모양이었다. 오랜만에 느껴 보는 온기였다.

* * *

"다람쥐?"

"이상하잖아. 다람쥐를 대체 왜 데리고 다녀."

"사슴?"

"사슴이랑 같이 다니는 사람을 보기는 했지. 사냥꾼이 죽어서 어깨에 매달고 있더라고."

"……곰?"

"사람이랑 같이 다니긴 하겠지. 곰의 위장 안에 사람이 잘 있겠지."

두 여자는 여전히 나무 위에서 도란도란 얘기를 나누는 중이었다. 여자는 로젤린을 따라가기로 했지만, 인간의 모습으로 따라갈 생각은 없었다. 인간이건 동물이건, 같은 종족이라고 해도 갑자기 나타난 바깥의 존재를 크게 배척하는 경향이 있었다. 더군다나 인간의 지능은 다른 동물들보다 높은 경우가 많았다. 그들은 어설프게 인간을 흉내 내는 제 모습에 의문을 금방 가질 것이다.

여자는 자신이 과거에 먹은 동물들의 종류를 나열했고, 로젤린은 하나씩 짚어 가며 선택했다. 하지만 다람쥐를 데리고 다니는 사람. 사슴을 데리고 다니는 사람. 곰이나 마수를 데리고 다니는 사람. 세상 어딘가에 있을지는 모르겠지만 어쨌거나 굉장히 희귀한 상황임이 분명했다. 여자는 로젤린이 그랬듯이 사람의 시선을 피하고 싶은 습성이 있었다.

이후에도 뱀, 흑표범, 사슴벌레, 너구리 등 다양한 의견이 나왔지만 전부 기각되었다. 한참을 고민하던 여자가 "아!" 하는 소리를 냈다.

"예전에 할매랑 살 때, 동물 데리고 다니는 사람 봤어!"

그녀는 간신히 떠올렸다. 산 중턱에 위치한 작은 오두막에 살던 늙은 여자. 그녀의 오두막에는 가끔씩 사냥꾼들이 들러서 비를 피하고 갔다. 활과 덫을 위한 재료만 들고 다니는 이들이 대부분이었으나, 간간이 사냥개나 매를 데리고 다니는 사냥꾼들도 있었다. 후보가 두 개 생겨났지만, 여자는 개도 매도 먹은 적 없었다. 그럼에도 그녀는 씩 웃었다.

"독수리는 먹은 적 있어."

로젤린은 오오, 하는 감탄사를 내뱉었다. 확실히 매나, 독수리나. 둘 다 맹금류의 커다란 날짐승이다. 그게 그거지, 뭐. 여자는 몸을 한차례 부르르 떨더니 의태를 시작했다. 여자의 형체가 검게 물들었다. 긴 시간이 지나지 않아, 여자는 온전한 독수리의 모습이 되었다. 덩치가 예상한 것보다 제법 컸다. 로젤린은 그 어마어마한 크기에 감탄했다. 독수리는 태평하게 인간의 언어로 이야기했다. 성대만 인간의 것으로 변이한 모양이었다.

"이 근처 왕이라고 불리던 독수리였거든. 마수랑도 싸우던 애야. 안타깝게도 수리부엉이가 저녁에 기습해서 죽었지. 밤의 수리부엉이는 낮의 독수리만큼 강하거든."

독수리는 제 날개깃을 부리로 정리했다. 로젤린은 그 날개를 손으로 쓸어 보았다. 빠듯하면서도 매끄럽고 탄탄한 갑옷 같은 감촉이었다.

"매를 데리고 다니는 사냥꾼은 장갑이랑 팔 보호대 같은 걸 하고 있었어. 발톱이 날카로우니깐."

독수리는 제 한쪽 발을 들어서 까딱거렸다. 송곳같이 날카로운 발톱이 보였다. 사냥꾼이 온갖 가죽을 가지고 있는 걸 본 적 있다. 그것을 대충 잘라서 두르면 될 것 같았다.

"다른 사람 앞에서는 말하면 안 돼."

독수리는 조류의 대가리를 하고도 어처구니없다는 듯한 표정을 지었다. '내가 너냐.'라고 말하고 있는 것 같기도 했다. 어쨌거나 인간이 데리고 다녀도 이상하지 않을 완벽한 동물을 찾아내어 한 사람과 한 마리는 매우 만족했다.

새벽이 지나고 아침이 밝아 왔다. 막사는 한바탕 난리가 났다. 이른 아침부터 사절단 일행이 있는 장소를 덮친 커다란 동물 때문이었다. 사냥꾼이 활을 쏘려고 했지만, 로젤린이 황급히 나서서 만류했다.

영역을 침범한 인간을 공격하러 왔으리라 추측했으나 독수리는 얌전히 로젤린의 팔 위에 앉아 있었다. 마수라고 봐도 될 정도로 체구가 큰 독수리였다. 로젤린은 무겁지도 않은지 그 무게를 잘 지탱하고 있었다. 리카르디스는 제 관자놀이를 꾹꾹 누르며 그녀에게 질문했다. 조금 피곤해 보였다.

"……그건…… 또 뭐지, 로젤린 경?"

리카르디스는 어쩐지 어제가 떠올랐다. 대체 토끼를 어떻게 잡아 왔느냐는 뜻으로 그게 무엇이냐 물었더니 "토끼입니다……."라는 대답을 했던 그녀의 모습이.

"독수리입니다."

리카르디스는 인상을 팍 찌푸렸다. 예상은 했지만, 짜증 났다.

"독수리가 왜 경과 함께 있지? 갑자기 어디서 나타난 건가?"

독수리와 로젤린은 조용히 당황했다. 사냥꾼들이 매를 데리고 다닌다고 했는데, 매나 독수리나 그게 그거인 거 같은데, 이상한 거 아니라고 했는데. 왜 다들 저런 눈으로 쳐다보는 거지?

리카르디스가 대답을 재촉했다.

"경?"

로젤린은 독수리를 쳐다보면서,

"아는 독수리입니다."

라는 대답을 했다. 리카르디스의 눈이 가늘어졌다. 당최 무슨 말을 하는 것인지 알 수가 없었다. 독수리는 그녀의 말을 입증이라도 하는 듯, 부리의 넓적한 부분을 로젤린의 머리에 부비고 있었다. 리카르디스는 여전히 사나운 표정이었다. 결국, 로젤린은 예전에 칼릭스에게 배운 마법의 말을 또 사용할 수밖에 없었다. 아무것도 모릅니다. 기억나지 않습니다.

"정확한 건 잘 기억나지 않습니다."

리카르디스는 이해하는 것을 포기했다. 그래, 살다 보면 아는 독수리 한 마리쯤은 있을 수도 있지. 그 독수리가 몸집이 어마어마하게 크다든가, 일라베니아에서는 코빼기도 보이지 않다가 발타의 땅에서 갑자기 튀어나왔다든가 하는 문제는 딱히 신경 쓸 일이 아닐지도 몰랐다. 리카르디스는 결국 또 "그래……."라는 대답을 할 수밖에 없었다. 더 이상 깊게 파고들고 싶지 않았다.

동료 기사들도 처음에는 이 상황에 의문을 가졌지만, 독수리가 첩자나 암살자일 가능성이 매우 낮다는 것을 알고 있기에 크게 경계하지 않았다. 다들 로젤린의 곁으로 슬금슬금 다가왔다. 독수리의 날개를 한번 만져 보기도 하고, 그 크기에 감탄도 하면서 나름 즐거워했다.

사냥꾼은 독수리가 얼마나 위험한 동물인지 알고 있어 다가오지 못하고 한참을 멀리서 지켜보기만 했다. 하지만 곧 독수리가 위험하지 않다 못해 온순하다는 것을 깨닫고는 조심스럽게 로젤린에게 접근했다.

"덩치도 크고, 부리도 튼튼해 보이고. 굉장히 멋진 독수리로군요. 언제부터 기르게 되신 겁니까, 로젤린 경?"

어제 만났다.

"……최근입니다."

"몇 살이나 되었습니까?"

한 몇백 년 될 것이다. 정확한 나이는…….

"모릅니다."

"이름은 뭔가요?"

아, 이름. 독수리와 로젤린이 시선을 교환했다. 다른 건 몰라도 이름 정도는 알고 있어야 할 것 같았다. 로젤린은 잠시 고민했다. 이름을 알지 못하니 적당히 붙여야 할 텐데. 그 순간 그녀는 누군가가 바삭하게 마른 낙엽을 밟고 지나가는 소리를 들었다. 로젤린의 의식은 자신도 모르게 흘러갔다. 바삭한 음식 중 그녀가 가장 좋아했던.

"마카롱."

"……네?"

"마카롱입니다. 이름."

독수리는 마카롱이 대체 무엇인지 가늠해 보는 표정이었다. 사냥꾼이 조금 이상한 얼굴을 하고 있어서 나쁜 이름인가? 하고 생각했지만, 로젤린은 어쩐지 뿌듯해 보였다. 사냥꾼은 마카롱이라는 이름이 독수리에게 붙여지기에는 지나치게 달콤하고 귀엽다고 생각했지만 뭐, 주인이 그렇다니 그런 거겠지. 가볍게 넘어갔다.

마카롱을 먹어 본 마카롱은 제 이름을 매우 흡족하게 생각했지만, 그것은 조금 더 후의 일이다.

* * *

여정은 순탄했다. 암살자나 함정 따위를 찾아볼 수 없었을뿐더러 날씨도 좋았다. 일행은 일라베니아의 영토 내에서는 여러 마수들과 잦은 전투를 치렀지만, 발타에 들어서며 한결 여유로워졌다. 누군가가 미리 처리라도 해놓은 듯이 마수를 발견할 수조차 없었던 것이다. 위험이 도사리는 나라에 발을 들여놓은 것치고는 순탄하다 못해 지루할 정도였다.

가끔 여우 같은 자그마한 마수가 막사를 덮치고는 했지만, 하늘에서 빠르게 하강한 마카롱에게 번번이 공격당했다. 기사들은 그들보다 훌륭한 경비를 서는 마카롱에게 경의의 뜻을 담아 '마카롱 경'이라고 부르기 시작했다. 로젤린은 '경'이라는 것은 기사를 뜻한다고 얘기했다. 그리고 기사는 '약한 자를 보호하고 명예를 알며, 강한 신념을 가진 높은 지위의 인간'이라는 것 또한 알려 주었다. 그 후부터 마카롱은 기사들이 '마카롱 경'이라고 부를 때마다 그들을 내려다보며 우쭐거렸다. 매우 고압적인 태도였으나, 동물의 몸이라 티가 잘 나지 않았다.

바쁘게 움직인 덕에 어느덧 발타의 수도 '리비타'에 근접했다. 반나절도 걸리지 않을 거리였다. 발타의 궁은 일라베니아의 순백의 성과는 매우 달라

보였다. 여러 가지 색의 화려한 문양과 금이 조화롭게 섞여 궁을 뒤덮고 있었다.

사절단 일행은 외벽에 들어섰다. 열린 성문 안쪽에는 경비대가 대거 서 있었다. 붉은 흙 같은 갈색 피부의 남자들이었다. 로젤린은 발타인의 머리카락이 모두 검다는 사실에 놀라워했다. 하얀 피부에 다양한 머리색을 가진 일라베니아 사람들과는 확연히 구분되는 생김새였다.

그들은 갑옷이 아닌 가죽을 무두질해서 만든 보호구를 주로 입고 있었다. 우거진 숲과 늪, 험난한 지형으로 둘러싸인 발타에서는 활동성을 더 중요시 여겼다. 갑옷같이 무거운 장비를 착용하고 느릿느릿 움직이다간 화살 맞아 죽기 십상이었다.

경비대를 마주한 이후, 하얀밤 기사단의 분위기가 한층 더 날카로워졌다. 상급 기사들이 리카르디스의 마차에 더 가까이 붙어 섰다. 하얗고 검은 집단의 사이에 이상한 기류가 맴돌았다. 하지만 그것도 잠시, 경비대가 양옆으로 갈라지며 중앙에서 금색으로 화려하게 치장한 뚱뚱한 남자가 나타났다.

잇세리온은 몇 년 전 일라베니아에 방문했던 그와 만난 적 있었다. 발타의 재상, 아틸라크였다. 아틸라크는 두 무릎을 꿇고 발타식으로 그들에게 인사했다. 경비대의 많은 인원도 아틸라크를 따라 절도 있게 두 무릎을 꿇었다.

"오오, 일라베니아의 귀빈들을 뵙게 되어 영광입니다. 저는 힉살라 아돈의 충실한 종인 아틸라크입니다. 부족하나마 발타의 재상직을 맡고 있습니다."

아틸라크가 인사함으로써 사람들 사이에 감돌던 긴장감이 이완되었다. 지금 당장의 위험성은 없다고 판단한 기사단장 스타스가 마차의 문을 열었다.

리카르디스가 긴 은발을 손으로 정리하며 마차에서 내렸다. 햇살이 강한 날이었던 만큼 그의 머리칼이 발하는 빛 또한 평소보다 눈부셨다. 아틸라크는 일라베니아 2황자의 뒤에서 후광 따위가 비치는 것에 잠시 말을 잃어버렸다. 햇빛이 그의 뒤에서 찬란하게 산개하는 모습이 어찌나 신성하고 아름다운지.

"오랜만이군, 재상."

리카르디스가 아는 척하자 재상이 호들갑을 떨었다. 먼 길 오시느라 수고하셨다. 덥지는 않으신지, 힘드시지 않으신지, 배고프지는 않으신지. 누가 보면 발타의 왕 힉살라의 종이 아닌 리카르디스의 종이라고 착각할 정도였다.

사절단 일행은 곧 궁으로 안내되었다. 무장하고 있던 경비대가 하얀밤 기사단원들을 둘러싼 채로 이동했다. 한 나라의 수도답게 높고 화려한 건물들이 많았다. 비록 보이지 않는 안쪽에 빈민가가 위치하고 있어도, 궁으로 가는 길만큼은 반짝반짝하게 잘 닦여 있었다. 하지만 풍경을 음미하며 지나가는 기사는 단 한 명도 없었다. 오랜 숙적의 나라에 발을 들인 만큼 당장 위험하지 않더라도 경계하게 되는 것이었다. 로젤린도 리카르디스의 마차에 말을 가까이 붙여 몰며 주위를 경계했다.

"마카롱 경은?"

레이몬드가 골목을 주시하며 물어 왔다. 항상 가까이 붙어서 날던 거대한 독수리가 사라지니 그 공백이 여간 커 보이는 게 아니었다. 로젤린은 잠시 하늘을 한 번 봤다가, 제 가슴을 한 번 내려다보며 우물쭈물했다.

"가까이에 있어."

레이몬드는 넓은 하늘을 쭉 살펴보았다. 가까이에 있다더니 하늘은 구름 한 점, 독수리 한 마리 없이 푸른빛 일색이었다. 곧 궁의 모습이 보이자 레이몬드는 다시 경계 태세로 돌입했다.

레이몬드를 바라보던 로젤린이 눈동자를 아래로 떨어트렸다. 가까이에 있는, 정확히는 심하게 가까이에 있는 마카롱이 보였다. 제복과 가슴 갑옷

사이에 들어갈 만큼 작은 생물이었다. 회색 털을 가진 쥐가 쌀알 같은 앞발로 잘 매달려 있었다. 궁 안에서는 독수리같이 커다란 생물이 활동하기에는 적합하지 않다는 이유에서였다. 리비타에 들어서기 전, 마카롱은 하늘 높이 날아가는 척하며 곧바로 쥐로 변해 그녀에게 돌아왔다. 마카롱은 주머니를 발견해 들어가서는 찍찍, 소리를 냈다.

로젤린은 마카롱의 말을 듣고 고개를 끄덕였다. 그녀 또한 발타의 성문이 열리고 경비대와 조우한 이후로 줄곧 눈치채고 있었다. 로젤린은 눈을 감았다. 시선은 차단되었지만, 그녀의 감각이 주위의 광경을 그려 냈다. 군마 무리, 기사들의 갑주가 철컹이는 소리. 마차의 수레바퀴가 흙 자갈 위를 굴러가는 가운데 당장에라도 터질 듯한 불안정하고 난폭한 기운이 주위에 넘실거렸다. 마수 한 마리의 마력이 횃불이라면, 지금 이것은 주위를 온통 뒤덮은 산불처럼 범람해 있었다.

로젤린은 이것과 비슷한 기운을 느낀 적 있었다. 리카르디스의 홍차에 섞여 있던 '파편'과 '마수'라 불리는 흉포한 짐승들로부터.

아틸라크라는 재상에게서는 느껴지지 않았지만, 사절단을 둘러싼 경비대 한 명, 한 명이 모두 그 기운을 품고 있는 상태였다. 그 탓에 마수가 많기로 유명한 마의 산에서도 느낄 수 없었던 진풍경이 그녀의 감은 눈 위로 펼쳐졌다. 이렇게 한곳에 응집해 있을 수 있는 힘이 결코 아니었다. 기괴한 광경을 마주하자 신경 하나하나가 저릿할 정도로 오싹했다. 팔 위로 소름이 돋아났다. 마카롱이 식겁해서 계속 무어라 말하는 것은 그 때문이었다. 마카롱 또한 이렇게 마력이 응집되어 있는 경우는 보지 못했던 것 같았다.

로젤린이 날카로운 시선으로 주위를 둘러보았다. 발타의 많은 백성들이 사절단 일행을 구경하기 위해 나와 있었다. 다행히도 일반 사람들에게서는 이상한 마력이 느껴지지 않았다. 아마도 저 경비대가 특수한 집단인 모양이었다.

로젤린은 불안한 마음에 리카르디스의 마차 근처로 말을 바싹 붙여 몰았다. 마차를 끌고 있는 말들이 푸르릉, 소리 내며 성질낼 정도였다. 마카롱이 말의 투레질 소리를 듣고 얼른 주머니에서 기어 나와 말들에게 삿대질하며 화냈다. 늙은 할머니랑 살았다더니 욕하는 솜씨가 남달랐다. 찍찍거리는 소리가 점점 커져서 로젤린은 마카롱을 다시 들여보냈다. 다행히도 이 상황을 목격한 사람은 없었다.

발타는 넓었다. 한참이 지나서야 수도의 중앙에 위치한 화려하기 그지없는 궁에 도착했다. 사절단의 일정으로 1왕자 하카브와 만나기로 한 것은 이틀 뒤. 오늘은 막 도착한 만큼 짐을 풀고 휴식을 취하기로 했다. 아틸라크는 사절단을 위해 궁 하나를 통째로 비워 두었다. 기사들이 먼저 리카르디스의 방을 샅샅이 확인하고 나서야 모두가 휴식에 들어갈 수 있었다.

로젤린도 방을 배정받아 갑옷을 벗고 무구를 손질했다. 갑옷 위에서 마카롱이 계속 여기저기를 둘러보았다. 쌀알만 한 눈동자가 가느스름해져 깨알만 해져 있는 걸 보니, 성질이 보통 나는 게 아닌 모양이었다.

이질적인 마력의 농도가 기분 탓으로 넘길 수 없을 만큼 더욱 짙어졌다. 발타의 궁전을 고요하게 둘러싸고 있는 힘은 그들을 압도하듯이 거대한 몸집을 지니고 있었다. 이 넓은 궁전 전체가 커다란 마수의 입 안처럼 느껴질 정도였다. 로젤린은 검날을 뽑아 들어 달빛에 비춰 보았다. 검이 날카롭게 빛났다.

"위험하면 도망가, 마카롱."

찍찍. 마카롱이 그녀를 째려보았다.

"나는 도망갈 수 없어."

찌치지지찍! 쥐가 펄쩍펄쩍 뛰었다.

"지켜야 하는 사람이 있어. 이번에는 반드시."

이번에는? 마카롱이 물었다. 로젤린은 자신의 입으로 내뱉었으면서도 이게 무슨 의미인지 곰곰이 생각해 봐야만 했다. 그를 지키는 임무에 실패한 적은 없었는데…… 갑자기 왜 이런 말이 튀어나왔을까. 로젤린과 마카롱은 고개를 갸웃했다. 하지만 해답을 들려줄 사람은 없었다. 밤이 깊어 갔다.

기사단장 스타스가 하얀밤 기사단을 모두 모아 주의 사항을 전달했다.

"발타까지 오느라 다들 고생 많았네."

다들 새삼스럽게 왜 이러냐는 둥, 월급 올려 달라는 둥 농담을 했다. 스타스가 살짝 미소를 지었다. 로젤린이 감탄하며 그의 웃는 모습을 바라봤다. 천년 묵은 돌 같던 기사단장의 미소란 제법 희귀했다. 주머니에 들어가 얼굴만 쏙 내밀고 있던 마카롱이 꿈틀거리면서 움직였다. 잘생긴 수컷…… 어쩌고 말했는데 정확하게는 알아듣지 못했다.

"일라베니아로 귀환하는 길에 진정한 위험이 닥친다고 하더라도, 이 궁에 발을 들이고 있는 한 어떤 장담도 할 수 없다는 건…… 그대들도 잘 알고 있을 거라 믿네."

상급 기사들이 예, 하고 우렁차게 대답했다. 스타스는 잠시 침묵을 지키다가 입을 열었다. 낮게 가라앉은 목소리가 한층 더 무겁게 느껴질 정도로 어두운 낯빛이었다.

"만일의 경우를 위해 미리 말해 두겠네. 기사단장인 나, 부단장 부관 레이몬드 경. 상급 기사 중에는 파르딕트 경, 카일로 경, 로젤린 경, 헤일 경. 그리고 하급 기사 중에는 네스터 경, 클로드 경, 바스티안 경, 슈텐 경, 아르만 경. 궁에서 전투가 발생할 시, 기사단장 제외 총 열 명의 인원이 2황자 전하와 5황자 전하를 모시고 발타의 궁을 탈출한다. 호명되지 않은 기사들은 무력으로 응전하며 탈출을 위한 시간을 벌어야 한다. 모두들 언젠가의 맹세를 떠올리며 목숨을,"

바쳐라.

등골을 스치는 서늘한 울림이었다. 하얀밤 기사단원의 모두가 몸을 곧게 세웠다. 강한 결의가 두려움을 억눌렀다. 누구 하나 제 처지를 비탄하며 흐트러지지 않았다. 눈빛은 형형하게 빛나고 견고한 신념 아래 그들의 맹세가 다시금 새롭게 새겨졌다.

상급 기사 앞에 서 있던 부단장 나단과 그의 부관인 레이몬드가 스타스를 향해 경례했다. 이후 상급 기사 하급 기사 할 것 없이 그들과 똑같이 심장 위에 주먹을 올렸다. 스타스 또한 단단하게 굳어진 부하들을 보며 심장 위에 주먹을 올렸다. 기사단장의 낮은 목소리가 다시 한번 정적을 깨며 방 안을 울렸다.

"검은 달을 가르는 이델라브힘의 영광을, 그대들에게."

* * *

일라베니아의 사절단 일행이 머무르는 궁에는 많은 눈이 붙어 있었다. 하녀와 하인들, 천장 위, 바닥 아래, 나무 위 등. 그러나 그저 사절단의 동향을 감시할 뿐, 어떠한 살의도 비치지 않았다. 의뭉스러운 타국의 시선은 로젤린의 신경을 거슬리게 하고 있었다. 죽여야 하나? 아니, 발타에서는 함부로 사람 죽이면 안 된다고 칼릭스가 그랬는데. 어쩌면 좋지.

[무엇을 해야 하는가, 어떤 일을 해야 하는가, 이 행동은 해도 되는 것인가? 아닌가? 헷갈리신다면 주위 사람들에게 물어보고 행동하셔야 합니다. 반. 드. 시. 누님과 가깝다거나, 누님이 믿을 수 있는 사람에게 물어보세요. 반. 드. 시.]

로젤린은 우물쭈물 망설이다가 기사단장의 방문을 노크했다. 가까운 사람이라 하면 레이몬드지만, 최근에는 같은 집단 내에 있으면서도 거의 마주치지 못했다. 사절단 책임자 중 한 명으로 여기저기 바쁘게 다니는 걸 봤을 뿐이었다. 이후 믿을 만한 사람이 누군가 생각해 보았더니 기사단장 모습이 딱 떠올랐다.

"들어오게."

임시 배정 된 기사단장실에 들어가니 스타스를 제외한 다른 인물들도 많았다. 부단장 나단과 부단장 부관 레이몬드, 상급 기사 몇이 지도를 펼쳐 놓고 무언가를 회의 중이었다. 레이몬드가 눈웃음치며 그녀에게 인사했다. 로젤린도 살짝 웃었다.

"무슨 일인가, 로젤린 경?"

로젤린은 머뭇거리다가 기사단장에게 가까이 다가갔다. 생각보다 더 가까이 다가오는 그녀의 모습에 스타스는 답지 않게 당황했다. 레이몬드는 눈을 가늘게 뜨고 로젤린의 행동을 유심히 바라봤다. 언제든지 달려가서 로젤린을 막을 준비가 되어 있는 비장한 눈빛이었다.

로젤린이 스타스에게 다가가 귓속말을 하듯 한쪽 손으로 입을 가렸다. 레이몬드는 고개를 쭉 내밀어서 그 근처에 귀를 두었다. 그녀가 어떤 폭탄 발언을 할지 매우 염려되었기 때문이었다. 로젤린, 대체 무슨 말을 하려는 거야! 배가 고픕니다? 내일 아침은 뭐가 나옵니까? 집에 돌아가도 됩니까? 뭐가 나와도 상사의 귓가에 남모르게 속삭일 만한 내용은 아니었다.

레이몬드는 고개를 쭉 빼고 있어서 조금 흉한 몰골이 되어 버렸지만, 그 덕에 로젤린이 하는 말을 전부 엿들을 수 있었다. 곁에 서 있던 부단장 나단이 질색하는 표정으로 레이몬드를 쳐다봤다. 아이를 과보호하는 부모를 바라보는 듯한 눈빛이었다. 그사이 로젤린의 질문이 레이몬드와 스타스의 귓가로 흘러 들어갔다.

'궁을 주시하는 자들이 있는데 죽여도 됩니까?'

"……"

"……"

스타스는 조용히 음…… 하며 신음하더니,

"안 된다."

라고 했다. 레이몬드도 "안 돼, 로젤린." 하고 딱 부러지게 대답했다. 로젤린은 칫, 혀 차는 소리를 냈다. 어지간히도 거슬렸던 모양이었다. 그녀의 마음은 이해하지만 나름 평화 사절단이라는 이름으로 방문한 상태였다. 발타에서 전쟁을 일으킬 만한 명분을 일라베니아 측에서 먼저 제공할 수는 없었다. 궁을 주시하고 있다고는 하지만 공격한 것은 아니었다. 이쪽에서 먼저 그들의 목숨을 끊으면 도리어 사절단 쪽의 입장이 위험해질 수도 있었다. 지금은 인내해야만 하는 시간이었다.

로젤린은 아! 하는 소리를 내며 다시 기사단장의 귀로 돌진했다. 레이몬드도 다시 그 공간 사이에 파고들었다. 아까보다 더 가까운 거리였다. 부단장 나단은 전보다 더 인상을 찌푸렸다.

'그럼 죽이지만 않으면 됩니까?'

"안 되네."

"안 돼!"

전혀 알아듣고 있는 것 같지 않았다. 로젤린의 볼이 부루퉁해졌다. 그녀는 기사단장과 레이몬드에게 혼났다. 절대, 절대, 절대로 손끝 하나 대지 말라고, 먼저 덤벼 오지 않는 한은 절대로 안 된다고 했다. 로젤린은 그 짧은 사이에 '절대'와 '안 된다'라는 말만 수십 번을 들었다.

그녀는 결국 수긍의 표시로 고개를 위아래로 천천히 움직였다. 그들 사이에서 커다란 한숨이 나왔다. 어찌 되었거나 궁을 지켜보는 시선을 눈치챈 일만은 칭찬할 만했다. 로젤린은 기사단장에게 눈의 위치를 낱낱이 알려 주고 방을 나섰다.

로젤린은 돌아가는 도중에 리카르디스의 방에 한 번 더 들렀다. 검만 안 들었다 뿐이지 사방에 적이 포진해 있는 상황이었다. 그녀의 경계심은 늦춰질 새 없이 단단해져 갔다.

"실례합니다, 전하."

로젤린이 벌컥 문을 열고 들어갔다. 리카르디스는 상의를 벗은 채, 하의 마저도 막 벗고 있던 중이었다. 방 안에 같이 있던 상급 기사들과 잇세리온은 로젤린의 기습에 쩍 굳었다. 리카르디스의 인상이 사나워졌다. 그가 한 자 한 자 씹어 먹을 듯이 이를 갈며 말을 내뱉었다.

"나가."

로젤린은 아랑곳하지 않고 방 안을 쭉 둘러보며 이상한 점은 없는지 구석구석 살폈다. 방 안에 있는 상급 기사들만 죽을상을 했다. 리카르디스는 여전히 골반쯤에 걸쳐진 바지를 붙잡고, 올리지도 내리지도 못한 채 어정쩡하게 서 있었다. 한참을 둘러본 로젤린이 꾸벅 인사하고 나가자마자 리카르디스는 제 옷을 패대기쳤다. 진짜 저 기사를 내가 진짜…….

* * *

방으로 돌아갔지만, 마카롱이 보이지 않았다. 그녀는 회색 쥐를 찾기 위해 침대 밑, 이불 아래, 창문틀, 물컵 안 등등을 살폈다. 흔적조차 남아 있지 않았다. 몇 시간 전에 궁을 뒤덮은 난폭한 마력을 살펴보겠다고 방을 나섰는데, 해가 진 아직까지도 돌아오지 않은 모양이었다. 그녀는 마카롱을 찾으러 가기로 결심했다.

현재 리카르디스를 호위하고 있는 인물들은 뛰어난 실력을 가진 상급 기사들이었다. 더군다나 발타의 왕궁이라는 위치적 특수성 때문에 호위 인력은 평소의 배로 불어난 상태였다. 로젤린은 안심하고 잠시 그의 곁을 떠나 있을 수 있었다.

"마카롱."

복도에서 한참을 돌아다녀 봤지만, 궁에 살고 있는 고양이만 몇 마리 발견했다. 자그마한 회색 쥐를 좋아할 것처럼 생긴 고양이들이었다. 불안감이 차올랐다. 로젤린은 걸음을 바쁘게 움직여서 사절단이 머무르는 궁을 벗어났다.

꽃이 피어 있는 화원이었다. 밤의 장막에 가려져 있지만, 햇살을 받는다면 오색찬란하게 빛날 아름다운 공간이었다. 꽃이나 풀의 냄새가 일라베니아와는 달랐다. 그녀는 자기도 모르게 킁킁 코를 움직여서 냄새를 맡다가 아차 하고 목적을 상기했다. 이러고 있을 때가 아니었다.

"마카롱."

한밤중의 고요한 화원에서 적국의 기사가 마카롱을 애타게 원하고 있었다. 누군가가 봤더라면 매우 이상한 상황이라고 생각했을 것이다. 그녀는 한참을 돌아다녔다. 그때 로젤린의 예민한 귓가에 바스락거리는 소리가 들려왔다. 소리의 크기로 보아 작은 동물은 아니었다. 일부러 나뭇가지를 밟아 제 존재를 알리고자 하기에, 로젤린은 그 소리의 주인이 인간이라는 사실을 눈치챘다.

뒤돌아본 그녀의 시야로 한 사람이 들어왔다. 발타인의 특징인 검은 머리와 구릿빛 피부를 가진 남자였다. 하지만 낮에 본 퉁퉁한 재상 아틸라크와는 생김새가 매우 달랐다. 키가 훤칠한 미남이었다.

둥그렇고 부드러운 눈매에 비해 인상이 사나웠는데, 눈썹이 짙고 골격이 단단해서 그런 것 같았다. 옷 또한 재상과 비슷했지만, 그보다 더 화려했다. 바닥에 자락이 끌릴 정도로 더 길기도 했다. 남자는 로젤린과 눈이 마주치자 싱긋 웃었다. 긴 다리로 성큼성큼 몇 번 걸으니 어느새 로젤린의 앞에 도착해 있었다.

"아름다운 검은 머리를 가지고 있군."

정작 그렇게 말을 꺼낸 남자의 머리카락 또한 검은색이었다. 로젤린의 머리카락보다 색이 밝아, 빛을 받는다면 흑갈색처럼 보일 것이다. 검은 머리는 일라베니아에서 볼 수 없는 것은 아니지만, 그리 흔한 색 또한 아니었다. 제국 내에서도 "와, 검은 머리네요." 하는 소리를 간혹 들을 정도였으니, 발타인의 입장에서는 희귀하게 생각될 법도 했다. 남자는 로젤린의 검은 머리카락이 흥미로운지 눈을 떼지 않고 있었다.

"감사합니다."

남자의 시선이 그녀의 하얀 제복 위에 떠돌았다. 수놓아진 하얀밤 기사단의 문양을 발견한 남자가 웃었다.

"황자의 기사인 것 같은데…… 제법 멀리까지 나왔군. 그대, 이름은?"

하대는 아주 자연스러웠다. 남자가 발타의 높은 사람이지 않을까 하는 그녀의 추측이 힘을 얻었다.

"붉은수레바퀴의 로젤린입니다."

"강인해 보이는 좋은 가문명이야. 이름도 예쁘고."

"감사합니다."

이렇게나 짧은 시간 안에 연달아 칭찬하는 사람은 칼릭스와 레이몬드 이후로 처음이었다. 좋은 사람인 건가? 한데 이상하게 신경이 곤두서 있었다. 로젤린의 본능이 남자를 경계했다. 남자는 로젤린이 껄끄러워하는 기색을 눈치챈 듯, 부드러운 미소를 지었다.

"나는 힉살라 아돈의 첫 번째 아들. 하카브다."

로젤린도 아는 이름이었다. 발타의 1왕자. 병환을 앓고 있는 발타의 왕을 대신해서 실질적인 통치를 하는 능구렁이 같은 자라고 했다. 능구렁이라는 주석은 리카르디스가 달았지만, 칼릭스나 레이몬드도 비슷한 평가를 했다. 많은 사람들을 가차 없이 죽이는 무서운 사람이라고도 했다.

'……'

로젤린은 마주한 남자의 눈동자를 들여다봤다. 무섭다기보다 기묘했다. 속이 들여다보이지 않는, 알 수 없는 사람이라는 느낌이 들었다. 왕자가 웃는 모습에 로젤린은 급하게 상념에서 깨어났다. 여태껏 빤히 얼굴만 쳐다보고 있었다. 그러고 보니 왕자라고 했지. 혹시 그가 왕자라고 밝히기 이전에 무례를 저질렀던가? 이것은 어떤 사고의 한 종류가 아닌가? 로젤린은 곰곰이 생각해 보았지만…….

딱히 아닌 듯했다! 그녀는 속으로 안도의 한숨을 내쉬었다.

"발타의 첫 번째 아들을 뵙습니다."

로젤린이 말하며 고개를 숙이려고 하자, 하카브가 그녀의 어깨를 감싸 안아 다음 행동을 저지했다. 로젤린은 눈을 둥그렇게 떴다. 곧 하카브의 차가운 입술이 그녀의 볼에 무겁게 눌러졌다. 그는 쪽 하고 일부러 소리를 내며 떨어졌다. 로젤린의 코앞에서 하카브가 씩 웃었다.

"힉살라 아돈의 영혼이 그대와 함께한다."

아, 발타로 떠나기 전에 레이몬드가 가르쳐 줬다. 지위가 높은 사람이 낮은 사람에게, 연장자가 그보다 어린 이들에게 먼저 볼에 입을 맞춘다. 이후 받은 사람이 입맞춤을 돌려준다. 가까운 가족뿐 아니라 친구나 사무적인 관계에서까지 넓게 통용된다고. 하물며 처음 보는 사람끼리도 볼에 입을 맞춘다고 하니, 일라베니아로 치면 그저 악수를 하거나 손을 흔드는 인사 방법인 셈이었다.

"……."

로젤린은 눈동자를 또르륵 굴렸다. 기사로서 보이는 정식적인 예우는, 일라베니아 황족 이외에 보여서는 안 되는 것이었기에 가볍게 묵례를 할 예정이었는데…… 계획이 와장창 다 깨져 버렸다. 이제 어떤 인사를 해야 하지? 일라베니아식? 발타식? 로젤린이 눈동자를 굴리며 고민하고 있자, 하카브가 웃었다. 그러고는 그녀 가까이에 얼굴을 살짝 가져다 대는 모습이, 눈치가 없는 로젤린이 봐도 발타식으로 돌려 달라는 얘기였다.

로젤린은 잠시 고민하다가 그에게 얼굴을 가까이 했다. 하카브가 훌쩍 컸기에, 그녀는 발끝으로 서서 그의 어깨를 살짝 짚었다. 하카브가 로젤린에게 맞춰 몸을 조금 숙였다. 남자의 얼굴이 더 가까이 다가오던 참이었다.

"로젤린 경!"

누군가가 뒤에서 그녀를 끌어당겼다. 로젤린의 입술은 하카브의 피부를 스치지도 못하고 떨어졌다. 로젤린은 단단하게 안겨 있는 상태였다. 남자의 가슴이 등 뒤로 느껴졌다. 막 뛰어온 듯 크게 부풀었다 가라앉기를 반복하고 있었다. 귓가에 거친 숨소리가 울렸다. 남자는 로젤린의 어깨를 꾸욱 한 번 더 깊게 감싸 안은 후에 풀어 줬다.

로젤린은 고개만 살짝 돌려 뒤를 바라보았다. 차가운 표정으로 하카브를 마주하고 있는 5황자 디에즈가 보였다. 사절단의 여정이 고단해도 한 번도 찌푸려진 적 없던 미간에 주름이 잡혀 있었다. 처음 만날 때부터 생글생글 웃기만 하던, 그녀의 기억과는 다른 모습이었다.

"장난이 지나칩니다, 하카브 왕자. 일라베니아의 사람에게 발타의 개방적인 풍습을 따르라니요. 로젤린 경이 당황하지 않겠습니까."

개방적인 인사와 개방적이지 않은 인사의 차이를 알지 못했지만, 로젤린은 얌전히 입을 다물었다. 디에즈는 그녀의 팔을 잡아끌어 제 등 뒤로 쏙 넣었다.

"발타에 오면, 발타의 뜻을 따라야 하지 않겠습니까, 디에즈 황자?"

"저랑은 몇 년을 알고 지내면서도 안 하셨던 인사 같은데……."

"그거야, 뭐……."

가벼운 어조로 얘기를 주고받는 것치고는, 맹수 두 마리가 격돌 직전 탐색전을 하듯 살벌한 분위기였다. 친분이 있다는 관계라 들었는데 그다지 살가워 보이진 않았다. 디에즈가 로젤린의 등을 밀어냈다.

"형님이 찾으시더군요. 먼저 들어가 보세요, 로젤린 경."

"예."

떠나는 로젤린의 등 뒤로 하카브가 웃음기 어린 인사를 건넸다.

"또 보도록 하지. 로젤린."

로젤린은 하카브를 향해 고개를 꾸벅 숙여 인사하고 화원을 벗어났다. 어쩐지 사람의 발소리가 많이 들리더라니. 쥐 한 마리 찾을 수 없던 아까와는 달리 수많은 인원이 화원을 둘러싸고 있었다. 디에즈의 심복들도 몇 있었고, 무장한 갈색 피부의 사람들도 많았다. 아마 하카브의 사람일 것이다.

그들의 몸 안에도 광폭한 마력이 꿈틀거리는 것이 느껴졌다. 낮에 보았던 경비대보다 더 많은 양의 마력이었다. 로젤린의 표정이 싸늘해졌다. 가슴이 기분 나쁘게 울렁거렸다.

어두운 밤, 궁과 떨어져 있는 작은 화원. 주위를 지키는 사람들. 이 장소에서 디에즈와 하카브는 미리 만나기로 약속했던 게 아닐까. 그녀는 화원을 벗어나 천천히 궁을 향해 걸었다. 두 사람의 목소리가 얼핏 들려왔다.

[예민하게 굴기는.]

[타국의 기사한테 치근덕대지 마세요. 없어 보입니다.]

[밤보다 깊은 검은 머리더군. 아름다웠다. 하얀 피부를 예쁘다고 생각해 본 적 없었는데, 오늘 처음 일라베니아의 미의식을 아주 조금 이해한 것 같기도 해.]

[치근덕대지 말라니깐요.]

두 남자는 그렇게 중요해 보이지 않는 안건으로 한참을 티격태격 다퉜다. 소리가 점점 작아졌다. 연회에는 자신이 좋아하는 양고기 요리를 올려 달라고 하던 디에즈가 여상하게 말을 이었다.

[엘피디오의 전언입니다.]

주위에 로젤린을 지켜보는 시선들이 있었다. 그녀는 계속 걸을 수밖에 없었다. 디에즈와 하카브의 목소리가 점차 작아졌다. 들을 수 있는 반경을 점점 넘어서고 있었다.

이내 그녀의 귓가에는 풀벌레가 찌르르- 우는 소리만 들려왔다.

* * *

로젤린은 사절단이 머무는 궁을 향해 급하게 달려가던 도중, 담벼락에서 마카롱과 만났다. 회색 쥐는 달리고 있는 로젤린의 머리카락에 재주 좋게 매달렸다. 그녀의 귓바퀴 뒤에서 마카롱이 찍찍 이야기했다. 궁을 돌아다니면서 마력을 몸에 지니고 있는 자를 많이 보았다고 했다.

"얼마나 많은데?"

마카롱의 대답에 로젤린은 사나운 얼굴을 한층 더 사납게 만들었다. 방금 하카브의 수족들을 보면서 떠올랐던 불길한 예감. 혹시나 이런 자들이 예상보다 더 많은 것은 아닌가? 가늠할 수도 없이, 셀 수도 없이?

그녀의 추측은 그대로 들어맞았다. 마카롱은 짧은 다리로 많은 장소를 돌아다녔다. 경악의 연속이었다. 앞서 마주했던 기운과는 비교할 수 없을 정도였다. 그 어마어마한 양에 압살당할 것만 같았다.

마카롱은 선천적으로 마력을 타고나는 마인을 만나 본 적 있었다. 마인이 가진 마력의 기운은 '그것'이 가지고 있는 마력과 매우 흡사했다. 온건하고 조화로웠다. 이렇게나 난폭하게 모든 것을 찢어발길 듯이 폭주하는 힘이 결코 아니었다. 그런 그들을 단순한 '마인'이라고 보기에는 어폐가 있었다.

순간 마카롱은 떠올렸다. 붉은 안광을 띠고 눈앞에 있는 모든 것을 공격하는, 그 사나운 짐승들. 마수. 커다란 짐승들조차 감당하지 못한 힘을 한낱 인간이 운용한다고? 마카롱은 결코 그럴 수 없을 것이라 확신했다. 마카롱은 감각을 벼려 넓은 궁을 훑어보았다. 밤보다 어두운 기운이 진득하게 내려앉아 있었다.

로젤린은 높이 올려 묶었던 머리를 풀었다. 긴 머리카락이 바람에 흐트러졌다. 마카롱이 머리 안쪽에 몸을 파묻고 찍찍 소리를 내며 다 숨었다고 신호했다. 로젤린은 눈앞의 창문을 힘차게 열었다.

벌컥 문이 열리기 바로 전. 호위 기사들은 창밖에 누군가가 있음을 이미 눈치채고 있었다. 검을 빼 들고 경계 중이던 그들의 시야로 익숙한 이의 얼굴이 보였다. 로젤린은 날카로운 검 끝을 그저 멀뚱히 쳐다보았다.

"무슨 일 있습니까?"

자신과는 아무 상관 없다는 태도에 호위 기사들이 한숨을 쉬며 짜증 냈다. 왜 멀쩡한 문을 두고서 창문으로 들어오고 난리란 말인가. 일단 로젤린의 얼굴이긴 했으나, 검은달이 다른 사람의 얼굴 가죽을 뒤집어쓰고 있을 가능성도 있었다. 혹시나 하는 상황을 대비해 그들은 로젤린을 향한 경계를 늦추지 않았다.

발타의 성전을 읽고 있던 리카르디스는 기가 찬다는 듯 그 대치 상황을 바라보았다. 보통 호위 기사를 흉내 내려는 암살자라면, 결코 창문으로 들어오는 수상한 짓은 안 할 것이다. 저건 어느 모로 보나 백 퍼센트 로젤린이었다. 리카르디스가 발타의 성전을 뒤적거리며 입을 열었다.

"발타에서는 아침밥으로 샐러드만 먹는다더군. 알고 있었나, 로젤린 경?"

물론 거짓말이었지만 그 사실을 알지 못하는 로젤린에게는 청천벽력이었다. 로젤린은 헉 숨을 들이켜며 제 입을 막았다. 어…… 어떻게…… 그토록…… 잔인한……이라는 말이 어울릴 법한 표정이었다.

"정말입니까? 정말…… 풀만 나옵니까?"

로젤린이 충격에 횡설수설하자 리카르디스가 무심한 목소리로 그녀의 말을 정정했다.

"샐러드."

호위 기사들이 검을 집어넣었다. 그녀는 로젤린이 맞다. 음식을 좋아하는 사실은 쉽게 파악할 수 있다고 해도, 분위기를 읽고 해석하는 능력이 전무하다시피 한 저 모습은…… 흉내 내기도 힘들 것이다. 어느 누가 날카롭게 벼려진 검날이 자신을 향하는데, 태평하게 음식 얘기나 하고 있단 말인가. 심지어는 2황자 전하의 말이 자신을 시험한다 생각조차 하지 않는 듯했다.

"우리는 발타 사람이 아닌 데다가 손님이니 채소만 나오진 않겠지."

리카르디스는 상황이 종료된 것을 보고 거짓말을 수습했다. 로젤린이 방긋 웃었다. 아침 햇살 저리 가라 할 정도로 환한 미소였다. 상급 기사들이 어처구니없어하는 사이에, 로젤린이 가볍게 창문을 넘어왔다.

그녀는 방 안에 있던 부단장 나단에게 잠시 구석으로 불러 가 혼났다. 창문으로 드나들면 안 되겠지, 로젤린 경? 그녀는 불만스러운 표정으로 여러 번 고개를 끄덕였다.

"급히 창문으로 들어와야 할 만큼 중대한 사항이 있으리라 믿고 있네. 그렇지, 로젤린 경?"

부단장 나단이 은근히 압박을 주었다. 리카르디스도 발타의 성전을 덮고 그녀를 바라보았다. 로젤린은 눈동자를 굴렸다. 디에즈 황자의 건 이전에, 발타의 궁에서 전체적으로 느껴지는 이상한 마력의 기운 때문에 불안해졌다. 그래서 무작정 찾아왔다.

칼릭스는 그녀에게 마력을 감지할 수 있다는 사실을 결코 말해서는 안 된다고 했다. 마인이라고 생각되어 어쩌면 하얀밤 기사단에서 제명될 가능성이 있으며, 또한 여러 가지 문제가 발생할 수 있다고. 로젤린은 걸릴 만한 주제는 걸러 내며 이야기를 시작했다.

"마카롱을 찾으러, 잠시 밖에 나갔습니다."

"음…… 무슨 상관이 있는지는 전혀 모르겠지만, 계속해 보게."

"그러다가 이 궁에서 좀 벗어난 꽃밭에 들어갔습니다."

"단독 행동을 하지 말라는 얘기는 전혀 안 들었다는 건 잘 알겠네."

나단은 팔짱을 끼고 고개를 끄덕였다. 리카르디스도 턱을 괴고 그녀의 얘기에 집중했다.

"뒤에서 나뭇가지 부러지는 소리가 나서, 뒤돌아봤더니 모르는 남자가 있었습니다. 힉살라 아돈의 첫 번째 아들 하카브라고 했습니다."

"뭐?!"

리카르디스는 인상 쓰며 버럭 자리에서 일어났다. 나단은 당황을 숨기려고 애써 보았지만, 콧수염이 씰룩거리며 그의 마음을 드러내는 중이었다. 다른 상급 기사들도 입을 쩍 벌렸다. 갑자기 왜 거기서 하카브가 튀어나온단 말인가?

　나단은 솔직히 로젤린이 쓸모없는 얘기를 하리라 예상하고서, 이미 혼낼 준비를 끝낸 상태였다. 하카브, 발타에서 가장 중요한 인물의 이름이 그녀의 입에서 나올 줄이야. 인사만 했다고 한들 결코 가볍게 넘어갈 수 있을 만한 사안이 아니었다.

　"그자가 그대에게 뭐라고 했나! 그대는 그자에게 뭐라고 했어!"

　리카르디스가 그녀에게 성큼성큼 다가왔다. 하카브와의 우연한 만남. 그것을 계기로 무언가 틀어진 부분이 있는지 확인해 보는 것이 가장 중요했다. 로젤린은 눈동자를 잠시 위로 굴리며 곰곰이 생각했다. 하카브가 자신에게 했던 말은 잘 기억하고 있었다. 그녀는 입을 열었다.

　"아름다운 검은 머리를 가지고 있군."

　방 안에 순식간에 싸한 기운이 돌았다. 상급 기사 파르딕트가 제 귀를 후볐다. 자신이 제대로 들은 게 맞는지 헷갈리는 듯했다. 리카르디스의 눈썹이 움찔거렸다. 나단은 헛기침을 몇 번 하긴 했지만, 비교적 빨리 평정을 찾았다. 로젤린은 무덤덤하게 말을 이었다.

　"왕자가 그렇게 말해서, 제가 감사합니다. 이렇게 대답했습니다. 그리고 왕자가 '황자의 기사인 것 같은데…… 제법 멀리까지 나왔군. 그대, 이름은?'이라고 물어서 '붉은수레바퀴의 로젤린입니다.'라고 대답했습니다."

　"……."

　"……."

　"그랬더니 왕자가 '강인해 보이는 좋은 가문명이야. 이름도 예쁘고.'라고 해서 감사하다고 했습니다."

　"……."

　리카르디스는 으으음 하고 깊게 신음했다. 지금 자신이 뭘 듣고 있는 건지 이해할 수가 없었다. 하카브 그 자식은 왜 남의 기사에게 껄떡대고 있는 거지? 그는 로젤린을 남자로 치환해서 상황을 다시 상상해 보았다. 몇 부분이 좀 걸리긴 하지만, 단순히 검은 머리 자체에 대한 호감이었을 가능성도 있었다.

"제가 경계하고 있자, 왕자가 '나는 힉살라 아돈의 첫 번째 아들. 하카브다.'라고 소개를 해 왔습니다. 그 전까지 왕자라고 생각 못 하고 있었지만, 무례를 저지르진 않았습니다."

로젤린은 무표정한 얼굴로도 매우 뿌듯해하고 있었다. 리카르디스가 기가 찬다는 듯 헛웃음을 내뱉었다.

"왕자의 소개에 '발타의 첫 번째 아들을 뵙습니다.'라고 대답했습니다."

"……왕자에게 인사하는 법은 알고 있었군."

리카르디스는 '용케'라는 단어를 겨우 빼고 그녀에게 칭찬 아닌 칭찬 비슷한 걸 했다. 로젤린이 고개를 끄덕였다.

"알고 있었습니다. 그래도 일라베니아식으로 인사하려고 했는데, 왕자가 먼저 볼에 입을 맞춰 와서……."

"뭐?!"

"뭐!"

그 미친놈이! 검은 머리 자체에 대한 호감은 개뿔. 하카브 왕자는 로젤린에게 갖은 수작질을 하고 있는 게 맞았다. 리카르디스가 인상을 찌푸리고 부단장 나단도 애써 유지하던 평정을 깨트렸다. 그놈이 건드릴 여자가 없어서 이 어린애를! 나단이 무섭게 화냈다.

물론 로젤린이 어린아이는 아니지만, 그녀의 행동을 쭉 지켜봐 온 부단장에게는 아이만큼 어리숙하게 느껴졌다. 상급 기사들의 기세도 흉흉해졌다. 발타의 더러운 들개 놈이 감히 우리 동료를 건드려? 심지어는 그게 수작질이라고 인식도 못 하는 맹한 애한테!

로젤린은 생각지도 못한 그들의 격한 반응에 말을 멈췄다. 머리카락 안쪽에서도 찍찍찍! 하는 울분에 찬 쥐 울음소리가 들렸다. 로젤린은 찍찍거리는 격한 소리를 콜록콜록 헛기침을 내뱉어서 무마했다. 나랑 떨어져 있던 그 짧은 사이에 대체 어떤 놈팡이가! 마카롱이 분노했다.

로젤린은 티 나지 않게 몸을 움츠렸다. 정확한 분노의 원인은 잘 모르겠지만, 발타식 인사에 대해서 다들 화내는 듯 보였다. 아까 전 5황자 디에즈 또한, 일라베니아의 사람에게 발타의 개방적인 풍습을 강요하지 말라고 하지 않던가.

"……."

로젤린은 하카브에게 발타식으로 인사를 돌려주려 했던 사실을 조용히 묻었다. 왜인지는 모르겠지만 혼날 것 같았다. 위기감을 비료로 삼아 눈치라는 꽃이 피어난 순간이었다.

"또 그 자식이 무슨 짓을 했지?"

"아무것도 안 했습니다. 디에즈 황자님이 오셔서 전하께서 부르신다고, 가 보라고 하셨습니다. 그래서 급하게 왔습니다."

리카르디스와 나단이 한숨을 푹 쉬었다. 다행히 눈치와 생각이 있는 사람이 이후에 일어날 수작질을 막아 준 모양이었다. 당연히 리카르디스는 그녀를 부른 적 없었다. 디에즈가 이 맹한 기사를 돌려보내기 위해 거짓말을 한 것이다.

"그래서 그곳을 벗어나는데……."

"아직도 안 끝났나?"

리카르디스는 좀 질린 표정을 지었다. 그녀가 리카르디스를 떠나 있던 건 30분도 채 안 되는 짧은 시간이었다. 그사이에 대체 뭘 하고 돌아다닌 건지 감도 안 잡혔다. 로젤린이 끄덕이면서 계속 말을 이었다.

"디에즈 황자가 하카브 왕자에게 '엘피디오의 전언입니다.'라고 말하는 걸 들었습니다."

리카르디스는 소리를 내어 억지로 웃었다. 그가 흘러내린 머리카락을 거칠게 쓸어 올렸다. 방 안의 분위기가 송곳처럼 뾰족해졌다. 로젤린은 대충 이해했다. 디에즈는 리카르디스의 적인 1황자의 전언을 가지고 하카브와 접촉했다.

그런 그가 리카르디스에게 유리한 행동을 하리라고는 생각할 수 없었다.

로젤린은 문득 머릿속으로 그의 모습을 떠올렸다. 디에즈가 다정한 손길로 제 얼굴에 붙은 꽃잎을 떼어 줬다. 햇빛 아래 황금색 눈동자가 반짝이고 있었다.

[걱정했습니다, 로젤린.]

목소리가 녹아내릴 듯 부드러웠다. 그 안에 호의가 가득 담겨 있다는 사실은 쉽게 눈치챌 수 있었다. 그래서 로젤린은 이 상황을 더더욱 이해하기 어려웠다. 디에즈는 자신에게 좋은 사람이다. 그러나 리카르디스에게 좋은 사람은 아니다.

좋은 사람 내 편, 나쁜 사람 남의 편. 마음속에 정해 놓은 확고한 경계선이 있었으나 디에즈는 그녀가 분류하기에는 너무 어려운 행보를 보였다. 그는 나의 적인 걸까?

"도착한 첫날부터 접촉하다니, 어지간히 급했나 보군. 또 다른 말 들은 건 없나, 로젤린 경?"

로젤린은 풀벌레 소리가 그녀의 귓가를 장악하기 전까지, 점점 작아지던 그들의 대화를 떠올렸다. 들새의 청력을 빌린 귓가로 두 남자의 얘기가 고스란히 닿았다.

[엘피디오의 전언입니다.]

[이런, 미천한 발타의 아들에게 무슨 볼일이 있으실까.]

['마력과 독의 결합물이라니, 듣지 못한 것이다.']

[정확히는 '파편'이라고 부르는 독이지.]

['마력과 독의 결합물이라니 듣지 못한 것이다. 서로의 앞날을 위해 맞잡은 손이었으나, 진정한 친우로 거듭났다고 생각했다.']

이후에 하카브가 웃는 소리를 들었다. 진정한 친우라는 부분이 특히 웃긴 듯했다. 디에즈는 그의 반응에도 아랑곳하지 않고 계속 말을 이어 나갔다. 그 순간에도 점점 소리는 작아졌다.

['어설프게 쌓아진 신뢰 관계 위에서 어떤 대업을 이루겠는가. 내가 그대를 믿은 만큼, 그대 또한 신뢰를 보여 주길 바란다……'라고 하셨습니다.]

[말 한번 요란하게 꼬아 대는군. 요지는 해독제가 있냐는 말 아닌가?]

[그렇습니다.]

하카브는 짧게 침묵했다. 기분이 좋은 듯 나지막이 웃는 소리만 그 공백을 메웠다. 소리가 점점 작아지고 있었다. 로젤린은 귀를 쫑긋 세우고 집중했다.

[해독제는,]

하카브의 웃음기 어린 목소리를 마지막으로, 작아지던 소리는 완전히 멎었다.

[없다.]

찌르르 풀벌레만 우는 밤이었다.

* * *

"위험합니다, 전하!"

어디에선가 로젤린이 날아왔다.

젠장! 리카르디스는 잇새로 욕을 내뱉으며 자세를 잡았다. 한 마리의 나비처럼 날아오는 로젤린을 받아 내기 위한 것이었으나, 쏜살같은 속도를 이기지 못하고 결국 뒤로 넘어갔다. 넘어진 두 사람 옆으로 벌 한 마리가 날아다녔다. 레이몬드는 무심한 표정으로 손을 휘휘 저어서 벌을 쫓았다. 정적이 감돌았다.

'자른다. 일라베니아에 돌아가면 기필코 자른다!'

리카르디스는 로젤린의 밑에서 부들부들 떨었다. 이 유별난 호위는 어젯

밤부터 지속되었다. 로젤린은 혼란스러웠다. 이 거대한 궁을 뒤덮고 있는 이상한 마력 때문이었다. 한두 사람도 아니고, 한두 군데도 아니었다. 사방에서 넘실댔다.

사물을 관찰하는 뛰어난 눈과 귀. 살기를 포착하는 동물적인 감. 마력을 읽는 '그것'의 특성까지. 평소 훌륭하게 공을 쌓았던 로젤린의 능력이 도리어 독이 되었다. 누군가에게 알릴 수도 도망갈 수도 없었다. 먼저 공격을 해 오지 않는 한 죽여서는 안 된다고 했다. 그녀에게 허락된 것은 오직 방패의 역할뿐이었다.

혼란에 빠지기 시작했다. 시야와 감각으로 보는 세상이 겹쳐졌다. 이질적인 마력 속의 꽃과 검. 무엇이 위험한지 순간적으로는 판별하기 어려웠다. 그녀는 제 본능을 따라 모든 것을 경계하기 시작했다. 그냥 지나가는 하인. 궁에 사는 고양이. 날벌레. 심지어는 잇세리온과 기사단장 스타스까지.

로젤린이 경계하며 앞을 가로막자, 스타스는 기가 찬다는 듯한 표정을 지었다. 하지만 나태한 태도보다야 나았다. 경계가 부족하기보단 넘치는 편이 낫겠다 싶었다. 약간은 부족하지만, 열심히 하는 모습이 예뻐 보여서 그냥 어깨를 툭툭 두드리고 넘어갔더랬다. 그 안일한 판단의 결과가 나타난 것이 바로 오늘이었다.

"전하! 위험합니다!"

풀밭에 드러누워 앞발을 할짝거리는 고양이었다.

"전하! 제 뒤로!"

저 멀리서 식사하던 궁의 하인이었다. 로젤린의 외침에 사레가 들렸는지 한참을 콜록거렸다.

"피하십시오!"

바람에 날려 온 나뭇잎이었다. 계속된 과잉 호위에 짜증 내던 잇세리온도 이쯤에서 포기했다.

"전하!"

쭉 뻗은 로젤린의 팔이 리카르디스를 막아섰다.

"그만! 제발 그만, 로젤린 경!"

리카르디스는 그녀의 동글동글한 뒤통수를 보며 버럭 소리 질렀다. 하지만 로젤린은 그의 말이 들리지도 않는 양, 발밑의 돌부리를 필사적으로 캐내려 시도할 뿐이었다. 리카르디스는 화가 머리끝까지 뻗쳤다. 자신이 무엇이 된 것인가 의문이 들었다. 아흔 살 노인도 아니고 갓난아이도 아니건만 대체 이 기사는!

리카르디스는 로젤린의 제복 뒷덜미를 잡아 일으켰다. 그녀의 시선은 여전히 돌부리에 머물렀다. 마저 제거하지 못해 굉장히 아쉬워 보였다.

"이……!"

리카르디스는 순간 욱했지만 심호흡하며 겨우겨우 제 마음을 가다듬었다. 다른 이였다면 괴롭힘의 일종이라고 생각했겠지만, 상대는 로젤린이었다. 모두 자신을 지키기 위한 마음에서 나온 행동일 것이다. 잘 알고 있다. 그래, 알고는 있지만…… 과해도 너무 과했다.

"나도 눈이 있어, 로젤린 경. 돌부리는 내가 알아서 피할 테니, 좀…… 그만하지."

리카르디스는 이를 으드득 갈았다. 주위에서 사라지라고 하고 싶었으나 차마 말할 수 없었다. 몇 분 전, 참다못해 휴식 시간을 줘서 억지로 내보냈더니 고작 꿀벌의 출현과 함께 바람처럼 다시 나타났다. 떨어져 있는 시간과 거리에 비례해 그녀의 호위는 더욱 강화되었다.

그녀는 얘기에 전혀 집중하지 못한 채 계속 주위를 휙휙 둘러보고 있었다. 경계심이 극도로 높아져 있는 모습이었다.

타국이라서? 오랜 숙적의 땅이라서? 기사단장의 말에 다시금 위험을 깨달아서? 아니면 그녀 혼자만 아는 무언가가 있어서? 짐작만 할 뿐이었다. 리카르디스는 방으로 발걸음을 돌렸다. 더 이상 돌아다니다가는 하카브 왕자를 만나기도 전에 로젤린 때문에 혈압이 올라 죽을 것 같았다. 로젤린은 불안한 듯 주위를 더 둘러보았다. 곧 멀어져 가는 뒷모습을 얼른 쫓았다.

* * *

리카르디스는 깊게 잠들지 못했다. 몇 날 몇 밤을 새우더라도, 고작 비가 창문을 두드리는 소리에 눈을 뜨기도 했고, 방 안의 촛불이 꺼진 정도로 일어나기도 했다. 그에게 방심이 허락된 적은 한 번도 없었다. 방심은 위기로 직결되며, 자는 순간 또한 예외가 아니다. 위기는 개인 사정에 맞춰서 찾아오지 않는다. 리카르디스는 어린 나이 때부터 그 사실을 이미 깨우쳤다.

그 결과, 리카르디스는 수면을 취할 때에도 제 무의식을 어슴푸레 인식할 수 있는 곳까지 끌어 올려 둘 수 있게 되었다. 비록 누군가에게는 질병이라고 불릴지라도 리카르디스는 흡족하게 생각했다.

리카르디스는 방 안을 감싸는 공기가 미세하게 달라졌음을 느꼈다. 고요하게 흐르던 공기를 가르고 다른 공간에서 바람이 밀려왔다. 부드럽게 천이 스치는 소리에는 풀 냄새 따위가 섞여 있었다. 누군가가 들어왔다. 리카르디스는 몽롱하게 잠에 빠진 채로 기척을 읽었다.

'······.'

창문이나 문이 열리는 소리를 듣지 못했으니, 알려지지 않은 통로로 온 손님일 것이다. 그럼에도 경계심이 들지 않았다. 리카르디스는 눈을 감은 채로 그대로 누워 있었다.

"로젤린."

"네, 전하."

리카르디스의 귓가로 침착한 목소리가 들려왔다. 로젤린 또한 전혀 놀랍지 않다는 태도였다. 잠시 끊겼던 대화를 지속하는 듯 자연스러웠다. 리카르디스는 부스스 눈을 떴다. 머리맡에 검은 인영이 우뚝 서 있었다. 방 안을 밝히고 있는 불빛이 희미하게 그녀의 얼굴을 비췄다. 흔들리는 촛불이 그녀의 눈동자 속에서 일렁였다. 리카르디스는 잠결에 벌어진 셔츠를 정리했다.

"어디로 들어왔지? 문 열리는 소리는 못 들었는데."

"천장에 길이 있었습니다."

"뚫어 놓은 발타 놈들이나, 그걸 찾아서 오는 경이나. 재주도 참 좋군."

"처음에는 창문으로 들어오려고 했는데 파르딕트 경한테 걸려서……."

혼났습니다. 그녀의 숨겨진 뒷말을 읽었다. 리카르디스는 잠에 취해서 흐리게 웃었다. 이 어두운 밤에도 호위 기사들은 훌륭하게 임무를 수행 중인 듯했다. 저 로젤린으로부터 창문을 사수할 정도면.

리카르디스는 그녀에게 굳이 왜 왔느냐, 뭐 하러 왔느냐 하는 질문은 하지 않았다. 오늘 하루 내내 유별난 호위를 펼치던 로젤린의 모습은 잊으려야 잊을 수가 없었다.

로젤린은 여전히 침대 머리맡에 우두커니 서 있었다. 복도 밖에서 속삭이는 호위 기사들의 소리와 천장을 통해서 옅게 불어온 바람에도. 그녀는 다른 곳을 한 번도 쳐다보지 않고 리카르디스만 뚫어져라 바라보았다. 리카르디스도 시선을 피하지 않았다.

"언제까지 그러고 있을 생각이지?"

"아침까지 있어도 됩니까?"

"……내일은 피곤할 일이 많아. 휴식을 취해 두는 게 좋을 거야."

이 늦은 시간까지 극성맞은 호위는 멈출 생각이 없는가 보다. 정성이 나름 갸륵했기에 리카르디스는 나가라는 말을 온건하게 표현했다. 하지만 로젤린은 머뭇거리며 자리를 지켰다.

"전하의 침대 밑에 들어가서 휴식해도 됩니까?"

"……."

리카르디스는 쩍 굳어 버렸다. 종잡을 수 없는 그녀에게 슬슬 익숙해졌다고 생각했는데, 아직까지는 어려운 모양이었다.

"안 돼. 나가."

리카르디스가 단호하게 대답했다. 로젤린은 시무룩한 기색을 보였다. 리카르디스는 기가 막힌다는 듯 웃었다.

"그러면 저쪽 구석의 소파라도……."

"안 돼."

로젤린은 침대 밑, 소파, 옷장, 천장, 탁자 등 여러 곳을 휴식하고픈 장소로 꼽았다. 물론 전부 리카르디스의 반경을 얼마 벗어나지 못한 장소들이었다. 리카르디스는 속으로 되뇌었다. 애는, 기억 상실이다…… 이 기사는…… 안타깝게도 기억 상실이다…… 마음이 아픈 자다…….

그는 자신의 인내심이 이렇게 뛰어나리라곤 상상도 못 했다. 로젤린은 계속된 거절에 버림받은 강아지 같은 표정을 지었다. 나쁜 짓이라도 한 것 같은 기분에 리카르디스는 한숨을 쉬었다.

"이봐, 경……."

"무섭습니다."

로젤린이 대뜸 입을 열었다. 그녀는 단 한 번도 리카르디스에게서 눈을 떼지 않았다. 절실해 보이기까지 하는 강렬한 감정이 눈동자에 담겨 있었다. 불꽃은 여전히 아른거리며 그녀의 눈동자 속에서 피어올랐다.

"사람은……."

로젤린의 말이 점점 작아졌다. 마지막에는 숨과 함께 섞일 정도로 약한 소리가 되었지만, 그마저도 전부 들을 수 있었다.

사람은 너무 쉽게 죽으니까요.

리카르디스는 담담한 말 속에 담긴 진심과 두려움을 읽어 냈다. 그의 눈치가 빠르기 때문이 아니었다. 로젤린은 참 투명했다. 좋은 것은 좋다. 싫은 것은 싫다. 무서운 것은 무섭다. 그녀 자체의 수수께끼 같은 점을 제외하고 본다면, 로젤린은 참 알기 쉬운 사람이었다. 그런 그녀가 무언가를 두려워하며 흔들리는 것이 선명하게 느껴졌다.

리카르디스는 밤의 장막이 걷히기 전까지의 시간을 좋아하지 않았다. 정확히는 그 시간에 누군가를 만난다거나, 중요한 일을 결정하는 것을 선호하지 않았다. 어둠은 위안을 주곤 했지만, 때때로 길을 잃게도 했다. 혼돈을 주관하는 크레안 티다니온의 시간. 그때에는 인간이 두르고 있는 베일이 걷히며 진정한 그 사람의 모습이 드러난다고 했다. 칼날을 무디게 하고 견고했던 방패를 녹슬게 했다.

리카르디스는 후, 한숨을 크게 쉬고는 몸을 일으켰다. 손에는 그가 덮고 있던 이불이 들려 있었다. 분주하게 움직이는 리카르디스의 뒤로 로젤린의 열렬한 시선이 따라다녔다. 리카르디스는 소파를 침대 곁으로 끌어 옮겼다. 누워 있다면 시선이 마주칠 수 있을 만큼 근접한 거리였다. 그는 긴 소파 위에 베개를 툭 떨어트렸다. 대충 몸을 누일 수 있는 정도의 공간으로는 보였다.

"침대 밑보다야 낫겠지. 로젤린 경, 누워."

로젤린은 답지 않게 눈치를 보고 있었다. "누우라니까." 재촉하는 말에 로젤린이 어정쩡하게 눕는 시늉을 했다. 머리가 여전히 공중에 떠 있어서, 리카르디스는 그녀의 이마를 꾹 눌렀다. 그제야 로젤린의 머리가 베개에 안착했다. 그녀는 어안이 벙벙한지 눈을 크게 뜨고 있었다.

리카르디스는 로젤린에게 이불을 올려 주고 자신의 침대에 누웠다. 고개를 돌려 옆을 보니 그녀 또한 자신에게 시선을 두고 있었다. 뭔가 좀 낯간지러운 상황이었다. 가족 이외에 이렇게 눈을 마주치며 침실에 누워 있는 사람은 아마 그녀가 최초였다.

잠시 소란스러웠던 공기가 다시 느슨해졌다. 로젤린은 말수가 많지 않은 사람이었다. 리카르디스 또한 필요할 때 외에는 입을 떼지 않는 편이었다. 조용한 공간 속에 색색 숨 쉬는 소리가 울려 퍼졌다. 작지만 확실한 타인의 흔적이었다. 그의 머릿속에 로젤린이 했던 말이 계속 떠돌았다. 사람은 너무 쉽게 죽으니…….

"……."

혹시 예전의 기억을 조금이라도 되찾은 것일까. 로젤린은 여전히 어린 동물처럼 눈을 끔벅이고 있었다. 약한 불빛에 비친 녹색 눈동자는 보석처럼 빛났다.

"아."

돌연 로젤린이 소리를 냈다. 턱 아래까지 이불을 덮고는 눈동자를 데굴데굴 굴렸다. 리카르디스가 의아해할 찰나, 그녀가 다시 입을 열었다. 소리를 한껏 죽인 작은 목소리였다.

"전하, 들리십니까?"

"……?"

"밖에 파르딕트 경이……."

리카르디스는 귀를 쫑긋 세웠다. 창문 밖에서 누군가가 중얼거리는 소리는 들렸지만, 정확한 내용은 알 수 없었다.

"뭐라고 하는 거지?"

"아까 전에 창문으로 들어가려던 로젤린 경을 막았다며, 레이몬드 경에게 자랑하고 있습니다."

"……."

마흔 넘은 아저씨 수준하고는…… 리카르디스는 말을 삼켰다. 로젤린은 잔뜩 들떠 있었다. 퍽 의기양양해 보이기도 했다.

"저는 여기 있는데."

로젤린은 흥, 콧김을 불었다. 나쁜 짓 하는 어린아이 같은 반응이었다. 배덕에서 오는 흥분을 한껏 즐기는 모양새였다. 어처구니가 없어서 리카르디스는 저도 모르게 웃었다. 걸리면 분명 혼날 텐데, 뒷일은 별로 생각하지 않는 듯했다.

"얼른 자기나 해."

"네. 좋은 꿈 꾸십시오."

"……."

누군지는 몰라도 예의범절을 잘 가르쳤나 보다. 잠들기 전 인사를 들은 것은 정말 오랜만이었다. 어이없기도, 웃기기도 해서 리카르디스는 평소보다 기분 좋게 대답했다.

"그래, 그대도 좋은 꿈을."

고요히 시간이 흘렀다. 리카르디스는 막 잠에 빠지려는 순간, 이불을 목 끝까지 덮어 주는 손길을 느꼈다. 경, 제발 그만 좀…… 잠에 취해 어물어물 말려 봤지만 소용없었다. 리카르디스는 이불에 폭 감싸인 채 잠에 빠져들었다. 모처럼 깊고 편안한 꿈을 꾸며.

* * *

"약 900명 정도의 사망자가……."

"아니지, 아니야. 로젤린. 구백서른 하고도 둘이야. 로젤린에게 불리지 못한 서른두 명의 기사가 얼마나 슬퍼하겠어?"

옅은 하늘빛의 드레스를 입은 소녀가 눈앞에서 단호한 표정을 짓고 있었다. 소녀의 손에는 서류 몇 장이 들려 있었다. 이번에 일어난 검은달과의 전투 보고서였다. 그런 살벌한 정보가 어린 황녀 전하에게 들어갈 리 없었다. 그녀의 오라비, 리카르디스 전하의 집무실에 놓여 있던 서류를 몰래 읽은 것이었다. 들키면 혼나실 텐데. 리카르디스 전하는 어린 여동생에게 한없이 약했다. 투쟁뿐인, 매일매일 싸워 버려야 하는 모습을 감추려 필사적으로 노력했다.

"탁상 위에 돌려놓지 않으시면 리카르디스 전하께 혼나십니다."

거기까지는 생각하지 못한 듯했다. 소녀는 움찔 몸을 굳히더니 큼큼 목을 가다듬었다. 서류는 슬그머니 탁자 위에 놓였다. 나는 그녀의 완전 범죄를 돕기 위해 서류의 위치를 조정했다. 조금 더 왼쪽에 있었고 각도도 달랐다. 세심함을 발휘하고 있는 사이, 소녀는 의자에 풀썩 앉았다. 자그마한 체구 때문에 몸이 쏙 파묻힌 것처럼 보였다. 그녀는 커다란 의자 위에서 발을 까딱거렸다.

"로젤린은 전쟁에 나가 본 적 있어?"

"네. 후방 부대였지만요."

소녀는 굳은 표정으로 나를 바라봤다. 전쟁이라는 단어가 두려운 듯했다. 모름지기 전쟁터란 피와 살점, 절망만이 난무했다. 소녀는 미지의 광경을 가늠하듯 고개를 끄덕였다. 내게 나쁜 기억이라도 남아 있을까 염려되는 듯 더 이상은 캐묻지 않았다. 대신 그녀는 제 머리카락을 어색하게 매만지며 중얼거렸다.

"무섭네."

의아한 눈길로 소녀를 바라보았다. 조금 우울해 보였다.

"사람이 너무 쉽게 죽는 것 같아 무서워."

그녀도 귀머거리가 아닌 이상, 많은 얘기를 들어왔을 것이다. 일라베니아와 검은달의 전투가 얼마나 치열한지. 리카르디스 전하가 이복형제 엘피디오와 사이가 얼마나 나쁜지. 여태껏 제 오라비에게 얼마나 수많은 암살 시도가 있었는지.

심지어는 황실의 험악한 분위기 때문에 별장으로 피신하듯 내려온 상황이었다. 그녀의 불안은 당연했다. 나는 황녀 전하의 흐트러진 머리카락을 정리했다. 그녀는 손길을 즐기는 듯 눈을 지그시 감았다.

"걱정 마세요, 황녀 전하."

"응."

"제가 지켜 드릴게요."

세티스티아 황녀는 안전할 것이다. 자만심은 아니었다. 내가 입고 있는 하얀 제복. 하얀밤의 주인은 언제나 승리만을 이끌어 왔다. 다소 피해가 있을지라도 그는 언제나 승리해 왔다. 그리고 앞으로도 그럴 것이다.

이 믿음은 절대적인 승리자에게 속해 있다는 사실에서 기인했다. 대단한 분이었다. 심지가 굳고 고결한 분. 사방에 적이 도사리고 있는 황실에서 오로지 혼자만의 힘으로 일어섰다. 안타까움과 자랑스러운 마음에 얼굴이 빨갛게 달아올랐다. 교만한 망상일지도 모르겠지만 감히 바라건대, 언젠가 그분께서 흐트러지는 순간이 온다면…… 의지할 수 있는 기사로 성장하여 곁을 지켜 드리고 싶다.

"제가 꼭 지켜 드릴게요."

소녀는 히히 웃었다. 머리카락을 만지는 손길이 간지러운 건지, 내 말이 기쁜 것인지 잘 구분이 가지 않았다. 나도 소녀를 마주 보며 웃었다.

숲속 깊은 곳의 별장.

그 3층에 위치한 리카르디스의 집무실.

세티스티아 황녀가 발을 까닥이던 장면이 순식간에 바뀌었다.

새벽에 온 파발마. 황자 전하와 비서관이 얼굴을 찌푸리고,

어린 소녀는 불안함에 내 옷자락을 말아 쥐었다.

리카르디스 전하, 급히 가 보셔야 할 것 같습니다.

……

……

미안하다, 세티스티아. 먼저 떠나야 해. 너는 예정대로 내일 출발해.

……

내 마차를 두고 갈 테니 너는 편안하게…….

다시 눈앞의 풍경이 바뀌었다. 보슬비가 내리는 숲속. 마차가 덜컹이며 달렸다.

"저기에 2황자가 있다!"

"죽여라!"

"흰색 마차다!"

화살이 쏟아졌다. 사나운 금속의 마찰음이 빗소리를 뚫고 공간을 가득 메웠다. 마차는 벼랑 위를 필사적으로 달렸다. 커다란 돌덩이가 좁은 길을 덮쳐 왔다. 마차가 크게 흔들리며 시야가 순식간에 뒤집혔다. 나는 소녀를 끌어안으며 정신을 잃었다.

"로, 로젤린······."

나는 그 말에 대답하지 못했다. 아, 어······ 으····· 온전하게 형태를 갖추지 못한 신음 소리만 새어 나왔다. 반파되어 있는 마차 내부에는 피 냄새가 가득 차올라 있었다.

"···무, 사해서 다행이야······."

날카롭게 부서진 마차의 파편이 소녀의 복부를 관통해 있었다.

아아아아악! 고막을 찢는 날카로운 소리가 울려 퍼졌다. 비명인지 울음소리인지 구분할 수 없었다. 나의, 아니 로젤린. 그녀의 목소리였다.

[무섭네. 사람이 너무 쉽게 죽는 것 같아서, 무서워.]

소녀가 했던 말이 떠오르며 과거와 현재의 공간이 뒤섞이기 시작했다. 행복한 순간이었다. 로젤린은 소녀의 부드러운 머리카락을 어루만지며 웃고 있었다. 햇살이 따뜻하게 쏟아지고, 봄바람처럼 살랑거리는 공기는 포근했다.

[걱정 마세요, 황녀 전하.]

"부탁······이, 야. 오빠를······."

[제가 지켜 드릴게요.]

* * *

로젤린은 동이 터 오기 직전에 자리에서 일어났다. 간밤의 꿈이 뒤숭숭

했던 탓인지 온몸이 찌뿌둥했다. 로젤린은 고개를 돌려 곤히 잠든 리카르디스의 모습을 바라보았다. 그녀는 자신이 꾼 꿈이 '로젤린'의 기억임을 직감적으로 깨달았다. 로젤린은 말라붙은 눈물을 대충 손으로 쓸었다. 인간으로서의 첫 눈물은 기억하지 못했던 시간 속에 흘러갔다.

로젤린은 창문을 통해 밖으로 나서다가 호위 중이던 레이몬드와 마주쳤다. 2황자의 방. 새벽. 심지어는 창문에서 남몰래? 레이몬드는 당장에라도 눈물을 한 바가지 쏟을 것 같은 표정으로 외쳤다.

"나, 나는…… 널 그렇게 안 키웠다, 로젤린!"

잔소리가 길어질 듯했다. 로젤린은 그 기미를 읽어 내고는 잽싸게 도망쳤다. 바람과도 같은 빠르기였다. 레이몬드는 여전히 충격에서 헤어 나오지 못하고 뒷목을 잡았다.

방으로 돌아가니 찻잔 안에서 자고 있던 마카롱이 부스스 눈을 떴다. 검은깨같이 작은 눈이 깜박거렸다. 포동포동한 배 위에는 먹다 남은 옥수수 알갱이의 부스러기가 여기저기 묻어 있었다. 이놈의 기지배…… 너 밤늦게 싸돌아다니고…… 그러면 안 돼…… 찍찍거리는 소리가 잠에 늘어졌다. 바깥을 쳐다보니 아침 해가 떠오르고 있었다.

회담은 대부분 진지하고 무거운 분위기 속에 진행되었다. 당연한 일이었다. 주로 여러 세력이 모이며, 각자의 이익을 위해 칼 대신 입을 휘두르는 공간이기 때문이었다. 하지만 발타의 회담은 긴장감 가득한 대부분의 나라와 다른 양상을 보였다. 겉으로 웃으며 속으로는 칼날을 가는 것은 마찬가지겠지만, 분위기가 판이했다.

금과 다양한 색료로 화려하게 치장된 연회장은 수천 개의 등불과 촛불로 환하게 밝혀졌다. 수백 명이 있다면 그 수백 명의 다른 입맛을 모두 충족시킬 만한 온갖 진미가 가득했다. 사람들은 아름답고 흥겹기도 한 노랫소리 가운데 술을 마시고, 춤을 췄다. 축제나 연회라고 봐도 손색없었다.

하지만 이런 자유분방한 회담에도 공통적인 부분은 있었으니, '회담장 내부에서는 무기 소지가 불가하다.'라는 점이었다. 나라의 중대사가 오가며 국가의 주요 인사들이 모이는 장소인 만큼 위험 요소를 최대한 배제하고자 함이었다. 그런데.

"……오늘 아침 하카브 왕자 측으로부터 연락이 왔다. 일라베니아의 사절단, 전원에게는 언제 어디서든 무기 소지를 허가한다고."

이례적인 일이었다. 기사들 사이에 소란이 일었다. 언제 어디서든 무기 소지를 허가? 하카브는 오늘 있는 회담을 염두에 두고 얘기한 것이 분명했다. 심지어는 고작 몇 시간 전의 갑작스러운 통보라니. 더욱 의심이 갈 수밖에 없는 상황이었다. 리카르디스는 비죽대며 웃었다.

"그 좋은 성격이 어디 갔나 했지. 괜한 동요를 일으키려는 수작이다. 모두 신경 쓰지 마라."

리카르디스의 태평한 태도에도 하얀밤의 기사단원들은 복잡한 심경을 감추지 못했다. 무기 소지를 허용하다니. 예상 못 한 위험이 있을 가능성도 있다. 혹시 회담장에서 무슨 일이 일어나려는 것인가? 또는 무장을 빌미로 걸고넘어지려 한다든가. 하카브 왕자는 대체 무슨 생각이지?

사절단 일행의 동요는 가라앉지 않았다. 그들의 계산속이라 하더라도 어쩔 수 없었다. 대책을 의논할 시간이 촉박했기 때문이었다. 리카르디스는 팔짱을 끼고 주위를 쭉 둘러보았다. 호수에 떨어진 돌멩이 하나가 파란을 불러일으키고 있었다. 이 이상 우습게 보이는 건 좀…… 기분 나쁘군. 리카르디스가 자리에서 일어서며 입을 열었다.

"회담장에 들어가는 모든 인원은 무장을 해제한다."

"명 받들겠습니다."

다들 허리춤에 매어 놓은 검집을 풀었다. 로젤린은 이해가 가지 않는다는 표정이었다. 들고 가도 된다는데 대체 왜 무장을 해제하라는 건지. 그녀는 다소 불만스러운 표정으로 느리게 검을 내려놓았다.

"로젤린 경."

리카르디스가 그녀를 불렀다.

"네."

"부츠 안에 있는 무기도 빼야지."

로젤린이 부츠 안에서 슬그머니 단검 두 개를 꺼냈다.

리카르디스에게는 사실 고민할 거리도 아니었다. 하카브는 다른 사람을 제 손안에서 쥐락펴락하는 것을 좋아하는 인물이었다. 별 의미 없는 말 한마디와 행동 하나로 다른 이들을 흔들고, 그 모습을 즐기며 지켜봤다. 엘피디오는 그 성격을 개 같다고 했고, 리카르디스는 엿 같다고 표현했다.

"흔드는 대로 쉽게 흔들리면 쓰나."

잇세리온은 감명받은 표정이었다. 이 어찌나 대담한 분이신지……!

리카르디스는 말없이 앉아 있는 디에즈를 쳐다보았다. 디에즈는 그의 결정에 옹호도, 반대도 하지 않았다. 언제나 그렇게 행동하는 사람이었다. 그저 흐르면 흘러가는 대로 물 위에 떠 있는 나뭇잎 같았다.

문이 달리지 않은 연회장은 아치형의 모양으로 내부를 훤히 들여다볼 수 있었다. 아름다운 선율에 술잔이 부딪치는 소리가 섞여 있었다. 재상 아틸라크가 환하게 웃으며 그들을 맞이했다. 일라베니아의 사절단이 회담장에 도착했노라, 우렁차게 알리는 소리와 함께 리카르디스는 빛나는 공간으로 발을 들였다.

사람들에게 둘러싸여 있던 하카브 왕자가 입구 쪽으로 걸어왔다. 금사로 수놓인 튜닉 위로 바닥까지 끌리는 기다란 천을 겹쳐 입은 차림새였다. 온갖 장신구가 그의 팔과 귀에서 빛나고 있었다. 하카브는 사람 좋은 미소로 사절단을 환대했다. 긴장해서 억지 미소를 걸고 있는 사절단 일행과 다르게 정말로 기분 좋아 보였다.

하카브의 시선은 리카르디스의 뒤를 향했다. 그는 하얀 제복을 입은 사람들을 물끄러미 바라봤다. 정확히는 그들의 허리쯤. 기사단이 무기를 소지하지 않은 것을 확인한 하카브가 흥미진진하다는 표정을 지었다. 엘피디오였다면 분명 이런저런 무기를 바리바리 싸 들고 왔을 것이다. 그는 속으로 웃음을 삼켰다. 역시 이쪽이 훨씬 번거롭겠어.

"먼 길 오시느라 정말 수고 많으셨습니다. 일라베니아의 귀빈 여러분. 저는 힉살라 아돈의 첫 번째 아들. 하카브입니다."

회담의 포문을 여는 인사에 리카르디스 또한 정중하게 응대하려 했으나, 하카브가 다가오는 게 먼저였다. 그는 거침없이 리카르디스를 향해 걸어왔다. 기사단장 스타스가 하카브를 막아섰다.

"스타스 경."

리카르디스가 낮게 그를 불렀다. 스타스는 까닥 묵례하고 다시 물러섰다. 발타인의 대화 거리는 일라베니아인보다 훨씬 가깝다. 또한, 발타의 1왕자 하카브는 그렇게 아둔한 인물도 아니었다. 회담장에서 갑자기 칼을 빼 들고 일라베니아의 황자를 해하려는 시도가 있을 리 만무했다. 스타스는 이를 잘 알고 있으면서도 실수를 했다. 하카브가 회담 직전에 사절단 측을 흔들어 놓은 장치가 효과를 발휘한 것이다. 검은 머리의 왕자는 기분 좋은 듯 눈웃음을 지으며 스타스를 스쳐 지나갔다.

리카르디스의 주위로 호위가 허물어졌다. 하카브는 웃으면서 한 걸음 더 리카르디스에게 다가갔다. 그리고 한 걸음 더. 발끝이 서로 닿을 정도의 거리였다. 너무 가깝지 않나? 리카르디스조차도 인상을 굳힌 순간이었다. 하카브가 리카르디스의 한쪽 어깨에 제 손을 살포시 올려놓았다.

"아."

로젤린은 자신의 경험을 토대로 하카브 왕자가 어떤 행동을 할지 깨달았다. 그녀의 예상대로 왕자의 얼굴이 리카르디스를 향했다.

쪽.

공간을 메운 음악 소리를 뚫고 리카르디스는 들었다. 고막에 생생하게 박힌 그 소리를.

느꼈다. 볼에 꾹 눌러진 부드러운 입술의 감촉을.

그는 굳은 고개를 으드득 돌렸다. 하카브 왕자의 얼굴이 바로 한 치 앞에 있었다. 리카르디스의 머리는 평소와 달리 둔하게 돌아갔다. 그러니까, 방금, 내, 볼에. 이 왕자가……

"꼭 뵙고 싶었습니다. 리카르디스 황자."

하카브는 열세 명의 후궁에게 두루 사랑받는다는 소문을 입증이라도 하듯, 근사한 미소를 입에 걸었다. 리카르디스는 얼굴을 파삭 구겼다. 디에즈도 드물게 눈살을 찌푸렸다. 볼에 입을 맞추는 인사는 발타의 풍습이었다. 간혹 타국의 사람이라고 하더라도 친밀한 관계가 형성되어 있으면 하는 경우가 간혹 있긴 했지만…… 단 한 번도 중요한 회담 자리에서, 심지어 타국의 사자에게 행해진 적은 없었다.

하카브 왕자의 돌발 행동에 회담장은 잠시 침묵에 휩싸였다. 악기를 연주하던 악단도 살짝 삐끗했다. 하지만 곧 유쾌한 웃음소리가 울렸다. 발타의 귀족들이 손뼉을 치며 웃었다. 발타의 왕자가 이렇게까지나 일라베니아의 사절단을 반기고 있다. 진의가 무엇이건 간에, 그는 모든 이들에게 그렇게 알아 두라고 표현하고 있었다.

사절단도 왕자의 뜻을 알아들었다. 몇백 년간 싸워 온 앙숙의 나라였지만 그 중심부에 와 있다는 사실이 믿기지 않을 정도였다. 발타의 왕족, 귀족. 어느 누구도 적대감의 흔적조차 내비치지 않았다. 능숙하게 속을 가리는 웃는 얼굴이 섬뜩하게 느껴질 정도였다. 하지만 흉흉한 분위기 속에서 진행되는 것보단 훨씬 나았다. 애정 어린 인사를 받은 리카르디스 황자도 과연 그렇게 생각할지는 잘 알 수 없었지만, 여하간 그를 제외하고는 모두가 화기애애했다.

연회 같은 회담은 잘 진행되었다. 길지도 짧지도 않은 시간 동안 일라베니아 사절단 측과 발타의 왕자는 많은 얘기를 나누었다. 하카브 왕자는 사절단의 말을 경청했다. 검은달이 일라베니아에 행하는 횡포에 크게 분노하기도 했고 검은달이라는 집단을 발타에서 뿌리 뽑겠노라 다짐하기도 했다.

"보다 강한 신뢰로, 보다 더 굳건한 동맹을!"

하카브가 잔을 높이 들었다. 연회장의 모두가 그를 따라 잔을 들었다. 리카르디스는 웃으며 그와 건배했다. 쳉. 유리가 부딪치는 청명한 소리 속, 두 사람은 서로의 눈을 깊게 들여다보았다. 고요한 탐색의 시간이 흐르고 있었다.

* * *

곧이어 본격적인 연회가 시작되었다. 일라베니아의 사절단은 회담이나 연회나 크게 다르지 않다고 생각했다. 하지만 로젤린은 음악이 좀 더 흥겨워지고 술의 도수가 미세하게 높아진 것을 눈치챘다. 사절단은 완벽하게 경계를 풀지는 않았으나 그들 나름대로 틈틈이 먹고 마시며 풀어진 분위기를 즐겼다.

리카르디스는 많은 왕족과 귀족을 만났다. 몇째 아들, 몇째 딸. 누구의 친척, 누구의 팔촌, 누구의 이웃사촌. 리카르디스는 살짝 웃는 얼굴로 차분하게 응대했다. 한구석에서 아가씨들이 삼삼오오 모여 재잘거리고 있었다. 그녀들의 시선이 유독 리카르디스를 향해 있기에 로젤린은 잠시 그쪽으로 귀를 기울였다.

"안주가 따로 없네, 따로 없어."

"술맛 끝내준다."

듣긴 했는데…… 무슨 소리인지 정확히 이해하지 못했다. 술과 음식이 맛있다는 이야기인 것 같았다. 로젤린은 어깨를 으쓱하며 신경을 돌렸다.

로젤린은 여전히 한 걸음 뒤에서 리카르디스를 졸졸 따라다녔다. 잇세리온이 이젠 좀 질린다는 표정으로 그녀를 바라보았다. 해야 할 일이 많은 리카르디스는 여기저기 부지런히 돌아다녔고, 로젤린은 배가 고팠다. 몇 시간째 먹지도 마시지도 않고 그의 뒤를 쫓고 있는 상황이라 심각하게 허기졌다.

심지어 처음 보는 음식들이 천지에 널려 있는 공간이었다. 여기는 훈제한 고기가 쌓여 있고, 저기는 꿀에 절인 과일이 반지르르한 자태를 뽐내고 있었다. 흘끗흘끗 음식을 바라보는 그녀의 눈동자 속에 열망이 타올랐다. 배가 부르더라도 입에 욱여넣고 싶을 정도였으니, 배가 고픈 지금에서야 말할 것도 없었다.

하지만 이 위험한 곳에서 리카르디스의 곁을 떠날 수 없는 노릇이었다. 그녀는 헉헉…… 헉 가쁘게 숨을 들이쉬고 내쉬었다. 폐 깊숙이 음식 냄새라도 간직하기 위해.

"……이봐, 경……."

리카르디스는 바로 뒤에서 들려오는 거친 숨소리에 흠칫 놀라서 돌아보았다. 로젤린이 붉게 상기된 얼굴을 하고는 초조하게 눈동자를 굴리고 있었다. 식은땀도 나는 듯했다. 대체 뭘 얼마나 먹고 싶기에…….

"예, 전하."

"식사하고 와. 아무도 경에게 굶으라고 말한 사람 없어."

"아닙니다. 곁에 있겠습니다."

로젤린은 애써 평정을 유지하려는 듯 표정을 가다듬었지만, 손끝이 그녀의 의지를 배반하고 잘게 떨리고 있었다.

"……."

웃기기도 하고 불쌍하기도 했다. 리카르디스는 기사 몇 명을 더 불러 모아 아까보다 촘촘하게 호위망을 구성했다.

"이 정도면 위험할 일 없으니 이만 가 봐. 어떤 사태가 올지 모르는 거고, 먹을 수 있을 때 먹어 둬야지."

로젤린은 머뭇거렸다. 그녀는 "그럼……."이라는 말로 운을 떼며 기사 두 명을 콕콕 손가락으로 지목했다.

"이 두 명은 빼고, 파르딕트 경과 카일로 경으로 대체해 주시면 잠시 다녀올 수 있을 것 같습니다."

그녀에게 손가락질당한 두 명은 하급 기사였다. 실력을 영 믿을 수 없는 모양이었다. 그녀에게 지목당한 바다협곡의 네스터가 우울한 표정으로 곧 파르딕트와 카일로를 불러왔다. 그들은 불려 온 이유를 건네 들었는지, 어이없다는 표정으로 로젤린을 바라보고 있었다.

로젤린은 음식을 먹으러 가는 와중에도 열두 번 정도 뒤돌아봤다. 리카르디스는 머릿속에서 무언가가 뚝 끊기는 소리를 들었다. 그의 인내심은 딱 여기까지였다. 열세 번째로 그녀가 뒤를 돌아봤을 때, 열 받은 리카르디스가 레이몬드를 소환했다.

"가서 저 문제아에게 음식을 좀 먹이고 와!"

"……예, 전하…… 저희 애가 원래는 이러지 않는데…… 심려 끼쳐 드려 매우 송구……."

"가!"

레이몬드는 면구스럽다는 듯 고개를 꾸벅꾸벅 숙인 후에, 곧 그녀에게로 걸어갔다. 로젤린은 다소 불만스러운 표정으로 그에게 무어라 말하며 열네 번째로 리카르디스를 돌아보았다. 리카르디스가 뒷목을 잡기 직전, 레이몬드가 근처에서 먹기 좋은 크기의 음식을 집어 그녀의 입에 확 집어넣었다. 로젤린의 표정이 스르르 풀렸다. 레이몬드는 흐물흐물해진 로젤린의 손을 잡고 음식이 쌓여 있는 테이블로 이끌었다. 과연 로젤린을 다루는 데 일가견이 있는 훌륭한 솜씨였다.

레이몬드는 그녀의 식사 수발을 착실히 수행했다. 새로운 음식 위주, 고기 위주, 달콤한 것 다음에는 짭짤한 음식, 그리고 다시 달콤한 것의 법칙을 지켜서 음식을 가져왔다. 여자 기사들에게서 맛있게 먹는 방법을 배워

왔다고 했다. 로젤린은 신문명의 위대함을 몸소 체험하며 고개를 끄덕였다. 이 방법만 지킨다면 끝도 한도 없이 먹을 수 있을 것 같았다. 한참 음식에 심취해 있는 중, 익숙한 목소리가 로젤린의 귓가에 들려왔다.

"좋은 밤입니다. 즐기고 있습니…… 있네요, 로젤린."

"네."

'즐기고 있습니까?'라고 물으려 했지만, 그녀의 행복한 얼굴을 보고 디에즈는 재빨리 말을 바꿨다. 음, 굉장히 즐기고 있구나…….

레이몬드가 흐리게 웃으며 디에즈를 맞았다.

"여독은 좀 풀리셨습니까, 전하?"

"나야 편하게 앉아서 마차 여행을 했을 뿐인데요. 고생은 여러분들이 전부 했지요."

"술은 과하게 드시지 마세요. 누군가가 억지로 권하면 마시는 척……하면서 손수건에 뱉으세요."

디에즈가 푸하하 웃었다.

"알았다니까요. 걱정이 과합니다, 레이몬드."

로젤린은 치즈와 고기가 켜켜이 쌓인 음식을 먹으며 두 사람을 바라보았다. 레이몬드는 디에즈와 제법 허물없는 사이처럼 보였다. 그녀의 의문에 찬 눈빛을 읽은 건지 레이몬드가 답했다.

"아, 디에즈 전하와 나는 어렸을 때 같은 가정 교사를 두고 있었거든. 그때부터 좀 친했지. 너는 내가 수습 기사일 때부터 디에즈 전하와 알며 지냈고. 셋이 자주 놀러 다녔어. 정확하게 말하자면…… 전하와 네가 도서관에 갈 때…… 내가… 억지로 끌려갔었지……."

레이몬드는 먼 옛날을 생각하는 듯 아련한 눈빛을 하고 있었다. 디에즈는 "맞아, 그랬었죠. 생각난다." 하면서 생글생글 웃었다. 그리고는 어디서 가져왔는지, 로젤린의 접시 위에 양고기를 올렸다.

"양고기를 버터에 구웠다가 각종 향신료와 채소를 집어넣고 오랜 시간

삶는다고 하더군요. 제가 제일 좋아하는 음식인데 로젤린 경의 입맛에도 맞았으면 좋겠네요."

"감사합니다."

로젤린은 냄새를 먼저 맡은 후 고기를 입에 넣었다. 일라베니아에서 만났을 때부터 양고기 타령을 하더니, 대체 어떤 맛이기에?

"······!"

로젤린은 척추를 관통하는 짜릿한 미식의 감각에 온몸의 힘이 풀릴 뻔했다. 과, 과연. 발타의 전통 요리! 그녀의 미각에 정면으로 도전하는 맛이었다. 결결이 스르륵 찢어지는 식감. 쫄깃하지만 질기지는 않고, 촉촉하지만 느끼하지는 않았다. 육즙과 채소즙이 농축된 짭짤함과 달콤함. 양념의 비율 또한 환상적이었다.

그리고 그 여러 가지 복합적인 맛과 함께 향신료의 강렬한 감각이 어우러지며 그녀의 이성을 흔들었다. 로젤린의 눈에 환희가 서린 것을 본 디에즈가 자신만만한 미소를 지었다.

"맛있습니다!"

"그거 다행이네요."

디에즈는 흐뭇해하며 양고기가 담긴 접시를 두 개 더 들고 와 그녀에게 건넸다. 로젤린이 볼이 볼록해질 정도로 음식을 밀어 넣는 모습을 지켜보던 디에즈가 아차, 하는 소리를 내었다.

"이것과 잘 어울리는 발타의 술이 있는데, 그걸 꼭 같이 먹어야 하거든요. 그걸 같이 마시지 않으면 호렘보를 먹지 않은 것이라는 속담이 있을 정도입니다. 잠시만 기다려 보세요, 로젤린."

디에즈가 연회장을 가로지르며 후다닥 뛰어갔다. 레이몬드가 그의 뒤로 소리 질렀다.

"뛰면 넘어지십니다, 전하! 조심하세요!"

디에즈는 자신의 나이가 세 살이 아니라 스물세 살이라는 얘기를 하더니 사람들 사이로 쏙 사라졌다. 로젤린은 냠냠 고기를 목구멍으로 넘기며 입을 열었다.

"사이좋아 보여."

"그렇지, 뭐. 좀 불경스럽게 표현하자면 소꿉친구 같은 거니까."

"2황자 전하의 적인데도?"

레이몬드는 음료를 마시던 행동을 우뚝 멈췄다. 짧게 한숨을 내뱉은 그는 시끄러운 연회장을 잠시 둘러보았다. 시선은 날카롭지 않았고 그저 목적 없이 부유했다. 경계가 아닌 생각을 환기하기 위함인 듯 보였다. 로젤린이 고기를 다 먹을 때쯤, 레이몬드가 다시 이야기를 시작했다.

"걱정하지 마, 로젤린. 내가 이래 보여도 공과 사는 잘 구분하는 편이거든."

레이몬드가 제 가슴을 툭툭 쳤다.

"언젠가 필요하다면, 저분이 나아가는 길이 더 이상 두고 볼 수 없을 만큼 위험해진다면."

레이몬드는 주머니를 뒤져 손수건을 꺼냈다. 로젤린의 입가에 묻은 양념이 그의 손수건에 닦여 나갔다.

"그때는 내가……."

레이몬드가 빙긋 웃었다. 우는지 웃는지 모를 미묘한 표정이었다.

"아, 왜 이렇게 안 닦여. 고개 살짝 들어 봐, 로젤린."

레이몬드가 인상을 쓰며 손수건에 물을 묻혔다. 로젤린은 뚱한 표정을 지었다. 그가 하도 닦아 내어 입가가 쓰릴 정도였다.

"경계는 하되 너무 미워는 하지 마, 로젤린. 외로운 분이시니까. 어렸을 적에 전하가 기거하시던 백옥 성이 불타 버린 사건이 있었어. 두 살 밑의 황자 전하와 전하의 어머니이신 황비 전하까지 전부 이델라브힘의 품으로 돌아가셨지. 디에즈 전하만 창문에서 뛰어내려 가까스로 살아남으셨어."

"애도의 뜻을 표합니다……."

로젤린이 시무룩한 표정으로 말했다. 레이몬드는 그런 그녀를 기특하다는 듯 바라봤다.

"이후에 충격으로 실어증에 걸리셔서 몇 년간 요양하셨는데…… 성으로 돌아올 즈음엔 아무도 손 내밀어 주지 않았어. 모든 걸 잃어버린 5황자 따위가 무슨 도움이 되겠냐고. 그때 디에즈 전하를 거둬들인 분이 엘피디오 전하야."

"실어증은 어디가 아픈 건데?"

아. 레이몬드는 잠시 머뭇거리다 조심스럽게 입을 열었다. 잠시 말을 못하게 되는 병이야. 로젤린은 이해한 듯 고개를 끄덕였다. 저 멀리 술 석 잔을 아슬아슬하게 들고 오는 디에즈가 보였다. 그는 그늘 한 점 없이 환하게 웃고 있었다.

"몇 년 전만 해도 엘피디오 전하의 세력이 훨씬 컸으니까. 또 그때의 리카르디스 전하께서는 누군가를 품어 줄 만한 여유 있는 상황도 아니었고. 그냥, 그렇게 알고만 있어, 로젤린. 티 내지 말고. 괜히 더 위해 주려고도 하지 말고. 지금처럼만."

"응."

레이몬드가 씩 웃으며 그녀를 내려다보았다.

"착하다."

그는 다정한 손길로 로젤린의 등을 툭툭 두드렸다. 레이몬드와 마주하던 시선을 돌리니 디에즈가 막 당도해서 숨을 고르고 있었다. 하얀 얼굴 위로 홍조가 떠올라 있었다. 그는 기쁜 기색을 감추지 못하고 두 사람에게 잔을 건네었다. 색 없이 투명한 술이었다.

로젤린이 디에즈에게 먼저 건배했다. 쨍하는 맑은 유리 소리가 울렸다. 레이몬드가 절레절레 고개를 흔들었다. 하급자는 상급자한테 먼저 그러는 거 아니야, 로젤린…… 조금 있다가 일러둬야 할 것 같았다. 디에즈는 잠시 놀란 표정을 했다. 하지만 곧, 황금색 눈동자에 그녀의 모습을 가득 담으며 환하게 웃었다.

* * *

매일매일이 축제 같은 분위기였다. 연회는 3일이나 계속되었다. 밤낮을 가리지 않고, 장소를 가리지 않았다. 리카르디스와 하카브는 자주 이야기를 나누었다. 비록 무의미한 대화들만 오가는 지루한 시간이었을지언정, 겉으로 볼 때에는 탄탄한 관계를 쌓고 있는 과정처럼 보였다. 호위하던 로젤린도 하카브를 자주 보긴 했으나, 그는 가끔 보내는 눈인사 이외에는 일절 아는 체하지 않았다.

리카르디스가 잠시 휴식을 취하러 들어갔던 때였다. 로젤린은 그 틈을 타서 배를 채우기 위해 연회장을 떠돌았다. 한참을 이것저것 집어 먹고 있는데 낮은 웃음소리가 들려왔다. 하카브 왕자였다.

"음식이 입에 맞는 것 같아 다행이군."

로젤린은 고기를 열심히 먹는 중이라 대답할 수 없었다. 칼릭스가 입 안에 음식이 있을 때 말하는 것은 예의가 아니라고 했다. 로젤린은 음식물을 필사적으로 씹어서 삼키려 했다. 그 모습을 보던 하카브가 입꼬리를 올려 웃었다.

"귀엽기는. 천천히 들게."

로젤린은 입을 가리며 "네." 하고 짧은 대답을 했다. 하카브는 그녀가 음식을 먹는 모습을 감상했다. 시선은 검은 머리카락에 머무르기도 했고, 우물거리는 입가를 떠돌기도 했다.

"우리의 전통 의상을 입은 모습이 보고 싶었는데…… 안타깝군. 지금이라도 입어 볼 텐가? 그대를 위해 기꺼이 선물하겠다."

그쯤 되어 로젤린은 음식을 꿀꺽 다 삼켰다.

"아니요, 괜찮습니다."

"사양하지 않아도 괜찮다."

"전하의 곁을 오래 떠나 있을 수는 없습니다."

하카브는 눈썹을 조금 일그러트리며 웃었다. 그리고 그녀에게 술잔을 건네며 한 발 더 다가섰다. 그의 손가락이 천천히 로젤린의 손등을 스치고 지나갔다. 로젤린은 술잔을 받은 채 멀뚱히 그를 올려 보았다.

"걱정 마라. 이 궁 안에서 황자가 위험할 일은 없을 테니까."

"아니요, 괜찮습니다."

이후로도 하카브는 끈질기게 권했다. 로젤린은 "괜찮습니다."와 "아니요, 괜찮습니다."만 반복하며 여섯 번의 시도를 모두 퇴짜 놓았다. 어조와 표정의 변화도 없었다. 하카브는 흠, 하며 팔짱을 꼈다. 짓궂은 표정이었다.

"왜, 나를 못 믿겠나? 황자를 해칠 것 같아서?"

로젤린은 눈을 동그랗게 떴다. 하카브는 허를 찌른 질문이라고 생각했는지 의기양양한 얼굴이었다. 하지만, 그 자신만만한 표정은 로젤린의 이어진 대답에 와르르 무너졌다.

"네."

"……."

어, 내 마음을 어떻게 알았지? 딱 그렇게 말하는 얼굴이었다. 하카브는 잠시 무표정해졌다가, 허리까지 굽혀 가면서 와하하 웃었다. 반달로 접힌 그의 눈꼬리에 눈물이 그렁그렁했다.

"그대, 정말 마음에 든다. 황자를 떠나고 싶어지거든 나에게 와라."

"싫습니다."

하카브는 또 소리 내어 웃었다. 연회장의 귀족들이 술렁이며 그 광경을 훔쳐봤다. 하카브가 웃는 모습이 이상한 것은 아니었다. 웃으면 우습게 보인다는 둥, 경박해 보인다는 둥의 이상한 체면치레를 하는 여타 귀족, 황족과 다르게 그는 언제나 웃는 얼굴이었다.

그러나 어느 누구도 하카브를 쉽게 보지 못했다. 미소를 짓고 있다 하더라도 차가운 시선과 장신의 체구에서 뿜어져 나오는 위압감이 상당했기 때문이었다. 또한 그 미소가 즐거운 감정으로부터 나온 것이 아닌, 절대적인 포식자가 보이는 여유라는 점에 있어서 도리어 위축될 뿐이었다.

그런 하카브가 진심으로 유쾌해하고 있었다. 눈물까지 흘려 가며 웃는 그의 모습은 오래 일한 시종들도 처음 목격했을 정도로 희귀한 것이었다. 많은 사람들의 이목이 두 사람에게 집중되었다.

"마음이 바뀌면 언제든 찾아와라. 리비타의 궁은 그대에게 언제나 열려 있을 테니."

로젤린은 조금 불만스러운 기색을 보이며 고개를 끄덕였다. 그럴 일은 절대 없을 거라 생각하는 속이 빤히 다 들여다보였다. 하카브는 제 턱을 느릿하게 손마디로 쓸었다.

발타나 일라베니아나, 두 나라 다 사람 사는 곳 아니었나? 어쩌다 일라베니아에 이런 귀여운 게 나타난 거지? 흠. 하카브는 유쾌한 제 기분을 거스를 생각 하지 않고 마음껏 즐겼다. 조만간 그녀가 죽어 버리게 되면 다시 느낄 수 없는 감정이 아닌가. 약간은 아쉬웠다. 부디 그렇게 되기 전에 내게 와 주면 좋으련만.

* * *

로젤린은 여전히 날이 서 있었다. 시간이 흐르며 연회장의 분위기가 좋아졌지만, 그녀는 리카르디스에게 접근하는 사람들을 흉흉한 눈빛으로 막아섰다. 지위 고하 막론하고 사람들을 위협하던 그녀의 행동은 부단장 나단에게 불려 가 왕창 혼나는 것으로 끝을 맞이했다. 좋게 흘러가는 분위기 속에서 혼자만 바짝 경계하는 로젤린의 태도는 큰 문제를 초래할 수 있었다. 호위도 좋지만, 적당히 티 안 나게 하라고 했다.

결과적으로 로젤린은 과도한 경계를 조금이나마 허물었다. 연일 계속된 연회 중, 수많은 만남이 있었으나 어느 누구 하나 살기를 가지고 있지 않았다. 하카브 왕자의 말대로 이 궁 안에서라면 리카르디스의 안전은 보장되는 듯했다. 그제야 리카르디스는 제 앞으로 할당된 음식을 한 접시 다 온전히 먹을 수 있었다. 지금까지는 로젤린이 독의 유무를 판별한답시고 항상 반 정도 먹고 그에게 넘겨줬기 때문이었다.

리카르디스는 시끄럽고 화려한 연회장을 빠져나왔다. 로젤린과 상급 기사 몇 명이 호위를 위해 그의 뒤를 따랐다.

"리카르디스 전하?"

뒤에서 느릿한 목소리가 들려왔다. 리카르디스는 인상을 팍 찌푸렸다. 한 사람 가면 한 사람 오고, 두 사람 가면 두 사람이 오는 연회장을 벗어났더니, 기어코 쫓아오기까지 한다. 발타인들은 지독한 구석이 있었다. 리카르디스는 돌아서며 파삭 구겼던 얼굴을 펴고는 환하게 미소 지었다.

"달이 밝은 밤입니다. 연회는 즐거우셨는지요?"

비단 같은 머리카락을 가지고 있는 여자였다. 가느다란 눈매가 나른해 보였다. 그녀의 장신구와 복식으로 보아 고위 귀족에 해당한다는 사실쯤은 알겠으나, 리카르디스는 이 며칠간 고위 귀족에 해당하는 수많은 발타인을 만난 상태였다. 솔직히 그 여자가 그 여자로 보였다. 리카르디스가 눈을 휘며 웃었다.

"즐거움에 취하는 것 같아 잠시 달구경이나 할까 나와 보았습니다……"

잇세리온이 뒤에서 소곤거렸다.

'3왕녀 간제입니다.'

"……간제 왕녀."

그녀가 눈을 동그랗게 떴다.

"처음 만나 뵈는 겁니다만, 절 알고 계시다니 기쁘군요."

리카르디스가 잇세리온을 슬쩍 째려봤다. 그가 아차 하는 표정을 지었다. 인사했던 것 같은데, 아니었나? 그 또한 많은 인물들을 만나다 보니 착각했던 듯했다.

"농담입니다. 둘째 날 인사드렸었지요."

……착각이 아니었다. 간제가 입을 가리며 웃었다.

"홀로 남으실 순간을 호시탐탐 노려 보았어요. 연회를 떠나는 사람을 붙잡고 얘기를 나누는 것만큼 촌스러운 일은 없지만, 너그러이 봐주시면 감사하겠습니다."

우연한 만남은 아니라는 이야기였다. 연회를 벗어나 주위에 사람이 없어진 때를 노려 찾아왔으니. 뭔가 용건이 있는 건가?

"제게 하실 말이라도?"

"정말 아름다우십니다. 전하의 미모에 달조차 구름 뒤로 숨어 버렸군요."

간제가 두 손을 모으며 눈을 반짝였다. 리카르디스의 대외적 가면에 조금 금이 갔다.

"감사합니다만…… 용건이 그게 전부라면……."

"설마요, 지금은 그저 순간의 감상을 내뱉었을 뿐이랍니다."

간제가 이어서 말을 하려던 순간, 복도 끝에 인기척이 느껴졌다. 연회장을 벗어나는 사람들이 또 발생한 모양이었다. 그녀는 입을 벌린 그대로 멈춰 있다가 한숨을 푹 내쉬었다.

"이런."

간제가 난처하다는 듯 눈썹을 일그러트렸다.

"쓸모라고는 없는 작자들 같으니."

간제가 신랄하게 방해꾼들을 비판했다. 퉁퉁한 발타의 남성 귀족들이 우르르 몰려오는 중이었다.

"오늘은 이쯤 하고 물러나야 할 것 같군요. 다음에는 좀 더 깊은 얘기를 나눴으면 합니다, 리카르디스 전하."

"짧지만 즐거운 만남이었습니다. 간제 왕녀."

간제가 무릎을 살짝 굽혀 그에게 인사했다. 그녀의 움직임에 따라 금빛 장신구가 찰랑이며 흘러내렸다.

"곧 다시 만나기를 기원하겠습니다."

그녀가 돌아서며 생긋 웃었다.

"그때까지 몸조심하시기를, 황자 전하."

리카르디스의 발길은 궁 내부에 있는 커다란 신전을 향했다. 간제 왕녀가 떠나기 직전 그에게 추천해 준 곳이었다. 어지러운 연회장보다도 어쩌면 볼거리가 많을지도 모른다고.

연회장의 분위기와는 현격한 차이가 있는 장소였다. 몇 개의 촛불로 밝혀진 웅장한 내부에는 조각과 벽화가 빼곡히 새겨져 있었다. 신전 중앙에는 커다란 샘이 있었고, 그 위로 천장이 크게 트여 있어 달빛이 그대로 들어왔다. 반듯하고 동그란 모양의 샘은 그것이 인공적으로 만들어졌음을 말해 주고 있었다. 대륙의 모든 중요한 의식들은 언제나 물을 매개로 했다. 이델라브힘과 크레안 티다니온의 신화와 관련이 깊은 '약속의 호수'를 흉내 내는 것이었다.

리카르디스는 인공 샘에서 시선을 돌렸다. 결혼 의식이 새겨져 있는 벽화가 보였다. 안쪽으로 파여 조각되어 있는 동그란 원. 그리고 그 아래에는 호수 가운데에 들어가 기도하고 있는 두 사람이 새겨져 있었다.

발타와 일라베니아의 결혼 예식은 매우 비슷했다. 몸을 담글 수 있는 물이 있다든가, 그 수면에 해가 떠오를 때 이루어진다는 점이 같았다. 해는 이델라브힘의 상징. 수면에 해가 비칠 때 결혼하는 두 사람은 빛의 신 이델라브힘의 축복을 받는다. 그렇게 믿어 널리 굳어진 관습이었다.

"……."

결혼 의식은 발타와 일라베니아뿐만 아니라 라고슈 왕국도 같았다. 대륙에 위치한, 나라라고 불릴 수 없는 작은 부족들 또한 같은 형태를 갖추고 있었다. 물론 나라마다 조금씩 다른 부분이야 있었지만, 기본적인 큰 틀은 동일했다. 뭔가 좀 이상하지 않나? 리카르디스는 인상을 찌푸렸다.

"좋은 밤이로군요."

리카르디스는 대뜸 인사를 건넨 사람의 얼굴을 확인하기 위해 몸을 돌렸다. 예상대로 하카브 왕자였다. 동생 다음에는 오빠인가. 피로가 몰려왔다. 하카브는 이를 보이며 환하게 웃고 있었다.

"어쩌면 그렇게도 골치 아픈 일이 많은지. 고생이 이만저만이 아니겠습니다, 황자."

머릿속의 생각을 정리하지 못한 상태라, 리카르디스는 하카브 왕자의 등장이 달갑지 않았다. 리카르디스는 그답지 않게 표정을 숨기지 못한 채로 멀거니 서 있었다. 하카브는 아랑곳하지 않고 리카르디스의 곁에 다가와 섰다. 그가 보고 있는 벽화를 같이 감상하는 듯, 여유롭기 그지없는 태도였다.

뒤를 살짝 돌아보니 상급 기사 몇 명에게 로젤린이 제압당해 있었다. 또 그 유별난 호위를 하려다가 저지당한 게 아닐까. 상급 기사 파르딕트가 그녀의 머리에 꿀밤을 났다. "내 일은 전하를 지키는 것이지 다른 사람에게 달려드는 경을 막는 게 아니야!"라며 화내고 있었다.

"어디 저만 고생하고 있겠습니까. 하카브 왕자 역시 검은달 때문에 바쁘신 걸로 압니다."

리카르디스의 말은 해석하기에 따라 뜻이 달라졌다. '검은달이 요즘 사고 치고 다니던데, 발타의 왕자로서 수습하느라 참 바쁘겠다.'라고 들리기도 했고, '너 요즘 나한테 자주 암살자 보내던데 참 부지런하기도 하더라.'라고도 들렸다. 물론 일라베니아와 발타의 유례없는 굳건한 동맹이 맺어진 상황에서야, 전자로 해석해야만 했다. 하카브는 그 중의적인 뜻을 파악했으면서도 살살 눈웃음을 쳤다.

"황자께서 발타까지 친히 발걸음 해 주신 만큼, 곧 좋은 결실을 맺으리라 생각합니다."

"그렇습니까."

"그럼요."

두 사람은 지상에서 한 뼘 정도 붕 떠 있는 것 같은 말을 주고받았다. 혼 잣말보다도 의미 없는 대화를 나누면서도 리카르디스는 벽화에서 눈을 떼지 않았다. 해를 상징하는 동그란 원. 음각으로 깊게 파여 있어 다른 벽화들보다 어두웠다. 보통 해는 양각으로 표현하는 것이 일반적이지 않던가? 뭘까. 무언가가 목에 걸린 것처럼 거슬렸다.

"그러고 보니 검은달이 새로운 독을 만들어 냈다고 하던데……."

하카브 왕자가 이 주제로 먼저 얘기를 꺼낼 줄은 몰랐다. 리카르디스는 흠, 얕게 숨을 내쉬며 대답했다.

"마력과 독을 섞은 것입니다. '파편'……이라는 이름이더군요."

"오, 참신하군요."

그런 이름은 난생처음 듣는다는 양, 흥미로워하는 목소리였다. 왕자의 연기는 수준급이었지만, 리카르디스는 그의 반응에 세심한 신경을 기울이지 못했다. 아까부터 음각으로 조각되어 있는 해가 계속 마음에 걸렸기 때문이었다. 그는 벽화에서 눈을 떼지 못했다. 하카브가 그런 리카르디스를 보며 미소를 입에 걸었다.

"파편, 재미있는 이름입니다. 파편이라…… 무엇의 파편일까요?"

"글쎄요……."

천장을 통해 세차게 바람이 불었다. 신전을 밝히고 있던 촛불 몇 개가 꺼졌다. 리카르디스가 시선을 주던 벽이 한층 어두워졌다. 안쪽으로 깊게 파여 있던 해의 조각 또한 속을 들여다볼 수 없을 정도로 검게 변했다. 검고, 동그란…….

"검은 달, 일지도 모르겠군요."

조용한 공간에 리카르디스의 목소리가 울렸다. 리카르디스는 벽화에서 눈을 돌려 하카브와 마주 보았다. 아까보다 어두워졌지만, 하카브가 입꼬리를 올려 웃는 모습은 똑바로 보였다. 정답이라 얘기하는 것 같았다. 리카르디스는 깨달았다. 안으로 깊게 파여 있는 이 동그란 원은 해가 아니었다. 달이었다. 검은 달. 하카브의 질문에 답하며 무의식적으로 내뱉은 말에 불과했으나, 잃어버렸던 열쇠를 찾은 것처럼 꼭 들어맞았다.

리카르디스는 하카브와 실없는 대화를 주고받았다. 평소와 다름없이 침착하게만 보였지만, 그의 머릿속은 지진이라도 난 듯 요동치고 있었다. 여러 기억이 깨지고, 부서지고, 합쳐졌다. 과거에 찾았던 하얀 밤의 단서와 작은 실마리들이 몸집을 불리고 서로 얽혔다.

온 대륙을 관통하는 똑같은 방식의 결혼식.

이상한 일이었다. 이델라브힘을 믿지 않는 발타와 신의 존재를 알지도 못하는 대륙 끝자락의 소부족조차 결혼 의식의 형태가 같다고? 어쩌면 이는 더 중요한 일을 가리키는 지표인지도 몰랐다. 보다 중요한, 두 사람이 평생을 함께하겠다는 약속보다 중요한, 어쩌면 생명과 관련된……

만물이 꽃을 피우며 생명이 순환하는 밤. 축복의 밤은 일라베니아뿐만 아니라 모든 나라와 모든 사람에게 중대한 일이다. 대륙이 노쇠하면 어떠한 생명도 살아갈 수 없다. 그러니 만약 이것이 하얀 밤을 불러내기 위한 일부의 조각이라면 이해할 수 있었다. 이상할 정도로 비슷한 의식의 형태를. 눈앞의 벽화는 결혼 의식을 의미하는 것이 아니었다. 아득한 먼 옛날부터 내려왔던 축복의 밤을 표현하고 있었다.

아, 그런 거였나. 그런 거였어. 리카르디스의 손끝이 잘게 떨렸다. 일라베니아 황실은 축복의 밤을 부르는 의식을 꼭꼭 감추고 있었다. 그들의 황권을 유지하기 위해. 마치 그들이 신의 사자라도 되는 양, 포장하기 위해. 하지만 사람들은 잊지 않고 기억해 왔다. 몇 세대가 흘러도 사라지지 않을 사람과 사람의 약속 안에 축복의 비밀을 간직해 왔던 것이다.

[네가 이델라브힘의 존재만으로 하얀 밤을 되찾을 수 있을지, 이 어둠 속에서……]

지하 감옥, 그 깊숙한 곳에서 마녀라 불리는 여자에게 들었던 말이었다.

리카르디스는 그로 인해 하얀 밤이 아닌 검은 달을 찾아야 하나 추측했다.

리카르디스는 벽화에 그려진 검은 달 아래의 두 사람을 보았다. 하얀 밤만을 찾아야 하는 것도 아니었고, 검은 달만을 찾아야 하는 것도 아니었다. 하얀 밤과 검은 달은 하나의 조각, 하나의 축복, 맞물려진 톱니바퀴였다.

이로써 목표가 명확해졌다. 강대한 마력을 다루는 사람이 있어야 한다. 마인이라 불리는 그들. 불길한 힘을 다룬다 해서 박해받고, 살해당하고, 꼭꼭 숨어 버린 이들을. 리카르디스는 제 얼굴을 거칠게 쓸었다. 대체 어디서부터 시작해야 할지 가늠조차 되지 않았다.

* * *

발타를 떠나는 날이었다. 연회 내내 보이지 않던 마카롱이 돌아왔다.

"마카롱, 어디 있었어."

방에 둔 과일이나 치즈 같은 간식거리가 주기적으로 없어지지 않았다면, 어디서 사고를 당했다고 생각했을지도 모른다. 마카롱의 볼이 빵빵해져 있었다. 볼주머니에 음식을 가득 구겨 넣은 모양새였다.

마카롱이 퉷! 무언가를 거칠게 뱉었다. 로젤린은 그것을 집었다. 조각나 있는 검은 돌이었다. 생김새는 평범했지만, 그 안에서 검붉은 모래 같은 무언가가 스르륵 움직이고 있었다. 검고 붉은 조각에서 느껴지는 기운이 낯설지 않았다. 발타 왕궁 어디에서나 볼 수 있었던 마력이었다. 마수의 몸에서 날뛰는, 폭주하며 모든 것을 집어삼키려 하는 듯한.

'그것'이었던 시절에도 이러한 돌조각, 아니 보석을 본 적이 있었다. 죽은 마수들의 시체에서 간혹 볼 수 있는 결정이었다. 하지만 몇백 년을 살며 시체만을 찾아다녔던 '그것'도 자주 발견하지는 못했다. 발타는 그 희박한 확률을 뚫고 이 보석을 찾아낸 듯했다. 발타에서 마수를 찾아보기가 힘든 이유를 이제야 알게 되었다. 사체에서 마력의 결정을 찾기 위해 대대적인 학살이 벌어졌을 것이다.

찍. 마카롱은 호두를 들고 갉아 먹었다. 궁의 깊은 곳을 돌아다니다가 어느 방 안에서 발견했다고 했다. 그곳에 있는 몇 개의 상자에 이런 보석이 가득 차 있었다고. 하나 정도 없어져도 모르겠지. 마카롱은 흥 하고 콧김을 세게 불었다. 로젤린이 손가락 끝으로 마카롱의 머리를 쓱쓱 문질렀다.

"고마워. 고생했어."

그녀는 귀환을 준비하며 분주해진 사람들 사이를 지나갔다. 리카르디스는 측근들과 두런두런 이야기 중이었다. 푸른등불 공작의 대리인 카일로, 기사단장 스타스, 부단장 나단, 비서관 잇세리온과 레이몬드, 호위 기사 헤일과 파르딕트까지. 그들은 막 방을 들어서는 로젤린에게 시선을 주며 대화를 정리했다.

"……아무튼 전달이 잘되었다고 합니다."

"이제부터는 하늘에 맡기도록 하지."

"네."

리카르디스는 팔짱을 끼며 턱을 살짝 치켜올렸다.

"그래. 집에 갈 준비는 다 끝내고 온 거겠지, 로젤린 경?"

"아니요."

"……그래, 나는 경의 그…… 진솔한 면이 참 보기 좋다고…… 항상 생각해 왔지……."

로젤린은 주머니에서 검붉은 결정을 꺼내서 리카르디스에게 내밀었다. 그는 그녀의 손바닥 위에 놓여 있는 조각으로 시선을 옮겼다.

"이건……."

리카르디스의 눈에도 똑똑히 보였다. 결정 안에서 연기처럼 움직이는 검붉은 안개. 한 번도 본 적 없는 물체였지만, 이렇게 확실하게 보이니 모르려야 모를 수가 없었다.

"이것은…… 혹시, 마력입니까?"

259

잇세리온이 작게 소리쳤다. 잔뜩 흥분한 목소리였다. 리카르디스는 로젤린에게서 검붉은 보석을 받았다. 그의 푸른 눈동자에 손가락 한 마디만 한 돌조각이 담겼다.

햇빛을 받으며 빛나는 표면 안쪽에서 검붉은 안개가 스르륵 움직였다. 불길해 보였지만 한편으로는 아름다워 눈을 뗄 수 없었다. 리카르디스는 조각난 표면을 손끝으로 문질렀다. 딱딱하고 차가운 돌의 감촉이 느껴졌다. 마력의 결정? 어떻게 이런 게 존재할 수 있는 거지? 듣지도 보지도 못했다. 발타가 만들어 낸 것인가? 정확한 사용법은? 용도는? 합성된 독과의 연관성은? 리카르디스의 머릿속이 복잡해졌다.

"그런데…… 이걸, 대체 어디서 가지고 온 겁니까, 로젤린 경?"

잇세리온의 물음에 방 안의 시선이 모두 그녀를 향했다. 리카르디스도 보석에서 눈을 떼고 로젤린을 쳐다봤다. 그러고 보니…… 이걸 대체 어디서……?

로젤린은 그들의 열렬한 시선을 슬쩍 피하고 입을 우물댔다. 뭔가 켕기는 게 있는 모양이었다. 모두의 눈이 가느스름해졌다. 뭐지, 이번엔 또 뭘 한 거야, 로젤린!

"훔쳤는데……."

마카롱이……라는 말은 나오지 않았다. 아무리 로젤린이라도 다른 사람들이 마카롱을 독수리로 인식하고 있다는 사실쯤은 알았다. 그리고 독수리는 지하에 있는 은밀한 장소에 숨어들어 가기 힘들다는 것도.

레이몬드가 허헉…… 하는 신음을 내뱉으며 제 두 손으로 입을 가렸다. 리카르디스는 두 눈을 꾹 눌렀다. 순식간에 피로가 몰려왔다.

"들켰나?"

"아니요."

"누가 봤을 가능성은?"

로젤린은 곰곰이 생각한 후 고개를 좌우로 흔들었다. 목격자가 있다 치더라도 그저 궁내의 수많은 고양이 정도이지 않을까.

"없습니다."

"그럼 됐어."

전하! 잇세리온이 입을 떡 벌렸다. 되기는 뭐가 돼!

"하카브 왕자가 눈치챌 경우 일이 크게 번질 수 있습니다, 전하!"

"거기에 이런 검은 조각 많았습니다. 하나 빠진다고……."

모를 텐데…… 그녀의 말은 작게 흩어졌다.

"로젤린 경!"

잇세리온이 버럭 화를 냈다. 질책을 담은 시선을 마주하니 억울했다. 누구 좋으라고 가져왔는데. 로젤린은 조가비처럼 입을 딱 다물었다. 언제나 무표정했으나 한층 더 부루퉁한 얼굴이었다.

"여기까지 하지, 잇세리온. 어차피 진흙탕 싸움은 예견되어 있다. 보석 하나의 유무로 이제 와 크게 달라질 건 없어. 진흙탕에 한 줌의 진흙을 더 하면 뭐가 될 것 같나?"

"그, 그렇지만……!"

"그리고 로젤린 경이 목격자가 없다고 했지. 이, 로젤린 경이."

리카르디스는 눈길로 그녀를 콕 가리키고 있었다. 잇세리온은 제 주인이 무슨 말을 하는지 정확히 깨달았다.

그녀는 '강하다'라는 단순한 말로 표현할 수 없었다. 나뭇잎, 소리 없이 날아다니는 날벌레의 기척까지 읽어 내는 사람에게 어떤 수식어를 붙여야 좋을까. 잇세리온은 내심 '유능하다' 정도의 평가를 그녀의 이름 석 자 앞에 붙여 두기는 했으나 그마저도 마뜩잖았다.

로젤린이 목격자가 없다고 했다면, 들키지 않았다고 말했다면 분명 그 말대로일 것이다. 잇세리온은 앓는 소리를 내며 제 머리를 마구 헤집었다. 어쩔 수 없다. 이걸 다시 돌려놓고 오라고 할 수도 없는 노릇이었다.

리카르디스는 잠시간 골치 아팠던 기분을 말끔히 떨쳐 버린 듯했다. 심지어는 즐거워 보이기까지 했다. 그는 검은 결정을 들어 빛에 이리저리 비쥐 보았다. 내부의 느릿한 움직임이 차갑고 딱딱한 보석을 살아 있는 생물처럼 보이게 했다. 우리에게는 미지의 세계나 다름없군.

"발타가 동분서주하며 날뛴 덕에 대륙 전체에 마력의 영향력이 짙게 퍼져 있는 상황이지. 이런 때이니만큼 이 작은 보석이 군침을 흘릴 만한 훌륭한 먹이가 될 거다. 일라베니아의 고귀하신 분에게도, 심지어는 2황자 리카르디스의 시체를 바라는 자라고 할지라도."

잇세리온은 아, 하더니 눈을 반짝 빛냈다. 그도 아까와는 다르게 만면에 히죽대는 미소를 떠올렸다.

"그렇군요, 그렇지요. 아귀가 딱 맞아떨어집니다. 잘했습니다, 로젤린 경."

로젤린은 잇세리온으로부터 과자 몇 개를 받았다. 아까의 닦달이 못내 마음이 쓰여 성의를 표시한 것이었다. 비록 그 과자는 레이몬드의 주머니에서 나오긴 했지만, 어쨌거나.

레이몬드는 강탈당한 과자를 어이없다는 듯 바라보았지만, 그냥 넘어가기로 했다. 애초에 왼쪽 주머니에 항상 넣어 다니는 간식들은 모두 로젤린을 위한 거였다. 잇세리온은 여전히 흡족한 듯 로젤린을 바라보고 있었다.

"경, 이 일은 함구하세요. 아시겠지요?"

"네."

"그리고 앞으로는 훔치기 전에 허락 맡고 훔치세요."

"주인에게 말입니까?"

그건 훔치는 게 아니지 않나? 리카르디스는 바람 빠지는 소리를 내며 웃었다.

"……아니요. 저나 전하께 묻는 것이 제일 좋겠지만, 부득이한 상황이라면 주위에 있는 사람에게라도 물어보세요."

"네."

"꼭, 꼭 먼저 묻고 행동하셔야 합니다."

어디선가 들어 본 말 같은데…… 로젤린은 순순히 알겠다고 대답했다.

잇세리온도 고개를 끄덕였다. 하지만 또 일순간 불안해졌는지 "꼭입니다."
하고 한마디 덧붙였다.

훔친 일이 걸리면 어떻게 하나 고민을 한 것이 무색할 정도였다. 리비타의
궁은 소란스러운 기색조차 없었다. 물론 그 침묵이 들키지 않았으리란 사실을
보장하는 것은 아니었다. 앞으로도 철저한 단속이 필요했다. 상급 기사들은
티끌만 한 책 하나 잡히지 않기 위해 기사단원들의 행동 하나하나를 매섭게
단속했다. 로젤린이 맛있는 간식을 먹는 사이 단원들은 열심히 굴렀다.

수확이 있다면 있고, 없다면 없었던 일주일의 일정이 모두 끝났다. 하카
브 왕자는 궁 바로 앞까지 배웅을 나왔다. 그리고 또다시 리카르디스의 볼
에 입을 맞췄다. 얼렁뚱땅 넘어갔던 첫인사에 비해 조금 더 끈질긴 태도였
다. 리카르디스는 결국 그의 볼에 인사를 돌려줄 수밖에 없었다. 두 사람의
정겨운 모습을 보면서 디에즈는 하하 웃었으나 곧 하카브에게 똑같은 '인
사'를 당했다. 디에즈는 잠시 전의 리카르디스와 비슷한 표정을 지었다. 두
남자의 썩어 가는 표정을 보면서도 하카브는 하하 웃음을 터뜨렸다.

"힉살라의 영혼이 일라베니아 귀빈 여러분과 함께합니다. 가시는 길 또
한, 평안하시길."

하카브는 마지막으로 로젤린과 눈을 맞췄다. 그는 빙그레 눈웃음을 지으
며 입을 움직였다.

'그대의 무운을 빌지, 로젤린.'

로젤린은 그 말에 답하지 않았다. 하카브의 집요한 시선 아래 그녀는 검
지와 엄지를 입에 물고 세게 바람을 불었다.

삐이익―

뜨거운 숨이 손가락 틈새를 비집고 나가며 높은 바람 소리를 냈다. 궁의
반대쪽으로 출발하기 시작한 사절단의 머리 위로 독수리 한 마리가 빙빙
돌았다. 마카롱도 화답하듯 공기를 찢는 날카로운 울음소리를 내었다.

4

"최대한 빨리 발타를 벗어난다."

"예, 전하."

결전은 발타의 땅 위에서 이루어질 것이다. 아무리 검은달이라 하더라도 국경을 넘어서 일라베니아의 병력과 직접 맞부딪치는 일은 반기지 않을 것이므로. 다행히도 모두의 체력이 가득 채워진 만전의 상태였다. 사절단 일행은 말을 재촉하며 달렸다. 한시라도 빨리 발타의 땅을 벗어나야 했다. 이틀이면 국경에 닿을 것이다. 마카롱은 하늘 위를 뱅글뱅글 돌며 사절단을 따라왔다.

해가 저물 즈음 일행은 자리에 멈췄다. 까맣게 변한 숲은 아군의 눈을 가리고 적의 모습을 숨기고는 했다. 더군다나 길을 잃어버릴 가능성 또한 무시하기 어려웠다. 사절단은 분주히 천막과 간이 울타리를 세웠다. 밤에 이동할 수 없는 만큼 경계는 배로 강화했다. 로젤린은 리카르디스의 천막으로 숨어들다가 레이몬드에게 걸려서 끌려 나갔다.

"……"

막사 안에는 리카르디스의 측근만 남았다. 잇세리온이 지도를 중앙에 펼쳤다. 부단장 나단이 턱을 쓸며 입을 열었다.

"틸락, 차보, 다리온. 세 개의 마을이 교차하는 지점일 줄 알았습니다만……"

"하카브 왕자는 허를 찌르는 걸 좋아하더군. 천성이 그런 모양이야."

"가장 경계하는 첫날에는 건드리지 않겠다는 걸까요."

"왕자의 생각이 무엇이건 간에, 결과적으로는 말이지."

스타스는 바닥의 돌멩이를 주워서 지도 위에 하나씩 올려놓았다.

"여기, 여기. 많은 인원을 숨겨 놓을 수 있을 만한 곳은 두 군데입니다. 하카브 왕자의 성격상, 정정당당하게 정공법으로 오지는 않을 겁니다. 매복의 가능성이 높습니다."

"돌아서 가야 할까요?"

나단의 물음에 리카르디스가 고개를 저었다.

"돌아서 가면 길이 너무 길어져. 게다가 이렇게 확연하게 보이는 매복 지점. 우리 측에서 눈치챘으리라고 하카브도 생각할 거다. 돌아서 가는 길에도 군대를 심어 뒀을 가능성이 높아."

잇세리온이 신음을 흘렸다.

"전투는 피할 수 없겠지요."

리카르디스는 고개를 끄덕였다. 검은달의 새로운 독 '파편'. 그 강력한 독의 해독법은 아직 알아내지 못했다. 병사의 머릿수도 수거니와 힘의 차이 또한 역력했다.

이길 방법이 없다! 이길 수 없다면 피해야만 한다. 활로는 오직 일라베

265

니아로 넘어가는 국경뿐이었다. 이렇게 수세에 몰린 것은 또 오랜만이지 않은가. 리카르디스는 헛웃음을 지었다.

"국경이 걸어서 우리에게 다가오길 간절히 바라야겠군."

다들 씁쓸히 웃었다. 스타스가 돌멩이를 올려놓은 곳은 사절단의 현재 위치와 그다지 멀지 않았다.

* * *

"으아아악!"

남자는 괴로움에 몸부림쳤다. 막 오른팔에 이식한 검은 보석 때문이었다. 손가락 한 마디도 안 되는 마수의 작은 결정은 고통의 씨앗 같았다. 인간의 몸을 숙주로 삼아 자라고, 줄기를 뻗어 나가 온몸을 잠식하는 괴이한 물질이었다. 손끝까지 전해지는 저릿저릿한 감각에 남자는 끊임없이 비명을 질렀다.

그의 몸이 덜덜 떨렸다. 남자는 검은달에 속한 암살자였다. 고문과도 같은 고된 훈련을 참는 것은 이미 일상이 된 지 오래였다. 그런 남자의 인내심이 고갈될 정도의 극심한 통증이 몰아쳤다. 거대한 마수가 머리를 쥐어짜고 있는 듯한 거센 압력이 느껴졌다. 혈관을 따라 독을 품은 개미들이 기어 다니는 것 같았다. 그는 제발 그만해 달라고 애원하며 울었다.

"정말이지 용맹하지 않나."

단조로운 어조였다. 집무실에서 지루한 책을 볼 때에나 나올 법한, 사무적이고 어떤 감흥도 없는 목소리였다. 그 때문에 침대에 묶여 비명을 지르는 남자와 그의 공간은 완전히 분리되어 있는 듯 느껴졌다.

"설원의 월계수. 리카르디스 황자 말이야."

끄아악!

침대에 묶여 있는 남자, 검은달의 암살단원 자난의 비명 소리가 지하의 은밀한 공간을 울렸다. 실핏줄이 터져 눈알은 붉었고, 입에서는 침이 질질 흘렀다. 그 모습을 바라보던 하카브 왕자가 "이런, 실패인가?" 하고 중얼거렸다. 하카브는 자난의 눈물을 제 소매로 닦아 냈다. 그러고는 가슴께를 도닥도닥 두드리며 어린아이를 재우는 듯 손짓했다.

"이렇게 좋은 기회는 좀처럼 자주 오지 않으니, 꼭 가지고 싶구나. 그의 성력은 나에게 제법 쓸모가 있을 것 같으니 말이다."

죽이는 건 언제든지 할 수 있는 일이지. 하카브는 작게 중얼거렸다.

"으아, 으아악!"

"믿고 있다, 자난. 내가 바라는 것을 네가 가지고 돌아오리라고."

그의 검은 눈동자는 멀리 있는 무언가를 그리고 있었다.

"회의에 이만 가 보셔야 합니다, 왕자 전하. 2황자 측에서 발타의 국경을 넘는 사절단의 인원을 늘려 달라는 청이 왔습니다."

"오, 그래, 아틸라크. 반가운 손님에게는 빨리 답을 해 드려야지. 이거 설레어서 황자가 올 때까지 밤잠을 이루지 못할 것 같군."

자난은 왕자 전하라는 말을 듣고 나서야 눈앞에 있는 사람이 발타의 첫 번째 아들, 하카브라는 것을 깨달았다. 검은달의 주인을 잊어버리지는 않았지만, 고통으로 시야가 흐릿해 알아보지 못했던 것이다. 자난은 잔뜩 상해 버린 목소리로 입을 열었다.

"전……하……."

하카브는 씨익 웃었다. 마수의 결정을 막 이식한 사람의 이지가 얼마나 흐트러지는지 잘 알고 있었다. 그 정신없는 상황에서도 자신을 알아보니 기특했다.

"그래, 얼른얼른 일어나라. 네가 날 위해 해 줘야 할 일이 많다."

그는 하카브의 웃는 모습을 마지막으로 의식을 잃었다. 깨어난 후 자난의 세상은 완전히 달라졌다. 한발 앞서 결정을 몸에 받아들인 동료들이 흔히 말하곤 했었다.

'새로 태어난 것 같다.'

267

과장이라며 비웃었던 그 말을 온몸으로 체감할 수 있었다. 핏줄을 따라 퍼져 있던 고통은 끝없이 샘솟는 힘의 원천으로 탈바꿈했다. 신체 능력이 비약적으로 향상되었고, 특히 결정을 박아 넣었던 오른팔의 힘은 인간의 한계를 훌쩍 넘어섰다. 그는 곧 일라베니아로 귀환하는 사절단을 습격하는 인원으로 선발되었다.

습격대는 하카브가 손수 선별한 병사로 구성되었다. 하늘에 떠 있는 달과도 같은, 가장 고귀한 분에게 선택받은 것이다. 그들의 기분은 한없이 고양되었다.

[국경을 넘기 전, 일라베니아의 2황자 리카르디스를 생포한다. 만약 놓칠 것 같으면 처리하라.]

자난은 그의 명령을 한 자 한 자 귀 기울여 들었다. 하얀밤 기사단의 용맹함과 강인함은 발타까지도 명성이 자자했다. 하지만 그런 그들 또한 평범한 인간에 불과하지 않은가. 인간의 틀을 벗어난 지금의 자신이라면 사람의 심장을 맨손으로 뽑아낼 수도 있었다. 생포라는 까다로운 임무라 '파편'을 함부로 사용할 수는 없었지만 그럼에도 자신 있었다.

자난은 뒤를 돌아보았다. 눈을 형형히 빛내는 자들이 공간을 메우고 있었다. 마수의 결정. 그 적성에 들어맞는 100여 명의 정예 부대였다.

자난이 소속된 검은달이 '파편'이라는 위협을 휘두르는 시기임에도, 사절단이라는 파격적인 행보를 보인 2황자. 자난은 제국의 2황자가 미쳤거나, 죽는 방법을 다양하게 추구하는 자라고 생각했다. 하지만 곧 그 평가를 고쳐야 했다. 2황자가 국경을 넘기 며칠 전, 일라베니아 사절단의 인원을 추가하고 싶다는 소식을 전해 왔기 때문이었다. 미친 것도 아니고 죽고 싶은 것도 아닌 모양이었다. 고작 그 정도의 머릿수로 이 재앙을 막을 수 있을 거라 생각하는 것일까. 자난은 무표정한 낮 아래로 아둔한 일라베니아의 황자를 비웃었다.

이후 하카브 왕자는 리카르디스 황자의 안위가 가장 중요하다며 흔쾌히

협력했으나 사절단의 수는 변하지 않았다. 오매불망 2황자의 죽음만을 기다리고 있는 1황자가 손을 썼다고 했다. 오랜 친우의 나라에 무슨 호위 인원이 그렇게나 필요하냐며 펄펄 날뛰었단다. 앞뒤로 맹수가 아가리를 벌린 채 군침을 흘리고 있었다. 제 나라에서조차 버림받은 2황자 리카르디스. 그에게 손을 내밀어 줄 이는 이제 어디에도 없다. 하늘에서 내려온 신의 동아줄이 아닌 이상에야.

이번 습격 부대를 이끄는 대장, 타이렝이 머리를 바닥에 조아리며 절했다. 자난과 습격대의 단원들이 그를 따라 일사불란하게 하카브 왕자를 향해 바닥에 엎드렸다.

"주인의 명을 받듭니다!"

가느다란 빗줄기로 인해 풍경은 안개가 낀 듯 흐려졌다. 달리는 마차 주위로 망토를 뒤집어쓴 호위 기사들이 가까이 붙어 있었다. 로젤린은 아랫입술을 꾹 물었다. 이런 광경을 전에도 본 적 있었다. 진짜 '로젤린'의 기억 속에서.

그때 또한 이런 보슬비 속을 헤치고 하얀 마차가 달리고 있었다. 꿈의 끝은 좋지 못했다. 지키겠다 맹세했던 황녀는 죽었고, 로젤린은 살아남았다. 최선을 다했지만, 능력 밖의 일이었다. 100명 정도의 무장한 인원이 기습했다. 꿈속의 로젤린은 '대신 죽어야 했는데, 지켜 드리겠노라 약속했는데.'라고 생각하며 괴로워했다. 언제나 담대했던 주인의 무너진 모습을 처음으로 목격했다. 로젤린은 성치 못한 몸으로 며칠 밤낮을 울고 목과 가슴팍을 쥐어뜯었다. 지켜 드리겠다. 이번에는 반드시. 지키고야 말겠다. 어디서 온 것인지도 몰랐던 다짐은 자신의 속에 있었다.

'반드시……'

로젤린은 다시 그 말을 꼭꼭 씹어 마음에 눌러 담았다.

꿈속과 똑같이 하얀 마차는 비에 젖어 있었다. 로젤린은 마차의 표면에 손을 가져다 대었다. 차갑고 딱딱했다. 마차의 덜컹거리는 움직임이 손을 통해 전해졌다. 빗방울이 그녀의 피부를 따라 흘러내렸다. 로젤린은 어린 동물을 만지듯 조심스러운 손으로 마차를 쓸어내렸다.

삐이익———

마차에 닿아 있던 손이 흠칫 멈췄다. 로젤린은 날카로운 시선으로 주위를 둘러보았다. 마카롱이 알려 오는 소리와 동시에 그녀는 깨달았다. 숨을 죽이고 있던 살기들이 주위를 감싸 오기 시작했음을.

멀지 않은 거리였다. 왼쪽, 오른쪽. 그리고 퇴로 차단을 위해 후미에도 몇 있었다. 빗소리 탓에 평소보다 청각이 둔해져서 알아차리는 것이 늦었다. 나뭇잎과 진흙을 밟는 소리와 함께 이질적인 마력의 기운이 물씬 풍겨 왔다. 로젤린은 달리던 말의 옆구리를 차, 선두에 있던 기사단장에게 빠르게 다가갔다. 그녀는 입을 열며 동시에 검을 뽑았다.

"포위됐습니다."

스타스는 머리를 덮고 있던 망토를 젖혔다. 드러난 붉은 머리카락이 비에 젖기 시작했다. 그가 거대한 검을 하늘을 찌를 듯한 기세로 들어 올렸다.

"정지한다, 전투 준비! 마차를 보호하라!"

스르릉.

빠르게 검을 빼어 드는 금속음이 빗소리를 뚫고 공간을 울렸다.

로젤린의 손등에 힘줄이 짙게 올라왔다. 살기와 마력, '나'의 존재를 위협하는 것들. 익숙했다. 로젤린은 언제나 그 위협 속에서 살아왔다. 도망치기도 했지만 싸우기도 했다. 때로는 곰으로, 때로는 마수로, 때로는 날카로운 이빨을 가진 짐승으로. 그녀의 몸이 기억하고 있었다. 위협을 이겨 낼 만한, 보다 강한 것!

로젤린의 피부 안쪽에서 근육이 변형되기 시작했다. 한 번의 손짓에 아름드리나무를 부러트리는 마수의 조직이었다. 다소 기묘할 정도로 부풀어 오른 팔은 누구도 눈치채지 못했다. 망토가 그녀의 몸을 가리고 있기 때문이었다.

숲의 어둠을 뚫고 한 사람이 걸어 나왔다. 구릿빛 피부와 검은 머리. 코와 입을 가리는 복면을 하고, 가죽으로 된 무구를 장비한 자였다. 로젤린은 검날을 세웠다. 처음 나타난 사람을 뒤로 한 명, 두 명씩 모습을 드러냈다. 푸른 산을 빼곡하게 메운 검은 집단의 출현이었다.

우두머리로 보이는 자가 몇 걸음 앞으로 나왔다. 안광이 이상할 정도로 번뜩이고 있었다. 로젤린은 그의 심장 주위로 마력이 떠도는 것을 감지했다. 난폭한 마력은 심장을 찢어발길 듯 흉포하게 날뛰고 있었다. 넘쳐 나는 힘을 제대로 운용하지 못하고 휘둘리고 있음이 분명했다. 남자의 거칠게 비틀린 목소리가 집단 사이의 침묵을 깼다.

"힉살라의 영혼이 우리와 함께한다."

"그거 우연이로군. 우리도 그러하오."

스타스는 사절단이 떠나기 직전, 하카브 왕자가 했던 인사를 기억하고 있었다.

[힉살라의 영혼이 일라베니아 귀빈 여러분과 함께합니다.]

양쪽을 다 축복하다니 힉살라의 영혼도 바쁘겠군. 스타스는 검을 고쳐 잡았다. 남자도 허리춤에 매여 있던 검을 뽑았다. 그의 뒤편에 서 있는 습격대 무리도 검을 꺼내 들었다.

챙!

칼날이 부딪치는 소리가 숲에 울려 퍼졌다.

그 날카로운 소리를 기점으로 일라베니아의 사절단이 두 갈래로 갈라졌다. 검을 호기롭게 뽑아 든 기사들이 말을 탄 채 줄행랑을 쳤다. 화려한 장식의 흰색 마차와 그 마차를 호위하는 인원이 왼쪽. 베이지색의 마차와 그 뒤를 따르는 호위 기사들은 오른쪽. 습격대는 잠시 어안이 벙벙해졌다.

자난은 본능적으로 튀어 오르는 몸을 겨우 억눌렀다. 작전 지점의 공터에 남겨져 우왕좌왕하고 있는 세 대의 마차 때문이었다. 남겨진 일라베니아의 기사들은 어딘가로 달아나지 못한 채 멀뚱히 서 있다가 이내 정신을 차리고 마차 주위를 둘러싸며 엄호했다. 호위 기사의 숫자는 고작 열 명 정도에 불과했다.

자난은 깨달았다. 이들은 버리는 말이다. 자신의 목숨을 보전하기 위해서라면 부하를 버리는 것 정도는 아무렇지도 않은가. 2황자의 비정과 비겁함이 엿보였다.

하얀밤의 기사단장은 노련하게 검을 흘려 냈다. 보통 사람이라면 검이나 팔 둘 중 하나가 부러졌을 것이다. 그는 타이렝과 검을 부딪친 이후 곧바로 물러섰다. 타이렝의 이상할 정도로 강한 힘을 경계하는 것 같았다. 기사단장은 곧장 말을 몰아 공터에서 벗어났다.

타이렝과 자난은 기사단장을 주시했다. 리카르디스의 마차가 하얀색이라는 점은 공공연하게 알려져 있었지만, 그 안에 그 본인이 들어 있으리란 확신은 없었다. 황자가 어지간한 멍청이가 아니고서야 제 마차 안에 얌전히 앉아 있지 않을 테니 누군가와 분명 마차를 교체했으리라. 2황자의 수족이자 가장 강한 하얀밤의 검. 가을안개의 스타스. 그가 아니라면 누가 리카르디스를 지키겠는가. 스타스가 향하는 곳에는 반드시 2황자 리카르디스가 있을 것이다.

하지만 그들의 추측을 배신이라도 하듯, 기사단장은 왼쪽으로 달려간 흰색 마차를 쫓아갔다. 허망할 정도로 자난의 기대를 배반하는 상황이었다. 어지간한 멍청이가 맞았나 보군.

"1조, 2조는 흰색 마차를, 3조는 반대를 향한다! 4조는 남은 자들을 처리해라!"

타이렝의 목소리에 습격대가 흩어졌다. 2조의 조장인 자난은 대장의 명령에 따라 즉시 흰색 마차를 쫓아야만 했음에도 가만히 멈춰서 주위를 둘러볼 뿐이었다. 알 수 없는 묘한 감각이 그의 발목을 붙잡고 있었다.

'뭔가…… 무언가가 이상하다.'

어딘가 이질적인 분위기의 기사가 눈에 띄었다. 망토를 쓰고 있어 얼굴이 잘 보이지 않았지만, 그자와 눈이 한 번 마주쳤다. 햇빛을 받는다면 푸르게 빛날 녹색의 눈동자였다. 호수의 잔잔한 물결 같았다. 이 상황에 대해 어떤 두려움도, 절망도 느끼지 않는 눈이었다.

기사는 자난의 시선을 눈치챘는지 머리를 덮고 있던 망토를 뒤로 넘겼다. 높게 묶은 검은 머리가 드러나며 비에 젖기 시작했다. 여자였다. 사절단의 중요한 인물을 여자 기사가 호위할 리 없다. 확실히 이 공터에 남은 세 대의 마차에서 얻을 것은 아무것도 없는 모양이었다.

불안은 괜한 기우였나. 기왕 남은 것, 빨리 정리하고 쫓아가면 될 일이었다.

"4조는 현장을 정리하고 1, 2조를 엄호한다."

"네."

"네."

조원들이 자세를 낮추며 눈에 살기를 띠었다. 마차 주위의 호위 기사들이 긴장하는 기색을 비쳤다.

"전부 죽여라."

자난의 말에 스무 명이 넘는 인원이 일시에 움직였다. 휘이이, 스산한 바람 소리가 일라베니아의 기사들을 덮쳤다. '파편'을 굳이 사용하지 않더라도 이 정도의 인원을 없애는 것은 일도 아니었다. 자난은 마차의 지붕 위로 훌쩍 뛰었다. 쿵. 하고 마차가 크게 흔들렸다.

챙,

비가 내리는 공간임에도,

쾅!

검과 검이 부딪치며 불꽃이 일었다. 가느다란 금속이 낸다고는 믿기지 않을 만큼 강렬한 소리였다. 자난은 소리를 따라 시선을 돌렸다. 아까 눈이 마주쳤던 여기사가 보였다. 그녀는 신체가 비약적으로 강화된 검은달과 비등하게 싸우고 있었다. 놀라운 일이었다.

어깨로 밀쳐 내고 발로 걷어차 거리를 벌리는 둥, 임기응변에 익숙해 보이는 전투 방식이었다. 주위의 다른 남자 기사들이 느리게 보일 정도로 그녀의 동작은 재빨랐다. 태생적으로 힘이 약한 여자만 아니었더라도 더욱 훌륭한 기사가 될…….

콰직! 그녀의 발길질 한 번에 조원 한 명이 날아와 마차에 처박혔다. 자난은 덜컹거리는 마차 위에서 흔들리는 제 몸을 겨우 수습했다. 자난은 여기사에 대한 평가를 수정했다. 대단히 훌륭한 기사였다.

그녀는 이리저리 날아다녔다. 자신에게 향하는 공격뿐 아니라, 다른 기사들에게 닿는 공격까지 중간에서 계속 쳐 내고 있었다.

'이런. 나도 모르게 손이 놀고 있었잖아.'

자난은 마차 근처에서 전투 중이던 기사의 등에 칼을 꽂았다 빼내었다. 일라베니아의 기사는 피를 토하더니 풀썩 주저앉았다. 비범한 솜씨의 여기사가 흥미롭긴 했으나 쭉 여유 부릴 만한 상황은 아니었다. 자신도 빨리 2황자를 뒤쫓아야 했다.

자난은 마저 정리하기 위해 마차의 문고리에 손을 올렸다. 발타에서 시종일관 고개를 뻣뻣하게 들고 다니던 고귀하신, 일라베니아의 사절단 나리들을 알현할 시간이었다.

덜컥. 마차의 문이 거칠게 뜯겨 나갔다.

하지만 안에는…….

"마차가 비었다!"

당황한 자난의 외침에 반응하듯이 곳곳에서 다른 조원들의 목소리가 퍼졌다. 마차가 비어 있다! 안이 비어 있다! 아무도 없다!

자난은 고개를 번쩍 들었다. 어디 갔지? 애초에 비워 두었나? 어째서? 혼란스러워하며 전투를 지속하는 조원들이 보였다. 마차가 비어 있다는 사실만으로는 형성되지 않을 불안한 기류가 조원들을 감싸고 있었다. 자난은 전투가 일어나고 있는 너른 공터를 쭉 둘러보았다.

아까만 해도 부상으로 바닥을 기고 있던 일라베니아의 기사들이 펄펄 날아다니고 있었다. 이상한 일이었다. 자신이 등에 칼을 꽂았던 기사 역시 어느새 일어서 다시 싸우고 있지 않은가.

아무리 단련했다고 해도 그들은 인간이었다. 위대한 크레안 티다니온의 힘 앞에 한낱 인간이 상대가 될 리 없는 것이다. 무언가 이상했다. 분명히 무언가가 있다! 어쩌면 아까 느꼈던, 제 발목을 붙잡았던 기묘한 불안은 이 때문인지도 몰랐다. 뭐지, 뭐가 있는 거냐? 자난은 빠르게 기억을 더듬었다.

순간 여린 나뭇잎처럼 푸르렀던 눈동자. 그 눈이, 눈빛이 다시금 자난의 머릿속을 빠르게 스쳐 지나갔다. 그는 미친 사람처럼 검은 머리의 기사를 찾았다. 저 멀리 그녀의 모습이 보였다. 캉, 캉. 금속이 부딪치는 거친 소리가 울려 퍼지고 있었다. 자난은 깨달았다. 그녀를 중심으로 뭉쳐 있는 기사들의 전투는 방패 같은 형상을 갖추고 있었다. 해치우는 데 급급하기보단, 무언가를 지키기에 몰두하고 있는 것이다. 자난은 그 사이를 뚫어져라 쳐다봤다. 거슬리는 여자 기사의 뒤. 검을 빼어 들고 응전하던 장신의 남자 기사가 다친 동료에게 손을 뻗었다.

"!"

잿빛으로 물들어 있는 숲속에 희미한 빛이 퍼졌다. 피를 멎게 하고 상처를 아물게 하는 생명의 빛이었다. 그것이 무엇을 뜻하는지 자난이 모를 리 없었다.

이런 미친! 왜 이곳에 황자가 남아 있는 거지? 자난은 소리를 왁 질렀다. 이곳에 2황자가 있음을 알려야 했다.

"여기에⋯⋯!"

2황자가 있다! 하지만 그는 말을 끝맺지 못했다. 눈을 빛내며 이쪽을 바라보던 여기사가 한 발을 축으로 크게 돌았다. 검은 머리카락이 그녀의 거친 움직임에 따라 태풍처럼 원을 그렸다.

쉬익—

섬광이 바람 소리와 함께 쇄도했다. 그녀의 손에 들려 있던 검이 보이지 않았다. 쿨럭, 자난은 피를 왈칵 토했다. 자신의 목 아래에 정확하게 검이 박혀 있었다. 살기를 미처 눈치채기도 전에 날아왔다. 속도를 가늠조차 할 수 없었다.

'이, 이런 말도, 안 되, 는…….'

자난의 몸이 털썩, 바닥에 쓰러졌다. 흘러내린 피가 비 웅덩이 사이로 퍼져 나갔다.

* * *

울퉁불퉁한 길을 달리는 흰색 마차가 끊임없이 덜컹거렸다. 말이 달리는 것에 비하면 현저히 느린 속도였음에도 타이렝은 아직까지 마차의 뒤꽁무니만 쫓고 있었다. 이번에야말로, 이번에는 반드시 잡는다! 습격대원들이 속도를 내기 위해 말의 옆구리를 힘차게 찼다. 그때였다.

"으아악!"

"왁!"

두세 사람은 거뜬하게 집어삼킬 것 같은 거대한 독수리가 빠른 속도로 하강해 발타의 습격대원들을 퍽, 퍽 치고 지나갔다. 복잡한 시장 바닥에서 사람들을 어깨로 치고 다니는 건달 같은 모습이었다. 물론 그것보다 몇 배는 아프고 위협적이었다.

잠시간 마수가 나타난 거라 생각했지만 타이렝은 그 가설이 틀렸다는 사실을 곧바로 깨달았다. 피아 식별을 할 줄 모르고 눈앞의 모든 걸 파괴하는 마수의 행동과는 다소 동떨어져 있었기 때문이었다. 습격대만 집요하게 공격하는 걸 보면 누군가에게 길들여진 게 분명했다.

불시의 기습을 받은 조원이 말을 탄 채로 꼬꾸라지자, 뒤따라오던 대원들도 그에 걸려 연쇄적으로 줄줄이 낙마하고 쓰러졌다. 아비규환의 상황을 적당히 수습하고 다시 쫓아갈 즈음에는 흰색 마차가 또 한참 멀어져 있었다. 아까부터 반복되고 있는 상황이었다.

"이런 빌어먹을!"

타이렝이 씩씩거리며 욕을 내뱉었다. 하강하는 때를 맞춰 단검을 던져보아도 재주넘기라도 하듯 신묘하게 피하고, 눈이 마주치면 고개를 까닥까닥하며 약 올리는 듯한 몸짓을 하기까지! 새 한 마리에게 휘둘리는 상황이 이렇게 수치스러울 수가 없었다. 타이렝의 얼굴이 붉게 달아올랐다.

신성 제국 일라베니아. 그들의 신 이델라브힘은 인간 세계에 현신할 때, 독수리의 모습을 빌렸다고 알려져 있다. 독수리라는 동물 자체가 원체 똑똑하기로 유명했으나, 머리 위를 떠도는 저 날짐승은 그런 수준이 아니었다. 닿을 수 없는 곳에 있는 위대한 무언가가 독수리의 거죽을 뒤집어쓰고 있는 것 같았다. 진짜 이델라브힘의 사자이기라도 하다는 말인가.

타이렝은 목표를 바꾸었다. 마차의 후미에서 달리고 있는 기사단장 스타스가 보였다. 그는 화풀이라도 하듯 날렵한 손놀림으로 빨간 머리통을 향해 단검을 날렸다.

팅.

하늘에서 날아온 독수리가 날개로 칼날을 퍽 쳐 내었다. 대체 저 깃털은 뭐야?! 강철로 만든 것도 아닐 텐데! 타이렝의 이마에 혈관이 불뚝 올라왔다.

"저 미친……!"

욕설의 대가는 곧바로 돌아왔다. 타이렝의 머리 위로 큰 돌덩이가 쾅 소리를 내며 떨어졌다. 삐이이. 큰 충격을 받은 머리에 이명이 일었다. 정신이 잠시 둔해진 사이 독수리의 공격은 더욱 매서워졌다. 여기저기서 이게 대체 뭐냐며 울분을 토해 내는 소리가 들렸다. 습격대는 수차례의 낙마와 공격을 근근이 버티며 2황자의 흰색 마차를 쫓았다.

그렇게 잘 도망치던 흰색 마차가 갑자기 속도를 늦추기 시작했다. 커다란 나무 한 그루가 쓰러져 길을 막고 있었던 것이다. 습격대원들이 미리 작업해 둔 결과물이었다. 느릿하게 달리던 2황자 무리가 하나둘 멈춰 섰다. 타이렝은 으하하 웃으며 승리를 예감했다. 지긋지긋한 술래잡기의 끝이 보이는 듯했다. 쓰러진 나무 앞에 멈춰 선 일라베니아의 기사들이 하나둘 망토를 젖혔다. 그들의 머리 위로 빗줄기가 쏟아져 내렸다. 한 명, 한 명. 그리고, 이내 모든 사람의 얼굴이 훤히 드러났다. 마치 일부러 보여 주는 것 같았다.

그 무리 사이에 있는 5황자 디에즈를 발견하고 타이렝은 당황했다. 오른쪽 갈림길로 들어갔으리라 예상했던 디에즈가 이 자리에 있다니. 무언가가 틀어지기 시작한 것이다. 타이렝의 흔들리는 눈동자를 본 스타스가 손을 들어 올렸다. 그 신호를 기점으로 디에즈와 함께 기사들의 반절이 되는 인원이 말을 탄 채로 나무를 훌쩍 뛰어넘었다.

암살대가 눈만 깜박이며 그들을 지켜봤다. 1조의 조장이 머뭇거리다가 타이렝의 옷자락을 툭툭 당겼다. 어쩌면 좋겠냐고 묻는 것 같은데, 타이렝도 환장할 지경이었다. 지금 이 자리에는 남은 기사들과 함께 흰 마차가 있었다. 황자의 안위가 걸려 있는 이 중요한 판국에 호위를 줄이는 미친 짓을 하다니? 타이렝의 뒷골에 섬뜩한 감각이 돋아났다.

설마, 저 안에…… 2황자가 없는 건가? 방금 달아난 무리에 2황자가 섞여 있었나? 아니다. 그중에 은발 머리는 없었다. 전원이 망토를 벗으며 얼굴을 드러낸 이유는 그 때문인 것 같았다. 타이렝이 으드득 이를 갈았다. 이놈들은 미끼다!

저 마차에 리카르디스가 없으리라는 예감이 들었지만 열어 보기 전까지는 확신할 수 없었다. 타이렝의 머릿속에서는 2황자가 득의양양한 낯으로 마차 안에 앉아 있는 모습이 그려졌다. 리카르디스의 그림자가 그를 세차게 흔들고 있었다. 객관적으로 생각해 보려 했지만, 이미 실타래는 잔뜩 엉켜 있었다.

검은 집단은 곧 타이렝의 지시하에 세 개로 나뉘었다. 이곳에 남을 자, 베이지색 마차를 쫓을 자, 세 개의 마차가 남아 있는 최초의 지점으로 돌아갈 자. 검은달의 대원들은 재빠르게 숲속을 헤치며 사라졌다. 타이렝 또한 어디에 있을지 모르는 2황자를 추격하기 위해 떠났다.

흰 마차를 둘러싼 사람들로부터 비장함이 감돌았다. 남은 하얀밤 기사단은 스타스를 비롯한 30여 명으로, 스무 명 남짓한 암살자들보다 많은 숫자였다.

하지만 본격적인 싸움이 일어나기 전부터 스타스는 체감하고 있었다. 고작 이 정도 수의 우위로는 승리를 기대하기 어렵다. 검은 옷을 입은 습격대원들의 태도에서는 어떠한 조급함도 찾아볼 수 없었다. 기이한 안광을 띠고 있는 눈동자에는 오만함이 서려 있었다. 스타스가 이끄는 이곳에 2황자가 있건 없건 간에 모든 것은 자신들의 뜻대로 돌아가리라 확신하는 듯했다.

스타스는 얼굴의 빗물을 닦아 내며 웃었다. 습격해 온 다수의 인원은 예상치 못한 상황의 연속으로 인해 잘게 흩어지고 쪼개졌다. 그들의 전체 인력과 맞부딪쳤다면 이 자리에서 전멸했을 것이다.

애초부터 패할 것이 분명했던 싸움. 약간의 승산을 더 얻을 수 있다면 그것만으로도 족했다. 고래무덤의 파르딕트와 가을안개의 스타스는 검을 다잡았다. 모두가 이 위험 속에 발버둥 치고 있었다. 심지어는 자신의 하나뿐인 주군, 리카르디스마저도.

마차를 둘러싼 두 무리가 충돌했다.

리카르디스 전하를 위해!

모든 것은 힉살라의 뜻대로!

* * *

쾅!

검을 던져 버린 로젤린은 적과 몸을 부딪치며 직접적인 힘겨루기를 했다. 검은 복면의 남자가 나무에 처박히며 꿈틀거렸다. 또 다른 암살자가 그녀의 목을 향해 예리한 검을 휘둘렀다.

로젤린은 몸을 깊게 숙여 칼날을 피한 후, 상대의 발목을 휙 잡아채어 들어 올렸다. 그녀의 어마어마한 힘에 남자는 몸의 균형을 잃었다. 로젤린은 그 품으로 한 발짝 깊게 파고 들어가며 팔꿈치로 관자놀이를 세게 찍었다.

퍽. 뼈가 으스러지는 소리와 함께 남자는 다른 암살자에게 날아갔다. 두 남자는 뒤엉켜 데굴데굴 구르더니 그대로 일어나지 못했다. 로젤린은 흙바닥에 떨어져 있는 발타의 검을 집었다. 지금 막 그녀에게 검을 왜 던지느냐, 대체 뭐로 싸우려고 이러냐 하며 타박하려던 리카르디스가 머쓱해하며 말을 바꾸었다.

"심장이 남아나질 않으니 검 좀 그만 버려, 경! 위험하잖아!"

"예."

그녀는 듣는 둥 마는 둥 설렁설렁 대답하면서 주위를 쭉 살폈다. 세 대의 마차가 있는 넓은 공터. 하얀밤 기사단을 둘러싸고 있는 암살자의 수는 스물이 조금 넘었으나 현재는 반 이하로 줄었다. 하얀밤 기사단 측의 피해는 크지 않은 상태였다. 강력한 치유의 힘을 지닌 신성력 덕분이었다.

피가 분수같이 쏟아지던 머리에서는 상처의 흔적을 찾을 수 없었다. 팔이 뜯겨 나갈 듯 너덜거리는 상처도 순식간에 아물었다. 습격대원들의 안색이 점차 파리해졌다. 허벅지를 꿰뚫렸던 기사 한 명이 벌떡 일어나 싸우기 시작했기 때문이었다. 자난이 다 말하지 못한 채 죽어 버렸지만, 모두가 깨닫고 있었다. 2황자 리카르디스가 이곳에 있다.

베어도 찔러도 죽지 않는 무시무시한 군단이었다. 상처는 생성된 그 순간부터 사라졌고, 흉터 하나 남지 않았다. 죽음이라는 섭리를 무시하는 듯했다. 저것이 인간의 힘이란 말인가? 두려움에 팔다리가 떨렸다. 크레안 티다니온의 창을 막는 이델라브힘의 방패. 대륙에 널리 퍼진 명성이 증명되는 순간이었다.

[나를 죽이지는 않을 거다. 그들에게도 신성력은 필요한 것이니까.]

전날 밤이었다. 군사 회의는 밤이 새도록 계속되었다. 자리에 모인 사람들이 리카르디스의 말에 고개를 끄덕였다. 몇백 년에 한 번 나올까 말까 한 신성력의 소유자 2황자 리카르디스가 그들의 영역인 발타의 땅 안에 들어와 있는 상황이었다. 하카브 왕자가 이 귀중한 기회를 놓칠 리 없었다.

[우선 전하를 생포하려는 시도를 하겠지요?]

[그래, 그러니 해독제가 없다는 파편을…… 처음부터 사용하진 않겠지. 초반에 수를 좀 줄여야겠어.]

[단순히 수의 차이로 우위를 점하려 할까요?]

[하카브 왕자가 그렇게 쉽게 나올 리가. 몇 가지 가정은 있었지만 '이것' 이 내게 확신을 주었다.]

리카르디스는 로젤린이 훔쳐 왔던 검은 보석을 들어 보였다. 마력이 담긴 검은 돌이었다.

[마인들은 몸 안의 마력을 활용해서 신체 능력을 높이고는 하지. 마력의 양에 따라 그저 신체가 건강한 자부터 마수와 같은 힘을 내는 자까지 다양하다고 알고 있다. 하지만 이렇게 응축된 마력이라면, 글쎄. 대단한 병기가 탄생할 수도 있지 않겠나?]

[······!]

다들 리카르디스의 손에 담긴 검은 보석을 쳐다보았다. 그 작은 돌 안에서 연기가 불안하게 요동치고 있었다. 그는 마수의 결정을 꽉 쥐었다. 뾰족한 파편이 그의 손을 파고들 듯했다.

[인위적인 마인의 제조라······ 하카브 왕자도 제법 재밌는 짓을 벌이는군.]

[이게······ 대체 무슨 일이란 말입니까? 그런 간악한······.]

잇세리온의 떨리는 목소리에는 그의 심정이 고스란히 드러나 있었다. 분노, 경악, 공포. 막사 안에 있는 모든 이가 느끼는 공통적인 감정이었다.

[몸에 심는 것이려나. 흠····· 사용법까지는 모르겠군. 어쨌든, 신체 기능이 비정상적으로 증폭되어 있는 집단이겠지. 보통 사람들이라면 반드시 지는 싸움이지만 내가 나서면 판도는 달라진다. 신의 가호가 있는 이상 그대들은 쉽게 다치지 않을 테니.]

[너무 무모합니다, 전하!]

[100명이 넘는 인원을 내가 하나하나 치료해 가며 끌고 갈 수는 없어. 상급 기사들로만 호위 조를 구성한다. 열 명 안쯤이면 적당하겠군.]

잇세리온은 거품 물고 쓰러지기 직전이었다. 3,000명이 달라붙어서 호위해도 모자랄 판에 열 명? 심지어 열 명 안쯤이란다.

[스타스 경도 빼고.]

[전하!]

이번에는 스타스도 기겁했다. 기사단장을 떼어 놓고 대체 어쩌겠다는 건지! 모두가 눈을 뒤집고 기함했지만, 리카르디스는 아랑곳하지 않았다.

[여기에 제국의 2황자, 설원의 월계수 리카르디스 다리우 일라베니아가 있습니다. 큰 소리로 말하고 다니지 그래. 그대들의 말대로 하얀밤 기사단의 단장이 2황자를 안 지키면 또 누굴 지키겠어. 그놈들도 똑같이 생각하겠지. 설마? 설마 2황자 곁에 기사단장이 없겠어? 설마 기사단장이 빈 마차를 지키고 있겠어? 분명 생각해 볼 만한 틈이 있지만, 희박한 확률을 걸

고 도박을 하지는 못할 테지. 하지만 나는 한다, 그 도박.]

미친 짓이었다. 어느 나라의 황족, 왕족이 제 목을 미끼로 전쟁터에 뛰어든단 말인가. 그를 위해 죽음도 불사할 스타스는 무릎을 꿇으며 그의 명에 불복하겠노라 얘기했다. 물론, 고지식한 기사단장이 이렇게 행동할 것이라고는 예상하고 있던 바라 놀라울 것도 없었다.

정공법으로 싸운다면 전멸이다. 리카르디스는 알고 있었다. 모두가 살 수 있는 방법은 없다. 분명 많은 기사들이 죽을 것이다. 리카르디스가 아둔해 보일 정도로 이 방법을 고집하는 이유는 제 사람들의 승률을 조금이라도 더 올리기 위함이었다. 아주 조금 더 이길 수 있는 가능성, 아주 조금 더 살 수 있는 가능성. 본말이 전도된 것이나 다름없었다. 기사가 주군을 지키는 것이지, 주군이 기사를 지키는 게 아니었다.

막사 안이 들썩였다. 너 나 할 것 없이 리카르디스의 작전에 강하게 반대했다. 제 시체를 밟고 가시라, 죽어도 안 된다! 핏발이 번뜩번뜩하게 비치는 것에서 그들의 결의가 느껴졌다. 리카르디스는 쐐기를 박기 위해 누군가의 이름을 입 안에 담았다. 바로 옆에 있는 잇세리온과 스타스만이 들을 수 있을 정도의 작은 소리였다.

[로젤린 경.]

높낮이 없이 잔잔한 대답이 들려왔다.

[예, 전하.]

로젤린이었다. 정확히는 막사의 아랫부분을 들춰, 얼굴만 쏙 들어와 있는 머리통이 대답했다. 그녀의 구불거리는 머리카락이 흙바닥에 펼쳐져 있어 다소 공포스러웠다.

[……]

[……]

아, 아까 분명 레이몬드한테 잡혀갔는데 언제 또 들어와 있었지? 그것도 머리만? 파르딕트와 카일로는 그녀의 집념에 식겁했다. 리카르디스가 유쾌하다는 듯 하하 웃었다.

[스타스 경 대신 그녀가 날 지킨다. 그렇지, 로젤린 경?]

[네. 제가 전하를 지킵니다.]

[호위 인원이 적고 많고는 딱히 상관없지 않나, 경?]

[그렇습니다. 솔직히 움직이는 데 방해만 됩니다.]

이것 봐. 그녀도 그렇게 말하지 않나. 리카르디스는 여상한 표정으로 막사 안의 사람들에게 고루 시선을 주었다. 그들은 입만 떡 벌린 채 황당해하다가 곧 정신을 차리고 버럭 소리 질렀다.

[안 됩니다.]

[절대로 안 됩니다!]

[고작 상급 기사 한 명으로……!]

리카르디스가 손을 들어 올려 그들의 말을 끊었다.

[로젤린 경.]

그녀는 몸을 굴려 완전하게 막사 안에 들어왔다. 하얀 제복에 흙먼지가 얼룩덜룩하게 묻어 있었다. 리카르디스는 구석에 있던 거대한 방패를 그녀에게 넘겼다. 중장비 전사인 파르딕트의 방패라 그런지, 로젤린이 들고 있으니 몸 대다수가 가려질 정도였다.

그녀는 물끄러미 리카르디스를 바라보았다. 그는 그녀와 눈을 맞추며 입을 열었다.

[부숴 버려.]

리카르디스의 농담에 모두들 어허허 웃었다. 하지만 곧 입을 다물 수밖에 없었다. 두꺼운 방패가 그녀의 손에서 종잇장처럼 우그러지고 있었기 때문이었다. 콰드득, 카앙. 여린 손등 위로 힘줄이 툭 불거졌지만, 그녀의 표정만은 온화했다. 점점 더 휘어지던 방패는 완전히 뒤틀리며 결국에는 타앙! 금속이 우는 소리와 함께 두 조각으로 분해되었다. 파르딕트는 방금 제 귀한 방패가 쓰레기가 되었다는 사실을 인지하지 못할 정도로 크게 충격받았다.

[더 할까요?]

리카르디스는 가볍게 고개를 저었다. 잇세리온은 어버버, 말을 잇지 못했다. 지금 제 두 눈으로 뭘 본 것인지 이해할 수 없었다. 리카르디스는 조용해진 공간 속에서 말을 이었다.

[그녀가 날 지킨다.]

아까와는 다른 무게를 지닌 말이었다.

[네, 반드시.]

* * *

누가 보아도 불리한 형국이었다. 하얀밤 기사단원들은 비정상적으로 강인한 발타의 습격대를 상대로 필사적으로 싸웠다. 이미 기사단원의 3분의 1은 차가운 비를 맞으며 바닥에 쓰러져 있었다. 큰 부상을 입은 자도, 이미 죽은 자도 있었다.

스타스와 파르딕트는 그 난전의 가운데 끝까지 버티고 서 있었다. 실력과 오랜 경험이 그들을 가까스로 지탱했지만 이미 한계였다. 급소를 스치지 않았다 뿐이지 어디 하나 성한 곳 없이 너덜너덜했다. 지키는 자들이 줄줄이 쓰러져 마차로 가는 길이 열렸다. 암살자 중 한 명이 빠르게 접근해 흰색 마차의 문을 열었다. 널찍한 내부에는 습기만이 가득 차 있었다.

"비어 있습니다!"

쯧, 혀 차는 소리가 났다. 습격대 1조의 조장이었다. 흘러가는 분위기로 보아 이곳에 2황자가 없으리란 것쯤은 이미 눈치채고 있었다.

"몇 놈 안 남았으니 마저 처리하고 간다."

"네."

"네."

스타스가 복부에 길게 난 상처를 붙잡으며 거친 숨을 몰아쉬었다. 이제 끝인가. 승패는 이미 갈렸다. 그러나 하얀밤 기사단원 중 그 누구도 끝까지 검을 놓지 않았다. 스타스는 덜걱거리는 몸을 이끌고 두 명을 더 베어 내다 어깨를 꿰뚫렸다. 그는 이를 꽉 깨물며 신음을 참아 냈다.

"제법 끈질겼다. 일라베니아의 기사여."

무릎을 꿇은 스타스의 목덜미로 암살자의 검날이 향했다.

쿵…….

검을 내리치려던 손길이 잠시 정지했다. 암살자는 괴이한 소리에 잠시 주위를 둘러보았다. 잘못 들었나?

쿵.

잘못 들은 게 아니었다. 무거운 것이 내려앉는 소리가 그들의 귀로, 땅의 진동으로 전해졌다.

쿵!

크고 묵직한 울림에 간신히 땅을 딛고 서 있던 기사단원들이 털썩 주저 앉았다. 마치 천둥소리처럼 온 공간이 울렸다. 놀란 새들이 하늘로 날아올 랐다. 뭐, 뭐야. 하얀밤 기사단원뿐만 아니라 검은달의 암살자들도 동요하 기 시작했다.

쿵, 쿵. 소리는 점점 빨라지고 발밑은 더욱 요동쳤다. 콰드득, 와직. 수백 년 그 자리를 지키던 거목들이 부서지는 소리가 났다. 푸른 잎이 빼곡히 채 워진 숲에서 기묘한 움직임이 일었다. 갈대밭에 바람이 불듯이 나무가 하나 씩 눕기 시작했다. 무언가가 점점 다가오고 있었다.

"저, 저게 대체……!"

모두들 경악하며 그 광경을 바라보았다. 뒷걸음질 치던 암살자 한 명이 바닥에 떨어진 나뭇가지 하나를 밟았다. 탁. 부서지는 소리와 함께 커다란 검은 형체가 숲의 경계를 뚫고 뛰쳐나왔다.

쿠와아아아아아―!

귀가 먹어 버릴 정도의 포효였다. 스타스의 목에 검을 겨누고 있던 자의 상반신이 순식간에 날아갔다. 스타스의 얼굴 위로 피가 확 튀었다. 눈을 깜박이며 핏물을 시야에서 몰아낸 것은 시간이 조금 흐른 후였다. 그사이에도 인간의 비명 소리는 끊이지 않았다.

검은 털과 날카로운 발톱. 일반적인 불곰의 서너 배 크기는 될 법한 거대한 곰이었다. 그것은 사람들을 도륙해 나갔다. 산만 한 덩치가 무색할 정도의 빠르기였다. 검은달의 암살자들 또한 자그마한 마수의 결정을 몸에 심고 있었으나, 상대조차 되지 않았다. 암살자들은 맹수와 대적할 생각조차 하지 못했다. 도망가는 자, 전의를 상실한 자들은 곰의 두꺼운 앞발에 산산조각이 났다.

그런데 왜…… 스타스의 의문은 뒤에서 들려온 목소리로 인해 끝맺지 못했다.

"다, 단장님."

바다협곡의 네스터가 얼떨떨한 목소리로 스타스를 불렀다. 네스터는 검은 곰이 지나가는 길목에 서 있었지만, 무사히 귀환했다. 곰이 커다란 엉덩이로 밀어 그를 튕겨 냈던 것이다. 그것도 네스터의 옆에 있던 암살자의 머리를 아작아작 씹다 뱉으면서.

'아저씨, 길 막지 마시고요. 방해되니까 좀 비키세요.'라는 말이 들리는 것 같았다. 거슬리는 물건을 치워 버리는 듯한 느낌으로.

이후로도 야수는 몇몇 사람들을 머리나 엉덩이로 슬쩍슬쩍 밀어냈다. 모두 일라베니아 기사들이었다. 그들은 엉덩이가 튕겨 낸 방향을 따라 생존자들의 무리로 합류했다. 다들 멍한 표정을 지었다. 무슨 일이 일어난 것인지 알 수 없었으나, 저 짐승이 검은달의 암살자만을 노리고 있다는 사실만은 아주 명확해 보였다. 혼란의 와중 스타스는 제복을 찢어 어깨의 상처를 지혈했다.

"부상자들을 수습한다!"

암살자들의 비명 소리가 끊이지 않는 가운데, 기사단원들은 스타스의 명령에 따라 빠르게 움직였다. 지금은 공격당하지 않고 있지만, 암살자들이 전부 죽은 후에는 사정이 어떻게 달라질지 알 수 없었다.

비명 소리가 멎었다. 흙바닥은 피로 흥건히 젖어 있었다. 운 좋은 암살자 몇은 달아났다. 검은 짐승은 형형한 눈으로 기사단원들을 쭉 둘러보고는 어슬렁어슬렁 숲속으로 사라졌다. 암살자들이 도망간 방향이었다. 쿵, 쿵. 땅을 울리는 소리가 점차 멀어졌다.

"허…… 허억……."

단원들은 창백한 얼굴을 한 채 참았던 숨을 터트렸다. 암살자들과 치렀던 전투보다도 두려운 경험이었으나 덕분에 전멸은 피했다.

"단장님."

파르딕트가 스타스를 향해 터벅터벅 걸어왔다. 그 또한 허벅지에 대충 천을 둘러 지혈해 놓은 상태였다.

"눈치채셨습니까. 그 짐승."

스타스는 고개를 끄덕였다. 모두가 혼이 쏙 빠져 있어 미처 생각지도 못했지만 두 사람은 눈치챘다. 그 검은 곰은 이곳에 모습을 드러내기 전부터 피에 잔뜩 젖어 있었다.

"전하를 뒤쫓아 간 무리도 비슷한 꼴을 당했을지도 모르겠습니다. 저희에게는 대단한 행운이군요. 검은달 놈들이 그 곰의 돈이라도 떼먹은 걸까요?"

"농담에는 영 재주가 없군, 파르딕트 경. 놈이 다시 돌아올지도 모르니 얼른 이곳을 벗어나도록 하지."

"아니면 먹잇감을 빼앗겼다든가? 새끼를 건드렸다든가?"

"……."

이후로도 파르딕트는 부모의 원수까지 운운하며 온갖 추측을 해 댔다. 스타스는 그의 말을 받아치며 잡담에 마침표를 찍었다.

"뭔지는 몰라도 소중한 걸 위협하지 않았겠나."

스타스는 문득 하늘을 올려 봤다. 그들 머리 위를 날아다니던 독수리는 어디로 갔는지 보이지 않았다.

* * *

타이렝은 상당히 화가 난 상태였다. 초장에 기사단 전원을 전멸시키고 황자를 납치하려던 계획이 자꾸만 틀어지고 있었다. 리카르디스의 계략과 습격대만 공격하는 독수리까지. 아주 재수가 옴 붙은 날이 아닌가. 그는 초조함에 발걸음을 재촉했다. 어서 되돌아가 상황을 마무리 지어야 했다. 그러나 세 대의 마차가 있어야 할 장소에서 마주한 광경은, 그의 상상과 다소 달랐다.

"이, 이⋯⋯!"

타이렝은 주위를 빠른 눈으로 훑었다.

"이런 젠장! 그 망할 놈들이!"

공터에는 어떤 것도 남아 있지 않았다. 마차도, 말도, 살아 있는 하얀밤의 기사도. 진흙을 피로 흥건하게 물들이고 있는 시체들만 차가운 빗속에 널브러져 있었다. 수십 구의 시체는 대부분이 검은달의 습격대원이었고, 하얀밤 기사단원의 시체는 고작 넷에 불과했다. 작전 지점으로 돌아온 대원들이 모두 우왕좌왕하고 있었다. 타이렝이 버럭 소리 질렀다.

"찾아서 전부 죽여!"

그는 벌겋게 충혈된 눈으로 주위를 둘러보았다. 2조를 관리하는 자난의 시체가 보였다. 감이 좋은 놈이었다. 이 웃기지도 않은 계획을 혼자 알아채고 이곳에 남은 듯했다. 타이렝은 이빨을 으득으득 갈았다.

"⋯⋯이건?"

타이렝은 시체들 주위로 굴러다니는 작은 유리병을 집었다. 조장들에게만 배급된 발타의 마독, '파편'이 담긴 병이었다. 하지만 텅텅 비어 있었다. 필사의 상황이 아니면 꺼내지 않아야 하는 무기인데 누군가가 사용해 버린 듯했다.

* * *

"다들 괜찮나?"

"예."

"……네."

빗줄기가 굵어지며 더 억세졌다. 체력은 뺏기겠지만 지나온 흔적은 쉽게 씻겨 나갈 것이다.

공터에서 싸움을 끝낸 후 하얀밤의 기사들은 나뉘어 행동하기로 했다. 한 번에 많은 인원이 움직일수록 흔적이 커져 도리어 위험해질 가능성이 있기 때문이었다. 멈춰 있던 세 대의 마차와 말은 각기 다른 방향으로 보내졌다. 적의 혼란을 더해 줄 것이다.

[이델라브힘의 영광을 그대들에게.]

기사들은 리카르디스의 망토 자락에 입을 맞췄다. 마지막으로 보는 주군의 모습일지도 몰랐기에 기사들은 몇 번이고 그를 눈에 담았다. 회색의 숲에 이델라브힘의 빛이 아름답게 떠도는 광경은 기사들의 마음을 굳세게 만들었다. 내려앉은 어둠을 걷어 내는 자. 리카르디스의 축복이었다. 상처가 사라지고 몸에는 활력이 돌기 시작했다.

시체를 수습할 시간조차 없었다. 저마다 동료의 머리카락을 베어 품에 넣었다. 전투가 끝나 분위기가 느슨해지고 소강상태에 들어선 때였다. 죽은 척 숨을 죽이고 있던 검은달의 습격대원은 이런 방심한 순간을 노리고 있었다. 그는 품 안의 암기를 던지며 리카르디스에게 달려들었다.

그러나 그를 노린 모든 시도는 실패로 돌아갔다. 날아오는 작은 암기들은 상급 기사 혜일이 막아 내었고, 리카르디스는 로젤린의 품에 안겨 위험에서 벗어났다. 2황자를 잽싸게 끌어안고 바닥을 구르는 그녀의 폼이 얼마나 날렵하고 멋졌는지, 그 급박한 상황에서도 주변에서 감탄의 소리가 흘러나올 정도였다.

로젤린은 어깨에 피가 흐르는 감각을 느꼈다. 암살자의 검에 살짝 베인 듯했지만, 다행히도 큰 상처는 아니었다. 검은달의 암살자는 레이몬드의 일격에 머리가 반으로 쪼개졌다. 분노가 서려 있는 날카로운 검이었다.

호위 기사들은 자리를 정리하고 흩어졌다. 리카르디스는 부단장 나단과 레이몬드, 상급 기사 헤일, 로젤린과 함께 움직였다. 다섯 명은 빠른 속도로 숲을 지나갔다.

"……"

로젤린은 숨을 가쁘게 쉬었다. 겨우 이 정도의 달음박질이 힘겹게 느껴졌다. 그녀가 '그것'에서 점차 인간이 되어 가고 있다는 증거였다. 처음 '로젤린'이 되었을 당시, 부러진 뼈와 상처를 복원했던 속도와 판이했다. 1시간이 지났는데도 아직까지 어깨의 상처가 아물지 않았다. 피가 멎고 살이 채워지고는 있었지만, 현저히 느린 속도였다.

하지만 로젤린의 체력을 앗아 가고 있는 것은 그뿐만이 아니었다. 상처를 통해 들어온 이질적인 기운이 몸속을 헤집으려 날뛰고 있었다. 로젤린은 그 정체를 쉽게 파악했다. 그녀가 읽어 낼 수 있는 종류의 힘이었다.

'파편'.

마지막 일격을 날리던 암살자의 눈빛이 필사적이었던 이유가 이 때문이었던 건가. '그것'일 때에는 어떤 독도 통하지 않았지만, 인간에게 동화된 지금의 상태로는 장담할 수 없었다. 생명의 조각이 섞이기 시작한 지금. 마력의 덩어리가 아닌, 육체를 가진 생물인 지금. '파편'의 힘은 로젤린에게 분명히 영향을 미치고 있었다.

헉, 헉 거친 숨소리가 울렸다. 자신의 몸 상태에 집중하던 로젤린은 재빨리 주위를 훑었다. 상황이 좋지 않다고는 하나 주변을 경계하는 일을 소홀히 할 수는 없었다. 날카로운 감각이 주변을 향한 그 순간, 로젤린은 고통에 가득 찬 신음 소리를 들었다. 그와 동시에 뒤에서 달리고 있던 상급 기사 헤일의 무릎이 한순간에 확 꺾였다는 사실 또한 인지했다. 로젤린은 재빠르게 헤일의 몸을 받아 냈다.

"헤일 경!"

그의 얼굴은 시체보다도 창백했다. 헤일은 코피를 흘리며 헉헉 급하게 숨을 몰아쉬었다. 다급한 목소리에 레이몬드가 뒤를 돌아보았다.

"전하! 헤일 경이……!"

조심스럽고 낮게 외치는 목소리였지만, 다들 걸음을 멈췄다. 그들은 급하게 로젤린과 헤일에게 다가왔다. 리카르디스는 몸을 가누지 못하는 헤일의 옷을 벗기며 상태를 살폈다. 그의 눈과 손이 분주하게 움직였다. 이건 분명히 '파편'의 중독 증세였다. 부단장 나단과 레이몬드는 초조해하며 상황을 지켜봤다. 리카르디스가 치료하지 못한다면 그 누구도 손쓸 수 없다는 것을 알고 있었다.

리카르디스는 곧 헤일의 손목 부근에 길게 그어진 상처 한 줄기를 발견했다. 상처 부위에는 이미 새카만 핏줄들이 떠올라 있었다. 암살자의 암기를 쳐 내다가 스쳤던 모양이었다.

리카르디스의 손에서 안개 같은 하얀빛이 뿜어져 나왔다. 반딧불 같은 작고 하얀 빛무리가 안개를 감쌌다. 이델라브힘의 빛은 오랜 기간 상처의 곁에 머물렀지만, 거미줄같이 퍼진 검은 핏줄은 사라질 기미를 보이지 않았다. 리카르디스가 인상을 찌푸렸다.

"젠장……!"

이미 상당한 양의 신성력을 쏟아부었지만, 상태는 호전되지 않았다. 성력이 몸 안에 들어갈 때면 잠시 얼굴에 생기가 도는 정도에 불과했다. 헤일의 눈이 벌겋게 충혈되기 시작했다. 리카르디스가 다시 한번 힘을 쓰려고 하자, 헤일이 그의 손을 덥석 잡아 만류했다. 헤일은 로젤린의 부축을 받아

비틀거리며 일어났다.

"이, 이미 전투에서 힘……을 많이 쓰셨습니다, 전하. 갈 길이 아, 아직 멉니다. 힘을 아끼셔야…… 합니다."

"조금만 더 가면 된다. 레이몬드 경이 부축해. 걸어라. 조금만, 조금만 더 가면 된다."

갈라진 리카르디스의 목소리에 절실함이 비치고 있었다. 헤일은 고개를 절레절레 저었다. 맨 처음 암기가 스쳤을 때는 작은 상처라고 생각했지만, 곧 몸속을 은밀하게 파고드는 고통에 깨닫게 되었다. 죽음이 코앞에 와 있다는 사실을. 이 이상 발길을 늦추게 할 수는 없었다. 암살자들은 지금도 시시각각 다가오고 있을 것이다.

"저……는 이 길을 벗어나 흔적을 남기며 다, 른 곳으로 걷겠습니다."

리카르디스는 제 입술을 꽉 깨물었다. 비스타의 사냥 대회에서도 살아남았던, 오랜 기간 그의 곁에서 호위 임무를 맡았던 기사였다. 이렇게 허무하게. 이렇게나 덧없이…… 사람이 죽는 것이 이렇게나 쉽다니. 헤일은 힘겹게 무릎을 굽혀 리카르디스의 더러운 부츠 끝에 입을 맞췄다.

"부, 부디. 전하의 앞길에, 이델라브힘의 빛이 깃들기를…… 간절히 기원하겠습니다."

헤일은 로젤린에게 걱정스러운 눈빛을 보냈다. 황자 전하를 잘 부탁한다, 로젤린 경. 피에 목이 막혀 있는 것 같은 거친 목소리였다. 로젤린이 경례하자 헤일이 희미하게 웃으며 길을 벗어나 걸었다. 안개 깔린 숲은 금세 한 사람의 모습을 집어삼켰다.

"……이동한다."

"네."

"네."

로젤린은 다시 달리면서 헤일이 사라진 방향을 한번 쳐다보았다. 어깨의 상처에서 통증이 느껴지기 시작했다. 하지만 그것을 느끼지 못할 정도의 거센 분노가 그녀의 머릿속을 사납게 헤집고 다녔다.

* * *

숲속에 어둠이 내려앉았다. 끊임없이 쏟아지는 비와 발을 끌어들이는 질 퍽한 진흙 길. 제대로 쉬지도 먹지도 못해 피로한 몸까지. 그들은 열악한 상황 속에 몇 시간을 이동했다. 지쳐서 말도 나오지 않을 정도라, 자리를 잡고 잠시 쉬어 가기로 했다.

로젤린이 운 좋게도 숨겨진 작은 동굴을 발견했다. 짐승 냄새가 나는 걸로 보아 무언가의 집이었던 것으로 추정됐다. 희미한 달빛조차 스며들지 않는 깊은 바위 굴이었다. 리카르디스는 망토를 벗어 한쪽에 널어 두고 털썩 주저앉았다.

"이 어둠 속에서 우리의 흔적을 찾기란 어려운 일이겠지요. 조금이라도 주무시는 게 좋겠습니다, 전하."

"그래. 그대들도 좀 쉬어. 잠시 뒤에 다시 움직여야 하니."

지친 목소리였다. 로젤린은 잠시간 리카르디스를 바라보다 동굴 벽을 따라 흐르는 빗물을 수통에 채웠다. 그사이 남은 기사들이 각자의 주머니를 뒤져 식량을 확인했다.

"전하. 여기, 육포입니다."

리카르디스는 그녀의 목소리를 따라 시선을 옮겼다. 그러나 보이는 것이라고는 짙은 어둠뿐이었다. 불도 지피지 않은 동굴에서 다른 형체를 구분하기란 쉽지 않은 일이었다.

리카르디스의 시선은 그녀에게 닿지 못하고 이리저리 방황했다. 왜 저러는 거지? 아. 인간은 어두우면 잘 볼 수 없지. 로젤린은 어둠 속에서 남몰래 고개를 끄덕였다.

리카르디스는 제 입 안을 비집고 들어온 짭짤한 고기의 맛에 흠칫 몸을 떨었다. 로젤린이 그의 입에 더럭 쑤셔 넣은 것이다. 리카르디스는 잠시 어처구니없어하기는 했으나 그녀의 행동에 딴죽을 걸지는 않았다. 힘겹게 육포를 씹어 삼켰더니, 곧바로 달달한 과자 한 조각이 입에 들어왔다. 이대로 두었다가는 계속 어미 새에게 먹이를 받아먹는 아기 새 꼴이 될 것 같은 불길한 예감이 들었다.

"……손에 올려 주면 되지 않나, 경?"

"아. 그렇군요."

로젤린은 리카르디스의 손을 잡아 육포와 수통을 넘겼다. 리카르디스는 물을 벌컥벌컥 마셨다. 달리는 와중에 빗물을 많이 마셨는데도 갈증이 일었다.

그는 동굴 벽에 기대어 눈을 감았다. 주위가 온통 어두워 뜨고 있는 것과 별다른 차이는 없었다. 귓가로 호위 기사 세 명이 도란도란 음식을 나눠 먹는 소리가 들려왔다. 와삭와삭. 과자가 입 안에서 부서지는 소리가 났다. 지금의 상황과 어울리지 않는 일상의 소리였다. 몸이 이완되며 날뛰던 심장이 차분해졌다. 리카르디스는 그 소리를 들으며 스르르 잠들었다.

비 그친 새벽녘의 하늘이 푸른색을 띠기 시작했다. 리카르디스는 눈꺼풀 위로 비치는 희미한 빛을 감지하고 눈을 떴다.

"……허!"

리카르디스는 허, 억 크게 숨을 들이켰다. 눈을 감고 있는 로젤린이 시야에 한가득 들어왔다. 흘러내린 그녀의 머리카락이 그의 얼굴을 가볍게 간질이고 있었다. 리카르디스는 뒤통수를 따뜻하게 감싸 오는 온기를 느끼며 식은땀을 뻘뻘 흘렸다.

설마, 지금 허벅지를 베고 누워 있는 건가? 상황을 파악한 리카르디스가 경악했다. 이런, 미친. 내가 지금, 미, 미친.

그는 로젤린이 일어나지 않도록 조심스럽게 몸을 일으켰다. 필사의 노력에도 불구하고 그녀는 기다리고 있었다는 듯 반짝 눈을 떴다. 그러고는 동굴 입구를 한번 훑어보더니 리카르디스에게 다시 시선을 돌렸다.

"좀 주무셨습니까?"

리카르디스는 그때까지도 자신의 정신머리를 욕하고 있었다. 아무리 고단하다고 해도 제 몸을 건드리는 것을 눈치채지도 못하다니.

"오늘도 하루 종일 움직여야 하는데, 이게 무슨 바보 같은 짓이야!"

"저는 괜찮습니다."

로젤린은 제 말을 입증하듯 가뿐한 몸놀림으로 벌떡 일어서 기지개를 켰다.

"바닥에서 주무시기에. 처음에는 팔베개를 하려고 했습니다만, 팔뚝보다는 다리가 푹신할 것 같아서 바꿨습니다. 마음에 안 드십니까?"

세상에, 이델라브힘이시여. 리카르디스는 자기도 모르게 신의 이름을 불렀다. 그의 머릿속에서 또 다른 상황이 펼쳐졌다. 로젤린의 품에 안겨, 팔을 베고 누워 있는 제 모습이었다. 상상만으로도 아찔했다.

"둘 다 하지 마!"

"예에."

그녀는 흐트러진 머리카락을 묶으며 흘리듯 대답했다. 귓등으로도 안 듣는 태도였다. 로젤린은 꿈나라로 떠나 있는 나단과 레이몬드를 보며 나갈 채비를 했다. 그녀는 아직까지도 혼란에 빠져 있는 리카르디스에게 말했다.

"잠시 바깥을 살펴보고 오겠습니다."

"놈들과 부딪히면, 응전하지 말고 바로 돌아와."

"……."

"경."

"……알겠습니다."

그녀의 대답에는 불만이 가득 담겨 있었다. 혀를 차기까지 했다. 이 기사가 정말…… 리카르디스는 자신의 걱정이 괜한 기우가 아니었음을 깨달았다. 제발 멀리 가지 말고, 이상한 낌새가 있으면 곧바로 돌아와. 급히 덧붙인 말에 그녀는 불퉁한 표정으로 고개를 끄덕였다.

로젤린은 동굴을 벗어났다. 어제와는 달리 화창한 날씨였다. 그녀는 굵은 나뭇가지를 밟으며 높은 언덕으로 이동했다. 몇 번의 도약으로 정상에 도달했다. 나무로 빼곡히 채워진 숲의 정경이 아래에 펼쳐져 있었다.

로젤린은 나무에 등을 기대고 망토와 윗옷을 벗었다. 어깨의 상처가 아물지 못한 채 짓물러 가고 있는 모습이 보였다. 아무리 인간의 신체라지만 치유되는 속도가 지나치게 더뎠다. 이것도 '파편'의 힘인가? 상처에서 피고름이 흘러내렸다. 독은 완전히 퍼져 나가지 못했으나, 해독되지도 못하고 아직까지 어깨에 남아 있는 상태였다. 검은 실핏줄이 상처 부근에 울룩불룩 떠올라 있었다.

'잘라 낼까?'

로젤린은 단검을 꺼냈다. 그녀는 제 쇄골부터 겨드랑이 아래까지 가상으로 검을 그었다. 왼팔이 통째로 잘려 나갈 수 있는 범위였다.

'아니야.'

출혈이 과하면 위험하다. 흔적이 남는다. 최소한 그가 일라베니아에 도착할 때까지는 피해야 하는 수단이었다. 게다가 아무리 오른손잡이라고 해도 왼팔과 어깨가 통째로 없어진다면, 몸의 균형이 깨질 것이다. 제대로 싸울 수 없는 건 곤란했다.

로젤린은 아쉬운 듯 단검으로 어깨를 긋는 시늉을 몇 번 더 반복했다. 하지만 차가운 금속은 그녀의 몸을 파고드는 대신 막 옆을 날아가던 산새에게 꽂혔다.

일단은 보류한다. 어제보다 '파편'이 더 스며들었으나, 아직까지는 움직일 수 있는 수준이었다. 로젤린은 숲 저 너머를 응시했다. 새벽 공기를 실은 바람이 세차게 불어와 그녀를 스쳐 지나갔다. 로젤린은 킁킁, 소리를 내며 코를 움찔거렸다. 나뭇잎과 흙의 냄새 바뀌고 있었다. 발타의 숲에 일라베니아의 냄새가 섞이기 시작했다.

* * *

불을 피울 수 없어서 고기는 날것으로 먹어야 했다. 리카르디스는 꼬질 꼬질해진 낯으로 로젤린이 넘겨주는 생고기를 씹었다. 잇세리온이 보았다면 바닥을 굴러다니며 대성통곡했을 장면이었다.

식사 후에 네 사람은 다시 움직였다. 부츠 자국이 아직 다 마르지 못한 진흙에 새겨졌다. 그들은 빠른 속도로 숲을 스쳐 지나갔다. 새벽의 서늘한 공기는 시간이 흐르며 뜨거워졌다. 작열하는 빛이 잎을 뚫고 찬란하게 내리쬐었다.

로젤린은 귀를 활짝 열어 두었다. 파삭파삭. 일행의 옷자락이 나뭇잎을 스치는 소리, 찌르르 벌레 우는 소리, 돌풍이 나뭇가지를 흔드는 소리가 뒤섞였다. 로젤린은 그 소리 하나하나를 감지하며 판별했다. 무해하다, 무해하다. 아우우ー 짐승이 우는 소리가 들렸다. 그러나 또한 일행을 향하지 않으니, 이 또한 무해하다.

삐이이ー

새의 울음소리가 들렸다. 삐이이, 삐이이. 피이…… 로젤린은 눈을 번뜩였다. 이것은 위험하다!

로젤린은 튀어나온 거대한 나무뿌리를 콱 밟으며 급하게 발걸음을 멈췄다. 다들 로젤린의 행동을 눈치채고 걸음을 늦췄다. 그녀는 주위를 둘러보았다. 새만 들을 수 있는 피리 소리가 들려왔다. 이런 숲속에서 들려오기에는 한없이 낯설고, 인위적인 소리였다. 무언가의 신호가 틀림없었다.

암구호로 이루어져 있기에 내용까지는 정확히 알 수 없었지만, 이 뒤에 검은 집단이 있으리라는 사실만은 확실해 보였다. 로젤린이 짧게 고심하는 도중에도 새소리와 피리 소리는 끊이지 않았다. 생각보다 쫓아오는 속도가 빨랐다. 솔개 한 마리가 뱅글뱅글 원을 그리며 날고 있었다. 저 짐승이 습격대에게 길을 안내했나? 그녀의 눈매가 날카로워졌다.

"놈들이 붙었습니다. 먼저 떠나십시오, 제가 남겠습니다."

얼굴을 와락 일그러트린 리카르디스가 입을 떼기 전, 레이몬드가 먼저 소리쳤다.

"로젤린!"

"어서 가, 레이몬드. 거리가 멀지 않아."

로젤린의 표정은 어느 때보다 단호했다. 리카르디스는 성큼성큼 그녀에게 걸어가 팔을 확 잡아챘다. 로젤린이 압박감에 잠시 눈살을 찌푸렸다. 상처가 있는 쪽이라 통증이 느껴졌다.

"그런 말을 할 시간에 달려! 조금만 더 가면 된다."

"빠른 속도로 쫓아오고 있습니다. 제가 저들의 발을 묶을 수 있습니다."

조용한 숲속에서 적의 존재를 감지한 로젤린. 여기에 있는 그 누구도 그녀가 잘못 들은 거라 의심하지 않았다. 리카르디스는 그저 답답했다. 제 손을 단호하게 밀어내는 손길을 느끼고 있으니, 무언가 뜨거운 것이 목 밑까지 차오르는 것 같았다. 높은 곳에서 떨어지는 꿈이라도 꾼 것처럼 가슴이 철렁였다.

"절대, 안 돼. 같이 이동한다, 로젤린 경!"

"전하."

"이동한다고 했어! 어서 움직여, 로젤린!"

리카르디스는 버럭 소리 질렀다. 쫓아오는 자들이 듣건 말건 신경 쓰는 기색이 아니었다. 이 순간에도 그들은 급격히 가까워지고 있었다. 로젤린은 딱딱한 얼굴을 한층 더 굳히며 리카르디스의 손을 매섭게 뿌리쳤다. 어이없을 정도로 강한 힘이었다.

"파편을 들고 있을 겁니다. 제가 나서야 합니다."

"파편이 그대는 피해 간다던가? 헛소리 말아."

로젤린이 제 망토를 확 젖혔다. 흰 제복의 어깨 부분은 찢겨 있었고, 피가 굳어 덕지덕지 붙어 있었다. 세 남자의 표정이 확 굳어졌다. 설마, 설마…….

"저는 이미 중독되어 있습니다. 진행 속도는 늦지만, 파편이 틀림없습니다."

가세요, 전하. 로젤린은 리카르디스를 똑바로 바라보았다.

리카르디스는 멀거니 서 있었다. 땅이 흔들거렸다. 아니, 그의 몸이 흔들리는 것이었다. 리카르디스의 손은 공기를 잡듯이 허공을 부유하며 그녀에게 나아갔다. 하지만 손길이 로젤린에게 닿기 전, 나단이 급하게 리카르디스의 손목을 붙잡았다.

"가셔야 합니다, 전하."

단 한마디, 그 한마디 말이 끝나지 않는 악몽이 되어 그를 끌어들였다. 리카르디스는 가슴을 억죄어 오는 고통에 얼굴을 일그러뜨렸다.

[저……는 이 길을 벗어나 흔적을 남기며 다, 른 곳으로 걷겠습니다.]
[전하! 몸을 피하셔야 합니다!]
[하얀밤 기사단! 이델라브힘의 광휘 아래 맺었던 언약대로, 목숨을 바쳐라!]
[…황자 전하를 모시고 이곳을 벗어나라!]
[전하, 세티스티아 황녀님께서…….]
[전하, 부디…….]
[전하……!]

전하! 미친 듯 소리를 지르고 울고 있는 말소리가 머릿속에서 마구잡이로 뒤엉켰다. 과거 그를 스쳐 지나갔던, 수많은 사람들이었다. 두 번 다시는 만날 수 없는 자들이었다. 절대 죽지 않는다. 반드시 살아남는다! 나를 대신해 누군가가 죽더라도 이미 그 희생을 밟고 나아왔으니 멈출 수 없다. 죽은 이들의 바람이라 하여, 그들의 희생을 값지게 만드는 것은 나의 승리뿐이라 해서. 그렇게 이곳까지 왔다. 하지만 지금은…….

"로젤린……."

그녀의 이름을 입에 담는 순간 피로가 갑자기 밀려왔다. 억지로 쌓아 왔던 발밑이 와르르 무너지는 기분이었다. 감당할 수 없을 만큼 흔들려 왔다.

"전하……."

"전하!"

멍한 머릿속으로 목소리가 들려왔다. '전하', 그 짧은 단어 안에 발걸음을 재촉하라는 뜻이 담겨 있었다. 리카르디스는 앞에 서 있는 나단과 레이몬드를 쳐다봤다. 그리고 뒤에 서 있는 로젤린을 다시 한번 돌아보았다. 자신의 심장이 찢기든 뇌가 녹아내리든, 갈 길은 정해져 있었다. 하나뿐이었다.. 언제나 그래 왔듯이.

로젤린이 한 걸음 리카르디스에게 다가갔다. 그녀의 하얀 손가락이 그의 가슴팍에 닿았다. 어서 떠나라며 밀어내는 손짓이었다. 따뜻했다. 새벽 내내 닿아 있었던 체온이었다. 리카르디스는 그녀의 손을 잡아끌었다. 로젤린의 눈이 동그래졌다. 숨이 닿을 만큼 가까운 거리에 리카르디스가 있었다.

"나는 멈출 수 없으니."

리카르디스는 눈을 감으며 고개를 숙였다. 그의 긴 속눈썹이 햇빛을 받아 반짝였다. 아, 반짝반짝하고 예쁘다. 그렇게 생각할 즈음 로젤린은 제 이마 위를 가볍게 누르는 부드러운 감촉을 느꼈다. 서임식 때 리카르디스가 성수를 찍어 줬던 이마의 정중앙이었다. 따스한 기운이 흘러들어 왔다. 마치 따뜻한 물속에서 유영하는 것 같았다. 기분이 몽롱해졌다. 로젤린은 눈을 스르륵 감았다.

"그대가 와야 한다."

로젤린은 눈을 둥글게 휘며 웃었다. 가슴속에 스며드는 환한 미소였다.

* * *

레이몬드는 못 박힌 듯 자리에 서 있었다. 미소 한 점 없는 그늘진 얼굴이었다. 평소 그가 로젤린을 어떻게 대하는지 아는 사람이라면 놀라워할 광경이었다. 울지 않았고 화내지도 않았다. 어떤 말도 하지 못하고 로젤린을 바라보고 있을 뿐이었다. 로젤린은 다시 "레이몬드, 빨리." 하고 그를 다그쳐야만 했다.

레이몬드의 턱 근육이 튀어나오려는 말을 꾹 눌러 참는 듯 움찔거렸다. 그는 빠르게 다가와 로젤린을 아플 정도로 꽉 끌어안았다. 짧은 시간이 흘렀다. 레이몬드는 곧 앞서 달려간 리카르디스와 나단의 뒤를 쫓았다.

로젤린은 멀어지는 레이몬드의 등을 바라보았다. 빽빽한 나뭇잎의 틈새로 햇빛이 찬란하게 쏟아졌다. 저 멀리서 레이몬드가 뒤돌아보는 모습이 보였다. 로젤린은 멀리서도 볼 수 있게끔 손을 높이 들고 붕붕 흔들었다. 그는 쓰게 한 번 웃고 발길을 돌렸다. 그들의 모습은 순식간에 사라졌다. 로젤린은 그제야 걸음을 돌려 반대쪽으로 향했다.

저 멀리 기척을 숨기지도 않고 무섭게 쫓아오는 자들이 있었다. 점점 가까워지고 있으나 모습을 확인할 수 있는 정도는 아니었다. 그녀는 본격적으로 움직이기 전에 여러 가지 준비를 했다. 망토를 훌쩍 벗고, 부츠 안의 단검을 꺼냈다. 흐트러진 머리를 다시 높게 묶을 즈음에는 발소리가 더욱 바싹 다가왔다.

로젤린은 단검을 살짝 던졌다가 받으며 손장난을 했다. 날이 아슬아슬하게 스쳐 지나가는 묘기 같은 손놀림이었다. 그녀는 탁, 탁 손안에 차갑게 떨어지는 일정한 소리를 들으며 생각을 정리했다.

로젤린의 주위에는 언제나 사람들이 있었다. 칼릭스, 하녀, 집사, 레이몬드, 수습 기사, 하급 기사, 상급 기사, 성의 시종들까지. 그녀는 언제나 사람들의 시선 속에 있었다. 일반적인 인간 여성, 일반적으로 단련한 인간. 로젤린은 항상 그 기준을 생각하며 넘지 않으려 노력해 왔다. 물론 그 기준이 매우 유해서 다른 이들이 보기에 조금은 이상해 보였을지언정, 그녀는 항상 자신을 억제하고 있었다. 그러나 지금 로젤린을 보는 눈은 어디에도 존재하지 않았다. 세 사람이 떠난 이상, 그녀를 묶어 둘 만한 금제는 어디에도 없었다.

로젤린은 몸을 빠르게 회전하며 단검을 높이 던졌다. 화살보다 빠르게 날아간 단검은 그녀를 쫓아오던 솔개의 머리에 정확히 박혔다. 그녀는 나뭇가지에 걸린 새의 사체에서 단검을 뽑아냈다. 조용히 침묵하던 숲이 본격적으로 소란스러워지기 시작했다. 그녀는 땅이 울리도록 강하게 박차고 달렸다. 얼마 지나지 않아, 검은 무리가 시야에 들어왔다. 로젤린의 눈이 빠르게 확확 움직였다.

'수는…… 열둘.'

예상보다 적은 인원수였다. 아군을 여러 갈래로 찢어 놓은 작전이 어느 정도 유효했던 것이다. 그들은 서로의 모습을 확인하고 걸음을 멈췄다. 나무 몇 그루를 사이에 두고 긴장감이 흘렀다.

로젤린의 눈에 익은 얼굴이 하나 있었다. 맨 처음 습격당할 당시에 기사단장 스타스와 검을 부딪쳤던 자였다. 이 암살자들의 우두머리가 아닐까. 그에게서는 다른 암살자들보다도 훨씬 많은 마력이 느껴졌다. 암살자들을 탐색하고 있는 와중에 거친 목소리가 들렸다.

"황자를 넘기면 네 목숨만은 살려 주마."

어, 이게 무슨 개소리지. 로젤린은 어이가 없어서 별다른 대답을 하지 않았다. 안타깝게도 남자는 그녀의 침묵을 다른 방향으로 받아들였다. 그래서 더욱 거침없이 개소리를 했다.

"앞서 사지가 찢겨 나간 네 동료들처럼 되고 싶지 않다면, 순순히 입을 여는 게 좋을 거다.”

로젤린은 머리가 띵해지는 걸 느꼈다. 머릿속에는 뜨거운 용암이 가득 찼는데, 심장에는 얼음으로 만든 칼날이 박혀 있는 듯했다. 그녀는 들끓다 못해 녹아 버린 머리로 생각했다. 그래, 이건 열 받은 거야. 화가 난 거야. 나는 지금 매우 화가 났어. 로젤린은 홀로 고개를 끄덕인 후 입을 열었다.

“너의 다른 동료들은 어디 있지?”

남자의 거칠고 낮은 목소리와는 상반되는 고운 목소리였다. 그는 잠시 말을 잃었다. 지금 태평하게 질문을 건넨 것이 저 여자가 맞는 건가? 생각보다는 담이 강하군. 벌벌 떨면서 도망치지 않는 것만 해도 용한 상황이었다. 하지만 담이 강한 여기사의 말은 이후로도 끊이지 않았다.

“정보를 넘겨도, 목숨은 살려 주지 않겠다.”

“……뭐?”

“다른 곳으로 간 네 동료들은 사지 멀쩡히 죽었겠지만, 너희들은 그렇지 못한다.”

“이 미친년이!”

검은 머리의 기사가 눈을 느릿하게 감았다 떴다.

“너희들 중 그 누구도 이곳을 지나갈 수 없다.”

차분하고 고운 음색이었다. 타이렝은 제 몸을 감싸고 도는 오싹한 감각에 몸서리쳤다. 저 온도 없이 창백한 낯빛 때문인가? 딱딱 끊어지는 말투 때문인가? 알 수 없었다. 그저 제 감각이 무수히 경계를 내리고 있었다. 저 기사는 위험해, 위험하다!

“죽여!”

고작 한 명 앞에서 이 무슨 추태냐. 남자는 겁먹은 자신을 추슬렀다. 까닥이는 손짓 한 번에 검은 옷의 무리가 일제히 몸을 날렸다.

그녀의 눈동자는 순식간에 흘러가는 시간을 천천히 되짚었다. 살기가 사방으로 흩뿌려지고 날카로운 검날에 햇살이 부서졌다. 발타의 습격대가 푸른 잎과 함께 쏟아져 내렸다. 로젤린의 손등 위로 굵은 핏줄이 돋았다. 질긴 섬유가 압력을 못 버티고 찢기는 소리가 났다. 찌이익, 그녀의 팔이 부풀어 오르며 제복이 뜯겨 나갔다. 짐승의 것으로 보이는 거대한 손이었다. 그것은 눈 깜짝할 새에 암살자들의 몸을 갈랐다. 두 명의 암살자가 몸이 찢긴 채 날아가 나무에 크게 부딪혔다.

"으, 으아악!"

뒤늦게 정신을 차린 남자들이 비명을 질렀다. 동료의 시체를 보고 비명을 지른 것이 아니었다. 여자의 몸에 달려 있는 거대한 손 때문이었다. 팔을 온통 뒤덮은 검은 비늘, 세 갈래로 불거진 손가락, 맹금류의 부리 같은 날카로운 손톱까지. 인간에서 벗어난 기괴한 형태였다. 그 부조화에 본능적으로 거부감과 공포가 치솟았다. 습격대의 단원들은 숨을 헉 들이켰다. 저게 뭐지? 저게 대체! 그들이 몸을 추스르기도 전에 그녀의 손이 한 암살자의 머리를 콱 쥐고 들어 올렸다.

콰직!

뼈가 으스러지며 피가 섞여 있는 액체가 검은 비늘을 타고 흘러내렸다. 사과를 으깨는 일보다 손쉬워 보였다. 그들은 본능적으로 뒷걸음질 쳤다.

"하아……."

그녀는 숨을 내쉬었다. '파편'을 막고 있던 마력을 팔의 변이에 운용하다 보니 점점 독이 퍼지기 시작했다. 날카롭고 사납게 날뛰는 마독이 그녀의 몸속을 가르며 마구잡이로 파고들었다. 머리가 저릿저릿해질 정도의 고통이었다. 빨리 끝내자. 그녀는 한층 차가워진 낯으로 땅을 박찼다.

"아악!"

"사, 살려……!"

한 번의 손짓에 몸을 가르고, 한 번의 공격에 뼈를 부수고, 한 번의 움직임으로 팔다리를 뜯어냈다. 로젤린은 그 거대한 손을 가지고 있지 않은 것처럼 빠르게 움직였다. 그녀에게서 도망칠 수 없다는 사실을 눈치챈 자들이 힘을 모아 공격하기 시작했다. 대부분 빗나갔으나, 운 좋게 스치는 경우도 있었다. 때로는 몸을 관통하기도 했다. 하지만 그 정도로는 부족했다. 로젤린은 멈추지 않았다. 몸에 칼이 박히고서도 변함없는 표정으로 손을 휘둘렀다. 나무와 나무 사이를 뛰어다녔다. 악몽 같았다. 아니, 차라리 꿈이 더 현실감이 있을 듯했다.

그들 또한 크레안 티다니온의 위대한 힘을 가지고 있는 정예 대원들이었다. 그럼에도 불구하고 그녀의 앞에서 어떤 가치도 의미도 없이 산산조각 나고 있었다. 그들이 결정의 일부를 사용해서 신체를 강화하는 것에 불과했다면, 로젤린은 마수의 힘 자체를 자유자재로 구현하고 있었다. 상대가 될 리 없었다.

몇몇의 검날에 발려 있는 '파편'이, 깊고 작은 상처를 통해 그녀에게 침투했다. 로젤린은 제 몸을 파고드는 고통을 이기기 위해 소리쳤다. 으아아아! 그녀가 사나운 짐승처럼 울부짖자 일순 산이 소란에 휩싸였다. 새가 날아가고, 그로 인해 나뭇잎이 우수수 떨어져 내렸다. 거센 바람이 그녀의 비명 소리와 함께 숲 구석구석을 샅샅이 훑고 지나갔다. 맹수와 벌레들이 위협적인 포식자의 싸움에 숨을 죽이며 존재감을 지웠다.

전투는 오래 지속되지 않았다. 무력의 차이는 압도적이었다. 녹음이 우거진 숲의 정경에 울긋불긋 피가 낭자하게 뿌려졌다. 여기저기 널려 있는 시체들은 심약한 이가 본다면 단번에 토악질을 할 정도로 처참하고 참혹했다.

"흐, 흐으으……."

숨을 쉬고 있는 자는 로젤린이 의도적으로 살려 둔 한 명뿐이었다. 그는 도망친다든가, 검을 들고 대적한다든가 하는 선택지가 없는 듯이 그저 무릎을 꿇고 몸을 떨기만 했다.

로젤린이 자신의 몸에 꽂힌 검을 무심하게 뽑아내자 남자의 몸이 흠칫 튀어 올랐다. 깊은 상처에서 피가 흘러내렸지만, 로젤린은 대수롭지 않은 듯 피를 툭툭 털고 남자에게 다가갔다.

저벅.

한 걸음.

저벅.

한 걸음 더.

그는 급하게 머리를 조아렸다. 한참 위에서 나른한 목소리가 들렸다. 악귀같이 동료의 목을 잡아 뜯던 이 같지 않았다.

"더 쫓아오는 애들 있어?"

"네, 네네! 그, 그렇습니다. 미끼인 걸 확인하고 나면, 하, 합류하기로……."

"몇 명."

"여…… 열하나에, 또 다른 지원 부대가 20명 더……."

남자는 몸의 떨림을 주체하지 못했다. 그녀의 괴물 같은 손은 몸을 가르고 나무를 박살 냈다. 가벼운 도약으로 머리 위를 날아다니기도 했다. 때로는 암기가 공기를 울리는 소리를 듣고 능숙하게 피했다. 하지만 단순히 그때문에 무서운 것이 아니었다.

인간의 형상에서 뿜어져 나오는 기운이라고는 믿을 수 없는 강대한 마력이 온 숲을 채우고 있었다. 소름이 돋았다. 그는 원래부터 미약한 마력을 지닌 마인이었기에 느낄 수 있었다. 검은달의 대부분의 사람들은 평범한 인간이었고, 검은 마석을 이식함으로써 비약적인 신체 능력의 상승을 가져왔을 뿐이라 느끼지 못했을 것이다.

눈앞의 여자가 두려웠지만, 경외심이 들기도 했다. 이런 존재를 보리라고, 이런 존재가 있으리라고 어떻게 감히 상상이나 했을까. 몇천 년을 살아온 거목, 폭풍우 치는 바다를 보는 것 같았다. 그 위대함을 감히 헤아릴 수조차 없었다. 그녀는 마치, 마치…….

힐끗 시선을 들어 올리자 피로 물든 부츠가 보였다. 그는 떨리는 목소리로 물었다.

"……당……신은…… 크레안 티다니온이십니까?"

로젤린은 바닥에 있는 검을 발로 차올려 공중에 띄웠다. 솜씨 좋게 손잡이를 잡은 그녀는 곧바로 남자의 목을 강하게 내려찍었다. 머리를 바닥에 대고 있던 남자가 피를 토했다. 그녀는 검을 그어서 완전히 머리를 잘라 냈다. 남자의 머리가 데구루루 굴렀다.

"아니."

로젤린은 차갑게 대답을 내뱉었다. 코에서 흐르는 피를 대충 닦아 낸 그녀는 발걸음을 옮겼다.

* * *

세 사람은 빠르게 달렸다. 레이몬드조차 단 한 번도 뒤를 돌아보지 않았으나 리카르디스는 이따금 한 번씩 발을 멈췄다. 바람이 나뭇잎을 스치는 소리와 숲에 사는 동물들이 내는 기척을 기다리던 누군가로 착각한 것이다. 멈춰 있는 시간은 짧았다. 하지만 이후로도 리카르디스는 자주 발걸음을 늦추고는 했다. 수없이 속고 수없이 다시 멈추기를 반복했다.

해가 산 너머로 넘어가고 밤이 찾아왔다. 주위를 살펴보니 오두막 한 채가 나무 사이에 숨어 있었다. 허름하고 여기저기 구멍이 뚫려 있었지만 아슬아슬하게 밤이슬을 피할 정도는 될 것 같았다.

"얼마나 남았지?"

"반나절 정도 더 움직이면 될 것 같습니다."

"중간에 길을 틀어서 조금 어긋났을 수도 있습니다."

세 사람 다 암묵적으로 언급하지 않았다. 동료들의 희생과 몇 시간까지만 해도 있었던 누군가의 부재. 리카르디스는 오두막 안에 들어와 털썩 주저앉았다. 그는 숨을 크게 쉬고는 무릎에 이마를 대고 한참 그대로 있었다.

발타, 일라베니아, 검은달, 하얀밤, 설원의 월계수, 하카브, 엘피디오, 디에즈.

……로젤린.

온갖 상념들이 그의 머릿속을 어지럽혔다. 리카르디스는 지끈지끈 밀려오는 두통에 눈살을 찌푸렸다. 나단은 힐끗힐끗 그를 쳐다보았다. 확실히, 최근 들어 로젤린 경을 많이 아끼셨지. 자신만 해도 그 어리숙한 아이에게 정을 주지 않았던가. 열심히 노력하고 그만큼 결실을 얻던 아이였다. 이 상황은 아마 제 주군에게 안 좋은 기억을 떠올리게 할 것이다. 세티스티아 황녀가 허망하게 목숨을 잃었던 그때의 일을.

시간과 공간, 인물. 어느 하나 겹치는 것이 없었지만 나단은 어쩐지 그 사건을 떠올리고 있었다. 여자아이라 그런 것인지 대신 목숨을 잃게 되어 그런 것인지는 알 수 없지만. 나단은 한숨을 쉬었다.

"조금 주무시는 게 좋겠습니다, 전하."

"……그래."

막 잠에서 깬 듯이 잠겨 있는 목소리였다.

"지쳤다."

먼지 냄새 나는 오두막에 퍼진 목소리는 꺼져 가는 것처럼 작았다. 리카르디스는 입으로 내뱉고 나서야 자신이 매우 지쳐 있다는 사실을 깨달았다. 온몸에 탈력감이 퍼졌다. 손끝 하나 움직일 수 없었다. 지쳤다. 그는 앉은 상태 그대로 잠에 빠졌다.

리카르디스는 누군가의 허벅지를 베고 누워 있었다. 눈을 감고 있었지만, 누구인지 알아챌 수 있었다. 자신에게 위험이 닥쳐올 때에는 그녀가 항상 나타나지 않았던가. 분명히 로젤린일 것이다. 무심하고 담담한, 나의 호위 기사.

[지쳤다.]

[괜찮으십니까, 전하.]

귀로 들리는 것이 아니라 머릿속에서 웅웅 울렸다. 꿈이었다.

[이겼다고 생각하지만 언제나 내 손에 남아 있는 것이 없어. 그래서 지쳤다. 로젤린 경.]

[토끼를 잡아 드리겠습니다. 맛있는 걸 드시면 힘이 나실 겁니다.]

리카르디스는 눈을 감은 채로 피식 웃었다. 흐트러진 머릿결을 정돈해 주는 부드러운 손길이 느껴졌다.

[무섭다.]

[밤새 옆에서 지켜 드리겠습니다.]

[사람이 죽는 것이 참 쉬워서, 치가 떨리게 무섭다. 로젤린.]

[걱정 마세요. 제가 반드시 지키겠습니다.]

몸이 따뜻해졌다. 어느새 부드러운 천이 목 끝까지 덮여 있었다. 리카르디스는 차가워진 손끝에 온기가 돌아오는 것을 느꼈다. 그는 잠시 입술을 달싹이다 힘겹게 말을 내뱉었다. 여태껏 미처 내보이지 못했던 감정의 일부였다.

[그대가 죽는 게 무섭다, 로젤린.]

[절대 죽지 않겠습니다.]

힘이 빠져 움직일 수 없었다. 눈을 뜨는 것조차도 힘겨웠다. 속눈썹이 파르르 떨리는 게 느껴졌다. 리카르디스는 겨우겨우 눈을 떠서 제 머릿결을 정리하는 손길의 주인을 마주 보았다. 푸르고 생생한 눈동자였다.

[나는 멈출 수 없으니, 그대가 와야 한다.]

[죄송합니다. 어깨가 다쳐서 갈 수 없습니다.]

[그대의 빠른 다리로 달려와라.]

[다리도 다쳤습니다.]

[기어서라도 와라.]

그녀는 대답하지 않았다. 리카르디스는 개의치 않고 말을 이었다.

[내가 없는 곳에서 죽지 마라.]

[예.]

[시간이 흐르고 모든 일이 끝난 후에, 혼자 싸우다 혼자 아파하다 죽었 노라는 한마디 말로…… 그대의 죽음을 기억하게 하지 마라, 로젤린.]

예, 전하. 그녀의 말이 웅웅 울렸다. 머릿속에서 단어 하나하나가 쪼개지 고 합쳐졌다. 명 받들겠습니다. 예, 전하. 전하. 전하…….

"전하!"

리카르디스는 눈을 번쩍 떴다. 다급한 목소리에 주위를 둘러보니 짐에서 붕대를 찾아낸 나단이 급하게 밖으로 나서는 중이었다. 순식간에 온몸으로 소름이 퍼졌다. 짧은 수면으로 머리가 느릿하게 돌아가는 중에도 예민한 본 능이 먼저 상황을 그에게 알린 것이다. 리카르디스는 떨리는 몸을 급하게 일으켰다. 문가에 있는 레이몬드가 쓰러진 누군가를 안고 있었다.

밤보다도 검고, 별보다 빛나는 머리를 가진 여자였다.

레이몬드는 로젤린의 얼굴 위로 눈물을 툭툭 떨어트렸다. 그의 품에 안 긴 로젤린은 어느 한구석 성한 곳이 없었다. 낮에 보았던 어깨의 상처부터 허리와 등, 팔과 다리까지. 작고 큰 상처로 하얀 제복은 검붉게 물들어 있 었다. 그녀는 부들부들 떨며 일어나려 했지만, 힘이 풀렸는지 도로 풀썩 주 저앉았다. 허물어지는 몸을 레이몬드가 급하게 받아 냈다.

"로젤린 경!"

부단장님…… 그녀는 눈도 제대로 뜨지 못한 채 파르르 떨었다. 리카르 디스가 황급히 무릎을 꿇고 로젤린의 상태를 살폈다. 얼핏얼핏 드러난 피부 에 검은 핏줄이 불거져 있었다. '파편'의 흔적이었다. 리카르디스는 이를 으 스러질 정도로 꽉 물었다.

311

"레이몬드 경, 빨리!"

리카르디스는 레이몬드의 품 안에 안겨 있는 그녀의 등을 확 감싸 안으며 소리쳤다. 레이몬드는 손만 벌벌 떨다가 고함 소리에 퍼뜩 정신을 차렸다. 자신이 계속 로젤린을 안고 있다고 해도 그녀의 상태가 좋아지는 일은 없을 것이다. 레이몬드는 재빠르게 리카르디스의 품으로 로젤린을 건넸다.

로젤린의 몸이 비정상적으로 차가웠다. 그녀는 리카르디스의 가슴에 얼굴을 박고는 입만 우물거리면서 무언가를 말하고 있었다. 괜찮아. 괜찮으니 천천히 말해도 된다. 리카르디스는 그녀의 숨이 고르게 될 때까지 등을 도닥였다.

"전하……."

"그래. 로젤린 경."

"이제, 괜찮습니다. 쫓아오는 자는 없으니…… 편하게……."

"같이 천천히 가자. 수고 많았다."

리카르디스는 그녀를 안아 들고 오두막 안쪽으로 이동했다. 검은 머리를 따라 흐르고 있던 핏방울이 리카르디스의 가슴팍에 번져 나갔다. 마음이 조급해졌다. 그는 급히 망토를 벗어 둘둘 말아, 로젤린의 머리 아래에 깔았다. 그녀의 입에서 후우 하는 얕은 숨소리가 배어 나왔다.

리카르디스는 단검으로 그녀의 옷을 베어 낸 후 인상을 찌푸렸다. 피가 잔뜩 엉겨 굳어 있었고 날카로운 무기에 꿰뚫린 상처가 여기저기 새겨져 있었다. 그중 가장 문제가 되는 것은 온몸에 떠올라 있는 파편의 흔적이었다. 핏줄을 따라 번진 독이 만들어 낸 형상은 마치 검은 거미줄 같았다. 그는 이를 악물고 신성력을 쏟아부었다. 어두운 오두막에 하얀 안개가 떠돌았다.

순간 리카르디스는 기묘한 기분을 느꼈다. 로젤린의 안을 떠돌던 성력이 대부분 흡수되지 못한 채 어디론가 떨어져 나갔기 때문이었다. 수많은 사람들은 물론이거니와, 감옥에 있는 몇몇의 마인들까지 치료해 본 적 있는 리카르디스는 무척 당황스러웠다. 상극의 성질을 가지고 있는 마인들마저 자연스럽게 성력을 받아들여 치유가 되는데, 그녀에게는 물과 기름처럼 겉돌기만 하는 것이다.

평소라면 그 이상한 현상에 대해 의문을 가졌겠지만, 지금은 조급했다. 그런 사소한 것을 신경 쓸 여력이 없었다. 그저 그녀의 몸으로 스며드는 소량의 신성력. 그것만을 하늘에서 내려온 동아줄이라도 되는 양 꽉 붙잡고 있을 수밖에 없었다. 리카르디스는 끊임없이 신성력을 퍼부었다. 로젤린의 상태는 좋아지기도 하고 나빠지기도 했다. 안색이 시시각각 변했다.

"윽, 허억……."

그녀는 콜록거리는 소리와 함께 울컥울컥 무언가를 토해 냈다. 반쯤 뜯긴 나무 문은 제구실을 하지 못하고 고통에 찬 소리를 다 흘려보냈다. 나단이 어설프게 닫아 놓았으나 마음만 먹는다면 내부를 훤히 들여다볼 수 있었다. 그럼에도 두 남자는 숲을 바라보며 뒤돌지 않았다. 레이몬드는 윽윽 소리를 참으며 눈물만 흘렸다.

나단은 그에게 들어가서 로젤린의 곁을 지켜 주라고 살짝 권해 보았다. 로젤린이 그의 수습 기사였을 시절부터 유달리 아끼며 이끌어 왔던 모습이 떠올랐기 때문이었다. 레이몬드는 대답 대신 머리를 쥐어뜯던 손으로 제 얼굴을 퍽퍽 쳤다. 나단이 기겁하며 말릴 정도였다.

"레이몬드 경!"

"괜찮습니다. 괜찮아요."

벌겋게 변한 볼 위로 눈물이 줄줄 떨어지고 있었다. 괜찮다는 말이 그다지 설득력 있어 보이지 않았다. 레이몬드는 머릿속에 로젤린의 모습을 그렸다. 어깨에 닿을락 말락 하는 검은 머리를 질끈 묶고 있던 그 풋풋하던 때를.

[경. 어떻게 하면 레이몬드 경 같은 기사가 될 수 있습니까?]

[나 같은 기사?]

[강하고…… 훌륭한?]

[으하하학, 요 깜찍한 녀석! 백 밤 더 자고 나면 알게 되니까 조급해하지 말아.]

레이몬드는 눈물 콧물을 소매로 쓱쓱 닦았다. 아직 물기 어린 눈동자에 독기가 올라왔다.

"로젤린은 자신이 해야 할 일을 했습니다. 저도 제 일을 하겠습니다."

비통하게 울고 있던 남자는 순식간에 기세를 바꿨다. 존경의 눈으로 자신을 쳐다보던 그 초롱초롱한 눈을 위해서라도. 누군가가 생사의 기로에 서 있는 것을 슬퍼할 틈은 없었다.

로젤린의 내부에서는 치열한 싸움이 계속되었다. 상처를 수복하고, 몸 안의 마력을 긁어모아 파편의 진행을 느리게 만들고 있었다. 하지만 전투 도중 늘어난 상처만큼이나 '파편'의 양 또한 불어난 상태였다. 마독은 한껏 범람하여 둑을 무너트리기 일보 직전이었다.

리카르디스의 신성력은 금이 가고 있는 둑에 진흙을 바르는 정도의 역할이었다. 독을 치유하지는 못했지만, 지친 신체에 활력을 불어넣어 그녀를 지탱했다. 제국과 대륙이 칭송하는 신성력이 고작 이런 일밖에 할 수 없다니. 그는 자신의 무력함에 치를 떨었다. 리카르디스의 턱 선을 따라 땀이 흘러내렸다. 그의 안색은 로젤린과 함께 점점 파리해졌다.

리카르디스의 상태를 염려한 나단이 몇 번이나 만류했지만, 그는 멈추지 않았다. 아니, 멈출 수 없었다. 로젤린은 정신을 잃었다가 깨어나는 것을 계속 반복했다. 그녀는 간간이 잠꼬대 같은 말을 내뱉었다. 지켜 드리겠습니다, 괜찮습니다. 아파. 하지만 가야 하는데. 이어지지 않고 어디로 향하는지 알 수 없는 희미한 말들이 리카르디스를 찔렀다. 그는 이 감정에 무슨 이름을 붙여야 할지 몰랐다. 단순히 아프다는 것만은 알았다. 로젤린이 어느 순간 피를 왈칵 토했다.

"로젤린!"

똑바로 누워 있던 탓인지 기도로 잘못 넘어간 것 같았다. 리카르디스는 그녀를 품에 안아 제 몸에 기대게 했다. 그녀의 얼굴과 손이 얼음장처럼 차가웠다. 시체를 연상하게 만드는 서늘한 온도였다. 하지만 덜덜 떨리는 그녀의 몸. 희미하게 새어 나오는 신음이 그녀가 살아 있음을 입증했다. 리카르디스는 그녀의 고통에 감사했다. 아직 살아 있다. 로젤린은 리카르디스의 품 안에서도 끝없이 피를 토했다.

리카르디스는 초췌한 낯으로 입술을 달싹였다. 입이 여러 번 열렸다가 닫히기를 반복했다.

"내가……."

약한 목소리였다. 리카르디스는 말 한마디 꺼내지 못할 만큼 지쳐 있었다. 그는 품 안에 있는 로젤린의 머리카락을 쓸어 올렸다. 머리카락이 식은 땀과 피에 젖어 볼에 붙어 있었다. 수차례 반복하며 얼굴을 매만졌음에도 그녀는 눈을 뜨지 못했다.

"내가 대체 뭐라고 그대가 날 지키려 해……."

알 수 없는 감정이 피로와 함께 밀려왔다. 몸은 이미 한계에 달했다. 리카르디스의 눈이 스르륵 감겼다. 그의 손에서 발해지던 하얀빛 또한 서서히 수그러들었다.

완전히 어두워진 공간.

로젤린은 번쩍 눈을 떴다. 의식을 잃은 눈동자는 초점이 맞지 않았다. 거센 기운이 그녀의 몸속을 타고 돌았으나 겉으로 보기에는 알 수 없었다. 오두막을 감싸고 있는 푸른 숲 위로 해가 떠오르기 시작했다.

* * *

……

모래와 자갈을 진동시키는 말발굽의 소리.

......

화살의 날카로운 파공음.

"전하!"

......누군가를 찾는 소리. 다급하고 초조한......

돌산이 무너지는 듯한 굉음과 듣기만 해도 마음을 몰아치게 만드는 소음들이 울렸다. 그리고 그 혼란을 뚫고 부드러운 감촉이 느껴졌다. 따뜻한 무언가가 이마와 볼을 쓸어내렸다. 느릿한 손길. 동작 하나하나에 피곤함이 묻어 있지만 다정했다. 손을 뻗어 보려고 했으나 닿지 않았다. 가슴이 순간 덜컹거렸다. 추락하고 있다! 추락하고 있었다. 발밑이 순식간에 쑥 꺼지는 감각에 몸서리치며 비명을 질렀으나,

"아아아악!"

......나의 목소리가 아니었다. 소리는 순식간에 불어나 비명을 잡아먹고 덩치를 키웠다. 어린아이, 여자, 남자, 노인, 고통에 찬 목소리와 분노하는 사람까지. 마구 뒤섞여 정체를 알 수 없게 되어 버렸다.

[죽여라! 잡아! 저들을 잡아 와! 대륙에 어둠을 불러오는 불길한 존재다! 숲속의 그림자 ......은 사람을 해친다! 깊은 숲의 그림자 ......은 사람을 먹는다!]

뒤쫓아 오는 사람들의 기척이 느껴졌다. 날카로운 금속의 소리가 바싹 따라오고 있었다. 달리는 것이 점점 힘에 부치기 시작했다. 내 손을 잡고 있는 사람들은 울고 화내며 서로 싸웠다.

[그렇지 않아, '우리'는 누구도 해치지 않았어! 도망치자, 숨는 거야. 더 깊은 곳으로! 우리를 잊을 때까지......]

[아니! 맞서서 싸우고, 죽여야만 해! 단 한 명도 남지 않을 때까지!]

거칠게 갈라진 목소리가 악을 쓰며 저주를 퍼부었다. 용서 못 해, 무슨 일이 있어도! 나는 반드시 되돌아가겠다. 그때에는 너희들이 했던 그 말 그대로 사람을 잡아먹는 괴물이 되겠다! 어떻게 해서라도 너희들의 나라에

어둠을 드리우고야 말겠다…… 우는 목소리가 고통에 가득 차 있었다. 나는 그 소리를 들으며 끝없이 눈물을 흘렸다.

"허억……!"

로젤린은 크게 호흡하며 몸을 일으켰다.

낯선 광경이었다. 허물어져 가는 오두막과는 매우 거리가 멀었다. 넓은 방, 푹신한 침대. 깨끗한 이불, 빛이 아른하게 들어오는 얇은 커튼. 침대맡 테이블 위의 화병에는 향기로운 꽃이 장식되어 있고, 벽에는 빈틈이 없을 만큼 그림이나 장식물 따위가 잔뜩 걸려 있었다. 귀족의 저택이었다. 여기는 어디일까. 알 수 없었지만, 집 안을 감도는 특유의 향기가 어쩐지 익숙했다.

로젤린이 침대에서 일어나자 이불이 흘러내렸다. 그녀는 두리번두리번 슬리퍼를 찾다가 포기하고 맨발로 움직였다. 화려한 카펫이 깔린 바닥은 보드라웠다. 커다란 거울에 핼쑥한 얼굴의 여자가 비쳤다. 연분홍색 네글리제의 안쪽으로는 여기저기 붕대가 감겨 있었다. 로젤린은 제 얼굴을 쓸었다.

그래, 나는 로젤린이었지. 2황자의 호위 기사. 그녀는 자신이 마지막으로 본 광경을 반추해 보았다. 괴로운 듯 얼굴을 일그러트리고 있는 리카르디스의 얼굴이 기억났다. 밤바다만큼이나 어둡고 불안한 눈동자였다. 무어라 계속 자신에게 말을 했지만, 기억나는 것은 아무것도 없었다.

죽을 거라 생각했다. 그게 어떤 감각인지는 잘 몰랐으나, 죽음이 다가오고 있다고 생각했다. 마력이라는 둑을 무너트리고 기어코 심장을 파고든 '파편'을 느꼈다. 이후에 기억이 끊겨 버렸다. 대체 어떻게 된 일인지 알 수 없었다. 로젤린은 몸 안의 마력에 집중했다.

"흠……."

평소와 다르지 않았다. 혹시 파편의 마력을 흡수한 것인가? 무의식중, 살기 위해 본능적으로 무언가가 발휘된 걸지도 몰랐다. 로젤린은 제 마력에 이상이 없는지 이리저리 움직여 보았다.

마독과 발타의 인공적인 마인들이 공통적으로 지니고 있는 변질된 마력. 그것은 로젤린이 가지고 있는 순수한 마력과는 달랐다. 이리저리 마구 날뛰는 기운을 흡수했다면 자신에게도 안 좋은 영향이 있을지도 몰랐다. 그녀는 세심하게 손끝, 발끝, 심장 주위까지 샅샅이 살폈다. 그러나 어떤 이상도 찾을 수 없었고, 도리어 몸이 가뿐한 것 같기까지 했다.

쉬이익—

그때, 로젤린의 예민한 귓가로 바람 소리가 들렸다. 이건 뭐지? 날갯짓 소리…… 같은데?

"아."

그 정체를 가늠하자마자 밖에서 날아온 그림자가 유리창에 돌진했다.

쨍그랑!

쨍그랑 와장창 쿠당탕! 유리창을 깨고 화려하게 등장한 것은 거대한 독수리였다. 마카롱은 창을 깨고 바닥을 한 번 굴렀다가 테이블에 몸을 부딪치고 다시 겨우 날갯짓했다. 그 거대한 날개가 한 번씩 움직일 때마다 방안의 물건들이 여기저기 엎어지고 난리도 아니었다. 이름 모를 귀족의 방은 순식간에 아수라장이 되었다. 어디서 종이가 펄럭펄럭 날아와 로젤린의 머리에 턱 떨어졌다.

삐이익———

마카롱이 서럽게 울더니 로젤린에게 덥석 안겨 왔다. 새 가슴이 얼굴을 꾹꾹 누르고 있어, 좀 아팠다.

"마카롱, 전하는?"

마카롱은 부리로 그녀의 머리를 콱 쪼았다. 상처가 나지는 않지만 딱 아플 정도였다. 처음으로 하는 말이 그거냐고 화내는 것 같았다.

"이 덜떨어진 기지배야! 지금 죽다 살아나서 처음으로 하는 말이 그거야?!"

"……안녕?"

"허이구, 한가롭게 인사까지 하시네! 조금 있으면 점심은 먹었냐고 물어보겠어!"

성대를 변이한 마카롱이 씩씩 화냈다.

"너의 그 은발 인간은 너보다도 멀쩡하니까, 걱정 마시지."

굳이 따지자면 '나의 은발 인간'은 아니었지만, 조용히 넘어갔다. 지은 죄가 있으니. 전투가 일어나기 전, 그녀는 마카롱에게 다른 기사들의 호위를 부탁했다. 마카롱은 로젤린을 떠나지 않으려 했지만, 그녀의 똥강아지 같은 눈빛에 제안을 승낙하는 수밖에 없었다. 물론 욕을 몇 번 내뱉고 난 후였다. 마카롱은 도무지 이해할 수가 없었다. 고작 인간 하나 지켜보겠다고 죽을 뻔한 로젤린이나, 그런 로젤린에게 약한 자신이나.

동족, 동족 하며 좀 챙겼더니 정말 정이라도 든 것인가. 가족 놀이라도 하는 양 행동하는 게 우스웠다. 로젤린은 붕대를 여기저기 감고는 초췌한 낯을 하고 있었다. 불쌍하고 초라한 꼬락서니가 괜히 괘씸했다. 마카롱은 제 날카로운 발톱으로 그녀의 머리카락을 쭉 잡아당겼다.

"아야야, 아파."

마카롱의 잔소리는 끊길 줄 모르고 계속되다, 문 너머 복도에서부터 사람들이 달려오는 소리에 중단되었다. 독수리와 한 여자의 고개가 소리의 방향을 따라 휙 돌아갔다. 둘은 눈빛으로 얘기했다. 온다.

벌컥. 문이 열렸다.

"무슨 일이십, 허, 헉……."

"미, 미친……."

칼을 빼어 든 다섯 명의 기사가 입을 떡 벌리고 경악했다. 그들이 입고 있는 회색 제복의 왼쪽 가슴 위에는 가시나무가 서로 얽히고 꼬여 있는 문양이 새겨져 있었다. 로젤린은 그 문양을 쓰는 가문이 어딘지 알았다.

마른가시나무 백작령. '그것'이 최초로 인간이 되었던 마의 산이 있는 비스타였다. 아. 이 땅은 더 이상 발타가 아니었다. 긴장이 탁 풀렸다.

319

기사들은 넋이 나간 표정으로 엉망이 된 방을 훑어보았다. 유리창은 깨졌고 기절해 있던 손님은 산발과 맨발이었다. 거기다 왜 있는지 도무지 이해할 수 없는 독수리가 손님을 덮치고 있기까지 했다. 커다란 발톱으로 그녀의 검은 머리카락을 잡아당기며.

그들은 손님이 깨어났다고 주인에게 먼저 보고를 해야 하는지, 독수리를 먼저 쫓아내야 하는지를 짧지만 진지하게 고심했다. 결정은 빠르게 이루어졌다. 뒤늦게 당도한 하녀가 손님을 잡아먹으려 드는 독수리를 보고 비명을 질렀기 때문이었다.

······독수리부터 처리하자. 기사들은 비슷한 생각을 하는 듯, 서로 눈빛을 주고받았다. 그들의 불손한 눈빛을 보고 마카롱이 삐애애애액 울었다. 로젤린이 인상을 찌푸렸다. 바로 옆에서 울리는 우렁찬 소리에 귀가 먹어버릴 것 같았다. 보통의 인간보다 귀가 몇 배로 좋아서 몇 배로 더 괴로웠다. 한쪽 귀를 막는 그녀의 행동에 마카롱이 부리를 합 다물었다.

기사들이 슬금슬금 포위망을 좁혀 왔다. 그 와중에도 다치게 할 생각은 없는지 검을 집어넣고 맨손으로 다가오고 있었다. 독수리를 신성시하는 일라베니아인다운 태도였다. 로젤린은 한쪽 손을 들었다. 날짐승을 쫓아내려던 그들이 멈췄다.

"괜찮습니다. 친한 독수리입니다."

기사들은 혼란스러운 표정을 지었다. 로젤린은 빙긋 웃었다.

아아, 일라베니아였다.

2부

5

국경이 잠시 허물어졌다. 발타의 왕, 힉살라 아돈의 적극적인 협조 덕분이었다.

병사들은 하얀밤 기사단의 시체를 수습하기 위해 분주히 움직였다. 귀환한 기사들의 증언에 따라 그들은 여러 갈래로 갈라졌다. 총원 백다섯 명 중 돌아오지 못한 기사는 서른여덟 명. 결코 작은 피해라 볼 수 없었다.

그러나 사절단을 습격한 집단이 검은달이라는 사실을 감안한다면 이 전투는 훌륭한 승리였노라고 역사책에 자리할 만했다. 갈수록 몸집을 불리는 집단, 검은달이 '파편'이라는 독으로써 한층 더 위세를 떨치고 있기 때문이었다. 서른여덟의 피해로 살아 돌아온 일은 기적이나 다름없었다. 일라베니아의 백성들은 이 모두가 이델라브힘의 도움이 아니겠느냐며 얘기했다.

"이, 이델라브힘이시여……."

"우웨엑!"

발타의 깊은 숲, 프리움. 병사들은 앞에 펼쳐진 광경을 똑바로 보지 못하고 구역질했다. 하늘을 보며 기도하는 이도 있었다. 그들 또한 수많은 전투와 전쟁을 거쳐, 시체라면 신물이 날 정도로 접해 본 경험이 있음에도. 참혹했다. 본능적으로 거부감이 앞섰다.

시체들은 부서지고, 찢어지고, 갈라지고, 뭉개져 있었다. 푸른 잎에 엉겨붙은 피가 거뭇거뭇하게 굳어 늪지대 같은 분위기를 자아냈다. 조각난 인간의 시체와 특유의 썩는 냄새가 그 풍경의 처참함을 더욱 강조했다. 그나마 위안이라 말할 수 있는 것은 이 모든 시체들이 전부 검은달의 습격자라는 사실이었다.

"이, 이게 대체…… 여기서 무슨 일이……."

신입 병사가 고개를 위로 고정시킨 채 말을 더듬었다. 그의 눈동자에 상반신만 남아 있는 시체가 비쳤다. 피가 한 방울 뚝. 바닥으로 떨어지기까지 제법 오랜 시간이 걸렸다. 나무를 타고 올라간대도 한참 시간이 걸릴 만한 어마어마한 높이였다.

대체 무슨 일이 일어났던 거지? 상상력을 발휘해 보아도 어떤 경위로 어떻게 전투가 진행되었는지 가늠조차 할 수 없었다.

2황자 직속 호위 기사단 하얀밤의 부단장 부관, 큰뿔산양 레이몬드 안디의 보고서에 따르면 이 장소에서 검은달과 전투를 치른 자는 상급 기사 로젤린 에스터, 오직 그녀뿐이었다.

하얀밤 기사단의 이름은 여타 다른 무리보다 높은 평가를 받았고, 상급 기사쯤 되면 실력을 의심할 사람은 아무도 없었다. 그럼에도 병사들은 쉽게 믿지 못했다. 대충 파악되는 시체의 수만 해도 20여 구가 넘어섰다. 심지어 그들 모두가 악명 높은 검은달의 일원이 아니던가. 일개의 기사 한 명이 강하다고 막아 낼 수 있는 수준이 아니었다.

그들은 그 전투 지점으로부터 거슬러 가며 사절단의 시체 한 구, 한 구를 수습했다. 여기저기에서 치열했던 전투의 흔적을 엿볼 수 있었으나, 그 어떤 곳도 아까의 광경을 잊게 하지는 못했다.

그들은 3일이라는 시간을 소요해 모든 임무를 끝냈다. 병사들이 어두운 표정으로 마차와 말에 올랐다. 발타의 숲을 벗어나기 전까지 조용히 입을 다물고 있던 신입 병사가 머뭇머뭇 말을 꺼내었다.

"그게…… 정말 인간이 할 수 있는 일일까요?"

누군가가 답해 주길 바란 것이 아닌 듯했다. 그는 멀어지는 숲을 멍하니 쳐다보았다. 스산한 바람이 불었다.

* * *

"마인이라는 거 있지!"

"누구?"

"우리 성에 계신 손님!"

"어머, 어머! 진짜?"

어린 하녀들이 소곤소곤 비밀스러운 얘기를 나눴다.

잠자는 공주님처럼 며칠간 깨어나지 못했던 그 손님이 마인이라고? 세상에나. 이델라브힘의 가호를 받는 2황자 전하의 기사이자, 붉은수레바퀴 백작가의 장녀가 마인이라니. 이 어찌나 흥미로운 얘깃거리란 말인가!

그들은 저마다 알고 있는 그 '손님'에 대한 정보를 나눴다. 초록색 머리라더라, 자그마하고 순하게 생겼다더라, 부엉이를 한 마리 데리고 있다더라. 맞는 정보라고는 하나도 없었다. 소문이 어떻게 비틀리는지를 잘 보여 주는 예였다.

그들의 대화가 다소 컸던 탓일까. 계단을 오르던 여자가 아래층에서 들려오는 하녀들의 얘기에 귀를 기울이며 걸음을 멈췄다.

'흠……'

그녀도 며칠 전부터 들어 왔던 이야기였다. 남자, 여자, 어른, 아이 할 것 없이 시간만 나면 그 화제로 대화를 나누는 통에 이제는 내용을 죄다 외울 정도였다. 이 입에서 저 입을 거치며 엉망이 되어 버린 소문들 속에서 단 하나의 진실만은 여자에게 흥미를 불러일으켰다. 붉은수레바퀴의 로젤린이 마인이라는 것.

여자는 잡념을 떨치고 다시 걸음을 옮겼다. 손님이 깨어났다는 반가운 소식이 있었기에.

"우리 잠자는 공주님이 일어나셨네. 오랜만이야, 로젤린 경."

오랜만이라는 단어가 성사되는 경우는 첫 만남이 아니라는 것을 전제로 했다. 그러나 로젤린은 여자를 알지 못했다. 처진 눈을 가지고도 유약하다 거나 순해 보이는 것과는 상당히 거리가 먼 인상이었다. 경사도가 높은 눈 썹 각도 때문인지, 붉은 입술 때문인지는 정확하게 판단할 수 없었다. 어쩌면 둘 다일 수도.

로젤린은 자신이 가지고 있는 '로젤린'의 기억 안에 이 여자가 있는지 뒤적여 보았다. 로젤린의 의문에 차 있는 눈빛을 읽은 여자가 말을 덧붙였다.

"우리가 정식으로 만난 건 오늘이 처음이란다. 나 혼자 일방적으로 경이 침대에 누워 있는 모습을 몇 번 보기는 했지만 말이야. 그래서 아는 사이라고 생각했지 뭐니? 내가 요즘 이렇게 깜박깜박한다니깐."

여자가 익숙한 태도로 로젤린의 이마에 손을 가져다 대었다. 로젤린도 멀뚱히 그녀를 올려다보았다.

"어디 보자…… 열은 내렸고, 혈색도 좋네. 어디 아픈 곳 있니?"

"아니요. 아프지 않습니다."

"잘됐네, 그럼 식사나 할까? 아플 때는 잘 먹어야 해."

여자가 하녀와 눈을 맞추며 적당히 손짓했다. 로젤린은 식사라는 단어에 몸을 들썩였다. 들뜬 기색을 감추지 못하는 로젤린을 보며 여자가 아하하 웃었다.

"눈을 뜨고 있는 쪽이 훨씬 좋구나. 아차, 그러고 보니 아직 내 소개도 안 했었네. 마른가시나무의 세실. 마른가시나무 백작이라고 소개하는 편이 좀 더 알기 쉽겠니?"

아, 과연. 로젤린은 그제야 누워 있는 제 모습만을 보아 왔다던 그녀의 말을 이해했다. 사냥 대회 사건 때의 실종 직후에 한 번, 그리고 이번 발타 사절단 건으로 한 번. 우연히도 항상 의식이 없을 때마다 그녀의 영지에 머물렀던 것이다. 친밀감을 보이는 이유는 그 때문인 듯했다. 로젤린은 고개를 꾸벅 숙여 인사했다.

"폐를 끼쳐 죄송합니다."

"폐는 무슨. 경이 올 때마다 항상 일이 터져서 말이지, 그걸 보는 재미가 제법 쏠쏠해."

마카롱이 꾸르륵 소리를 내며 불편한 심기를 표현했다. 세실은 거대한 독수리의 불만 가득한 소리를 듣고는 자신의 말을 반추해 보았다. 아, 확실히 다르게 해석될 만한 여지가 있었다.

"사경을 헤매는 모습이 재미있다는 얘기가 아니니 오해 말고."

마카롱이 가슴 안쪽에서 울리는 소리를 멈췄다. 세실은 "굉장한걸, 말을 다 알아듣는 거니?" 하며 신기해했다.

그때, 누군가가 방문을 똑똑 두드려 왔다. 세실은 뒤돌아보지도 않고 대충 손짓했다. 중년의 남자가 성큼 발을 들였다. 마른가시나무 백작의 기사들과 복식이 비슷했으나 더 화려했다.

"백작님. 강철발굽 백작이 손님을 뵙고자 합니다."

"이것 보라니깐. 내가 일이 터진다고 했지?"

세실은 딱 달라붙은 드레스를 입고도 능숙하게 다리를 꼬았다. 일이 터져서 재미있다는 말에 어울리지 않는 심드렁한 표정이었다.

"손님이 아직 의식을 되찾지 못했다 전하거라. 비슷한 이야기만 몇 번째 인지, 대체. 노망이라도 난 거야? 하여간 귀찮은 늙은이라니깐."

로젤린은 눈만 깜박거렸다. 기사의 입에서 나온 손님이라는 말이 어쩐지 자신을 가리키고 있는 것만 같았다. 세실이 생긋 웃으며 고개를 끄덕였다.

"지금 로젤린 경을 찾는 사람이 아주 많아. 당장 수도로 귀환시켜야 한다는 둥, 잡아가야 한다는 둥. 헛소리들을 하는 사람들도 많고. 하지만 걱정 말렴."

그녀가 손을 들자 하인이 한쪽 벽면을 가득 채운 커튼을 열었다. 넓은 창으로부터 빛이 쏟아졌다. 날카롭게 비죽비죽 솟은 회색의 탑이 줄지어 있는 광경이 눈에 들어왔다. 탑의 꼭대기마다 거대한 발리스타가 설치되어 있었으며, 어느 곳 할 것 없이 사람들이 빽빽하게 서 있었다. 전장의 한중앙에 와 있는 느낌이었다. 귀족의 성이라기보다는 이곳은 마치……

"이곳은 마른가시나무 백작령. 철의 요새 비스타. 내가 허가하지 않으면 그 누구도 발을 들일 수 없으니."

요새. 맞다. 그 이름이 딱 어울렸다. 어떤 사소한 장식으로도 꾸며져 있지 않은, 오직 적을 공격하고 막아 내는 것에 치중한 형태였다.

"설령 내 울타리 안에 마인이 있다고 해도 말이야."

로젤린은 창밖에 두던 시선을 돌렸다. 마른가시나무 백작이 부드러운 미소를 입에 걸고 있었다.

"일단 식사부터 할까. 우리 얘기할 게 많을 것 같네. 그렇지?"

하녀들이 분주하게 움직이며 상을 채웠다. 두 사람의 대화는 식사 준비 시간만큼 잠시 중단되었다. 로젤린은 음식 냄새를 맡으면서도 별다른 반응을 보이지 않았다. 무언가 깊게 생각하고 있는 듯했다. 사람들이 나가자마자 로젤린이 입을 열었다.

"리카르디스 전하는 무사하십니까?"

로젤린의 질문에 세실이 입꼬리를 올려 웃었다. 볼에 보조개가 폭 팼다.

'본인의 안위보다 2황자가 중요하다는 건가? 신성 제국에서 마인이라는 이름이 가지는 의미를 모를 리가 없을 텐데. 태평한 건지, 담대한 건지…….'

그러고 보니, 자신보다 다른 사람의 안위를 더 걱정하던 사람이 한 명 더 있긴 했다. 의식 없는 로젤린을 안아 든 채 마른가시나무 성에 입성한 2황자 리카르디스였다. 어찌나 유별나게 굴던지. 다른 사람이 로젤린을 대신 안아 들겠다 한마디 했을 때 서슬 퍼런 눈빛으로 노려보던 것이 떠올랐다.

그에 그치지 않고 제 기사를 직접 침대에 눕히고, 겉옷과 부츠를 벗겼다. 제국의 황자가 손수 할 만한 일도 아니고, 해서도 안 되는 일이었다. 따뜻한 물을 대령하라 닦달을 해 대는 기세는 당장 누구의 목이라도 칠 듯 매섭더니, 적신 수건으로 그녀의 입술을 가볍게 닦아 내는 손길은 솜털보다 부드러웠다. 닿으면 부서질세라, 만지면 깨질세라. 아주 조심스러웠다. 심지어는 얼른 황성으로 돌아가야 했음에도 최대한 시일을 늦춰 출발하기까지 했다.

지금의 로젤린이 하고 있는 행동도 딱 그와 같았다. 저가 마인이라는 사실이 들켰든 아니든 간에 '황자 전하께서는 무사하신 겁니까?'부터 묻고 있으니. 웃음이 새어 나왔다. 세실이 턱을 괴고 대답했다.

"어제 황성으로 출발하셨단다. 좀 피곤해하셨지만, 다친 곳은 없으셨어."

"그렇습니까."

로젤린의 시선은 먼 창밖을 떠돌았다.

[다친 곳은 없으셨어.]

그 한마디에 로젤린은 안도의 숨을 쉴 수 있었다. 일어난 이후로 내내 조급했던 마음이 서서히 풀려 갔다.

피를 토할 때마다 자신을 꽉 끌어안던 단단한 품. 어둠 속에서도 반짝이던 젖은 속눈썹. 먼지가 쌓여 있던 오두막의 냄새. 숨죽인 울음소리. 그 조각난 기억들이 드문드문 떠올랐다.

괜찮아. 로젤린, 괜찮다. 내가 여기 있어. 다정한 말이 리카르디스의 눈물과 함께 떨어지고 있었다.

[로젤린…….]

흔들리던 나지막한 목소리가 귓가를 맴도는 듯했다.

"다친 곳 하나 없이 건강하시단다. 걱정 말렴."

로젤린은 자기도 모르게 미소 지었다. 기사의 임무 이전에 리카르디스가 무사하다는 사실 하나만으로 기뻤다.

물론 마카롱으로부터 그가 무사하다는 얘기를 전해 듣긴 했으나, 마카롱의 '무사'와 다른 사람들의 '무사'는 기준이 좀 다른 편이었다. 일반적인 사람들은 아픈 곳, 상한 곳 없이 괜찮으냐를 기준으로 둔다면, 마카롱은 살았느냐 죽었느냐를 기준으로 두는 느낌이라. 영 신빙성이 없었다.

"적어도 5일 동안 의식 불명이었던 경에게 걱정받을 정도는 아니니까."

로젤린이 번쩍 고개를 들었다.

"5일?"

그 극렬한 기세에 마른가시나무 백작이 흠칫 놀랄 정도였다. 로젤린은 그녀의 반응에도 아랑곳하지 않고 중얼거렸다. 5일 동안 의식 불명? 그렇다는 말은…… 내가 5일 동안이나…….

아무것도 먹지 못했구나!

의도치 않았던 단식 기간을 정확하게 알게 되자마자 배가 고파 왔다. 로젤린은 주린 배를 잡은 채 테이블 위를 빠르게 훑었다. 무표정하던 기사의 얼굴에 홍조가 돌기 시작했다. 그녀의 시선이 음식에서 떠나지 않는다는 사실을 눈치챈 세실이 속으로 웃음을 삼켰다.

아까의 생각을 정정해야 할 듯했다. 서로 아끼는 건 확실하지만 아무래도 황자 전하 쪽의 감정이 더 깊어 보였다. 로젤린은 본능이 우세한 모양이고.

"어서 들렴. 전하께서 경이 일어나거든 환자식 그딴 거 말고 고기를 먹이라 하시더구나. 그냥 고기도 아니고 맛있는 고기라면서. 어찌나 민망해하면서 말씀하시는지, 나도 모르게 웃었다가 잇세리온 비서관에게 눈총받았지 뭐야."

로젤린이 눈을 반짝였다. 전하…… 감사합니다…… 진심을 다해 감사합니다…… 앞으로도 충성하겠습니다…….

세실은 리카르디스의 명령을 충실하게 이행했다. 테이블을 가득 채운 음식의 반 이상이 고기였다. 로젤린은 흐물흐물해진 표정으로 스테이크를 입에 넣었다. 잠들어 있던 미뢰가 깨어나 축포를 터트리고 화려한 파티를 벌였다. 로젤린은 잠시 미간을 짚고 밀려오는 감동을 추슬렀다.

"입에는 좀 맞니?"

"네! 맛있습니다."

"그거 다행이구나. 아, 그러고 보니, 로젤린 경. 마인이라면서?"

마른가시나무 백작은 앞과 뒤가 이어지지 않는 독특한 화법을 구사했다. 로젤린은 씹던 걸 꿀떡 삼키고 나서 "아니요." 하는 건조한 대답을 했다. 그녀의 담담한 반응에 세실이 빙그레 웃었다. 그녀의 눈동자가 집요하게 로젤린을 들여다보고 있었다.

"혼자서 검은달의 암살 부대를 막아 냈는데도 아니니?"

"네. 그들이 좀 약해서."

"파르딕트 경의 그 커다란 방패를 맨손으로 부쉈다 하던데. 그래도 아니야?"

"네. 제가 좀 강해서."

세실이 옆에 서 있던 기사단장을 퍽퍽 치며 웃었다. 렉시드. 얘 좀 봐. 너무 웃긴 거 있지. 그녀가 눈꼬리에 맺힌 눈물을 닦아 냈다.

"생각보다 뻔뻔한 구석이 있구나. 그런 점 싫지 않아."

하얀밤 기사단의 명성은 이번 전투로 인해 한층 더 높아졌다. 생환의 가능성이 일말도 남아 있지 않았던 험난한 길에서 살아 돌아왔으니 당연한 일이었다. 가을안개의 스타스. 큰뿔산양의 레이몬드. 고래무덤의 파르딕트. 푸른등불의 카일로. 단원 한 사람 한 사람이 많은 사람들의 입에 오르내렸다.

그러나 그중에서도 유독 주목받는 이름이 있었으니…… 2황자 리카르디스의 호위 기사, 붉은수레바퀴의 로젤린. 그녀였다.

참혹한 전투의 흔적은 로젤린이 평범한 인간이 아님을 암시하고 있었다. 하얀밤 기사단원은 물론이거니와 사망자들을 수습하기 위해 전투 현장을 찾았던 병사들 또한 그 사실을 인지했다. 로젤린에 관한 이야기는 은밀하게 퍼졌다. 누군가의 보고서에서, 어느 주점 술 취한 병사의 입에서, 기사들 간의 연락망을 통해서.

고래무덤의 파르딕트. 그의 고래만 한 방패를 단숨에 부쉈느니, 검은달의 암살자들을 파리처럼 보이게끔 하는 대단한 실력을 갖췄느니 하는 사실을 기반으로 한 것부터. 손을 한번 휘둘렀더니 산과 강이 갈라졌다든가, 절대 죽지 않는다든가, 2황자 전하를 아기 새 들듯이 한 손으로 들었다든가 뭐라든가 하는 과장이 보태진 것까지. 진실 여부를 판별하기 힘든 여러 소문이 섞여 있었으나, 인간의 힘을 아득하게 뛰어넘었다는 점만은 별다른 왜곡을 거치지 않았다.

하지만 그 수많은 소문들 중에서도 사람들이 크게 주목한 것이 하나 있었다. '파편'은 마력과 독의 결합이라더라! 해독제가 없다더라! 그렇다면 '파편'에 중독되고도 살아남은 붉은수레바퀴의 로젤린. 그녀의 정체는 대체 무엇이란 말인가!

그 소문은 그녀의 아버지인 붉은수레바퀴 백작, 페르탄이 끝맺었다. 장장 스물세 장. 상당한 분량의 해명문이었다. 로젤린의 탄생 일화, 태어나자마자 엄마라는 말을 할 줄 알았다는 둥의 자랑을 빙자한 쓸모없는 내용들을 다 치고 간추려 보니…… 붉은수레바퀴의 로젤린이 마인이라는 결론만이 남았다.

일라베니아 제국이 마인을 배척하니 갓난아이 시절부터 그 죄와 업보를 제 딸이 지고 가야 했던 것이 아니냐. 우리 딸이 잘못한 게 아니라, 그런 거짓말을 할 수밖에 없게 만든 니들이 잘못한 거다. 니들이 그렇게 이빨만 까던 때에 내 딸은 제국의 고귀한 2황자를 위해 제 목숨을 바쳤느니, 그 업보의 무게가 2황자 목숨의 무게보다 무거운 것이겠느냐!

구구절절 옳은 말이었다. 일라베니아가 들썩였다. 2황자의 기사이자 붉은수레바퀴의 장녀가 마인이라니. 불길한 검은 달의 힘을 가진 마인이라니. 누군가가 신성한 제국에 나타난 흉조가 아니겠느냐 했다. 하지만 누군가는 크레안 티다니온조차도 2황자 리카르디스의 앞길을 보살피는 것이라 말했다.

로젤린에 관한 이야기는 비스타를 벗어나 대륙 구석구석에 퍼지는 중이었다. 그녀는 호사가들의 그럴싸한 말로 인해 희대의 악인도 되었다가, 세상에 더 없을 영웅도 되었다. 어린아이들조차 로젤린의 이름을 인식하기 시작했으나, 5일간 자고 엿새째 느지막한 오후에 깨어난 장본인만 아무것도 모르는 상태였다. 세실은 붉은 입술을 끌어 올리며 웃었다.

"많은 일이 있었단다."

세실은 그녀가 잠들어 있던 때에 일어난 일을 순차적으로 들려줬다. 마른가시나무 기사단과 붉은수레바퀴 기사단이 국경을 넘어 사절단을 보호한 그때의 일부터, 지금 대륙을 들썩이게 만든 마인에 대한 이야기까지.

세실은 유심히 로젤린을 관찰했다. 그녀가 어떤 반응을 보일지 궁금했던 탓이었다. 평생 숨겨 왔던 비밀이 파헤쳐진 상황이 아닌가. 두려워할까, 제 말을 의심하며 부정할까. 어떤 반응을 보이든 그 격렬한 감정 속에서 진실을 읽어 낼 수 있을 것이다. 그러나 로젤린은 세실의 예상을 벗어나 그저 흥미롭다는 듯이 눈을 빛내고 있을 뿐이었다.

"아. 아버지께서 제가 마인이라고 하셨습니까? 저는 마인이……."

의자 등받이 위에 앉아 있던 독수리가 날개로 그녀의 머리를 퍽 쳤다.

"입니다. 마인…… 맞습니다."

독수리와 한 여자가 열심히 고개를 끄덕였다. 방금 그 말 하려던 거 아니지 않니……? 세실이 떨떠름하게 그들을 바라보았다.

"밝혀도 괜찮습니까?"

"뭐…… 예전이랑은 상황이 다르니 말이야."

마력과 성력은 서로 간섭할 수 없다. 그렇기에 마력과 독의 혼합물 '파편'에는 성력이 어떤 효과도 발휘하지 못했던 것. 그렇다면 마독 '파편'에서 마력을 우선적으로 처리할 수만 있다면, 분리된 독은 충분히 성력으로 치유할 수 있지 않을까?

로젤린이 '파편'에 중독되기 한참 전부터 떠돌던 가설이었다. 그러나 마인이 없으니 검증을 할 수 있을 리 없었다. 이렇다 할 해결 방안도 나오지 않고 그저 지지부진하게 말만 끼얹는 사람만 늘어나는 판국에, 그녀가 파편에 중독되고서도 살아난 것이다. 영원히 가설로 묻혀 있을 뻔한 것을 로젤린이 이번 일로 입증해 준 셈이었다.

일라베니아 내에서 마인의 평가는 노예 이하. 일라베니아 제국 내에 있는 마인이라고 할지라도 발타의 암살자 집단 '검은달'과 한통속이라 여겼다. 그런데 이게 무슨 운명의 장난인지. '검은달'의 존재로 인해 마인의 필요성이 점점 높아지기 시작한 것이다.

일라베니아에서 마인을 찾기란 아주 힘든 일이었다. 핍박받고 살해당해 발타로, 다른 먼 곳으로 이주하거나 숨어 버린 사람들. 심지어는 찾아낸다고 한들 일라베니아에 좋은 감정을 가지고 있을 리 만무했다. 결코 일라베니아에 도움이 되는 일을 하지 않을 것이다.

그런 상황에 그녀가 나타났다. 검은달이 인위적으로 만들어 낸 인간 병기들을 산산조각 낼 정도로 강하며, 2황자 리카르디스를 위해 목숨도 바칠 정도로 충성심이 높은 제국의 기사 로젤린. 이 시국에 유일하다고 봐도 무방한 일라베니아의 마인이었다.

'근데 좀 이상하단 말이지……?'

그녀에 관한 소문이 퍼지는 속도가 범상치 않았다. 일주일도 지나지 않았는데 벌써 비스타를 벗어나 일라베니아 전역에 퍼지고 있다고? 누군가가 작정하고서 퍼트리지 않는 이상에야 불가능한 일이었다.

제 존재를 시시각각 부정하는 나라에서 태어난 마인, 그녀에 대한 동정이 파도처럼 일어났다. 많은 사람들의 입을 오가며 만들어진 흐름은 뒤집기 힘들다.

그러나 이 상황을 알 리 없는 로젤린은 속이 꽤나 답답할 것이다. 세실이 안쓰러워 죽겠다는 눈빛으로 로젤린을 바라보았다. 자고 있을 때와 다름없이 무표정하지만, 저 가면 같은 얼굴 아래에서 여러 가지 생각들이 치열하게 부서지고 있을 테지. 가엾어라. 이 어린 아가씨가 헤쳐 나가기에는 너무 거센 풍파가 아닌가. 세실은 눈물이 찔끔 날 뻔했다. 사실 조금 흥미롭기도 했지만.

그때 로젤린의 옆, 의자 등받이에 앉은 독수리가 부리의 넓적한 부분으로 그녀의 얼굴을 가볍게 문질렀다. 로젤린은 후식으로 올라온 마카롱을 독수리에게 내밀었다.

"이게 마카롱이야."

"……?"

마른가시나무 백작은 자신의 귀를 의심했다. 지금 굉장히 중대한, 그녀의 인생을 뒤흔들 만한 사건에 대해 말하지 않았던가? 안 했나? 태평하게 독수리와 마카롱을 나눠 먹는 로젤린의 모습을 보고 있자니 확실하게 안한 것 같은 느낌도 들었다.

'혹시, 이 사태에 대해서 별생각 없는 거 아냐?'

마카롱을 먹은 독수리가 달콤함에 취해 고개를 끄덕였다. 로젤린도 "음음……." 따위의 소리를 내며 고개를 끄덕였다. 잔뜩 흥이 난 몸짓들이 방금 세실의 생각에 답해 주는 것 같았다. 그녀는 헛웃음을 내뱉었다. 마카롱을 먹어 보니 웬걸. 평소보다 잘 구워지긴 했다.

* * *

"서른여덟이라. 그리고 우리는 여덟 명이고?"

하카브가 인상을 찌푸렸다. 그는 아틸라크로부터 전투 보고를 막 받은 참이었다.

"이렇게 말하면 하얀밤 기사단에 실례겠어. 그쪽은 사망자가 서른여덟. 그리고 우리는 생환자가 여덟이라 말해야 정확하니 말이다."

아틸라크의 얼굴이 붉어졌다. 이게 무슨 망신이란 말인가. 한 명, 한 명이 인간 병기나 다름없는 정예 부대가 처참히 무너지다니. 심지어는 2황자 생포 또는 척살이라는 임무도 완수하지 못했다. 돈은 돈대로, 고생은 고생대로 들어가고 소득은 없는 것이다. 도리어 잃으면 잃었지.

"사망자도 아니고 생환자가 여덟이라……."

하카브가 낯부끄러운 보고 내용을 계속 읊었다. 아틸라크만 죽을 맛이었다.

"마른가시나무 백작과 붉은수레바퀴 백작이 국경을 넘어 하얀밤 기사단원들을 도왔습니다."

"음? 황금정원이나 푸른등불도 아니고, 마른가시나무와 붉은수레바퀴라. 이거 참신한데…… 무슨 생각으로 움직인 거지? 사절단을 보내서 친교를 맺은 직후인데 전쟁이라도 할 참인가? 황제가 절대 좌시하지 않을 텐데……."

마른가시나무 백작과 붉은수레바퀴 백작이 2황자를 지지하지 않는다는 사실을 모르는 자는 없었다. 마른가시나무는 중립. 붉은수레바퀴는 1황자파인데다 현 황제에게 충성을 바친 가문이었다. 2황자를 도울 이유가 전혀 없었다.

아니, 돕는 것은 둘째라 치더라도 애초에 그들은 국경을 넘어서는 안 된다. 사절단이야 힉살라의 허가를 받았다지만 그들은 어떤 인가도 받은 적 없었다. 말인즉슨 그들이 국경을 넘은 이 일이 전쟁의 시발점이 되어도 이상하지 않다는 것. 비록 국경 코앞에서 2황자가 피를 흘리며 죽어 가고 있을지언정, 그들은 절대 움직여서는 안 된다.

"마른가시나무와 붉은수레바퀴가 왜 움직였는지는 잘 모르겠습니다. 하지만, 전하. 2황자가 발타에 오기 전, 사절단의 인원을 늘려도 되겠느냐는 공문을 보낸 것을 기억하시는지요?"

"그랬지. 허가했으나 엘피디오가 훼방을 놓아 원래 인원대로 오지 않았던가. 아, 그랬군. 비는 인원이 있었어."

하카브는 리카르디스의 의중을 알아챘다. 발타의 국경을 넘은 사절단의 인원은 허가받은 수에 한참 미치지 못했다. 하지만 마른가시나무 백작과 붉은수레바퀴 백작의 기사단을 포함한다면 얼추 맞을 것이다. 그들이 원래 예정된 사절단의 인원이었다고 한다면 발타 쪽에서도 별다른 이의를 제기할 수 없었다. 애초에 허가 인장을 찍은 것은 자신이 아니던가.

"한 방 먹었군. 엘피디오가 하도 난리를 쳐서 증원을 막았다기에 별다른 수작이라고 생각을 못 했다."

하카브가 어처구니없다는 듯 웃었다. 아마 리카르디스는 엘피디오의 반응 또한 예측했으리라. 엘피디오만큼 알기 쉬운 사람도 또 없으니. 만약 처음부터 300이라는 인원이 있었다면, 그 수에 맞춰서 습격을 준비했을 것이다. 리카르디스의 노림수가 정확하게 맞아 들었다. 강아지라고 생각해 작은 포획 틀을 준비해 갔더니, 다이어울프가 기다리고 있던 셈이었다.

"엘피디오는 배 아파 죽을 지경이겠군. 저가 한 말에 걸려 넘어지다니. 우스운 일이야. 나도 같이 걸려 넘어지긴 했지만 말이다. 쯧, 하여간 쓸모없는 인사 같으니."

마른가시나무 백작은 공성 무기가 축소된 것 같은 무기들을 바리바리 싸들고 국경을 넘었다고 한다. 보지 못했던 새로운 무기들이었다. 백작은 '파편'의 등장 후 접근전이 위험하다고 판단한 듯 보였다. 석궁보다는 훨씬 크고 발리스타보다는 작았다. 무게가 가벼워 들고 다니기에 용이했으며, 파괴력도 상당했다. 강력한 공격이 계속해서 쏟아진 결과로 검은달은 참패했다.

마른가시나무 백작의 기사단은 주로 평민과 용병 출신으로 이루어져 있었다. 백작은 압도적인 잔혹함을 원했고, 그런 경우에는 아무래도 귀족보다는 산전수전 다 겪은 용병들이 훨씬 능숙한 모습을 보였다. 그녀가 쓸고 간 자리의 시체는 형태를 알아볼 수 없을 만큼 처참하게 짓뭉개지곤 했다.

이번 전투도 비슷한 양상을 보였다. 만약 그 자리에서 전투를 한 자가 마른가시나무 백작이라 누가 일러 주지 않았더라도 알 수 있었을 것이다. 수작질도 어지간해야 화가 나지, 도를 지나치니 남는 건 두려움뿐이었다.

솔직히 하카브로서도 좀 질릴 정도였다. 전장에서 공포는 효과적인 무기가 된다. 마른가시나무 백작은 하카브와 마찬가지로 그 사실을 잘 아는 사람이었다. 단순히 그녀의 성정이 잔혹해서 벌이는 일이라기보다는 그 수단을 효과적으로 이용하는 것이었다.

이성이 있는 미친개. 그래서 더욱 골치 아팠다. 발타의 전사들이 가장 기피하는 대상이 그녀라는 사실은 더 말할 것도 없었다. 잘린 머리통은 따로 모아서 무언가 글자의 형태를 그려 놓았다는데, 아틸라크가 정확한 내용은 알려 주지 않았다. 하카브는 대충 감을 잡았다. 심한 욕설 따위겠지.

"마른가시나무 백작답군."

하카브는 고개를 좌우로 잘게 흔들었다. 이후, 아틸라크의 보고는 그가 예상한 선에서 흘렀다. 마른가시나무 백작과 전투했고, 2황자는 붉은수레바퀴 백작의 보호 아래 무사히 귀환했느니 뭐니.

하카브는 턱을 괴고 제 관자놀이를 툭툭 두드렸다.

'붉은수레바퀴라…….'

그 이름을 듣고 있으니 다른 인물이 떠올랐다. 무심한 표정을 고수하던 얼굴이 어른거렸다.

로젤린. 2황자의 호위 기사였으니 아마 죽지 않았을까? 가장 위험한 전투를 치러야만 하는 위치였으니. 아쉬웠다. 역시 빼돌려야 했나. 하카브는 곧 그 아련한 감정을 싹 지워야만 했다. 아틸라크가 제 머릿속을 읽은 것처럼 로젤린에 대한 얘기를 꺼냈기 때문이었다.

"검은 머리의 기사? 로젤린? 붉은수레바퀴의 로젤린이라고?"

"예, 전하. 검은 머리의 여자 기사가 서른 명이 넘는 습격대원들을 상대했다고 합니다."

아틸라크가 눈을 질끈 감았다. 이따금 1 대 17로 싸워서 이겼느니 하는 뒷골목 건달들의 허풍 따위가 아니었다. 그래서 더욱 어이없는 상황이었다. 조금이라도 검을 들어 보고, 조금이라도 전투와 전쟁을 해 본 자들이라면 잘 알 것이다. 수적으로 열세인 경우에는 승리할 수 있는 확률이 한없이 낮아진다. 심지어는 두 배, 세 배도 아닌 서른세 배에 달하는 적과 싸워 승리했다는데, 실제로 눈으로 보았다고 해도 의심이 갈 지경이었다.

습격대원들이 그녀를 발견했을 때만 해도 그런 일이 일어나리라고는 누구도 상상하지 못했다. 이미 여기저기 다쳐서 피 흘리고 있는 기사에게 전멸을 당할 것이라고. 정말 누가 알았겠는가.

그 전투에서 살아난 습격대원은 한 명뿐이었다. 살아난 이가 보고하기로 붉은수레바퀴의 로젤린은 괴이하게 변한 검은 손을 휘두르며, 바람 같은 속도로 움직였다고 했다. 그녀가 많이 지쳐 확인 사살을 하지 않고 돌아선 게 천운이었던 것이다.

그는 무서운 학살자가 전투 현장을 떠나고도 죽은 듯 누워 있었다고 했다. 한참 전에 사라진 그녀가 남긴 공포가 온몸을 짓눌러 왔었다고.

검은달에 들어오는 자들은 가장 먼저 감정을 죽이는 일부터 했다. 그리고 백 명 중 다섯 명 정도만 살아남는 극도의 위험한 훈련들을 거쳤다. 오직 임무를 위해, 오직 검은달만을 위해, 크레안 티다니온을 위해 모든 것을 바칠 준비가 되어 있는 자들이었다.

이번 습격대에 뽑힌 인물들은 그중에서도 소수의 엘리트들이었다. 포로로 잡힐 시에 당장 자결하라는 명령까지 거리낌 없이 수행할 정도였다. 그런 이에게 마음 깊숙이 공포를 박아 넣다니, 얼마나 압도적인 전투였는지 상상도 할 수 없었다.

당연히 이기는 싸움에 지고 돌아왔다. 총책임자로서 아틸라크는 한동안 고개를 못 들고 다닐 치욕스러운 상황을 맞았다. 하지만 정작 그 보고를 듣는 하카브의 표정은 나쁘지 않았다. 도리어 눈이 반짝반짝 빛나기까지 했다.

"대단하군, 대단해."

그는 이를 시원하게 드러내어 웃고 있었다. 마인이 할 수 있는 일은 한정되어 있었다. 신체를 강화시키거나 강한 힘을 발휘하는 것뿐. 그렇다면, 마수처럼 기이하게 변한 팔과 마인의 범위조차 뛰어넘은 힘이라면?

그 낯설고 기괴한 현상이 지표가 되어 길을 안내했다.

"로젤린, 그대는 정말 대단하군. 대단해."

같은 말을 계속 반복하는 남자의 목소리가 살짝 떨리고 있었다. 검은 눈동자가 반짝이며 멀리 있는 누군가를 그렸다. 하카브의 얼굴에 뜨겁고 생생히 날뛰는 감정이 비치기 시작했다.

"로젤린. 그대가……."

하카브는 제 입술을 잘근잘근 깨물었다.

"그대가 '그림자'였을 줄이야……."

대단하다. 이것은 마치 운명 같다. 이 세상이 그대와 나를 만나게 했는가. 내가 그대에게 끌렸던 것도 그 때문이었을까? 알았다면 이렇게 쉽게 놓아주지 않았을 텐데.

조금 더 자세히 봐 둘 것을 그랬다. 하얀 피부를 아슬아슬하게 가리는 흐트러진 검은 머리. 곧게 펴고 있던 허리. 담담한 말투. 단편적으로 기억하는 겉모습만을 떠올려야 한다는 것이 아쉬울 뿐이었다.

그대는 그 푸르른 눈동자로 나를 어떻게 바라봤었지? 그대의 부드러운 피부 아래를 흐르고 있는 마력은 어떤 모습이었을까? 강하게 요동치며 울리고 있었나? 잔잔하게 소리 없이 그대를 휘감고 있었나? 하카브는 초조한 기색을 감추지 못했다.

"그렇다면 디에즈가 어째서 내게…… 아니다. 어쨌든 연락을 해 봐야겠어."

"예, 전하."

"로젤린과 접촉하기 전까지 2황자는 당분간 건드리지 않는다. 괜히 밉보여서 점수를 깎을 필요는 없지. 이미 상당히 깎이기도 했으니 말이다."

2황자의 안위는 더 이상 중요하지 않을 정도로 그녀는 귀중한 존재였다.

크레안 티다니온의 산물. 마인 따위와는 비교도 되지 않는 순수한 마력의 결정체. 일라베니아가 낳은 최초의 괴물. 죽음의 그림자.

하카브는 입술을 짓이기던 것을 멈추고 낯빛을 싹 바꾸었다.

"아틸라크."

"예, 전하."

"편지로만 소식을 주고받는 것은 너무 느리다. 그냥 내가 일라베니아로 가야겠다."

아틸라크는 그의 말에 눈을 둥그렇게 떴다. 힉살라 아돈의 후계자 1왕자 하카브. 그가 지금 국경 너머 저 위험한 곳에 발을 디디겠노라 선언한 것이다. 그런 말을 하면서도 하카브는 환희에 가득 찬 표정이었다. 마치 첫사랑에 빠진 소년처럼.

하카브는 가슴에 손을 올려놓았다. 심장을 찢을 듯한 두근거림이 멈추지 않았다.

로젤린, 그대는 나의 검은 달인가?

* * *

리카르디스가 들고 온 검붉은 조각에는 마력의 결정이라는 거창한 임시 이름이 붙여졌다.

신체가 이상할 정도로 발달된 암살자 집단. 마력을 이용한 독 '파편'.

최근 검은달이 휘두르는 두 가지 강력한 무기의 공통점은 마력이었다. 마른가시나무 백작은 검은 조각이 그 무기를 이루는 근간이리라 생각했다. 마력의 결정을 어떻게 얻었는지, 어떻게 사용하는지에 대한 의문은 남아 있었지만, 이것이 일라베니아가 여태껏 풀지 못했던 문제의 해답이 되리라 직감했다.

일라베니아의 위업은 '축복의 밤'과 마력 숭배 집단 '검은달', 두 가지와 긴밀하게 연결되어 있었다. 축복의 밤을 띄워 얼마나 대륙을 풍요롭게 만들었는지, 얼마나 검은달의 위세를 약하게 했는지가 역대 황제의 치세에 가장 중요한 요소였다.

그런데 우연히도 이번 세대에 검은달의 몸집이 급격하게 불어나기 시작했다. 축복의 밤이 찾아오지 않아 대륙이 갈수록 황폐해져 가는 고질적인 문제 이외에 또 다른 골칫거리가 생긴 것이다. 사람들은 굶어 죽고, 검은달로 인해 피해를 입었다. 대륙을 휘감는 불안감은 나날이 짙어지고 있었다.

하지만 일라베니아의 현 황제 라이노는 이러한 사태를 조금도 완화시키지 못했다. 타고난 혈통과 귀족들 간의 긴밀한 정치 놀음으로 황위를 거머쥔 것에 불과했기 때문이었다. 더군다나 형제들 중에서도 유독 약했던 신성력. 계속해 발목을 잡고 있는 근심거리가 다시 대두되었다.

황제의 자리야 이델라브힘이 내려 준 것이라 떠받들어야 하는 것이 당연함에도, 감히 의심이라는 것이 불쑥불쑥 고개를 들었다. 마땅히 자리에 앉을 사람이 그 자리에 있는 것인가 하고.

능력은 없지만 눈치는 있어, 황제 라이노 또한 그러한 기류를 읽었다. 그는 불안했다. 네 살이었던 엘피디오의 신성력이 뛰어나다는 얘기까지 통제할 정도였다. 열 살에 갑자기 나타난 2황자 리카르디스가 엘피디오와 황태자 위를 두고 다투지 않더라면, 엘피디오는 성인이 되는 날 황제로 즉위했을 것이다.

두 아들의 밥그릇 싸움 덕분에 제 자리를 보전하고 있는 황제, 라이노.

역대 최악, 최약이라는 오명을 쓴 지금 이때에, 리카르디스가 검붉은 마력의 결정을 가지고 왔다. 귀중한 선물이 될 것이다. 오랜 숙적 검은달과의 악연을 끝맺음 지을 첫 단추가 될 수 있으므로.

1황자 엘피디오도 당분간 건드릴 생각조차 하지 못할 정도로 리카르디스는 황제의 크나큰 환대를 받을 것이다. 벼랑 끝에 서 있던 위기를 완벽하게 기회로 삼았다. 하여간 2황자도 참 대단한 인물이었다.

"잘 마중 나갔지 뭐니. 황제 폐하께서 나에게도 노고를 치하해 주시겠지."

세실은 '노고를 치하'라는 대목에서 검지와 엄지를 붙여 원을 그렸다. 흔히들 화폐를 상징할 때 사용하는 손동작이었다. 로젤린과 마카롱은 그 동작이 무엇을 의미하는지 열심히 추측해 보았으나 알아내지 못하고 포기해야 했다.

"페르탄도 무언가를 얻을 테지. 그 고지식한 남자가 그걸 바라고 움직이지는 않겠지만. 아무튼, 네 아버지는 전후 처리로 리카르디스 전하와 같이 수도에 올라갔으니 당장은 볼 수 없단다. 너무 아쉬워 말렴. 그 목석같은 인간이 나에게 부탁까지 하면서 너를 맡기고 간 거란다."

"네."

붉은수레바퀴의 페르탄. 그는 생사를 넘나드는 딸을 두고 2황자와 수도로 올라갔다. 당연히 해야만 하는 일이었으나, 로젤린의 입장에서는 무정하다 느낄 수도 있을 것이다. 저 뚱하고 날카롭고 어딘가 불만스러운 얼굴은 그 서운함의 방증이리라. 불쌍한 것.

세실은 눈썹을 아래로 한껏 휘며 그녀를 애처롭게 바라보았다. 로젤린이 주로 그런 표정을 하고 있다는 사실을 모른 탓이었다. 로젤린과 오래 지낸 사람이 아니면 그녀의 표정을 구별하는 데 어려움을 겪고는 했다.

여전히 수심이 깊어 보이기도, 불만 가득 차 보이기도 하는 로젤린의 표정에 세실이 황급히 말을 돌렸다.

"참, 그러고 보니 붉은수레바퀴 백작 말고도 경을 잘 부탁한다고 한 사람이 여럿 있었지. 사람들이 너무 드나들어서 문이 다 닳을 정도였단다. 정말 인기가 굉장하던걸?"

로젤린의 표정이 한결 밝아졌다. 일자로 꾹 다물려 있던 입술이 호선을 그리자 분위기가 확 바뀌었다.

'어머, 말을 돌린 게 정답이었나 보네.'

세실은 내심 기뻐하다가 곧 이어지는 그녀의 대답을 듣고 웃음을 터트렸다.

"그렇습니다."

인기가 좋다는 말에 저렇게 뻔뻔하게 대답하다니. 아니, 사실이니 뻔뻔한 건 아닌가?

그녀의 동생 칼릭스는 매일매일 서신과 선물을 보내며 제 누이를 잘 부탁한다 연락했다. 기사단장 스타스, 부단장 나단도 바쁜 일정 속에서 그녀를 찾았고, 부단장 부관 레이몬드는 제집처럼 그녀 옆에 붙어 있기까지 했다.

그 외에도 많은 하얀밤 기사단원이 다녀갔다. 상급 기사, 하급 기사 할 것 없었으나 바다협곡의 네스터는 그중 유별나게 많이 드나들었다. 심지어는 황금정원의 클로에까지 로젤린을 잘 부탁한다며 금보다 귀하다는 온갖 약을 보내왔다. 그녀의 연락에 마른가시나무 백작은 깜짝 놀랐었다. 거대한 상단과 정보 집단의 수장 격이라 말할 수 있는 여자였다.

여러 가지 정보를 위해 사람을 두루두루 사귄다고 들었으나, 이렇게 세심한 배려를 할 정도면 표면적인 친분에 그치지 않는다는 얘기였다. 속내를 알 수 없고 음흉하다는 평을 받는 클로에와 로젤린을 번갈아 떠올리자니 썩 어울리는 조합은 아닌 것 같았다.

하지만 마른가시나무 백작은 황금정원의 클로에가 큰뿔산양의 레이몬드와 약혼한 사이라는 사실을 떠올렸다. 이들의 기묘한 친분은 그로부터 온 것이리라.

2황자 리카르디스는 피로한 몸을 이끌고 매일매일 그녀를 찾았다. 누워 있는 로젤린을 바라보는 눈길이 어찌나 부드러운지, 보는 세실의 속이 다 간질간질해질 지경이었다.

아침은 고기 요리, 점심은 달콤한 향기가 풍기는 디저트, 저녁은 다시 고기 요리. 리카르디스 황자는 병문안 꽃 대신 갖은 음식들을 들고 와서는 로젤린의 머리맡에 놓아두었다. 맨 처음 그 모습을 보고 얼마나 황당하던지. 갓 만들어 김이 모락모락 피어오르는 병문안 선물은 좋은 말로는 개성적이고 솔직한 말로는 정상이 아니었다.

그렇게 리카르디스는 한 손에는 고기 꼬치, 한 손에는 케이크 접시를 들고, 얼른 일어나라며 그녀에겐 들리지 않을 타박을 했다. 세실은 그 모습을 보면서 묘한 기분에 사로잡혔다. 전투와 전쟁의 한가운데에 있던 2황자와 다른 모습이라 그런지도 몰랐다.

마른가시나무 백작이 처음으로 2황자 리카르디스를 본 것은 전장에서였다. 열여섯, 그가 막 성인이 된 해였다.

['나팔이 울리면 도망간다'에 내 전 재산을 걸겠어.]

[전쟁이 누구 놀이터도 아니고 말이야…….]

지휘관부터 말단 병사까지 뒤에서 수군거렸다. 황실 암투가 험난하다고는 하나 그것은 전쟁과는 다른 종류였다. 황성에서의 싸움이 독이라면, 전쟁의 칼날은 더 직접적이고 노골적이다.

그리고 열 살부터 줄곧 황성에서 살았던 어린 황자에게 이런 종류의 전투 경험이 있을 리 만무했다. 모두가 염려의 눈으로 리카르디스를 바라보았다. 굳이 따지자면 어린 황자의 안위보다는 그가 전장에 투입됨으로써 일어날 흐름을 걱정하는 것이었다.

하지만 2황자는 스스로의 능력으로 모두의 걱정을 깔끔하게 불식시켰다. 청년과 소년의 사이에 놓여 있던 아름다운 황자는 흔들리지 않는 눈으로 전쟁터를 바라보고 있었다.

대지에 끈적하게 말라붙은 피, 시체를 태우는 연기가 자욱하게 퍼져 있는 황폐한 광경이 그렇게나 어울릴 줄이야. 황자는 처음부터 전쟁터에서 자라난 나무처럼 고고하게 서 있었다. 세실은 요즘도 이따금씩 그 모습을 떠올리곤 했다.

그런 2황자의 모습만을 지켜봐 왔던 그녀로서는, 지금의 리카르디스가 낯설 수밖에 없었다. 또 큰 한고비를 넘겨 안전한 울타리 내에 있으면서. 공을 세워 다시 한번 자신의 가치를 입증했으면서도.

[로젤린.]

누워 있는 제 호위 기사를 부르는 목소리가 그렇게 애처로울 수가 없었다. 조금 궁상맞아 보이기까지 했다. 희생 없는 전쟁은 없다. 그리고 리카르디스는 그 사실을 아주 잘 알고 있는 사람이었다.

[로젤린, 식당에 초콜릿 폭포가 흐르고 있어. 바나나에 초콜릿을 묻히고 견과류 위로 한번 굴리기까지 할 예정이야.]

리카르디스는 이제 와서 그 당연한 이치를 모르는 듯 굴었다. 그는 몇 번이고 로젤린의 이름을 반복해서 불렀다.

[이것 봐, 이 고기는 입 안에서 부드럽게 녹아내리는군. 요리사의 솜씨가 좋은 모양인데.]

2황자 리카르디스는 열여섯 살의 첫 전투가 생각나지 않을 정도로 많이 성장했다.

[내가 다 먹어 버리기 전에 어서 일어나.]

그런데 왜 그때보다도 위태로워 보일까. 전장에서조차 어떤 두려움도 모르는 것처럼 다잡고 있던 마음을, 왜 저렇게 흔들리게 내버려 두는 건가.

[로젤린.]

2황자는 수도로 떠나기 바로 직전까지 제 호위 기사의 옆을 지켰다. 그녀는 결국 황자가 있는 동안에는 깨어나지 못했으나, 그의 목소리에 이끌려 가끔 잠꼬대를 하듯 웅얼거렸다. 리카르디스는 그럴 때마다 안도의 한숨을 내쉬며 알 수 없는 미묘한 미소를 입가에 걸었다.

* * *

하루 먼저 출발한 리카르디스를 따라잡기 위해, 로젤린은 깨어난 그날 바로 짐을 꾸렸다.

"아픈데 가기는 어딜 가니!"

딱 걸렸다. 세실이 모질게 그녀의 짐을 뺏었다. 로젤린이 평소보다 훨씬 단호한 표정으로 제 의사를 표현했지만 어림도 없었다. 아무리 괜찮다고 말해도, "괜찮기는 뭐가 괜찮다는 거니!"라고 하고, 전혀 안 아프다고 해도 "안 아프기는 뭐가 안 아프니!" 하고 재차 혼날 뿐이었다.

로젤린은 모르고 있었지만, 이 온건한 감금은 붉은수레바퀴 백작 페르탄, 마른가시나무 백작 세실, 2황자 리카르디스의 합의로 발생한 상황이었다. 물론 거기에 감금당한 당사자의 의사는 반영되지 않았으나, 그녀의 안위를 위해 꼭 필요한 일이었다.

온 대륙이 붉은수레바퀴의 로젤린이 마인이라는 이야기로 들썩이고 있었다. 리카르디스는 자신이 황성에 도착해 로젤린의 신변에 관한 확답을 받을 때까지 그녀가 보호받기를 원했다. 붉은수레바퀴 백작 또한 그의 딸이 성치 않은 몸으로 여기저기 불려 다니며 구경거리가 되길 바라지 않았다.

모든 일이 처리되기 전까지 로젤린을 지킬 견고한 벽이 필요했다. 다행히도 그 견고한 벽은 가까이에 있었다. 마른가시나무 백작, 세실 비스타. 그녀가 경계의 학살자 내지는 미친개라고 불리는 것에는 이유가 있었으며, 그 미친개를 함부로 건드릴 간이 부은 자는 많지 않았다.

마른가시나무 백작은 그들의 제안을 흔쾌히 수락했다. 붉은수레바퀴 백작과 리카르디스에게 빚을 만들어 둘 기회는 흔하지 않았으므로. 여러 명의 이해관계가 얽혀 로젤린은 당분간 마른가시나무 백작령에 머물러야만 했다.

하지만 이런 사정을 로젤린이 알 리 만무했다. 세실의 만류에도 로젤린은 불만스러운 듯 인상을 찌푸리고 있었으나, 리카르디스가 미리 남겨 놓은 편지 한 장을 읽고서는……

계속 인상을 찌푸렸다. 여전히 불만스러운 모양이었다. 그녀의 표정을 본 세실이 칼릭스가 비스타로 오고 있다는 소식을 다급하게 전했다. 얼마 뒤면 곧 도착할 것이라고. 로젤린은 어느 정도 납득을 했는지 은밀히 준비하던 탈주 시도를 잠시 미뤄 두었다.

세실은 사절단과 검은달 사이에 있었던 전투로 인해 바빴다. 황실로 보낼 보고서도 작성해야 하고, 이번 전투로 인해 검은달의 동향이 바뀌는지에 대한 면밀한 관찰 또한 필요했다. 로젤린을 보호한다고 하지만, 세심하게 그녀를 챙길 만한 상황이 아니었던 것이다. 아랫사람들로부터 가끔 그녀에 대한 보고를 받을 뿐이었다.

방금 세실이 막 받은 보고에는, 당분간은 절대 안정이 필요하다는 의사의 말 때문에 로젤린이 무료함에 하루하루 죽어 가고 있다는 내용이 포함되어 있었다. 환자이자 손님을 너무 오래 방치한 감이 없잖아 있어, 세실은 반성하며 자리에서 일어섰다. 오랜만에 그녀의 얼굴도 보고 담소도 나눌 겸.

그녀의 방으로 들어서자마자 세실은 제 두 눈을 의심했다. 그리고 결심했다. 시장이라도 좀 둘러보면서 놀라고 해야 할 것 같았다. 독수리랑 체스를 둘 정도라니, 대체 얼마나 심심했던 걸까……

로젤린은 애처로운 표정을 지으며 "하, 한 수만 물러 줘." 하고 답지 않게 당황하는 중이었다. 하지만 독수리는 어림도 없다는 듯이 근엄한 대가리를 하고는 비숍을 물어 대차게 로젤린의 킹을 후려쳤다. 로젤린이 앓는 소리를 내며 마지막 남은 쿠키를 독수리의 입에 물렸다.

그 결과로, 로젤린은 지금 시장을 돌아다니면서 구경할 수 있게 되었다. 백작이 사람을 붙여 주겠다 했지만 사양했다. 성 밖을 나서는 그녀의 뒤로 세실의 혼란스러운 눈빛이 끝까지 따라붙었다.

  햇살이 따뜻하게 내리쬐며 부드러운 바람이 부는 날이었다. 로젤린은 마카롱과 체스를 둔 일 때문에 미친 사람 취급 받았다는 사실을 눈치챘다. 하지만 그다지 상관없었다. 덕분에 성을 벗어나게 되지 않았던가. 어쩌면 마카롱에게 게임을 지고 있어서 백작이 더욱 걱정했던 건지도 모르지만, 어쨌거나 좋은 날이었다. 쥐로 변해서 주머니에 들어가 있는 마카롱이 코를 실룩이며 햇살 냄새를 맡았다.

  로젤린은 '로젤린'이 된 후로 거의 성 내부에서만 생활을 했다. 붉은수레바퀴 성, 일라베니아의 황성. 발타의 궁전, 그리고 지금의 마른가시나무 성까지. 초반에는 인간의 생활 양식들을 배워야 해 바빴고, 이후로는 임무 때문에 벗어날 틈이 없었다.

  모든 것이 규칙적으로 정리되어 단조롭게 느껴지기까지 하는 공간을 뒤로한 로젤린은 새롭게 펼쳐진 광경에서 눈을 떼지 못했다.

  아이들이 뛰어다니고, 우락부락한 용병들은 드잡이를 하는 중이었다. 맛있는 냄새가 솔솔 퍼져 나오는 가운데 사람들이 흥정하는 소리로 시끌벅적했다. 옷의 색과 규격, 걸음걸이 하나하나 통제되어 있지 않은 무질서한 거리를 보자 그녀의 마음이 들뜨기 시작했다.

  바쁘게 두리번거리는 그녀의 움직임에 따라 검은 머리카락이 흔들거렸다. 이리저리 흩어져 있던 시선들이 그녀의 검은 머리를 향해 모이기 시작했다.

  "붉은수레바퀴의……."

  "2황자 전하의 그……."

  사람들이 오가는 번잡한 거리가 한층 더 술렁이기 시작했다. 붉은수레바퀴의 로젤린이 마인이라는 이야기는 이미 수도까지 퍼져 있는 상황이었다. 하물며 이곳은 로젤린이 요양 중인 마른가시나무 백작령, 비스타가 아니던가. 로젤린의 인상착의 정도는 진즉에 파악이 끝난 상태였다.

검은 머리와 녹색 눈. 일라베니아 여성 평균 키를 웃도는 장신. 그 모든 요소를 갖추고 있으니 못 알아볼 수 없었다.

"그러면 안 돼, 마카롱."

소문의 그녀가 시선을 약간 아래로 한 채 중얼중얼 혼잣말을 시작했다. 로젤린을 스쳐 지나가는 남자들이 흠칫 몸을 떨었다. 로젤린은 행인들이 자신을 미심쩍은 눈빛으로 바라봄에도 아랑곳하지 않았다. 시선에 예민해진 마카롱을 진정시키는 게 먼저였다.

작은 쥐가 주머니 속에서 찍찍찍 격렬하게 역정을 냈다. 눈 두 개, 귀 두 개, 코 하나, 입 하나 달고 있는 사람 처음 보느냐며, 저것들을 이렇게 저렇게 해 버리겠다는데 구체적으로는 풀어 말할 수 없을 정도의 수위였다.

"안 된다니깐."

혼잣말이 자연스럽게 이어지자 다들 그녀로부터 몇 발짝 멀어졌다. 요양 중이라더니 몸이 아니라 머리가 아픈 거였어? 안 그래도 마인이라는 사실만 해도 껄끄러운데, 심지어 상태가 살짝 안 좋기까지 하다니! 옷깃을 스치는 가벼운 인연으로도 엮이고 싶지 않았다.

"칼릭스가 무기를 들지 않은 사람을 다치게 하면 무서운 곳에 간다고 하지 말래."

어린아이에게 일러 주듯 조곤조곤한 말투였지만, 내용이 살벌하다는 것이 문제였다. 시장 거리를 채우고 있는 우락부락한 장정들은 식은땀을 뻘뻘 흘리며 최대한 구석으로 제 몸을 욱여넣었다.

"아, 칼릭스?"

그녀는 목에 걸려 가슴께에서 대롱대롱 흔들리는 주머니를 내려 보며 중얼거렸다.

"내 동생이야. 착하고 예뻐."

로젤린은 거리를 구경하다 과일이 잔뜩 쌓여 있는 가게 앞에 멈춰 섰다. 붉은 사과가 반지르르 윤이 나 탐스러워 보였다. 꼬르륵, 그녀의 배에서 우렁찬 소리가 울렸다.

'아, 그러고 보니 밥을 먹은 지 오래됐네. 한…… 2시간쯤.'

거리를 구경하느라 배고프다는 사실도 잊고 있었다.

"안녕하세요."

로젤린이 가게의 주인에게 인사했다.

"어, 어서 오십시오. 나, 나, 날이 참 좋지요."

사실 그에게 날씨가 좋은지 안 좋은지를 판별할 만한 여력은 없었으나, 다년간 쌓아 온 상인의 혼이 먼저 반응했다. 로젤린은 쌓여 있는 사과를 가리키며 정중하게 물었다.

"이 사과를 제가 먹어도 되겠습니까?"

[남의 물건을 함부로 건드리면 안 됩니다. 허락을 꼭 받으세요.]

로젤린은 칼릭스의 가르침을 잊지 않았다. 가게 주인은 멍하니 그녀의 질문을 되뇌었다. 사과 하나에 얼마죠? 사과 몇 개 주세요. 따위가 아닌, 사과를 먹어도 되겠느냐? 그냥 먹겠다는 얘기인 거지, 지금? 강탈하려는 주제에 왜 이렇게 정중한 거지? 과일 가게 주인은 혼란스러웠다.

남자는 자신을 빤히 응시하는 그녀를 곁눈질로 보았다. 쭉 찢어진 눈매는 매서웠고, 표정은 싸늘했다. 심지어는 역광이라 얼굴에 그림자가 드리워진 상황에, 과일 깎는 칼날에 햇빛이 반사되어 그녀의 눈동자만 번쩍번쩍 빛나고 있었다. 맹수에게 포착된 초식 동물의 기분이 이러할까. 오금이 저리고 손발이 덜덜 떨릴 만큼 무서웠다.

남자는 결국 '사과 한 개에 5쿠퍼입니다.'라는 말 대신 어색하게 미소 지으며 고개를 끄덕여야 했다.

"감사합니다. 잘 먹겠습니다."

로젤린은 콧노래를 부르며 사과를 살폈다. 진지한 표정으로 사과를 이리저리 들추던 그녀가 한 개를 들어 올렸다. 쌓여 있는 것들 중 가장 크고, 색이 예쁘고, 과실 향이 풍부한 사과였다. 주인은 결국에는 어이없다는 표정으로 그녀를 바라볼 수밖에 없었다. 지금 이 와중에 가장 맛있어 보이는 걸로 고르기까지 하는 거야?

로젤린은 사과를 제 옷에 닦은 후, 목을 숙여 인사하고 다시 거리를 걸었다. 가게 주인의 복잡한 심정은 로젤린이 떠나고 나서도 가실 줄을 몰랐다.

이 사태는 로젤린이 붉은수레바퀴 성의 하녀들에게 배운 단편적인 정보가 그대로 고착되어 버린 탓에 일어나게 되었다.

[아가씨, 걱정 마세요. 도련님은 돈이 아주 많으시거든요.]

먹고 싶은 것도, 가지고 싶은 것도 많던 로젤린에게 하녀 일리야가 한 말이었다. 돈이 무어냐 묻는 로젤린의 말에 일리야는,

[많을수록 좋은 거랍니다.]

라는 애매한 답변을 남겼었다. 때문에 로젤린에게 돈의 개념은 '많을수록 좋은 것.', '마침 칼릭스가 많이 가지고 있다.', '필요한 게 있으면 칼릭스나 레이몬드에게 말하면 된다.' 수준에 머물러 있었다. 성 내부에서만 생활하고 돈을 쓸 일이 없었으므로, 어찌 보면 예견된 참극이었다.

로젤린은 단검을 꺼내어 사과를 작게 잘랐다. 주머니에 넣으니 마카롱이 환호하는 소리가 들렸다. 사각사각, 사과를 갉으면서 마카롱이 물어 왔다. 대가로 뭘 줘야 하지 않으냐고? 물물 교환?

마카롱이 인간 모습으로 산 중턱의 오두막에 살 때 알게 된 것이라 했다. 물건을 가지려면, 그 가치와 상응하는 무언가와 교환해야 한다고. 여기는 큰 마을이라서 다른 건가? 사람들이 인심이 좋네. 마카롱의 말에 로젤린이 고개를 기울였다. 딱히 그런 걸 배운 적은 없는데…… 그러면 나중에 토끼라도 잡아 주면 되는 것일까? 마른가시나무 백작님에게 물어봐야 할 듯했다.

마카롱과의 대화, 외부적으로는 혼잣말로 보이는 행위를 지속한 결과 사람들의 노골적인 시선이 줄어들었다. 로젤린의 발길이 향하는 곳마다 사람들이 쫙 갈라졌다.

왜인지는 모르겠지만…… 편하다! 로젤린은 흐뭇해하며 부지런히 돌아다녔다. 길거리에서 나무 꼬챙이에 꿰어 파는 닭고기도 먹고, 막 구운 빵 위에 꿀과 버터를 뿌려 주는 디저트도 먹었다.

물론 전부 값을 치르지 않았다. 그냥 가게의 주인들에게 먹어도 되느냐 정중하게 묻기만 했다. 하지만 어느 누구도 소문의 그녀에게 정당한 대가를 치르라는 말을 하지 못하고 고개만 끄덕였다.

* * *

칼릭스는 마른가시나무 백작의 서신을 전달받은 이후 곧바로 붉은수레바퀴 영지를 떠났다. 반드시 영지를 지키고 있으라는 아버지의 말을 싹 무시한 처사였다. 그에게는 있을 수 없는 일이었다. 어머니인 에델바이스 또한 놀란 듯 보였다. 칼릭스는 객관적으로 착하고 순종적인 아들이었기 때문이었다.

로젤린은 하얀밤 기사단에 들어가기 전부터 제 아버지와 부딪쳤다. 마찬가지로 착한 자식의 표본이었던 누이의 첫 반항이었다. 얼마 후 수그러들 것이라 생각한 그녀의 다짐은 날이 갈수록 단단해졌다. 칼릭스는 로젤린의 결단을 동경하면서도 미련하다 생각했다.

붉은수레바퀴 백작가는 대대로 황실의 신임을 받아 왔던 가문이었다. 일라베니아 황실이 무너지지 않는 이상 그 곁을 지킬 몇 안 될 이름이었다. 만약 제 누이가 그런 어리석은 결정을 내리지 않았더라면, 붉은수레바퀴 백작가의 후계자는 그녀가 됐을 것이다.

칼릭스는 로젤린만큼 다정하고 상냥한 사람을 본 적 없고, 그녀만큼 냉혹하고 냉정한 사람 또한 본 적 없었다. 어렸던 자신에게서 등 돌릴 만큼 그녀가 소중하게 여기던 리카르디스의 존재를 어찌나 질투했었는지, 말로 표현할 수 없을 정도였다.

한때는 어린 날, 그것도 열여섯이라는 장성한 시기이긴 했으나 지금보다는 어린 날에 그녀에게 물었더랬다. 어떻게 붉은수레바퀴를 놓으실 수 있으세요, 누님? 당신의 인생에 가장 큰 부분이 아니었던가요?

붉은수레바퀴의 이름을 달고 있던 자로서 조금, 아니 많이 섭섭하고 서러운 마음에 따졌다. 누이는 고운 얼굴을 무너뜨리며 서글프게 웃었다.

[그래야만 하는 때라 그래.]

그것은 칼릭스가 납득할 만큼 충분한 대답이 되지 못했다. 그래야만 하는 때라니요. 그런 것은 없습니다. 그저 모두 누님의 선택일 뿐인데, 왜 누군가가 떠밀어서 결정해야만 했다는 듯이 얘기하는 건가요? 물론 내뱉지는 못한 생각에 불과했다.

하지만 마른가시나무 백작의 편지를 받자마자 영지를 떠난 제 모습을 보며, 예전 누이가 한 말을 조금이나마 이해할 수 있었다. '그래야만 하는 때'가 자신에게도 왔다는 것을 알았다.

붉은수레바퀴의 이름을 이어받을 자에게 아버지의 말은 절대적이었다.

[붉은수레바퀴는 일라베니아를 지킨다.]

자신의 목숨보다도 붉은수레바퀴를, 일라베니아를 최우선으로 두고 생각해야 하는 의무와 책임. 그것을 모두 저버리겠다는 것은 아니었으나 로젤린의 손도 놓을 수는 없었다.

그럴 수밖에 없는, 그래야만 하는 때였다.

흙먼지가 일어나는 풍경에 칼릭스는 상념에서 깨어났다. 마른가시나무 백작의 편지를 받고 달려가던 중이었다. 이미 비스타에는 발을 들였고, 저 멀리 삐죽삐죽 솟은 성이 보였다.

"뭐, 뭐라고 하셨습니까, 백작님?"

"네 누이. 시장에서 놀고 있을 거야. 걱정 말렴, 치안이 제법 좋단다, 내 영지는."

마른가시나무 백작의 말에 칼릭스가 얼굴을 굳혔다.

"혼……자서 말입니까?"

그는 마차도 버리고 마을마다 말을 바꿔 가며 달려온 피로를 순식간에 잊어버렸다. 아련하게 잠겼던 과거의 추억과 현재의 감상도 깡그리 날아가 버렸다. 칼릭스의 애처로운 표정을 미처 눈치 못 챘는지 세실이 여유롭게 말을 이었다.

"아니, 아마……."

칼릭스와 뒤를 따르던 붉은수레바퀴 백작령의 기사들이 침을 꼴딱 삼켰다. 적어도 사고 치면 수습할 만한 인재들은 딸려 보냈겠지?

"마카롱이랑 같이 나갔지?"

"……예?"

"그, 네 누이가 데리고 다니는 독수리 있잖니. 엄청 똑똑하던데? 체스를 굉장히 잘 두더라고. 아니, 로젤린 경이 못하는 건가? 어쨌거나."

퍽 즐겁다는 말투였다. 모두의 희망이 와르르 무너졌다. 칼릭스는 고삐를 채어 방향을 급히 돌렸다.

"누님을 찾아!"

"예!"

기사들이 빠르게 흩어졌다. 말을 재촉하는 칼릭스의 시야로 바위에 새겨져 있는 문구가 스쳐 지나갔다. 비스타에 들어서면서부터 숱하게 보아 온 것이었다.

[두려움 없는 칼날만이 비스타의 문을 열 수 있다.]

마른가시나무 백작은 언제나 무력을 귀하게 다뤘고, 그만큼 비스타에는 용병과 전사들이 넘쳐 났다. 문제는 바라지 않던 양아치와 삼류 건달 또한 잔뜩 모여들었다는 점이었다. 칼릭스는 영지를 다스린 경력이 길지는 않지만, 시장이 그런 이들이 활동하기에 좋은 장소라는 것쯤은 알고 있었다.

제 누이는 혼자서 성을 벗어난 적이 없다. 황실에서 근무할 때도 마찬가지일 것이다. 워낙 급변하는 정세 때문에 2황자의 월장석 성에만 머물

355

렀을 텐데…….

마른가시나무 백작이 말하기를 독수리, 그것도 체스를 굉장히 잘 두는 독수리가 함께 있다지만 마음이 놓일 수 없는 상황이었다. 아니, 오히려 더 불안했다. 얼마간 말을 달린 후, 칼릭스는 시장의 초입에서 내려섰다.

역시나 비스타였다. 거리의 8할을 차지하는 것이 남자. 또 그 남자들의 8할이 우락부락한 근육을 자랑하는 용병이었다. 인상이 사납고 행동도 거친 자들이 많아 칼릭스는 더욱 심란해졌다. 누님에게 괜한 시비라도 거는 놈이 있으면 어쩌지? 그들의 안위와 안녕이 걱정되었다.

비스타에는 넓고 좁은 거리가 나 있고 낮고 높은 건물들이 혼잡하게 세워져 있었다. 나름의 규칙성은 있겠지만 초행이다 보니 길이 제법 어려웠다. 사실 길이 쉽다 해도 별반 차이는 없었을 것이다. 목적지가 끝없이 움직이고 있는 지금의 상황에서 길이 쉽든 어렵든 그게 무슨 상관이겠는가. 그저 조급할 뿐이었다.

"꽃 사세요!"

상인들의 쩌렁쩌렁한 목소리에 묻혀 잘 들리지도 않는 가녀린 소리가 그의 주의를 끌었다. 칼릭스는 주위를 둘러보다 골목 구석에서 허름한 옷을 입고 있는 어린 여자아이 두 명을 발견했다. 오랫동안 햇빛을 보지 못한 골목 벽은 곰팡이인지 이끼인지 모를 것들로 얼룩덜룩했다.

그런 퀴퀴한 냄새가 나는 공간이야 비스타에서 보기 힘든 광경이 아님에도 유독 눈에 띄었다. 그 장소와 어울리지 않는 하얀 꽃송이 때문일까. 칼릭스는 자리에 멈춰 섰다.

그러고 보면 그는 지금 나름 오래 헤어져 있던 누이와의 해후를 코앞에 두고 있었다. 상황이 급박하다고는 하나 그 사실만은 변하지 않았다. 손안에 있는 것이라고는 식은땀밖에 없는 이 상황에서 하얀 꽃에 이끌리는 것은 어쩌면 당연한 일일지도 몰랐다.

로젤린이라면 꽃보다는 입에 넣을 수 있는 무언가를 더 좋아할 테지만,

일반적으로 사람들은 축하의 의미로 꽃을 건네곤 하니까. 그리고 사선에서 살아 돌아온 제 누이에게는 '지금 뭐 하시는 겁니까.', '그러면 안 됩니다.' 같은 말보다 수고하셨다, 돌아오셔서 기쁘다는 말이 훨씬 어울릴 것이다.

칼릭스의 갈등을 읽어 냈는지 소녀들이 눈을 반짝였다. 어려도 장사꾼은 장사꾼이었다.

"어서 오세요! 열 송이에 1쿠퍼예요! 첫 손님이시니 한 송이 더 드릴게요!"

올망졸망한 눈들이 그를 올려다보고 있었다.

"전부 다오. 잔돈은 필요 없다."

칼릭스는 무심한 듯 새침하게 소녀들에게 은화를 한 개씩 건넸다. 어린 장사꾼들은 기쁨을 숨기지 못하며 잠시 기다리라고 했다. 어디서 구했는지 모를 종이로 꽃다발을 만들어 주려는 듯했다.

칼릭스는 얼룩덜룩한 벽에 잠시 몸을 기댔다. 행인들이 '거, 사람. 그렇게 안 생겼는데 보기와 다르게 상냥하구만.' 따위의 생각을 하고 지나가는 것이 보여, 낯이 화끈해졌다. 아닌데. 그냥 누이에게 줄 선물을 샀을 뿐인데……라고 말하는 쪽이 더 구차해 보일 터라 칼릭스는 입을 꾹 다물었다.

꽃을 이렇게 대량으로 사 가는 손님이 없었던지, 포장하는 시간이 오래 걸렸다. 칼릭스는 점점 더 초조해졌다. 가만히 있는 이 순간에도 제 누이가 철창 안에서 자신을 쳐다보며 '배고파, 칼릭스. 감옥의 밥은 맛이 없어. 수프에 고기가 내 새끼손톱만큼 들어가 있어.'라고 말하는 광경이 이렇게 생생할 수가 없었다.

"혹시 20대 초중반의 검은 머리 여성을 본 적 있나?"

얇은 풀 줄기로 리본을 묶던 소녀들이 고개를 끄덕였다.

"예. 한 20분 전쯤에 뵈었어요."

칼릭스가 눈을 크게 떴다. 예상하지도 못한 곳에서 실마리를 발견한 것이다. 소녀들의 증언으로 제 누이와 자신이 같은 거리에 있다는 사실이 밝혀졌다. 그 사실만으로도 안도감이 들었다. 칼릭스가 반색하자 둘이 소곤소곤 얘기를 나눴다.

"저기에서 파는 꼬치 네 개 가져다주신 것도 얘기해야 돼? 돈 안 내신 거 같던데……."

"쉿, 에밀리. 조용히 해."

칼릭스는 아픈 머리를 부여잡았다. 누님…… 그리고 보니 제가 화폐와 경제 원리를 안 가르쳐 드렸군요…… 어쩐지 황성에서 편지를 보내실 때마다 월급을 동봉하시더라니…….

칼릭스는 제 누이로부터 판매하는 음식을 갈취당한 상인에게 값을 치렀다. 물론, 구리 동전이 아닌 황금색으로 반짝반짝 빛나는 보상이었다. 상인이 너무나도 감격해서 울음을 터트렸기에 칼릭스는 더욱 미안해졌다.

그는 또다시 걸었다. 꽃을 한 아름 안은 채였다. 뒤에서 소녀들이 손을 흔들었다. 칼릭스는 자신이 두 손 가득 안고 있는 꽃다발을 아연하게 바라보았다. 아니, 앞에 내놓은 자그마한 꽃다발이 전부가 아니었어? 뒤에 천으로 덮어 놓은 바구니까지 전부 꽃이었을 줄이야.

꽃다발의 크기가 비정상적으로 컸다. 이건 꽃다발이 아니라, 꽃이 잔뜩 핀 들판의 일부분을 떼어 온 게 아닐까 싶을 정도였다. 많은 시선이 칼릭스를 맴돌았다. 그는 약간의 수치심을 감내하며 어지러운 거리를 휙휙 둘러보았다. 금색, 갈색, 보라색, 하늘색. 온갖 머리색이 여기저기 퍼져 있는 가운데, 검은 머리만 보이지 않았다.

칼릭스는 근처 가판대의 상인에게 말을 걸었다. 물론 남자가 제 누이의 행방을 알 거라 생각하지는 않았지만, 그저 막막하고 답답한 마음에 뭐라도 해야 할 것 같았다. 상인이 활짝 웃으며 그를 반겼다.

"아, 칼릭스 경 아니십니까! 어서 오십시오, 뭘 드릴까요!"

……어떻게 내 이름을 아는 거지? 칼릭스는 잠시 당황했으나, 로젤린이 현재 이 대륙에서 제일가는 유명 인사라는 사실을 금방 떠올렸다. 그리고

자신이 그녀와 매우 닮았다는 것 또한. 그렇다 쳐도 한 번도 만난 적 없는 사람이 자신을 반가워하니 좀 황당하긴 했다. 칼릭스가 떨떠름하게 로젤린의 행방을 물었다.

"로젤린 경을 말씀하시는 겁니까? 손에 큰 사과를 들고 저쪽 길로 가시더라고요. 어찌나 복스럽게 잘 드시던지."

그 '복스럽게 잘 드신다던 사과'가 어느 과일 가게에서 강탈한 것이 분명하다고 생각이 미치자, 반가운 소식을 그저 웃으며 받아들일 수만은 없었다. 칼릭스는 상인에게 고맙다 인사하고 자리를 떠났다.

칼릭스는 거리를 돌아다니다가…… 발견했다. 빵집이었다. 그는 본능적으로 깨달았다.

'저기는, 백 퍼센트야.'

문을 열고 들어가니 딸랑, 하고 종이 울렸다. 빵집 안은 고소한 냄새로 가득 차 있었다. 하얀 모자를 쓴 주인장이 꽃다발을 들고 있는 칼릭스를 보며 방긋 웃었다. '아이고, 누나한테 준다고 꽃다발 들고 온 거야?'라고 말하는 것 같은 미소였다. 순식간에 다섯 살로 전락한 기분이었다.

"칼릭스 경 아니십니까. 과연 소문대로시구먼요."

……소문? 칼릭스는 그의 말이 심하게 신경 쓰였으나 아차 하고 정신을 차렸다. 제 소문이 문제가 아니라 누이의 행방이 더 급했다.

"아, 로젤린 경 말씀하시는 겁니까? 저희 가게에서 샌드위치를 잔뜩 드셨죠. 어찌나 맛있게 드시는지, 사람들이 전부 사 먹지 뭡니까! 많이 팔렸으니 그것만으로 괜찮습니다."

괜찮지 않았다. 그렇지 않아도 그녀에 관한 소문이 일파만파 퍼지고 있는 시기였다. 거기에 굳이 붉은수레바퀴의 로젤린이 상인들을 갈취하고 다닌다는 얘기까지 더할 필요는 없었다.

한데 기류가 좀 미묘했다. 이러니저러니 해도 마인인 데다가 갈취까지 한 상대를 떠올리는 눈길이 생각보다 고왔다. 칼릭스는 곰곰이 생각하다 결론을 냈다. 아까의 상인과 지금 가게 주인의 말로 짐작해 보건대, 복스럽게 잘 먹는 젊은이를 예뻐하는 어른들의 공통적인 경향이 발휘된 것이 아닐지.

칼릭스는 주인에게 대금을 치르고 나온 후 더욱 급해졌다. 긴 여정이었다. 그 먼 거리와 시간만큼 누이를 걱정하는 마음은 커져 가기만 했으나, 지금은 걱정의 종류가 좀 변질되었다. '누님······.'의 아련함에 '누님!'의 다급함이 뒤섞여 버린 탓이었다.

주위 행인들과 턱턱 부딪치는 일이 잦아졌다. 거친 사내들이 눈을 부라리기 전에 칼릭스는 "눈 똑바로 뜨고 다녀!" 하고 버럭 성질냈다. 그의 인상도 인상이고, 체구도 체구고, 어이가 없기도 해서 남자들은 그저 입을 딱 다무는 수밖에 없었다. 이후에 칼릭스가 노파에게 아주 살짝 부딪친 후 정중한 사과를 건네는 모습을 본 남자들은 더욱 어처구니없어했다.

칼릭스의 다급한 움직임에 거대한 꽃다발이 움직이며 시야의 반을 가렸다. 꽃다발이 거추장스러워 짜증이 울컥울컥 솟았다. 하얀 꽃송이 사이로 사람들의 머리가 흔들거리며 나타났다 사라졌다를 반복했다. 그중 검은색을 언뜻 본 것 같았다. 칼릭스는 왁 소리쳤다.

"누님!"

검은 머리는 사람들에게 묻혀 더 이상 보이지 않았다. 대략 2초간의 공백 후 인파 사이로 무언가가 확 튀어나왔다. 로젤린이었다. 그녀가 사람들의 머리 위를 훌쩍 뛰어넘게 도약한 것이다. 마치 한 마리의 개구리, 하늘로 쏘아진 화살, 장애물을 넘는 검은 군마와 같이 장렬한 기세로.

억, 내가 미쳤지! 칼릭스는 경솔한 자신을 욕했다. 로젤린은 낮은 상가의 지붕에 멋지게 착지했다. 사람들이 오오, 하며 감탄했다. 고개를 두리번거리던 로젤린이 곧 칼릭스를 발견하고 활짝 웃었다. 그녀의 시선에 따라 칼릭스에게 거리의 이목이 집중되었다. 그의 얼굴이 붉어졌다.

왜 못 찾았나 의문이 들 정도로, 매우 눈에 띄시는군요, 누님······.

"칼릭스!"

로젤린은 곧 다시 펄쩍 날아올라 칼릭스 앞에 착지했다. 사람들이 짝짝짝 박수 쳤다. 대단한 묘기였다. 마인이라더니 아주 팔팔하게 잘 뛰는구만! 아, 저 남자는 아까 로젤린 경이 말하던 동생인가 보네. 왜 있잖아, 그 돈 많고 예쁘다던 칼릭스. 아, 그 예쁘고 착하다던 칼릭스? 아, 그 귀염둥이 칼?

사람들이 나누는 얘기가 칼릭스에게 들려왔다. 그는 손으로 제 얼굴을 가리며 존재를 최대한 지워 보고자 노력했다. 누님, 대체 저에 대해서 어떤 말을 하고 다니신 겁니까?

"누님……."

"응."

대체 무슨 말씀을 하셨느냐고 물으려던 칼릭스는 로젤린의 시선과 딱 마주치고 말을 흐렸다. 그녀는 눈을 초롱초롱 빛내고 있었다. 칼릭스는 제 누이를 찬찬히 훑어보았다.

건강해 보였다. 어디 하나 부러진 곳 없어 보였고, 피부도 상처 하나 없이 여전히 고왔다. 마른가시나무 백작의 호의로 인해 볼에는 토실토실하게 살이 올라 있었다. 도리어 며칠간 쉬지 않고 달려온 칼릭스가 더 아파 보일 지경이었다.

아, 어찌나 다행인지. 칼릭스는 한참이나 묵혀 두었던 안도의 한숨을 내뱉을 수 있었다. 절도고 무전취식이고 뭐고. 사고 치고 다니셔도 되니 그저 건강하기만 하셔라.

칼릭스는 부끄러움에 발개진 얼굴로 작게 속삭였다.

"무사히 돌아오셔서 기쁩니다."

거리의 소음에 묻힐 만큼 작은 소리였으나, 로젤린이 들을 것이라는 확신이 있었다. 로젤린은 그 믿음에 보답하듯 입꼬리를 끌어 웃었다.

"응."

로젤린이 칼릭스를 와락 안았다. 둘 사이의 꽃다발이 구겨졌다. 꽃향기가 더욱 물씬 풍기며 두 사람을 감쌌다. 행인들이 붉은수레바퀴 남매의 상봉을 흐뭇하게 바라보았다. 누군가가 감동의 눈물을 닦아 내는 모습을 보고, 칼릭스도 수치스러움에 눈물을 찔끔 흘렸다.

    칼릭스는 로젤린의 손을 잡고 그녀가 걸어왔던 길을 거슬러 갔다. 여기서 먹었어. 이것도 먹었어. 저것도 맛있어. 어찌나 야무지게 먹고 다녔는지 으리으리한 식당에서도 이만큼 다채롭고 호화롭게 먹지는 못할 것 같았다. 가게마다 멈춰 서 외상값을 낸 결과, 로젤린은 경제가 돌아가는 원리를 대충 이해하게 되었다.

    물건에는 그에 따르는 합당한 대가, 값이라는 것이 있다! 일반적인 상식을 대단한 이치라도 되는 양 깨닫고 충격을 받는 모습을 보고 칼릭스의 마음은 더욱 싱숭생숭해졌다. 사회에 내보내기에는 너무 일렀던 건가……라는 생각을 하다 그는 퍼뜩 정신을 차렸다.

    제 누이를 야생 동물 방생하는 듯 취급하는 이 패륜적인 발상은 뭐란 말인가. 칼릭스는 고개를 휘휘 저으며 잡념을 떨쳤다. 칼릭스는 흐트러진 꽃다발을 다시 예쁘게 정리한 후 그녀에게 건넸다.

    "선물입니다, 누님."

    "예쁜 냄새."

    로젤린은 꽃다발을 끌어안은 채로 냄새를 킁킁 맡았다. 먹을 게 아니었지만, 그녀는 예쁜 냄새에 퍽 만족한 기색이었다.

    "아, 맞아. 나 이거 레이몬드한테 배웠어."

    로젤린은 곧 꽃 한 송이를 꽃다발에서 뽑아내, 길쭉한 줄기를 반으로 뚝 자르더니 칼릭스의 귓가에 곱게 꽂았다.

    "예쁘다."

    "……."

    로젤린은 어떤 모진 사람이라 하더라도 싫다고 얘기하지 못할 만큼 환하게 웃었다.

'레, 레이몬드 이 인간이…….'

칼릭스는 잠시 표정을 일그러뜨렸으나, 지금의 로젤린과 가장 오랜 시간을 보내 온 자의 숙련된 솜씨로 감정을 빨리 갈무리했다. 내 귀 위에는 꽃이 얹어져 있지 않아. 사람들이 날 쳐다보는 건…… 내가 잘생겨서야. 약간 미친 척 자기 암시를 해야 했으나, 나름 마음의 위안이 되었다.

칼릭스도 애써 사람들의 시선을 넘기며 꽃다발에서 한 송이 뽑아냈다. 그는 줄기와 이파리, 꽃받침까지 다 떼어 내고 로젤린의 입가에 가져다 댔다.

"살짝 빨아들여 보세요."

멀뚱멀뚱 쳐다보고만 있던 로젤린이 꽃술 뒷부분을 머금고 쪽쪽 빨았다. 헉, 이것은! 로젤린의 눈이 확장되었다.

"이게 팬케이크 위에 올라가는, 그 꿀의 정체입니다."

"이건, 굉장히…… 굉장히 대단하다, 칼릭스."

로젤린이 상기된 표정으로 연신 감탄했다. 그녀는 들고 있는 거대한 꽃 한 다발을 전부 똑같은 방식으로 섭취했다. 어린아이들이나 하는 행동을 장성한 두 남녀가 하고 다니니 눈에 보통 띄는 게 아니었다. 나이가 지긋한 사람들은 남매가 강아지라도 되는 양, 따스한 눈길로 바라보았다.

사람들의 온화한 시선이 칼릭스 내부에서 들썩이는 수치심을 눌렀다. 일라베니아에서 마인은 살인자보다 무섭고 역병보다 불길한 존재다. 로젤린이 2황자 리카르디스의 목숨을 구했다고는 하지만 그 인식만큼은 변하지 못했다.

하지만 제 가족과 감동적인 재회를 하고, 정겹게 손잡고 돌아다니는 일상은 그들의 인식을 부수기에 아주 적당했던 듯했다. 귀에 꽃을 꽂고 있는 이 수치스러운 상황을 감내하며 돌아다니는 이유는, 칼릭스가 그런 위기를 눈치챘기 때문이었다.

상황이 이런 식으로만 흘러간다면, 귀에 꽃을 백번을 더 못 꽂을까. 이것도 나름 임무라면 임무인 셈이니 창피할 이유가 전혀 없다! 칼릭스는 나름의 자기 합리화를 마쳤다.

"어, 도련……."

로젤린을 찾으러 흩어졌던 기사들이 남매를 발견하고 손을 번쩍 들어 올리다가 어정쩡하게 다시 내렸다. 아가씨는 꽃을 물고 쪽쪽 빨고 있고, 도련님은 귀에 꽃을 꽂고 있었다.

음, 그리고 보니 갑자기 바쁜 일이 있었던 것도 같다. 그들은 스쳐 가는 인연인 것처럼 그대로 사라졌다. 칼릭스는 배신감에 부들부들 떨었다.

'……!'

그가 배신감에 치를 떠는 사이, 로젤린의 눈동자가 사람으로 꽉 찬 거리를 순식간에 꿰뚫었다. 키가 크고 작은 사람. 뚱뚱하고 바싹 마른 사람. 어지럽게 오가는 발걸음과 각자의 사정들로 시끄러운 공간. 로젤린은 그 수백의 기척 속에서 익숙한 기운의 파동을 느끼고 오감을 예민하게 다듬었다. 주머니 안의 마카롱도 꿈틀거렸다.

가깝지는 않은 거리였다. 지나가는 남자와 부딪치는 척하며 지갑을 훔쳐 간 소년에게서 느껴졌다. 순간적이고 아주 미약한 파문이었으나, 로젤린과 마카롱은 놓치지 않았다.

검은달의 마인들처럼 인위적으로 만들어지지 않은 순수한 마인이었다. 소년의 마력은 몸 안의 생명력을 거스르지 않고 조화롭게 어울리고 있었다. '그것'들에게는 생명이 없었으나, 그 점만 제외한다면 똑같은 성질이라 보아도 무방할 정도였다. 더군다나 지금의 로젤린에게는 이미 생명력이 섞이기 시작했으니, 더더욱 비슷하게 느낄 수밖에 없었다.

"누님, 무슨 문제라도 있으십니까?"

로젤린은 한참 동안 답하지 않고, 그저 소매치기 소년이 사라진 골목을 계속 주시했다. 칼릭스는 그녀를 가만히 들여다보았다. 여느 때와 다름없는 차분한 얼굴에는 별다른 감정이 떠오르지 않았으나, 눈동자 속의 깊은 무언가가 바람에 파란이 이는 듯 흔들리고 있었다.

로젤린이 잠시 후 대답했다. 여전히 시선은 어두운 골목을 향한 채였다.

"마인을 봐서."

쫓아갈까 말까 고민하고 있었어. 로젤린은 심드렁하게 말했지만, 칼릭스는 순식간에 태세를 바꾸었다. 제 누이는 몰라도 자신은 적을 확신 못 하는 이 상황에서 사람들이 많은 거리는 좋은 장소가 아니었다.

"성에 가서 마저 얘기하시죠. 마차를 부르겠습니다."

칼릭스가 휘파람을 짧게 끊어 세 번을 불었다. 여기저기 흩어져 있던 붉은수레바퀴의 기사들이 남매를 둘러쌌다. 사람들이 오가는 어지러운 거리 위로 석양이 붉게 물들었다. 로젤린이 잠시 멈춰 서 그 광경을 지켜보고 있자, 칼릭스가 그녀의 손을 잡아끌었다.

* * *

마른가시나무 백작은 남매를 맞이하기 위해 성문 바로 앞까지 나왔다가 박장대소했다. 칼릭스의 귀에 얹혀 있는 한 송이 꽃 때문이었다. 어찌나 안 어울리는지.

더군다나 이 웃기는 꼴이 로젤린의 작품이란 사실이 빤한 시점에서, 제 누이의 기분을 상하지 않게 하려 계속 웃긴 꼴을 하고 있는 노력이 가상하기도 귀엽기도 했다. 세실은 옆에 서 있는 마른가시나무 기사단장의 어깨를 잡고 헐떡이며 웃었다. 칼릭스는 울컥하면서도 끝내 제 손으로 꽃을 뽑지는 못했다.

세실은 오랜 여정으로 지쳤을 칼릭스를 생각해 식사나 파티에 초대하지 않았다. 사람의 몰골을 보고 비웃는 둥의 배려라고는 없는 사람치고는 썩 괜찮은 배려였다.

"아, 검은달의 마인이 아니라 그냥 마인이었습니까?"

칼릭스가 소파에 털썩 앉았다.

"응, 그냥 마인. 다른 사람 지갑 훔치더라."

그 자식, 교육상 안 좋은 것을 보이다니! 잡아서 치안대에 넘기고 말겠다. 그건 그렇고……

"비스타에는 마인이 많다는 소문이 항상 돌았죠. 사실이었나 봅니다."

뜬소문만 무성했건만 그것이 진실이었을 줄이야. 그 많은 마인들이 다 어디로 갔는가. 죽는 것이 반, 도망친 것이 반. 그리고 도망친 자들 중에 발타로 넘어간 자들이 또 거기에서 반 이상. 어찌 되었든 일라베니아 내에서는 보기 힘들다는 것이 정설이었다.

하지만 누군가가 구태여, 일라베니아에 마인이 어디 있겠느냐? 하고 묻는다면 모두 비스타를 가리킬 것이다. 수도에 가까워질수록 황실의 힘은 강해진다. 반대로 수도에서 먼 변방일수록 황실의 권한은 약해진다는 말이었다.

수도에서 가장 먼 변방의 영지 비스타는 그 요건을 아주 완벽하게 충족했다. 일라베니아의, 이델라브힘의 영광 이전에 전쟁과 전투에서 당장 살기를 바라는 사람들. 지면 이델라브힘이 무슨 소용이겠느냐. 이길 수만 있다면 마인의 힘이라도 빌리겠다! 불손한 이야기도 왕왕 나오는 영지이니만큼 마인들이 지내기에는 최적의 조건이었다.

마른가시나무 백작 밑에는 강한 기사와 용병들이 많았다. 그들 중 누구라도 정체를 숨기고 있는 마인일 수 있으나, 세실이 덮는 이상 누구도 모를 일이었다.

"강한 전사로 활약하는 자들도 있지만, 음지로 가는 경우가 더 많다고 들었습니다. 신체적으로 뛰어난 점을 이용해서…… 나쁜 일들을…… 한다고 하더군요."

비스타에 마인이 많으리라는 얘기를 한 뒤부터 로젤린은 자주 창밖을 쳐다보았다. 먼 산을 보는 것 같기도, 작은 점처럼 보이는 사람들을 보는 것 같기도 했다.

칼릭스는 딱히 생각해 본 적 없었다. 그녀에게 마인이란 대체 어떤 존재인가. 인간과 미지의 존재라는 큰 차이가 있음에도 어쩐지 긴밀하게 연결되어 있다는 생각을 버릴 수가 없었다. 아마 그들이 공통적으로 지니고 있는 힘의 종류가 같기 때문일 것이다.

"누님, 그런데……."

칼릭스는 마른 입술을 매만지다가 더듬더듬 입을 열었다. 이런 진지한 상황에서 갑자기 꺼낼 말이 아니란 것쯤은 알지만……

"응."

"그…… 음…… 쥐는 대체…… 뭡니까?"

칼릭스는 로젤린의 깊은 상념을 깨야 할 만큼, 그녀의 어깨 위에 올라가 있는 쥐가 너무 신경 쓰였다. 가슴을 쭉 펴고 두 발로 서 있는 작은 짐승의 자세가 심히 기세등등했다. 로젤린은 '아차, 깜박했네.'라고 말하는 표정으로 제 어깨 위의 쥐를 슬쩍 바라보았다.

"마카롱, 얘가 내 동생 칼릭스야. 칼릭스, 여기는 내 친구 마카롱."

칼릭스는 충격받았다. 누이에게 교육을 한 적 있던 부분이었다. 높은 사람에게 먼저 낮은 사람을 소개시켜 주고, 그다음에 낮은 사람에게 높은 사람을 소개해야 한다는 예의. 그녀가 저 좋은 머리로 잊었을 리도 없을 테니, 제 누이는 지금 저 회색 쥐를 자신보다 높은…… 지위의 생물로 취급하고 있다는 얘기였다.

그러고 보니, 마카롱이라는 이름을 마른가시나무 백작에게서 들은 적 있었다. 체스를 잘 둔다던, 그 똑똑한 독수리?

"마카롱은 독수리가 아닙니까?"

"맞아. 아주 크고 멋있지."

로젤린이 뿌듯하다는 듯 칼릭스에게 자랑했다. 칼릭스는 누이의 화법에 큰 문제를 느꼈다. 너무 단답형이라 이해할 수가 없었다. 그리고 그녀와 엮이면 단답으로는 해결되지 않는 일들이 너무 많았다.

"내 동족이야."

아, 이건 이해해 버리고야 말았다. 아까까지만 해도 평범한 애완 쥐였던 마카롱이 이제는 무시무시하게 느껴지기 시작했다. 당혹스러운 것은 칼릭스뿐만이 아니었다. 마카롱도 깜짝 놀라 로젤린의 어깨 위에서 펄떡 한 번 뛰었다. 그러고는 쌀알 같은 손으로 그녀를 철썩 치는데, '미쳤어, 이 기지배!'라고 말하는 것만 같았다. 로젤린 혼자만 태평한 태도로 부츠 끈을 풀고 있었다.

"괜찮아."

쥐, 아니 마카롱을 보니 두 발로 펄쩍펄쩍 뛰며 제 누이를 위협…… 뭐, 비슷한 것을 하는 중이었다.

"아냐, 안 그래. 우리 칼릭스 착해."

칼릭스가 그 말에 남몰래 씨익 웃는 모습을 보고 마카롱은 아주 기가 찼다. 분위기 파악 못 하는 건 이 집안의 특성이었나?

마카롱은 콧방귀를 뀌더니 세상 다 산 노인 같은 발걸음으로 털레털레 바닥으로 내려갔다.

"맙소사……."

칼릭스의 입에서 신음이 섞인 감탄이 튀어나왔다. 작은 짐승이 검게 물들더니 순식간에 부풀어 오르기 시작한 것이다. 마치 아무것도 없는 어둠 속에서 새로운 생명이 태어나는 과정 같았다. 짙고 검은 안개는 폭발하는 듯 부풀었다가 인간의 형태로 빠르게 다듬어지기 시작했다.

그림자가 생명을 가지고 살아 숨 쉬면 저런 모습이 되는 걸까. 기이한 광경이었다. 무릎을 꿇고 몸을 웅크린 그림자의 등이 느릿하게 오르락내리락하며 생동감 있게 움직이기 시작했다.

그림자가 상반신을 일으키며 머리카락을 쓸어 넘기는 것을 기점으로, 손끝, 발끝부터 검은색이 사라져 갔다. 칼릭스는 멍청하게 입을 벌리고 '그것'을 바라보았다. 여자가 감고 있던 눈을 느릿하게 떴다. 회색의 눈동자가 칼릭스를 똑바로 마주했다.

아담한 체구의 갈색 머리 여자였다. 로젤린이 겉옷을 벗어 그녀의 어깨에 둘러 주었다. 마카롱이 자연스럽게 로젤린의 시중을 받았다.

"뭐든 상황에 따라 달라지기 마련이라."

여자가 갑작스레 말을 시작했다. 잠시 중단되었던 대화를 이어 가는 듯 자연스러웠다. 옷매무새의 정리가 끝나자 여자가 목 뒤로 손을 집어넣어 옷 속에 들어가 있던 머리카락을 빼내었다. 로젤린의 겉옷 위로 그녀의 머리카락이 스르륵 흩어졌다.

"절대적인 신뢰도 영원한 관계도 없어. 적어도 나는 그렇게 생각하고 있는 쪽이지."

마카롱은 칼릭스의 바로 맞은편 의자에 걸터앉았다. 그녀는 로젤린의 식은 홍차로 목을 살짝 축인 후에 빙그레 웃었다.

달그락. 찻잔을 내려놓는 소리가 크게 들렸다. 칼릭스는 어색하게 제 손을 매만졌다.

"그래서 네가 무엇이건 간에, 너도 믿지 않아. 착하고 예쁜 칼릭스."

"……네."

여자의 얼굴은 부드럽고 가는 선들로 이루어져 있었다. 순하고 약한 인상이라 평할 수 있었으나, 회색 눈동자가 칼날처럼 번뜩이고 있어 전혀 그렇게 느껴지지 않았다.

"지키는 건 어렵고 버리는 건 쉽지. 부디 네가 쉬운 길을 선택하지 않기를 바랄 뿐이야. 뭐랄까, 그렇게 되면 내가 너의 인생을…… 매우 어렵게 만들어 버릴 것 같은…… 그런 예감이 드네…….."

마카롱은 제 관자놀이에 검지를 가져다 대며 인상을 찌푸렸다. 누군가의 어려워진 미래를 훔쳐보는 점쟁이의 고뇌 같았다.

감정은 생생하고 행동거지도 자연스러웠다. 과거의 야생 동물 같던 로젤린이 수많은 교육과 경험을 거쳐 훌륭하게 사회의 일원으로 자리 잡긴 했지만, 마카롱은 그보다 훨씬 높은 수준의 인간다운 면모를 보이고 있었다.

칼릭스는 첫 만남에 악담을 퍼붓는 그녀의 행동을 미처 신경 쓰지 못할 정도로 마카롱의 모든 면이 놀라웠다.

"······걱정하실 일은 없을 겁니다."

"얼씨구, 대답은 잘해요."

마카롱이 빈정대는 것을 듣고 로젤린이 내 동생 괴롭히지 말라며 끼어들었다. 칼릭스는 감동받은 표정으로 제 누이를 바라보았다. '내 동생' 그 세 글자에 칼릭스의 속이 간질간질해졌다.

마카롱이 기가 찬다는 듯 환상의 한 쌍을 번갈아 보았다.

"이것들이······ 놀고 있네······."

"그런데, 저······."

칼릭스가 머뭇거리며 입을 열었다. 마카롱이 눈썹만 까딱이며 계속해 보라는 뜻을 내보였다.

"이럴 때 할 말은 아닌 건 알지만······."

"왜 이렇게 사족이 길어?"

칼릭스는 진지한 표정으로 그녀에게 물었다.

"마카롱이 본명이십니까?"

"······잘도 본명이겠다, 그렇지?"

마카롱이 어처구니없다는 듯 그를 흘겨보았다. 칼릭스가 머쓱하게 제 목을 쓸었다.

"우리에게는 이름이 없으니깐 말이야, 그저 편의상으로 얘가 갖다 붙인 거지."

"왜 이름이 없습니까?"

순수한 궁금증이었다. 모든 사물에는 으레 이름이 있기 마련이니. 마카롱은 뭘 그렇게 당연한 걸 묻고 있나는 듯한 표정을 지어 보였다.

"이상한 걸 다 묻네. 부를 필요도 없고, 불릴 이유도 없으니까."

이름이 없는 무언가와 얘기하고 있다는 사실은 그에게 복잡한 감상을 불러일으켰다. 당연히 있어야 할 것이 없는 게 아닌가. 마치 심장이 없는 사람을 보는 듯했는데, 그 심장이 없는 사람이 '없어도 잘 살아 있으니 굳이 심장이 있을 필요는 없잖아?'라고 말하는 걸 보는 기분이었다.

다소 기괴하기도 서글프기도 했으나 말하는 당사자가 보통 태연한 게 아니라, 그저 그런가? 하고 넘어갈 수밖에 없었다.

"특별하게 너는 마카롱 경이나 마카롱 님이나 둘 중의 하나로 부르는 걸 허락해 주마. 로젤린 동생만 아니었어도 너는…… '마카롱'의 'ㅁ'도 부를 깜냥이 안 되었을 것이란 사실을 명심하고 하루하루 감사하는 마음으로 살아가도록 해."

"……예, 마카롱 님……."

또한 유명 디저트의 이름을 극존칭을 사용해서 불러야 한다는 그 이상한 기분 때문에, 칼릭스는 앞선 싱숭생숭한 의문은 곧 잊게 되었다.

* * *

덜컹덜컹.

마차가 작게 흔들릴 때마다 소년은 창문에 바싹 붙어 바깥을 내다보았다. 이렇게 좋은 마차는 처음이었다. 소년이 전에 타 본 마차들은 죄다 쿠당탕, 덜커덕덜커덕! 하는 둔중한 소리가 났다. 몸이 둥실 떠오르고 구석으로 처박히는 일 또한 예사였고.

그런데 이 거대한 마차는 대체 어떻게 만들어진 것인지, 이 거친 길을 달리면서도 고작 덜컹, 덜컹 정도의 소음과 가벼운 흔들림뿐이었다. 그마저도 부드러운 시트가 다 흡수를 하고 있어 잔잔하게 일렁이는 파도 위에 앉아 있는 듯한 느낌이었다.

[리카르디스.]

앞에 앉아 있던 여인이 소년을 불렀다. 소년이 고개를 돌리자 어깨까지 오는 은발이 찰랑거리며 흔들렸다.

[네, 어머니.]

[티아 좀 안고 있어 주겠니?]

곱슬거리는 은발의 어린 소녀가 그녀의 품에서 꾸벅꾸벅 졸고 있었다. 리카르디스가 손을 뻗어 동생을 건네받았다. 네 살이 되어 부쩍 무거워진 동생을 리카르디스가 낑낑거리며 고쳐 안았다. 세티스티아가 그의 품에서 칭얼거렸다. 말랑말랑하고 따끈한 동생에게서 우유 냄새가 물씬 풍겼다.

리카르디스가 미소 지으며 세티스티아의 등을 토닥였다. 그 사이 여자는 옆에 앉아 있는 청년과 도란도란 얘기를 나눴다.

[오늘 안에는 도착하겠니, 잇세리온?]

[예, 주인님. 해가 지기 전에는 황성에 들어갈 수 있을 겁니다. 별다른 일이 없다면요.]

[별다른 일이라.]

그녀가 창밖을 내다보았다. 마차를 호위하는 사람들이 보였다. 그들 모두 붉은수레바퀴 가문의 문양이 새겨져 있는 갑옷을 입고 있었다. 그중에서도 유달리 눈에 띄는 자가 있었다. 검은 머리에 녹색 눈, 한쪽 눈을 길게 가로지르는 흉터까지.

그것만으로도 충분히 위협적이었지만, 마차만큼이나 거대한 덩치가 그 흉흉한 인상에 한층 더 힘을 실었다. 마차를 호위하는 책임자로 뽑힌 붉은수레바퀴 백작, 페르탄이었다.

그녀의 시선을 눈치챈 페르탄이 마차에 가까이 접근했다.

[무슨 일 있으십니까.]

밀리아가 빙그레 웃었다.

[별다른 일은 없나요?]

[모든 것이 순조롭습니다.]

[그것참.]

밀리아가 탄식했다.

[안타깝군요.]

별다른 일이라도 있길 바랐건만. 그녀의 옆에서 잇세리온이 허둥지둥하다 그녀의 소맷자락을 당겼다. 지금 무슨 말씀을 하시는 겁니까! 하고 말리는 모양새였다. 밀리아가 호호 연극적으로 웃다가 별다른 일이 생기면 꼭꼭 알려 달라 말했다. 페르탄은 고개를 살짝 까닥이고는 다시 물러났다.

[무슨 말씀을 하시는 겁니까, 주인님!]

[왜 화를 내고 그러니, 잇세리온.]

[저, 저분이 누군지 아시잖아요. 말을 조심하셔야 합니다!]

[왜 모르겠어. 황제 폐하의 충실한 개잖아.]

[주인님!]

잇세리온이 비명 지르듯 그녀를 부르자 밀리아가 검지를 제 입술 위에 가져다 대었다. 잇세리온이 급하게 목소리를 낮췄다. 아가씨의 단잠을 깨울 수는 없는 노릇이었다.

리카르디스는 두 사람이 아옹다옹 다투는 모습을 보다가 잠들었다. 깨어나 보니 세티스티아는 다시 밀리아의 품 안에 있었고, 자신은 잇세리온의 허벅지를 베고 누워 있었다. 리카르디스가 눈을 비비자 잇세리온이 곧바로 잔소리를 했다.

[비비면 안 됩니다, 도련님. 눈 나빠져요.]

[응…….]

[좀 더 주무세요.]

잇세리온이 리카르디스의 등을 쓸며 다시 재우려 하자 그가 가볍게 고개를 흔들었다.

[얼마나 왔어?]

[이번에는 정말 거의 다 왔어요.]

리카르디스는 다시 창문에 후다닥 붙었다. 아까와 풍경이 달랐다. 풀과 나무 대신, 반듯한 건물들이 군집해 있는 깨끗한 거리였다. 변방의 작은 영지에서 살던 리카르디스에게는 모든 것이 크고 멋있어 보였다. 그가 연신 감탄사를 내뱉자 뒤에서 잇세리온이 웃었다.

[도련님, 저기요. 위를 보세요.]

잇세리온의 손가락을 따라 방향을 옮기니 태양을 찌를 듯 높게 서 있는 새하얀 성들이 보였다.

[황성입니다.]

아름다웠다. 리카르디스가 태어나 본 것 중 가장. 그는 하얀 성에서 눈을 떼지 못했다. 리카르디스의 주의를 일깨운 것은 어딘가 딱딱하게 느껴지는 밀리아의 목소리였다.

[리카르디스.]

뒤를 돌아보자 밀리아가 바라보고 있었다.

[리카르디스, 잇세리온. 가까이 오렴.]

여느 때와 같은 미소 위로 어둠이 내려앉은 것을, 리카르디스는 눈치챘다. 리카르디스와 잇세리온은 자리에서 일어나 그녀의 발치에 앉았다. 밀리아도 세티스티아를 안은 채 바닥에 앉았다. 잇세리온은 잔소리를 하고 싶어 했지만, 그럴 분위기가 아니란 걸 깨닫고 입을 다물었다.

모두가 둥글게 모여 앉은 지금의 모습에, 리카르디스는 어쩐지 이 널찍한 마차가 자신과 잇세리온, 르원 형제의 비밀 기지같이 변했다 생각했다. 누구나 함부로 드나들 수 없고, 우리 편만 들어올 수 있는.

밀리아는 입을 꾹 다물고 비밀스러운 정적을 지키다 한참 뒤에 입을 열었다. 마차가 황실의 문을 지나친 그 순간.

[여기는 아주 추운 곳이야.]

리카르디스는 그녀가 말하는 '여기'가 그 아름다운 하얀 성을 뜻한다는 사실을 깨달았다. 여름이 다가와 풀잎은 푸릇하고 햇살은 따가울 정도로 뜨거워지는 이때에, 그녀가 말하는 추위는 리카르디스에게 와닿지 못했다.

[영원히 녹지 않는 눈이 쌓여 있고, 칼바람이 살을 에는 듯 불어와. 눈을 깜박하는 사이에 어둠이 내려앉아 추위를 한층 더 혹독하게 만드는, 그런 곳이야.]

리카르디스는 창밖을 통해 다시 한번 하얀 성들이 늘어서 있는 광경을 보았다. 아까보다 가까워진 성은 햇빛에 찬란하게 빛나고 있었다. 아름다웠으나, 밀리아의 말을 듣고 보니 눈이 소복하게 내려앉은 겨울의 자작나무 숲같이 보이기도 했다.

[모든 공간, 모든 사람들이 너에게 겨울이란 사실을 잊어서는 안 돼, 리카르디스.]

[네, 어머니.]

[버텨 내기 위해서는 이 얼음 숲보다 더 차갑고, 더욱 혹독하게 변하는 수밖에 없어.]

더 차갑게, 더욱 혹독하게. 밀리아의 말이 서리처럼 리카르디스에게 달라붙었다. 밀리아가 리카르디스와 잇세리온의 등을 감싸 안듯 그들을 모았다. 세 사람의 머리가 맞닿았다. 그들 사이에서 세티스티아가 꼬물거렸다. 지금 무슨 얘기를 하는지 그다지 관심이 없어 보였다. 그녀가 세티스티아를 지켜보다 눈을 감았다.

[리카르디스. 힘들 거야. 괴로울 거야. 하지만, 견뎌 낼 수 있어. 사람은 약하지만, 소중한 것을 위해서는 얼마든지 강해질 수 있으니까.]

밀리아가 그 말을 하며 리카르디스와 잇세리온의 뒷머리를 부드럽게 쓸어내렸다. 리카르디스는 고개를 끄덕였다. 이 심각한 분위기를 읽지도 못하는 어리고 사랑스러운 여동생을 위해서라면 무엇이든 감내할 수 있었다. 괴로움은 리카르디스에게 무척이나 익숙한 것이었기에.

하얀 성이 더욱 가까워졌다. 밀리아는 그 눈부신 광경을 보며 말을 흘렸다.

[참아 내고 기다려야 해, 리카르디스.]

괴롭고 고통스러울 것이다. 그녀의 말은 리카르디스에게 절대적이었다. 그러니 밀리아가 했던 말은 단순한 추측이 아닌, 빠른 미래에 실현될 예언이나 다름없었다. 그런 확실한, 고통스러운 미래가 언제까지 이어질지 궁금한 것은 당연한 일이었다.

[언제까지요?]

밀리아가 눈썹을 일그러트리며 웃었다. 웃는 모습이 괴로워 보일 수도 있다는 사실을 리카르디스는 처음 알게 되었다.

이후 밀리아가 무어라 얘기했으나, 지금의 리카르디스는 그 답을 잊어버렸다. 그저 어린아이를 달래기 위한 의미 없는 말이었으리라.

* * *

황제는 최근 더없이 인자해졌다. 사절단이 귀환한 후부터였다. 제 손으로 사지로 떠밀었다 해도 어찌 부모의 마음이 편했겠느냐. 제 아들이 무사히 귀환한 모습을 보니 그 사실만으로도 기뻤으리라…….

……라고 생각하는 사람은 황성 그 어디에도 없었다. 이면의 이야기를 모르는 사람들마저도, 황제가 기분 좋은 이유는 단순히 사절단이 무사히 돌아와서가 아니라, 그들의 귀환으로써 황제가 얻게 되는 무언가가 있기 때문일 것이라 추측했다.

그리고 많은 사람이 예상한 바와 같이 황제는 큰 선물을 받고 매우 흡족해진 것이 맞았다. 리카르디스는 발타와 일라베니아의 동맹 서약서와 함께 고급스럽고 작은 상자를 황제에게 건넸다. 전자는 사절단의 표면적인 목적이었고, 후자는 실질적으로 황제가 원했던 것이었다.

발타가 사용하는 강력하고도 위협적인 무기의 근원, 마력의 결정이었다. 아직 실질적으로 도움이 될 만한 어떤 것도 밝혀내지는 못했으나, 그 존재만으로도 앞으로의 전황을 기대하게 만드는 효과가 있었으므로 황제는 기뻐했다. 황제는 선물을 받은 이후로 불면증을 깨끗이 떨쳤노라며 리카르디스에게 큰 상을 내렸다.

죽으라고 보낸 길에서 살아오다 못해 선물까지 들고 온 대단한 업적을 이룬 리카르디스에게 귀족 세계의 이목이 쏠렸다. 황제가 엘피디오를 잠재적인 황태자로 생각하고 있다는 것쯤이야 알겠으나, 곰곰이 생각해 볼수록 리카르디스가 괜찮은 패라는 사실을 부정하기가 힘들어졌다.

백성들에게 인기가 좋다든가 신성력이 엘피디오를 훨씬 웃돈다든가 하는 명백히 드러나는 사실 이외에도, 그 험난한 사선을 거쳐 살아남은 리카르디스에게 진정 신의 가호가 따르는 것은 아닐까? 하는 일라베니아 사람 특유의 종교적 기조가 발휘된 것이다.

월장석 성에 부쩍 손님이 늘게 된 것은 그러한 연유 때문이었다. 사절단이 출발할 당시만 해도 근처에도 얼씬하지 않던 귀족들이 줄을 이어 방문했다. 그렇게 리카르디스는 얻을 것은 얻고, 버릴 것은 버리며 차츰 세력을 불려 나갔다.

그렇게 얻은 이득과 세력을 활용해 엘피디오를 견제해야 하는 지금, 리카르디스는 보다 중요한 안건으로 한시도 쉬지 못하고 일하는 중이었다. 붉은수레바퀴의 로젤린. 리카르디스가 비스타를 떠나는 그날까지도 일어나지 못했던, 그의 호위 기사 때문이었다.

로젤린의 이름이 거대하고 힘 있는 자들의 입에서 오르고 내렸다. 다행히도 황제의 힘이 일시적으로나마 실려 있는 지금의 상황에서, 그로부터 로젤린을 뺏기란 좀 어려운 일이었다.

그 사실을 직감한 자들이 이번에는 그녀에게 흠집을 내려 했다. 가질 수 없다면 부숴 버리겠다는 심보였을까. 헛소리를 하는 작자들이 늘어나기 시작했다. 2황자 전하를 구해 냈다고 하지만 마인이다. 암살자들을 손쉽게 이긴 것을 보니 뭔가가 수상하다. 어쩌면 검은달과 짜고 치는 연극이 아니겠느냐는 음모론이 돌기 시작했다.

"개소리가 참신한데."

다양한 개소리를 모아 온 서류를 보며 리카르디스가 기가 막힌다는 듯 웃었다. 그의 반응과 같이 개소리가 퍼질 만큼 녹록한 세상이 아니었다. 검은달에 속하기에는 로젤린이 달고 있는 이름이 너무나 강력했다.

붉은수레바퀴. 황실의 역사와 나란히 영광을 짊어진 가문이었다. 강하고, 충성심이 뛰어나고, 제국의 명령이라면 한 몸 불사하는. 그야말로 대단한 사냥개.

그런 가문의 딸에게 첩자의 신분을 씌우기란 보통 힘든 일이 아니었다. 그리고 리카르디스도 놀고 있지만은 않았다. 로젤린과 리카르디스 사이에 있었던 일들은 제할 것은 제하고 부풀릴 것은 부풀려 이미 세상에 풀린 지 오래였다.

세상에 더 없을 충신, 붉은수레바퀴의 로젤린. 불길한 힘을 지닌 마인임에도 불구하고 넓은 마음으로 그녀를 받아들인 2황자 리카르디스. 마치 한 편의 소설 같은 얘기였다. 그리고 군중들은 소설 같은 이야기일수록 더욱 빠르게 받아들이고는 했다. 그녀가 검은달의 암살자라는 얼토당토않은 얘기는 기지개 한번 켜 보지 못하고 더욱 움츠러들었다.

그럼에도 아직까지 포기하지 않고 로젤린에 대한 조사를 강경하게 외치는 자들이 있었다. 엘피디오의 사람들이었다. 또한 이델라브힘을 열렬하게 믿는 가문들도 속해 있었다.

이틀 뒤. 그녀의 처우에 관한 마지막 회의가 열릴 예정이었다.

"전하?"

리카르디스는 스르륵 눈을 떴다. 몇 주째 제대로 잠을 자지 못했다 보니, 의자 위에서 짧게 졸고 말았다. 잇세리온이 옆에 서서 걱정이 가득 찬 얼굴로 바라보고 있었다. 리카르디스가 반쯤 감긴 눈으로 그를 바라보며 입을 열었다.

"어머니……가 꿈에 나오셨는데……."

잇세리온이 눈을 깜박였다. 리카르디스는 밀리아의 죽음 이후, 단 한 번도 그녀에 대한 이야기를 꺼낸 적 없었다. 혹시 잠꼬대인가? 잇세리온이 몰래 식은땀 뻘뻘 흘려 가며 고민했지만, 리카르디스는 산뜻하게 말을 이을 뿐이었다.

"지금의 내 상황과 절묘하게 이어지는 듯한, 으음……."

리카르디스는 목을 잡고 고개를 좌우로 꺾어 가며 뭉친 근육을 풀었다. 이 짧은 동작으로 그간 쌓였던 피로가 풀릴 리 없으나, 기분을 환기시키는 정도는 되었다.

"물렁하게 굴다가는 잡아먹힌다는 경고를 하러 오신 것 같아."

밀리아의 얘기를 하는 리카르디스의 표정과 기분이 나빠 보이지 않았다. 잇세리온은 속으로 안도의 한숨을 내쉬고, 아까보다 한결 가뿐한 마음으로 대답할 수 있었다.

"황비님다우시군요."

"정신이 번쩍 들었지 뭔가. 그래서, 무슨 일이지?"

최근 들어 자신의 수면 시간을 가장 걱정하는 잇세리온이 깨울 정도면 그의 선에서 해결할 일은 아니라는 이야기였다.

"별일은 아닙니다만."

잇세리온의 뒤에서 상급 기사 르원이 어처구니없다는 표정을 하고 있었다. 내가 온 게 별일이 아니야? 리카르디스가 르원을 발견하고 작게 미소를 띠었다.

"르원."

르원이 한쪽 무릎을 숙이며 주먹을 가슴 위에 올렸다.

"하얀 밤을 부르는 일라베니아의 축복을. 전하를 뵙습니다."

"수고 많았다."

르원은 잇세리온의 동생으로, 홀쭉한 제 형보다 머리 하나는 더 크고, 몸

379

집은 두 배로 두꺼운 상급 기사였다. 하얀밤 기사단 상급 기사들의 주 임무는 리카르디스의 호위였으나 르원은 달랐다.

성 외부에 독자적인 집단을 만들어 위험인물을 감시하고 때로는 실질적으로 손을 쓰기까지 했다. 기사보다는 용병이나 암살자 쪽에 가까운 인물이었다. 상급 기사들이 표면의 임무를 수행한다면 르원은 완벽한 뒷면의 일을 도맡은 것이다.

리카르디스는 그에게 그런 임무를 맡기는 것을 탐탁지 않아 했으나, 르원이 그를 위해 기꺼이 나섰다. 이런 일은 가장 믿을 만한 사람이 아니면 안 된다며. 그렇다 해도 그동안 나설 일이 많지 않았던 르원은 최근 로젤린 덕분에 바쁜 나날을 보내는 중이었다.

"발타의 동향이 어수선합니다. 듣자 하니 하카브 왕자가 건국제를 맞이해 일라베니아에 올 준비를 하고 있다더군요. 클로에 양이 전달을 부탁한 사항입니다."

"……그럼, 정확하겠군. 아니, 대체 그 자식은……."

리카르디스가 이마를 짚었다. 하카브의 생각을 알고 싶지는 않지만, 무슨 생각을 하고 사는지 하루에도 수십 번 궁금해졌다.

"엘피디오 전하께 선물을 보내고 왔습니다. 내일쯤 받아 보시겠죠. 다른 목표들은 잠잠합니다. 겁을 준 게 유효한 모양입니다. 아무래도 전하께서 이렇게까지 더럽게……."

잇세리온이 르원의 다리를 퍽 걷어찼다.

"이렇게 적극적으로 나서거나 공격한 적이 없으시다 보니."

리카르디스가 목 안쪽으로 웃음을 삼켰다.

"원래 안 그러던 놈이 그래야 더 무서운 법이지. 어디로 튈지 모르니까 말이야."

르원은 이후로도 처리한 몇 개의 일과 그로부터 알게 된 몇 가지 정보를 보고했다. 리카르디스가 눈썹을 찌푸리며 이마를 짚었다.

"가장 괴로운 건, 내가 관심 없는 사람들의 은밀한 기호까지 알게 되었다는 사실로부터 기인한…… 뭐랄까…… 회의감? 그래, 그 회의감이 너무 짙다는 거야."

"……예, 뭐…… 죄송합니다. 그것까지는 말하지 말 걸 그랬습니다."

"아니야, 뭐든 아는 게 힘이라고……도 했고 근심이라고도 했지. 이제야 그 말뜻을 절감하고 있다."

리카르디스는 피곤해 보였다. 몇 주째 제대로 수면을 취하지 못한 탓에 얼굴에도 그 영향이 드러나는 것이었다. 르원이 머뭇거리다 입을 열었다.

"감히 한 말씀 올려도 되겠습니까, 전하?"

"아니."

르원이 인상을 찌푸렸다. 대답이 빨라도 너무 빠르다.

"……보통은 하게 해 주시지 않습니까?"

"보통 그런 요청 뒤에는 청자의 기분을 상하게 하는 말이 따라오기 마련이거든. 그리고 그대가 지금 무슨 말을 하려는지도 알 것 같은 기분이라. 로젤린 경……으로 시작하는 문장 아니었나?"

"정확하십니다. 해도 됩니까?"

"안 된다니까."

르원의 얼굴에는 불만스러운 기색이 가득했다. 리카르디스는 그가 하고자 하는 질문을 정확히 알 것 같았다. 어째서 로젤린을 위해 이렇게까지 나서는 것인지. 어째서 일개 호위 기사를 위해 이 위험을 감수하려는지 도무지 이해할 수 없다는 얘기이리라.

다소 무정해 보일 수 있지만, 르원은 로젤린을 먹이로 던져 주는 쪽이 더 이득일 거라 생각했다. 이러니저러니 해도 같은 하얀밤 기사단의 일원이다 보니, 르원도 로젤린을 싫어하지는 않았다. 하지만 르원에게 최우선으로 생각해야 할 대상은 리카르디스였다.

리카르디스가 로젤린을 보호하기 위해 하는 행동들이 정작 그를 위험에 빠트린다면, 르윈은 일말의 망설임 없이 로젤린을 쳐 낼 수 있었다. 애초에 리카르디스가 말을 한 마디도 꺼낼 수 없게 해서 버리니 마니 논의할 수조차 없었지만.

"르윈."

"예, 전하."

리카르디스는 피곤한 듯 턱을 괴고 눈을 지그시 감고 있었다.

"나는 무얼 위해 싸우나?"

근본적인 질문이었다. 르윈은 대답하지 못했다. 그는 리카르디스가 황제의 자리에 절대 앉지 못하리란 사실을 알고 있는 몇 안 되는 사람 중 하나였다. 르윈이 대답 대신 입술을 꾹 물었다. 어떻게 감히 자신이, 그에게 그저 당신은 살아남기 위해 이 의미 없는 싸움을 하고 있다 말할 수 있을까.

그러나 리카르디스는 르윈이 내뱉지 못한 답을 이미 알고 있었다. 리카르디스가 느릿하게 눈을 떴다.

"사람은 소중한 것을 위해서라면 얼마든지 강해질 수 있다고 생각하나, 르윈?"

르윈이 입술을 깨문 채 고개를 끄덕였다. 리카르디스는 눈썹을 살짝 찌푸리며 웃었다.

"그래. 나도 그렇게 생각한다."

* * *

디에즈는 이른 아침부터 엘피디오의 석영 성에 방문했다. 성문 앞에는 엘피디오의 시종이 나와 기다리고 있었다. 그는 이마에 손수건을 댄 채로 디에즈를 맞이했는데, 천에는 이미 피가 배어 있었다. 척 봐도 누구의 작품인지 알 수 있었다. 시종도 상처가 대수롭지 않다는 듯 행동하며 방문한 손님을 안내하는 목적에만 충실했다.

"…! …! ……!"

응접실 바깥에서부터 갖은 욕설로 시끄러웠다. 제국의 황자가 대체 어딜 쏘다니기에 저런 추잡스러운 욕설을 알고 있는 건지. 디에즈가 한숨을 쉬었다.

엘피디오가 욕하는 대상이 누구인지는 이미 잘 알고 있었다. 제 이복형 리카르디스. 이번 사절단 일로 콧대가 금강석 성 끝까지 솟았다던. 물론 이 또한 엘피디오가 한 말이었다.

디에즈가 시종에게 눈짓하자 문이 열렸다. 응접실은 엉망이었다. 탁자 위는 이미 한번 헤집어 놓았는지 서류며 책 따위가 바닥에서 나뒹굴고, 화병이 소파에 거꾸로 박혀 있었다. 문이 열리는 기척이 나자 씨근대던 엘피디오가 뒤를 돌아봤다. 그의 어깨가 거칠게 오르락내리락하고 있었다.

"형님."

엘피디오가 거친 동작으로 소파에 소리 나게 앉았다.

"앉아라."

"무슨 일 있으십니까?"

"무슨 일이 있느냐고?"

엘피디오가 피식 웃더니 미친 사람처럼 웃음을 터트렸다.

"디에즈, 네가 순수한 건지 멍청한 건지 헷갈릴 때가 많다, 나는. 이번에는 좀 멍청한 것 같고. 그 말을 한 게 다른 놈이었으면 이게 얼굴로 날아갔을 거다."

엘피디오가 제 옆에 거꾸로 뒤집혀 있는 화병을 툭툭 건드렸다.

"죄송합니다."

디에즈가 엘피디오의 맞은편에 앉았다. 돌아온 직후에 호출당한 뒤로 처음이었다. 해독 약이 없노라, 받아 내지 못했다 전했던 이후로 처음. 다행히도 마인이 있다면 '파편'의 힘을 상쇄할 수 있음이 입증되어 디에즈는 그에게 따로 처벌을 받지 않았다. 그렇다 해도 소득이 없어 눈치를 볼 수밖에 없는 상황이었다.

"열한 살 이후로부터 줄곧 그 자식으로 인해 '무슨 일'이 많이 있었지."

엘피디오가 협탁에서 파이프를 꺼내어 입에 물며, 잔뜩 인상을 쓰고는 주위를 둘러보았다. 디에즈가 황급히 일어나 파이프에 불을 붙여 주었다.

엘피디오가 깊게 연기를 들이마시고 내뱉었다. 방 안에 연기가 퍼졌다. 디에즈는 코를 움찔거리며 냄새를 맡았다. 흔하게 볼 수 있는 연초가 아니었다. 분노로 젖어 있던 엘피디오의 눈동자가 차츰 진정되는 게 보였다. 최근 일라베니아 내에서 금지하는 마약인 것 같았다.

"끊으세요, 형님. 몸에 좋지 않습니다."

엘피디오가 미간에 주름을 잡으며 웃었다. 미묘한 표정이었다.

"착하구나, 디에즈."

눈치도 볼 줄 모르는 멍청한 놈. 착하다는 말에 담겨 있는 뜻이었다. 엘피디오가 느릿하게 머금은 연기를 내뱉었다. 방 안에 그 몽롱한 냄새가 가득 차오를 즈음 엘피디오가 다시 입을 열었다.

"리카르디스가 선물을 보냈다. 발신인이 따로 적혀 있지 않았지만 확실해. 물론 수신인도 적혀 있지 않았지만, 석영 성에 보냈으니 나에게 보낸 게 맞을 테고."

"아, 리카르⋯⋯."

디에즈가 무어라 말하려 하자 엘피디오가 급하게 검지를 들어 그의 행동을 제지했다.

"아니, 리카르디스 형님께서요? 좋은 선물입니까? 따위를 내뱉으면 진짜 열 받을 거 같으니까 입 닥치는 게 좋겠다, 디에즈."

디에즈가 입을 닥쳤다.

"검은달 놈들이 갑자기 연락을 끊어서 내가 곤란해졌어."

"죄송합니다, 형님."

"급한 대로 일라베니아 내의 길드에 도움을 좀 받았지. 맡겨만 달라고 떵

떵거리더니······ 쓸모없는 새끼들······."

검은달이 손을 빌려주지 않자, 급한 대로 일라베니아의 암살 길드를 이용했다는 얘기였다. 확실히, 검은달도 막아 내는 하얀밤 기사단원들이 그런 삼류 암살자를 못 막아 낼 리 없었다.

"아침에 성의 요리사가 솥을 열었다가 졸도했지. 그 안에 시체를 욱여넣었다더구나. 시체의 문신으로 그 길드 소속인 걸 알아냈고."

디에즈는 그제야 리카르디스가 보낸 '선물'의 정체를 알아챘다. 그의 눈동자가 흔들리는 것을 본 엘피디오가 피식 웃었다.

"네가 그런 표정을 하니 어쩐지 기분이 좋아지는데."

암살자를 죽이는 일쯤이야 어렵지 않은 일이다. 그러나 일라베니아의 황제가 머무는 금강석 성 다음으로 경비가 삼엄한 석영 성에 누구의 눈에 띄지도 않고 시체를 가져다 놓는 일은 불가능에 가까웠다.

그러나 디에즈가 놀란 것은 그 불가능에 가까운 업적을 리카르디스가 이루어 냈기 때문이 아니었다. 리카르디스는 소극적인 인물이었다. 암살자를 보내면 처리하고 막아 내기만 한다. 전장에서 공을 세워 얻게 된 권력이 위협적일지언정, 물리적으로 엘피디오를 공격하려 했던 적은 한 번도 없었다. 심지어는 그의 동생 세티스티아 황녀가 죽었을 때조차.

그런 그가 지금 처음으로 날아온 화살을 다시 돌려보냈다. 얼마나 잘 벼려져 있건, 그 무기가 얼마나 강하건 검집 안에서 꺼낼 줄 모르던 리카르디스가 처음으로 엘피디오를 향해 날을 겨눈 것이다.

엘피디오가 평소보다 흥분한 기색을 보인 것도 그 때문이었다. 쥐도 새도 모르게 목이 날아갈 수 있는 상황이었다.

어째서일까. 10년이 넘는 세월 동안 가만히 숨죽이고만 있던 리카르디스가 왜 지금에 와서? 사절단 일로 힘을 얻었다고 생각해서? 모든 준비가 끝났다 생각해서 반격의 서막을 올린 것일까? 아니다. 사절단 일로 많은 치하를 받기는 했지만, 그전부터도 리카르디스는 수많은 공을 세워 왔다. 그렇다면 왜?

"붉은수레바퀴의 로젤린."

디에즈가 흠칫 몸을 떨며 고개를 들었다. 엘피디오가 빤히 그를 바라보고 있었다.

"사선에서 돌아온 그 대단하신 영웅님 말이야. 그녀가 리카르디스의 행동과 연관이 있을 것 같은데……."

엘피디오가 또 인상을 찌푸린 채 두리번거렸다. 디에즈가 얼른 일어서서 바닥에 뒹굴고 있는 재떨이를 집었다.

"그대로 들고 있거라."

탁자에 놓으려 하자 엘피디오가 디에즈에게 명령했다. 디에즈는 눈살 하나 찌푸리지 않고 그의 명령을 그대로 수행했다. 디에즈가 들고 있는 재떨이 위로 엘피디오가 파이프를 툭툭 털었다. 재가 날리며 후끈한 기운이 그의 피부에 닿았다.

"그런데 나는 뭔가 더 있을 거 같다. 황금정원까지 움직이며 페르탄의 딸을 보호하고 있다더구나. 심지어는 안 하던 협박까지 하고…… 물론 축복의 밤을 위해서는 마인이 필요하니, 그 때문일 수도 있지만 말이다. 하지만 나는 그래. 리카르디스가 그녀를 단순히 도구로 보는 것 같지 않아."

엘피디오가 서 있는 디에즈를 흘끗 바라보며 말을 이었다.

"나는 눈높이가 비슷한 상대와 대화를 하는 걸 좋아한단다, 디에즈."

자신이 올려다보는 상황이 기분 나쁜 듯, 엘피디오가 고상하게 명령했다. 디에즈가 무릎을 꿇었다. 두 손에는 공손히 재떨이를 들고 있는 채였다. 엘피디오는 그제야 만족한 미소를 보였다.

"세티스티아가 어릴 때부터 알아 왔다 하니, 오랜 인연이겠지. 리카르디스는 그래 보여도 좀 무른 구석이 있으니 어쩌면 그녀를……."

엘피디오가 웃었다. 눈동자가 뱀의 비늘처럼 번들거렸다.

"사람은 소중한 게 생기면 약해지기 마련이지. 내가 왜 널 불렀는지 알겠느냐?"

"……."

"네가 붉은수레바퀴의 여식과 친하다지."

"예, 형님."

"역시 넌 쓸모가 있어."

디에즈는 엘피디오의 무릎만 보며 말을 어물거렸다. 엘피디오가 담배 파이프를 강하게 재떨이에 툭, 떨어트렸다. 디에즈가 화들짝 고개를 들어 그와 시선을 맞췄다.

"내가 틸렌드 그 병신 새끼보다 널 좋아한다고 했었지."

3황자 틸렌드는 엘피디오의 동복동생이었다. 성격이며 외모며 그와 쏙 빼닮은 인물이었으며, 야망 또한 그에게 뒤지지 않았다.

"너는 분수를 알아."

엘피디오는 그 말을 하며 디에즈를 위아래로 훑었다. 소파에 앉아 다리를 꼬고 있는 그의 앞에서 무릎을 꿇고 재떨이 역할을 하는 '분수'를 디에즈에게 자각시켰다.

"그래서 내가 널 좋아해, 디에즈. 내 말 알아먹었어?"

그의 목소리가 날카로워지기 시작했다. 디에즈가 입술을 꽉 물었다. 로젤린의 모습이 떠올랐다. 마른가시나무 백작의 성에서 창백한 얼굴로 잠자고 있던. 그리고 더 과거의 일도.

어깨까지 오는 짧은 머리의 그녀는 햇빛 아래 싱그럽게 웃고 있었다. 가슴이 철렁인다. 새삼스럽게 엘피디오가 했던 말이 떠올랐다.

[사람은 소중한 게 생기면 약해지기 마련이지.]

디에즈는 지금 자신이 얼마나 약해졌는지 깨달았다. 참담했다. 자신이 이곳에서 왜 이러고 있는지 잊은 것도 아니건만, 그녀는 자신을 너무 약하게 만들었다.

"……형님."

"그래."

"저는 형님이 황금으로 빛나는 월계관을 쓰는 날을 항상 그리고 있습니다."

엘피디오가 씩 웃으며 디에즈의 머리를 쓰다듬었다.

"날이 좋구나. 밖에 나가서 차라도 한잔하자."

* * *

로젤린이 마른가시나무 성에서 눈을 뜬 지 2주 하고도 닷새가 지난 날이었다. 수도, 티가드로부터 반가운 편지가 왔다. 몸이 다 낫거든 하얀밤 기사단에 복귀하라는 명령서였다. 로젤린이 편지를 받자마자 짐이고 뭐고 챙기지도 않고 떠나려는 것을 칼릭스가 겨우 말렸다.

칼릭스도 편지를 받았다. 리카르디스가 직접 작성한 것이었다. 황가의 인장이 떡하니 찍혀 있는 서신을 받았음에도 칼릭스는 좀처럼 동요하지 않았다. 로젤린에 관해 할 말이 있다는 내용이었고, 칼릭스는 드디어 올 것이 왔노라 생각했다.

로젤린과 리카르디스의 만남은 생각보다 오래 거슬러 가야 했다. 하얀밤 기사단의 수습 기사로 입단했을 때부터니 햇수로만 7년이 다 되어 갔다. 몇 없는 여자 기사라는 이유 때문에 로젤린은 입단하자마자 세티스티아의 호위가 됐었다. 세티스티아는 로젤린을 매우 좋아했고 리카르디스는 제 동생이라면 끔벅 죽는 시늉도 마다하지 않는 사람이었기에 셋이 어울리는 시간도 당연히 많을 수밖에 없었다.

세티스티아의 죽음으로 인해 두 사람의 관계는 한번 심하게 비틀렸지만, 로젤린은 그때에도 리카르디스를 떠나지 않았다. 그렇게 그녀의 노력으로써 이어진 시간이었다. 비록 그 속에 어떤 감정들이 얽히고설켰는지는 몰라도.

그러니 리카르디스가 그녀에게 아무리 무관심했더라도 이전의 로젤린과 현재의 로젤린을 같다고 생각하기는 어려울 테다. 기억 상실이라는 어설픈 변명으로 눈을 가리는 것에는 한계가 있었다. 그리고 칼릭스는 조금씩 닳은 그 한계가 지금에 와서 온전히 모습을 드러내었다고 생각했다.

리카르디스는 결코 아둔하거나 멍청한 사람이 아니었다. 이미 모든 것을 눈치챘지만, 덮어 두고 있었던 건지도 모른다. 아니, 덮어 두고 있었다.

칼릭스는 제 누이가 파르딕트 경의 방패를 맨손으로 부숴 버렸다는 이야기를 들은 적 있었다. 자자하게 퍼진 로젤린에 관한 소문 중 하나였으나, 칼릭스는 그 얘기가 진실임을 직감했다. 같이 듣고 있던 로젤린이 "맞아, 내가 부쉈어." 하고 뿌듯하다는 듯이 얘기해서 칼릭스의 마음은 더욱 갑갑해져 버렸다.

파르딕트는 거친 뱃사람들로만 구성되어 있는 고래무덤 가문에서도 독보적인 체구로 유명한 인물이었다. 그런 파르딕트의 방패는 그보다도 더 유명했다. 명장 누구의 솜씨로 3년 만에 태어난 걸작이라던가, 뭐라던가. 사람들은 방패의 크기와 두께를 보며 놀라워했다.

그걸 맨손으로 부숴 버렸다는데…… 칼릭스는 그 얘길 듣고 마카롱을 조금 원망스러운 눈빛으로 쳐다보았다. 독수리 마카롱은 새의 대가리를 하고도 뜨끔하는 표정을 짓더니 모른 척 고개를 휙 돌렸다. 그때는 잠시 순찰 중이라 같이 없었단다.

아무튼 그때, 파르딕트의 방패를 부수라 명령한 사람이 리카르디스라고 하니 이건 뭐 들킨 건 확정이었다. 그녀가 돌보다 단단한 물건을 파괴할 수 있는 존재라는 것을 알고 있었다는 얘기 아닌가.

하지만 칼릭스는 그다지 불안하지 않았다. 제 누이가 이 성에서 뒹굴뒹굴 굴러다니며 편안한 생활을 영위할 수 있게 만들어 준 사람이 리카르디스라는 사실을 알기 때문이었다.

전대미문의 강력한 마인이 나타났음에도 주변의 시선이 나쁘지 않았다. 로젤린이 2황자를 구했다는 사실만으로는 그 이유를 전부 설명할 수 없었다. 나쁜 얘기가 나오려고 하면 어디서부턴가 정보가 미묘하게 비틀리며 순화되었다. 로젤린이 어릴 적부터 얼마나 총명하고 자애로웠느냐를 알 수 있는 과거의 사소한 얘기들이 골목 사이마다 돌아다녔다.

더불어 밝혀지지 않았던 2황자의 미담들 또한. 3년 전에 전국에 구휼미를 대대적으로 풀었던 모래절벽 자작이 사실은 2황자의 또 다른 신분이었다나 뭐라나.

대륙 여기저기에 손을 뻗은 거대한 상단의 주인이자, 돈이 흐르는 줄기를 따라 정보를 옮기는 황금정원 가문의 솜씨가 분명했다. 하지만 그들의 뒤에 리카르디스가 있으니 그가 주도했다 말해야 정확할지도 몰랐다. 2황자는 이런 여론 몰이를 즐겨 하는 사람이 아니었으나, 지금은 누구의 손과 누구의 발을 빌렸는지 티 나게 행동하고 있었다.

로젤린의 뒤에 2황자 리카르디스가 있음을 알리는 얘기였다. 그와 그녀의 주적들에게.

일주일 전, 로젤린의 처우에 관한 회의에서 만장일치로 리카르디스에게 모든 권한이 위임되었다는 소식을 마른가시나무 백작이 칼릭스에게 전해 줬다.

"······만장일치가 말이 되나?"

칼릭스의 비서, 알터도 어처구니가 없다는 듯 웃었다.

"2황자 전하께서 생각보다 수완이 좋으신가 봅니다."

1황자파가 포진한 그 회의에서 만장일치라는 결과를 이끌어 냈다는 것은 단순한 수완의 문제가 아니었다. 칼릭스가 알터를 흘끗 바라봤다. 알터가 눈썹을 까딱하며 알아 온 또 다른 정보를 풀었다.

"회의가 일어나기 며칠 전부터 몇몇 귀족 가문에 좋지 않은 일들이 있었다는군요. 크게 알려지지 않은 이유는, 공론화시킬 수 없는······ 어, 그러니까 좀 구린 구석이 있는 부분들이 타격을 받았기 때문이라고 합니다. 불미스러운 사건이 일어난 가문들은 우연히도 전부 1황자파에 속하는 귀족 가문들이었다고 하는군요. 덕분에 회의에서 힘 뺄 여력이 없었고요."

"그것참 공교롭게 되었어."

"대단히 굉장한 우연이죠."

칼릭스는 알터의 말을 듣고 곰곰이 생각했다. 좋은 결과였으나 과정이 생각보다 거칠었다. 다소 소극적이게 방벽만 쌓던, 여태껏 리카르디스가 해 온 방식과는 달랐다.

칼릭스는 그 남자를 변화시킨 것이 어쩌면 제 누이일지도 모르겠다는 생각을 했다. 영 얼토당토않은가 싶다가도, 그의 행보를 보고 있자니 아주 틀린 것만은 아닌 듯도 하고. 머리가 복잡했다.

속으로 무슨 생각을 하고 있든지 리카르디스는 울타리 밖을 서성이던 제 누이를 확실하게 그의 영역 안으로 집어넣고 보호했다. 그 덕분에 칼릭스는 편안한 마음으로 편지를 받을 수 있었다.

리카르디스가 그런 것처럼 칼릭스도 그에게 볼일이 있었다. 이렇게 빨리 만나게 되리라고는 생각도 못 했지만, 어찌 되었건 좋은 기회였다.

칼릭스는 편지를 품 안에 넣었다.

"수도까지 긴 여행이 되겠군요, 누님. 채비를 하겠습니다."

"우리 같이 가는 거야? 에스터는?"

칼릭스는 감격해 눈을 반짝반짝 빛냈다. 붉은수레바퀴 백작인 아버지도, 자신도 없는 영지를 걱정하는 제 누이의 발전이 너무나 대견했다.

"붉은수레바퀴 산하의 붉은말 남작가가 맡고 있습니다. 걱정 마세요."

"아, 마르슈 아저씨가."

로젤린은 대충 알겠다는 듯 고개를 끄덕였다. 칼릭스는 묘한 표정으로 그녀를 바라보았다. 붉은말 자작에 관해서 내가 일러 준 적이 있던가? 곧바로 창밖에서 마카롱이 날아오자 그의 신경은 금세 다른 곳으로 돌려졌다.

"마른가시나무 백작님께 부탁해 준비를 서두르겠습니다."

"응."

로젤린이 더없이 해맑게 웃었다.

"그럼 하던 걸 마저 할까요?"

칼릭스가 손에 들고 있던 책을 턱 펼쳤다. 로젤린의 기분이 순식간에 가라앉았다.

"누님, 붉은수레바퀴 가문 이름의 유래를 말씀해 보시겠습니까?"

로젤린의 교육 시간이었다. 시간이 남는 겸 부족했던 상식을 채우기 위해 칼릭스가 책상 앞에 앉았다. 어지간하면 제 동생의 말을 잘 따르는 로젤린도 공부 시간은 티 나게 싫어했다. 매번 도망가고 숨었지만, 그녀에 관해서는 통달한 칼릭스가 매번 찾아내었다.

이번에도 주방에서 주방장과 노닥거리던 로젤린을 칼릭스가 잡아 온 참이었다. 책상 앞에 앉아서도 로젤린은 끝까지 딴청을 피웠지만, 칼릭스가 크레페 케이크를 책상 위에 올려놓으며 대치 상황은 종료되었다.

그 모습을 지켜보던 마카롱이 기가 찬다는 듯한 표정을 했다. 제 누이를 먹을 거로 교육하다니 저 자식도 좀 너무하다.

"전장의 수레바퀴."

"훌륭하십니다."

적군의 피로 물든 수레바퀴로부터 가문의 이름은 시작되었다. 과거 배운 것을 기억하고 있었던지 로젤린은 금방 답을 내놓았다. 칼릭스는 고개를 끄덕이며 박수 쳤다. 마카롱은 침대 위를 뒹굴며 깔깔 웃었다.

"정말 너희들의 아버지와 딱 어울리는 가문명이야."

로젤린이 부상으로 기절해 있는 동안, 마카롱은 붉은수레바퀴 백작, 페르탄을 본 적 있었다. 정말…… 정말 너무 잘 어울렸다. 마카롱은 "이야, 이야.", "진짜." 따위의 감탄사를 계속 내뱉었다. 로젤린이 의자 등받이에 팔을 걸며 그녀를 돌아보았다.

"또 있어. 운명의 수레바퀴라고도 한대."

"잘도 끼워 맞추고 있어. 귀에 걸면 귀걸이, 코에 걸면 코걸이 아니야? 완전 웃겨."

칼릭스가 의자에 앉아 뚱하게 쳐다봤다. 그 표정이 더 웃겨서 마카롱은 낄낄 웃었다.

* * *

칼릭스는 수도로 떠나기 전 로젤린이 보았다던 마인을 찾고자 했다. 검은달과의 싸움은 아직 끝나지 않았고, 그들은 여전히 '파편'과 마력의 결정으로 탄생한 인위적인 마인 부대를 무기 삼아 지니고 있었다.

로젤린이 아무리 강하고 '파편'을 이겨 낼 수 있다고 한들 개인으로서는 해낼 수 있는 한계가 있는 법이었다. 검은달에 속하지 않은 마인의, 마인들의 힘이 절실히 필요했다.

하지만 아무리 마인이 많은 비스타라고 해도 자신이 마인이라며 이마에 써 놓고 다니는 사람은 없었기에, 우선적으로 로젤린이 얼굴을 알고 있는 소매치기 소년의 존재에 주목하게 된 것이다. 칼릭스는 마력을 감지할 수 있는 로젤린과 마카롱에게 이 건에 대해 넌지시 말을 꺼냈다.

"숨어 살고 있는 데에는 이유가 다 있는 거겠지."

마카롱은 심드렁한 태도를 보이더니 창밖으로 날아가 버렸다. 하지만 칼릭스는 마카롱의 비협조적인 반응과 태도에 익숙해져 크게 신경 쓰지 않았다. 도리어 순순히 도와주겠다 하는 쪽이 이상할 것이다.

문제는 로젤린의 차가운 반응이었다.

"아니. 칼릭스, 나는 별로 그러고 싶지 않아."

"아, 네. 죄송합니다."

그녀의 표정을 본 순간 칼릭스의 입에서 저절로 사죄의 말이 나왔다. 그때 로젤린의 표정은 뭐랄까. 마음속 깊숙이 무언가를 묻어 둔 사람 같았다. 그렇다. 사람 같았다.

칼릭스는 여러모로 충격을 받아, 두 번 다시 마인을 찾아보자는 얘기를 꺼내지 않았다.

덕분에 넉넉하게 잡아 뒀던 준비 기간이 단축되었다. 칼릭스가 오후에 곧바로 떠나자는 말을 꺼낼 즈음에는 로젤린은 평소 같은 얼굴을 하고 있었다. 칼릭스는 안도의 한숨을 내쉬었다.

"안 됩니다, 도련님!"

붉은수레바퀴 백작가의 기사들이 걱정스러운 눈으로 칼릭스를 바라보았다. 호위 없이 단둘이 수도로 올라가겠다니, 이게 무슨 말인지! 기사들이 펄펄 날뛰었다.

"굶어 죽는 대신 산으로 숨어들어 도적 행세를 하는 자들이 많이 늘어나고 있는 상황입니다. 위험하시니 같이 가겠습니다."

칼릭스는 그들의 말에 어처구니없다는 듯한 표정을 짓고는 고개를 슬쩍 돌려 누군가를 쳐다보았다. 기사들의 시선도 그를 따라 돌아갔다. 남자들의 시선이 한 번에 모이자 로젤린이 눈을 동그랗게 뜨고 깜박였다.

나를 왜 봐? 응?

기사들이 고개를 끄덕였다. 확실히. 위험하지 않을 것 같았다.

"이렇게 아쉬울 수가."

마른가시나무 백작, 세실이 두 남매를 배웅하기 위해 바쁜 일정 속에 짬을 내었다.

"나랑 칼릭스에게 줄 화관을 만들기로 약속했잖니, 로젤린."

칼릭스의 무표정한 얼굴에 울컥한 기색이 비치자 백작이 깔깔 웃었다.

"순탄한 여정이 되길 빌어. 네 주위에는 항상 사고가 끊이지 않으니 말이야. 다음에 만날 때까지 건강하렴."

백작은 로젤린이 자신의 딸이라도 되는 것처럼 애틋한 기류를 형성했다. 로젤린의 손을 잡고 연신 쓸더니, 끝에 가서는 와락 껴안기까지 했다. 백작이 로젤린의 품에 쏙 들어갔다. 로젤린도 어설프게 그녀의 등을 토닥였다.

"너도 잘 가렴. 누나 손 잘 잡고 다니고. 페르탄에게 안부 전해 주고."

백작은 이후 손을 휘휘 저으며 칼릭스를 배웅했다. 대접이 어마어마하게 차이 났지만, 칼릭스는 딱히 신경 쓰지 않았다. 그저 저 까탈스러운 성미의 백작이 누이를 제법 마음에 들어 하는구나 싶을 뿐이었다.

마른가시나무 백작이 준비한 마차 세 대는 로젤린이 사양했다. 너무 느리단다. 당연히 먹을 식량이며, 물이며, 옷이며 사람을 잔뜩 실은 마차는 말보다 느릴 수밖에 없다. 로젤린은 지금 그것을 다 버리고 가겠다는 이야기였다. 수도로 갈수록 마을도 많으니 노숙은 별로 안 할 테지만 고생깨나 할 게 분명했다.

"정말 안 챙겨 가도 되겠니? 힘들 텐데…….."

"네."

로젤린이 당당하게 대답했고, 칼릭스는 울고 싶어졌다. 붉은수레바퀴 성에서부터 비스타까지 미친 듯이 달려온 과거의 날들이 다시 살아나는 소리가 들렸다.

"가자, 칼릭스."

무뚝뚝한 목소리 속에서 들떠 있는 그녀의 기분을 읽을 수 있었다. 칼릭스는 한숨을 삼키고 처진 걸음으로 그녀의 뒤를 따랐다. 로젤린은 말에 올라 마지막으로 뒤를 돌아봤다. 아직까지 자리를 지키는 백작의 모습이 보였다.

"우리는 어쩐지 길게 엮일 것 같은 예감이 드는구나."

백작이 쪽 소리를 내며 손 키스를 그녀에게 날렸다. 그게 무슨 행위인지 정확하게 이해하지 못했으나, 로젤린은 곧 어설프게 백작의 행동을 따라 했다. 그게 어찌나 귀여웠는지 백작은 한참을 더 웃었다.

* * *

로젤린은 결코 지치지 않았다. 분명 같은 걸 먹었는데…… 양이 좀 많기는 했지만, 아무튼 같은 종류였다. 칼릭스는 그럼에도 제 누이가 대체 뭘 먹었기에 저렇게 펄펄 날뛰는 건가 의문스러워졌다.

그녀의 조급함을 이해했기 때문에 하루 이틀 정도는 칼릭스도 최선을 다해 로젤린의 속도에 맞춰 말을 몰았다. 하지만 며칠이 채 지나기도 전에 그는 곧 한계를 맞이했다. 칼릭스는 창백한 얼굴로 헛구역질을 했다. 하도 오래 달리는 말 위에 앉아 있다 보니 눈앞이 노랗게 변하고, 속이 다 뒤집히는 기분이었다.

태어나기를 강골로 태어나 그 아버지 밑에서 단련받았다. 전쟁도 겪어봤고 일부러 몸을 괴롭게 하는 훈련도 수없이 했다. 그래도 평생에 걸쳐 감기 걸린 것은 손에 꼽을 정도였으며 한 번도 심하게 앓은 적 없었는데. 고작 3일 만에 이 지경이 되다니. 3일 만에.

로젤린이 급하게 말을 세웠다. 잠시 신경을 못 쓴 사이 제 동생이 반쯤 시체 같은 꼴이 되어 있지 않은가. 하늘을 보니 해가 산 너머로 넘어가고 있었다. 그러고 보니 해가 뜨기 전부터 달리긴 했지. 조금 오래 달렸나? 말도 힘든지 거친 콧김을 씩씩 내뱉는 중이었다. 오래 달렸구나…….

로젤린이 말에서 내려오자 칼릭스도 굴러떨어지듯 내려왔다.

"괜찮아?"

칼릭스는 괜찮다는 말 대신 욱욱 하는 헛구역질 소리를 낼 수밖에 없었다. 로젤린은 제 수통을 열어 칼릭스의 입가에 가져다 대었다. 그녀의 나머지 손 한쪽은 동생의 등을 두드리기도 하고, 그의 이마를 쓸어 넘기기도 하며 어찌할 바를 모르는 중이었다.

'이제는 그런 표정도 지을 줄 아시는군요. 감개무량합니다…….'

칼릭스는 떨리는 손으로 물을 받아 마셨다. 하늘을 선회 중이던 마카롱이 나뭇가지에 가볍게 착지했다.

"뭐야, 얘 왜 이래. 아픈 거야?"

"그런가 봐."

"어디가?"

'3일 동안 노숙하면서 3시간만 선잠을 겨우 자고, 밤낮없이 미친 듯이 달리면 이렇게 됩니다.'라고 말하고 싶었다. 마카롱은 규격 외라고 하더라도 제 누이는 인간의 모습이라 방심했다. 그들은 전혀, 일말도 칼릭스가 왜 아픈지 이해하지 못했다. 이유는 알더라도 그것을 공감하는 것은 또 다른 문제였다.

'어쩌면 이렇게 허약한 생물이 있지?'라고 생각하는 눈빛들이었다. 마카롱은 칼릭스를 약골이라며 놀릴 생각에 내려왔지만, 그의 낯빛을 보고 심각해져 버렸다. 그러고 보니 인간들은 날붙이로 생긴 아주아주 작은 상처로도 죽는 재주가 있는 종족이었다.

"죽지 마라."

독수리의 눈에 비장함이 감돌았다. 칼릭스는 새의 농담에 하하 웃다가 그 목소리가 한없이 진지한 것을 알아챘다. 진심이었나…… 그의 웃음이 뚝 끊겼다.

한 마리와 한 여자가 부산스럽게 움직이며 의사를 불러오느니, 몸에 좋은 약초를 찾아오겠느니 하며 호들갑을 떨었다.

"칼릭스, 죽으면 안 돼……!"

마침 그들의 옆을 지나가던 상단의 마차가 멈춰 설 정도의 비통한 목소리였다. 상단주가 도움을 주겠다며 친절을 발휘했다. 칼릭스는 수치스러움에 발개진 얼굴로 사양했다. 말을 장시간 타다 보니 컨디션이 좀 안 좋아졌을 뿐이라고.

백발이 희끗한 상단주는 칼릭스가 무척이나 한심하다는 듯 눈을 흘기더니 매일 30분 정도의 운동은 하는 게 좋다고 조언했다. 칼릭스는 부들부들 떨었다. 그의 괜찮다는 말에도 불구하고 로젤린은 상단주에게서 괴악한 이름의 약을 몇 포 구입했다. 무슨 뱀의 꼬리를 말려 빻은 것이라나.

칼릭스는 약을 먹지 않기 위해 미친 듯이 반항했다. 하지만 인간 여자로 의태한 마카롱의 합세로 반항은 무의미해져 버렸다. 칼릭스는 자신보다 한참 가느다란 여자 두 명에게 붙잡힌 채, 무언가의 가루를 한 줌도 남기지 않고 먹어야만 했다.

혀를 마비시킬 정도의 저릿한 쓴맛과 비린 맛의 환상적인 조화였다. 절로 눈물이 나왔다. 칼릭스는 너절해진 낯으로 입가를 쓸며 제발 천천히 가자고 부탁했다. 요즘따라 울 일이 잦았다. 그것도 주로 로젤린, 제 누이와 관련된 일로만. 로젤린이 칼릭스의 눈물에 고개를 격하게 끄덕였다.

동생의 눈물 때문인지 로젤린은 자주 휴식 시간을 가졌다. 그녀는 타인과 함께하는 여행의 속도를 깨우친 듯했다. 밤이 찾아오지 않더라도 마을이 보이면 적당히 잘 곳을 찾는 수준까지 발전했다.

큰 영지에 도착할 즈음엔 비가 추적추적 내렸다. 늦은 밤이라 불빛마저 잠들어 있었으나, 타지의 손님을 반기는 여관들이 바다의 횃불처럼 길을 안내했다. 멀리 있는 여관으로 걸음을 옮기고 있던 때였다.

로젤린이 후드를 뒤집어쓴 채로 계속 좌우를 훑었다. 그녀의 행동을 칼릭스가 주시했다. 길이 좁은 것도 아니고, 사람들이 주위에 있는 것도 아닌 한적한 밤거리. 그녀가 신경 쓸 만한 것은 없어 보였다.

하지만 칼릭스는 로젤린의 감각이 일반적인 인간이 느끼는 범위보다 훨씬 폭넓고 깊다는 사실을 잘 알고 있었다. 혹시 그녀만 감지하고 있는 무언가가 있는 것인가?

칼릭스가 급하게 그녀에게 다가갔다.

"무슨 문제가 있습니까, 누님?"

로젤린은 평소보다 더 무뚝뚝한 표정으로 고개를 슬쩍 흔들었다. 그 와중에도 날카로운 눈빛은 흐릿한 빗줄기 너머를 경계하고 있었다. 아무 문제가 없다고는 했지만, 칼릭스는 이상한 느낌을 지울 수 없었다. 고된 행군에 미처 생각하지 못했는데, 비가 내리기 시작한 시점부터 급격하게 말수가 줄기 시작했었다. 비를 싫어하나?

빨리 어디든 들어가서 그녀를 쉬게 해야 할 것 같았다. 칼릭스는 로젤린이 타고 있는 말의 엉덩이를 툭툭 치며 걸음을 재촉하게 했다. 하늘을 날고 있던 마카롱이 슬슬 쉬기 위해 내려왔다.

"마카롱 님. 저한테 오세요."

로젤린의 주머니로 들어가려던 독수리가 삐애애액 울부짖으며 칼릭스를 위협했다. 대놓고 불만스러워하는 모습에도 칼릭스는 굴하지 않고 다시 한번 재촉했다.

"누님이 피곤하시니, 어서 이리 오세요."

마카롱은 로젤린의 주위를 한 바퀴 빙 돌며 그녀를 살펴보더니 순순히 칼릭스에게 왔다. 고개를 갸웃거리는데, '진짜 상태가 안 좋잖아?'라고 말하는 게 아닌가 싶었다.

칼릭스는 그녀의 이상 상태가 혹시나 '그것'들의 특성인가 생각했지만, 마카롱의 상태는 평소와 다를 바 없어 보였다. 마카롱이 쥐로 변해서 칼릭스의 주머니에 쏙 들어갔다. 간식으로 넣어 둔 땅콩 몇 알을 먹는 소리가 들렸다.

한 사람과 한 마리를 뒤로하고 로젤린은 말고삐를 꽉 쥐었다. 그녀의 감각이 넓게 열렸다. 바닥에 떨어지는 빗소리가 주위를 떠돌았다. 골목 사이를 스치는 바람 소리가 날카롭다. 집집마다 울려 퍼지는 말소리와 웃음소리에 신경이 곤두섰다. 로젤린은 제 상태가 이상하다는 것을 깨달았다. 어둠이 내려앉은 거리, 빗소리와 희미한 몇 개의 불빛.

기시감이 들었다. 겪어 보지 못했으나, 가슴을 두드리는 이 불안함과 온몸을 눅눅하게 만드는 습기가 익숙했다. 이상한 일이었다. 로젤린은 후드를 더 꾹 눌러쓰고 말을 재촉했다.

일행은 곧 여관에 도착했다. 칼릭스가 일꾼에게 말을 맡기는 사이, 로젤린이 먼저 건물로 향했다. 빨리 안에 들어가서 쉬는 편이 나을 것 같았다. 로젤린이 여관의 문고리를 잡았다. 물에 젖어 한층 차가워진 온도가 로젤린을 날카롭게 파고들었다.

끼이익…….

낡은 문이 열렸다.

어둠이 깔려 있는 밤, 문을 경계로 빛이 쏟아졌다. 환한 배경 가운데로 역광으로 검어진 사람의 인영이 흔들렸다. 로젤린은 숨을 멈췄다.

쾅!

굉음이 울렸다. 마침 여관 밖을 나서려던 남자가 로젤린에 의해 흙탕물에 처박혔다. 남자는 일격에 기절했고, 그 남자를 기절시킨 장본인은 눈만 동그랗게 뜨고 깜박깜박했다. 이 상황이 당혹스러운 듯했다.

물론 뒤에서 그 광경을 목격한 칼릭스는 그보다 더 당혹스러워 아무 말도 하지 못하고 멈춰 서 있었다.

'혹시 저 남자가 암살자였나? 그런 것치고는 너무 당황하시는데?'

칼릭스의 미심쩍은 눈빛에 로젤린이 들고 있던 주먹을 슬그머니 내렸다.

"아, 실수였습니다. 진심으로 미안합니다."

로젤린의 재빠른 사과에도 불구하고 남자의 일행은 노발대발했다. 당연한 일이었다. 칼릭스는 몇 번이나 죄송하다 거듭 사과하고 물질적인 보상을 했다. 일행과 그 당사자는 싱글벙글한 낯으로 사람이 놀라면 그럴 수도 있는 거 아니겠느냐 했다. 로젤린은 긴 피해 보상의 시간 동안 그저 멀거니 서 있기만 했다.

그녀의 몸이 잘게 떨렸다. 로젤린은 갑자기 떠오른 기억을 여러 번 반복하며 형태를 다듬었다. 점점 선명해졌다.

조용한 숲을 울리는 빗방울 소리. 어두운 밤. 빛이 쏟아지던 작은 공간. 그 빛 사이에 있는 남자. 우연히 맞물려진 상황이 로젤린의 안에 깊게 가라앉아 있던 몇몇 단편적인 기억을 떠오르게 했다.

'로젤린'의 기억은 절벽 아래로 떨어진 시점부터 거슬러 가기 시작했다.

발밑이 꺼지는 공포를 느꼈고, 어두운 숲을 달리고 있었고, 넘어졌다. 그리고 어느 순간 '로젤린'은 숨소리를 죽인 채 막사 앞에 서 있었다.

불빛이 새어 나오는 천막의 틈 사이로 누군가의 모습이 보였다. '로젤린'의 시야가 흔들렸다. 하얀 털로 뒤덮인 야수의 손과 날카로운 손톱이 예리하게 빛나고 있었다. '로젤린'이 헉하고 크게 숨을 들이켰다. 그 순간 미동도 없던 누군가의 거대한 손이 꿈틀, 움직였다.

기억이 다시 순서대로 흘러가기 시작했다. '로젤린'은 급하게 발걸음을 돌렸다. 천막이 펄럭이며 바람을 스치는 소리가 들렸다. 뒤쫓아 온 자의 공격으로 인해 등이 찢긴 채 앞으로 넘어져 몇 번을 굴렀다. 큰 상처를 입었지만, 다리는 멈추지 않았다. 나뭇가지를 밟으며 점점 가까워지는 소리가 들렸다.

나는 달린다. 그리고 예정대로 절벽에서 떨어진다. 모든 것이 어두워진다.

로젤린은 인간이 된 이후 여러 가지 감정을 느끼고는 했으나, 그렇게 두려웠던 적은 처음이었다. 찰나에 불과했지만 아주 강렬했다.

하지만 두려움은 그녀가 주먹을 냅다 질러, 남자가 화려하게 날아감과 동시에 부서졌다. 그 거친 움직임으로 로젤린의 후드는 벗겨진 상태였다. 그녀의 머리 위로 비가 쏟아졌다.

투두둑. 혼란은 부서지고 차가운 물줄기가 현실을 상기시켰다.

로젤린은 날카로운 눈빛으로 먼 곳을 응시했다.

황실에 '그것'이 있다. 로젤린을 죽이려 하던 '그것'이.

* * *

칼릭스가 무서운 표정으로 팔짱을 끼고 침대에 앉아 있었다. 막 씻고 나온 로젤린은 칼릭스를 보자마자 다시 들어가서 씻고 싶어졌다. 마카롱은 가라앉은 방 안의 기류를 읽고 조용히 칼릭스의 어깨 위에 올라갔다.

로젤린은 시무룩한 표정으로 칼릭스의 맞은편에 앉았다. 그녀는 칼릭스의 이런 표정을 잘 알고 있었다. 붉은수레바퀴 저택에 있을 때, 무언가를 깨뜨려 날카로운 조각에 다치거나, 목욕하고 머리를 안 말리고 나오면 꼭 저런 얼굴을 하고 있었다.

"사람을 함부로 때리면요?"

로젤린은 부루퉁한 표정으로 칼릭스를 흘겨봤다. 나도 다 사정이 있었던 건데. 하지만 칼릭스는 그냥 넘어갈 생각이 없는지 재차 물었다.

"사람을 함부로 때리면요, 누님? 어떻게 된다고 했지요, 제가?"

"무서운 곳에 간다……."

"네, 그렇습니다. 그럼 누님도 무서운 곳에 가야겠군요."

칼릭스가 벌떡 일어나 로젤린의 손목을 덥석 잡았다. 어디든 끌고 가려는 시늉을 해서 로젤린은 몸에 힘을 딱 주고 버텼다. 그녀는 큰 돌덩이처럼 움직일 기색이 없었다.

"무서운 사람들보고 와서 누님을 잡아가라고 해야겠습니다. 여기요! 무서운 아저씨!"

칼릭스가 와 소리를 지르자 로젤린은 기겁했다. 마카롱도 펄쩍 뛰면서 칼릭스의 목덜미를 찰싹찰싹 쳤다. 꼭 그럴 것까지야 있느냐며 말리는 느낌이었다.

"나쁜 사람인 줄 알았어!"

칼릭스의 눈썹이 꿈틀거렸다.

"나쁜 사람……?"

그의 목소리가 조금 풀린 것을 느낀 로젤린이 급하게 고개를 끄덕였다.

"응, 무서워서 그랬는데. 일부러 그런 거 아니고. 진짜 실수. 그래서 진심으로 사과도 했는데……."

그녀의 말에 칼릭스는 당황했다. 로젤린에게 무섭다는 감정이 있으리라고 상상도 못 했기 때문이었다. 그는 으음, 신음하고는 그녀의 손목을 놓았다.

"왜 무서우셨습니까?"

칼릭스는 침대에 앉아 있는 로젤린을 올려다볼 수 있게 바닥에 무릎을 꿇었다. 로젤린의 손이 차가워, 칼릭스는 그녀의 손을 문지르며 자신의 체온으로 덮혔다.

로젤린은 칼릭스의 질문에 한참 동안 고민했다. 과거, '로젤린'의 기억. 기억에 실려 온 감정의 파편. 말로 풀어 설명하기에는 애매한 부분이 많았다. 그녀는 인상을 쓰고 머리를 굴린 후 말했다. 몇 개의 촛불이 칼릭스의 눈에 떠다녔다.

"나를 죽인 사람인 줄 알고."

칼릭스의 눈동자가 촛불을 집어삼키며 더욱 형형해졌다. 로젤린은 칼릭스의 손아귀 힘이 일순 강해진 것을 느꼈다. 잘못 봤다고 착각할 만큼 아주 짧게 몸이 덜컹이기도 했다. 칼릭스의 목소리가 조금 더 낮게 잠겼다.

"……누님을 죽인 사람이, 있습니까?"

자상한 표정이었음에도 로젤린의 목 뒤로 소름이 돋았다. 두렵다기보다는 몸이 살기에 반응하는 것이었다.

"어, 그러니까. 나를 죽인 건 아닌데, 그때 사냥 대회 날에…… 막 비가 와서."

"네."

로젤린은 더듬더듬 끊겨 있는 기억을 말했다. 칼릭스는 차분하게 그녀의 말을 경청했다. 네, 그랬군요. 그래서, 어떻게 됐습니까? 가라앉은 목소리가 떨리고 있었다. 눈동자는 불타오르기도 했고, 차가운 무언가로 뒤덮이기도 했다.

로젤린이 기억하는 모든 것을 얘기했다. 또 다른 '그것'을 보았고, 존재를 들켰고, 비 오는 어두운 숲을 도망갔고, 떨어졌고, 나를 만났노라고.

로젤린은 어쩐지 변명해야 할 것 같았다. 그녀는 이미 죽어 가고 있었다는 것. 그리고 자신이 손쓸 방법도 없었다는 것까지. 칼릭스는 희미하게 웃으며 그녀의 손등을 쓱 쓸었다.

"그랬습니까."

"으응."

칼릭스는 이미 로젤린이 과거 제 누이의 기억을 조금씩 되찾고 있다는 것을 눈치채고 있었다. 가르쳐 주지 않은 사소한 행동이라든가, 과거 그녀의 말투, 정보. 그것들을 마치 당연하다는 듯 인지하고 있었기에.

그래서 지금 그녀가 마치 자신이 겪은 일인 양 말하는 모든 것들이 '로젤린'의 기억으로부터 왔으리란 사실을 직감했다. 칼릭스는 아픈 사람처럼 온몸을 벌벌 떨었다. 로젤린이 그 떨림을 눈치채고 이름을 불렀다.

"칼릭스······."

작은 말소리는 잔잔한 바람같이 포근했다. 로젤린. 제 누이였다. 칼릭스는 눈을 감고 그녀의 손등 위에 얼굴을 묻었다. 몸은 여전히 떨리고 있었다.

"······누님."

"괜찮아? 약 먹을래?"

깜깜한 시야 위로 다정한 목소리가 쏟아졌다. 눈물이 쏟아질 것 같아 칼릭스는 입술을 깨물었다. 로젤린이 제 무릎 위에 엎어진 칼릭스의 뒷머리를 살살 쓸었다. 곧게 뻗은 목덜미가 촛불에 희게 빛났다. 희게 질린 것일지도 몰랐다.

"무서우셨습니까?"

"응, 막, 심장이 쾅쾅하고, 막."

로젤린은 실제로도 제 심장을 쿵쿵 쳤다. 칼릭스는 로젤린의 손에 얼굴을 묻고 있어 그녀의 행동을 보지 못했지만, 울리는 진동을 느낄 수 있었다.

칼릭스는 상상했다. 로젤린의 말을 토대로. 어두운 숲속, 쫓아오는 추격자, 뛰는 심장, 두려움, 절벽. 찰나의 부유감. 상상만으로도 두려웠다. 로젤린이 가슴을 치는 것으로부터 오는 진동이 칼릭스를 크게 흔들었다. 쿵, 쿵! 마치 온몸을 두들겨 맞는 것 같았다.

"많이 아프셨어요?"

"아, 막 등이 찢겨서 피가 나고, 뼈가 막 부서져서……."

찍, 마카롱의 소리가 시야 밖에서 울렸다. 로젤린은 어, 하면서 당황스러워하더니 말을 급하게 바꿨다.

"별로 아프진 않았어."

신빙성 있는 말이 아니었다. 마카롱이 뭐라 언질을 준 것이리라. 마카롱은 제 누이보다 인간의 생태나 감정 따위에 더 밝았으니.

"진짜로."

덧붙이는 말이 상냥해서 사랑스러웠다. 칼릭스는 울었다. 그 어두운 숲길을 달리던 두려움과, 뼈가 부서지는 아픔을 온전히 이해할 수 없어서 미안했다. 혼자서 떨었을 누이가 가여웠다.

자신의 머리를 쓰다듬고 있는 이 손길의 상냥함이 부디 누이에게 조금이라도 전해졌기를 바랄 뿐이었다.

* * *

눈을 떠 보니 아침이었다. 칼릭스는 주위를 둘러보았다. 로젤린의 침대가 비어 있었다. 화장실 쪽에서도 소리가 들리지 않았다. 부은 눈을 비비며 침대를 내려가려던 칼릭스는 놀라서 제자리에서 펄쩍 뛰었다. 침대 아래에 물컹한 무언가가 있었다. 완전히 밝기 전에 눈치챈 것이 다행이었다.

로젤린이 침대에서 굴러떨어졌는지 바닥에서 이불을 꼭 끌어안고 자고 있었다. 그러고 보면 며칠 노숙하는 동안에 그녀가 자는 모습을 본 적이 없었다. 피로가 오늘에 와서야 퍼진 것인지 도로롱 도로롱 고른 숨소리를 내며 깨지 않았다.

칼릭스는 조심스럽게 로젤린을 안아 들어 침대 위로 옮겼다. 물론 로젤린이 이것을 눈치채지 못할 리 없었으나, 상대가 칼릭스라는 것을 알고 별다른 반응을 보이지 않았다.

칼릭스는 간밤에 있었던 일을 머릿속으로 차근차근 되짚었다. 확실히 제누이의 죽음에 석연치 않은 구석이 있다고는 생각해 왔다. 왜 하필 절벽에서? 전투가 일어난 막사의 정반대편에서 왜 혼자? 칼릭스가 아는 로젤린은 적을 눈앞에 두고 도망칠 사람이 아니었다.

'그것'이라. 사람의 팔에 달려 있는 마수와 동물의 손. 확실히 기괴할 것이다. 하지만 그 사실만으로는 제 누이가 도망쳤다는 행동을 설명하기 힘들었다. 무언가가 더 있다.

벌컥.

방의 문이 열렸다. 낯선 남자가 태연하게 방 안에 발을 들였다. 칼릭스는 의자 위에 걸쳐 놓은 검집을 재빠르게 잡아챘다. 스릉, 순식간에 날의 형태가 반쯤 드러나 아침 햇살에 예리하게 빛났다.

"좋은 아침."

남자는 칼릭스의 경계를 담담히 흘려 넘겼다. 태연자약하게 작은 침대에 걸터앉기까지 했다. 칼릭스는 인상을 찌푸렸다. 날카로운 인상이 분위기에 힘입어 더욱 흉흉해졌다. 남자는 한 손에 들고 있던 봉투를 부스럭거리면서 빵과 과일을 꺼내었다.

나쁜 마음을 가지고 침입했다고 보기에는 너무 태연했고, 방을 착각했다고 보기에는 너무나도 자연스러운 태도였다.

혹시? 칼릭스는 이 방에 없는 한 마리를 떠올렸다.

"……마카롱 님……?"

남자는 사과를 한입 베어 물더니 인상을 팍 찌푸렸다.

"아, 드럽게 맛없네. 이건 너 먹어라."

그러고는 한입 베어 문 사과를 던지는데…… 마카롱이다. 이 남자는 분명 마카롱이었다.

"어딜 다녀오신 겁니까?"

"큼지막한 사슴 고기가 들어간 스튜가 먹고 싶어서. 잠시 나갔다 왔지. 네 돈 좀 썼다?"

"아…… 예, 뭐……."

그러고 보니 남자가 입고 있는 옷이 낯설지 않더라니…… 칼릭스의 눈빛을 느꼈는지 마카롱이 침대에 벌렁 드러누워 빵을 씹다가 다시 말했다.

"옷도 빌렸다?"

"아…… 네…… 뭐…… 그런데 왜 굳이 남자 모습으로……?"

"여자 혼자 다니면 피곤한 일이 많아."

칼릭스는 고개를 끄덕였다. 역시 마카롱은 제 누이보다 인간에 대해 잘 아는 듯했다. 제법 세심한 부분까지.

"이 남자는 친구랑 놀러 왔다가 호수에 빠져 죽었지. 친구가 등을 밀더라고. 호수에서 기어 나오는 걸 발로 막 짓밟고……."

"아뇨, 보통 그런 관계를 친구라고 부르진 않죠."

칼릭스는 속으로 남자의 죽음을 잠시간 애도했다. 마카롱은 체리를 한 알 먹더니 오, 하며 감탄했다.

"이건 맛있네. 로젤린 줘야지."

"……."

요즘따라 제 취급이 한없이 낮아지는 기분이었는데, 단순한 기분만의 문제는 아닌 것 같았다.

"마카롱 님."

"부르지 마라. 그래 봤자 안 줄 거니까."

아니, 저 인간이 정말…… 체리를 먹고 싶었던 게 아닌데도 칼릭스는 울컥했다.

"어제 누님의 말…… 기억하시죠."

남자가 체리의 씨를 불량스럽게 바닥에 툭 뱉었다. 듣는 둥 마는 둥 하는 태도에 비하면, 그의 눈은 착실하게 칼릭스를 담고 있었다.

"누님이 전과 다른 존재라는 것을 그자가 알고 있는지는 모르겠습니다만, 우선적으로 위험한 인물이란 건 부정할 수가 없군요. 살아 돌아온 누님을 제거하려는 행동을 할지도 모릅니다."

마카롱이 입꼬리 한쪽을 올리며 웃었다.

"어려울 텐데."

이 종족…… 자신감이 정말 넘쳐 난다. 칼릭스는 고개를 절레절레 흔들었다.

"……위험 요소를 주위에 둘 필요는 없지 않습니까. 누님께서도 기억해 내신 만큼 경계할 테지만, 상황상 나서기 힘든 경우도 있을 테니 마카롱 님께서 잘 좀 봐주시죠. 혹시 누군지 알아내신다면, 저에게 꼭 알려 주셨으면 합니다."

"맡겨 놨냐?"

"꼭 좀 부탁드립니다!"

칼릭스가 울컥해서 외치자 마카롱이 낄낄 웃었다. 마카롱은 봉투를 뒤적이며 빵을 꺼내더니 죽 찢어 먹기 시작했다.

"뭐, 기본적으로 그놈이 다른 인간들을 죽이든 말든 내 알 바는 아니지만. 저거는……."

마카롱이 말한 '저거'는 빵 냄새를 맡고 비틀거리며 일어나고 있는 로젤린이었다. 머리는 산발을 해서는 코를 킁킁거리고 있었다. 마카롱이 애잔하게 그녀를 쳐다봤다.

"많이 모자라니깐……."

로젤린이 고소한 냄새를 풀풀 풍기는 빵으로 손을 뻗쳤다. 마카롱이 그녀의 손을 찰싹 쳤다.

"드러운 기지배. 세수하고 손 씻고 와!"

남자가 거친 목소리로 윽박질렀다. 로젤린은 잠이 덜 깬 상태에서도 낮선 남자가 마카롱이라는 사실을 아는 것 같았다. 로젤린이 마카롱의 말을 따라 세수하러 몸을 일으켰다.

그녀를 바라보던 마카롱이 고개를 돌려 칼릭스와 시선을 마주했다. 남자의 눈동자가 맹수의 것처럼 쭉 찢어져 있었다.

"건드리면 곱게는 못 죽지."

농담처럼 가벼운 어조임에도 오싹할 정도의 한기가 느껴졌다.

"그런데 네가 모르는 게 하나 있는 것 같아 말해 주겠는데……."

"네."

"저게 저렇게 진짜 심각한 수준으로…… 좀 거시기 해도."

남의 누이를 이거 저거 하면서 거시기 하다며 욕하는 통에 칼릭스는 뚱해졌다. 마카롱이 피식 웃으며 칼릭스의 볼을 꼬집었다.

"쟤 마력이 제법 대단한 수준이라서 말이지. 어디 가서 쉽게는 안 당할 테니까, 안심하라고."

로젤린, 제 누이가 강하다는 것쯤은 이미 칼릭스도 알고 있었다. 하지만 지금 마카롱이 말하는 것은 그것과는 또 궤가 다른 이야기인 듯했다. 마카롱이 중얼거렸다.

"이상할 정도로 마력이 강하단 말이지……."

"마카롱 님보다 말입니까?"

"아니?"

아, 역시 마카롱이 더 강한 것인가? 칼릭스가 그런 생각을 하자마자 마카롱이 장난스럽게 씩 웃었다.

"나를 포함한, 이때 동안 만난, 마력을 가진 모든 것들 중 가장."

칼릭스는 그의 말을 곰곰이 되뇌었다. 마력을 가진 모든 것들 중, 가장 마력이 강하다? 칼릭스는 알 수 없는 세계라 하더라도, 마카롱의 말이니 믿을 수는 있었지만…….

칼릭스는 고양이 세수를 하고 나온 로젤린을 바라보았다. 눈은 퉁퉁 부었고, 머리는 산발이었다. 마카롱이 로젤린을 맹한 어린아이 다루듯 할 때마다 칼릭스는 번번이 울컥했지만, 실은 그 또한 제 누이를 물가에 내놓은 아이 취급을 했다.

그저 먹을 거 좋아하고, 예쁜 것도 좋아하고 놀기 좋아하는 로젤린. 그런 그녀가 매우, 굉장히, 엄청나게 강한 마력을 지니고 있다는 사실이 믿어지지 않았다.

마카롱이 로젤린의 산발이 된 머리를 하나로 땋았다. 로젤린은 체리를 먹다가 화색을 지었다. 맛있다더니 정말인가 보네. 칼릭스는 마카롱이 던져 준 맛없는 사과를 먹었다. 곧 로젤린이 그의 입에 체리를 넣어 줬다. 달콤하고 맛있었다.

일행은 빠른 속도로 움직였다. 그러니까 칼릭스가 잎사귀, 말, 뱀 말린 걸 빨아서 어쩌구를 먹고, 울기 전. 헛구역질을 할 정도로 쉬지 않고 달리던 때와 비슷한 속도였다.

로젤린은 칼릭스를 염려해 쉬어 가자고 했으나, 칼릭스는 초췌한 얼굴로도 멈추지 않았다.

6

놀랍게도 칼릭스는 살아서 수도에 도착했다. 그들의 행군은 과하게 빠른 감이 있었다. 칼릭스처럼 단련된 남자가 아니었으면 어림도 없었다.

성문 앞에 도착하니 반가운 얼굴이 마중 나와 있었다. 레이몬드였다. 로 젤린이 활짝 웃으며 그에게 달려들었다. 말 위에서 펄쩍 뛰어 날아드는 모 습에 레이몬드가 기겁해서 그녀를 받았다.

"위, 위험하잖아!"

로젤린이 아기 원숭이처럼 레이몬드에게 덜렁 안겨 있는 모양새가 되었 다. 레이몬드는 그녀를 끌어안고는 미묘한 표정을 지었다. 복잡한 심경이 고스란히 드러나 있었다.

"어디 아픈 곳은 없어? 조금 더 쉬다 오지, 왜 이렇게 빨리 올라왔어! 얼굴 까칠해진 것 좀 봐. 아이고, 내가 못살아. 자기 전에 충분히 보습하라 그랬지, 내가. 하여간 좋은 거 사다 주면 뭐 해! 바르지를 않는데!"

"발랐어."

"이거 입에 침도 안 묻히고 거짓말하는 것 좀 봐!"

그는 로젤린이 생긋 웃고 있는 모습을 보고, 아이고, 아이고, 곡소리를 몇 번 냈다. 하지만 결국에는 그녀를 꼭 안으며 웃음을 터뜨렸다.

건강해 보여서 다행이었다. 그렇게 두고 온 것이 마음에 계속 걸렸는데, 일주일 걸릴 거리를 4일 만에 주파할 정도면 회복을 좀 과하게 했다고 해도 이상한 게 아니리라.

레이몬드는 그녀를 꼭 안은 채 시선을 돌렸다가 기겁했다. 말 위에 앉아서슬 퍼런 눈빛을 하고 있는 칼릭스와 눈이 마주쳤다. 살이 쏙 빠져서 한층 더 날카로워져 있고, 눈 밑은 거뭇거뭇했다.

"카, 칼릭스?"

"경과 제가 이름만 부르는 친근한 사이였을 줄은 몰랐군요."

심지어는 굉장히 까칠하기까지! 로젤린이 멀쩡하기에 눈치 못 챘는데, 역시 여행의 속도가 빠르긴 빨랐나 보다. 어린놈답지 않게 언제나 냉철하던 칼릭스가 저렇게 흐트러질 정도면.

칼릭스는 "누님은 언제까지 안고 계실 작정이시죠? 그러다 애먼 소문이라도 돌면 책임지실 겁니까?" 하고 까칠함을 계속 과시했다.

뒤늦은 반항기가 도래한 걸 보니, 정말, 정말 힘들었나 보다. 레이몬드는 어설프게 웃으며 로젤린을 놓아줬다. 칼릭스의 까칠한 모습을 본 로젤린이 연장자한테 그러면 못쓴다고 훈계했다.

"네, 누님. 잘못했습니다."

이 자식…… 선택적 까칠함이냐…… 레이몬드는 그를 눈으로 흘겼다.

로젤린은 먼저 단장실에 들러 복귀 보고를 해야 했다. 여행 내내 입고 있던 긴 후드에는 먼지가, 부츠에는 진흙이 잔뜩 엉겨 있었다.

로젤린은 그 꼴로도 태연하게 단장실로 향하려 했으나, 레이몬드가 기겁해서 말렸다. 기숙사 가서 제복으로 갈아입고 가야 한단다. 조금 귀찮았지만 인간 세상을 조금이나마 깨닫기 시작했기 때문에, 로젤린은 그것이 필요한 과정이란 것을 인정했다.

기숙사에 도착했다. 로젤린의 방문이 활짝 열려 있었다. 문가에는 빗자루와 물 양동이가 놓여 있었다. 로젤린의 수습 기사, 레티시아와 에버하르트가 방을 부지런히 청소하는 중인 듯했다. 쓱쓱 싹싹. 쉬지 않는 빗질 소리에 기합이 잔뜩 들어 있었다.

로젤린은 방문 바로 옆의 벽에 딱 붙어 조용히 숨을 죽였다. 조금 기다리니 발걸음 소리가 다가오기 시작했다. 바닥을 울리는 소리의 무게. 걷는 습관과 보폭을 고려한 결과.

'레티시아.'

그녀였다. 성큼성큼 소리가 다가왔다.

3.

2.

1.

쉬익!

눈으로 인지하기도 전에 로젤린의 손이 먼저 움직여 빗자루를 들고 막 방을 나서는 레티시아의 목덜미로 향했다. 로젤린은 그녀의 완벽한 사각에 들어가 있었다.

수습 기사들을 교육하던, 다른 말로는 습격하던 초반에는 수도로 목덜미를 내려쳤다. 어느 정도 위기감이 있어야 한다는 로젤린의 판단 아래 이루어진 일이었다. 그러나 습격을 감행할 때마다 그들이 번번이 기절해 버리는 불상사가 발생했다. 심지어는 반나절씩.

하루에 세 번 습격당한 에버하르트가 24시간 중 20시간을 누워 있게 되자 로젤린도 생각을 달리해야 했다. 그냥 목덜미를 잡는 걸로 하겠습니다. 그녀의 말에 수습 기사들이 기쁨의 눈물을 줄줄 쏟아 냈었다. 사실 그마저도 막는 것을 힘들어했으나, 최근에는 제법 높은 수준으로 주위를 읽게 되었는데 상급자가 자리를 비운 지 오래되어 해이해진 것은 아닐지.

로젤린은 평소보다 날카롭고 빠르게 움직였다. 그녀의 움직임에 옷자락이 흐트러지자, 그 미세한 소리를 들은 레티시아가 뒤돌아보지도 않고 빗자루를 등 뒤로 돌렸다.

탁!

로젤린의 공격이 정확하게 빗자루에 막혔다. 오, 제법인데. 로젤린이 씨익 웃었다. 레티시아는 사나운 얼굴로 뒤돌았다.

"누구…… 악! 로, 로젤린 경!"

레티시아가 공포인지 기쁨인지 모를 비명을 내뱉었다. 로젤린이 판단하기로는 공포 쪽에 좀 더 가까웠다.

"훌륭합니다, 레티시아."

문밖에서 터져 나온 레티시아의 비명 같은 외침에 방 안의 에버하르트가 후다닥 뛰어나왔다. 로젤린은 그 순간 복도에 있던 물 양동이를 들어 그에게 냅다 던졌다. 에버하르트는 화살같이 앞구르기를 시전해서 양동이를 피했다. 멋진 솜씨였다.

그의 뒤에서 양동이가 구르며 굉음을 냈다. 에버하르트는 아랑곳하지 않고 구른 힘을 이용해 부드럽게 일어났다.

"로젤린 경! 언제 오셨, 아니, 검은 달을 가르는……."

"아, 검은 달을 가르는……."

두 사람의 얼굴이 발갛게 상기되었다. 경례를 먼저 해야 했는데 반가운 마음이 앞서 말이 횡설수설 두서없이 나왔다. 로젤린은 흐뭇한 표정을 지으며 고개를 끄덕였다.

"둘 다 훌륭해졌습니다. 저는 아직 복귀 전이니 인사는 생략해도 좋습니다."

로젤린이 없는 사이에도 열심히 수련한 것이 딱 티가 났다. 로젤린의 칭찬에 두 사람이 연신 몸을 들썩이며 가만히 두지 못했다.

그들과 떨어져 있었던 게 두 달도 되지 않았는데, 쑥쑥 자라 있었다. 실력도, 육체적 성장도. 로젤린과 눈높이가 비슷했던 에버하르트는 그녀의 키를 넘어섰고, 진즉에 로젤린보다 컸던 레티시아도 훌쩍 자라 칼릭스와 비등할 정도였다.

"건강히 돌아오셔서 기쁩니다. 생각보다도 빨리 돌아오셨군요. 혹시 몰라서 미리 청소해 놓길 잘했네요."

"감사합니다. 수고 많으셨습니다."

"수고는요, 저희가 할 수 있는 거라곤 이런 것밖에 없는데요."

수습 기사들은 로젤린 옆에 딱 붙어서 조잘조잘 아기 새처럼 떠들어 댔다. 로젤린 경이 습격해 주지 않아서 좀 허전했다는 둥, 그래서 서로가 서로를 습격했다는 둥. 요즘 다른 수습 기사들이 우리들을 부러워한다는 둥, 조금은 쓸모없는 내용도 있었지만, 로젤린은 하나하나 고개를 끄덕여 가며 반응했다.

로젤린은 깨끗해진 방 안을 보면서 후드의 끈을 풀었다. 그녀가 옷을 갈아입으려는 것을 눈치챈 레티시아가 에버하르트에게 눈짓했다. 나가라는 뜻임을 뻔히 알고 있을 텐데도 에버하르트는 뭉그적대며 방 안을 떠나지 않았다.

"저도 키가 많이 커서 레티시아를 넘을 수 있을 거라 생각했는데, 레티시아가 저보다 더 자라더군요. 평생 지나도 따라잡기 힘들지 않을까요?"

별 쓰잘머리 없는 말까지 하고 있었다. 그 와중에도 로젤린은 옷을 벗는 걸 멈추지 않았다. 후드와 겉옷에 이어 이제는 셔츠에까지 손을 대고 있는 터라 레티시아의 마음이 급해졌다.

레티시아가 에버하르트의 갈비뼈를 팔꿈치로 푹 찍으려 했지만, 피하

는 것만은 수준급이 되어 버린 에버하르트는 그 공격을 간단하게 막아
냈다.

'이게!?'

레티시아는 울컥해서 그를 밀어냈다.

"나가."

"잠시만 좀 더…….'"

"좀 더 보겠다고? 미친 거 아냐? 꺼져!"

"좀 더 얘기하겠다고!"

에버하르트는 밀려나지 않았다. 말라깽이 같던 예전에 비해, 근육도 키
도 성장한 덕분인 듯했다. 이게 왜 버티고 난리야! 두 사람이 아옹다옹하며
소음을 만들어 냈지만, 로젤린은 신경도 쓰지 않았다.

"로젤린 경, 비스타는 어떠셨어요?"

"맛있는 게 많았습니다."

"아, 맞아요. 각지에서 사람들이 몰리다 보니까 다른 지방의 음식들도 되
게 많다고 하더라고요."

에버하르트는 레티시아에 의해 슬금슬금 밀려나면서도 끝없이 로젤린에
게 말을 걸었다. 눈은 초롱초롱하고 얼굴에는 홍조가 올라와 있었다. 마치
동화책 속에 나오는 영웅을 만난 소년 같은 반응이었다. 로젤린을 존경해
마지않는 레티시아가 질릴 정도였다.

아직까지는 힘의 우위를 점하는 레티시아가 겨우 승리했다. 로젤린이 세
번째 단추에 손대기 전에 그를 몰아낸 것이다. 그녀는 로젤린의 제복을 챙
겨 주고 나오자마자 에버하르트의 정강이를 걷어찼다.

"악! 부, 부러져! 부러졌나? 부러졌어!"

"로젤린 경이 옷 갈아입는 방 안에 있고 싶으면 네 하잘것없는 걸 떼어
놓고 와……."

살기 넘치는 그녀의 목소리에 에버하르트가 움찔했다. 하기야, 자신이

생각해도 좀 제정신이 아니긴 했다. 그래도 그런 얘기들을 다 들었는데 가만히 있을 수가 없었다.

"뿌리들은 소탈한 영웅들을 좋아한다고, 레티시아!"

"제국에서 긴 역사를 자랑하는 가문의 영애에게 소탈하다는 말을 잘도 붙이는구나."

"전혀 권위를 세우시지 않는 분이잖아."

에버하르트는 귀족답지 않다는 말을 재주 좋게 돌려 했다. 레티시아도 후 한숨을 쉬며 동의했다. 그 때문에 얼마나 힘들었던가. 고생의 순간이 눈앞에서 아른아른했다.

에버하르트도 비슷하게 고생했지만 받아들이는 게 좀 다른 듯했다. 뿌리 출신이라 그런 것 같았다. 구색만 어설프게 갖춘 '뿌리'라는 가문 이름은 그들이 평민이라는 것을 전혀 가리지 못하고, 도리어 부각시키는 역할만 했다.

그들이 이 귀족 세계에서 천대받고 멸시받는 일은 전혀 희귀한 일이 아니었다. 그래서 뿌리들끼리의 연대 하나만큼은 끈끈했지만, 외부적으로 기댈 곳이 전혀 없었는데…….

대륙을 강타한 그 영웅담의 주인공이 제 상급 기사이니, 자신을 가르치는 스승이다 보니 다가오는 게 남다른 듯했다.

그녀가 마인이라는 사실은 문제가 되지 않았다. 상급 기사 로젤린이 마인이라는 얘기가 자자하게 공표된 날. 에버하르트는 지금과 같이 흥분하면서 "끝내주는데!"라는 말을 했다가 레티시아에게 얻어맞았다. 하여간 언동을 고급스럽게 좀 쓰라 했더니…….

붉은수레바퀴의 로젤린에 대한 감상은 몇 개월 주기로 바뀌고 있었다. 실력 없는 기사에서 죽음에서 생환한 자. 그리고 지금은 전장의 신이나 다름없는 존재로 여겨지기까지 했다.

마인이라는 점이 문제 될 뻔했으나, 팔은 안으로 굽는다고 했다. 다른 기사단과 귀족들이 그녀에게 손가락질하는 모습은 하얀밤 기사단을 하나로 뭉치게 함에 모자람이 없었다. 다들 속에서 부글부글 뭔가가 끓어올랐다.

아니, 기사가 충성심 뛰어나고 잘 싸우면 됐지! 마인이니 아니니가 뭐가 그렇게 중요하다고! 요즘도 촌스럽게 마인이 불길하다고 박해하는 그런 사람이 있었나? 어느 시대 사람이지, 당신은?

하얀밤 기사단원들은 한마음 한뜻이 되어 그녀를 그들의 울타리 안으로 넣기에 급급했다. 욕해도 내가 해. 우리 하얀밤 기사단원을 왜 네가 욕해!

언제나 정중하고 고결했던 하얀밤 기사들이 시정잡배들처럼 껄렁한 폼과 빛나는 눈으로 사냥감을 물색하고 다녔다. 로젤린의 '로' 자만 나와도 어디선가 하얀 제복을 입은 기사들이 튀어나왔다. 동에 번쩍 서에 번쩍 하는 귀신같은 솜씨로 인해 모두들 입단속을 해야만 했다.

이번 사절단 임무로 한층 더 지위가 높아진 2황자의 직속 호위 기사단 '하얀밤'이 상대였기 때문이었다.

그렇게 어느 정도 들썩이는 성을 안정시켜 놓은 당사자들은 더 이상 그녀를 욕할 수 없었다. 로젤린이 마인인 게 무슨 문제가 되느냐고, 2황자 전하께서 그녀를 받아들이셨는데 더 할 말 있느냐고 사람들을 겁박하고 다닌 게 자신들이 아니었던가. 다들 조금 찜찜해할지언정 마인이라는 것을 문제 삼지는 못했다.

게다가 로젤린과 함께 싸운 하급 기사와 상급 기사들은 모두 그녀에게 도움을 받았다. 생환 가능성이 거의 없던 2황자가 멀쩡히 살아 돌아온 것 자체가 그 방증이었다. 아마 로젤린이 아니었더라면 피해는 더욱 컸을 것이며, 2황자의 안위도 장담하지 못했을 테다.

로젤린과 직접 등을 맞대고 그녀에게 도움을 받은 자들은 '아, 역시나.'라는 반응을 보였다. 어쩐지 세더라니 마인이었구나. 파편에 중독되고도 살아남더라니. 마인이었구나. 고개를 끄덕이는 상급 기사들의 얼굴에서는 다행이다, 라는 숨겨진 뒷말을 읽을 수 있었다. 정말 다행이었다.

레티시아와 에버하르트는 복도 사방에 고여 있는 물웅덩이들을 치우기 시작했다. 저 창 너머, 멀리서 하얀 제복을 입은 남자들이 상기된 얼굴로 헐레벌떡 뛰어오는 게 보였다. 로젤린이 도착했다는 사실이 연무장까지 흘러갔나 보다.

두 사람은 부지런히 움직였다. 가까운 계단에서 소란스러운 소리가 들릴 즈음엔 전부 정리가 끝났다. 아직 물기가 다 마르지 않은 복도에 햇빛이 쏟아졌다.

* * *

"붉은수레바퀴의 칼릭스가 설원의 월계수 2황자 전하를 뵙습니다. 하얀 밤을 부르는 일라베니아의 축복을."

"일라베니아의 축복을 그대에게. 오랜만이로군, 경. 앉지."

칼릭스는 리카르디스의 바로 맞은편에 앉았다. 딴눈을 팔면 안 되는 때임에도 불구하고 눈이 저절로 돌아갔다. 리카르디스의 집무실이라니. 붉은수레바퀴의 후계자인 칼릭스가 발을 들일 만한 장소는 아니었다.

"생각보다 빨리 올라왔군. 2주 뒤쯤에나 도착할 줄 알았는데. 몸에 무리가 가는 것은 아닌가?"

칼릭스는 여기서 황자가 걱정하는 사람이 제 누이라는 것을 눈치챘다. 누가 봐도 아파 보이는 사람을 앞에 두고서는 태연하게 잘도 묻고 있었다. 하기야 황자와 자신은 그런 시답지 않은 안부를 물을 사이는 아니긴 했다.

"많이 회복하셨습니다."

"많이 회복했다는 건 무슨 뜻이지? 아픈 부분이 조금 남아 있다는 건가?"

"……말을 정정하겠습니다. 완벽하게 건강한 상태이십니다."

"식욕은?"

뭘 묻고 있는 거지, 이 황자는? 남의 누이 식욕 사정을 왜 저가…… 칼릭스는 황당하다는 기색을 숨기지 않았다. 그의 표정을 빤히 보고 있음에도 리카르디스는 뻔뻔한 낯으로 고개를 까닥이며 대답을 촉구했다.

"들르는 음식점마다 주방장이 인사 나올 정도는 되십니다."

리카르디스는 흡족하다는 듯 고개를 끄덕이고 있었다. 아까랑 비슷한 행동인데 의미가 확연하게 갈렸다.

"아플 때는 잘 먹어야지."

"그……렇습니다……."

뭔가 이 말을 하려고 부른 것은 아닐 텐데도, 제법 진지한 태도를 보이며 묻고 있었다. 마른가시나무 백작도 그렇고, 황자도 그렇고. 까다롭고 까칠한 자들이 푸딩처럼 말랑말랑한 태도를 보였다. 이상했지만, 이해가 안 가는 것은 아니었다.

"로젤린 경은 소고기파인가, 돼지고기파인가?"

물론 이런 질문들은 영 이해할 수 없었으나 황자가 너무나도 진지한 표정을 하고 있어 그저 웃어넘기지 못했다. 대체 자신이 왜 2황자 리카르디스와, 2황자의 집무실에서, 제 누이의 식성에 대한 질의응답 시간을 가지고 있는 것이지? 새삼스럽게 회의감이 몰려왔다.

칼릭스가 침묵을 지키는 시간이 길어지자, 리카르디스의 바로 옆에 앉아 있던 수석 비서관 잇세리온이 따가운 눈총을 보냈다. 큼, 흠. 하면서 무형의 재촉으로 옆구리를 찌르기까지 하니 버틸 재간이 없었다.

칼릭스는 침묵을 포기하고 열심히 과거를 돌이켜 보며 제 누이가 소고기파인지 돼지고기파인지를 판별했다.

"구워 먹는 건 소고기를 좋아하시지만 양념된 건 돼지고기를 조금 더 좋아하시는 것 같습니다. 하지만 일단 고기면 잘 드시는 편입니다."

"생선보다는 육류겠지?"

"사실 생선도 좋아하십니다. 가시를 좀 거슬려 하시긴 하는데, 발라 드리면 잘 드십니다. 짭짤하고 쫄깃한 생선보다는 담백하고 부드러운 쪽을 선호하시고요."

"질보다 양인가? 양보다 질인가?"

"기본적으로 양이기는 하지만, 최근 입맛이 고급스러워지셨는지라 어느 정도 질이 따라 주기는 해야 합니다."

잇세리온은 진지한 표정으로 깃펜을 열심히 놀렸다. 칼릭스는 흘끗 그 종이에 써진 내용을 봤다. 방금 자신의 입에서 나온, 이상하게 쓸데없는 정보들이 보기 좋게 정리되어 있었다. 잇세리온은 마치 회의 결과를 써 내려가는 듯 신중한 표정으로 필기를 이어 갔다.

"초콜릿과 생크림 중에서는?"

"생크림을 더 좋아하십니다."

잇세리온은 그럴 줄 알았다며 칼릭스의 말에 추임새를 넣었다. 내가 대체 뭘 하고 있는 거지……? 칼릭스의 얼굴 위로 피곤이 오도독 돋을 때쯤이었다.

"그럼, 그녀는?"

"예?"

리카르디스는 잇세리온이 건넨 로젤린의 입맛 보고서를 눈으로 훑다가, 다시 입을 열었다.

"자네 누이는 무엇을 더 좋아하냐고."

칼릭스는 집무실에 들어올 때만 해도 마음에 단단히 울타리를 세우고 방패를 들고 있었다. 어떤 공격이 들어와도 막아 낼 만큼 공들여 세운 울타리였으나, 리카르디스의 이상한 질문 때문에 틈이 생겨 버렸다.

"그러고 보면 초콜릿 케이크를 자주 먹었지. 우리 세티스티아랑 같이."

칼릭스는 감정을 숨기지 못하고 표정을 일그러뜨렸다. 지금 리카르디스가 무엇을 말한 것인지 반추할 정신도 없었다.

"좋아했던 건지, 아니면 세티스티아의 입맛에 맞춰 준 건지 잘 모르겠어."

칼릭스가 그를 빤히 바라보았다. 리카르디스가 제 누이를 위해 밤낮없이 고생했다는 것쯤은 알고 있었다. 그렇다고 그 사실이 절대적으로 신뢰할 수 있다는 이야기는 아니었다. 2황자쯤 되는 위치라면 자신의 이득을 위해 약간의 희생은 감수할 수 있을 테다. 지금 일라베니아에서 '마인 로젤린'은 좋은 패. 단순한 도구를 얻기 위한 과정이었다면…….

칼릭스의 딱딱하게 굳은 표정 아래 생각이 들쭉날쭉하게 뒤섞였다.

리카르디스는 그런 칼릭스를 잠자코 지켜보다, 깃펜을 들어 '소고기'라고 적힌 품목 밑에 '레몬 밤 마리네이드.'라고 적었다. 칼릭스의 딱딱하던 얼굴에 금이 갔다.

'지금 뭘 적는 거야…….'

황당했다.

"7년이나 내 밑에 있었는데."

"……."

리카르디스가 엄지손가락으로 제 눈썹 뼈를 훑으며 말을 흘리듯 내보냈다. 칼릭스는 속으로 탄식했다.

아, 뭐랄까, 그 표정이…….

양립할 수 없는 붉은수레바퀴의 자식에게 보여 줄 만한 얼굴이 아니었다. 리카르디스가 자신의 울타리를 허물어서 속을 조금이나마 드러내고 있었다.

어딘가에 있을 제 누이를 끌어다가 보여 주고 싶었다. 하다못해 그림이라도 그려서 보관하고 싶었다. 기뻐하지 않았을까? 누이의 일생을 크게 차지하고 있던 사람의 한구석, 그 한 자락을 누이도 차지하고 있었네요.

칼릭스는 속이 울렁거렸다. 잘은 모르겠지만 조금 기쁜 것도 같았다. 칼릭스는 더듬더듬 말을 시작했다. 누가 들어도 확연하게 기쁜 기색이 묻어 있는 목소리라 좀 창피했다.

"쌉싸름한 홍차와 달콤하고 고소한 쿠키의 조합을 좋아하셨죠. 브라우니도 좋아하셨을 겁니다."

"그거 기쁜 소식이로군. 티아는 자기가 좋아하는 것은 남도 좋아할 거라고 생각하는 아이니까, 또 억지로 먹였나 했지."

리카르디스는 픽 바람 빠지는 소리를 내며 웃었다. 그는 세티스티아 황녀가 마치 살아 있는 사람처럼 느껴지게끔 말하는 재주가 있었다. 그건 아주 이상한 기분이었다.

* * *

리카르디스의 집무실을 찾아온 손님으로 인해 잠시 대화가 끊겼다. 칼릭스도 안면이 있는 자였다. 황금정원의 클로에. 황금정원 자작의 장녀이자, 큰뿔산양 레이몬드의 약혼자였다.

칼릭스가 가볍게 묵례했다. 클로에도 살짝 고개를 숙여 보였다. 그녀는 서류 뭉치만 대충 리카르디스에게 전달하고 곧바로 방문을 나섰다. 레이몬드를 보고 가라는 그의 말에도 "바쁜 거 빤히 아시는 분께서." 하는 대답만 남기고 사라졌다.

"흥미로운 소식이군. 2주 전, 라고슈 왕국에서 내전이 발발했다. 정보를 잘 은폐했는지 이제야 소식이 들어왔어."

칼릭스가 재빨리 머리를 굴렸다. 일라베니아 제국 아래 발타 다음으로 가장 큰 왕국 라고슈. 현재 라고슈를 다스리는 바이페렘 플로에토는 암암리에 발타의 하카브 왕자와 은밀한 관계라는 말이 돌고 있는 여자였다.

"플로에토를 실각시키고 싶어 하는 무리가 있나 본데, 아마 좀 힘들 것이다. 사랑에 빠져 사리 분별이 흐려졌어도 결코 세력이 약해지는 않으니."

"……라고슈의 바이페렘이 하카브 왕자와, 음…… 정말……."

그렇고 그런 사이입니까? 좀 상스러워 말을 잇지 못했으나 리카르디스는 여상한 표정으로 고개를 끄덕였다.

"그렇고 그런 사이다. 하카브가 어떻게 꼬여 내었는지 아주 죽고 못 살지. 올해 일라베니아의 건국제에 하카브가 온다고 했으니 깨가 쏟아지는 모습을 보겠군. 불쾌하다. 내전이 길게 이어져서 플로에토가 못 오기를 바랄 뿐이야."

"뭐…… 그런 식으로 일라베니아를 압박하려는 요량인가 봅니다. 일라베니아 측에서 라고슈를 경계하며 병력을 완전히 움직이지 못하게 되는 것만으로도 충분히 얻는 이득이 있을 테니까요."

"내전이 우리에게 유리한 방향으로 흘러가길 바라야겠군."

리카르디스가 서류에 끄적끄적 몇 글자를 더하더니 다음 장으로 넘겼다. 그의 눈에 이채가 띠었다. 아까보다 흥미로워하는 기색이었다. 뭔가 급하거나 보다 더 중요한 안건이리라.

칼릭스는 차를 마시며 기다렸다. 리카르디스는 호오, 호. 하며 고개를 끄덕였다.

"경이 비스타에서 귀엽고 예쁜 데다가 착하기까지 하고 돈도 엄청 많기로 유명하다는데, 알고 있었나?"

큽. 칼릭스는 역류하는 찻물을 겨우 삼켰다. 급한 서류가 아니었잖아! 아니, 라고슈 왕국에 내전이 발생했다는 중요한 안건 다음에 왜 저런 쓸머리 없는 것이 끼어 있어!

칼릭스는 매섭게 그를 노려봤다.

"제 뒷조사를 하셨습니까?"

"이런. 오해하지 말게. 로젤린 경의 소문에 딱 붙어서 와 버린 탓이니. 그래서 리쉬의 꿀은 맛있던가? 하나씩 먹어서는 성에 안 찰 텐데. 가는 길에 하나 선물하지. 이렇게 종이에 싸인 꽃다발 말고, 유리병에 담긴 걸로다가."

"……."

이제는 대놓고 놀리고 있었다. 시장 거리에서 제 누이와 꽃을 물고 꿀을 쪽쪽 빨고 다닌 소식이 수도까지 진출한 모양이었다. 리카르디스는 서류를 한 번, 그리고 칼릭스를 한 번 번갈아 보는 행동으로 그를 더욱 열 받게 만들었다.

그렇게 한참을 더 읽던 리카르디스가 아, 하는 감탄사를 내뱉었다.

"경의 누이가 힐리사고 왕국의 변방에서 크레안 티다니온의 현신이라고 불린다는군."

정말로······? 칼릭스의 미심쩍어하는 표정에 리카르디스가 고개를 끄덕였다. 진짜인가 보다.

"다행히도 나쁜 의미는 아닌 것 같다. 일라베니아에서 멀어질수록 크레안 티다니온의 좋지 않은 이미지가 순화되고는 하니. 그저 대단한 신쯤이라고 생각하는 것일지도. 아무튼 간에 이 소문은 좀 위험한 것 같군······ 흠. 잇세리온, 클로에에게 이건 일단 묶어 두라고 하지."

"예, 전하."

칼릭스는 지금 실시간으로 정보가 분류되어 퍼지게 되는 과정을 목격했다. 확실히 이 건은 수도에서 예민하게 받아들여질 것이다. 특히나 황제에게. 여러 가지 의미로 해석될 수 있을 만한 여지가 있었고, 그런 정보들은 뒤틀려서 좋지 않은 방향으로 나아가는 경우가 종종 있었다.

칼릭스는 내심 안도의 한숨을 내쉬었다. 2황자가 제 누이의 울타리를 자처하고 있다는 것은 알았으나, 눈앞에서 보니 기분이 굉장히 묘했다. 일개 호위 기사를 위해서 이렇게까지나 손을 쓴단 말인가?

칼릭스의 눈에 미심쩍은 빛이 올라오자, 리카르디스가 가소롭다는 듯 웃었다. 로젤린이 맹한 만큼 칼릭스가 배로 빠릿빠릿한 느낌이었다.

"이봐, 경."

"예, 전하."

칼릭스의 눈동자는 로젤린의 것과 똑 닮은 녹색이었다. 닮은 것은 색뿐만이 아니었던 건지 날카로운 눈매 속에서 번뜩이는 눈빛이 예사롭지 않았다.

"물어뜯기도 좋지만, 하려면 제대로 해야지. 눈앞에 있는 게 적인지 아군인지 구분을 못 하는 사냥개를 사냥개라 부를 수 있나?"

칼릭스의 표정이 이상하게 구겨졌다. 일라베니아 황실의 사냥개, 번견으로 불리는 붉은수레바퀴 가문의 특성상 '개'나 '개새끼' 따위의 말을 많이 들을 수밖에 없었으나, 보통은 당사자가 없는 뒷담에 그치는 경우가 대다수였다.

이렇게 대놓고 들으니 감회가 새롭기도 했지만 우선적으로 열이 조금 올랐다. 리카르디스가 그의 표정을 보고 아차 하더니 혀를 찼다. 쯧.

'아니, 혀까지 차?'

칼릭스의 얼굴에 울컥하는 기색이 비치자 리카르디스가 골치 아프다는 듯 관자놀이를 눌렀다.

"오해는 하지 말게. 1황자 쪽 노친네들에게 한마디라도 더 기분 나쁘게 하려고 각고의 노력을 하던 버릇이 남아 있어서 그래. 경이 마음을 못 정하고 갈팡질팡하다가 살짝 넘어왔다는 걸 머리는 이해하는데 아직 마음이 이해하지 못했나 봐. 계속 시비를 걸고 싶은 걸 보니. 그대도 애매하게 선에서 놀지 말고 확실하게 태도를 정하는 게 좋겠어."

꿀을 선물해 주겠노라 놀릴 때부터 유달리 공격적이더니 그런 속사정이 있었나. 칼릭스는 어이없다는 듯 그를 바라보았다.

"나와 그대가 비록…… 그다지 좋지 못한 관계에 있을 수밖에 없던 상황이었을지언정, 어제의 적이 오늘의 친구가 되기도 하는 세상 아닌가. 아, 그렇다고 경과 내가 친구라는 얘기는 아니니 오해하지 말고."

말 하나하나를 참…… 칼릭스의 뚱한 표정을 본 리카르디스가 하하 소리 내어 웃었다. 칼릭스의 얼굴에서 로젤린이 보였다. 닮은 구석이 많은 남매였다.

"경은 로젤린 경과 아주 똑 닮았군."

비웃음에 가깝던 입매가 부드러워지자 분위기가 달라졌다. 칼릭스는 자신을 쳐다보는 리카르디스의 모습에 놀랐다. 저런 눈빛을 하는 사람이었나, 저 사람이?

칼릭스는 제 마음에 여러 겹 방어벽을 둘러 두었다. 리카르디스가 이상한 방식으로 하나둘 깨고 들어왔으나 마지막 한 겹이 든든하게 버티는 중이었다. 이 마지막 벽은 무엇보다 두껍고 단단해 무엇으로도 깨어 버릴 수 없다 생각했는데, 글쎄 이게······.

녹아내렸다. 그의 미소에 사르르. 칼릭스는 제 표현에 기분이 확 나빠졌다. 하지만 달리 표현할 방법이 없었다. 마음 깊숙이는 이해하지 못했던, 믿지 못했던 일말의 불신이 정말 눈 녹듯 흘러내려 어딘가로 떠내려가 버렸다.

단순히 제 누이를 위해 뒤에서 열심히 일하고 있는 모습을 목격했기 때문만은 아니었다. 설명하기 힘든 일이지만, 그저 믿음이 갔다. 그 담담한 말투 때문인지, 날카로우면서도 이따금 풀어지는 표정 때문인지, 누군가를 그리는 다정한 눈빛 때문인지는 모르겠으나.

리카르디스는 정확하게 폐부를 찌르는 말을 했다. 하려면 제대로 해야지. 칼릭스는 자신이 멍청하게 굴었다는 것을 인정했다. 무슨 생각을 하는지 알 수도 없는 아버지? 아직 제 손에 들어오지도 않은 붉은수레바퀴 가문? 그, 1황자 엘피디오? 아니면 그 엘피디오의 아버지인 황제? 그 누구도 정확하게 제 누이의 아군이 아니었다.

로젤린 에스터는 강했다. 하지만 그 강함이 귀족 세계에서 반드시 통하는 것은 아니었다. 그녀라는 무기를 쥐고 흔들기 위해 많은 자들이 손을 뻗칠 것이다. 칼릭스는 자신만으로는 부족하다는 것을 잘 알았다. 나의 힘만으로는 제 누이를 온전하게 지킬 수 없다.

로젤린은 언제나 누구도 손 내밀어 주지 않는 낭떠러지에 혼자 서 있었다. 그 아슬아슬하던 행위는 결국 그녀의 죽음으로 끝맺어졌고, 칼릭스는 바보 같은 짓을 두 번 다시 반복할 생각이 없었다. 하다못해 손을 잡고 같이 떨어지는 일이라도 해야겠다. 이것이 더 바보 같은 짓이라는 생각이 들기도 했지만, 이미 마음은 단단하게 굳어졌다.

칼릭스는 자리에서 벌떡 일어섰다. 두 사람의 이목이 확 집중되었다. 잇세리온과 리카르디스는 '칼릭스가 얼마나 로젤린을 닮았는가'에 대해 토론 중이었다. 칼릭스가 한쪽 무릎을 꿇자 리카르디스의 눈썹이 쓱 들렸다.

"붉은수레바퀴의 칼릭스 에스터가 설원의 월계수 앞에서 진실 된 맹세를 하고자 합니다."

"미친……."

이건 리카르디스가 한 말이 아니었다. 잇세리온이 자기도 모르게 속마음을 그대로 흘려 버렸다. 리카르디스의 표정도 구겨져 있었다. 칼릭스는 두 사람의 경악 어린 시선을 뒤로하고 계속 말을 이었다.

"붉은수레바퀴의 칼릭스는 검은 달을 가르는 이델라브힘의 검이 되겠습니다."

"잠깐만 기다리세요, 칼릭스 경! 인생은 너무나도 길고……!"

잇세리온은 어버버 말을 더듬으며 그를 만류했다. 칼릭스는 두 눈을 똑바로 뜨고, 리카르디스를 마주 보며 흔들리지 않았다.

"붉은수레바퀴의 칼릭스는 약자를 보호하고 제국에 충성하겠습니다."

리카르디스는 정신을 차렸는지 눈을 질끈 감았다 떴다.

"칼릭스 경. 이게 갑자기…… 아니, 내가 확실히 하란 건 그런 느낌이 아니라…… 알지 않나?"

"영광된 이델라브힘의 광휘 아래,"

"악! 미, 미쳤어! 미쳤나 봐! 칼릭스 경. 이게 무슨 의미인지……!"

두 사람의 동공이 점점 더 커졌다. 이미 자리에 앉아 있는 사람은 아무도 없었다. 한 명은 무릎을 꿇고, 두 사람은 벌떡 일어나 초조함을 과시하고 있었다.

"우리 대화로 풀지! 경!"

"두 번째 월계수의 기사가 되어,"

"붉은수레바퀴 백작에게 이를 겁니다!"

아주 아수라장이었다.

"이 목숨을 바칠 것을 맹세합니다."

낮지만 확고한 마침표였다. 그것을 기점으로 두 사람의 머릿속에 경종이 땡땡 울렸다.

"이게, 무슨 지금……."

리카르디스는 말문이 막혀 그저 칼릭스를 바라보기만 했다. 이 사태를 만든 원흉은 후련하다는 표정을 하고 벌떡 일어섰다. 리카르디스는 어처구니가 없어 헛웃음을 지었다. 아주 남매가 양옆에서 번갈아 가며 뒤통수를 치고 있었다. 사람 황당하게 하는 것이 붉은수레바퀴 가문의 특성인가?

칼릭스는 입꼬리를 시원하게 올리며 웃었다. 잇세리온은 그 짧은 사이 너절해져 있었다. 리카르디스도 심각한 얼굴로 잠시 입을 가리고 시간을 보냈다. 생각보다도 이 돌발 행동의 여파가 컸는지, 10분의 시간이 말없이 흘러갔다.

"그러니까 경이, 지금…… 내 기사가 되겠노라 선언한 게 맞는가?"

"예, 그렇습니다만, 하얀밤 기사단에 들어갈 생각은 없습니다."

"아니, 그럼 왜 이, 이, 이 사달을 만든 겁니까!"

잇세리온이 버럭 성질냈다. 칼릭스는 어깨를 으쓱했다.

"일단 제 결심을 보여 드리고자. 하얀밤 기사단에 들어가지 않는 것은, 저라는 인간의 가치가 단순히 무력에 그치지 않기 때문입니다."

"그건…… 그렇지……."

"저는 붉은수레바퀴의 이름을 달고 있을 때, 붉은수레바퀴의 후계자일 때 가장 큰 힘을 발휘할 수 있습니다. 하얀밤 기사단에 들어간다고 붉은수레바퀴의 이름이 사라지는 것은 아니겠으나, 후계자의 이름이 계속 남아 있기는 힘들지 않겠습니까? 저희 누님처럼 말입니다. 이 이름을 달고 만일의 사태에 전하께 도움이 될 수 있게 힘을 모아 보도록 하겠습니다."

리카르디스는 아까의 칼릭스 같은 표정을 하고 있었다. 미심쩍고, 수상하다는 듯이. 숨기지도 않고 아주 대놓고 흘겨보니, 모르려야 모를 수가 없었다. 리카르디스는 자리에 풀썩 앉았다. 멀쩡한 의자를 두고 다들 서 있다가 정신을 차리고 착석했다.

"칼릭스 경, 내가 지금 어떤 기분이냐면."

"예, 전하."

"꿀 한 조각 따러 갔다가 벌집이 통째로 떨어진 기분이다."

"그렇습니까."

"벌집 주위로 벌들이 날아다니긴 하는데, 독이 없는 종류라 걱정은 안 해도 될 것 같은 그런 기분. 이제 남은 건 꿀이 가득한 벌집을 들고 가기만 하면 되는 거지."

리카르디스는 손가락으로 벌의 궤도를 그리는 시늉을 했다. 생각보다 귀여운 구석이 있는 사람이었다. 칼릭스는 웃음을 꾹 눌렀다.

'이 상황에서 웃음이 나와?'

리카르디스는 저 태평한 남자의 머릿속을 좀 들여다보고 싶었다. 하여간 이 검은 머리 남매들…….

"무슨 생각으로 이런 결론이 나왔는지 말하라. 물어도 되겠느냐고 하지 않는 것은 그대가 내 사람이라고 서약했기 때문이다."

칼릭스는 손을 깍지 끼고 엄지손가락을 느릿하게 움직였다. 곰곰이 무언가를 생각하는 듯 보였다.

"제가 새삼스럽게 전하의 인품에 반했다거나 하는 것은 아닙니다."

"……나도 그건 바라지 않으니."

리카르디스는 진절머리를 내며 인상을 썼다. 퍽 징그럽다는 듯 보는 시선에 칼릭스는 실없이 웃음을 흘렸다.

"그저 누님께서 전하를 놓지 못하기에."

"단순한 가족애로 위험한 길을 걷고자 자처하는 것이냐."

칼릭스는 "예." 하고 대답했다. 딱딱한 결심이 묻어 있었다. 그래야만 하는 때입니다. 리카르디스는 칼릭스의 눈동자를 깊게 들여다봤다.

그는 이런 표정을 하는 이가 어떤 생각을 하는지, 어떤 행동을 할지, 어떤 결의를 가지는지 잘 알았다. 아주 예전의 로젤린이 떠오르는 표정이었다. 무언가를 위해서 목숨도 바칠 수 있는 자의 눈빛이었다. 단단하게 굳어 쉽게 부서지지 않는 종류의 마음.

속이 갑갑해졌다. 정말 이 남매는 닮은 구석이 많았다.

"일방적인 희생을 건네받은 기분이 얼마나 엿 같은지 설명을 해 주고 싶지만……."

"……."

"우선적으로 이 말부터 하지."

리카르디스는 벌떡 일어나 탁자 한편에 놓아둔 화병에서 꽃을 확 뽑아냈다. 잇세리온이 악 소리를 냈다. 그 귀한 꽃을……!

리카르디스는 화병의 물을 받아 칼릭스의 이마에 철썩하게 묻혔다. 물이 뚝뚝 콧날을 따라 떨어졌다. 갑자기 물세례를 받은 칼릭스는 눈만 깜빡거렸다.

"영광의 이델라브힘의 광휘 아래, 붉은수레바퀴의 칼릭스를 설원의 월계수, 리카르디스 다리우 일라베니아의 기사로 임명한다."

"전하!"

잇세리온이 소리쳤다. 손뼉을 마주치지 않으면 그나마 불발이건만, 제대로 짝 소리가 나 버렸다.

"……솔직히 받아 주실 거라는 생각은 하지 않았습니다. 저를 믿으시는 겁니까?"

리카르디스는 손에 묻은 물기를 칼릭스의 옷에 쓱 문질러 닦았다. 그가 기가 막혀 하는 표정은 보이지도 않는 듯 자연스러운 행동이었다.

"붉은수레바퀴의 우직한 성질머리들은 잘 알고 있지. 그대가 간자가 되기 위해 허언할 성격도 아니거니와, 다른 건 몰라도 제 누이를 끔찍이 아끼는 것만은 알겠다. 그대의 손으로는 결코 로젤린 경을 위험에 빠트리지 못할 테지. 나는 그대를 믿는 것이 아니라, 그대의 두려움을 믿는다. 잃어 본 자들만이 아는, 두려움을 믿는다."

"예, 전하."

칼릭스는 고개를 깊게 숙이며 대답했다.

리카르디스는 이후로도 한참을 더 칼릭스와 얘기했다. 한 치의 변함 없는 표정을 고수하는 두 남자 옆에서, 잇세리온의 얼굴만 핏기가 빠져나간 듯 새하얘졌다가, 새파래지기를 반복했다.

미지의 존재, 의태가 가능한…… 마력을 다루는…….

정보가 오고 갈 때마다 잇세리온이 '헉, 억!' 따위의 감탄사인지 비명인지 모를 소리를 내뱉는 바람에 몇 번이나 중단되었다.

칼릭스는 말하는 틈틈이 리카르디스의 반응을 확인했다. 이미 정보를 습득했거나, 미리 짐작을 했다는 듯 침착하기 그지없는 태도였다. 놀랍게도, 그는 칼릭스의 예상보다도 로젤린에 대해 많이 파악하고 있는 것 같았다.

칼릭스는 홍차로 목을 축인 후, 잠시 손장난을 하며 머뭇거렸다.

"……한 가지만 여쭤봐도 되겠습니까, 전하?"

"얼마나 대단한 걸 물어보려고 그렇게 뜸을 들이나."

"그, 대체 제 누이…… 어떻게 아신 겁니까?"

칼릭스는 드물게 횡설수설하는 모습을 보였다. 리카르디스는 그가 말하고자 하는 요지를 정확하게 파악했다. 제 누이가 전과 완전 별개의 존재임을 어찌 알았느냐고? 리카르디스는 웃음을 터트렸다.

"……솔직히 모르는 쪽이 이상하지 않나? 사고 전까지만 해도 수습 기사들에게도 팔씨름을 지던 사람이, 기억을 잃고 난 뒤로는 암살자를 맨손으로 때려잡고 제압하는데?"

"아버지께서 해명한 것과 같이 그저 마인임을 숨겨 왔다고는 생각 안 하십니까? 솔직히 제가 보기에는 그쪽이 더 설득력 있는 터라."

리카르디스가 아, 하고 감탄사를 내뱉었다.

"그러고 보니 붉은수레바퀴 백작이 로젤린 경이 태어날 적부터 마인이라는 말을 했었던가."

그가 어이없다는 듯 웃고는 말을 이었다.

"단 한 순간도. 로젤린 경이 정말 마인이었다면 세티스티아의 위험을 두고 보지는 않았겠지. 그녀와 내가 사이가 그다지 좋지는 못했지만, 그런 점에 있어서는 신뢰할 수 있어. 그런 사람이었으니까."

그렇습니까. 칼릭스는 목이 잠긴 채 대답했다.

"그리고, 한 가지."

"예, 전하."

"내가 알고 있다는 사실은 함구하라."

로젤린이 과거의 '로젤린'과 같은 존재가 아님을 자신이 알고 있노라 제누이에게 알리지 말라는 얘기였다. 칼릭스는 입을 다문 채 그의 깊은 눈동자를 들여다보았다.

지금 리카르디스가 말하는 것으로부터 올 어떠한 이득이나 손실을 재어 보려 했으나 생각을 정확히 알 수 없으니 그 또한 미지수였다. 그러나 리카르디스가 제 누이에게 해가 될 만한 무언가를 하리라고는 생각할 수 없었다.

"명 받듭니다."

순순한 대답에 도리어 리카르디스의 표정이 미심쩍다는 듯 변했다.

"내가 예상한 반응이 아닌데…… 뭐…… 그대가 어느 정도 나에 대한 믿음을 가졌노라 생각해도?"

리카르디스가 눈썹을 까딱하자 칼릭스가 살짝 웃으며 말을 받았다.

"그렇게 생각하셔도 될 듯합니다."

"그것참 영광인걸."

리카르디스의 빈정거림을 듣던 칼릭스가 자리에서 일어섰다.

"제가 귀한 분의 시간을 너무 뺏었군요. 이만 물러가겠습니다."

"클로에를 통해서 연락하도록 하지. 영지로 내려갈 건가?"

"아니요. 당분간은 수도에 머무를 예정입니다. 처리해야 할 일이 있습니다."

칼릭스는 그 말을 마지막으로 리카르디스에게 고개를 숙여 인사한 후 방을 나섰다.

리카르디스가 피식 웃었다. 과연 붉은수레바퀴. 제 누이에게 죽고 못 사는 모습을 보여도 실상은 전장에서 날뛰는 사냥개다.

'처리해야 할 일이라······.'

리카르디스는 그 일이 무엇인지 대충 알 것 같았다.

리카르디스는 칼릭스로부터 '로젤린'의 석연치 않은 죽음 뒤에 숨겨진 이야기를 들었다. 그녀의 뒤를 쫓은, 야수의 손을 가진 자가 있다는 것.

리카르디스는 들은 이야기를 토대로 천천히 머릿속에 광경을 그렸다. 검은 그림자가 드리워진 사람의 정체는 가늠조차 되지 않았다. 여자, 남자? 나이는, 직위는, 목적은? 모든 것이 불투명했다.

리카르디스는 곰곰이 생각해 보았다. 로젤린이라면 근무 중 함부로 자리를 이탈하지도, 다른 이의 천막을 함부로 드나들지도 않을 것이다. 리카르디스는 검지로 탁자를 딱딱 두드렸다.

'그렇다면 임무의 연장선일 가능성이 크다.'

기사단장 스타스가 그녀에게 따로 임무를 내렸다는 얘기는 못 들었으니, 사냥 대회에서 죽은 부단장과 관련이 되어 있을 테다. 부단장이 그때 당시의 부단장 부관, 나단을 두고 굳이 그녀에게 심부름을 시켰다는 얘기는······ 그 심부름의 대상과 로젤린이 친분이 있는 사이였을지도.

[왼쪽 어깨부터 오른쪽 허리까지 순식간에 찢겨 나갔다 하시더군요.]

공격은 망설임이 없었다. 목표물이 절벽에서 떨어질 때까지의 집요한 추적. 단순한 쾌락 살인이라기보다는 목격자를 없애겠다는 목적이 분명하다. 정체를 숨기고 황성에 들어온 것 또한 단순한 흥미에 그치지 않으리라.

살아 돌아온 로젤린을 죽이려 하지 않은 이유를 추측해 보자면, 그녀가 제 발로 직접 발타라는 사지에 들어갔기 때문이지 않을까. 그렇다 하더라도 주위를 맴돌며 그녀를 경계했을 텐데, 그 수상한 낌새를 누구도 눈치채지 못했다…… 속마음을 능숙하게 속이고 있다는 얘기였다. 여러모로 위험인물인 셈이다.

로젤린은 사지에서 또다시 살아 돌아왔다. 리카르디스는 자신이 만약 그녀를 죽인 '그것'이며, 지금의 상황에 놓여 있다면, 반드시 로젤린의 죽음으로써 이야기를 끝맺길 원할 것이라 생각했다.

신경이 날카로워지며 소름이 돋았다. 로젤린에게 가는 화살을 다 쳐 내고 있다 생각했건만, 그보다 더 위험한 무언가가 그녀 곁을 맴돌고 있다니. 좋지 못한 상황이었다. 유일한 변수라고 부를 만한 게 있다면, 로젤린과 그 자가 같은 성질을 띤 존재라는 점이었다.

하지만 그자가 그 사실을 알고 있다고 한들 반응을 예상할 수 없었다. 호의? 적의? 스물다섯이 되는 동안 인간으로밖에 살아 보지 못한 자의 한계였다.

그렇다면 변수는 일단 그대로 둔다. 이용하기엔 너무 불확실한 요소였다. 행운과 우연에 기댈 만큼 가볍게 넘어갈 만한 사안이 아니었다. 천천히, 조심히, 자세하게 풀어 나가야만 한다.

조급함에 놓치는 것이 없도록.

* * *

"무슨 생각을 하는 거냐."

"앉으라는 말씀은 없으셨지만, 앉겠습니다. 얘기가 길어질 듯하니."

칼릭스가 자리에 털썩 앉았다. 번듯한 장식 하나 없이 생활과 집무에 필요한 가구만 갖춰 놓은 이곳은 일라베니아의 수도에 있는 붉은수레바퀴 저택이었다. 붉은수레바퀴 백작, 페르탄은 아들이 왔음에도 창가에 서서 바깥만 보고 있었다.

"나는 너에게 영지를 지키라 명령했다."

"누님께서 아프셨습니다. 또한 2황자 전하로부터의 서신이 있었기에, 월장석 성에 발을 들여놓은 것뿐입니다."

페르탄이 잠시 멈칫하더니 고개를 돌렸다.

"너는 지금 무엇을 누님이라고 부르고 있느냐."

영지를 지키라는 명령을 무시한 것, 또한 붉은수레바퀴의 후계자로서 월장석 성에 출입한 것. 두 가지의 큰 건을 두고 페르탄은 다른 점을 콕 집었다.

"알고 계셨군요. 누님께 그다지 관심이 없으셔서 모르실 줄로만 알았습니다."

물론 칼릭스도 제 아버지가 모를 거라 생각하진 않았다. 애초에 로젤린이 마인이라 해명한 사람이 그가 아니던가.

칼릭스가 아는 한, 로젤린은 평범한 인간이었다. 그런 그녀를 마인으로 둔갑시켰다는 것은, 아버지가 정확한 사정은 파악하지 못했더라도 '로젤린'이 죽었다는 것쯤은 알고 있다는 얘기였다. 또한 지금의 로젤린이 다른 사람이라는 점도.

"건방지게 굴지 말거라. 제 누이의 치마폭에서 좀 벗어났나 했더니, 안 본 사이에 아주 세 살배기가 되었구나."

"붉은수레바퀴의 요람에서 벗어나 걸음마를 하는 중입니다. 자랑스럽지 않으십니까."

페르탄은 몸을 완전히 돌려 칼릭스를 쳐다보았다.

"붉은수레바퀴는 총명하고 강한 후계자가 있으니 걱정 없으리라. 숱하게 들어 온 말이었으나……."

그가 창가에서 테이블로 걸어왔다. 칼릭스에게 거대한 그림자가 드리웠다.

"너는 어리석고, 약하구나."

칼릭스는 제 아버지를 올려다보고는 얼굴을 일그러트리며 웃었다.

"감사합니다."

페르탄이 자리에 앉았다. 그가 케이크를 맨손으로 덥석 집어 먹었다. 칼릭스는 인상을 찌푸린 채 페르탄을 바라보았다. 로젤린의 죽음을 알고 있음이 확실한데, 그에 대한 자세한 얘기를 하지 않는다. 그저 명령을 듣지 않고 누이를 보호하려던 자신을 질타할 뿐이었다. 칼릭스의 속이 부글부글 끓었다.

"그보다 중요한 일이 있지 않습니까, 아버지."

"네가 붉은수레바퀴를 잊어버린 것만큼 중요한 일은 없다."

"누이는요!"

쾅!

칼릭스가 테이블을 치자 찻잔이 흘러넘쳤다. 페르탄은 손에 묻은 크림을 손수건으로 닦았다.

"너마저 붉은수레바퀴를 위험하게 만들지 마라. 그것이 네가 달고 있는 이름 위에 서는 자로서의 의무이자, 숙명이다."

"재밌는 말씀을 하십니다. 엘피디오야말로 발타 이전에 일라베니아에 가장 위협이 되는 인물입니다. 모르시진 않을 텐데요."

"함부로 황족의 이름을 거론하지 마라."

"황제는 무능하지만 제 밥그릇만 있으면 만족하는 인물입니다만, 엘피디오는 무능하면서 남의 밥그릇까지 탐을 냅니다. 그래서 위험합니다. 아버지가 가는 길이 그렇습니다. 대륙 위의 사람들은 죽어 나가고, 엘피디오는 제

배 불리기만을 원할 텐데 진정 붉은수레바퀴만이 부귀영화를 누릴 수 있을 거라 생각하시는 겁니까!"

칼릭스는 눈이 뒤집혀서 씩씩거렸다. 페르탄의 왼쪽 눈썹이 움찔거렸다. 흉터가 있는 부위는 그의 통제를 벗어나 속내를 드러내고는 했다.

"엘피디오 전하는, 통제할 수 있는 위험이다."

그 개차반을 통제할 수 있는 위험이라 말하다니. 바닥을 치던 존경심이 조금 올라왔다.

"그러나 리카르디스 전하는…… 위험하다."

흘러넘친 홍차를 가만히 바라보는 페르탄의 눈빛이 어느 때보다 가라앉아 있었다. 칼릭스는 그의 말에 의구심을 가졌다. 리카르디스 전하가 엘피디오보다 위험하다? 상식적으로는 이해할 수 없는 말이었다.

"그는 결코 황제가 될 수 없고."

페르탄이 읊조리는 말은 반항기 넘치는 아들이 아닌, 그 자신에게 돌아가는 것 같았다.

"황제가 되어서는 안 된다."

* * *

황제 라이노는 분노했으나, 그를 지배하는 것은 그보다 더 큰 두려움이었다. 제 핏줄이라 할지라도 몸에서 떨어져 나온 이상 그것은 완벽한 타인이었다.

1황자 엘피디오는 두 살 무렵부터 라이노를 넘어서는 성력을 지녔다. 그의 모친이 지니고 있던 성력을 대물림받은 것인지, 가까운 친족끼리의 근친혼으로 인한 돌연변이의 탄생인지는 알 수 없었다. 그저 모두 앞으로를 기대할 뿐이었다.

하지만 황제에게 중요한 건 '앞으로 완전히 성장한 엘피디오가 얼마나 큰 성력을 지닐 것인가'가 아니었다. 자신을 넘어섰다는 것. 또한 많은 사람들이 그 어린아이에게 무언가를 기대하고 있다는 그 자체였다.

어차피 축복의 밤은 누구도 띄울 수 없을 텐데, 이런 시대에 신성력이 뭐가 중요하단 말인가!

그러나 진실을 알지 못하는 사람들은 모두 입을 모아 얘기했다. 이델라브힘의 더욱더 강한 힘이 필요하다. 그에 걸맞은 사람이 없었기에, 축복의 밤이 찾아오지 않았던 것이리라.

그때에 엘피디오가 태어났다. 엘피디오 바르솔 일라베니아. 고귀한 혈통, 첫 번째 아들. 신에게 선택받은 증거인 강한 신성력. 물려받은 아름다운 외모와 밝은 금발. 비록 아직 어릴지언정, 성인이 되었을 때에는 누구도 의심할 수 없는 황제의 재목이 되리라.

자신이 내려놓는 것과, 뺏기는 것은 손에 가지고 있는 무언가를 잃는다는 결과는 같지만, 사실은 전혀 다른 일이었다. 라이노는 10여 년 후, 제 아들에게 권좌를 빼앗길 운명에 처했다. 비참했다. 속이 새까맣게 타들어가는 그 감정은 이루 말로 다 할 수 없었다.

그러나, 그 역시 미래의 일. 그사이 무슨 일이 있을지 모르지 않나. 기다리자. 황제는 숨을 죽이고 세월을 보냈다.

엘피디오가 일곱 살이 되었다. 총명하여 모든 것을 빠르게 흡수하고, 당당하고 자신감이 있었다. 몇 명의 아래 형제들이 있으나, 엘피디오는 자신이 황제가 되리라 추호도 의심하지 않았다.

라이노의 발목을 붙잡고 있던 위험이 거대하게 차올라 목을 조였다. 이 아이가 성력이 약했더라면, 비천한 어미를 두었다면, 적자가 아니었다면! 이 상황을 타개할 무언가가 필요했다.

아이는 얼마든지 또 있다. 엘피디오는 너무나 큰 위험이다. 죽여야 한다!

그가 생각한 것 중 가장 합리적인 방법이었다. 제 아들을 죽인 비정한 황제라 불리는 것이 제 아들에게 패배해 꼬리 말고 도망가는 무능한 황제보다는 나았다.

라이노는 일라베니아와 같이 발맞춰 걸어온 충실한 번견, 붉은수레바퀴 백작에게 명령했다.

[엘피디오를 죽여라.]

갖은 더러운 일도 마다하지 않는 붉은수레바퀴 백작이 유일하게 망설인 순간이었다. 붉은수레바퀴 가문은 일라베니아를 지킨다. 황제를 지키는 일은 일라베니아를 지키는 것. 그것이 몇 대를 걸쳐 온 오랜 사명이었다.

그러나 지금의 명령은 후대를 위해 자라고 있는 새싹을 짓밟는, 그의 사명과 반하는 일이었다. 붉은수레바퀴 백작은 라이노의 욕망을 읽어 냈다. 그는 엘피디오를 죽이고 싶은 게 아니라 단순히 자신이 원할 때까지 군림하고 싶을 뿐이었다. 붉은수레바퀴 백작은 생각했다.

엘피디오를 살려야 한다.

선대 황제는 병에 걸려 죽는 순간까지 권좌에 앉아 있었다. 그가 특별하게 신성력이 강했던 것도, 특별하게 유능했던 것도 아니었다. 수많은 아들 덕분이었다. 모두가 황제가 되고 싶어 하지만 자리는 하나. 싸움은 불가피했다. 선대는 한 명의 후계를 정확하게 꼽지 않았기에 싸움은 선대가 죽을 때까지 치열하고 길게 이어졌다.

그러나 지금 황제의 다른 아들들은 능력이 따라 주지 않을뿐더러 야욕이 없었다. 모두 엘피디오가 차기 황제일 거라 생각했기 때문이었다. 만약 엘피디오에게도 그만한 대항마가 있다면, 황실에서 그가 유일해지지 않는다면⋯⋯.

[아이를 찾겠습니다.]

[아이?]

[월계수의 고귀한 혈통이 아니더라도 신성력을 강하게 타고나는 아이들은 있습니다.]

황제는 그 말만으로 백작의 모든 뜻을 알아챘다. 그는 잠시 입을 다물고 무언가를 깊게 생각했다. 곧바로 황제가 씩 웃었다.

[아이를 찾아라.]

[명을 받듭니다.]

[엘피디오와 나이 차가 크게 나지 않는 사내아이.]

붉은수레바퀴 백작은 머릿속으로 아직 찾지 못한 아이의 모습을 그렸다. 일곱 살 전후의.

[엘피디오와 비등하거나 그를 넘어서는 신성력.]

강한 신성력을 지닌.

[황실의 혈통이 될 테니 아름다운 머리색을 지닌 것은 당연해야 한다.]

밝은 금발이나 은발의 아이.

[명석하면 그 또한 좋지만, 그것은 철저하게 교육을 시키면 될 터.]

평민 출신일 가능성이 높으니, 교육 시간을 넉넉히 잡아야 한다. 적어도 2년, 3년.

[그 아이의 부모가 될, 귀족 가문 또한 찾으라. 과거 내가 시찰을 간 적 있는 지역 안에서. 그 아이는 그때 태어난 것이다.]

평민에게서 난 자식은 황실의 일원으로 인정받을 수 없었다. 그러니 변방의 영지에 시찰 갔을 때, 여인과 정을 통해 낳은 아이라 속이자는 것이다.

[이름은…… 그래. 리카르디스가 좋겠다. 다음 아이가 태어나거든 붙여 주려 했었지. 위대한 치세를 펼친 일라베니아 황제의 이름이다.]

붉은수레바퀴 백작은 고개를 숙이며 말했다.

[명을 받듭니다.]

아이는 자라고 자라 엘피디오와 다투게 될 것이다. 쓰임새가 다하는 날에 사라지게 될 황제의 꼭두각시. 원하지 않은 방향으로 휩쓸릴 작은 운명이 안타까웠으나 신성력은 황실의 전유물이다. 그 강한 힘을 지니고 황실에

441

오게 될 운명 또한 신의 안배이리라.

　페르탄은 곧 한 명의 아이를 찾아냈다. 아이는 작은 야생 동물 같았다. 뒷골목의 고아 출신. 쓰레기를 주워 먹고 구걸하는 아이들 중 하나였다. 바싹 마르고 볼품없다. 꾀죄죄한 데다가 행동거지가 사납다.

　그러나 흙먼지에 가려져 있던 밝은 은발은 아름다웠고, 맑은 눈동자는 총기가 넘쳐 보였다. 나이대도 적당하며, 신성력은 이례적인 수준. 고아이기에 핏줄의 개입도 없다. 완벽한 적합자였다.

　아이는 변방의 겨울석류 자작 가문에 맡겨지게 되었다. 겨울석류 자작은 욕심이 많은 인물이었고, 제 딸이 황비가 될 수 있다는 얘기에 이 터무니없는 제안을 덜컥 승낙했다.

　자작의 딸, 밀리아는 지나가는 음유 시인과 사랑에 빠져 1년 전 여자아이를 낳은 후, 집 안에 구금되다시피 지내 왔다. 미혼의 몸으로 천한 평민 남자의 아이를 낳다니, 알려지면 귀족 사회에서 대대로 회자될 수치였다.

　겨울석류 자작이 그 일을 숨긴 결과로 집안의 사용인들도 아이의 아버지를 모른다고 했다. 그 치밀함 덕분에 밀리아가 리카르디스의 부모 역으로 발탁된 것이다. 딸이 한 명 있는 흠이 있었으나, 그쯤이야 감수할 수 있었다. 중요한 것은 리카르디스였다.

　밀리아는 자신이 이 고아 소년의 어머니가 되어야 하고, 그 때문에 몇 년 뒤에는 바라지도 않던 황성에 끌려가야 한다는 사실을, 페르탄이 리카르디스를 데리고 오는 당일에 들었다. 기겁할 일이었다.

　그러나 밀리아가 처음 본 리카르디스에게 한 말은.

　[어머, 오빠 생겨서 좋겠네, 우리 티아!]

　였다. 밀리아의 품 안에는 그녀를 똑 닮은 은발을 가지고 있는 어린 소녀가 안겨서 우꺄우꺄 소리를 내며 팔을 휘두르고 있었다. 밀리아가 손을 올려 리카르디스의 머리를 쓰다듬었다. 소년은 얼음이라도 된 것처럼 몸을 잔뜩 경직시킨 채 그녀의 손길을 받았다. 뺨을 맞으리라 예상했던 것 같았다.

소년은 그녀의 김빠진 반응에 자신도 김이 빠진 듯 바짝 세운 가시를 눕혔다. 언제나 반항심 넘쳐 보이던 소년이 밀리아의 손길 한 번에 누그러졌다. 신기한 일이었다.

페르탄은 몇 개월 주기로 리카르디스를 보러 갔다. 바싹 마르고 작았던 아이는 무럭무럭 자랐다. 홀쭉했던 볼이 부드러워지고, 뻣뻣하고 정돈이 안 되어 있던 머리도 빛이 부서져 내리는 아름다운 은발이 되었다. 처음 만날 때만 해도 항시 구부정하게 몸을 옹송그렸으나, 곧게 뻗은 자세는 태생을 의심하기 힘들 정도였다.

겨울석류 가문에 끌려올 때만 해도 아무것도 모르던 아이는, 자신을 둘러싼 상황을 많이 깨우친 듯했다. 아이는 총명했다. 타고난 머리가 좋은 탓도 분명히 있었으나, 손가락에 박인 굳은살은 필사의 노력을 비치고 있었다. 고작 1년 사이의 변화였다.

그러나 무엇보다 놀라운 것은 단발머리의 소년이 밀리아의 딸, 세티스티아를 안고 환하게 웃는 모습이었다. 맑고 푸른 눈동자가 애정을 듬뿍 담고 있었다. 밀리아는 그런 리카르디스의 머리를 쓰다듬으며 웃었다. 소년은 더이상 그녀의 손이 다가오는 것을 두려워하며 몸을 움츠리지 않았다. 어린 새싹이 봄의 햇빛을 부드럽게 담으며 성장하고 있었다. 그걸 뭐라고 설명하면 좋을까.

가족.

가족이었다. 이 어처구니없는 연극을 위해 모아 둔 꼭두각시 인형들이 옹기종기 모여 서로를 끌어안고 있었다.

페르탄은 가문을 뒤돌아 나가며 저 멀리 화원에서 어린 동생과 소꿉놀이하는 리카르디스를 바라보았다. 여자아이가 오바, 오빠. 하면서 알 수 없는 옹알이 같은 걸 섞어 무어라 말하자, 리카르디스는 더없이 행복하게 웃었다.

햇빛이 비치는 작은 정원 속. 아름다운 은발의 소년과 소녀. 여기저기 들꽃이 피어 있고 아이의 장난감 위로 무당벌레가 앉아 있다.

평화롭고, 그림 같은 풍경이었다.

세티스티아 황녀가 죽었다. 그녀가 제 오라비를 따라 황실 일원으로 인정받은 지 10년 만의 일이었다.

별장에서 돌아오는 길, 수십의 무리가 습격을 감행한 결과 마차가 벼랑 아래로 굴러떨어졌다. 마차의 파편이 황녀의 복부를 찔렀으나 그녀는 즉사하지 못하고 오랫동안 고통받다 죽었다. 자신보다 더 오래 그녀가 살길 바랐던 리카르디스는, 제 동생이 보다 빠르게 이 세상을 떠나지 못했음에 더 괴로워했다.

어린 황녀를 관통한 나무 파편에는 리카르디스의 문양이 조각난 채 새겨져 있었다. 습격한 자들은 마차를 타고 있는 사람이 그 문양의 주인이리라 생각했을 것이다. 어떤 사람도 이 이야기를 리카르디스에게 직접적으로 하지는 않았다. 그러나 그가 모를 리 없었다.

리카르디스는 슬픔에 잠겨 오랫동안 웅크렸지만, 곧 다시 일어섰다. 세티스티아가 떠났다 하더라도 그가 지켜야 할 사람이 한 명 더 남아 있었기 때문이었다. 리카르디스에게는 슬픔에 온전히 잠기는 시간조차 주어지지 않는데, 그것이 좋은 일인지 나쁜 일인지는 판단하기 어려웠다.

페르탄이 보아 왔던 밀리아 황비는 영민하고, 당차고 좀 이상한 여자였다. 어딘가 엉뚱하기는 하지만 이 거친 황실에서도 기죽지 않고 제 딸, 아들을 위해 우뚝 서 있으려 노력하는 사람이었다.

그러나 세티스티아 황녀가 죽은 이후, 밀리아 황비는 미쳐 버렸다. 보통의 사람처럼, 보통의 사람보다 더. 어떤 것에도 부서지지 않게 꼿꼿이 버티고 있던 그 힘에 반발력이 작용한 듯, 더 괴롭고 아프게 부서졌다.

하루 온종일 울다가 실신하고, 깜깜한 밤에 세티스티아의 방 안을 거닐고, 갑자기 수풀로 뛰쳐나가는 등. 속으로 삭이지 못한 슬픔을 표출하는 것이었으나 그마저도 일부일 뿐이라, 그녀의 안에 거대하게 자리하고 있는 격정적인 감정은 마모될 줄을 몰랐다.

시간이 갈수록 밀리아는 황폐해지고 쇠약해졌다. 어딘가 다치고 베이지도, 병에 걸리지도 않았으나 그녀는 천천히 죽어 가고 있었다. 리카르디스는 그런 밀리아 황비의 곁을 계속 지켰다.

페르탄은 밀리아를 자주 찾아갔다. 어떤 죄책감의 발로라기보다는, 밀리아가 방문을 요청하는 서신을 보냈기 때문이었다. 페르탄은 그녀가 아이를 잃은 분노를 풀 대상이 필요해 자신을 부른 것이라 생각했다. 그러나 밀리아 황비는 페르탄을 보고 화내지도, 원망하지도 않았다. 그녀는 그저 흐려진 눈동자로 그를 바라볼 뿐이었다.

밀리아 황비는 페르탄에게 악을 쓰며 저주하는 대신,

[네가, 내 아이를 죽인 거야.]

그녀가 소중하게 지탱하고자 했던 제 아들, 리카르디스에게 모든 것을 쏟아 내기 시작했다.

[너만 아니었으면!]

정신이 이상해졌다기보다는, 꾹 눌러 담았던 그녀의 진심이 드디어 터져 나온 것이라고 페르탄은 생각했다. 그녀에게는 더 이상 그 말을 참아 낼 힘이 없었던 게 아닐까.

리카르디스의 얼굴은 인형처럼 딱딱하게 굳어 도무지 살아 있는 사람처럼 보이지 않았으나, 그녀에게 모진 말을 들을 때마다 조금씩 움직였다. 턱 근육이 씰룩이고 눈썹이 일그러졌다.

괴로워 보였다. 그러나 리카르디스는 자신이 마주한, 무엇보다 아픈 칼날을 피하지 않고 온전히 받아 내었다. 밀리아가 그 안에 담아낸 것을 쏟아 낼 대상이 자신밖에 없다는 사실을 깨달았기 때문인 것 같았다.

밀리아 황비는 금이 가 있는 얇은 유리 같았고, 그 안에 담겨 있는 것은 너무 무거웠다. 무겁고 날카로워 그녀 자신조차 상처 입혔다. 리카르디스는 밀리아가 그 무겁고 날카로운 것들을 자신에게 쏟아 내기를, 그리고 언젠가는 비워 내기를 바라고 있었다.

밀리아는 언제나 리카르디스를 탓하지만은 않았다. 미안하다며 리카르디스의 손을 잡고 울기도 했다. 내가 너무 약해서 미안해. 리카르디스. 혼자서 버텨 내게 해서 미안해. 그렇게 숨이 닳는 듯 헐떡이며 울었다. 그것은 리카르디스에게 향하는 질타와 전혀 다른 방향이었다. 페르탄은 아직까지도 그녀의 진심이 무엇이었는지 알지 못했다.

세티스티아 황녀의 기일로부터 178일 후. 리카르디스는 밀리아 황비를 떠나보냈다. 사인은 익사였다. 자살이었는지, 약해진 몸을 이끌고 산책하다 실수로 호수에 빠진 것인지는 그 누구도 알 수 없었다.

페르탄은 리카르디스를 찾아갔다. 밀리아의 서신에 길들여진 탓이었을까. 발걸음이 자연스럽게 월장석 성으로 흘렀다.

리카르디스는 그저 커튼을 친 방 안에 가만히 앉아 있었다. 울지도 괴로워하지도 않았으나 어딘가 정신이 나간 것처럼 중얼거리고 있었다. 방 안은 어두웠고, 정돈되지 않아 어지러웠다.

침묵을 지키던 리카르디스가 갑자기 말을 꺼냈다.

[내가 없었다면 엘피디오는 죽었겠군.]

손톱이 서로 부딪치며 딱, 딱 불쾌한 소리를 울렸다.

[그래서 날 찾은 거였어.]

페르탄과 황제는 단 한 번도 리카르디스에게, 그가 황자로 둔갑해야 했던 이유를 설명해 준 적 없었다. 그러나 황제의 꼭두각시가 되어 엘피디오와 싸워 온 세월은 모든 이유를 가늠하기에 충분한 시간이었다.

리카르디스의 말대로, 황제는 친아들을 배제하면서까지 제 욕망을 이루고 싶어 하는 인물이었다. 만약 페르탄이 황제에게 아이를 찾자는 말을 하지 않았더라면, 엘피디오는 죽었을 것이다.

리카르디스가 비실비실 웃음을 흘렸다.

[이거 참…… 대단하군. 대단해…….]

그가 소파의 손잡이를 꽉 쥐며 이를 악물었다. 뼈가 날카롭게 돋아난 손등에 힘줄이 꿈틀거렸다. 손이 덜덜 떨리고 있었다.

[멋대로 주고…….]

리카르디스가 고개에 힘을 빼고 앞으로 툭 숙였다. 머리가 흐르며 그의 얼굴을 가렸다. 움찔거리는 입술만 보였다.

[멋대로 빼앗아.]

페르탄은 대답하지 못했다.

[나를 처음 만난 날을 기억하는가, 백작. 그대가 그랬지. 신성력은 황실의 전유물. 내가 힘을 지닌 것 또한 황실로 오게 될 운명을 신이 안배한 것이라고.]

방 안이 점점 어두워졌다. 선명하던 햇살이 가득했는데, 먹구름이라도 드리운 것이었을까. 더욱 짙게 깔린 어둠 속에서 남자의 그림자가 흔들렸다.

[그렇군. 나는…… 이런 운명이었나.]

목소리가 점차 작아졌다.

[이런 운명이었어…….]

붉은수레바퀴 백작은 뒤를 돌아보지 않는다. 지나간 것은 인간의 힘으로는 어찌할 수가 없으며, 그 또한 운명이었으리라. 운명의 수레바퀴라고도 불리는 가문다운 태도를 언제나 고수했다.

그러나 페르탄은 이때 최초로 후회를 하게 되었다. 대의를 위한 소수의 희생. 언제 어디서나 발생하는 흔하디흔한 일이며, 반드시 필요한 일이었다. 일라베니아의 평화를 위한 초석. 일라베니아를 지키는 붉은수레바퀴가 해야 하는 일이었는데…….

손에 남은 것은 대체 무엇인가? 이런 것을 바란 건 아니었을 텐데. 어디서부터 잘못되었을까. 그러나 이미 그 길로부터 너무나 많이 걸어왔으며, 돌아본다고 해도 돌아갈 수는 없다. 앞으로를 준비하는 것이 일라베니아를 지키는 붉은수레바퀴의 역할이었다.

그러나 차마 눈물도 흘리지 못하고 서서히 깨져 가고 있는 어린 소년의 미래를 본 페르탄은, 그 순간만큼은 또 다른 운명이 그에게 찾아오길 바랐다.

* * *

로젤린의 귀환 소식에 기숙사 건물은 시끌벅적했다. 덕분에 로젤린도 빠져나가지 못하고 몇 시간이나 갇혀 있어야 했다. 어지간하면 리카르디스를 보러 가고 싶었다. 하지만 눈을 반짝이며, 더러는 눈물을 보이며 제 귀환을 축하해 주는 동료를 두고 떠나기에는 로젤린이 사회적으로 너무 성장한 상태였다.

쌀쌀맞게 굴던 상급 기사 몇몇조차도 부드러운 미소로 "건강해 보여서 다행입니다, 로젤린 경." 하면서 갓 태어난 강아지 새끼 솜털만큼 간지러운 목소리로 얘기했다. 그 변화가 몹시 반갑고 행복했던 로젤린은 쏟아지는 축하를 잔뜩 음미했다. 만나는 사람마다 얼마나 기뻐하는지.

흐뭇해하는 로젤린에게, 에버하르트가 작은 의견을 냈다. 동료 기사들을 더 깜짝 놀라게 해 주자는 것이었다. 로젤린은 문 뒤에 웅크려 숨어 있다가 갑작스레 앞구르기를 하며 튀어나온다든가, 큰 나무 상자에 몸을 구기고 들어가 있다가 레티시아와 에버하르트가 뚜껑을 열어 주는 순간 펄쩍 날아오른다든가 하는 식의 이벤트로 사람들의 깜짝 지수를 더했다.

계획의 일환으로 로젤린은 연무장의 나무에 숨어 있다 지나가는 파르딕트도 놀라게 만들었다. 파르딕트는 나뭇가지에 다리를 걸고 거꾸로 매달린 채 갑자기 나타난 로젤린을 보고 기겁해서 뒤로 넘어졌다. 그 뒤 그녀의 귀환에 기뻐하기보다는 그녀의 행위에 화냄으로써 로젤린의 기세를 한풀 꺾이게 했다. 그러다 보니 시간이 훌쩍 지났다. 로젤린은 행복함에 잠시 잊어버렸던 본목적을 되찾아왔다. 리카르디스를 만나러 가야 했다.

로젤린은 복도를 걷다 네스터와 마주쳤다. 얼굴을 붉힌 네스터는 자신이 상급 기사로 승급했노라, 은근히 자랑하며 그녀가 칭찬해 주기를 바랐다. 물론 그 은근한 자랑을 알아들을 리 없는 로젤린은 "아, 네, 그렇습니까." 정도의 건조한 답변밖에 해 줄 수 없었다.

저 멀리 보니 정원사가 나무를 솎고 있었다. 로젤린은 네스터와의 이야기를 중단하고 미련 없이 떠났다. 네스터가 뒤에서 울상을 지었다.

정원사가 가지를 솎거나 꽃을 새로 심을 때면 로젤린은 항상 그 곁을 떠돌았다. 운이 좋으면 잎이 한두 개 떨어진 꽃 무리를 거저 얻을 수 있기 때문이었다. 로젤린은 정원사의 발치에 떨어진 꽃과 풀 줄기 중, 본인의 기준으로 예쁜 것들만 주워 모아 아래 둥치를 끈으로 묶었다. 어설프게나마 꽃다발의 형식은 갖출 수 있었다. 냄새를 맡으니 향긋했다. 로젤린은 뿌듯한 마음으로 걸음을 옮겼다.

가는 길에 로젤린은 부단장실에 들러야 한다던 레티시아와 다시 마주쳤다. 로젤린의 간식 시간을 정확하게 알고 있는 그녀가 바구니에 샌드위치며, 케이크며, 과일이며 잼이며, 여러 가지를 바리바리 싸 들고는 로젤린에게 안겼다. 로젤린은 당장 꽃보다 향기로운 빵을 음미하고 싶었으나, 드물게 식욕보다 목적이 앞선 상태였기에 발걸음을 재촉했다.

이 시간이면 리카르디스는 집무실에서 서류와 눈싸움을 하고 있을 게 분명했다. 정문을 향하던 로젤린의 발걸음이 멈췄다. 정문으로 가면 시종이 미리 방문자를 알리기 때문에 그를 깜짝 놀라게 할 수 없을 것이다.

'창문으로 들어가야지.'

레이몬드와 잇세리온, 나단과 스타스가 창문으로 드나들지 말라고 입이 닳도록 얘기했으나, 지금은 그들의 잔소리가 중요한 게 아니었다.

리카르디스가 깜짝 놀라며, 아니, 로젤린 경! 세상에! 언제 온 건가! 아니, 이 꽃다발은? 완벽하다. 역시 내 기사야. 보고 싶었다! 하며 기뻐하는 모습을 상상만 해도 배가 부른 것처럼 마음이 든든해져 왔다.

'역시 창문으로 들어가자.'

로젤린은 호위들의 눈에 띄지 않게 살금살금 벽을 기어오르다가 상급 기사 카일로에게 딱 걸렸다. 완전 혼났다. 로젤린은 제 원대한 계획을 필사적으로 피력했다. 카일로는 어처구니없었지만, 로젤린에게서 작은 쿠키 하나를 뇌물 삼아 받아 들고는……

"두 개 더 주시죠. 협상은 없습니다."

라고 했다. 너무 강경한 태도라 두 개를 더 줘야 했다. 로젤린은 화가 나서 씩씩거렸고 카일로는 그녀의 반응에 은근 즐거워했다. 여동생이 두 명 있다더니, 놀리는 솜씨가 일품이었다.

로젤린은 테라스에 도착했다. 커튼은 반쯤 드리워져 바람에 부드럽게 휘날리고 있었다. 인기척이 느껴지지 않았다. 로젤린은 눈을 감고 귀를 기울였다. 천 자락이 팔락이는 소리가 들렸다. 바람과 풀벌레, 새가 저마다 요란하게 울었다. 그 사이로 고른 숨소리가 퍼지고 있었다. 눈을 감고 집중하고 있는 로젤린을 단숨에 노곤하게 만드는 잔잔한 울림이었다.

로젤린은 꽃다발과 간식 바구니를 든 채 리카르디스의 집무실에 조심스럽게 들어갔다. 리카르디스는 테이블에 엎드려 있었다. 눈을 감고 있는 모습은 보이지 않지만, 숨소리로 인해 그가 얕은 잠에 빠졌다는 사실을 깨달을 수 있었다.

로젤린은 꽃다발과 간식 바구니를 테이블 위에 올려놓고 그를 자세히 관찰했다. 리카르디스는 잔뜩 인상을 쓴 채 눈을 감고 있었다. 미간을 손가락으로 꾹꾹 눌러 펴 주고 싶었다. 로젤린은 테이블 옆에 있던 협탁을 끌어 의자 삼아 앉았다. 그리고 테이블에 팔을 얹어 턱을 괴어 그를 가만 바라보았다.

바람이 흔들렸다. 커튼이 춤을 추고 그 움직임에 햇빛이 고스란히 리카르디스에게 쏟아졌다. 그가 인상을 쓰고 있는 이유는 그 때문인지도 몰랐다.

로젤린이 턱을 괸 채 다른 손을 들어 그의 얼굴 위로 그늘을 만들어 주었다. 리카르디스의 얼굴과 그녀의 손이 떨어져 있는 거리만큼 그림자가 크게 드리웠다. 리카르디스의 표정이 한결 편해졌다. 기분이 좋아진 로젤린이 혼자 씩 웃었다.

그러고도 한참 지났다. 40분쯤. 팔이 아프지는 않았지만 심심했다. 로젤린은 그의 얼굴을 덮고 있는 제 손그림자를 변형시키며 놀았다. 햇빛이 강한 만큼이나 그림자가 선명했다. 강아지, 여우, 새, 백조, 나비. 칼릭스가 과거의 로젤린이 자신에게 가르쳐 준 것이었다며, 지금의 로젤린에게 가르쳐 주었다.

그림자 나비가 나붓나붓 날갯짓하며 리카르디스의 얼굴을 어루만지듯 움직였다. 그때, 리카르디스의 속눈썹이 꿈틀거렸다. 그가 자신이 베고 있는 제 손으로 볼을 문질렀다. 무언가가 간지럽힌 듯이.

곧, 스르륵 하고 푸른 눈동자가 드러났다. 초점이 맞지 않는 듯이 두어 번 깜박이더니 로젤린을 눈에 담았다. 그녀가 밝은 창밖을 쳐다보며 살짝 미소 짓고 있었다. 둥그스름한 이마와 콧날의 선이 빛을 받아 희게 빛나고 있었다.

'꿈인가?'

리카르디스는 엎드린 채로 눈동자만 굴려 주위를 천천히 살폈다. 사방에 햇빛이 시릴 정도로 내리쬐고 있음에도 눈이 부시지 않았다. 얼굴에서 좀 떨어진 곳에서 로젤린이 두 손을 교차한 상태로 모으고 있었다. 날개 같았다. 그녀의 손이 그림자를 만들어 제 눈을 따가운 햇빛으로부터 가려 주고 있었다. 손가락 틈새로 빛이 깜박깜박 점멸했다가 다시 나타났다.

테이블 위의 식은 홍차가 아직 향을 내고, 습도 하나 없이 바싹 마른 공기는 상쾌했다. 햇빛이 쏟아지며 테이블의 나무 무늬를 선명하게 다시 그리고, 공중에는 먼지가 반짝였다. 그리고 왜인지는 모르겠지만 테이블 위에 거대한 꽃다발과 그녀의 것으로 추정되는 간식 바구니가 존재감을 자랑하고 있었다. 꽃 냄새와 달콤한 음식 냄새. 갖은 풍요롭고 예쁜 것으로 둘러싸여 낮잠을 자고 있었던 것이다.

대단한 사치가 아닌가. 리카르디스는 자신이 왜 지금의 이 순간을 꿈보다 더 꿈같다고 생각했는지 알 것 같았다. 방금 깼는데도 잠이 몰려왔다. 무언가가 끝난 것 같기도, 시작하는 것 같기도 한 이상한 감각이었다.

로젤린이 그의 숨소리가 미묘하게 달라졌다는 것을 깨닫고 고개를 돌렸다. 눈이 마주쳤다.

"전하!"

로젤린이 방긋 웃으며 그를 불렀다. 리카르디스는 그녀를 바라보며 테이블에서 천천히 몸을 일으켰다. 그는 똑바로 앉아서도 별다른 반응 없이 가만히 눈만 깜박거렸다. 속눈썹이 나른하게 팔랑였다.

'깨신 것 맞나?'

로젤린은 아직 꿈의 세계에 반쯤 정신을 걸쳐 둔 것 같은 리카르디스를 깨우기 위해 테이블 위의 꽃다발을 들어 올렸다.

"전하, 제가 왔습니다!"

이건 선물입니다! 위풍당당한 목소리에 비해 꽃다발을 건네는 손길은 수줍기 그지없었다. 리카르디스가 멍하니 꽃다발을 안았다. 들쭉날쭉 엉성한 데다가, 꽃봉오리가 없는 줄기도 더러 포함되어 있었다. 몇 개 있는 꽃조차 잎이 한두 개 떨어진 걸로 봐서는 어디 바닥에 있는 것을 주워 직접 만든 모양이었다.

리카르디스가 웃음을 흘렸다. 그리고는 곧 꽃다발에 얼굴을 묻으며 눈을 감았다. 그는 숨을 깊게 들이마셨다. 색색의 꽃잎에서 향기가 흘러넘쳤다. 푸릇한 빛깔의 향기가 선명해, 눈꺼풀 안쪽에도 색이 만개했다. 부드러운 이파리가 입술과 피부를 간지럽게 스쳤다. 가슴 안쪽 가득 봄이 피어오르는 듯했다.

"로젤린."

잠겨 있는 목소리였다. 순간 바람이 불어왔다. 눈을 뜨니 로젤린이 뿌듯하다는 듯 미소 짓고 있었다. 어설픈 꽃다발이 아니라 갖은 보석과 귀한 것을 선물한 사람의 얼굴이었다.

리카르디스는 꽃다발을 안고 있는 손에 더 힘을 줬다. 자신이 본 것 중 가장 예쁜 것만을 담아 소중하게 모아 온 것이리라. 자리에 쭈그려 앉아 한 송이 한 송이 판별하는 그녀의 모습이 그려졌다. 가슴이 울렁거렸다. 리카르디스는 줄곧 하고 싶었던 말을 몇 번이나 삼켰다가 겨우 내뱉을 수 있었다.

"보고 싶었다."

눈을 동그랗게 뜨고 있던 로젤린이 환하게 웃었다. 그 모습에 이상하게 눈물이 나올 것 같았다.

아, 내가 그토록 오랫동안 기다려 온 네가 왔다.

* * *

[별다른 일은 없나요?]

겨울석류의 밀리아가 순진하게 눈을 깜박이며 물었다. 페르탄은 고개를 끄덕이며 대답했다.

[모든 것이 순조롭습니다.]

[그것참 안타깝군요.]

별다른 일이 있길 바랐던 것 같은 대답이었다. 페르탄은 당황했으나 단단하게 굳어 있는 무표정은 변함이 없었다. 밀리아는 가만히 페르탄의 눈동자를 들여다보는 중이었다. 드러나지 않는 당황을 읽혀 버린 느낌이었다. 페르탄은 가볍게 묵례하며 물러섰다.

날은 맑고, 길은 정돈되고, 바람도 잘 불지 않는 좋은 여행길이었다. 그녀가 바라는 '별다른 일'이 일어날 기미는 보이지 않았다. 시간은 흘러 어느새 황성이 코앞이었다.

그맘때쯤 다시 창문이 열렸다. 곧 황실의 일원이 될, 리카르디스가 창문에 찰싹 붙어 높디높은 황성을 올려다보았다. 반짝이는 눈동자에서 입 밖으로 나오지 않는 찬사가 들리는 듯했다. 페르탄도 순백의 색으로 찬란히 빛나는 군집한 성을 바라보았다. 티 한 점 없이 아름다웠다.

성에서 시선을 돌려 마차를 바라볼 즈음에는 호위 대상들이 모두 사라져 있었다. 페르탄은 갑자기 일어난 상황에 머리가 굳어 눈동자만 굴렸다. 바로 그때 마차 안쪽에서 소곤소곤 속삭이는 대화 소리가 들려왔다. 자세히 보니 마차 바닥에 호위 대상들이 둥글게 모여 앉아 있었다.

[여기는 아주 추운 곳이야.]

페르탄은 그녀가 말하는 '여기'가 그 아름다운 하얀 성을 뜻한다는 사실을 깨달았다.

[영원히 녹지 않는 눈이 쌓여 있고, 칼바람이 살을 에는 듯 불어와. 눈을 깜박하는 사이에 어둠이 내려앉아 추위를 한층 더 혹독하게 만드는, 그런 곳이야.]

가혹한 운명이 찾아오리라. 열 살 난 어린아이에게 닥칠 것이라 예상도 할 수 없을 만큼 혹독하고 싸늘하게.

밀리아는 거듭해서 경고했다. 이곳은 영원한 겨울이야. 버텨 내야 해. 더 차가워지고, 더욱 혹독해지더라도. 괴롭더라도 견뎌야 해. 사람은 약하지만, 소중한 것을 위해서는 얼마든지 강해질 수 있어.

페르탄은 밀리아의 말이 그녀 스스로 다짐하는 것처럼 느껴졌다. 버텨야 해, 더 차가워지고 괴로워도 견뎌. 나는 약하지만, 너희를 위해 강해지겠어. 그렇게.

[언제까지요?]

페르탄은 자신이 질문을 받은 것도 아니건만 당황했다. 그 괴로움의 기한이 정해져 있지 않다는 사실을 알기 때문인지, 딱히 생각해 본 적 없어서인지는 알 수 없었다. 언제까지, 언제까지일까.

밀리아도 리카르디스의 질문에 대답하지 못하고 잠시간 입을 다물고 있었다. 페르탄은 밀리아의 뒤통수를 바라보고 있어 그녀의 표정을 볼 수 없었다. 그렇지만 그녀의 얼굴이 자신과 같은 당황으로 물들어 있을 것이라 생각했다.

아주 잠시간의 공백 후, 밀리아가 어린 소년의 어깨를 꽉 쥐었다.

[봄이 올 때까지.]

영원한 겨울 속의 봄. 그려지지 않는 미래였다. 그녀 또한 그 모순을 모를 리 없을 텐데.

[그때까지 반드시 기다리는 거야, 리카르디스.]

확신에 가득 찬 목소리였다. 밀리아를 올려다보던 리카르디스는 눈동자를 이리저리 굴리더니, 방긋 웃었다.

[네, 어머니. 기다릴게요.]

* * *

리카르디스의 환한 미소가 점차 의문으로 뒤덮이기 시작했다. 마주한 로젤린이 눈을 부릅뜬 채 굳어 버렸기 때문이었다. 자세히 보니 숨도 멈춘 것 같았다. 갑작스러운 상황에 리카르디스의 표정이 심각해졌다. 뭐지? 무슨 일이지?

"로……젤린 경? 로젤린?"

한참 석상처럼 굳어 있던 그녀가 꿈틀, 움직이더니 이내 손으로 제 입을 가렸다.

"아……."

아. 감탄사인지 아니면 어떤 단어의 시작인지 모호한 말이었다.

"아름다우십니다."

"……."

언젠가 들어 본 적 있는 말이었다. 걱정스레 그녀를 지켜보던 리카르디스가 허탈함에 웃었다. 로젤린은 다시 한번 파들파들 떨었다. 세상에, 어떻게 이, 이렇게. 아름다울 수가! 그녀는 리카르디스의 찬란하게 빛나는 미모에 연신 충격을 받는 중이었다.

리카르디스의 웃는 모습을 아주 보지 못한 것도 아니며, 그가 아름다운 게 하루 이틀의 일도 아니었다. 그럼에도 로젤린이 이토록 경악하는 이유는 오늘의 리카르디스가 평소와 달랐기 때문이었다. 그를 감싼 주위 공기가 깃털처럼 가볍고 봄 햇살에 말린 시트처럼 포근했다. 행복하다는 듯 눈을 휘며 제 모습을 담고 있는 리카르디스의 눈동자를 보는 순간 로젤린은 가슴이 울렁거렸다.

정말, 너무 완벽했다. 얼굴이……!

"……."

어디로 보나 오랜만에 재회한 황자와 기사 사이에 나눌 만한 대화는 아니었다. 보통은 잘 지냈느냐, 여행길은 힘들지 않았느냐는 안부가 우선이지 않나? 리카르디스의 표정이 미묘하게 변했다.

"그대도 오랜만에 보니……."

리카르디스는 적당한 뒷말을 찾지 못해 한참을 헤매었다. 눈앞의 로젤린은 여전히 예쁘고 귀여웠지만, 지금 그 말을 하기에는 적당하지 않았다. 이마와 볼에는 정체 모를 검댕이 묻어 있었고, 머리카락 여기저기 이파리를 달고 있는 지금. 예쁘다, 귀엽다는 표현은 놀리는 듯한 느낌을 줄 것 같았다.

"…눈이…… 더…… 뾰족해진 것 같군. 아주 멋있어."

신성 제국 일라베니아의 2황자, 리카르디스 다리우 일라베니아! 고작 이것밖에 못 해? 독설가, 달변가, 열다섯 살에 학자와 토론을 했던 내가, 고작 눈이 뾰족해? 뾰족해서 멋있어? 미친 거 아니야?!

리카르디스가 자괴감에 휩싸여 무너져 갈 때, 로젤린은 한껏 흐뭇해하는 중이었다. 맞습니다, 제 눈이 좀 뾰족하고 멋있죠. 하는 듯이. 그제야 리카르디스의 입가가 풀어졌다.

그가 손을 들어 로젤린의 머리에 파묻힌 나뭇잎을 떼어 냈다.

"아픈 곳은?"

"아, 장시간 말을 타느라 엉덩이가 조금,"

"그래! 그래, 이만하지. 피곤한 사람을 붙들고 내가 너무 배려가 없었어."

리카르디스가 황급하게 말을 돌렸다.

'역시 방심하는 순간 튀어나오는군.'

정말 그녀는 여전했다. 리카르디스는 다시 고개를 절레절레 흔들며 웃었다.

"로젤린 경!"

외출했던 잇세리온이 로젤린을 발견하고 반가운 비명을 질렀다. 마른가시나무 성에서 창백한 얼굴로 누워 있던 모습이 마지막이었는데, 지금은 이렇게 건강해 보일 수가. 샌드위치를 씹어 먹는 게 아니라 마시는 것 같은 저 힘찬 목 넘김!

로젤린이 입을 우물거리며 고개를 살짝 숙였다.

"회복했다는 말은 들었지만, 건강해 보이는군요! 아이고, 정말 다행입니다."

"감사합니다. 이제 정말 괜찮습니다."

"그런데, 로젤린 경. 스타스 경에게 복귀 보고는 하고 온 겁니까?"

로젤린이 괜찮다고 하자마자 잇세리온이 낯빛을 싹 바꾼 채 따지고 들었다. 무언가 켕기는 것이 있는지 로젤린의 시선이 슬그머니 잇세리온의 얼굴을 벗어났다. 아니, 이 사람이!

"어쩐지 스타스 경이 퇴근 시간인데도 집무실을 떠나지 않더라니! 초조하게 서류만 뒤적이더니만!"

"제가 갔을 때는 자리에 안 계셨기에…… 그래서 그냥…… 왔습니다."

"그렇다고 그냥 오면 어떻게 합니까!"

리카르디스는 잇세리온을 의식하고 목 아래로 웃음을 꾹 눌렀다.

"아까 문밖의 호위 기사분들이 로젤린 경의 얘기는 안 하던데…… 아앗! 또 창문으로 들어왔군요!"

리카르디스는 로젤린이 혀 차는 소리를 들었다. 거, 눈치 되게 빠르네. 분명 그런 뜻이었다. 잇세리온도 알아들었는지 잔소리를 마구 퍼부었다. 아까 칼릭스에게 인간을 벗어난 존재 어쩌고 얘기 들은 건 전부 잊은 눈치였다.

"잇세리온. 그쯤 하고 넘어가지. 막 도착해서 피곤한 사람 아닌가."

최근 들어 로젤린의 일 때문에 무척이나 피곤한 잇세리온은 원망스럽다는 눈빛으로 제 주인을 쳐다봤다.

로젤린은 강력한 뒷배를 얻었다고 생각했는지 그녀가 할 수 있는 수준에서 가장 나쁘고 비열한 미소를 지어 보였다. 잇세리온은 그녀의 어설픈 비열함에 울컥하진 않았다. 그것보다 신경 쓰이는 일이 있었기 때문이었다. 비열한 미소를 짓는 로젤린을 바라보는, 리카르디스의 표정과 눈빛.

잇세리온은 머리를 크게 한 대 맞은 기분이 되었다.

'어, 억…… 설마. 아니겠지. 설마, 설마, 설마. 설마, 설마……!'

아닐 거야, 아니야! 부정을 해 보았으나 현실은 바뀌지 않았다. 인간에서 살짝 비껴 나가 있는 존재를 바라보는 리카르디스의 눈빛이, 마치 꽃물로 물들인 어린아이의 손톱 같았다.

여행자의 옷을 벗기는 것은 바람이 아니라 햇빛이라 했던가. 아니다, 전부 거짓부렁이다. 바람이다. 파괴력 있고, 종잡을 수 없는 돌풍이 여행자의 옷을 찢어 버릴 것이다!

잇세리온은 알몸이 되어 버린 제 주인의 처참한 몰골에 눈물이 절로 나왔다. 그야말로 완전한 무장 해제가 아닌가.

"가시밭길을 좋아하시는 줄은 알고 있었지만…… 전하…… 왜…… 하필……."

"……가시밭길 별로 좋아하지 않는데?"

잇세리온은 손수건으로 제 눈물을 찍었다.

'흑흑, 전하…… 이제는 눈치도 닳아 가시는 겁니까…….'

칼릭스로부터 분명 듣지 않았던가? 마력에 근간을 두고 있는, 오랜 세월을 살아온, 알 수 없는 미지의 존재. 잇세리온은 기함했었다. 대충 로젤린이라는 기사가 변화했다는 것쯤은 그도 눈치채고 있었다. 그러나 그저 '저 나이대의 아이들은 하루하루가 다르지.'쯤의 노인네 같은 생각을 하고 있었을 뿐이었다. 덕분에 충격도 두 배였다.

하지만 리카르디스는 어떤 동요도 보이지 않았다. 애써 감정을 억누르는 것이 아니라 정말로 놀라지 않은 듯. 침착하게 칼릭스와 얘기를 주고받았다.

잇세리온이 아는 리카르디스는 상황과 정보를 합산하여 여러 가지 결과를 그려 내는 일을 능숙하게 하는 사람이었다. 그게 이런 상상도 하지 못할 안건에서조차 빛을 발할 줄은 몰랐다. 리카르디스는 대화 내내 칼릭스에게 정보를 얻어 내는 것이 아니라, 가지고 있는 정보를 확인하는 식의 방향으로 대화를 이끌고 나갔다.

하지만 예상하고 있다고 해서 충격이 없는 것은 아닐 텐데, 로젤린을 대하는 리카르디스의 태도는 예전과 비슷했다. 아니, 예전보다 더 친숙해졌다. 말투가 부드러워진 것은 물론이거니와 눈빛과 표정의 날카로움도 무뎌져 있었다.

세티스티아 황녀가 살아 있던 때가 생각나는 얼굴이었다. 잇세리온은 웃고 있는 리카르디스의 모습에 가슴이 찡해져서 그 광경을 가만히 지켜보았다.

물론, 화목하고 가슴 찡했던 상황은 곧 끝을 맞이했다. 샌드위치 소스를 리카르디스의 손에 한 방울 떨어트린 로젤린이 그의 손을 덥석 잡아 날름 핥았기 때문이었다. 잇세리온이 뒷목을 잡았다. 로젤린 경, 감히 황족의 몸에 어쩌고저쩌고! 잔소리는 끝없이 이어졌다. 얼굴이 발개져 있는 리카르디스도 이번만큼은 잇세리온의 잔소리를 막지 못했다.

한참 뒤 진정한 잇세리온은 자신이 집무실에 들른 진짜 목적을 상기했다. 그가 손에 들고 있던 서류를 팔락거렸다.

"전하. 성과가 좀 있었습니다."

"어느 쪽?"

"백옥 성입니다. 어수선함을 틈타, 발타에서 접촉한 것을 확인했습니다."

리카르디스의 표정이 순식간에 바뀌었다. 백옥 성은 5황자 디에즈가 머무는 곳이었다. 발타가 엘피디오의 석영 성이 아닌 백옥 성으로 바로 접촉을 했다?

"엘피디오는?"

디에즈가 단순히 발타와 엘피디오의 다리 역할을 자처했다면, 곧바로 엘피디오의 석영 성으로 사람을 보냈을 것이다. 그러나.

"5황자 전하의 독단입니다."

리카르디스에게 디에즈는 언제나 엘피디오의 뒤에 가려져 있는 흐릿한 형상이었다. 하지만 지금 이 순간부터 생각이 변화하기 시작했다. 디에즈는 단순하게 엘피디오를 비호하며 등 뒤를 지키는 자가 아니었다. 엘피디오의 그림자에 숨어, 발타와의 독자적인 관계를 구축하고 있었다. 그렇다면 왜, 무엇을 위해서? 단순한 실리를 위함인가, 아니면 또 다른 목적이 있는 것일까.

리카르디스는 먼 곳을 바라보며 인상을 찌푸렸다. 현 황태자 자리에 가까운 건 자신과 1황자 엘피디오였다. 군중들이야 그렇게 알고 있을 것이다. 하지만 사실상 황태자는 엘피디오였다. 황제가 선언만 하지 않을 뿐.

설령 리카르디스가 위에 서는 자의 소명을 가슴속 깊이 끌어안고 있어 훌륭한 황제의 재목이건, 설령 엘피디오가 멍청하여 나라를 다 말아먹을 작자이건. 황태자는 엘피디오가 될 것이다. 다른 사람들은 몰라도 그는 잘 알고 있었다.

그렇다고 해도 표면상으로 드러난 황태자 위를 둘러싼 싸움의 형태는, 제법 무게가 비등하여 저울이 수평을 이루고 있는 것처럼 보였다. 다른 황자들이 함부로 이 싸움에 끼어들지 못하는 이유가 여기에 있었다. 싸움도 급이 맞아야 하고, 종이 맞아야 하지. 사자 싸움에 여우나 하이에나 따위가 끼어들 수는 없었다.

3황자 틸렌드는 1황자 엘피디오의 동복동생이다. 리카르디스 다음으로는 가장 유력한 후보자였으나, 사자갈기 공작가는 엘피디오에게 힘을 쏟는 것만으로도 충분히 버거웠다. 안 그래도 나날이 리카르디스의 몸집이 커지고 있는 판에 힘을 나눌 수는 없지 않은가.

물론 그 형에 그 동생이라 틸렌드 또한 야욕이 큰 사내였다. 혼자서 파벌을 만들어 엘피디오의 그늘을 피해 조금씩 세력을 확장했던 때도 있었다. 그러나 그들의 어머니, 황후에게 딱 걸려서 죽지 않을 만큼 혼났다. 형을 도와줘도 모자랄 판에 뒤통수를 치려고 하다니, 환장할 노릇이었다. 그 이후 틸렌드는 얌전히 제 형의 왼팔인지 오른팔인지를 담당하여 싸움에서 물러났다.

4황자 라헤안시는 리카르디스와 마찬가지로 외가의 힘이 크지 못했다. 싸움에 끼어들기에는 지위, 세력 모두 부족한 점이 많았으나, 후계 구도에서 멀어지게 된 결정적인 이유는 애초에 그가 권력에 관심을 두는 사람이 아니기 때문이었다.

괜한 분란에 휩싸이기 싫었던 라헤안시는 일찌감치 싸움에서 손을 떼고 신전으로 들어가 버렸다. 리카르디스가 가끔 대신전에 들렀을 때나 종종 보는 얼굴이었는데 빈둥거리면서 잘 노는 걸 보니 적성에도 맞는 듯했다. 어린 6황자와 7황자는 잘난 형들 아래 기죽어 얌전하게 지냈다.

리카르디스는 자신과 엘피디오를 제외하면 이 싸움에 끼어들 사람은 없다고 생각했다. 그러나 다시금 이 관계를 차분히 정립해 보니. 둘만 없다면, 1황자와 2황자만 없다면 디에즈가 상당히 왕좌에 가까운 위치라는 걸 깨달았다.

아, 그런 거였나. 거대한 맹수 두 마리의 싸움. 패자는 죽고 승자 또한 큰 상처를 입을 것이다. 디에즈는 숨죽이고 있다. 승자와 패자가 갈리고, 위태로운 승리의 상처에 제 발톱을 들이밀 때를 간절히 기다리며.

"……."

두 남자가 너무 심각한 표정을 짓고 있었다. 로젤린은 최근 들어 사람들 사이에 흐르는 분위기를 읽기 시작했다. 이런 무거워 보이는 상황에서는 갑자기 맥을 끊는 개인적인 얘기를 꺼내서는 안 된다. 아니, 안 되는 것은 아니지만 크게 종용될 거리도 아니라는 것쯤은 대충 알게 되었다.

그래서 깔작깔작 엄지손톱끼리 서로 긁는 손장난만 하며 별다른 얘기를 꺼내지 못했다. 로젤린은 배가 고팠다. 고작 과일과 빵 몇 쪼가리를 먹는 것 정도로는 채워질 수 없는 공허함이 그녀의 위장을 감돌았다.

마침 반가운 소리가 울렸다. 꼬르륵, 꾸르륵하는 우렁찬 소리였다. 미간에 주름을 잡고 얘기하던 두 남자가 대화를 중단하고 로젤린을 향해 고개를 돌렸다.

로젤린이 방긋 웃으며 그들을 바라보았다. 그렇습니다. 들으셨습니까? 배가 고픕니다! 알아주시는 겁니까? 그녀가 너무나도 해맑은 표정을 지어서, 그들은 일순 잘못 들은 건가 착각했다. 그러나 지금 이 순간에도 그녀의 배는 계속해서 자기주장을 하고 있었다.

리카르디스가 얼굴 근육을 씰룩이며 로젤린의 복부쯤에 시선을 두자, 그녀는 크게 고개를 끄덕였다. 맞습니다. 제 배에서 난 소리입니다. 손이라도 번쩍 들어 보일 기세였다.

리카르디스는 입가를 손으로 꾸욱 눌렀다.

"음…… 로젤린 경."

"예! 전하!"

"혹시……."

"예!"

"배가 고픈가?"

"예, 전하!"

이렇게 힘차게 대답할 것까지야. 상급 기사 서임식 때에도 이 정도는 아니었던 것 같은데…….

리카르디스는 이마를 짚는 척, 얼굴을 가리고 나서야 흐느끼며 웃었다.

"몸도 다 낫지 않은 사람이…… 흐흠, 배가 고프면 쓰나."

"그렇습니다!"

"이만 들어가서 쉬도록 해. 오는 길, 정말 수고 많았다."

"호위가 적습니다. 곁을 지키겠습니다."

"요즘 들어 암살자들의 수준이 급격히 낮아졌지. 발타 쪽에서 몸을 사리는 것 같더군. 그대가 걱정할 정도는 아니야."

하카브의 도움이 끊기자, 마음이 급해진 엘피디오가 암살자라면 닥치는 대로 보내고 있는 실정이었다. 하지만 검은달의 암살자들도 막아 냈던 하얀밤 기사단원들이 고작 국내의 어중이떠중이 암살자들을 처리하지 못할 리가 없었다. 덕분에 리카르디스는 어느 때보다도 쾌적한 나날을 보내고 있었다.

"곁을 지키겠습니다."

그러나 리카르디스의 말은 씨알도 먹히지 않았다. 하지만 그럴 줄도 알았다. 잇세리온이 가세해서 그녀를 달랬다.

"오늘만이라도 푹 쉬시죠, 경. 축제 날이 아닙니까. 온 거리에 먹을 것,

구경할 것, 먹을 것이 넘쳐 납니다."

리카르디스가 잇세리온을 바라보았다. 지금 '먹을 것'만 두 번 얘기한 거 아닌가? 어쩐지 실수가 아닌 것 같았다.

"……전하의 곁을 지키겠습니다."

반복된 먹을 것 얘기 두 번에 로젤린은 혹하는 기색이었다. 하지만 곧 리카르디스를 두고 갈 바에는 사흘간 굶겠다는 듯 결의에 찬 눈빛을 했다.

리카르디스가 팔짱을 끼며 코로 가볍게 숨을 내쉬었다. 상관의 입장에서 명령을 내릴 수 있지만, 로젤린은 황자의 명령이라 해도 잘 듣는 자가 아니었기에 숨어서 호위할 것이 분명했다. 리카르디스는 곰곰이 생각하다가 고개를 끄덕였다.

"그러고 보니 축제에 볼일이 있던 것 같기도 하다."

"그렇습니까?"

로젤린이 반색했다. 잇세리온은 표정을 구깃구깃하게 만들었다. '그런 일정 없습니다. 전하!'라고 반박할 마음이 가득한 얼굴이었다. 하지만 리카르디스가 잇세리온과 지긋하게 눈을 맞추며,

"볼일이 있었어."

하고 단정 짓는 바람에 말하기도 전에 막혀 버렸다. 잇세리온은 분한 마음에 큭, 윽. 하며 목 끝까지 차오른 온갖 말들. 안 된다. 위험하다. 무슨 생각을 하시냐. 말이 되냐. 따위의 모든 것들을 속에서 잠재워야만 했다.

"제가 호위하겠습니다!"

로젤린만 신났다. 리카르디스는 "그래그래, 그거 좋은 생각이군."이라는 태평한 대답을 하며 불만스러워하는 잇세리온에게 손짓했다. 준비하란다. 잇세리온은 속을 부글부글 끓이며 옷이며 돈이며 축제에 필요한 물건들을 챙기기 시작했다.

물론, 리카르디스 정도의 신분을 지닌 사람이 고작 호위 한 명만을 대동한 채 성 밖을 나갈 수 있을 리 없었다.

리카르디스의 호위를 책임지는 스타스에게 그 소식이 들어간 것은 당연한 수순이었다. 잇세리온에게 난데없는 소식을 전해 들은 스타스가 다급히 집무실로 찾아왔다. 무슨 일로 나가시느냐고 물으려던 스타스는 복귀 보고를 까맣게 잊은 채 신나서 시시덕거리는 로젤린을 발견했다.

그는 로젤린을 잠시 방 밖으로 데리고 나갔다 왔다. 잠시 후 돌아온 로젤린은 스타스의 뒤에서 시무룩해져 있는 상태였다. 호되게 혼난 모양이었다.

이후, 스타스는 리카르디스로부터 "축제에 볼일이 있어 가 봐야겠다."라는 말을 듣고는 다시 로젤린에게 슬쩍 시선을 두었다. 매년 축제마다 소란스럽다며 질색하던 리카르디스가 수배는 시끄러울 게 빤한 거리로 나갈 이유가 짐작된다는 표정이었다. 황자가 기사를 위해 놀러 나가려 한다는 이 어이없는 상황에도 불구하고, 스타스는 최선의 인선을 위해 골똘히 고민했다.

야간 근무를 맡은 상급 기사 네 명. 파르딕트, 하가넬, 르윈, 슈텐.

하급 기사 두 명. 바스티안, 클로드.

총 일곱 명의 호위 인력이 움직였다. 다들 하얀 제복을 벗고 가벼운 셔츠와 튜닉으로 갈아입었다. 사람들이 산을 이루고 강을 이루는 축제 거리. 호위도 두 배로 번거로울 것이 뻔했지만, 축제에 간다고 하니 모두들 은근히 즐거워했다.

리카르디스와 로젤린도 옷을 갈아입었다. 하지만 두 사람은 복식이 문제가 아니었다. 한쪽의 머리색은 밤하늘이고, 다른 한쪽은 아주 달빛 별빛처럼 찬란했다. 심각하다. 심각하게 눈에 띄었다. 잇세리온은 고개를 절레절레 흔들었다. 두 사람은 후드를 깊게 눌러쓰고 나서야 성 밖으로 나갈 수 있었다.

* * *

축제를 즐기는 사람들이 흥에 취해 부르는 노랫소리가 마차 안까지 실려

왔다. 로젤린이 잽싸게 창에 붙어 바깥을 구경했다. 어두운 밤이 잠시 사라진 듯 모든 공간이 환하게 밝혀져 있었다.

여기저기 다양한 색깔의 등불들이 비추는 거리에는 어린아이들도 돌아다녔다. 전국을 떠도는 서커스단이 공연 준비를 하고 있고, 모든 상가들이 한 몫 잡기 위해 열심히 호객 행위를 하는 중이었다.

낮부터 쭉 이어진 축제는 밤이 되자 더 북적이기 시작했다. 최초의 하얀 밤과 검은 달이 뜬 날. '그림자 없는 밤'을 기리는 축제이기 때문이었다. 작은 마을, 큰 영지 할 것 없이 밝게 빛나며 밤을 몰아냈다. 사람들은 밝은색의 옷을 입고, 검은색에 가까운 것은 모두 가리거나 깊은 곳에 숨겼다.

리카르디스는 이런 국가 행사에 대해 건조한 태도를 보이는 편이었으나, 마차에서 내린 로젤린을 보고는 거리의 모든 이처럼 입가에 미소를 걸었다.

'저렇게까지 좋아하는 사람이 있으니 됐나…….'

로젤린은 그야말로 굉장한 흥분 상태였다. 고개를 좌우로 돌려 가며 삭삭 훑어보는 빠르기가 예사롭지 않았다. 리카르디스는 코를 움찔거리며 후각에 집중했다. 고기 굽는 냄새가 여기저기서 풍겨 왔다. 배고픈 그녀에게는 무엇보다도 치명적일 것이다.

"꼬리가 붙었나?"

리카르디스가 르윈에게 묻자, 르윈이 로젤린을 쳐다봤다. 로젤린이 고개를 좌우로 젓는 걸 확인한 르윈이 답했다.

"확인된 바 없습니다."

"그러면 됐군. 그대들도 조금 느슨해져도 괜찮지 않겠나."

"전하!"

리카르디스가 인상을 쓰며 파르딕트의 가슴을 주먹으로 가볍게 툭 쳤다.

"혹시 설교용 단상이 필요하나, 파르딕트 경? 올라가서 크게 외쳐 보지 그래."

아프지 않긴 했지만 뜨끔은 했다. 확실히 계속해서 전하, 전하아! 하고 목 놓아 부른다면 누구라도 이곳에 귀한 분이 있다는 사실을 알게 될 것이다. 리카르디스는 파르딕트를 한심하다는 눈으로 쳐다보다가 주위를 둘러싼, 누가 보아도 호위 대형을 짜고 있는 그들에게 목소리 낮춰 얘기했다.

"호칭 정리부터 하지. 일단 나는…… 도련님으로 할까."

"예, 전하!"

"……도련님이라고."

"예, 도련님!"

다들 약간 모자라긴 한데, 대답은 곧잘 했다. 리카르디스는 기사들을 쭉 둘러보았다. 제복을 벗고 평민의 옷으로 갈아입은 상태였지만, 단련된 두꺼운 몸과 곧은 자세는 숨겨지지 않았다.

검으로 인한 흉터가 여기저기 새겨져 있으나 불량스러움과는 거리가 멀었다. 누가 보아도 기사였다. 알맹이가 그대로인데 옷만 바꿔 입으면 뭐 하나. 리카르디스는 짜증 어린 목소리로 그들을 질책했다.

"좀 이 거리의 분위기에 맞출 수는 없는 건가?"

기사들은 우물쭈물하며 그의 눈치를 봤다. 고급스럽긴 하지만 돈 많은 평민들이 입을 법한 복식인데 뭐가 문제인 걸까? 전혀 이해하지 못하는 표정이었다. 본래 평민 출신이었던 르원만 피식 웃었다. 리카르디스는 한숨을 푹 내쉬었다.

"그대들은 서로 애칭을 부르는 게 좋겠어. 말투도 좀 비격식적으로 바꾸고. 그대들의 분위기가 이 평화롭고 행복해 보이는 일상 속에 무뎌지길 간절히 바라고 있다. 파르딕트 경부터 시작해."

"파르파르입니다."

파르딕트를 제외한 다섯 명이 인상을 찌푸렸다. 로젤린만 멀뚱히 "파르파르." 하며 입으로 한번 되뇌어 암기했다. 그다음으로 로젤린이 "……로즈입니다." 하고 반 박자 늦게 답했다.

딱히 애칭이랄 것도 없고, 이 자리에서 재빠르게 만들어 낼 만한 능력도 그녀에게는 없었다. 로젤린의 어머니인 에델바이스가 부르던 것을 떠올려 입 밖에 내보냈지만, 별로 좋아하는 호칭이 아니라 인상이 살짝 찌푸려져 있었다.

이후로 하니, 루루, 비스탕, 크림, 슈슈 등의 귀여운 애칭이 건장한 남자들의 입에서 줄줄이 튀어나왔다. 실제로 그들의 어머니가 사용하는 애칭이라는 사족이 덧붙여진 관계로, 리카르디스는 잠시 눈을 질끈 감아야만 했다. 참혹했다.

"환장하겠군."

상처만 남은 애칭 정하기 시간이었다. 파르파르는 입에 낯선 호칭을 사용해 가며 어설픈 연기를 보였다.

"저, 기. 두 번째 골목의. 주점에, 숙성 사슴 고기가 그렇게, 맛있다던데, 들어 봤어, 로, 로즈?"

세 살짜리 어린아이도 속지 않을 연기였으나, '클로드 경', '슈텐 경'이라는 딱딱한 말 대신 "크림.", "슈슈."와 같은 애칭으로 부르다 보니 주위 행인들의 경계가 느슨해지는 게 보였다. 이런 어설픈 수작이 생각보다 잘 먹히는 모양이었다.

로젤린은 자신이 로즈라고 불릴 때마다 가늘게 뜬 눈으로 동료 기사들을 노려보았다. 입술을 앙다물고 눈살을 찌푸리기도 했다. 하지만 파르파르에게 "떽끼. 로즈 이 녀석! 이것도 다 작전이야!"라고 혼난 후에는 볼 안쪽을 잘근잘근 씹으며 혼자 분을 삭여야 했다.

"로즈."

그걸 지켜보던 도련님이 그녀의 입에 구운 닭 다리를 물려 주었다. 굳어 있던 로젤린의 얼굴 근육이 스르르 이완되었다. 마치, 단 한 번도 심기가 불편해 본 적 없는 사람 같았다. 그 이후로는 호칭에 신경 쓰는 모습을 보이지 않았다. 배고픈 로젤린보다는 배부른 로즈가 좋다는 것이 아닐까.

초반에는 누가 봐도 이름만 귀여운 기사들이던 그들이 서서히 행인들의 분위기에 녹아들기 시작했다. 도련님에게 별다른 위험이 없으리란 사실을 서서히 깨우친 것이다. 위험이라고 해 봤자 삼류 건달이나 소매치기 정도였는데, 파르파르와 하니, 슈슈의 덩치를 보고도 다가올 수 있는 자는 손에 꼽았다.

그럼에도 불구하고 다가오는 자들은 어김없이 나타난 로즈에게 제압되었다. 재빠르지만 상대를 다치지 않게 무력화시키는 솜씨가 훌륭했다. 그녀의 밑에서 꿈틀거리며 벗어나려던 소매치기는, 로젤린이 귓가에서 낮게 속삭이는 몇 마디를 들은 후 시체처럼 미동 없이 누워 있어야만 했다.

로젤린이 방긋 웃었다. 마카롱에게 배운 몇 가지 험한 말들을 했을 뿐인데 효과가 엄청났다.

'마카롱한테 말해 줘야지.'

로젤린과 기사들에게 걸린, 축제의 좋은 뜻을 해치려는 불순한 분자들은 전부 치안대에 압송되었다. 경례하는 남자들의 눈망울이 초롱초롱하게 빛나고 있었다. 평상복을 입고 있지만, 워낙 유명 인사라 알아보는 모양이었다.

"파르파르."

"왜, 로즈."

"저거 사 줘. 나 돈 안 들고 왔어."

파르파르는 허, 참, 내. 어이가 없으려니. 너 나한테 빚진 거 있거든? 방팻값 물어내라? 툴툴대면서도 그녀가 사 달라는 소 염통 직화 구이의 대금을 치렀다. 이후 그녀는 하니 이거 사 줘, 슈슈 저거 사 줘, 비스탕 저거 사 와 하고 돌려 가며 빚을 지다가 안 되겠는지 도련님에게 돈을 꿨다.

"월급 가불해 주시면 안 되겠습니까, 도련님. 일 열심히 하겠습니다."

세상 공손한 태도라서 도련님은 알겠다고 했다. 기사들은 액세서리나 축제 기념품 등의 쓸데없는 것들을 사면서도 먹을거리가 보이면 꼭 하나씩 사서 로즈의 손에 들렸다.

　그녀는 도련님에게 받은 과일과 크림이 잔뜩 들어간 크레페를 먹을 즈음에는 살짝 울먹이고 있었다. 매일이 축제였으면 좋겠다. 마침 옆을 지나가던 어린 남자아이가 매일매일이 오늘 같으면 좋겠다는 똑같은 말을 해서 리카르디스는 잠시 손으로 얼굴을 덮어야만 했다. 흑흑 소리가 나며 리카르디스의 어깨가 들썩거렸다.

　"우시는 겁니까, 도련님?"

　"아니, 잠시…… 머리가 아파서……."

　어떻게든 어물쩍 넘어갔다. 동그란 달이 밤하늘에 가장 높게 걸릴 즈음엔 기사들도 완벽하게 축제에 동화되었다. 이제는 도련님을 호위하는 게 아니라, 도련님을 끌고 다니며 놀러 다니는 느낌에 가까웠다. 로즈와 파르파르는 죽이 잘 맞는지 많이 먹기 대회 또는 많이 마시기 대회마다 석권하며 축제를 만끽했다.

　밤이 깊어질수록 사람들이 많아졌다. 도련님 주위를 원의 형태로 호위하던 기사들의 간격도 더욱 좁아졌다. 키가 큰 사내들에 의해 앞이 잘 보이지 않자, 로젤린이 종종 헤매었다.

　"이런, 이러다 길이라도 잃겠어. 이리 와, 로즈."

　리카르디스는 로젤린의 어깨를 끌어 제 곁에 서게 했다. 기사들이 방패막이 되어 걷기가 수월해졌다. 거리가 가까워지자 리카르디스가 걸고 있는 꽃목걸이의 향기가 진해졌다. 로젤린이 코를 킁킁거리며 꽃향기를 맡기 시작했다. 리카르디스는 제 가슴께에서 떠도는 로젤린의 얼굴을 보고 피식 웃었다.

　"먹어도 된다."

　"네."

　로젤린은 칼릭스에게 배운 대로 이파리를 떼어 내고 꽃술 뒷부분을 머금고 쪽쪽 빨았다. 리카르디스도 그녀를 흉내 내서 연분홍의 꽃을 입에 물었다.

한 방울도 안 되는 달콤함이 꽃 향과 함께 입 안에 물씬 풍겼다.

"……오랜만에 해 보는걸."

"알고 계셨습니까?"

"예전에 많이 했었지."

리카르디스는 그 말을 내뱉으며, 칼릭스가 거리에서 꽃을 물고 다닌 일을 더 이상 놀릴 수 없게 되어 버렸음에 아쉬워했다.

로젤린은 어린아이들이나 살 법한 싸구려 액세서리에 큰 관심을 보였다. 조금이라도 반짝이는 게 보일라치면 멈춰 서니, 이쯤 되면 까마귀라고 해도 과언이 아니었다.

이번에도 로젤린은 알록달록한 물건이 무질서하게 올라간 가판대를 그냥 지나치지 않았다. 쭈그려 앉아서 고개를 두리번거리며 열성적으로 살폈다. 리카르디스도 그녀의 옆에 같이 쭈그려 앉았다.

"필요하다면 사 줄 테니 몇 개 골라 봐."

"아니요. 저 돈 많습니다."

뭐어? 리카르디스는 웃음을 다 삼키지 못해 조금 내뱉어 버렸다. 로젤린은 색이 비슷한 펜던트를 두 개 들고는 열심히 등불에도 비춰 보고 눈에 가까이도 대어 보았다. 그러고는 큰 결심을 했는지 고개를 끄덕였다.

"이것을 사겠습니다."

"어머, 아가씨가 안목이 높으시네!"

"그럼요."

장사치들이 으레 하는 말에도 로젤린은 뿌듯해했다. 리카르디스도 그녀 옆에 딱 붙어서 칭찬했다.

"예쁜걸. 반짝반짝하고 투명해서."

"네, 되게 예쁩니다. 도련님 눈동자처럼."

리카르디스의 표정이 딱 굳었다. 그는 큼큼 목을 가다듬었다.

"어, 어, 뭐…… 내 눈이 좀…… 보석 같다는 얘기는 많이 들었지. 그래서…… 산 건가?"

"네, 예뻐서."

리카르디스의 귀 끝이 붉어졌다. 그가 어색한 손놀림으로 머리를 덮은 후드 자락을 만지작거렸다. 오갈 곳 없이 방황하던 그의 시선이 가판대 위의 또 다른 펜던트에 닿았다. 예쁜 페리도트색. 리카르디스는 부끄러워하던 것도 잊고 손을 뻗었다. 그는 옆에서 구경 중이던 로젤린의 얼굴 옆에 펜던트를 딱 붙였다.

"이건 네 눈 색과 비슷하다, 로즈."

"아, 진짜네요. 예쁩니다. 제 눈도 예쁘니까요."

로젤린이 상체를 기울이며 리카르디스에게 가까이 다가갔다. 얼굴과 얼굴이 마주했다. 머리를 덮은 후드의 끝자락이 닿을 정도였다. 축제를 다니는 내내 후드로 가려져 잘 보지 못했던 얼굴이 코앞에 있었다. 여기저기 달린 등불로 인해 하얀 얼굴은 은은하게 빛났다.

리카르디스는 펜던트의 가짜 보석보다 영롱하게 빛나는 녹색의 눈동자에 비치는 제 모습을 보았다. 가늘게 뜨고 있는 눈가가 떨리고, 눈썹은 찌푸려져 있었다. 감정이 적나라하게 드러나 있는 것이 당혹스러웠다. 리카르디스는 입이 바짝 말라 와 혀로 입술을 축였다.

"……그래."

로젤린이 눈을 휘며 웃자 그녀의 눈동자 안에 담겨 있던 등불들이 반짝거렸다. 리카르디스가 얼굴을 붉히고는 제 목덜미를 쓸어내렸다.

"아주 예쁘다."

아주 작은 목소리였지만 로젤린은 용케 알아들었는지 "그렇지요?" 하고 신나 했다.

그리고 기사들은 이 모든 광경을 네 발짝 뒤에서 지켜보는 중이었다. 하니와 루루는 차마 끝까지 보지 못하고 두 눈을 감고 있었다. 전하…… 가시밭길을…… 걸으시는…… 우리 가엾은 전하…… 그들은 눈물이 고여 반지르르해진 눈으로 자꾸 먼 하늘만 바라봤다. 아래를 봤다가는 뚝뚝 흘릴 것 같았기 때문에.

누가 보아도 리카르디스는 지금 로젤린을 단순한 부하로 대하고 있지 않았다. 둘 사이에 있을 것이라 상상하지도 못한 종류의 감정이 표출되고 있어 기사들은 억 소리도 못 내고 굳어 버렸다.

물론 리카르디스 혼자만의 얘기인 것 같긴 했으나, 그래서 더 문제였다. 리카르디스가, 2황자 리카르디스 다리우 일라베니아가 짝사랑을 한다? 심지어 상대가 로젤린 에스터? 소설로 나와도 허황되다고 욕먹을 판에, 눈앞에서 목격하니 충격이 세 배였다.

거기에다가 화려한 언변은 어디다 버리고 왔는지, 어린애 소꿉놀이하듯이 이거 예뻐, 저거 예뻐. 이러고 있으니 가슴이 갑갑해지고 숨이 턱턱 막혀 왔다.

하지만 소꿉놀이라도 열심히 해 보겠다는 필사적인 노력이 보였기에 신하 된 자로서 기사들은 그를 방해하지 않기 위해 멀찍이 떨어졌다. 단 한 사람을 제외하고.

"로즈! 저기에 맛있는 거 있다!"

파르딕트의 외침에 로젤린이 한 마리의 표범처럼 거리를 달려갔다. 하니가 열 받아서 파르파르의 정강이를 깠다. 루루도 이 고래 새끼…… 하고 부들부들 떨었다. 파르파르만 영문을 몰라 얼떨떨하며 까인 정강이를 손으로 문질렀다.

로젤린은 혼자가 되었다. 대왕 꼬치를 발견해 양손에 떡하니 들고 흡족한 마음에 자랑이라도 할까 싶어 주위를 둘러보았으나, 리카르디스도, 같이 이것저것 잘 사 먹던 파르딕트도, 다른 기사들도 보이지 않았다.

사람들은 계속해서 파도같이 밀려들었고, 로젤린도 어어 하며 밀려나 발길이 닿는 대로 이동해야만 했다. 로젤린은 좁은 골목 사이에 몸을 쏙 집어 넣었다.

사람들이 바쁘게 오가는 모습이 보였다. 많은 사람들 중 아는 사람은 없었고, 누구도 그녀의 이름을 부르지 않았다. 로젤린은 벽에 기대어 시무룩하게 쭈그려 앉았다. 양손에 들고 있던 대왕 꼬치 두 개가 서서히 식어 갔다. 로젤린은 침울함에 젖은 얼굴로 우선 꼬치를 먹기로 했다.

후후 불어 베어 먹으니 한 조각 만에 입 안이 가득 찼다. 소스는 달콤하고 껍질은 타서 살짝 눌어붙은 부분이 있어 고소했다. 먹다 보니 저조했던 기분이 좀 괜찮아진 것도 같았다. 로젤린은 입을 부지런히 놀렸다. 어서 먹고 일행을 찾으러 가야 할 듯했다.

눈을 빛내며 여기저기 쏘아 다니는, 흥분 상태의 로젤린을 본 리카르디스가 미리 이 사태를 예견했으므로⋯⋯.

[주위에 아무도 없으면 어떻게 한다고 했지, 로즈?]

[대광장의 분수 앞에서 기다립니다.]

[훌륭해.]

잃어버렸을 때의 목적지 또한 정해져 있는 상태였다. 대광장의 분수. 로젤린은 입 안으로 중얼거리며 목적지를 다시 한번 되뇌었다.

꼬치를 다 먹은 후 로젤린은 술에 취한 남자가 알려 준 대로 걸어, 대광장에 도착했다.

'대광장?'

무척이나 클 것 같은 이름에 비해, 좁은 거리가 얼기설기 이어져 있는 공간이었다. 밤인 줄도 모르고 빛나던 여타 거리와 다르게 너무 어두웠다. 마치 이곳만 잠들어 있는 듯.

악기를 연주하고, 행복함에 푹 빠져 노래하던 사람들은 온데간데없었다. 불콰하게 물든 얼굴로 실성한 듯 웃고 있거나, 또는 살벌하게 인상을 구기며 거리에 새로 들어온 인물을 훑어볼 뿐이었다.

'음, 대광장 아니네.'

보통의 사람이었다면, 이 암흑가의 입구에 들어서기 훨씬 전부터 알았겠지만, 로젤린은 이미 중심부까지 들어선 상태였다. 이쯤 오니 로젤린도 모를 수가 없었다. 뱀의 대가리를 자르고 단검에 묻은 피를 날름 핥고 있는 남자는 암만 보아도 축제에 어울리지 않았다.

[나쁜 사람들이 모이는 거리도 있으니. 그런 곳은 안 들어가는 게 좋아, 로즈.]

대충 여기가 나쁜 사람들이 모이는 거리이겠거니 생각한 것이다. 뱀의 피를 핥는 건 나쁜 일은 아니지만, 그냥 느낌이 그랬다. 로젤린은 걸어온 길을 그대로 돌아가는 도중, 아까 지나쳤던 가판대에 눈길을 빼앗겼다. 작은 유리병들이 줄지어 늘어져 있는데 뭔가 알록달록해 예뻐 보였다.

"이게 뭡니까?"

로젤린의 질문에 남루한 차림의 남자가 눈썹 한쪽을 추켜세웠다. 그는 로젤린이 거리로 들어올 때부터 주시하고 있었다. 주위를 휘휘 둘러보는 몸짓이나, 깔끔한 후드나, 걸음걸이가 이 장소와 어울리지 않아 저절로 눈길이 갔다고 말하는 쪽이 정확했다.

눈이 삐지 않은 이상 잘못 들어올 리 없으니, 아마 새로운 고객쯤 되리라. 하지만 그가 파는 품목 중, 돈깨나 쓸 것 같은 사람이 살 만한 물건은 없었다. 뒷골목에 나도는 것 중에서도 유독 싸구려였기 때문에.

"……사람을 행복하게 만드는 약이지만 아가씨가 살 만한 약은 아니겠군."

"맛있는 건가요."

와, 정말로 이 사람은…….

'완벽하게 잘못 들어왔구나.'

새로운 고객도 아니었다. 남자가 고개를 숙이며 작게 속삭였다.

"……얼른 이 거리를 떠나시게. 아가씨가 있을 만한 곳이 아니야."

보름달이 성의 끝에 걸리는 축제 날. 암흑가라 하더라도 아주 영향을 안

받을 수 없었다. 상인이 친절을 발휘한 것은 그 때문이었다. 눈치가 심각하게 없어 보이는 이 아가씨도 축제를 즐기러 나왔을 테니, 부디 불운이 비껴나가길 바라며.

그러나 상인의 경고는 이미 늦은 후였다. 그가 그랬듯이 거리 골목골목에 있는 남자들 또한 로젤린의 '맛있는 건가요.' 발언으로 새로운 인물이 고객이 아님을 완전히 깨달았다.

사람을 행복하게 만드는 약을 담은 유리병을 바라보던 로젤린의 시선이 옆으로 이동했다. 거리에 들어올 때부터 따라온 집요한 시선들이 한층 더 날카로워진 것을 눈치챈 것이다.

로젤린은 물건을 구경한다고 어정쩡하게 굽혔던 허리를 세웠다. 남자들이 검집에서 무기를 꺼내는 소리가 들렸다. 아까 전 뱀의 피가 묻어 있던 단검을 핥은 남자도 다가오고 있었다.

사건을 일으키지 않는 것이 최선이라지만, 이미 일어나 버린 후였으니. 빨리 정리하는 게 최선이다. 로젤린이 몸 안에서 마력을 대류시켰다.

'한 사람당 한 방씩이면…… 기절시키거나 다리를…….'

머릿속으로 살벌한 생각을 하며 로젤린은 거리를 쟀다. 남자들이 점점 다가왔다. 가판대 상인의 낯빛이 파리해졌다. 이 좋은 날, 불행해질 여자의 미래가 빤히 보였다.

열 명이 넘는 남자들이 로젤린을 넓게 둘러쌌다. 그들 중 하나가 자신이 가진 목소리보다 더 낮게, 위협적으로 "이봐, 아가씨."라고 말하기 바로 직전.

"거기 잠깐."

저 멀리서 로젤린을 둘러싼 무리를 향해 누군가 말을 꺼냈다. 남자들이 뒤를 돌아봤다. 로젤린도 고개를 돌려 이 긴박한 상황을 깨트린 남자를 바라보았다. 자신과 마찬가지로 후드를 깊게 눌러쓴 남자였다. 로젤린은 곰곰이 남자의 목소리를 반추했다. 어디서 들어 본 적 있는데…….

"그쪽은 내 일행인데."

남자들이 코웃음을 쳤다. 후드를 뒤집어쓴 남자가 천천히 걸어왔다.

"이쪽이 댁의 일행이라고 우리가 얌전히 돌아가야 할 이유가 있나?"

남자는 무리의 대장처럼 보이는 사람 앞에 멈춰 섰다. 후드를 뒤집어쓴 남자는 눈부터 코까지 덮는 가면을 쓰고 있었다.

"있지."

남자의 목소리는 낮게 가라앉아 무거웠고, 베일 듯 서늘했다. 그제야 로젤린은 후드를 뒤집어쓴 남자가 누구인지 눈치챘다. 목소리는 같았지만, 평소와 분위기가 너무 달라 잠시간 알아채지 못한 것이다.

"그편이 너희들에게도 좋을 거라."

가면에 새겨진 화려한 문양을 보고 남자들이 움찔 몸을 떨며 몇 걸음 물러섰다. 머리가 세모난 검은 뱀이 그려진 가면. 남자가 말한 대로 건드려서 하등 좋을 게 없다는 뜻의 표식이었다.

서쪽 암흑가를 지배하는 큰손, 검은독사의 문양이었다. 남자가 그 문양이 그려진 가면을 쓰고 있다는 것은 검은독사와 관련이 있다는 뜻이었다. 건드렸다가는 피를 볼 게 분명했다. 남자들이 다급한 손놀림으로 검을 집어넣었다.

"아, 아이고. 저희가 귀한 분인 줄도 몰라뵙고…… 하여간 거리가 너무 어두워서, 헤헤…… 제가 항상 등불 좀 많이 걸어 놓자고 건의를 하는데도, 참…… 사람들이 그러면 다른 거리랑 차별화가 안 된다고 그러지 뭡니까……."

"내가 너희들의 얼굴을 계속 보고 있어야 할 이유가 있을까."

남자들이 고개를 꾸벅꾸벅 숙이며 슬슬 멀어졌다. 로젤린이 멀뚱히 그를 바라보았다. 남자는 품에서 무언가를 꺼내어 이 모든 상황을 지켜보고 있던, 사람을 행복하게 만드는 물약을 파는 상인의 가판대에 내려놓았다.

"이 패의 주인에게 전해라. 거리의 들쥐 때문에 내 기분이 몹시…… 상했다고."

검은 독사가 그려져 있는 패와 질 좋아 보이는 보석이었다. 상인은 화들짝 놀라며 그걸 소중히 품 안에 넣고 가판대를 버려둔 채 어느 골목 구석으로 사라졌다.

방금 사라진 놈들을 잡아 족치라는 말이었으나, 로젤린은 눈치채지 못했다. 남자가 천천히 다가와 로젤린의 앞에 멈춰 섰다. 한참 망설이던 그가 로젤린의 손을 부드럽게 잡았다. 갑작스러운 접촉에도 로젤린은 놀라지 않고 가만히 그를 바라만 보았다. 커다란 손은 따뜻했다. 맞닿은 온기에 로젤린의 몸이 서서히 이완되었다. 참으로 이상한 일이지만, 그녀는 만약 자신이 남자의 정체를 몰랐다 하더라도 이 손을 뿌리치지 않았을 것이라 생각했다.

두 사람은 손을 잡고 말없이 골목을 걸었다. 반쯤 무너진 판잣집과 안쪽이 보이지 않는 가게들이 늘어선 곳이었다. 그 수많은 공간에서 음습한 시선들이 느껴졌다. 시선은 로젤린 그녀를 향하기도, 남자를 향하기도 했다.

어두운 밤. 어두운 골목. 뚝, 뚝……. 어디선가 물이 떨어져 고이는 소리. 퀴퀴한 곰팡이 냄새, 주위를 맴도는 시선까지.

로젤린은 갑작스럽게 등골을 타고 올라오는 소름에 몸을 떨었다. 숨이 거칠게 일어나고, 신경이 예민해지기 시작했다. 두 사람만이 만드는 걸음 소리가 마구 불어나 뒤따라오는 기분이었다. 아까의 남자들이 쫓아온 것인가? 로젤린은 주의를 기울여 골목골목에서 새어 나오는 소리에 집중했으나, 여전히 두 사람의 걸음 소리뿐이었다.

로젤린은 마력을 사용해 청각을 강화했다. 작은 촛불이 아롱거리는 수십 개의 공간에서 사람들이 속삭였다. 저들은, 저 남자는. 오래된 손님이. 여자를 건드려서는, 정체는? 사람들이 로젤린의 귓가에서 속삭였다. 여러 말이 겹쳐져 온전한 문장을 알아들을 수 없었으나, 그 두루뭉술한 언어들이 뾰족하게 날카로운 형태를 띠고 자신을 향하는 것 같았다.

로젤린이 계속해서 주위를 두리번거리자, 남자가 작게 속삭였다.

"걱정 마요."

서릿발 같던 아까와 달리, 다정한 목소리였다. 마치 그녀가 왜 그러는지 안다는 듯. 남자가 잡고 있는 그녀의 손을 더 세게 쥐었다. 아프지는 않았다.

"더 이상 그 누구도 우리를 쫓아오지 않고."

남자가 빙그레 웃었다.

"누구도 당신을 위협할 수 없으니."

온기가 묻어 있는 다정한 목소리였다. 로젤린은 제 안에서 서서히 조여 오던 기묘한 감각이 탁 풀리는 것을 느꼈다. 가시처럼 곤두서 있던 신경과 거칠어졌던 심장 박동이 서서히 가라앉았다. 로젤린이 고개를 살짝 끄덕이자 웃고 있던 남자의 입매가 살짝 굳어졌다.

남자는 잡고 있지 않은 반대쪽 손을 들어 올려 로젤린의 볼을 살며시 쓰다듬었다. 모르는 사람도 아니고, 딱히 기분 나쁠 것도 없어서 로젤린은 그의 손길을 가만히 받았다. 남자가 곤란하다는 듯 웃고는 다시 걸었다.

남자는 지리를 잘 알고 있는지 로젤린이 한참 헤맨 복잡한 거리를 금세 빠져나왔다. 두 사람은 어두운 골목의 끝과 밝은 거리가 만나는 곳에 잠시 멈춰 섰다. 한 걸음 밖에, 로젤린이 찾고 있던 축제의 등불들이 환하게 빛나고 있었다.

남자가 가면을 벗었다. 아까까지만 해도 어둠에 잠겨 있던 황금색 눈동자가 본연의 빛을 되찾았다.

"저는 일이 있어 이쯤에서 헤어져야 할 것 같네요. 오늘 이곳에서 만난 건 비밀로 해 줄래요?"

로젤린은 리카르디스에게 혼나기 전에 디에즈와 만났다는 화제로 시선을 돌리려 했던 터라 아쉽다는 듯 입맛을 다셨다. 그가 대충 로젤린의 속내를 짐작했는지 웃었다.

"길을 잃어버렸었거든요. 창피하니까 비밀이에요."

길을 잃어버린 또 다른 사람으로서 로젤린은 자신이 창피할 만한 상황에 처해 있었노라는 사실을 알게 되었다.

"알겠습니다. 비밀."

디에즈는 잠시 입을 다물고 곰곰이 무언가를 되짚었다. 그는 곧 이상한 점을 깨닫고는 그녀에게 미심쩍은 목소리로 물었다.

"그런데 당신은 왜 거기 있었죠?"

언제나 다정하게 이름을 부르던 사람이었다. 만남부터 지금까지 '당신'이라는 호칭을 쓰는 걸 보면 정체가 밝혀지면 곤란한 모양이었다. 확실히, 리카르디스 전하도 기사들더러 애칭을 사용하라고 하고 그 자신도 도련님 행세를 하지 않았던가. 로젤린은 디에즈 또한 그런 거라 생각하며 그의 이름과 정체를 말하지 않기 위해 조심했다.

"일행을 만나러 사람들에게 물어서 대광장에 가려고 했습니다. 저도 길을 잃었나 봅니다."

그가 키득거리며 웃었다.

"축제 날에 술 취한 사람들에게 길을 묻는 것만큼 무의미한 일도 없어요. 그렇다 쳐도 완전히 다른 방향이긴 하군요. 이 길을 따라가면 곧바로 대광장이 나와요."

디에즈는 문득 불안했는지 곧바로 말을 덧붙였다.

"……누가 말 걸면 따라가지 말고, 한눈팔지 말고 곧장 가세요."

성을 나올 때에 상급 기사들과 리카르디스, 잇세리온에게 번갈아 가며 들었던 경고 문구였다. 로젤린은 한 귀로 듣고 한 귀로 흘리며 고개를 끄덕였다. 그 심드렁한 반응에 디에즈가 재빨리 말을 덧붙였다.

"맛있는 건 일행들 만난 다음에 사 먹고요."

"네."

정말 이렇게 믿음이 안 갈 수가!

불안해하는 디에즈를 뒤로하고, 로젤린은 가방 안을 열심히 뒤적이고 있었다. 그의 시선이 로젤린의 움직임에 따라 아래로 향했다. 유리병 안에 들어 있는 사탕, 축제에 여성들이 쓰고 다니는 하얀 레이스 베일, 사냥용 올가미, 아이들용 나무 단검, 먹다 남은 빵까지. 축제를 즐겨도 너무 즐긴 듯했다.

로젤린은 그중에서 하얀 레이스 베일을 꺼내 들었다.

"여기요. 선물입니다."

디에즈는 눈을 크게 뜨고는 베일과 그녀를 번갈아 보더니 조심스럽게 선물을 받았다.

"잘 어울리실 것 같아서."

디에즈가 제 귓불을 만지작거렸다. 눈살을 살짝 찌푸리고 있는데, 기쁨을 참는 것 같기도 했고, 어딘가 불편해 보이기도 했다. 선물을 줬을 때 일반적으로 볼 수 있는 반응이 아니었다. 혹시 마음에 안 드는 것일까?

"왜 저에게 이걸…… 주는 겁니까?"

로젤린은 눈알을 굴리다가 의문형으로 대답을 했다.

"잘…… 어울리실 거 같아서?"

그냥 딱히 별 이유가 없었기에, 아까의 말을 그대로 답습했다.

"잘 어울리면 아무에게나 선물을 줍니까?"

선물을 줬더니 추궁을 받았다. 그는 평소와 달리 웃지도 않고 굉장히 진지한 표정이었다. 로젤린은 당황했다. 어, 왜 선물을 주냐면…… 잘 어울리면 아무에게나 선물을 주냐면…… 그건 아니지만…….

"제가, 당신을 좋아하니까?"

좋아하면 선물을 주기도 하고 받기도 하니깐. 로젤린이 고개를 끄덕였다. 남자는 무섭게 추궁할 때는 언제고 대답을 듣는 척도 하지 않았다. 그저 가만히 하얀 베일을 내려다보며 무언가를 곰곰이 생각하는 모습을 보였다. 이것도 바라던 대답이 아니었나?

"난……."

디에즈가 속삭이듯 말했다.

"당신이 무사히 돌아와 기쁩니다."

만난 지 몇십 분이 지난 지금에 하기는 늦은 감이 있는 데다, 나누던 대화에서 어긋나 생뚱맞기까지 한 말이었다. 하지만 로젤린은 그에 아랑곳하지 않고 이를 드러내며 씩 웃었다.

"저도 당신의 무사한 모습을 봐서 기분이 좋습니다!"

디에즈가 그런 그녀를 가만 바라보다, 레이스 베일 위로 제 얼굴을 묻었다. 피곤에 지친 사람이 침대에 기대는 것 같았다.

* * *

로젤린은 디에즈와 헤어진 후 곧바로 대광장에 왔다. 광장에도 먹을 것을 파는 상점과 가판대가 즐비해 있었다. 로젤린은 디에즈의 걱정 그대로 노점 음식에 눈을 빼앗겼다.

리카르디스 및 동료들과의 재회는 그렇게 멀어지는 듯 보였으나, 그녀의 생태를 빠삭하게 파악하고 있던 리카르디스 덕에 곧바로 체포되었다. 상급 기사들을 줄이 가장 길게 서 있는 음식 상점마다 배치해 놓았던 것이다. 로젤린이 '줄을 선 집'을 '맛집'과 동일하게 여긴다는 사실을 리카르디스는 알고 있었다.

어찌 되었건 고기 맛집 앞에서 로젤린은 파르딕트에게 딱 걸려서 잡혀 왔고, 모두에게 둘러싸여 혼났다.

"로즈!"

파르딕트가 허리에 손을 얹고 왁 소리를 질렀다.

"전…… 도련님이 얼마나 걱정했는지 알기나 해, 이 녀석!"

로젤린은 입만 쭉 빼고 툴툴거렸다. 잘못한 것은 있으니.

"주인 잃은 개처럼 어찌나 불안해하시는지 차마 두 눈 뜨고 볼 수가 없었어!"

부적절한 표현 때문에 파르딕트는 르윈에게 걷어차였다. 리카르디스는 팔짱을 낀 채 벽에 비스듬히 기대어 눈을 감고 있었다. 인상 하나 찌푸리지 않아, 자는 건가 싶을 정도의 평온한 얼굴이었음에도 로젤린은 힐끔힐끔 눈치를 볼 수밖에 없었다.

"다친 곳은?"

몰래 훔쳐보던 중 리카르디스가 갑작스럽게 얘기를 꺼내서 로젤린은 화들짝 놀랐다. 곧 그가 말한 내용을 반추한 그녀의 눈동자에 의심의 빛이 서렸다.

'분명 혼날 때인데······?'

생각보다 목소리가 담담했다.

"······없습니다."

리카르디스가 눈을 뜨고 로젤린에게 다가왔다. 그보다도 키가 큰 사내들이 무섭게 으르렁거리며 위협했을 적에도 느끼지 못한 감정이 그녀에게 밀려왔다. 혼난다! 완전 혼난다!

"······그 의심의 눈빛은 뭘까. 아무튼 다친 곳이 없다니 다행이군."

앗, 오늘의 전하는 굉장히 상냥하다! 로젤린은 풀 죽었던 강아지의 탈을 벗어 던지고 방긋 웃었다.

"그렇다면, 로즈. 헤어진 사이에 사람들과 직접적으로 전투를 벌였거나, 혹은 치안대가 주목할 만한 사건을 일으킨 적이 있나?"

싸움 직전까지는 갔지만, 직접적으로는 싸우지 않았으니까······ 말 안 해도 되는 게 아닐까!

"없습니다!"

활기찬 대답에 리카르디스가 한숨을 푹 내쉬며 머리를 천천히 뒤로 젖혔다.

'진짜로 없기는 한 것 같군······.'

리카르디스는 로젤린과 떨어진 이후 곧바로 대광장에 왔다. 떨어져 있는 내내 그는 눈을 뜨고도 악몽에 시달렸다. 로젤린이 소동을 일으키거나, 혹은 사건에 말려들거나, 또는 치안대를 패는 장면이 끝없이 반복되었다. 상상 속 로젤린이 일으킨 여러 가지 사건의 공통된 점은, 마지막엔 그녀가 항상 감옥 안에 갇힌다는 것이었다.

최악의 수를 헤아려 놓아야 실제로 침착하게 대응할 수 있으므로, 로젤린은 그의 머릿속에서 세 번쯤 반역자가 되었고 다섯 번쯤 감옥을 부수고 탈옥했다.

눈앞에서 히히 웃고 있는 로젤린을 보니 그제야 불안하던 마음이 가라앉았다. 리카르디스는 눈을 부릅떴다. 그가 순식간에 표정을 굳히고 로젤린을 혼내기 시작했다. 호위 기사가 호위 대상을 놓쳐? 그것도 먹을 거때문에? 내가 음식만도 못하나? 나야, 먹을 거야! 하며 그녀를 들들 볶아댔다.

그렇지만 파나 채소가 끼워져 있지 않은, 고기만으로 이루어진 대왕 꼬치가 그녀를 현혹시킨 주범이었다는 사실을 들은 리카르디스는 "아, 그건 확실히……."라는 반응을 보였다. 고양이 나무에 취해 버린 고양이처럼, 꽃에 날아가는 나비처럼 홀렸으리라. 그쯤 되면 한눈을 판다기보다는 본능의 영역이 아닐까.

시무룩한 로젤린이 과일주를 마시고 다시 활기를 되찾았을 때였다. 떠들썩하던 사람들이 순식간에 조용해졌다.

대광장의 정중앙, 설치된 단상 위에 하얀 예복을 입은 남자가 올라왔다. 옷의 차림새와 목걸이의 모양이 남자의 지위를 나타내고 있었다. 대륙에 단일곱 명밖에 없는 대신관 중 한 명이었다. 머리를 단정히 묶거나 깔끔하게 정리한 타 신관들과는 겉모습부터가 좀 달랐다.

등불로 인해 금발같이 보이는 옅은 분홍색 곱슬머리는 부스스하니 자연스럽게 풀려 있었다. 헐렁해 보이기도, 거꾸로 입은 것 같기도 한 엉망인

옷매무새 때문에 그가 입고 있는 것이 예복인지 하얀 커튼인지 분간이 가지 않았다.

대신관은 제 머리를 벅벅 긁으며 성전을 뒤적였다. 덕분에 모자도 더 삐뚤어졌다. 모든 행동 하나하나가 나이 든 사람처럼 느릿했다. 하지만 환한 단상 위의 대신관은 스무 살이나 겨우 채웠을까 싶을 정도로 앳된 얼굴을 하고 있었다.

대신관이 되기 위해서는 성력의 양도 중요했지만, 신의 믿음 아래 얼마나 오래 수련했는지 또한 무시할 만한 항목이 아니었다. 그러니 저 젊은 대신관은 아주 어릴 때 신전에 들어갔거나, 또는 세월을 무시할 만큼 뒷배가 단단하다는 얘기였다.

로젤린을 제외한 일행들은 모두 그의 정체를 알아챘다.

"라헤안시 대신관님이 설교를 맡으신 모양이군요."

설원의 월계수. 그 이름을 버린 일라베니아 신성 제국의 4황자. 라헤안시였다.

하얀 밤과 관련된 국가 행사에는 항상 대신관들이 참가했다. 올해의 '그림자 없는 밤'은 라헤안시가 맡은 모양이었다. 황자 출신의 대신관이라지만, 늙은 대신관들의 압박을 피하기는 어려웠으리라.

성전 글귀를 읽어 주는 것이나 사람들을 축복하는 것 역시 신관의 일이었다. 하지만 귀족들과 달리 평민들에게서는 얻을 수 있는 게 없었다. 글을 모르니 성전을 줘도 소용없고, 내용도 이해 못 하니 풀어 설명해 줘야 했다. 주머니에 은근슬쩍 찔러 주는 금은보화도 없으니, 이런 곳에 기꺼이 오겠다 하는 대신관이 있을 리가.

항상 인상을 찌푸리거나 귀찮아하는 표정을 숨길 시늉도 안 하는 신관들을 보아 온 탓인지, 사람들은 라헤안시의 한껏 풀어진 태도를 문제 삼지 않았다. 그저 귀한 대신관이 거리에 온 것만 해도 감지덕지하다는 기색이었다.

리카르디스는 누구에게든 저놈은 원래 나무늘보 같은 인간이라며 설명하고 싶었다. 도통 그럴 방도가 없어 답답할 뿐이었다.

'공적인 자리에서만이라도 빠릿빠릿하게 굴면 안 되는 건가?'

라헤안시가 한쪽 손을 들었다. 조용하던 군중들이 한층 더 숨을 죽였다.

"어허어, 보자, 보자. 보름달이 일라베니아의 성 끝에 걸렸으니 이로써 그림자 없는 밤이 찾아왔도다, 백성들이여."

리카르디스가 눈을 찡그렸다.

"······말투가 왜 저따위지?"

리카르디스의 싸늘한 반응과 다르게, 광장의 사람들은 "오오······!" 하는 작은 함성과 함께 모두 무릎을 꿇었다. 리카르디스와 기사들도 눈에 띄지 않기 위해 무릎을 꿇어야만 했다. 굴욕적이었다.

"태초에 혼돈, 크레안 티다니온의 암흑만이 세상을 메우고 있어 풀 쪼가리 하나 자라지 못했노니, 그 혼돈을 물러 내고 빛을 가져온 자가······ 누구?"

라헤안시는 성전을 대충 읽다가 귀 뒤에 손을 가져다 대며, 사람들의 말에 귀 기울이는 태도를 보였다. 마치 대답을 촉구하는 모양새 때문에 광장이 술렁였다. 매년 있는 그림자 없는 밤이지만 이런 설교는 처음이었다.

사람들이 망설이는 게 보이자 라헤안시가 다시 "외쳐 봐, 누구!" 하고 얘기했다. 군중들은 서로의 눈치를 보며 떠듬떠듬 이, 이델라브힘······. 하고 얘기했다.

"안 들리는구나. 더 크게! 누구라고!"

"이델라브힘!"

"그렇다, 이델라브힘이시다. 맨 처음 대답한 소녀여. 아주 영특하구나. 상으로 성전을 주겠다. 금박이 붙어 있으니 갖다 팔면 돈이 꽤나 될 것이다."

라헤안시의 뒤로 성수를 들고 있던 평신관이 눈을 질끈 감았다. 자세히 보니 관자놀이가 씰룩거리고 있었는데, 여간 골치가 아파 보이는 것이 아니었다. 단상과 가까운 곳에 앉아 있던 소녀는 성전을 건네받고는 어리둥절하다는 듯 눈동자만 굴렸다. 정말로 넘길 줄이야. 리카르디스는 차가운 눈으로 그 광경을 봤다. 미친놈…….

"이델라브힘께서 빛의 권능으로 크레안 티다니온의 암흑을 걷어 내자, 비로소 세상이 보였나니. 세상이 이델라브힘의 빛을 보았노니. 이 영광을 누구에게 돌려야 마땅하겠느냐?"

"이델라브힘!"

"그렇다. 하나를 가르치면 열을 아는구나, 백성들이여. 심각하게 똑똑하니 내 마음이 심히 흡족하도다."

다들 입을 모아 이델라브힘의 이름을 외치는 광경이 아주 장관이었다. 라헤안시는 보슬보슬한 제 머리를 벅벅 긁으며 계속 말했다.

"그러나 크레안 티다니온도 원래의 세계를 가지고 있던 강력한 신이다. 이델라브힘과 크레안 티다니온은 사흘 밤낮을…… 아, 이 사흘 밤낮은 그저 표현상으로 집어넣은 말이니 괘념치 말라. 여하튼 그렇게 싸우고 싸웠으나 이 신들의 전쟁은 완벽한 승자와 완벽한 패자가 없이 끝나고 말았으니…… 그리하여 생겨난 것이 낮과 밤이다. 이델라브힘이 관장하는 낮과 혼돈의 장막이 덮이는 크레안 티다니온의 밤이 우리가 살고 있는 세계인 것이다."

신관들이 외워서 읽어 주는 문구들은 그들이 아는 단어로만 이루어져 어렵기 마련이었다. 글자를 좀 알고 배운 자들도 골머리를 썩어 가며 해석해야 하는 것이 성전인데, 라헤안시의 얘기들은 다소 약장수 같고 불경한 감이 있지만, 귀에 쏙쏙 들어왔다. 다른 대신관과 황족들이 알면 기함하기는 할 테지만.

"그렇다면 매년 찾아오는 그림자 없는 밤이 무어냐! 그것은 우리의 이델라브힘께서 최초로 밤을 빼앗은 날을 말하는 것이다. 그의 힘. 성력이 극으로 치닫는 날, 밤의 장막은 사라지고, 온 세상이 축복의 빛으로 뒤덮이노니. 만물이 소생하고 꽃이 피고 열매를 맺는다. 성전에는 이 축복의 밤은 우리 미천한 인간들이 이해할 수 없고 도달할 수 없는 신의 세계가 열리는 것이라 되어 있다. 그림자가 사라지는 것은 그 방증이라 한다. 으음, 뭐…… 솔직히 본 적은 없어서 잘 모르겠지만."

평신관들이 또 뒤에서 인상을 팍 찌푸렸다. 잘 나가다가 꼭 한마디를 덧붙여서…….

"아무튼 그리하여, 이델라브힘의 축복은 독수리와 함께 뭐, 호수로 내려와서 일라베니아 초대 황제 폐하께 뭐, 그 축복의 밤을 열 수 있는 권능을 주셨나니, 어허…… 이 부분부터는 내가 영 재미가 없어서…… 그냥 넘어가도록 하자. 대충 그리 알면 된다. 우리 황제 폐하 만만세다."

"……."

어떻게 뒷감당하려고 저러는 거지? 리카르디스는 저 배짱 두둑한 대신관의 안위가 염려되었다. 그는 제국의 2황자라는 지위 때문에 갖은 행사에 불려 다니는 몸이었다. 신성 제국의 특성상 행사에는 신전이 엮여 있는 경우가 많았고, 그만큼 지루한 설교 시간 또한 많이 접해 보았다. 그래서 잘 알고 있었다.

이델라브힘의 뜻을 따르고 그의 축복을 세상에 나누어 주는 것이 신관이었으나, 그들의 입에서 나오는 영광은 이델라브힘보다 일라베니아의 황제에게 더 치우쳐 있었다.

신성 제국이란 원래 그런 것이다. 위대한 신. 그러나 그 신에게 선택받은 황제가 더 위대하다. 신은 멀리 있고. 인간인 황제는 가까이 있다. 이델라브힘의 영광이 교묘하게 인간인 황제에게 돌아가게끔 교육하는 것이다.

그런 상황과 정반대로 일라베니아의 위업을 대폭 줄이다 못해 거의 삭제해 버리기까지 했으니. 누군가가 이 설교를 문제 삼는다면 라헤안시에게도 큰 타격이 갈 것이다.

"일라베니아 제국력 589년. 대신관 라헤안시가 자비로우신 이델라브힘을 대신하여 그대들을 축복하는바. 헐벗은 자에게 벗어 주고 굶주린 자에게 제 먹을 것을 내어 주란 말은 안 할 테니 나쁜 짓 하지 말고 건강하라. 이상 땡땡 끝이다. 자, 해산!"

라헤안시는 대충 손을 저으며 설교를 끝냈다. 그러고는 목이 타는지 평신관이 들고 있던 접시의 성수를 벌컥벌컥 마셔 버렸다. 졸지에 빈 접시를 들고 있게 된 신관의 표정이 볼만했다.

"아, 아차. 맞다, 맞다. 이 항아리에 내 축복을 담은 물이 있으니 한 모금씩 먹고 돌아가거라. 만병통치는 아니지만 감기 정도는 낫게 해 줄 터이니. 어허, 새치기하는 나쁜 아이에게는 줄 수 없다."

단상을 쭉 둘러싼 큰 항아리들에 그런 비밀이 있을 줄이야. 사람들은 설교가 끝났음에도 멍하니 제자리에 서 있다가 성수라는 말에 눈망울을 반짝였다.

신관과 성기사들의 무서운 눈빛 아래, 사람들은 차례대로 줄을 서서 성수를 마셨다. 신전에 헌금을 어지간하게 많이 내지 않는 이상에야 성수는 쳐다볼 수도 없는 귀한 것이었다. 몇몇 사람들은 집안의 아픈 사람들을 데리러 가는지 분주하게 광장을 빠져나갔다.

기사들은 짧지만 폭풍 같았던 설교를 반추하며 입을 여전히 다물지 못했다.

"괴, 굉장해."

그 굉장하다는 말이 과연 좋은 쪽에 속해 있을지 모르겠지만, 리카르디스는 그의 말에 동감했다. 굉장한 미친놈이었다.

하지만 단상을 둘러싼 저 수많은 항아리들. 라헤안시는 리카르디스와 엘피디오 다음으로 성력이 강한 편이었으나, 저 항아리들을 모두 성수로 채울 정도는 아니었다. 아마 몇 주 동안 꼬박꼬박 만들고 모아 둔 것이 아닐까. 세상만사를 귀찮아하는 태도에 비하면 만민을 굽어살피는 훌륭한 신관의 자세가 아닌가. 리카르디스는 피식 웃고는 광장을 떠났다.

거리의 사람들은 성수를 먹었느니 안 먹었느니, 그림자 없는 밤이 무엇인지 아느냐며 와와 시끄럽게 떠들어 댔다. 축제가 한층 더 활기를 띠었다.

잠시 사라졌던 로젤린이 슬그머니 나타나서 성수를 먹어 보고 왔다고 얘기했다. 특별한 맛을 기대한 것 같은데, 그냥 시원하고 맛있는 물이었다며 실망하는 기색이었다. 물론 로젤린은 길을 잃은 전적이 있었던 터라, 또 자리를 함부로 비웠다고 혼났다.

'아니, 근데…… 성수를 먹어?'

먹어도 되는 거야? 리카르디스의 미간이 찌푸려졌다.

사절단이 일라베니아로 돌아오는 길. 리카르디스는 '파편'에 중독되고 큰 부상을 입었던 로젤린을 치료할 때 한계까지 성력을 쏟아부었었다. 그때야 그저 로젤린의 정체를 어림짐작만 할 뿐이었고, 정확히 아는 게 없어 뭐라도 해 보자는 마음이었으나…….

생각해 보니 돕기는커녕 위험했을 수도 있었다. 성력과 마력이 간섭하지 않는다고는 하지만 그 불안정한 상태에 다른 종류의 힘이 들어갔을 때의 작용은 알지 못했다. 무지가 해악은 아니나, 다소 위험을 동반한다는 것은 부정할 수 없는 사실이었기에. 리카르디스의 표정이 점점 굳어졌다.

"로즈. 잠시만 손을……."

리카르디스가 손을 내밀자 로젤린이 그 위로 손을 탁 얹었다. 커다란 개가 손을 불쑥 내미는 것 같았다. 그의 마음이 더 심란해졌다. 리카르디스는 곧 정신을 차리고 본목적으로 돌아가 성력을 불어넣기 시작했다. 로젤린은 제힘을 가르며 들어오는 성력을 느끼고 부르르 떨었다.

그녀의 몸을 떠돌던 성력은 중간중간 어떤 힘에 의해 방해를 받았다. 리카르디스는 그것이 마력일 것이라 추측했다. 시간이 조금 흐른 후, 완전히 분리되어 있던 성력이 로젤린에게 조금 스며들었다. 일반적인 사람들에 비하면 아주 낮은 수준으로 흡수되는 것은 틀림없지만, 그래도 그녀 또한 성력을 조금이나마 받아들이는 몸으로 변화를 한 것 같았다.

마력과 성력의 만남은 아주 기묘했다. 물과 기름이라고 설명할 수 있을까. 섞이지 않는 성질이지만, 서로에게 결코 해를 끼치지 않는다. 그 객관적인 사실이 아직까지는 지켜지고 있는 것 같아 다행이었다.

하지만 상대는 무엇으로도 정의되지 못한 존재였다. 일반적인 상식을 온전히 기대하기에는 불안한 부분이 많았다. 정보가 필요했다. 이 세상에 존재하는 두 가지 힘. 성력과 마력의 표면적인 부분이 아니라 조금 더 깊이.

리카르디스는 성력과 마력을 연구하는 기관의 이름을 아주 잘 알았다. 그 기관의 이름은 신전이며, 연구자들은 신관이다. 그리고 대신전은 그 모든 정보들이 총망라된 집합체다. 대신관이라면 아마 황태자 위에 오르지도 못한 황자보다는 많은 것을 알고 있을 것이다.

'라헤안시⋯⋯.'

조만간 그를 찾아가 봐야겠다.

리카르디스는 자신을 멀뚱히 쳐다보는 로젤린의 손을 꼭 잡았다.

"⋯⋯길을 또 잃을 수도 있으니까."

그는 굉장히 현실감 있는 변명을 하며 그녀의 손을 잡은 채 걷기 시작했다. 로젤린은 그의 옆에 바싹 붙어 걷다가 잡혀 있는 손을 들어 올려 이리저리 살폈다.

"도련님의 손은 굉장히 크네요. 멋있습니다. 손가락도 길고."

로젤린이 잡혀 있지 않은 손으로 리카르디스의 손등과 손가락을 덧그리듯 톡톡 두드렸다. 리카르디스의 귀 끝이 빨개졌다. 이후에 후드 자락을 슬쩍 들어 손에서 이어지는 팔목 라인을 은근히 과시하는데 르원은 차마 그 광경을 두 눈 뜨고 보지 못했다.

모두 천천히 두 사람의 뒤를 따르는 중, 눈치 없는 파르파르가 "다들 이렇게 느려서 호위하겠어?"라는 망발을 내뱉었다. 파르파르는 하니에게 매우 혼났다. 육지로 올라왔으면 좀 인간 흉내라도 내란다. 언제까지 고래로

살 거야! 이어서 루루가 너무 진심으로 화내서 파르파르는 굉장히 시무룩
해져 버렸다.

* * *

로젤린이 레이몬드와 가벼운 티타임을 가지고 있던 때였다. 레티시아와
에버하르트가 방을 찾아와 머뭇거리다 털어놓았다. 로젤린이 눈을 동그랗
게 뜨고 그들을 번갈아 보다 환하게 웃었다.

"아, 정말 축하합니다. 정말 잘됐군요. 수고 많았습니다, 정말."

'정말'이라는 단어를 세 번이나 사용한 엄청난 축하였다. 전(前) 수습 기
사들은 감동의 눈물을 펑펑 쏟아 냈다. 에버하르트는 너무 울어서 말도 못
할 정도였고, 레티시아도 마찬가지로 엉엉 울며 로젤린을 얼싸안았다. 에버
하르트도 은근슬쩍 안기려고 했지만, 레티시아가 그의 발을 거세게 밟아 무
산시켰다.

발타에서 돌아오는 길에 많은 사람들이 죽었던 만큼 공석도 늘어났다.
리카르디스가 제국의 2황자라는 지고한 신분이기에 애도의 시간은 짧을 수
밖에 없었다. 로젤린이 마른가시나무 영지에 있는 동안 추모식과 승단식이
모두 끝났다. 슬픈 일이 있었지만 기쁜 일도 있었다. 몇 년째 수습 기사에
머무르던 에버하르트와 레티시아가 드디어 승급한 것이다.

하급 기사로 승급하기 위해서는 여러 가지 조건을 충족해야만 했다. 기
본적인 지식과 예법 등의 필기시험을 통과해야 하는 것은 물론이고, 기숙사
에서 받는 벌점이 기준보다 낮아야 하는 것 또한 말할 것도 없었다. 그러나
가장 중요한 건, 역시 검술 실력이었다. 기초적인 체력 검사, 평소 검술 교
관의 평가와 수습 기사들끼리의 대무까지. 레티시아와 에버하르트는 그 까
다로운 승단 심사를 통과한 것이다.

로젤린 대신 그 승급 심사를 지켜본 레이몬드의 말에 따르면 에버하르트

는 마치 다람쥐같이, 레티시아는 마치 표범같이 상대의 공격을 피해 냈다고 한다. 어찌나 날랜 솜씨인지 부단장 나단 경이 눈여겨볼 정도였다고.

"저는 공격을 피하는 능력만 조금 좋아졌다고 생각했습니다만, 글쎄 상대방의 공격이 다 보이지 뭡니까. 로젤린 경이 저희들을 보는 기분이 그랬을까요?"

에버하르트는 로젤린이 "네." 하고 정직한 대답을 해도 바보처럼 웃었다. 정식 단원이 되었으며, 또한 봉급도 받고 이름뿐이지만 작위도 하사받았다. 뿌리 출신인 에버하르트는 더욱 감회가 새로울 것이다.

레티시아도 가난한 영지의 아가씨였던 터라, 봉급 얘기를 하면서 기쁨을 감추지 못했다. 여동생들에게 괜찮은 드레스를 선물해 줄 수 있을 것이라며. 정작 그 여동생들은 드레스를 거추장스러워하는 모양이지만, 언니의 마음은 또 다른 듯했다.

로젤린은 수습 기사들을 받아들인 이후 곧바로 제작했었던 검 두 자루를 그들에게 선물했다. 승급한 수습 기사들에게 스승인 상급 기사가 검을 선물하는 것이 관례라는 레이몬드의 조언을 따른 것이었다.

레티시아와 에버하르트는 멍한 얼굴로 받은 검을 더듬었다. 레티시아가 검을 들어 허공을 천천히 그었다. 그녀의 얼굴에 발그레한 홍조가 돌았다. 유명한 장인이 그들이 선호하는 검의 형태와 무게와 손의 크기까지 고려해 만든, 세상에 둘도 없는 검이었다.

물론 그 모든 것을 고려한 세심함은 로젤린이 아닌 레이몬드의 결과물이었지만, 그들은 알지 못했다. 그저 스승의 은혜에 가슴이 사무쳤는지 눈물을 재차 쏟아 낼 뿐이었다. 눈알이 흐르는 게 아닐까 싶을 정도로 울어서 로젤린은 매우 당황했다. 기쁜데 왜 울지. 우는 그들을 붙잡고 물어봤더니 너무 기쁘면 눈물도 나온다며 에버하르트가 필담으로 알려 줬다.

아, 그래. 에버하르트와 레티시아는 그럼 매우 기쁜 거로군요. 로젤린은 흡족해하며 눈물을 더 흘리라고 권유했다. 우십시오. 더 우세요. 마음껏.

그 눈물의 현장 뒤에서 레이몬드가 머뭇거리며 "그, 그 검 말이야, 그 거 내가……." 하고 말하려 했지만, 레티시아와 에버하르트의 엉엉 우는 소리에 묻혔다. 그 뒤에도 "내가, 그걸!"이라든가, "그 장인에게 아무나 부탁 못 하는데 말이야……!" 따위의 시도가 있었으나 역시나 두 하급 기 사들에게는 들리지 않는 모양이었다. 레이몬드는 결국 조용히 차만 홀짝 였다.

하급 기사가 된 수습 기사들은, 상급 기사의 지도 아래에서 벗어나는 것 이 일반적이었다. 제자와 스승이 아닌 동료라는 이름으로 새롭게 관계의 형 태를 다시 쓰게 되는 것이다.

여러 이유가 있지만 가장 큰 이유는 정식으로 기사가 된 만큼 임무를 배 정받아, 하루 종일 상급자를 따를 만한 시간적 여유가 없어지기 때문이었 다. 또한 하급 기사가 되면 기사로서 1인분은 하게 된 것이라 으쓱하게 되 어 누군가의 시중을 드는 일을 기피하기 때문이기도 했다.

하지만 에버하르트와 레티시아는 전과 같이 로젤린을 따르겠노라 자청했 다. 임무를 제외한 시간을 그녀를 위해 쓰겠다고 얘기했고, 로젤린은 기뻐 서 펄쩍 뛰며 그들을 한 번씩 안아 주었다. 몇 달 되지도 않은 인연의 끈이 질기기가 이루 말로 할 수가 없었다.

"발전했지만 부족한 부분도 많으니, 앞으로 더 열심히 해 보도록 하죠, 우리."

두 사람은 척추를 타고 올라오는 섬찟한 기운에 잠시 몸을 떨었다. 살짝 미친 짓 하는 것 같은 기분이지만…… 괘, 괜찮겠지? 레티시아와 에버하르 트는 소리 없이 시선을 주고받다가 어색하게 웃었다.

하지만 그들이 계속해서 로젤린의 편의를 돌볼 것이라 해도, 하루 종일 붙어 있을 수 있는 게 아니다 보니 수습 기사가 더 필요하긴 했다. 레이몬 드는 그녀의 손을 이끌고 수습 기사들이 단련하는 연무장으로 향했다.

승급한 수습 기사들보다 새로 들어온 자들이 훨씬 많다더니, 너른 연무장이 꽉 찰 정도였다. 아직은 어린 티가 나는 자들이 기사랍시고 등을 꼿꼿이 한 채 부단장 부관 레이몬드와 로젤린을 맞이했다. 대부분의 시선은 로젤린에게 쏠려 있었다.

"검은 달을 가르는 이델라브힘의 영광을!"

연무장이 우렁차게 울렸다. 레이몬드가 피식 웃었다. 황제 폐하가 와도 저 정도의 목소리는 아니겠다 싶었다.

"이델라브힘의 영광을, 그대들에게. 편하게들 쉬도록 해. 로젤린 경의 수습 기사가 될 만한 인재가 있는지 둘러볼 뿐이니."

편하게 쉬라는 레이몬드의 말은 그들의 반대쪽 귀로 흘러 사라졌다.

'로젤린 경의 수습 기사가 될 만한 인재?'

다들 잠시간 술렁이다 야욕이 넘치는 표정을 하고는 멋진 폼으로 검을 휘둘렀다. 너무 예상한 반응이라 웃겼다. 레이몬드는 혼자서 흐흐흥 소리 내어 웃었다. 귀엽게 놀기는, 병아리들.

선망, 존경, 호기심, 탐구. 여러 가지 감정이 섞인 시선들이 로젤린을 떠돌았다. 로젤린은 햇빛을 받아 눈을 가느스름하게 뜨고는 나른하게 서 있었다. 사람들이 열의에 가득 차서 검을 휘두르건, 흥미를 불러일으키기 위해 무슨 짓을 하건 관심 없어 보이는 모양새였다.

"근데, 레이몬드."

"왜, 로젤린. 아, 쟤 봐라, 옷 벗는다. 너한테 복근을 보여 주려는 모양인데."

레이몬드가 가리킨 남자는 아직 성장 중이긴 하지만 제법 잘생긴 축에 속하는 수습 기사였다. 은근한 눈빛을 하며 윗옷을 천천히 벗어 재끼는데, 마을 처녀들이라면 꺅꺅 소리 지르며 볼 만한 몸매였다. 하지만 안타깝게도 로젤린은 마을 처녀가 아니었고, 이 직장은 갑옷 같은 근육을 가진 자들이 돌멩이보다 흔한 곳이었다. 수습 기사의 몸은 마치 두부 같아 보일 정도의.

"지원서 안 받았잖아. 나한테 지원한 애들 모아서 봐야 하는 거 아니야? 저 정도 복근이라면…….."

로젤린은 제복을 슬쩍 까서 제 배를 보고는 고개를 끄덕였다. 내 것이 더 훌륭해. 레이몬드가 식겁해서 그녀의 제복 상의를 얼른 내렸다.

"로, 로, 로젤린! 밖에서 그러면 안 돼!"

"쟤는 윗옷 아예 벗었잖아."

레이몬드는 저놈이 잘못한 거라며 길길이 날뛰었다.

"거기 너! 어디서 기사가 단정하지 못하게 옷을 벗어! 일주일 근신이다!"

근육을 자랑하던 수습 기사는 축 처져서 기숙사로 돌아갔다. 아, 나도 안 되고 쟤도 안 되는 거였어? 합리적인 결말에 로젤린은 수긍한 듯 고개를 작게 끄덕였다. 레이몬드는 안도의 한숨을 내쉬었다. 애들 앞에서는 찬물도 못 마신다더니…….

"어디까지 했더라."

"지원서."

"아, 그래. 지원서. 그건 딱히 안 받아도 될 것 같아서. 다들 네 수습 기사가 되기만을 바라고 있을걸? 지금 네가 얼마나 유명한지 모르는구나?"

"내가 유명해?"

로젤린이 눈을 동글동글하게 뜨고 올려 봤다. 레이몬드가 흐흐 웃으며 그녀의 어깨를 와락 안아 어깨동무했다.

"그럼. 멋지게 리카르디스 전하를 구한 강한 기사 로젤린! 다들 널 좋아하고 존경하니까. 적당히 보고 너…… 내 수습 기사가 되어라…… 하면 다들 황송해하면서 네 발밑에 몸을 던질 거야."

로젤린은 다들 자신을 좋아하고 존경한다는 대목에서 크게 감명받은 눈치였다. 예전에 레이몬드에게서 "너…… 친구…… 나밖에 없다?"는 말을 들은 게 충격이었던 만큼 기쁜 듯했다.

로젤린은 주위를 쭉 둘러봤다. 여자 기사, 남자 기사 할 것 없이 초롱초롱한 눈을 빛내고 있었다. 어쩐지 레티시아와 에버하르트가 생각나는 눈동자들이었다. 로젤린은 히죽 웃었다.

"기분 최고야."

레이몬드도 그녀와 마주 보며 와하하 웃었다. 우리 로젤린 인기 많은데? 대단한데? 하고 빤히 보이는 식으로 추켜세워 줘도 굉장히 으쓱했다.

두 사람은 연무장을 한참을 더 돌아다녔다. 레이몬드는 검을 휘두르는 수습 기사들의 자세를 교정해 주었고, 로젤린은 수습 기사들과 일 대 다수의 대련을 했다. 그녀와 대련하던 수습 기사들 중 세 명이 기절해서 실려 나간 이후, 로젤린은 검술의 시범만 보였다. 부단장의 부관과 유명한 상급 기사가 지도해 주니 다들 의욕이 충만해서 열심히 배우려 했다.

눈치 보며 머뭇거리던 수습 기사들도, 하늘 위에서 빙글빙글 돌던 마카롱이 내려오는 것을 기점으로 우르르 몰려들었다. 로젤린 경의 유명한 애완동물, 마카롱 경이 아닌가!

"와, 마카롱 경!"

"진짜 크다!"

"멋있어!"

"독수리를 이렇게 가까이서 보는 건 처음입니다!"

마카롱은 고개를 하늘 쪽으로 뻗는다든가, 날개 한쪽을 쑥 들어 준다든가 하는 식으로 수습 기사들에게 멋진 자태를 뽐냈다. 주인이나 애완동물이나 참 사람 좋아하는 애들이야…… 레이몬드는 흐릿하게 웃었다.

너른 연무장을 꽉 채우던 수습 기사들은 로젤린과 레이몬드의 근처에서 웃고 떠들었다. 그 때문에, 홀로 멀리서 지켜만 보고 있는 소년이 더 눈에 띄었는지도 몰랐다. 마카롱의 날개깃을 쓰다듬던 로젤린도 소년의 존재를 눈치챘다. 산딸기로 만든 와인과 비슷한 예쁜 머리색을 가진 소년이었다.

눈이 마주치자 소년은 멀리서도 보일 정도로 화들짝 몸을 떨었다. 열렬하게 쳐다볼 때는 언제고, 그 적나라하기 그지없는 시선을 알아챈 로젤린이 도리어 놀랍다는 듯, 어린 얼굴에 경외가 서려 있었다. 소년이 머뭇거리다 살짝 고개를 숙이며 묵례했다. 로젤린이 눈을 깜박이며 그의 인사를 받았다.

"그러니까, 만지기 전에는 마카롱 경, 만지는 걸 허가해 주시겠습니까? 하고 정중히 물은 다음에 고개를 끄덕이면 그때 만져야 된다고…… 어허어, 마카롱 경! 그러면 못써! 후배들의 실수는 사랑으로 감싸 줘야지!"

레이몬드는 수습 기사 한 명을 공격하는 마카롱을 말리던 중 로젤린이 먼 곳을 바라보고 있다는 것을 깨달았다. 그녀의 얼굴 방향을 따라가니 곱상하게 생긴 소년이 보였다.

"왜 그래, 로젤린."

"쟤는 이름이 뭐야?"

아무리 하얀밤 기사단을 관리하는 자 중 한 명이라지만, 수많은 수습 기사들의 이름을 전부 기억할 리 없었다. 그럼에도 레이몬드는 소년의 이름을 바로 떠올려 냈다. 여러모로 기억에 남는 인물이었기 때문이었다.

"이번에 들어온 애들 중 몇 안 되는 뿌리 출신의 헤사. 검술은 좀…… 많이 약하지만 박투에서는 두각을 보이더라고. 기본적인 전투 감각이 뛰어나서 선발됐어."

수습 기사, 헤사는 나무 그늘 아래에서 나와 조심스럽게 다가오는 중이었다. 어느새 그의 손에는 한 송이 들꽃이 들려 있었다. 수많은 수습 기사들을 헤치고 그녀의 앞에 선 소년이 한쪽 무릎을 굽혔다. 소년이 고개를 푹 숙이고 꽃을 로젤린에게 내밀었다. 귀 끝이 발개져 있었다.

"이 꽃을 받아 주시겠습니까, 로젤린 경?"

레이몬드는 당황했다. 이렇게 다들 지켜보는 가운데 뇌물을 바치다니, 배짱이 대단한 놈이 아닌가!

로젤린이 고개를 끄덕이며 소년이 건넨 꽃을 받았다. 꽃줄기가 손에서 스르륵 빠져나가자 혜사가 깜짝 놀라며 고개를 번쩍 들었다. 귀 끝부터 퍼져 나간 붉은 기운이 온 얼굴을 물들였다. 소년은 불에 덴 것처럼 허둥 지둥, 몸 둘 바를 몰라 하다가 곧 결의에 찬 눈동자로 로젤린을 올려다보 았다.

그 순간 로젤린의 얼굴에 미묘한 이채가 떠올랐다. 동시에 레이몬드의 팔 위에 앉아 있던 마카롱도 혜사를 바라보았다. 갑자기 소년의 몸에서 익 숙한 기운이 느껴지기 시작했다. 심장 박동과 함께 세차게 마력이 울리고 있었다.

하지만 로젤린이 최근 수없이 겪었던 검은달의 마력처럼 검붉고, 난폭하 게 변질된 것이 아니었다. 색으로 친다면 순수한 검정. 티 하나 없는 완벽 한 암흑. 고요한 힘이었다. 마치 거울을 보고 있다는 착각이 들 정도로 소 년이 가진 마력은 로젤린의 것과 흡사했다. 로젤린의 떠나지 않는 시선에 혜사의 얼굴이 붉게 달아올랐다.

가만히 서로를 응시하는 두 사람의 주위는 찬물을 끼얹은 듯 조용했다. 수습 기사들의 지도 및 마카롱 경이 멋진 자태를 뽐내던 상황을 가르며 들 어온 꽃 한 송이의 파급력이었다. 이 이상하고도 어색한 기류라니. 심지어 는 혜사를 바라보는 수습 기사들의 눈초리가 점점 사나워지고 있었다. 레이 몬드가 슬쩍 눈치 보다가 연극하는 듯한 목소리로 끼어들었다.

"로, 로젤린, 우리 이제 슬슬 돌아갈까? 수습생들은 다음에 둘러보고?"

아, 수습생. 그러고 보니 수습 기사를 뽑으러 온 거였지. 로젤린은 본래 의 목적을 떠올릴 수 있었다. 그녀의 시선이 다시 혜사를 향했다. 레이몬드 가 다들 네 수습 기사가 되기만을 바랄 것이라며, 지원서 따위는 필요 없으 니 그냥 적당히 고르기만 하라고 했었다.

로젤린이 고개를 끄덕였다. 레이몬드는 돌아가자는 자신의 말에 그녀가 답한 줄 알고 반색했지만, 로젤린은 자리에서 꿈적도 하지 않고,

"너, 내 수습 기사가 되어라."

라고 말했다. 100명에 달하는 수습 기사들이 있는 거대한 연무장에는 바람이 지나는 소리만 흘렀다. 바보같이 멍한 표정을 짓고 있던 헤사가 로젤린이 말한 한참 뒤에 화들짝 놀라더니 입을 가렸다.

웃는지 우는지 놀랐는지 모를 이상한 표정을 하던 소년이 떨리는 몸짓으로 무릎을 완전히 꿇고 머리를 바닥에 대었다. 주인에 대한 종의 경외에 모두가 상황을 깨달았다. 침묵이 깨지며 주위가 술렁거리기 시작했다.

레이몬드도 입을 떡 벌렸다. 아까 자신이 말한 "다들 황송해하면서 네 발 밑에 몸을 던질 거야."의 완벽한 표본이 아닌가! 그건 비유였지, 실제로 일어날 상황을 예견한 게 아니었는데!

* * *

레이몬드와 로젤린, 헤사는 자리를 옮겼다. 헤사는 방에 들어와 앉으라는 말을 들은 이후 줄곧 그녀 발치에 무릎을 꿇고 올려다보고 있었다. 로젤린은 별로 신경 쓰지 않았지만, 레이몬드는 신경 쓰였다.

"……자리에 앉는 게 대화하기에 용이하지 않겠나?"

헤사가 얼굴을 붉혔다. 그는 허둥지둥하며 비어 있는 의자에 얼른 착석했다. 레이몬드가 인상을 살짝 찌푸리며 미간을 문질렀다. 예법과는 거리가 멀어 보이고, 뿌리 출신이기까지 하니. 그다지 도움이 될 것 같지 않은데…….

자연스럽게 무릎을 꿇고 머리를 숙이는 모습에서 소년이 자라난 환경을 짐작할 수 있었다. 일라베니아 내에서 노예 계약은 불법이지만, 그렇다고 해서 노예 취급 당하는 자가 없다는 얘기는 아니었으므로.

소년의 성장 배경이 안타깝기는 했으나, 수습 기사를 동정심으로 뽑을 수는 없었다. 공은 공, 사는 사. 레이몬드는 부러 서늘한 표정을 지으며 입을 열었다.

"상급 기사의 휘하에 들어가게 되는 수습 기사는 상급자의 수족이나 다름없다. 당연히 훨씬 많은 책임과 의무가 따른다. 충분히 인지한 것이 맞나?"

레이몬드는 이 소년이 로젤린을 보필하기에 부족해 보인다고 냉정하게 평가했다. 헤사는 그의 질문에 대답하지 못하고서 손의 거스러미를 뜯으며 아래만 쳐다보았다.

"······노력하겠습니다."

"노력만으로는 부족하다. 나는 수습생이 상급자의 명예나 체면을 훼손하는 경우를 바라지 않는다. 이번의 돌발 행위도 포함해서 얘기하는 것이다. 신중히 행동하라. 비록 정식 서임을 받지 못했다 하더라도 하얀밤의 이름을 달고 있다면, 모든 언행이 본인만의 책임으로 끝나지 않음을 항시 기억해라."

헤사는 고개를 더 푹 숙이고 아랫입술을 물었다. 눈동자가 반지르르해지고 눈 밑이 붉게 물들어 있었다.

"로젤린 경은 어떻게 생각하지? 헤사 수습생이 에버하르트 경과 레티시아 경의 공백을 충분히 메울 수 있을 것 같은가?"

못 메울 것 같지? 얘 하지 마. 레이몬드가 불만스러운 표정으로 말하고 있었다. 로젤린이 헤사를 바라보았다. 힐끔 눈치 보던 소년이 후다닥 시선을 내렸다. 귀 끝이 또 빨개져 있었다. 로젤린이 빙그레 웃었다.

"모르면 배우면 됩니다."

"누구한테······?"

레이몬드가 미심쩍은 표정을 지었다. 너한테 배우라고, 지금?

"에버하르트와 레티시아에게."

그는 가슴을 쓸어내리며 고개를 끄덕였다.

"그렇다 해도 그들 또한 임무가 있어서 수습생의 교육에 온전히 힘을 쓸 수 없다. 정말 괜찮겠나?"

아, 얘는 진짜 아닌 거 같아, 로젤린. 다시 생각해 봐. 레이몬드가 또 표정으로 얘기했다.

"예. 괜찮습니다."

로젤린의 말에 헤사가 고개를 들었다. 묘하게 흘러가는 분위기에 소년은 붉어진 눈가를 손으로 쓱쓱 문지르며 눈동자를 굴리고 있었다. 레이몬드가 한숨을 푹 쉬었다. 그녀의 고집이 쉽게 꺾이지 않는다는 것쯤은 예전부터 알고 있었다.

레이몬드는 고개를 절레절레 젓고는 일어섰다. 여전히 탐탁지 않아 하는 시선으로 헤사를 훑기는 했으나, 로젤린의 선택에 더 이상 입을 대지 않았다.

"하여간 고집불통. 내가 너 강아지 같은 거 몰래 주워 올 때부터 다 알아 봤어."

레이몬드가 로젤린의 볼을 쭉 늘어트렸다.

"안 즈어 앗어."

"기억 못 한다고 없던 일이 되는 건 아니거든, 로젤린."

'로젤린'이 강아지를 주워 오는 일이 잦았던 모양이었다. 어쨌거나 자신이 한 일도 아닌데 혼나서 지금의 로젤린은 몹시 심통이 났다. 레이몬드가 딱딱하던 말투와 기세를 바꾸자 헤사가 눈알을 또르륵 굴렸다.

"수습생. 잘해라."

"네!"

레이몬드가 헤사의 머리를 쓸고 나갔다. 헤사가 떠나는 레이몬드의 뒷모습을 얼떨떨한 표정으로 바라보았다.

'어…… 되, 된 건가?'

헤사는 자신이 꿈에서도 바라 왔던 일이 일어났음에도 기뻐하지 못했다. 무턱대고 꽃을 선물하기는 했으나 그녀가 꽃을 포함한 자신도 받아들이리라고는 생각하지도 못했던 것이다.

헤사는 귀족들의 세계에서 '뿌리'라는 이름이 어떻게 받아들여지는지 잘 알고 있었다. 하얀밤 기사단의 위명이 높아진 만큼 이번에 들어온 수습 기사들의 수준과 지위도 천정부지로 높아졌다. 어느 대단한 가문의 누구. 누구의 딸, 누구의 아들…….

그 어마어마하고 대단히 고귀한 사람들 사이, 뿌리 출신은 단 네 명뿐이었다. 100명이 넘는 수많은 자들 중, 단 넷. 이 숫자가 '뿌리' 출신에 대한 취급을 어느 정도나마 나타내고 있다 말할 수 있었다. 있어도 없어도 그만인, 운이 좋아 꽃다발 사이에 끼어 들어온 뿌리 한 줄기. 딱 그 정도.

신분의 벽이 높으리란 것을 예상하지 못했던 건 아니나, 혜사는 입단 후에 그걸 더 뼈저리게 체감했다. 합격이라는 말을 듣고 부풀어 떠올랐던 가슴은 사람들의 날카로운 시선에 찔리고 찢겨, 서서히 가라앉았다. 혜사는 늘 그랬듯 모든 기대를 내려놓았다. 사실 하얀밤 기사단에 들어온 것만으로도 목표는 달성한 셈이었다. 세간에 떠들썩한 그 무용담의 주인공을 한 번이라도 보고 싶었을 뿐.

그러나 수습 기사들 사이에 둘러싸여, 커다란 독수리의 비호를 받고 있는 로젤린을 본 순간. 혜사는 저도 모르게 움직이고 있었다. 자신이 무슨 일을 저질렀는지 깨달았을 때는 이미 수습 기사가 된 이후였다.

'이게 무슨 미친 상황이야.'

상식적으로 말도 안 된다. 2황자 리카르디스의 신임을 받고 있다는 점과 마인이라는 사실이 대두되며 로젤린은 큰 화제를 모았다. 혜사의 동기 대부분이 그녀의 수습 기사가 되길 바란다고 봐도 과언이 아니었다.

로젤린 또한 이런 상황을 잘 알고 있을 것이다. 수상한 뿌리 출신은 휘하에 둘 이유가 전혀 없었다. 단순히 마인이라는 이유만으로? 얕은 동질감 하나로 자신을 허락한 것인가? 물론 그러길 바라서 마력을 운용했으나, 솔직히 통할 거라고는 일말도…….

"혜사."

"네!"

혜사가 경기하듯 몸을 떨며 대답했다.

"마력을 움직여 보겠습니까."

혜사는 놀란 가슴을 진정시킨 후, 마력을 움직이기 시작했다. 로젤린은 그의 안을 관조했다. 검고 빛나는 마력이 느릿하게 움직였다. 커다랗고 따 듯한 것이 소년의 몸을 가득 메우고 박동했다. 밤하늘을 보는 기분이었다. 로젤린이 날카로운 표정을 누그러뜨리며 웃었다.

"마인을 이렇게 가까이서 만난 건 처음이라. 신기하군요."

혜사가 멍하니 그녀를 바라보았다. 로젤린이 웃어 줬다는 이유 하나만으 로 그녀가 제 편이 되어 줄 것만, 되어 준 것만 같았다. 그래서였을 것이다. 하급자가 청하기에는 어쩌면 건방질 수도 있는 부탁을 자신도 모르게 내뱉 어 버린 것은.

"실례가 안 된다면, 로젤린 경의 마력을 제가 볼 수 있을까요?"

물론 혜사는 그 말을 내뱉고 0.1초 후에 바로 입을 가렸다. 미쳤나? 오 늘따라 행동이 제어가 잘되지 않았다. 마인들은 어딘가 다들 이상하고 미쳐 있는 구석이 있다더니!

"그러죠."

로젤린의 대답은 담백하기 그지없었다. 이에 소년은 아, 이게 별일은 아 니었나? 하고 다시 안정을 되찾았다.

햇빛이 쏟아지던 방 안이 순식간에 어두워졌다. 창을 가리는 거대한 몸 집 때문이었다. 마카롱 경이 어느새 날아와 창틀에 앉아 있었다. 맹금류의 왕이 날카로운 눈으로 혜사를 응시했다. 그 그림자에 잠식된 로젤린이 흐트 러진 머리를 뒤로 넘기며 눈을 감았다. 곧 세상의 소음을 잠재우는 거대한 것이 몰려왔다.

소년의 몸이 부르르 떨렸다.

대륙에 하얀 밤이 찾아오지 않은 지 이미 오랜 시간이 지났다. 멈춰 버린 시간 속에서 일라베니아는 곪을 대로 곪아 갔고, 그 모든 책임과 원망은 마인들이 지고 가야 했다. 헤사 또한 태어난 순간부터 낙인이 찍혀 있었다. 더러운 것, 불길한 것. 이델라브힘의 빛을 가리고, 대륙에 암운을 드리우는 저주받은 자들!

헤사는 언제나 순응했다. 싸운다 해도 얻는 것이 없었기에, 언제고 쉽게 얻어 본 적 없었기 때문에. 그래서 그런 말들 또한 그대로 받아들였다. 자신이 가진 힘이 불길하고 더러우며 저주받았다고.

그러나 로젤린의 안에서 요동치는 강한 기운을 느낀 순간, 헤사는 딱딱하게 굳어 있던 무언가가 파사삭 깨지는 소리를 들었다. 거대한 힘은 그녀 안에서 느릿하게 움직이고 있었다. 헤사는 자신이 거대한 파도나 소용돌이 속으로 들어가 끝없이 침잠하는 것 같다 느끼기도 했고, 하늘을 가득 메운 은하수가 쏟아지는 것 같다고 생각하기도 했다. 무서웠다. 하지만 아름다웠다.

헤사는 눈을 감았다. 검은 바다 안은 따뜻했다. 위로 어스름한 달빛이 내려앉으며 물결을 따라 그물같이 반짝였다. 그 안의 부드러운 흐름이 자신을 좋은 곳으로 떠내려 보내 줄 것만 같았다. 헤사의 눈꼬리로 눈물 한 방울이 흘러내렸다.

아, 어쩌면 이렇게나 아름다운……

수없이 들어 왔던 저주 같던 말들이 파도의 포말처럼 산산조각 나며 부서져 갔다.

* * *

"네에?"

콧노래를 부르며 로젤린을 찾아온 헤사는 하늘이 무너지는 소리를 들었다. 뭐든 열심히 배우고, 열심히 일해서 예쁨받을 기대에 가슴이 잔뜩 부풀어 있었건만!

"원래 하얀밤의 수습 기사로 입단하면 상급 기사를 따를 때의 교육도 따로 받습니다. 헤사는 들어온 지 얼마 되지 않아 과정을 거치지 못한 상태라고 들었습니다. 맞습니까?"

로젤린은 거울을 보며 제복을 정돈하고 있었다. 헤사가 그녀의 뒤에서 울상을 지었다.

"그, 그렇긴 하지만⋯⋯."

"그래서 당장은 도울 수 있는 일이 없을 거라 말하더군요."

헤사가 그녀의 뒤에서 입술을 꽉 깨물었다. 어떤 놈이 쓸데라고는 없는 말을⋯⋯.

"에버하르트 경이."

에버하르트⋯⋯ 헤사가 그의 이름을 곱씹었다.

"전 수습 기사였던 레티시아 경과 에버하르트 경이 남는 시간에 헤사의 교육을 도맡기로 했습니다. 오늘부터 당장 시작하기로 했다니, 열심히 배우십시오. 솔직히 내게 주어진 업무의 반 이상은 레티시아 경과 에버하르트 경이 처리했습니다. 그들이 나를 돕는 게 아니라, 내가 그들을 돕는 쪽에 가까웠기 때문에. 헤사에게도 많이 기대하고 있습니다."

업무라고는 처리할 줄 모르며, 네가 열심히 배워 오면 다 맡길 예정이라는 말을 굉장히 당당하게 했다. 하지만 헤사는 그녀의 태만한 업무 태도가 조금도 신경 쓰이지 않았다.

[헤사에게도 많이 기대하고 있습니다.]

기대하고 있다고 하지 않나! 전의 수습 기사들이 얼마나 훌륭했는지는 몰라도, 지금 로젤린과 함께 있는 건 자신이었다. 그들이 생각나지 않을 정도로 완벽한 수습 기사가 되리라!

헤사는 오후에 바로 전 수습 기사 중 한 명인 에버하르트와 만났다. 에버하르트는 헤사를 보자마자 히죽히죽 웃으며 손을 머리로 뻗어 왔다. 헤사는 눈을 크게 뜬 채 경직했다. 다가오는 손이 당장에라도 자신을 아프게 할 것 같았으나…….

그저 섬세하지 못하게 머리를 헤집을 뿐이었다. 에버하르트는 몹시 들떠 있던 상태라 제 손길에 잠시 굳어 버린 소년의 반응을 눈치채지 못했다. 자신보다 한참 어리고 작은 소년의 머리를 쓰다듬으며 귀여워하기 바빴다. 헤사의 표정이 싸늘해졌다.

"하급 기사 에버하르트다, 꼬맹아! 편하게 형이라고 불러!"

이게 그 에버하르트…… 헤사의 눈에 독기가 서렸다. 그 사실을 눈치채지 못한 에버하르트는 룰루랄라 콧노래만 불렀다.

"선배인 내가 하나부터 열까지 다 잘 가르쳐 줄게. 로젤린 경께서 내게 특별히 부탁하셨거든. 너…… 제대로 할 줄 아는 거 하나도 없지? 이야, 고생 좀 하겠네. 열심히 하자, 꼬맹아?"

헤사의 눈이 돌아갔다.

"망할 꼬맹이!"

에버하르트가 씩씩거리며 등장했다. 레티시아는 심드렁한 표정으로 팔굽혀펴기를 계속했다. 새롭게 로젤린의 수습 기사가 된 뿌리의 헤사. 그와 관련된 일이 아닐까. 후임자를 만나러 간다고 발걸음 가볍게 떠나더니, 어떻게 된 일인지 모르겠지만 딱히 궁금하지는 않았다.

로젤린에게 전해 듣기로는 "음. 헤사요. 굉장히 귀엽습니다. 갓 태어난 고양이같이."라는 감상이 다였다. 지금 에버하르트의 반응을 보자니, 확신하기 어려운 정보였지만.

"고오오이연놈! 시건방진 새끼!"

에버하르트는 분을 삭이지 못하고 계속 씩씩거렸다. 레티시아가 한숨을 쉬며 자리에서 느릿하게 일어났다. 에버하르트는 화내는 와중에도 마른 수건을 가지고 와서 그녀에게 건네주었다.

'같은 뿌리 출신인 데다가 성별도 같으니 말이 잘 통할 거라며 그렇게나

거들먹거리더니…….'

레티시아가 쯧 혀를 차고 수건으로 땀을 닦아 냈다. 에버하르트는 옆에서 헤사의 만행을 종알종알 얘기했다.

갑작스럽게 헤사가 결투를 신청했다고 한다. 가르침을 청한다 정중하게 얘기는 하고 있지만 눈빛이 호기로워, 자라나는 새싹을 작신 밟아 줄 생각을 하던 에버하르트는…… 참패했단다.

검투에서는 간신히 이겼지만, 박투에서 굴욕적으로 명치를 부여잡고 바닥에 쓰러져 끙끙거렸단다. 그런 에버하르트를 내려다보는 수습생의 눈빛은 뭐랄까.

"씹다 뱉은 음식물에 벌레가 꼬여 있는 걸 보더라도 그것보다는 부드러웠을걸! 쥐새끼 같은 게 얼마나 이리저리 약 올리면서! 레티시아, 혼내 줘!"

저런 놈이니 어린애랑 수준 맞춰서 놀고 있지…… 헤사뿐 아니라 에버하르트까지 통제해야 하는 레티시아는 골치가 아팠다. 그녀가 수건에 얼굴을 묻고 후우…… 속 깊은 곳에서 올라오는 한숨을 내쉬었다. 에버하르트가 비록 촐랑거리는 멍청한 촉새라도 무력은 무시할 게 못 되었다. 그가 방심을 했다고 하더라도, 새로 들어온 수습생 또한 분명 괜찮은 수준의 실력을 갖추고 있으리라.

"로젤린 경이 오니까 표정 싹 바꾸고는 꼬리에 불난 강아지처럼 어찌나 꼬리를 흔들어 대던지! 이중인격자야, 완전! 레티시아, 내 복수를 해 줘!"

레티시아가 에버하르트의 엉덩이를 퍽 찼다. 안 그래도 바빠 죽겠는데 이 자식은 도움이라고는 하나도 안 된다. 누가 싸우고 오랬나. 일을 가르치고 오라고 했지.

일과를 마치고 레티시아와 에버하르트는 문제의 수습생을 만나러 갔다. 에버하르트는 싸움에 지고 나서 제 형을 데리고 가는 꼬마 애처럼 어깨가 하늘 높은 줄 모르고 솟아 있었다.

"그 꼴사나운 어깨를 어떻게 하지 않으면, 내가 널 어떻게 해 버리겠어."

레티시아의 서늘한 협박에 에버하르트가 어깨를 축 늘어트렸다.

"검은 달을 가르는 이델라브힘의 영광을."

작달막한 소년이었다. 분홍색이 살짝 섞인 빨간 머리의 소년이 호기롭게 레티시아를 올려 보고 있었다. 첫 만남에 보이는 적개심이라고 보기에는 과한 감이 있었다. 레티시아는 에버하르트 멍청이가 무슨 초를 쳐 놓은 게 분명하다고 직감했다.

"이델라브힘의 영광을 그대에게. 수습생 헤사. 나는 로젤린 경의 휘하에 있는 하급 기사, 서리나팔의 레티시아다."

"헤사입니다."

예의는 갖췄으나 눈빛이 불손했다. 에버하르트가 뒤에서 바르르 떠는 게 느껴졌다. 저 자식은 전쟁에는 내보내면 안 되겠다. 너무 단순해서 도발에 백이면 백 넘어갈 게 분명했다.

"수습 기사는 상급자의 일과에 따라 같이 움직인다. 수습생은 상급자의 수족이나 다름없으니, 로젤린 경이 언제 일어나고, 언제 임무를 하고, 어떤 작업을 해야 하는지에 대해 잘 파악하고 있어야 해. 오늘은 그 일과에 대해서……."

헤사가 손을 가볍게 들었다. 레티시아가 턱짓으로 발언을 허가했다.

"대련을 부탁드려도 되겠습니까?"

에버하르트가 뒤에서 방방 뛰었다. 저거야, 저거! 저놈이 저거 해서 내가! 잉잉, 레티시아! 하는 속마음이 다 들려왔다.

레티시아는 에버하르트를 무시한 채, 소년을 다시 찬찬히 훑어보았다. 팔이 가느다랗다. 단련을 하기는 했지만, 아직 성장기인지 몸이 덜 자란 상태였다. 에버하르트의 복부를 타격하고 바닥에서 추하게 기어 다니게 할 정도의 타격을 주기에는 한참 모자라 보였다.

'단순히 힘이 센 게 아니군.'

그렇다면 하나밖에 더 없지 않은가.

'마인이다.'

로젤린 경이 혜사를 받아들인 경위가 이상하다 생각했는데, 소년이 마인이라면 나름 이해가 됐다. 레티시아가 그를 빤히 내려다보다 입을 열었다.

"내 말을 듣지 못했나. 오늘은 수습 기사가 할 일에 대해 배운다고 했어."

도발에도 안 넘어오자 혜사가 입술을 잘근 물었다. 저 뒤의 원숭이는 잘 넘어오던데…… 하는 당황의 기색이 느껴졌다.

"……피하시는 겁니까?"

에버하르트가 뒷목을 잡고 쓰러지는 시늉을 했지만, 레티시아는 소년을 가만히 내려다보기만 했다. 너무 빤히 보이는 수작이라 우습지도 않았다.

"서리나팔의 가언을 알고 있나, 수습생?"

혜사가 눈썹을 치켜뜨고는 그녀를 올려다봤다.

"시골 후미진 곳의 작은 영지라 잘 모를 테지. 서리나팔의 가언은 '서리나팔의 여자는 절대 지지 않는다.'이다. 이게 무얼 말하는 거라 보는가?"

"강하다는 얘기가 아닙니까?"

"세상에 절대 지지 않는 사람은 존재하지 않는다. 로젤린 경이라면 또 모를까. 아니, 로젤린 경도 나에게 체스를 지고는 하시니, 그분 또한 지지 않는 건 아니겠지."

혜사의 눈썹이 찌푸려졌다. 아까까지만 해도 제법 숨기는 척하더니, 어린애는 어린애인지 감정을 손쉽게 읽을 수 있었다.

"사소한 싸움의 승패 하나에 웃고 하나에 울며, 이겼네, 졌네 따위를 신경 쓰지 않는다는 거다. 지금 내가 수습생에게 이기면 어쩔 것이고, 지면 어쩔 것 같나. 진다 해도 그것은 앞으로 내가 강해지기 위한 밑거름이 될 뿐이다. 나의 패배가 전혀 중요한 싸움이 아니라는 거다."

그건, 그냥 허울 좋은…… 혜사가 울컥해서 무어라 말하려 했으나, 레티시아가 말을 덧붙이는 게 더 빨랐다.

"서리나팔의 가언은 그것을 말한다. 진정 싸워야 할 때가 찾아왔을 때야말로 물러서지 말라. 그것이 이기는 길로 나아가는 방법이다. 쓸데없이 힘을 빼지 마라, 수습생. 수습생이 싸워서 이겨야 하는 것은 내가 아니고, 에버하르트가 아니다. 수습생이 해야 할 일은 로젤린 경을 보조하는 것. 그리고 오늘은 그 일을 준비하기 위한 시간이다. 그런데 지금 수습생은 배우는 데에 필요한 시간을 깎아 먹고 있군. 병장기도 없이 전쟁에 나가는 꼴이다. 수습생의 힘이 얼마나 대단하건 간에, 이번은 필패다. 싸움의 종류를 알고, 싸워야 할 때를 알아라."

헤사의 얼굴이 발갛게 달아올랐다. 소년이 레티시아의 시선을 피하며 손을 꼬물거렸다. 레티시아가 픽 바람 빠지듯 웃었다. 뿌리 출신이 황성에서 얼마나 갖은 설움을 당했겠는가. 바짝 선 가시를 눕히려 해도 눕힐 수 없었을 것이다.

자신의 본분을 잊고서 원초적인 힘 대 힘으로 싸워 기를 누르겠다는 건방진 생각은 따끔하게 혼내야 하지만, 반성의 기미가 보였다. 천성이 나쁜 아이는 아닌 듯했다.

레티시아가 손을 무릎에 대고 상체를 숙여, 헤사와 눈높이를 맞췄다. 소년이 홍조가 올라온 얼굴로 눈치를 봤다. 그녀가 씨익 웃은 다음에 소년의 어깨를 툭툭 두드렸다.

"배짱은 썩 좋아 마음에 든다. 반드시 이겨야 하는 싸움에서는 물러나지 마라, 헤사 경."

헤사가 손의 굳은살을 만지작거리다가 고개를 푹 숙였다.

"죄송합니다."

뒤에서 에버하르트가 입을 떡 벌린 채 그 광경을 바라보았다.

이후로도 헤사는 다른 사람들에게는 여전히 뾰족하게 대했지만, 로젤린

511

과 레티시아, 레이몬드에게만은 고분고분한 태도를 보였다. 머리가 나쁜 편도 아니고 본인도 열심이라 업무를 익히는 속도도 빨라 레티시아는 결과적으로 만족했다.

여느 때와 다름없이 업무를 익히는 도중 혜사가 뜬금없이 물었다.

"……서리나팔의 남자는 지기도 합니까?"

서리나팔의 '여자'만 지지 않는 것인지 궁금했나 보다. 레티시아가 살짝 웃었다.

"서리나팔은 대대로 데릴사위를 들이거든. 데릴사위들은 가언을 변화시킬 영향력도 없을뿐더러, 가위바위보에도 열 내는 바보들이 많았다. 실제로 잘 지고 돌아다니기도 했고. 궁금증은 풀렸나?"

뭐가 웃긴지는 모르겠지만 혜사는 테이블에 엎드려서 숨 넘어가게 웃었다. 어린 웃음소리가 유리 소리처럼 맑았다.

후에, 레티시아와 로젤린이 담소를 나누며 혜사에 대해 '귀엽다.'라거나 '귀엽고 착하다.'라고 얘기를 나눴는데, 이에 공감하지 못하는 건 에버하르트뿐이었다.

* * *

마른가시나무 백작령, 비스타.

인상을 찌푸린 두 남자가 골목 입구에서 마주 보고 서 있었다.

"아이고, 내 팔자야. 이거 노동 착취 아닙니까, 도련님?"

알터가 앓는 소리를 내며 어깨를 툭툭 두드렸다. 이렇게 빤히 보이는 약한 척이 칼릭스에게 통하지 않으리란 것쯤은 알았으나, 그 나름 항의를 하는 것이었다.

붉은수레바퀴의 후계자, 칼릭스 에스터의 보좌관이라는 자리는 그다지 어려울 것이 없었다. 전선에 머무르는 시간이 긴 백작을 대신해 칼릭스는 주로 성안에만 머물렀고, 성안에서 할 수 있는 일은 한정되어 있었다. 그러므로 알터가 맡는 일 또한 쳇바퀴 굴러가듯 비슷한 일들뿐이었다.

하지만 그 일정한 굴레에서 벗어난 지는 제법 오래되었다. 사냥 대회에서 로젤린이 실종되었던 때부터. 그때부터 알터의 순조롭고 무난한 생활은 갈기갈기 찢어졌다. 결국 스스로 달아 놓았던 '월급 도둑'이라는 흡족한 별명도 내려놓아야만 했다.

로젤린이 마른가시나무 성에서 요양을 마치고 칼릭스와 함께 수도로 떠났을 때, 알터는 비스타에 남아 마인을 찾기 시작했다. 발타로 떠나지 않은 마인들이 전투가 잦은 지역에 자리 잡았단 이야기는 유명했다. 칼릭스가 이 거리에서 소매치기 마인 소년을 만났다는 말을 하지 않았더라도 알터는 비스타부터 뒤졌을 것이다.

문제는 어딘가에 분명 있을 마인과 함께 마인처럼 무섭게 생긴 자들도, 마인처럼 강한 자들도 여기저기에 널려 있다는 점이었다. 새로운 용병과 싸움꾼들이 쉼 없이 밀려드는 인파 속에서 알터는 그들을 구별해 낼 만한 능력을 지니지 못했다. 직접 발로 뛰어다녀도 얻는 소득은 그다지 많지 않았으니, 칼릭스가 하루걸러 하루 닦달해 대는 서신들에도 조금만 더 시간을 달라며 차일피일 미루는 수밖에 없었다. 그랬더니 칼릭스가 자신이 직접 알아보겠다며 비스타로 내려왔다. 평소 차분한 성격은 어디다 버리고 온 것인지. 알터는 오랜만에 제 주인의 얼굴을 보고 한숨을 푹 쉬었다.

최초의 하얀 밤과 검은 달이 뜬 날 '그림자 없는 밤' 축제부터 시작해서, 일라베니아 제국의 밤은 연일 빛나고 있었다. 오늘도 여전히 갖은 색깔의 아기자기한 등불들이 거리를 밝히는 중이었다. 두 사람은 축제의 빛이 옅어지는 좁은 골목의 안쪽에 있었다. 칙칙한 회갈색의 후드를 뒤집어쓴 칼릭스가 하얀색 일색인 거리에서 눈에 너무 띄었기 때문이었다. 그렇다고 후드를 벗자니 검은 머리가 너무 눈에 띌 테고.

알터는 좁고 어두운 골목과 대비되는 밝은 상점 거리를 바라보며 종일

투덜거렸다. 노동 착취 투덜투덜, 휴식을 휴식이라 부르지도 못하고 투덜투덜. 이럴 줄 알았으면 그때 따라가는 게 아니었는데 투덜투덜……

"알터. 지금 이 소리 들었나?"

"예? 무슨 소리?"

칼릭스가 먼 곳으로 시선을 두며 고개를 슬쩍 기울였다. 알터는 거리의 소음을 뚫고 제 주인에게 들어갈 만한 특별한 소리가 있나 싶어 귀를 쫑긋 세웠다. 칼릭스가 후드를 젖히며 심드렁한 목소리로 얘기했다. 그의 눈썹이 까딱거렸다.

"네 월급이 오르는 소리."

짜릿한 돈의 맛! 알터가 감격에 몸을 부르르 떨었다. 도, 도련님…… 제가 까라면 까겠다고 말씀드린 적 있던가요?

"제 취미가 노동 착취당하는 거라고 말씀드린 적 있던가요!"

"싱거운 말 그만하고 본론으로 넘어가."

"크으, 역시 우리 도련님. 용건만 간단히! 시계도 도련님처럼 시간을 효율적으로 나누지는 못할 겁니다!"

"그만하라고, 좀."

알터는 시시덕거리며 제 품에서 구깃구깃 접힌 종이 몇 장을 꺼냈다. 칼릭스는 그것을 잽싸게 펼쳐서 읽었다.

악필로 쓰인 정보들은 토막 나 완전하지 못했고, '?'라든가 '△' 같은 기호로 뒤덮여 있었다. 총체적으로 살펴보자니 미심쩍은 구석이 있긴 한데 잘은 모르겠다는 내용이었다. 칼릭스가 서늘한 눈빛으로 월급 도둑을 째려봤다.

"마인도 아닌 제가 뭔 수로 확실하다 동그라미를 칩니까. 의심은 가지만 물증이 없으니 확정 지을 수 없는 노릇이고."

알터의 말대로이긴 했다. 눈앞에서 인간을 초월한 능력을 펑펑 써 대어도, 마력을 확인하지 않는다면 확정 지을 수는 없었다. 이 종이에 동그라미를 칠 수 있는 것은 오직 마인뿐이었다. 칼릭스는 서류를 곰곰이 읽었다. 무슨 사거리 정육점, 무기점, 용병단, 불법 투기장…….

"그리고 이건 제가 할 수 있는 최대한의 동그라미죠."

알터는 종이에 그려져 있는 것 중 가장 큰 세모를 가리켰다. 그 아래, [불법 투기장]이라고 적힌 글자가 알터의 침에 의해 번져 있었다.

허름하고 반쯤 무너져 가는 것 같은 건물이었다. 알터가 안내한 불법 투기장은 불법 투기장이라는 이름이 정말 너무 잘 어울렸다.

몇 번의 골목을 꺾어 숨겨진 문을 통해서만 들어올 수 있는 비밀스러운 장소였다. 허름한 건물에서 쨍한 비명 소리가 흘러나왔다. 절그럭거리는 쇠사슬과 검날이 부딪히는 소리도 간간이 들렸다.

"죽여!"

"죽어!"

눈알을 어쩌고, 불알을 어쩌고! 부모님의 안부를 서로 묻는 관전자들의 거친 언사가 고스란히 흘러나왔다. 반쯤 내부가 보이는 건물은 전혀 방음의 역할을 하지 못했다. 저 사람들 불법이라는 단어를 이해하고 있는 것은 맞겠지? 마른가시나무 백작은 이 장소를 못 찾는 게 아니라 눈감아 주고 있는 것이리라.

칼릭스가 건물의 입구를 찾아 들어가려 하자, 거대한 남자들이 앞을 막아섰다. 흉터가 여기저기 깊고 굵게 새겨진 데다가 인상도 사납고 수염도 숭숭 나 있어 위협적이기 그지없었다.

하지만 칼릭스는 그들보다 곱절은 더 사나운 인상의 소유자를 부모로 두고 있었다. 눈 하나 깜짝 안 하는 방문객의 태도에 남자가 씩 웃었다.

"처음 보는 얼굴이로구만. 초대장은?"

칼릭스는 초대장을 받기 위해 알터를 돌아보았다. 알터는 입술을 흉하게 오므린 채, 눈동자를 좌우로 굴리고 있었다.

'…이 자식이…….'

칼릭스의 눈매가 더욱 사나워졌다. 알터는 그의 귓가에 대고 속삭였다.

"이런 허접한 곳에 초대장 같은 게 있을 줄은 몰랐죠."

목소리가 컸다. 초대장도 없어 보이는 허접한 곳을 보물단지처럼 지키던 남자들의 표정이 한층 더 험악해졌다. 칼릭스는 진심으로 알터를 해고하고 싶어졌다. 혀를 찬 칼릭스가 품에서 금화 하나를 튕겼다. 남자가 공중에 떠오른 금화를 잡아챘다.

"이봐, 나는 이깟 돈이 아니라 초대장을……."

남자가 어이없다는 듯 웃었다. 주위의 다른 산적 같은 사내들도 흉흉한 표정으로 두 사람을 압박하며 한 걸음씩 다가왔다. 알터는 식은땀을 흘렸다. 대충 돈을 먹인다고 넘어갈 상황이 아니었나.

"도, 도련님, 그냥 우선 나갔다가……."

칼릭스가 품에서 주머니를 꺼냈다. 주먹보다 큰 주머니는 이미 두둑하게 무언가로 채워져 있었고, 분위기상 대충 그 안의 내용물을 짐작할 수 있었다. 칼릭스가 남자에게 주머니를 던졌다. 찰랑이는 금속음이 건물에서 퍼져 나오는 비명 소리를 뚫고 뚜렷하게 그들의 귓전을 때렸다. 남자가 산적 같은 얼굴을 누그러트려 활짝 웃었다.

"잘 받았습니다, 손님! 즐거운 시간 되십쇼!"

……그 말 하려던 거 아니지 않나. 뭐, 결과가 좋으니 됐지만…….

알터가 어처구니없다는 듯 남자들을 바라보았다. 알터와 칼릭스 주위에 포진해 있던 많은 남자들이 꽃집 청년 같은 상냥한 미소를 띠며 문을 활짝 열어 줬다.

알터는 허망함에 우두커니 서 있다가 칼릭스의 뒤를 따라 바쁘게 걸음을 옮겼다.

"이 병신 같은 새끼! 일어나! 일어나라고!"

"목을 졸라! 죽여 버려! 대가리를 박살 내!"

투기장은 밖에서 보는 것보다 좁아 보였다. 사람들로 꽉 차 있는 탓이었다. 그 중앙에는 네 개의 나무 기둥을 세워, 쇠사슬과 밧줄을 칭칭 감아 놓아 장소를 확보해 놓은 상태였다. 그 안에서 두 남자가 치열하게 싸우는 중이었다. 한 명이 바닥에 쓰러져 있고 그 위로 피 흘리는 남자가 올라타 마구잡이로 주먹을 휘두르고 있었다.

"우리 할머니가 그 안에 있었으면 니들은 이미 뒈지고도 남았어, 소꿉놀이하냐!"

야유가 쏟아졌다. 우리 할머니 운운하며 야유를 퍼부은 자가 어린 여자아이, 그것도 담배를 피우고 있는 어린 여자아이라 몹시 혼란스러웠다. 피가 튀고, 술병이 날아다니고, 관전자끼리도 싸우고.

한 마디로, 개판이었다.

"음, 개판이네."

알터가 감상을 늘어놓았다. 칼릭스는 구석에 나무 상자를 쌓아 올려 술장사를 하는 자에게 와인 한 병을 샀다. 와인을 한입 머금은 칼릭스는 곧바로 손수건에 마신 만큼 뱉어 냈다. 칼릭스는 찌푸린 인상으로 와인을 째려보다가 알터에게 병을 넘겼다. 불법 투기장을 구경하느라 한눈팔고 있던 알터는 칼릭스의 행동을 미처 보지 못했고, 그 덕에 칼릭스의 전철을 그대로 밟았다.

알터는 와인을 마시고 말았는지 욱욱 하며 헛구역질을 하고 있었다. 칼릭스는 그사이 주위를 둘러봤다. 문신, 흉터, 반쯤 헐벗은 남자들, 담배 연기. 어린아이부터 노파까지. 연령대도 다양하고 거는 액수도 천차만별이었다. 칼릭스처럼 후드를 눌러쓴 자들도 있었다.

'이 안에…….'

마인이 있을 수도 있다는 건데…….

힘을 숨긴다고 해도 양지보다는 그늘진 쪽으로 숨어들었다고 하니, 영 이상한 장소는 아니었다.

"도련님."

"왜."

"저기 구석에 녹색 머리 보이십니까?"

알터가 가리킨 곳은 다음 결투를 위해 몸을 풀고 있는 자들이 대기하는 장소였다. 그중, 유별나게 체구가 크지도 않고, 유별나게 강해 보이지도 않는 평범한 남자가 보였다. 그 거친 이들 사이에 있기에는 어딘가 살짝 유약해 보였으나, 몸에 덕지덕지 붙은 흉터가 배경에 녹아들게 했다.

"제 세모의 주인공입니다."

칼릭스는 남자와 눈이 마주쳤다. 눈이 동그랗고 맑았다. 소나 말 같은 초식 동물이 떠오르는 눈동자였다.

"이 투기장의 붙박이라 하더군요. 허수아비 길레드."

"투기장의 별칭이라 보기에는……."

투기장이라고 하면 으레 떠올리는 분위기라는 것이 있다. 거칠고 땀내 나는 사내들의 무식한 싸움장. 그만큼 별명들도 무식하고 거친 것들이 즐비했다. 예를 들자면 투견이라든가 손톱 수집가, 사형 집행인 따위의.

그러다 보니 '허수아비 길레드'라는 평범한 이명이 도리어 튀어 보였다.

"소탈한 감이 있지요? 어딘가 비실비실해 보이고."

"그렇군."

"정확히 그겁니다. 수련용 허수아비같이 맞을 줄만 안다고 붙은 별명이라더군요. 싸움질은 허접한데 맷집만 좋다 합니다. 승률은 저조하지만, 가끔 터지는 행운의 한 방으로 배당금을 적당히 챙기기도 한. 그저 그런 나쁘지 않은, 어디서나 볼 수 있는 그런 싸움꾼입니다."

허수아비 길레드는 목을 돌리며 몸을 풀고 있었다. 거대한 남자가 어깨로 퍽 치고 지나가며 시비를 걸자 미안하다며 고개를 숙였다. 역시나 투기장에 어울리는 인물은 아니었다.

"우연이라고도 볼 수 있지만, 제가 보기에는 이기고 지는 패턴이 단순합니다. 은밀하고 복잡하게, 자연스러움을 위해 섞어 놓은 여러 경기들이 도리어 지표가 된달까요. 물론 길레드는 하루 벌어 하루 먹고사는 정도의 소득이지만, 외부에 한패가 있다면 얘기는 다르지요. 제법 한몫 잡았을 겁니다.”

“싸움 잘하고 연기 잘하는 사기꾼일 가능성은?”

알터가 와하하 웃었다. 투기장의 소음에 묻혀 그다지 눈에 띄진 않았다. 그가 칼릭스의 어깨를 탁탁 치며 고개를 절레절레 흔들었다.

“당연히 있지요!”

보통 저런 반응 뒤에는 ‘없다’ 따위의 반응을 기대하기 마련이라, 칼릭스는 인상을 찌푸릴 수밖에 없었다. 알터가 투덜거렸다.

“아, 제가 마인도 아니고 어떻게 압니까. 제가 저 사람의 속을 들여다볼 수 있는 것도 아니고. 그래서 제가 세모라고 하지 않았습니까. 도련님도, 참. 그렇게 거하게 욕심부리시면 배탈 납니다.”

“이 자식이 말만 번드르르해서는……”

칼릭스가 부글부글 끓는 속을 억누르는 듯 꽉 막힌 목소리로 얘기하자 알터가 흐흐 웃었다.

“마인인 것은 알 수 없어도. 승부 조작은 확실하거든요? 심지어는 이 짓을 10년 넘게 해 왔으니 돈도 제법 벌었을 테고.”

“그렇겠지.”

“그런데도 비스타를 떠나지 않는단 말이죠. 난다 긴다 하는 싸움꾼이나 용병들이 비스타를 찾는 이유는 금전적인 문제뿐이고, 그게 충족되면 위험한 국경 지대를 떠나기 마련인데…… 길레드는 그렇지 않으니까요.”

“떠나지 못하는 이유가 있다는 건가.”

“예, 발타라는 코앞의 위험을 감수하고도 남아야 할? 비스타 내에 형성되어 있는 마인들의 연결 고리를 벗어나 외부로 향할 용기가 없다든가 하는 그런……?”

“비약인걸.”

"비약이죠. 정확히 알지 못하니 그려 보는 수밖에요. 생각보다 이런 수가 제법 통하기도 하거든요."

와아악! 비명 소리인지 함성 소리인지 모를 것들이 섞여 있었다. '새끼손가락'이 경기장 밖으로 튀어나왔기 때문이었다. '새끼손가락'은 자신이 이길 때마다 상대의 새끼손가락을 자르는 기행으로 붙은 이름이라고 했다. 역시나 불법 투기장다웠다. 안타깝게도 그는 이번의 패배로 인해 대전자의 새끼손가락을 자를 수 없게 되었다.

허수아비 길레드가 올라갈 차례였다.

"길레드의 대전자는 떠오르는 신성이네요. '애꾸눈' 카터. 왜 애꾸눈이냐면 이길 때마다 상대방을 애꾸눈으로······."

미친놈들이다. 칼릭스가 고개를 절레절레 저었다.

"아마 길레드가 이길 겁니다. '애꾸눈'이나 '새끼손가락'처럼 영구적인 신체 손상을 입히는 대전자를 만나면 항상 이기더군요."

그 순간 칼릭스는 허수아비 길레드와 눈이 마주쳤다. 사람으로 가득 찬 이 난장판 속에서 길레드의 눈동자가 정확하게 칼릭스를 응시하고 있었다. 마치 알터와 칼릭스의 대화를 들은 것처럼.

칼릭스는 그에게 두었던 시선을 천천히 자신의 발치까지 끌고 왔다. 소리치고 악을 쓰는 사람을 수십 명 지나쳐야만 닿을 수 있는 먼 위치.

'······설마, 이 거리에서 우리의 얘기를 들은 건가?'

잠시간 닿았던 길레드의 시선이 무언가를 예감하게 했다. 비로소 칼릭스는 커다란 세모 위에 동그라미를 칠 수 있었다.

* * *

"아이고, 어서 오시죠!"

길레드는 떨떠름한 표정을 지었다. 문을 열어 주는 남자가 너무 해맑았다.

그는 불법 투기장에 있던 다른 동료들을 통해 수상한 두 남자의 정보를 몇 개 얻어 냈다. 처음 보는 인물들. 허수아비 길레드, 자신에 대해 미리 조사하고 왔다. 마인임을 의심한다. 승부 조작을 눈치챘다. 등등. 승부 조작 건을 통해 그 불법 투기장까지 흘러왔다니. 소설을 기가 막히게 잘 쓴다면 잘 쓰는 자들이고, 머리가 좋다면 참 좋은 사람들이었다.

비스타에서 몰래 '마인'이라는 물건을 찾는 사람 중에 그걸 떳떳한 곳에 사용하려는 이가 몇이나 있을까. 귀찮은 일에 휘말리는 것도, 약점 잡히는 것도 질색이라 여차하면 손에 피를 묻힐 각오까지 하고 왔건만.

"들어오세요, 뭐라도 드시겠습니까?"

다시 한번 말하지만 남자는 정말 해맑았다. 길레드는 재빠르게 방 안을 훑었다. 두 사람 이외의 기척은 느껴지지 않았다. 그는 그제야 안으로 걸음을 옮겼다. 등 뒤에서 닫히는 문소리가 무거웠다.

의자에는 또 다른 남자가 앉아 있었다. 후드를 깊게 눌러쓰고 있어 코와 입만 간신히 보였다. 남자가 의자에서 일어섰다. 길레드는 긴장을 유지한 채 그를 유심히 바라보았다. 검을 잡을 때 생기는 굳은살이 있지만, 거리에 숱하게 보이는 용병 같은 부류는 아닌 듯했다. 곧게 편 허리와 태도 하나하나에 이런 뒷골목에서 보기 힘든 품위가 느껴졌다.

'귀족인가……'

길레드는 속으로 혀를 찼다.

"갑작스럽게 불러내어 미안하군."

"……아닙니다. 용건을 말씀하시죠."

남자가 느릿하게 제 후드의 끈을 잡아끌었다. 후드를 완전히 벗어서 곱게 접어 소파 한편에 놓아두는 태연한 행동을 보며 길레드는 눈을 홉뜨고 있었다. 검은 머리, 날카로운 눈매. 녹색 눈동자. 그 특징이 무엇을 가리키는지 모르려야 모를 수 없다.

"귀염둥이 칼!"

칼릭스의 인상이 사납게 구겨졌다. 불법 투기장에서 구르며 갖은 험악한 인상을 다 본 길레드가 움찔할 정도였다.

"……붉은수레바퀴의 칼릭스다."

"아, 네. 카, 칼릭스 님? 경?"

"편한 대로."

길레드가 머쓱하게 그의 이름을 되뇌었다. 칼릭스. 맞다. 그런 이름이었다. 붉은수레바퀴 백작의 후계자이자, 대륙에 명성이 자자하게 퍼진 '마인'의 혈육. 비스타에서 돈 많고 잘생긴 데다가 귀엽고 착하기까지 하다고 널리 알려진 인물이었다.

그런데…… 그런 소문을 가진 사람치고는 인상이 영, 아니긴 했다. 잘생겼다는 사실은 인정하겠지만, 저 날카로운 눈매에서 착하다는 단어를 떠올리기에는 무리가 있었다. 그중에서도 귀엽다는 얘기는 정말 영문을 모르겠다. 길레드는 역시 소문은 믿을 게 못 된다고 생각했다.

"아, 예. 칼릭스 님. 저는 길레드라고 합니다."

"일단 자리에 앉지."

길레드는 아까 전에 비해 누그러진 기색을 보였다. 적의 대신에 자리 잡은 것은 상대의 의중을 파악하기 위한 탐색의 눈빛이었다. 대륙에 자자하게 퍼진 '붉은수레바퀴'의 이름 덕분이었다. 숨어 사는 마인들에게 로젤린의 얘기는 전설이나 영웅담처럼 퍼지고 있었고, 그 영향이 지금도 드러나는 것이었다.

"내 사정으로 인해, 그쪽이 원치 않았던 식의 접근을 하게 된 것은 유감스럽게 생각한다."

"저를…… 아니지, 마인인가요? 찾는 이유가 무엇인지 여쭈어봐도 되겠습니까? 솔직히 감도 잡히지 않는군요. 마인과 가장 가까이에 계신 분이 아닙니까."

칼릭스는 말을 골랐다. 허울 좋은 핑계야 만들어 내자면 수없이 만들어 낼 수 있었다. 그리고 눈앞에 있는 자들은 제대로 교육도 받지 못하고 뒷골목을 전전하고 사는 대표적인 하층민. 그럴싸한 말로 간단히 손을 빌릴 수 있겠지만…….

어쩐지 그러기 쉽지가 않았다. 달콤한 말이 나가는 대신 입 안은 쓰기만 했다. 칼릭스가 피식 웃었다.

"내 필요에 의해서."

"제가 어디에 필요합니까?"

"만일을 대비하기 위함이다."

"만일이라 하신다면?"

칼릭스는 탁자를 손가락으로 톡톡 두드렸다. 매끈한 탁자 표면에 그가 비쳤다. 탁, 탁, 탁. 일정한 소리를 내던 손가락이 멈췄다. 정적이 무거웠다.

"전쟁."

길레드는 아, 하고 신음했다. 요새 비스타가 어수선하더라니. 골목골목 있는 주점마다 전쟁의 가능성이 알음알음 돌더라니. 누런 이에 정돈되지 않은 턱수염을 가진 취객들이 말하는 것과 정장을 차려입은 붉은수레바퀴의 후계자가 말하는 '전쟁'의 무게는 하늘과 땅 차이였다.

칼릭스는 차를 한 모금 마시고 얘기를 이었다.

"내가 지금부터 꺼내는 제안은 너와 네가 알고 있는 또 다른 마인들에게 건네는 제안이다. 결코 강제하지 않으며 거부한다고 해도 불이익이 따르지 않으리라, 내 누이의 이름에 대고 맹세하지."

7

뿌리 출신의 수습생들은 어지간히 실력이 뛰어나지 않는 이상 상급 기사의 눈에 들기 힘들었다. 고만고만한 실력들이라면 상급 기사도 당연히 친하거나 도움이 될 만한 가문의 자식들을 데려왔다.

스승이 없는 이상 큰 성장을 보이는 것에는 한계가 있었고, 그것이 뿌리출신들 대다수가 수습생에만 머무르는 이유였다. 그 와중에 로젤린의 휘하에는 뿌리 출신의 기사가 두 명이나 있었다. 동료 상급 기사들이 그녀를 세상 물정 모르는 어린아이 취급 하는 건 당연한 일이었다.

복도를 걷던 중, 로젤린은 파르딕트와 만났다.

"어이, 로젤린."

"파르파르."

두 사람이 주먹을 부딪쳤다. 파르딕트가 가르쳐 준 인사법이었다.

"너 또 뿌리 출신 데리고 왔다며. 수집하는 거야? 대체 왜 뽑았어, 걔는?"

로젤린은 생각하다가, "귀여워서."라고 했다. 파르딕트는 잠시 바보 같은 표정을 지었다가 고개를 끄덕였다.

"그, 그럼 어쩔 수 없긴 하지······."

"어쩔 수 없긴 뭐가 어쩔 수 없습니까!"

"오, 이게 누구야. 레이몬드 부관."

레이몬드는 헤사가 로젤린 휘하에 들어갔음을 등록하는 서류를 대신 작성하고 접수한 후에 돌아오던 길이었다. 저 멀리서부터 듣는데 아주 가관이었다. 귀여워서 뽑았다고 하질 않나, 그럼 어쩔 수 없다고 하질 않나.

"로젤린, 이 녀석! 사람을 얼굴만 보고 판단하는 건 누구한테 배웠어!"

"마른가시나무 백작님한테."

남자는 얼굴이 전부란다. 마른가시나무 성 내부의 연무장을 같이 구경하던 중 세실이 한 말이었다. 로젤린이 보기에도 반쯤 헐벗은 남자들은 턱 선이 각지고 콧날이 우뚝하여 아주 잘생긴 편이었다. 로젤린은 세실의 말에 맞장구치며 고개를 끄덕였더랬다. 보기에 좋았다.

"얼굴만 보고 뽑은 애들도 있대."

"백작님······."

레이몬드는 눈을 지그시 감으며 이마를 짚었다. 과연 마른가시나무 백작이라면 그런 말을 하고도 남겠지. 세 사람이 복도에서 두런두런 대화를 나누고 있는 모습에 지나가던 상급 기사들이 하나둘 멈춰 섰다. 로젤린에게 새 수습생이 생겼다는 시답잖은 건을 주고받다, 주제는 흐르고 흘러 '제일 예쁘고 잘생긴 사람이 누구인가?'로 바뀌었다.

"역시······."

"한 분밖에 없지."

"디에즈 전하는?"

"엘피디오 전하도 얼굴은 괜찮지."

"그래도 역시……."

이견 없이 만장일치였다. 월장석 성의 주인, 리카르디스가 1위에 올랐다. 태어나서 본 사람 중에 가장 예쁘고 잘생긴 사람이라는 의견이 대부분이었다. 그리고 죽을 때까지도 전하 같은 미모를 가진 사람은 보지 못할 것이라는 의견이 그 나머지였다.

"보면 심장이 벌렁벌렁하고."

"맞아, 막 얼굴이 화끈하면서 눈도 못 마주치겠고."

"진짜 아름다우시지."

로젤린은 상급 기사들의 말에 수긍했다. 자신도 전하를 보고, 심장이 두근거리고 얼굴에 열이 오른 적 있었는데! 다들 그랬구나. 전하가 너무 아름다워서 그런 거였어. 로젤린이 "저도요. 심장이 막 두근거렸습니다." 한마디 보태니 레이몬드도 고개를 끄덕였다. 자기도 그렇다면서 로젤린과 손뼉을 짝짝 부딪쳤다.

이 모든 광경을 애칭 슈슈, 슈텐만 허망하게 바라보았다. 그는 축제 당시 로즈와 도련님 사이에 흐르던 기묘한 공기를 보았다. 가슴 안쪽을 간질간질하게 만드는 기류가 분명 있었건만, 로젤린이 지금 완전히 길을 벗어나 버린 것이다. 로젤린 너는 거기에 끼어 있으면 안 돼…… 이 멍청이들이 지금 뭐 하는 거야…….

"피부도 엄청 좋으시지 않나."

누군가의 말에 로젤린이 자신은 전하의 피부를 만져 봤다며 자랑했다. 덩치가 산만 한 남자들이 어우야, 하면서 로젤린의 어깨를 툭 밀면서 낄낄대는데 슈텐은 환장할 것 같았다.

"엄청 매끄러우셨습니다."

로젤린이 말했다. 아, 로젤린. 진짜…… 아, 로젤린…….

* * *

"뭐지."

"……."

"살면서 몇 번 보지 못한 눈빛인데. 왜 나를 불쌍하다는 듯이 쳐다보는 거지, 슈텐 경?"

남자의 눈빛에 연민이 가득 담겨 있었다. 마치, 비 오는 겨울날 거리에 버려진 강아지를 보는 것 같은, 그런 눈빛이었다.

"안 그래도 싫어하는 장소에 가는데, 더 찜찜하게 만들지 말고 당장 그만둬."

슈텐의 어깨가 축 처졌다. 리카르디스를 실은 마차는 대신전을 향하고 있었다. 같은 황성 내에 있지만, 마차를 타고 30, 40분은 가야 하는 먼 거리였다. 날씨가 좋아 창을 열어 뒀더니, 옆에서 말을 타고 있던 슈텐이 내내 저런 표정을 하고 있어 리카르디스는 확 기분이 상해 버렸다.

계속해서 힐끔거리는 슈텐의 눈빛이 몹시 불쾌했던 리카르디스는 고개를 휙 돌려 버렸다. 반대쪽 창문으로 로젤린이 멍하니 있는 모습이 보였다. 말 위에서 앉은 다리를 하고 있는 재주가 아주 멋졌다. 리카르디스는 마차의 뒤를 따르던 레이몬드를 불렀다.

"레이몬드 경."

"무슨 일이십니까, 전하."

"잠시 이리로."

리카르디스는 레이몬드가 말을 몰아 다가오자 그의 윗주머니에 있는 과자를 쏙 빼앗았다. 당당한 도둑의 태도에 레이몬드는 아, 어, 입술을 오므리기도 벌리기도 했지만 결국 어떤 말도 하지 못했다.

리카르디스는 강탈한 과자를 그대로 로젤린에게 던졌다. 그녀는 마차의 반대쪽을 보고 있었으면서도 날아오는 과자를 확 낚아챘다. 손을 펴 건포도 오트밀 쿠키의 정체를 확인한 로젤린이 눈을 크게 뜨며 반색했다. 그녀의 눈동자가 살그머니 움직이더니, 마차의 앞에서 호위하는 기사단장 스타스의 뒤통수 어디쯤을 떠돌았다.

"근무 중인데 먹어도 됩니까?"

"된다. 크게 다친 후이니 잘 먹어야지."

리카르디스의 대답에 로젤린이 입꼬리를 쭉 늘려 웃었다. 최상단에 위치한 결정권자가 자신의 편이라 마음이 든든한 듯했다. 삐이익! 엄지와 검지를 둥글게 말아 물고 있는 그녀의 입에서 날카로운 소리가 빠져나왔다. 화답하듯 하늘 위에서도 비슷한 소리가 울렸다. 마카롱이 하강해 로젤린의 팔위에 앉았다.

"같이 먹자, 마카롱."

이름이 이름이라 그런지 오트밀 쿠키 대신에 마카롱을 먹자고 말하는 것 같았다. 로젤린은 마카롱에게 쿠키를 물려 주고 제 입에도 하나 쏙 넣고 행복한 표정을 지었다.

"로젤린 경."

"예. 전하."

"수습 기사를 한 명 더 들였다면서."

마차 주위를 호위하던 다른 상급 기사들의 눈이 가느스름해졌다. 리카르디스가 제 사람들을 아끼는 거야 유명하다지만, 수습 기사를 한 명 더 들였니 안 들였니 정도의 소소한 것을 알 정도는 아니었다. 누가 보아도 요새 리카르디스의 관심은 유별나게 로젤린을 향하고 있었다.

"예. 혜사입니다. 전에 전하와 같이 밤에 마셨던 산딸기 와인이랑 비슷한 머리색을 가졌습니다. 웃을 때 눈이 완전히 접히는데 아주 예쁘고 귀엽습니다."

레이몬드는 심하게 사레들렸다. 콜록거리는 소리가 요란해 리카르디스와 로젤린의 대화가 잠시 중단되었다. 레이몬드는 "너, 로젤린, 언제 전하와……!" 따위와 같이 무언가를 추궁하고자 했으나, 슈텐이 재빠르게 그의 입을 막아 버렸다.

"아, 맞다."

아옹다옹 다투는 두 남자의 공방을 보던 로젤린이 리카르디스에게 완쾌 선물로 받은 검은 군마, '초콜릿'을 마차 곁으로 바짝 몰았다. 안장 위에 일어선 그녀는 자연스럽게 창을 통해 마차로 쏙 들어갔다. 빈 안장 위에는 마카롱이 그녀 대신 앉아 고삐를 물었다. 초콜릿이 어처구니없다는 듯 등 뒤를 쓱 한번 보기는 했지만, 문제없이 운행되었다.

"……안장이 불편했나?"

"아니요. 드릴 말씀이 있어서. 실례합니다."

보통은 묻고 들어오는 거라고 말하고 싶었지만, 표정이 제법 심각해 보여 리카르디스는 뒷말을 삼켰다. 로젤린은 창문을 전부 닫는 와중 동공이 확장된 레이몬드와 눈이 마주쳤다.

탁.

로젤린은 레이몬드의 경악 어린 눈동자가 보이지도 않는다는 듯이 가벼운 손길로 문을 닫았다. 그녀가 리카르디스를 돌아보았다.

"전하."

"불안하게 자꾸 왜 이럴까. 아직 수습 가능한 정도일 수도 있으니 얼른 말해 봐. 안 그런 척하고 있지만 사실 굉장히 초조하다."

"전하. 제 새로운 수습 기사가 마인입니다."

리카르디스의 눈썹 위치가 올라갔다. 그가 제 눈썹을 한번 쓸고는 고개를 끄덕였다.

"음…… 미묘하게 큰 사건인 듯 아닌 듯…… 이 정도는 괜찮군."

또 다른 마인. 어딘가에는 살고 있었을 테지만, 시기와 장소가 우연이라고 보기는 힘들었다. 잘은 몰라도 대륙에 자자하게 퍼진 명성에 따라오는 어떤 작용일 것이다. 그게 좋은 쪽일지, 나쁜 쪽일지는 모르겠으나.

"검은달은 아닌 것 같습니다. 아주 귀엽습니다."

귀엽다고 검은달이 아닌 건 아니지만, 확실히 검은달이 귀엽지 않기는 했다. 나름 확실한 구분법인가. 리카르디스가 웃음을 흘렸다.

"일라베니아 내에도 마인은 있을 테니."

"전하, 방금 한 얘기는 비밀입니다. 다른 사람한테 말씀하시면 안 됩니다."

혜사가 부탁한 적은 없으나, 어쩐지 그래야 할 것 같았다. 밝혀지길 바라지 않을 것 같았다. 리카르디스가 상체를 앞으로 숙이며 그녀를 빤히 바라보았다. 비밀.

"약속하겠다. 누구에게도 말하지 않겠다고."

리카르디스는 자신의 코앞에 불쑥 튀어나온 로젤린의 새끼손가락을 보고 당혹스러워했다. 새끼손가락 걸고 약속이라니. 세티스티아가 살아 있을 적에나 몇 번 해 본 것이었다. 리카르디스가 머뭇거리자 로젤린이 손을 그의 얼굴에 더욱 가까이 가져다 대었다. 무언의 압력이 느껴졌다. 리카르디스는 어색한 손놀림으로 제 새끼손가락을 그녀의 손가락에 꿰었다.

로젤린은 얽힌 새끼손가락을 두어 번 세차게 흔들고 엄지를 딱 붙여 도장까지 찍었다. 이 어설픈 서약이 마음에 들었는지 그녀는 코로 숨을 크게 내쉬었다.

"혜사가 전하께 폐가 안 되도록 하겠습니다."

리카르디스는 속으로 그의 명복을 빌었다. 그 예쁘다는 소년이 진정 검은달의 암살자일지언정, 갖은 수단을 동원해 회개시키겠다는 것 같은데…… 아무튼 그녀가 새끼손가락을 걸고 한 말인 만큼 반드시 지켜지리라.

둘은 시시콜콜한 얘기를 나누며 시간을 보냈다. 밖에서 서성이는 로젤린의 보호자, 레이몬드의 기척이 느껴졌으나 두 사람 다 무시했다.

"그때의 사냥 대회 이후로는 대신전에 가 본 적이 없겠군."

"예."

"웅장하고 아름다운 곳이다. 천천히 구경시켜 주고 싶지만, 나를 붙잡고 늘어지려는 자들이 많아. 느긋하게 둘러볼 시간은 없을 테지."

"인간들만 없으면……."

먼 곳을 바라보는 로젤린의 눈빛이 선뜩하게 느껴졌다. 리카르디스는 급하게 말을 붙였다.

"안 된다."

가만히 기도 잘하고 있는 신관 털 한 올 건드릴 생각 말라는 얘기였다. 로젤린은 부루퉁한 표정을 지었다.

"안 합니다."

저를 뭐로 보냐는 식으로 흘겨보는데, 리카르디스는 헛웃음을 지었다. 장족의 발전이었다. '안 된다'는 말에 담긴 뜻을 이해하는 걸 보니.

뎅―

멀리서 하늘을 울리는 종소리가 들렸다. 신전이 코앞이었다.

그 순간, 로젤린이 불에 꼬리가 덴 고양이처럼 펄쩍 뛰는 듯 일어섰다.

쿵!

로젤린의 머리와 충돌한 마차가 굉음을 냈다. 거대한 마차가 순간 지진이라도 난 듯 흔들거렸다.

"로젤린!"

로젤린이 머리를 감싸고 낑낑거렸다. 리카르디스가 급하게 그녀의 정수리 부근을 문질렀다. 밖에서 스타스가 마차 창문을 두드리며 무슨 일 있느냐 물어 왔다. 리카르디스는 대충 얼버무렸다. 마차 천장에 머리를 부딪친 좀 바보 같은 일이 있었노라 하면 그녀의 체면이나 위신이 상하지 않을까 염려하는 것이었다. 정작 그 당사자는 제 체면이 있는지도 모르고 살아가고 있었지만, 그것과는 별개의 일이었다.

로젤린은 바닥에 무릎을 꿇은 채, 리카르디스의 허벅지 위에 머리를 올려놓고서 한참 끙끙거렸다. 리카르디스는 로젤린의 머리를 문지르기도 하고, 그녀의 얼굴을 잡아 올려 눈물을 닦아 주기도 했다. 따뜻한 손의 온도에 로젤린은 고통이 좀 덜어지는 것 같다고 느꼈다.

"왜 갑자기 일어나고 그래."

왜 그랬더라. 로젤린은 그의 질문을 들으며 곰곰이 생각했다. 그냥 종소리를 듣는 순간 몸이 저절로 움직였다. 도망가고 싶었다. 벗어나고 싶었다. 아까 전 마차가 흔들거렸듯이, 마음이 계속 요동쳤다. 로젤린은 다시 리카르디스의 허벅지에 머리가 닿게 푹 고개를 숙였다. 그의 다리를 꽉 안고 있는 채였다.

리카르디스는 난데없는 로젤린의 애교…… 비슷한 것에 당황하다가 다시 그녀의 정수리를 부드럽게 문질러 주었다. 로젤린은 머리로부터 밀려드는 따뜻한 기운에 눈을 감았다.

"많이 아프나?"

다정한 목소리가 마음을 어루만지며 부드럽게 다독여 주었다. 음의 파동이 흔들고 간 마음이 다시금 잔잔히 가라앉고 있었다.

* * *

대신전에 도착했다. 금강석 성만큼이나 화려한 건물이었다. 오라고, 오라고, 제발 한 번만 방문해 주시라 아무리 빌어도 오지 않던 2황자의 방문에, 신관이며 성기사들이며 할 것 없이 신나서 달려 나왔다.

"하얀 밤을 부르는 일라베니아의 축복을 뵙습니다."

"축복을 그대들에게. 대신관 라헤안시를 만나러 왔을 뿐이니, 신경 쓸 것 없다."

"귀한 분이 오셨으니, 안내를……."

"필요 없으니 물러가라. 어릴 적부터 다닌 곳이니 눈 감고도 갈 수 있다."

노쇠한 신관이 눈물을 보였다. 2황자 전하께서는 몸은 멀리하시지마는, 마음만큼은 언제나 대신전과 함께였다는 사실을 자신은 믿고 있었노라며 감격했다. 아니, 뭘 어떻게 하면 그 말이 그렇게 해석이 되는 거지? 리카르디스는 치를 떨었다.

많은 사람들이 바짓가랑이라도 잡을 것같이 애타게 매달리건 말건 리카르디스는 제 갈 길을 갔다. 한마디라도 붙이고 싶어 종종걸음으로 쫓아오는 자들도 있었으나, 거구의 하얀밤 기사단원들의 호위망에 전부 걸러졌다.

로젤린은 집단의 후미에서 리카르디스를 따르다가, 뒤돌아보았다. 뒤통수가 따가울 정도의 시선이 와서 박혔던 탓이었다. 눈이 마주친 어린 신관이 눈살을 확 찌푸렸다. 더러운 오물이라도 보는 듯한 표정이었다.

로젤린은 하얀색 일색인 인파를 죽 둘러보았다. 수많은 사람들이 로젤린을 보며 전부 똑같은 얼굴을 하고 있었다. 마치 얼굴을 일그러트린 가면들을 수백 개 걸어 놓은 공간 속에 홀로 떨어진 기분이었다. 두피부터 시작해 뒷목 아래까지 거미가 천천히 기어가는 듯한. 그런 기분. 오랜만에 느끼는 적의는 낯설지 않았다.

정신을 차리니 리카르디스는 저 앞에 있었다. 레이몬드가 의문이 섞인 눈으로 그녀를 돌아보았다. 잠시 발걸음을 멈췄던 로젤린이 빠른 걸음으로 따라붙었다. 아치 모양의 문을 지날 때였다.

챙!

날카로운 금속음이 울렸다. 리카르디스는 소리를 따라 뒤를 돌았다. 입구를 지키는 두 명의 성기사들이 창을 교차하며 로젤린의 앞을 정확하게 막아서고 있었다. 로젤린은 멈춰 서서 눈만 깜박깜박 감았다 뜨는 중이었다.

로젤린은 입술을 물며 눈동자를 위로 굴렸다가, 교차된 창 밑으로 들어가기 위해 슬그머니 자세를 낮췄다. 인상을 딱딱하게 굳히고 그녀를 내려다보던 성기사들이 당황해서 창의 위치를 조정했다.

"……지금 뭐 하는 짓이지?"

성기사들은 서릿발이 내리는 차가운 목소리에 화들짝 놀라 뒤돌아보았다. 2황자 리카르디스는 무뚝뚝하지만 쉽게 화를 내는 성품이 아니라 알려져 있었다. 그런데 지금은 어떤가. 눈 하나 깜박이지 않는 시선, 딱딱하게 굳은 와중에도 이따금 꿈틀거리는 턱 근육까지. 누가 보아도 분노에 가득 차 있다는 것을 알 수 있었다.

로젤린은 다시 한번 자세를 낮췄다. 성기사들이 얼어 있는 틈을 타, 바닥에 무릎을 대고 엉금엉금 기어가기 시작했다. 그들이 화들짝 놀라며 창을 움직여 가로막자, 로젤린이 아쉬움에 작게 혀를 찼다.

입구에서 출입을 허가하지 않으면 열에 아홉은 말없이 조심스러운 몸가짐으로 물러나고, 나머지 하나는 무슨 일인지 묻는 것이 보통의 경우였다. 예상할 수 있는 반응을 벗어난 로젤린의 이상한 행동에 성기사들은 식은땀을 뻘뻘 흘렸다.

아니, 자존심도 없어? 왜 기어서 들어오려는 거야?

"지금 뭐 하는 짓인가 물었을 텐데."

성기사들이 서로 눈치를 보다가 더듬더듬 말을 꺼냈다.

"신전 법률에 따르면 마인은 이 축복의 문을 통과할 수 없음이 명시되어 있습니다."

리카르디스가 잠시 이마를 짚고는 눈을 지그시 감았다. 미간에는 잔뜩 주름이 잡힌 채였다. 그의 입이 달싹거리며 무언가를 중얼거렸는데…….

"이런…… @#$^&%##………."

욕이었다. 뒷골목을 전전하는 자들이나 사용할 법한 걸걸한 욕이 기어코 그의 이성을 뚫고 나오고야 말았다. 성기사들은 2황자의 입에서 욕이 나오는 진귀한 광경에 몸을 굳혔다.

로젤린은 바닥에 배를 붙인 채 턱을 괴고 사태를 관전했다.

"너의 위대하신 이델라브힘께서 그리하라 하더냐?"

"이, 이것은 몇백 년 전부터 꾸준히 이어져 온……."

"나의 자비로우신 이델라브힘께서 그리하라 하더냐!"

리카르디스는 앞에서 바짝 굳어 있는 성기사들을 보며 한 자 한 자를 씹어 말했다.

"세상의 빛이 되어 축복을 내리시고, 이 땅 위에 열매 맺게 하여 사람들을 풍요롭게 하시는 이델라브힘께서. 마인이 불길하니, 내 신전에, 발걸음하게 하지 말라, 네게 직접 말하셨느냐 물었다."

"그, 그것이……."

"신전의 법률이라 말했나? 일라베니아의 탄생과 함께 시작된 신전의 법. 높으신 이델라브힘의 뜻이기에 영광스럽고 숭고하다. 하나, 시대마다, 위대하신 선황들마다 조금씩의 차이를 보인다. 이 말뜻이 무엇이느냐면."

리카르디스는 저벅저벅 성기사를 향해 걸어갔다.

"만물을 비추시는 분, 이델라브힘. 그분의 뜻은 미천한 우리들은 백날 죽었다 깨어나도 모른다는 거다. 이 미천한 머리로는."

리카르디스가 성기사의 머리를 퍽 쳤다. 아프지는 않지만 딱 기분 나쁠 정도로.

"영원한 뜻은 있으나 영원한 법은 없다. 그렇다면 그대들이 우선적으로 따라야 하는 것은 살아 있는 가운데 이델라브힘의 뜻을 가장 잘 헤아리시는 황제 폐하의 말씀이다. 그리고 그 황제 폐하께서 로젤린 경을 마인이 아닌 내 호위 기사로 인정하여 머물게 하셨으니…… 그대들은 지금 황제 폐하의 인정을 받은 나의 호위 기사에게 시비를 건 셈이지."

성기사들이 바짝 얼어 한마디도 내뱉지 못했다. 고귀한 황자에게서 나올 법한 압력이 아니라, 무슨 맹수를 눈앞에 둔 것 같았다. 하얀 피부가 얼어붙은 듯 서늘하고 아름다운 눈동자가 시릴 정도로 날카로웠다. 리카르디스가 이를 갈며 두 개의 창 중 하나를 콱 틀어쥐었다.

"내 사람에게 겨눠진 날카로움은 나를 향하는 것과 마찬가지."

그들은 급하게 창을 거두었다. 리카르디스에게 창을 잡힌 성기사도 창을 제 품으로 가져오려 했으나, 리카르디스의 손에 잡힌 상태라 마음대로 할 수 없었다. 맨 처음에는 그가 잡고 있는 것도 까먹고 휙 당겨 보았지만 꿈쩍도 안 했다. 성기사의 얼굴이 발개졌다. 교리를 공부하거나 기도하는 시간을 제외하고서는 단련만 해 왔던 자신이, 곱게 자란 2황자에게 힘으로 밀리다니.

리카르디스는 창을 잡은 채로 가만히 그 남자의 눈을 들여다보다가 창을 그의 가슴에 퍽 소리 나게 밀어붙였다. 거칠게 무기를 건네받은 성기사가 고개를 푹 숙이고 한 발짝 뒤로 물러섰다.

로젤린은 눈만 굴리고 있다가 가로막고 있던 이들을 잽싸게 지나쳐 리카르디스의 뒤에 섰다. 무섭게 일그러진 표정들은 이제 그의 등에 가려져 보이지 않았다. 로젤린이 작게 숨을 쉬자 리카르디스가 부드러운 손길로 그녀의 손목을 감싸 쥐었다. 리카르디스가 손수 더러워진 로젤린의 제복을 툭툭 털어 주었다.

"경, 괜찮나?"

리카르디스가 자세를 낮춰 그녀를 걱정 어린 다정한 눈동자로 바라보고 있었다. 로젤린이 작게 고개를 끄덕이자, 리카르디스가 굳은 표정을 애써 누그러트리며 웃었다.

"진짜 괜찮은 거지?"

"네."

리카르디스의 손길과 다정한 시선에 속 안에 꾹꾹 뭉쳐 들어찬 것들이 풀려 나갔다. 역시 황자 전하가 최고였다. 로젤린은 아직까지 어쩔 줄 모르는 성기사들을 보며 악당같이 씨익 웃었다. 리카르디스는 그런 그녀를 보며 기분을 조금 풀 수 있었다.

긴 복도를 걷는 동안 로젤린은 스타스와 레이몬드, 슈텐과 바스티안, 잇세리온에게 번갈아 가면서 위로받았다. 다들 한마디씩 건네며 그녀의 입에 작은 과자를 하나씩 넣었다. 로젤린은 시무룩해하면서도 분주히 입을 움직였다.

대신관들은 신전 내에 각각의 별관을 가지고 따로 생활했다. 라혜안시가 머무는 별관은 다른 대신관들의 건물에 비하면 작은 축에 속했지만, 화려하고 아름다웠다. 로젤린은 입을 떡 벌리고 구경했다. 리카르디스가 혀를 쯧 찼다.

"명색이 신관이라는 놈들이……."

라혜안시를 돕는 신관이 이미 나와서 기다리는 중이었다. 로젤린도 그들의 얼굴을 알아봤다. 축제 '그림자 없는 밤'에서 라혜안시 뒤에 서 있던 사람이었다.

"하얀 밤을 부르는 일라베니아의 축복을 빕니다."

"축복을 그대에게. 라혜안시 대신관은?"

"리카르디스 전하께서 방문하셨노라 전했으나……."

젊은 신관의 시선은 리카르디스를 똑바로 마주하지 못하고 그의 머리끝, 발끝, 손끝, 어깨 끝 등을 다양하게 배회했다. 리카르디스는 흠, 하는 소리를 냈다. 알 만하군.

"뒹굴고 있겠지. 알겠으니 물러가라."

"저희 대신관님께서 현재 몸이 미령하시어……."

"애쓰는 모습은 안쓰럽다만, 변명은 되었다. 라혜안시 대신관의 방만함이 하루 이틀도 아니고."

"안내해 드리겠습니다……."

신관은 축 처진 어깨를 하고서는 앞서 걸었다. 고단함이 느껴지는 발걸음이었다. 한참을 더 깊게 들어가고, 몇 번의 복도를 지나치니 커다란 문이 나왔다. 신관이 앞서 들어가 라혜안시에게 손님의 방문을 알리려 했으나, 리카르디스가 먼저 문을 열고 들어가 버렸다. 신관이 초조하게 제 손톱을 물어뜯었다.

방 안은 어지러웠다. 바닥에는 예복이, 침대 위에는 걸레가 널브러져 있었다. 그리고 분홍색 머리의 라헤안시는 걸레와 함께 침대 위에서 뒹구는 중이었다. 그는 엎드려서 성전을 읽고 있었는데, 먹고 있는 과자 부스러기가 성전 위로 후드득 떨어졌다.

　라헤안시는 "아앗, 기름 번진다."라고 중얼거리며 당황하고 있었다. 신관이 라헤안시의 그 꼴과 방문한 2황자의 얼굴을 번갈아 보다가 이델라브힘을 부르짖는 몸짓을 했다. 리카르디스는 문을 열기 전에 초조해하던 신관의 태도를 이해할 수 있었다. 어디 내놓아도 참 부끄러웠으리라.

　"아, 형 왔어?"

　리카르디스는 그 처참한 꼴에 잠시 입을 다물고 있었다.

　"⋯⋯여전하구나."

　"누가 온다더니만, 형이었네. 말을 하지. 마중 나갔을 텐데."

　신관이 미간에 주름을 잡고 불손한 눈초리로 라헤안시를 노려보았다. 분명 설원의 월계수, 2황자 리카르디스 전하께서 방문하셨다고 또박또박 일렀건만, 저가 성전 읽으며 한 귀로 흘린 건 생각도 안 했다.

　"⋯⋯모두 문밖에서 호위해라. 이곳에서 위험한 것은 위생 수준뿐이니. 그리고 로젤린 경은 대화가 들리지 않는 곳까지 이동해 있는 게 좋겠다. 레이몬드 경이 그녀와 함께 있도록."

　"예, 전하."

　머뭇거리던 로젤린이 무거운 발걸음을 옮겼다. 또다시 시무룩한 기색을 보이는 로젤린을 보며 리카르디스는 제 입술을 한번 가볍게 물었다. 곁에 두고 안심시키고 싶었지만, 어떤 대화가 오고 갈지 모르니 일단은 잠시 물러 둬야만 했다. 물러 둬야⋯⋯ 물러 둬야 하는데⋯⋯.

　돌아서는 뒷모습이 여간 작아 보이는 것이 아니었다. 리카르디스는 한마디를 덧붙였다.

　"로젤린 경. 누군가가 시비 걸면 패도 된다."

"안 됩니다."

스타스가 차분하게 반박했다.

"깐깐하기는."

"로젤린 경은 신전 관계자에게 손대지 말고. 무슨 일이 생기거든 레이몬드 경이 대응한다."

레이몬드는 제 가슴을 주먹으로 퍽 쳤다. 자신감 넘치는 몸짓이었다.

"예, 적당히 패겠습니다!"

스타스가 잠시 두 눈을 감았다.

"슈텐 경이 레이몬드 경 대신 그녀와 함께 건물 밖에서 대기한다. 유사시에 슈텐 경이 대응하도록."

레이몬드와 리카르디스가 눈을 가늘게 뜨고 스타스를 쳐다봤다. 기사단장이 무거운 침묵으로 그들의 불만을 가볍게 눌렀다.

* * *

슈텐과 로젤린이 방을 나와 이동했다. 생각보다도 로젤린의 귀 성능이 훌륭해, 예상된 지점보다 멀리 와야만 했다.

슈텐은 기둥에 몸을 기댔고, 로젤린은 복도 난간 위에 걸터앉았다. 저 멀리 하얀 건물의 둥근 지붕 위로 햇살이 부서지고 있었다. 반짝거리며 흩어지는 빛무리에 로젤린은 잠시 눈을 감았다.

그녀가 곧 다시 눈을 뜬 이유는, 아까 대신전 입구에서 겪었던 종류의 시선이 다시 한번 자신을 꿰뚫는 것을 느꼈기 때문이었다. 로젤린은 자신을 쳐다보는 사람들을 돌아보았다.

지나가는 신관들마다 로젤린의 검은 머리를 보고 멈춰 섰다. 그들은 흘 끗 쳐다보기도 하고 대놓고 역하다는 표정을 짓기도 했다. 그 어느 공간보다 이델라브힘에 대한 믿음이 강한 이곳은, 그 어느 공간보다도 크레안 티다니온의 힘을 배척했다. 로젤린이 아무리 2황자 리카르디스를 구했다 하더라도, 그것이 그녀가 마인이라는 사실을 가릴 수는 없는 것이다.

로젤린이 사람들의 시선을 피하지 않고 가만히 마주하고 있자 슈텐이 그녀를 가리며 앞으로 나섰다. 신관들이 슈텐의 사나운 얼굴을 보고는 슬슬 도망가듯 발걸음을 옮겼다.

로젤린은 입술을 만지작거렸다. 사람들의 따가운 눈총이 잔상처럼 남아 주위를 맴도는 것 같았다. 답답하고 불안했다. 갑자기 리카르디스가 보고 싶었다. 괜찮나? 경? 어깨에 손을 얹고 눈을 맞추는 그를 보면 이 기분이 조금 나아질 것 같았다. 로젤린의 입술은 하도 매만져 붉게 부어 있었다. 그 뒤로도 사람들은 끝없이 지나갔다. 그들이 속삭였다.

마인, 마인이야. 그 로젤린. 2황자의 호위 기사. 더러워. 붉은수레바퀴! 불길한…….

자신을 향한 악의는 하얀밤 기사들과 사이가 좋지 않을 때에도 종종 겪었으나 이것은 달랐다. 좀 더 집요하고, 좀 더 사납고, 좀 더 자신을 파헤치려는 듯했다. 슈텐의 어깨 너머로 늙은 신관과 눈이 마주쳤다. 최악의 살인자를 보는 눈빛이 그러할까. 세상에서 가장 더럽고 역하고 냄새나는 것을 모아 둔 찌꺼기를 마주한 얼굴이 그러할까.

로젤린은 당장에라도 뛰쳐나가고 싶었다. 그들의 시선에서 벗어나고 싶었다. 속이 울렁거리기 시작했다. 로젤린이 입을 가리자 슈텐이 걱정스럽게 그녀를 바라봤다.

"속이 좋지 않아?"

"기분 나쁩니다."

"먼저 성으로 귀환해. 내가 보고할 테니."

"싫습니다."

로젤린은 리카르디스를 떠올렸다. 이런 공간에 그를 두고 갈 수 없었다. 슈텐은 그녀가 고집을 부리는 이유가 그 때문이라는 것을 대충 눈치챈 듯했다.

"붉은수레바퀴의 고집이란. 대신전에서 전하를 공격할 만한 간 큰 인간은 없어. 공격은 무슨, 전하를 머리에 이고 다니고 싶어 하는 사람들이 널렸다고."

로젤린이 입을 가리고 고개를 푹 숙인 채 도리질하자 슈텐이 휴 한숨을 쉬었다. 가라. 싫다. 가라고! 싫다고! 공방을 벌이고 있는 도중, 한산해졌던 복도 끝 쪽에서 인기척이 느껴지기 시작했다. 널찍한 복도에서 굳이 가에 서 있는 두 사람을 향하고 있었으니 그저 지나가고자 하는 목적은 아니었다.

"로젤린 경?"

익숙한 목소리에 로젤린은 천천히 고개를 들었다. 저 멀리서 디에즈가 다가오고 있었다. 축제 날 길을 잃었을 때 이후로 처음 만나는 것이었다.

"하얀 밤을 부르는 일라베니아의 축복을. 5황자 전하를 뵈옵니다."

"하얀 밤을 부르는 일라베니아의 축복을. 5황자 전하를 뵙습니다."

디에즈가 고개를 끄덕였다.

"축복을 그대들에게. 로젤린 경, 무슨 일 있습니까?"

그는 건성으로 인사를 넘기고는 로젤린을 걱정스레 바라보았다. 로젤린이 입을 가린 채 대답했다.

"기분이…… 좋지 않아서."

디에즈는 그녀의 대답에 호들갑 떨며 괜찮으냐고 묻는 대신, 고개를 돌려 주위를 둘러보았다. 그의 시야에 저 멀리서 로젤린을 바라보며 소곤대는 신관들의 모습이 들어왔다. 디에즈의 미간이 살짝 찌푸려졌다.

"이름이 어떻게 됩니까?"

디에즈가 슈텐을 바라보며 상냥하게 물을 때는, 아까의 표정이 완전히 사라진 후였다.

"하얀밤 기사단의 상급 기사, 두번째송곳니 슈텐입니다."

"그래요, 슈텐 경. 경들이 여기 있는 걸 보니 형님이 근처에 계시는 것 같군요. 로젤린 경의 상태가 좋지 않아 보이는데, 제가 잠시 데려가 쉬게 해도 되겠습니까? 두 번째 건물의 뒤편에 작은 정원이 있습니다. 사람들이 잘 오가지 않는 장소이니 그쪽에 있겠습니다. 형님이 나오시거든 데리러 오면 되지 않겠습니까, 슈텐 경? 두 사람 다 이동하면 나중에 연락할 방법이 없으니 부탁해도 될까요."

디에즈가 눈을 접으며 사르르 웃어 보였다. 슈텐은 그 미소에 홀려 고개를 끄덕였다.

임시 보호자의 허락이 떨어지자마자 디에즈는 그녀의 손목을 잡고 이동했다. 언제나 차분했던 걸음걸이는 누군가에게 쫓기는 듯 빨랐다. 로젤린도 그에 맞춰서 반쯤은 달리듯 이동했다.

디에즈는 중간중간 계속 그녀를 뒤돌아보았다. 돌아볼 때마다 그의 시선은 그녀의 손목에 머물렀다. 자신이 그녀를 잘 잡고 있는지 확인하는 것 같았다.

* * *

정원은 사람의 손길이 닿지 않아 땅에서 올라오는 것이고, 나무에서 열리는 것이고 할 것 없이 제멋대로 자라 있었다. 디에즈가 말한 대로 공간 안에는 어떤 사람도 없었다. 막 이곳에 발을 들인 로젤린과 디에즈. 둘뿐이었다. 부서진 분수는 물이 메말라 있었지만, 갈라진 틈으로 담쟁이덩굴이 감싸듯 자라고 있어 멋스러웠다.

탁 트인 공간에 바람이 솔솔 불어왔다. 로젤린은 싱그러운 풀 냄새가 섞인 바람을 맞으며 눈을 살며시 감았다. 더워, 어떻게 저런 불길한 것이 신전에…… 속삭이던 말들이 모두 사라졌다. 귓가를 울리는 것은 새소리와 이따금 울어 대는 풀벌레들의 노랫소리뿐이었다.

바스락바스락.

거기에 하나의 소리가 더해졌다. 로젤린은 눈을 떠 소리의 근원지를 바라보았다. 디에즈가 풀숲을 기웃거리며 부지런히 손을 놀리고 있었다.

초록색 잎사귀 사이로 아직 다 익지 않아 푸른빛을 띠는 열매와 산딸기들이 알록달록하게 수놓아져 있었다. 로젤린이 와, 하고 감탄했다. 디에즈가 그런 그녀를 바라보며 웃었다.

"속 안 좋은데 먹어도 괜찮겠어요?"

"먹어서 누르면 됩니다."

디에즈가 웃음을 터트렸다. 눈물까지 찔끔 흘리는데 뭐가 웃긴지 로젤린은 이해하지 못했다. 디에즈는 큰 나무 그늘 아래에 제 겉옷을 벗어 펼쳤다.

"앉아요, 로젤린."

로젤린은 겁도 없이 황족의 옷 위에 착석했다. 디에즈는 손수건을 꺼내서 그 위로 산딸기와 채집한 여러 열매들을 올려놓고 자신도 제 옷 위에 앉았다. 알록달록한 과일 위로 나무 그림자가 흔들거렸다. 그걸 보는 것만으로도 로젤린은 훨씬 기분이 좋아졌다. 그러나 상급자가 음식에 손댈 때까지 침만 삼켜야 하는 것이 하급자의 운명이었다.

로젤린은 우선 얌전히 기다렸다. 흐흥. 노래를 부르며 열매를 한 번, 그를 한 번 번갈아 보며.

"안 드십니까?"

갖은 눈치를 줬다. 디에즈가 산딸기 하나를 집어 그녀의 입에 쏙 넣었다. 아, 달콤하다. 로젤린의 눈이 가느스름해졌다.

디에즈는 로젤린의 기분을 환기시켜 주려 애쓰면서도, 그녀의 기분이 저조한 이유에 대해서는 묻지 않았다. 그저 가끔 시선이 마주치면 웃고, 바람에 나무 그림자가 움직이면 가만히 눈을 감고 있었다.

"감사합니다, 전하."

"음. 뭐가 고마울까요?"

"신전 안에서 꺼내 주신 거요. 감사합니다."

군이 따지면 이 정원 또한 신전에 속해 있었으나, 그건 로젤린에게 그다지 중요하지 않았다. 하나하나가 정돈되어 있고, 하얗게 빛나는 곳. 사람들이 불온한 시선을 보내는 공간과 이곳은 같은 신전이라 하더라도 완벽하게 분리되어 있었다. 제멋대로 자라 있는 수풀. 부서져서 담쟁이덩굴에 감싸인 분수. 여기저기 매달린 과실과 시원하게 불어오는 바람까지.

디에즈는 어떻게 이런 곳을 알고 있을까. 그에게도 이곳이 필요한 때가 있었을까? 디에즈는 감사하다는 로젤린의 말에 숨을 멈추고 눈을 크게 떴다. 그가 제 귓불을 만지작거리며 시선을 슬쩍 돌렸다.

"……내가 도움이 되었다니 기쁘네요."

앞머리가 그의 눈을 가렸다. 오뚝한 콧날과 입술만 보이는 옆모습임에도 그의 표정이 딱딱하게 굳어 있다는 것쯤은 보였다. 기쁘다고 말하는 사람처럼 보이지는 않았다. 어딘가 침울해 보이기까지 했으니. 축제에서 만났을 때도 느꼈지만 요즘의 디에즈는 좀 이상했다.

디에즈는 한참 뒤에 제 얼굴을 두 손으로 쓸더니 웃었다.

"정말 로젤린은…… 에파 같아요."

"에파……는 뭡니까?"

디에즈가 머뭇거렸다.

"이건, 오해하지 말고 들으세요. 절대 이상한 게 아닙니다. 에파는…… 제가 어릴 적 기르던 개……."

말하던 디에즈가 황급하게 단어를 바꿨다. 특정 동물이 욕같이 들린다는 사실을 자각한 듯했다.

"……강아지입니다."

"아, 제가 개 같다고요."

"강아지, 입니다."

디에즈가 정색했다. 좀 더 귀엽고 온건한 단어를 추구하려는 듯했다. 강아지라고요. 한 번 더 강조해서 로젤린은 고개를 재빠르게 끄덕이며 네, 강아지. 하고 대답했다.

"제가 며칠 걸려 숙제를 해 놓으면 찢어 놓고, 겨울날 쌓인 눈으로 열심히 얼음집을 만들면 달려와서 부수고는 했었죠."

이거, 욕이구나! 로젤린은 그가 말하고자 하는 것이 '강아지'가 아닌 '며칠 걸린 숙제와 얼음집을 파괴하는 강아지'라는 사실을 깨달았다. 내가 지금 그렇게 크게 욕먹을 만한 짓을 했나…… 사사건건 그의 일을 훼방 놓은 애완동물과 비슷하다는 욕을 들을 만한…… 로젤린은 충격받았다.

"특히 얼음집은 동상까지 걸려 가면서 일주일 동안 열심히 만든 거였는데요."

나쁜 에파…… 로젤린의 눈꼬리가 축 처졌다.

"그날 밤에 에파가 감기에 걸렸는지 콧물 흘리면서 헥헥거리기만 하고, 밥도 제대로 못 먹었어요. 얼음집을 부술 때만 해도 저런 개, 아니 강아지 당장 갖다 버리라고 했었는데, 아파하는 모습을 보니 얼음집이고 뭐고, 그저 아프지만 않게 해 달라며 이델라브힘께 기도했었죠."

그러니까 결국 좋아하기는 했다는 건가? 혼란스러워하는 로젤린의 표정을 본 디에즈가 웃음을 터트렸다. 곧 그가 로젤린에게 두 손을 뻗어, 로젤린의 볼을 아프지 않게 살짝 꼬집었다. 디에즈가 이런 장난을 할 줄은 몰랐던 터라 로젤린이 눈을 동그랗게 떴다. 디에즈가 개구쟁이 같은 표정을 지었다.

"얄미워."

디에즈가 꼬집던 것을 멈추고 손바닥으로 감싸듯 그녀의 볼을 덮었다. 꾹 눌러서 로젤린의 입이 새의 부리처럼 튀어나왔다. 디에즈가 즐겁다는 듯 눈을 휘며 웃었다. 로젤린은 난데없이 놀림당하는 느낌이라 어쩐지 심통이 났다.

* * *

"앉아, 형."

"어디에?"

"거기 있잖아. 곰 인형 들춰 보면 의자 나올……걸? 미안해, 좀 지저분하지?"

"지저분한 걸 아는 머리였다는 게 더 놀라울 뿐이다."

잇세리온은 재빠르게 라헤안시가 지목한 곳을 들춰서 의자를 발굴했다. 손수건을 꺼내서 삭삭 닦는 솜씨가 일품이었다. 기사들이 나가고 문이 닫혔다. 라헤안시는 성전 중간중간에 끼어 있는 과자 부스러기를 탈탈 털었다. 침대 위에서. 리카르디스가 질색하는 표정으로 그를 쳐다봤다.

"그림자 없는 밤에 설교하는 거 잘 봤다. 곧잘 하더구나."

라헤안시가 느슨한 눈을 휘면서 활짝 웃었다.

"어어? 봤어? 아, 정말 왔으면 왔다고 하지. 부끄럽게……."

라헤안시가 으헤헥 바보 같은 웃음소리를 내며 몸을 비비 꼬았다.

"진짜 회심의 설교라고 생각했거든. 크, 폐하께서 보셨으면 아주 그냥……."

혼났겠지. 리카르디스는 뒷말을 삼켰다. 기분 좋아 하는 어린애의 심기를 거스르는 악인은 되고 싶지 않았다.

"근데 말투는 왜…… 그랬던 거냐?"

"이번에 했던 설교가 내 첫 데뷔였거든. 좀 위엄 있어 보이게 하려고 살짝 바꿔 봤는데, 웬걸. 끝내주지 뭐야."

정말 끝낼 수 있을 것 같았다. 그의 대신관 경력을.

"할배들이 나 어리다고 시비 걸어서 바꾼 말투가 설교에도 이렇게나 유용할 줄이야."

"살아 봤자 얼마나 더 산다고. 어린 네가 이해해라."

다소 수위 높은 농담에 라헤안시가 좋아서 넘어갔다. "어, 얼마 못 산대…… 이히힉끽……!" 하면서 좋아하는데 농담한 리카르디스가 민망해질 정도였다.

리카르디스는 바라지 않은 이복형제, 자매들이 많은 편이었다. 황자만 여섯, 황녀는 일곱. 도합 열세 명. 그러나 리카르디스와 교류하는 형제는 손에 꼽았다. 다른 형제들은 몰라도 리카르디스는 자신이 배가 다를 뿐 아니라 씨도 다른 자식이라는 점을 알고 있는 데다가, 다른 여러 가지 문제와 더불어 본인의 성정까지 교류를 끊는 것에 한몫 더했다.

그중, 유일하게 라헤안시와는 이따금 만나서 차를 마신다든가 안부 인사를 나누는 둥의 소소하지만 질긴 교류가 이어져 왔다. 그럼에도 불구하고 2황자 리카르디스와 라헤안시의 우애가 깊다는 얘기가 돌지 않은 것은, 라헤안시가 더 이상 설원의 월계수라는 이름을 달고 있지 않기 때문이었다.

이델라브힘의 아래 종의 역할을 맡은 자들은 오로지 자신의 이름만을 지녔다. 어떤 가문의 라헤안시, 위대한 누구의 아들 라헤안시가 아닌 그저 한낱 미천한 인간이라는 것이다. 그렇다 보니 권력 싸움에서도 자연스럽게 멀어질 수밖에 없었고, 그 사실이 리카르디스가 라헤안시를 좀 더 편하게 여길 수 있게 했는지도 모른다.

라헤안시는 손수 차를 끓여 와 테이블처럼 보이는 잡동사니 위에 다과를 차렸다. 그를 제외한 어느 누구도 손대지 않았지만, 라헤안시는 아랑곳하지 않았다.

"할배들이 한 번만 만나 달라고 노래를 부를 때는 무시하더니, 무슨 바람이 불어서 온 거야?"

"오늘 마침, 대신관들 일곱 중에 넷이 자리를 비우는 날이더군. 그나마 덜 마주칠 수 있으니 오늘이 적기였지."

"신전에 사람 심어 놨다는 말을 대신관 앞에서 그렇게 태평하게 해도 되는 거야?"

리카르디스는 다리를 꼬면서 웃음을 흘렸다. 가늘어진 눈동자가 라헤안시를 응시했다.

"그 노친네들이 퍽이나 모르겠다."

"하기야. 그래서 뭐. 형이 가지고 온 결정에 대한 연구 결과? 그건 아직 멀었는데?"

"그건 알아서 하고. 오늘은 그 건이 아니라 좀 물어보고 싶은 게 있어서."

라혜안시는 자신이 차려 놓은 다과를 즐기며 제 이복형제를 주시했다. 창으로 들어오는 햇살에 리카르디스가 머리부터 발끝까지 반짝반짝 빛났다. 아, 거참 잘생겼다.

"라혜. 마력은…… 대체 뭐지?"

라혜안시는 잠시 할 말을 잃었다. 어린아이 때부터 배우는 개념을 지금 다시금 알려 달라는 건 아닐 테고? 마력, 마력. 크레안 티다니온. 검은 달로부터 오는 불길한 힘. 성력과 정반대의, 상극의, 섞이지 못하는…….

"우리 똑똑한 형……."

라혜안시가 제 머리를 매만지면서 웃었다. 곱상한 얼굴인데도 히죽 웃는 모습이 꼴 보기 싫었다.

"발타에 가서 축복의 밤에 대한 단서라도 얻었어?"

"……역시 넌 알고 있었군."

"명색이 대신관인데."

라혜안시는 긴 의자에 늘어져 반쯤 눕는 듯, 반쯤 앉은 듯한 묘한 자세를 유지했다.

"사실 나는 신참 대신관이라 다 알려 주지는 않지. 내가 따로 공부하고 알아낸 것도 있고. 우리 스승님이 알려 준 것도 있고."

리카르디스는 라혜안시 입에서 나온 스승님이라는 말에 눈을 크게 떴다. 라혜안시가 스승이라 부를 만한 사람은 딱 한 명밖에 없었다. 그가 아직 설원의 월계수 라혜안시라 불릴 때, 그에게 신학을 가르친 대신관 윈디트일 것이다. 신전에서는 스승이란 호칭은 사용하지 않았으나, 어릴 때부터 입에 익은 탓인지 라혜안시는 신전에 들어가고서도 그녀를 종종 스승님이라 부르곤 했다.

리카르디스는 슬그머니 방 안을 둘러보았다. 다행히도 하얀밤의 기사단원들과 잇세리온뿐이었다. 그가 어울리지도 않는 눈치를 본 이유는, 몇 년 전 처형당한 대신관 윈디트에게 큰 문제가 있었기 때문이었다.

배고픈 자에게 먹을 걸 내어 주고, 헐벗은 자에게 옷을 주며 만민을 두루 살핀다는 선량한 성직자의 얼굴 뒤에는 다른 모습이 있었으니, 다름이 아닌 사이비 교주였다. 대신전의 가르침과 반하는 교리를 설파하며 백성을 혼란스럽게 만들었다는 죄목은 결코 가볍지 않았다.

일라베니아는 충격에 빠졌고 대신관 윈디트는 사형당했다. 그리고 그 빈자리를 라혜안시가 이었던 것이다. 때문에 라혜안시가 대신관이 되는 것을 꺼려 하는 자들이 많았다.

대신관 윈디트는 상급 신관 라혜안시를 곁에 두고 교리와 법률, 다양한 학문을 가르쳤다. 접촉이 많았던 만큼 라혜안시도 당연히 물들어 있지 않겠느냐 하는 우려는 당연했다.

하지만 라혜안시는 눈물 콧물을 흘리며 제 결백을 증명했고, 그가 윈디트에게 이상한 교리를 사사받았다는 증거 또한 한 장도 찾을 수 없었기에, 그저 의심에만 그치고 넘어갔다. 물론 그 뒷배에는 라혜안시의 혈통이 톡톡히 작용했다. 아무리 성을 버렸다고는 하나, 황제는 제 핏줄이 그런 오명을 쓰는 것을 두고 보지만은 않았다.

사건 당시 리카르디스도 대신전의 신관들이 라혜안시를 추궁하는 것을 모두 보았다. 백발이 성성한 신관들이 지켜보는 가운데 라혜안시는 눈물 콧물 흘리며 바닥을 뒹굴고 어린애처럼 서럽게 울고 있었다.

[아, 모른다니까요, 그런 사람인 줄 몰랐어요!]

모른다니까아! 일라베니아를 음해하는 미친 여자에게서 뭘 배웠으려고! 엉엉 목 놓아 울어 당연히 윈디트와는 아무 상관이 없을 줄로만 알았다. 그런데 이제 와서 스승이 알려 주고 간 것이 있다고?

"너, 윈디트의 가르침은 받지 못했다고 했잖아."

"내가 스승님 밑에 몇 년을 있었는데 설마. 그 말을 믿었다니 형도 생각보다 순진한걸……."

이 자식이? 리카르디스는 그를 흘겨보았다. 라헤안시는 의자에서 뒹굴거리면서 낄낄댔다.

"형, 윈디트는 딱히 종교를 창설하고 교리를 설파하고 다닌 적은 없어. 사이비 교주라니 말도 안 돼."

"사형당해서 억울했겠군."

"그저 일라베니아와 황제 폐하 욕을 심하게 하고 다녔을 뿐이야."

"……사형당해도 억울하지는 않았겠는데?"

라헤안시는 "확실히…… 내가 들어도 그 말은 좀 심하긴 하더라……." 하면서 과거를 반추하는 눈을 했다. 대체 무슨 욕을 하고 다닌 건가, 전 대신관 윈디트…….

"다른 곳도 아닌 발타에서 '축복의 밤'에 대한 힌트를 얻었다면, 단순히 성력만으로 하얀 밤과 검은 달을 불러낼 수 있는 게 아니란 건……."

"알고 있다. 필요한 것은 두 개의 힘. 두 사람. 성력과 마력을 지닌 자. 그리고 문헌에 적힌 걸로 보아, 일시도 중요한 것 같더군. 굳이 따지자면…… 보름달이 뜰 때?"

라헤안시가 무성의하게 박수를 짝짝짝 쳤다. 대충 맞다는 얘기이리라. 발타의 신전에서 눈치챘던 것이지만, 황제 다음으로 '축복의 밤'에 가까운 대신관이 확인해 주니 마음이 놓였다.

"그럼에도, 형. 현재의 일라베니아 백성들은 그 사실을 알지 못해. 일라베니아가 의도적으로 마인과 마력의 필요성을 지워 버린 거야. 윈디트는 그걸 알고 몰래 퍼트리고 다니다가 딱 걸렸어."

리카르디스는 신전이라면 질색인 터라, 대신관들과 친분이 있는 편이 아니었다. 윈디트도 그저 오며 가며 스치듯 봤을 뿐이었다. 그렇게 배짱 좋은 사람이었을 줄은 또 몰랐다.

"확실히 황제 입장에서는 곤란할 만했겠어."

"뭐, 다른 건 다 제쳐 두고. 그렇다면 왜 일라베니아에 하얀 밤이 찾아오지 않느냐…… 하면."

"현 황제의 역량 부족과, 숨어 버린 마인들?"

"그것도 있지만, 형. 일정 수준의 성력을 가진 사람이 '축복의 밤'의 조건이라면, 마력도 마찬가지로 일정 수준이 필요하잖아?"

라헤안시는 새삼스러운 말을 되짚고 있었다. 리카르디스는 그럼에도 별다른 말을 덧붙이지 않고 고개를 끄덕였다.

"설원의 월계수의 핏줄들은 대대로 성력이 강하기 때문에 그 역할에 부합했던 거지. 그래서 대대로 하얀 밤을 불러왔고."

"그렇겠지."

"그러면, 형. 마력을 강하게 타고나는 핏줄은? 지금 어디 있을까?"

리카르디스는 머리를 한 대 맞은 듯 띵한 감각에 사로잡혔다. 맞는 말이었다. 설원의 월계수. 그 이름을 달고 있는 자들은 성력의 양과 상관없이 대다수의 인원이 성력을 타고났다. 그것이 하얀 밤을, 축복의 밤을 불러오는 자격을 신으로부터 부여받은 것이라 하여 모든 정당성과 권리를 손안에 쥐고 있었다.

그렇다면 라헤안시의 말대로, 마력을 타고나는 핏줄이 있을 가능성도 분명 있었다. 하지만 어떤 기록에도, 어떤 역사책에도 남아 있지 않았다. 마인의 존재와 마력의 역할을 필사적으로 지우는 일라베니아 황실의 특성상 그 또한 가려진 부분일지는 몰랐으나, 어느 것도 확신할 수 없는 상황이었다.

"……애초에 없었을 수도?"

그래서 이런 얼간이 같은 대답을 할 수밖에 없었다. 라헤안시는 반쯤 감긴 눈을 더욱 느슨하게 했다. 이제는 졸고 있는 게 아닌가 싶을 정도였다. 그는 시선을 어디에도 맞추지 않고 멀리를 내다보고 있었다. 생각에 잠긴 눈이었다.

"있었어."

존재를 확정하는 그의 짧은 말은, 현재가 아닌 과거를 가리키고 있었다. 리카르디스는 턱을 매만지며 생각을 가다듬었다. 라헤안시가 그저 제 감만으로 이런 말을 하지는 않을 것이다. 윈디트에게서든, 대신관만 열람할 수 있는 서고를 통해서든…… 이것은 진실일 확률이 굉장히 높았다.

그들은 분명 존재했다. 강한 마력을 타고나는 혈통. 그렇다면 그들은 지금 어디에? 일라베니아의 횡포를 견디지 못하고 떠난 것인가? 숨어 버린 것인가? 하지만 몇백 년이 지나는 세월 동안 어떤 기미도 보이지 않고 숨을 죽이고 있다는 것이 가능하단 말인가?

설원의 월계수의 혈통이 아니더라도 성력을 가진 자는 대륙 여기저기에서 태어났다. 때로는 황족을 넘볼 정도의 성력을 가진 사람들도 있었고, 보통의 경우에는 신전에서 그들을 데리고 와 신관으로 길렀다. 강압적인 절차를 밟는 경우도 종종 있긴 했으나, 큰 보상이 따랐기에 부모들은 순순히 아이를 넘기곤 했다.

이와 같이 몇백 년 동안 성력이 강한 자들이 대륙 곳곳에서 태어났다면 마찬가지로 상당 수준의 마력을 가진 자도 태어나야 하는 것이 아닌가? 그 혈통이 아니더라도 마인은 있다. 그럼에도 일라베니아 황실이 몇백 년 동안 하얀 밤을 띄우지 못했다는 얘기는…… 그 조건에 부합하는 마인이 없다는 것이었다.

그 혈통이 세상에서 사라짐과 동시에 강한 마인이 씨가 마른 것이다. 헤아릴 수도 없는 먼 과거에, 무슨 일이 분명 일어났다. 그 모종의 일로 인해 대륙은 서서히 몰락의 길을 걷기 시작했으며, 그 시발점에는 아마 일라베니아 황실이 있을 것이다.

리카르디스는 실소했다. 이거야, 원. 멍청한 것도 정도껏 해야지. 독식하려다가 상을 뒤엎은 꼴이었다. 설원의 월계수라는 이름을 달고 있는 게 창피해질 지경이었다. 피가 이어져 있지 않은 게 다행이라 여기는 날이 올 줄은 꿈에도 몰랐다.

"여기서 주목할 점이 있는데……."

라헤안시가 말을 이었다. 의자에서 뒹굴거리던 것은 언제 멈췄는지 똑바로 앉아서 과자 기름이 묻은 성전을 뒤적이고 있었다.

"지금 대륙에 명성이 자자한 강한 마인이 한 명 있다지."

리카르디스의 눈썹이 꿈틀거렸다. 그가 상체를 앞으로 숙이며 날카로운 눈빛을 걸었다.

"비밀에 접근한 사람일수록 로젤린 경의 필요성을 더욱 절감할 거야."

산뜻한 봄바람이건만 서늘하게 피부를 훑는 듯했다. 닭살이 돋고 신경이 예민해졌다. 앞날의 험난함을 예고하는 한마디였다. 리카르디스도 체감했으나, 이복동생이라 해도 대신관의 위치에 있는 자에게 듣는 것은 또 다른 느낌을 줬다. 옛날 명망 높은 대신관 몇은 예언 따위도 종종 하지 않았다던가.

첨탑에서 종소리가 세 번 울렸다. 기도 시간을 알리는 소리였다. 리카르디스의 시선은 문밖을 향했다. 멀리에 있을 로젤린을 그려 보았다. 많이 불안해하던 그녀의 모습이 떠올라 리카르디스는 다음을 기약하며 일어섰다.

라헤안시도 하늘하늘한 잠옷을 훌러덩 벗고 바닥에서 뒹구는 예복으로 갈아입었다.

"생각보다 성실하게 하는구나."

"이래 봬도 대신관이라우…… 다음에 또 봐."

"라헤."

라헤안시는 하얀 대신관용 모자를 쓰면서 씨익 웃었다.

"정겹게 왜 그래, 형. 형은 나한테 묻고 싶은 거나 필요한 거 있음 꼭 그렇게 부르더라."

"항상 대답을 피하기만 하더니. 오늘은 무슨 심경의 변화가 있었던 거냐."

리카르디스는 여전히 분주한 라헤안시를 바라보았다. 라헤안시. 라헤. 세티스티아가 그를 부를 때 사용하던 애칭이었다. 라헤안시는 형제들 중 유독 리카르디스와 친근하게 지내는 듯했으나, 리카르디스의 손을 들어 준 적은 단 한 번도 없었다.

축복의 밤. 하얀 밤. 뭐 그런 것들. 리카르디스가 전장에서 구르면서, 암살자의 칼날을 피하면서 알기를 바라 왔던 어떠한 단서, 정보, 진실들. 라헤안시는 그 일부를 알면서도 결코 리카르디스에게 가르쳐 준 적이 없었다.

그런데 오늘은 어째서? 리카르디스가 품는 의문은 당연한 것이었다. 라헤안시는 목걸이를 침대 아래에서 낑낑거리며 꺼내면서 말했다.

"솔직히 형은 빨리 죽을 거라 생각했어. 내 예상대로라면 한 6년 전쯤에 죽었어야 했는데. 정말 대단해, 형."

"칭찬 참 고맙구나, 동생아."

리카르디스는 심드렁하게 턱을 괴었다. 라헤안시는 거울을 보면서 옷매무새를 정리하는 중이었지만, 전혀 정리되고 있지 않아 결국 리카르디스가 도와줘야만 했다.

"그런데 그것만으로는 부족했지. 아무에게나 기밀을 누설하고 다닐 수는 없잖아? 이쪽도 나름 목숨이 걸린 일인걸."

"한데?"

리카르디스가 그의 머리를 손으로 빗어 하나로 묶었다. 머리카락 하나가 당긴 것인지 아프다고 난리를 쳐서 느슨하게 다시 묶어 줘야 했다. 지저분한 머리를 묶고 나니 훨씬 인물이 살았다. 라헤안시는 거울 속의 자신에게 윙크와 사랑의 화살을 한번 날린 다음에야 대답했다.

"이제야 목숨을 걸어 봄직하다는 거지."

리카르디스는 거울에 비친 라헤안시의 얼굴을 보았다. 여느 때처럼 히죽히죽 웃지도, 나른하게 늘어져 있지도 않았다. 어느 한곳을 응시하는 그의 눈빛은 먼 곳을 그리고 있었다. 라헤안시는 곧 뒤돌아서 씩 웃었다. 언제나 보아 왔던 미소였다.

살짝 열린 문틈 사이로 아까 리카르디스를 안내했던 신관이 초조한 얼굴로 라헤안시를 기다리는 모습이 보였다. 언제는 이래 봬도 대신관이라 하더니, 역시 빼먹은 전적이 몇 번 있는 게 아닐까.

라헤안시는 이크, 이크, 지각이다, 지각. 하면서 입만 바쁜 시늉을 했다.

"담에 또 봐, 형."

"얼른 가기나 해라."

"이델라브힘의 축복이……."

"가라고."

라헤안시는 치근덕대면서 끝까지 뭉그적거리더니 힘겹게 발걸음을 옮겼다.

* * *

갑자기 많은 정보가 쏟아져 머리가 아파 왔다. 리카르디스는 관자놀이를 지그시 누르며 인상을 썼다. 몇 세대 동안 나타나지 않았던, 강한 마인의 출현. 이걸 단순하게 '와, 대단하다.'라든가 '와, 멋있다.'와 같은 감상으로 끝낼 수 없다는 것이 안타까울 뿐이었다.

별관을 나왔더니 저 멀리 슈텐이 홀로 서 있었다. 리카르디스는 그에게 다가가 로젤린의 행방을 물었다.

"디에즈 전하와 잠시 신전 내에 있는 정원에……."

뒷머리를 긁적이며 하는 대답에 리카르디스의 입가가 씰룩거렸다. 상태

안 좋은 동료를 왜 애먼 사람에게 맡기냐며 슈텐은 몹시 혼났다. 리카르디스는 씩씩 성내다가, 앞장서 안내하는 슈텐의 뒤를 따라 발걸음을 바쁘게 움직였다.

정돈되지 않은 허름한 정원 속. 큰 나무 그늘 아래 두 남녀가 사이좋게 앉아 있었다. 바닥에 펼친 손수건 위에는 붉고 노란 열매가 올라가 있어 소꿉놀이를 하는 것처럼 보였다.

'거리가…… 좀, 가깝지 않아?'

많이 가까운 거 같은데? 거의 딱 붙어 있지 않은가. 어깨도 닿은 것 같은데? 리카르디스는 자리에 멈춰 서서 두 사람을 바라보았다. 로젤린이 무어라 말하자 디에즈가 열매 하나를 집어 로젤린의 입에 쏙 넣어 줬다. 그녀의 볼이 부지런히 움직였다.

리카르디스의 머릿속에서 무언가가 뚝 끊겼다.

"디에즈 레예 일라베니아…… 저 천사 같은 얼굴로 이 무슨 음탕한……!"

하얀밤 기사단원들이 고개를 절레절레 흔들었다. 르원이 망설이다 조심스럽게 입을 열었다.

"…아니요, 전하. 전혀 음탕하지…… 않았습니다만……."

"저 손길에 음심이 가득한 것이 보이지 않나, 르원."

"……자세히 보니 그런 것 같기도 하네요."

남자의 질투. 흉했다.

"르원."

"예, 전하."

"저 자리를 어떻게 하면 가장 엉망으로 파할 수 있을 것 같나? 가슴에 생긴 상처 때문에 열매는 물론이고, 동그란 것까지 두 번 다시 쳐다보지 못할 정도로?"

"……저는 전하를 그렇게 키우지 않았습니다."

"그렇겠지, 나는 나 혼자 컸으니까."

아니, 어떻게 그렇게 심한 말씀을 하실 수 있느냐. 제가 전하의 기저귀까지 갈아 드린 게 기억나지 않으시냐. 일곱 살 때 처음 만났는데 무슨 헛소리를 하냐. 하면서 두 사람이 아옹다옹하는 사이에 그늘 아래의 화기애애하던 분위기는 리카르디스의 바람대로 깨졌다.

아까까지만 해도 열매를 황홀하게 바라보던 로젤린이 무서운 기세로 다가오고 있었다. 낮춘 자세, 까딱이며 풀고 있는 손가락, 크게 뜬 채 한 번 깜박이지도 않는 눈. 누구 하나 잡을 것 같은 살벌한 분위기였다.

로젤린은 척척 걸어오다가 도자기를 들고 있는 여인의 석상을 부쉈다.

쾅!

흙먼지가 우수수 일어났다. 르윈이 짤막하게 감상을 말했다.

"우리 편이라 정말 다행입니다."

로젤린은 조각상 여인에게서 도자기를 강탈하고는 더욱 흉흉한 기세로 다가왔다. 로젤린이 리카르디스와 하얀밤 기사단이 서 있는 곳에 도착하기 전에 멈춰 섰다. 그녀가 한쪽 다리를 들어 올리며 도자기를 날릴 준비를 했다. 하얀밤 기사단이 양옆으로 쫙 갈라졌다. 로젤린이 채찍으로 후려치듯 도자기를 날렸다.

쉬익—

바람을 가르는 소리가 선명했다. 도자기의 종착지는, 지나가던 어떤 신관의 머리였다.

퍽, 파삭.

정확하게 머리를 강타한 도자기는 산산조각 났고, 신관은 스르륵 쓰러졌다. 성난 호랑이 같던 로젤린의 얼굴이 원래대로 돌아왔다. 자신을 빤히 쳐다보는 여러 시선에 그녀가 어깨를 으쓱였다.

"암살자입니다."

"……그러길 바랐다."

지나가던 선량한 신관의 머리를 깨 버리길 바라지는 않았기 때문에. 리카르디스는 자리를 수습하라 기사단원들에게 명령했다. 곧 그는 디에즈가 있었다는 사실을 상기하고 돌아보았다. 손수건 위의 열매가 잔뜩 으깨져 있었다. 로젤린이 앞만 보고 오느라 밟아 버린 모양이었다.

아니, 저렇게까지 처참하길 바란 건 아니었는데! 남자의 순정을 짓밟다 못해 으깨다니!

'로젤린, 정말…… 너무…….'

마음에 든다. 마음에 쏙 들었다. 그런데 이상하게도 디에즈의 표정은 나쁘지 않았다. 도리어 눈동자가 반짝거리기까지 했다. 성정이 순하고 유약한 아이라, 이런 폭력적인 장면을 즐길 리 없을 텐데?

디에즈의 황금색 눈동자가 로젤린에게서 떨어질 줄 몰랐다.

* * *

똑똑. 문을 두드리자 안에서 곧바로 대답이 돌아왔다.

"들어오게."

로젤린은 혜사의 도움을 받아 몇 장의 보고서를 작성한 후, 기사단장실에 들렀다. 검은달과의 전투 보고서였다. 전투 내용이야 알려질 대로 알려졌다지만 형식상으로 필요한 절차였다.

"검은 달을 가르는 이델라브힘의 영광을."

"이델라브힘의 영광을 그대에게. 어서 오게, 로젤린 경."

방 안에 발을 들인 로젤린의 시선이 스타스를 벗어나, 그의 앞에 있는 탁자 쪽을 향했다. 정확히는 탁자 위에 앉아 있는 고양이 한 마리에게로. 연한 갈색에 노란빛이 섞인 털은 윤기가 자르르 흘렀다. 발타에서 흔히 볼 수 있는 품종이었다.

고양이는 골골 소리를 내며 기사단장의 부드러운 손길을 만끽하고 있었다.

고양이가 로젤린을 쳐다보더니 노란 눈을 초록색으로 바꾸는 묘기를 선보였다. 마력의 기운이 순식간에 짐승에게 감돌았다.

'……마카롱이잖아.'

로젤린은 오늘 내내 마카롱을 보지 못해 걱정하고 있던 참이었다. 기사단장의 집무실에 있을 줄이야. 로젤린의 눈길이 탁자 위의 고양이에게 닿는 걸 보고 스타스가 민망하다는 듯 웃었다.

"사절단 이후로 종종 보이더군. 마차의 짐 사이에 숨어 온 게 아닐까 싶은데…… 먹이를 한번 줬더니 가끔 찾아오지 뭔가. 참 똑똑한 고양이야."

스타스는 그 이후로도 "우리 미미가 다른 사람들이 주는 건 안 먹는데……."부터 시작해서 "파르딕트 경과 슈텐 경은 만지려다가 물렸는데……."까지 미미가 자신을 진짜 너무 좋아한다는 얘기를 은근슬쩍 자랑했다.

미미는 배부른 고양이가 햇살 아래에서 일광욕을 하는 것 같은, 만족감 넘치는 표정으로 스타스를 바라보고 있었다. 고양이가 인간을 귀여워하는 이상한 광경이었으나, 둘 다 즐거워 보이니 뭐 잘된 것 같았다.

로젤린은 보고서를 포함해 각종 대회에 출전하는 서류도 함께 제출했다. 스타스는 로젤린이 한몫의 상급 기사 역할을 해내는 것을 보고 감명 깊은 듯 고개를 주억거리며 여러 번 보고서를 훑었다.

"대회 출전은 기사들은 힘들지만, 주군에게는 힘이 되는 일이지. 각 세력의 크기를 한눈에 볼 수 있으니 말이네. 수고해 주게."

"최선을 다하겠습니다."

"부탁이니 최선은 다하지 말게."

로젤린은 미미와 스타스를 뒤로하고 방을 나섰다.

이번 달부터 다음 달까지는 눈코 뜰 새 없이 바쁠 것이라며 칼릭스가 일러 줬다. 로젤린이 최초로 겪은 축제, '그림자 없는 밤'을 시작으로 다음 달까지 사냥 대회, 무투 대회, 건국제, 무도회 등등. 온갖 행사가 잔뜩 포진해 있었다. 심지어는 그 사이에 지인의 경사도 끼어 있었으니, 다름이 아닌 레이몬드의 결혼식이었다.

많은 일라베니아 제국민들은 이 시기에 결혼을 하려 했다. 건국의 달에 맺어진 부부는 오래오래 행복하게 산다는 이야기가 널리 퍼져 있기 때문이었다. 레이몬드와 그의 약혼녀인 황금정원의 클로에도 이때를 맞춰 결혼하기로 했다.

리카르디스의 안위가 워낙 아슬아슬하다 보니, 부하인 레이몬드도 몇 번씩이나 결혼을 미뤄야 했다. 레이몬드는 발타에서 무사히 돌아오게 되면 결혼하자는 청혼 비슷한 유언을 남기고 갔었고, 다행히 살아 돌아와 결혼을 할 수 있게 되었다.

레이몬드는 손수 쓴 청첩장을 로젤린에게 건넸다. 신랑 측 들러리로 서게 된 로젤린은 축사를 맡을 뻔했지만, 하얀밤 기사단 모두의 만류로 불발되었다.

로젤린은 머릿속으로 오늘의 할 일 목록을 하나하나 그었다. 보고서 작성했고, 서류 단장님한테 드렸고…….

저벅저벅.

복도를 걷는 일정한 소리에 하나가 더 덧대어졌다. 또 다른 발걸음 소리는 로젤린을 끈질기게 따라왔다. 느긋하고 차분한 걸음걸이였다. 우연하게 길이 겹친 듯했기에 로젤린은 뒤를 돌아보지 않았다. 뒤에서 걷는 사람의 보폭이 커, 두 사람의 간격이 점차 좁혀졌다. 몇 걸음도 지나지 않아 로젤린은 그 사람과 나란히 걷게 되었다.

로젤린에게 큰 그림자가 드리웠다. 파르딕트나 슈텐과 비견될 만한 거구의 남자였다. 그녀가 흘끗 위를 올려다보자 역광에 침식되어 더욱 어두워진 검은 머리가 보였다.

검은 머리, 왼쪽 눈의 흉터, 거구. 날카로운 인상. 붉은수레바퀴 백작. 페르탄 에스터. 로젤린의 아버지였다.

"아버지."

페르탄은 그녀를 한번 내려다보고는 다시 정면으로 시선을 옮겼다. 대화할 의지가 전혀 없어 보이는 태도였으나 걷는 속도가 느려졌다. 명백히 로젤린에게 맞추고 있었기에, 그녀도 페르탄이 자신을 만나러 왔다는 것을 알아챘다.

"낯선 이에게 듣는 소리치고는 퍽 친근한 호칭이로군. 나를 어떻게 알아봤는가?"

"칼릭스와 레이몬드가."

"그렇군."

"아버지는 살벌한 인상이라고 말해 준 적 있습니다."

"……그렇군."

로젤린은 살벌한 인상이 어떻게 생긴 것인지 알지 못했지만, 페르탄을 본 순간 바로 깨우칠 수 있었다. 페르탄도 딱히 그 말에 반박하지 않는 걸 보면 제 인상에 대해 잘 알고 있는 모양이었다.

그는 잠시 입을 다물고 있다가 다시 한번 로젤린을 흘끗 내려다봤다. 구불거리는 결 좋은 검은 머리, 푸르른 녹음이 드리운 눈동자, 건강하게 혈색이 도는 하얀 피부.

페르탄은 분명 알아볼 수 있을 거라 생각했다. 분명히 제 딸과 다른 점이 하나라도 있을 거라고. 하지만 눈앞의 무언가는 '로젤린' 그 자체였다. 심지어는 눈빛, 말투, 표정까지 똑 닮아 있었으며, 그것이 흉내를 낸다기보다는 자연스럽게 표출된다는 점에서, 페르탄은 '이것'을 무엇이라 불러야 할지 혼동이 되기 시작했다.

누군가에게는 로젤린이 태어날 때부터 마인이라 했으나, 사실이 아니었다. 당연히 로젤린은 평범한 인간이었으며 준수한 실력을 가진 평범한 기사였을 뿐이었다.

검술 명문가인 바다협곡의 자식을 이길 만한 실력도 없었을뿐더러, 2황자의 목숨을 노리는 암살자들을 족족 잡아낼 만큼 뛰어나지도 못했다. 그 아이는 검은달의 병기들을 상대로 살아 돌아올 만큼, 그들을 모두 가리가리 찢어 버릴 만큼 강한 아이가 아니었다.

페르탄은 제 딸의 껍데기를 쓰고 있는 '그것'을 보기 전에, 그녀가 싸웠던 전투 현장을 먼저 접했다. 조각나 흩어진 살점이 눅눅한 습기 아래 썩어가는 처참한 모습에, 페르탄은 비로소 그녀가 로젤린이 아님을 완벽하게 자각했다.

죽을 거라 생각했다. 하지만 그녀는 페르탄의 생각보다도 오래 살아남았다. 준수한 실력이라고는 해도, 온갖 위험이 도사리는 2황자 리카르디스의 곁에선 준수한 실력 정도로는 부족했다. 로젤린의 죽음은 예견된 일이었다. 언제고 찾아올 수 있는 운명이었기에 전혀 놀랍지 않았다.

"어째서 제가 원래의 로젤린이 아니라는 사실을 숨겨 주시는 겁니까?"

페르탄은 당황해서 주위를 둘러보았다. 다행히 누구도 지나다니지 않았다. 이렇게 훤히 뚫려 있는 공간에서 "제가 로젤린이 아니라는 사실을……." 같은 말을 대놓고 하면 어쩌자는 건가.

"너를 위한 게 아니다. 자칫했다가는 붉은수레바퀴까지 위험해질 수 있는 일이었기에 묻기로 결정한 것이다."

"슬프지 않으십니까?"

페르탄이 걸음을 멈췄다. 로젤린도 그를 따라서 멈췄다.

"로젤린의 선택으로 수많은 사람들이 위험에 처할 뻔했다. 붉은수레바퀴 성의 사람들. 영지민들. 제 의무조차 저버리고 저 멀리 밤하늘에 떠 있는 달빛을 지키겠다며 떠난 아이다."

눈매가 부리부리하고 덩치가 커 위협적인 반면, 말투는 잔잔했다.

"그때부터 내 안에서 로젤린은 이미 죽은 자식이었으니."

페르탄은 이 말을 하기 전까지 많이 망설였다. 죽은 로젤린에게 이런 모진 말을 하는 것처럼 느껴졌기 때문이었다. 하지만 그녀는 아까와 비슷한 표정을 짓고 있었다. 평온하게, 정말 남의 일이라는 듯이. 그제야 페르탄은 그녀를 좀 더 편안하게 바라볼 수 있었다.

"그래서 슬프지 않다는 말씀이신 겁니까?"

"……."

이야기의 맥락을 전혀 읽지 못하는 것 같으면서도 정확하게 폐부를 찔러 왔다. 페르탄은 거친 수염을 몇 번 쓸다가 머뭇거리며 입을 열었다.

"내가 끊어 내 놓고 슬퍼하기에는 좀……."

염치가 없지 않겠나. 로젤린의 인상이 험악하게 구겨졌다. 단순히 고민을 하는 표정이라는 사실을 페르탄은 알 수 있었다. 과거 로젤린도 무언가를 곰곰이 생각할 때, 지금의 그녀와 똑같았다.

한참 눈동자를 또르륵 또르륵 굴리던 로젤린이 입을 열었다.

"그래서 슬프지 않다는 말씀이신 거죠. 정확하게?"

"……."

전혀 이해를 못 했군. 페르탄은 얼굴만 제 딸과 같은 이 미지의 생물이 조금…… 부족하다는 사실을 깨달았다. 더 단순하게 말해 줘야 할 것 같았다. 명료하게, 정확한 자신의 감정을.

페르탄이 이를 한번 악문 후에 말했다.

"슬프다는 얘기다."

입 밖으로 꺼내니 더욱 현실감 있게 들리는 말이었다. 슬펐다. 고통이 뼛속 깊이까지 파고들었다. 비록 자신이 로젤린의 손을 놓은 결과라 하더라도, 로젤린이 자신의 손을 놓은 결과라 하더라도. 그의 얼굴에 회한이 담기건 말건, 로젤린은 "아, 역시 그렇습니까?" 같은 말을 하면서 속 시원하다는 표정을 하고 있었다. 남의 속을 후벼 파 놓고는 저렇게 후련해하다니. 기가 찼다.

페르탄은 그녀를 한참 쳐다보다 입을 열었다.

"……몸은 좀 어떠냐."

"아프지 않습니다."

"리카르디스 전하 곁에서는 더욱 다칠 일이 많겠지."

"괜찮습니다."

"네가 무엇인지는 모르겠으나, 너 또한 죽을 것이다."

죽은 딸의 모습을 하고 있는 괴생명체를 보는 것치고는 부드러운 눈빛이었다. 로젤린은 그의 무뚝뚝한 목소리 속에 담긴 염려를 읽었다.

"죽지 않습니다."

눈앞에 있는 사람의 걱정을 덜어 주기 위한 상냥한 말이 아니었다. 표정과 말투에 확신이 가득 차 있었다. 아집과 오기로 똘똘 뭉쳐 있던 과거와는 다른 모습이었다. 과거와는 다르되, 과거와 같은 길을 걷고 있는 그녀를 본 순간 페르탄은 홀린 듯 물었다.

"무엇 때문에 리카르디스 전하를 지키고자 하는 거냐."

페르탄은 생각을 더듬어 머릿속에 그려 내었다. 단발머리의 어렸던 리카르디스부터, 더 과거의 꾀죄죄했던 몰골의 거지 소년까지.

대체 로젤린과 그 모습을 한 무언가는 리카르디스에게서 뭘 보았기에 지키고자 하는 것일까? 단 한 번도 물어본 적은 없었다. 이유는 중요하지 않았기 때문이었다. 그녀의 행동으로 일어날 결과만이 근심이었다. 그래서 하지 말라 했다. 그 길을 걷지 말라, 해서는 안 된다 질책했다.

황실을 위한 희생양, 그리고 그 희생양을 지키다 목숨을 잃은 딸. 그것만 생각하면 내리는 비를 피하지 않고 수백 시간 맞은 듯 손끝이 서늘해졌다. 원망은 갈 곳 없이 떠돌다 결국 자신에게 돌아오게 되었다. 그렇게 온몸이 난도질되고 나서야 궁금해지게 된 것이다.

제 딸은, 로젤린은 대체 무슨 생각을 했을까? 지금에 와서는 아무 의미 없는 질문일지언정.

페르탄은 손등 위로 핏줄이 올라올 정도로 주먹을 세게 쥐고는 그녀를 바라보았다. 로젤린은 팔짱을 끼고 자신의 발치를 응시하며 깊은 고민에 빠져 있는 중이었다. 음, 음…… 흠. 끙…… 강아지가 간식을 보채는 듯 이상한 소리까지 내 가며. 아주 열성적이기 그지없었다.

'로젤린이…….'

로젤린은 입을 벙긋 열었다 다시 다물었다. 그녀는 '로젤린이 부탁했습니다.'라고 말하려 했지만 결국 내뱉지 못했다. 관성적으로 새겨 두었을 뿐, 그것이 정답이 아니게 된 지는 오래되었기 때문이었다. 로젤린은 곰곰이 생각했다.

자신은 아주 오랜 시간을 보내 왔다. 깊은 숲속. 누구에게도 들키지 않게 숨을 죽이고, 때로는 안개 속을 부유하는 듯한 감각에 잠겨 오랜 시간을 보냈다. 그러다 가끔 깨어나 죽은 무언가로부터 마력을 섭취하며 존재해 왔다. 하지만 말 그대로 존재했을 뿐, '그것'은 서서히 죽어 가고 있는 것이나 마찬가지였다. 육체적인 죽음은 닿지 못하는 영역이었기에.

그런 때에 '그것'은 '로젤린'과 만났다. 그리고 로젤린이 되었다.

스치는 바람 하나, 내리쬐는 햇살 한 점에도 로젤린은 전과 다른 감정을 느꼈다. 처음으로 만나는 세계의 모습은 놀랍고, 아름다웠다. 가슴 안쪽에 차곡차곡 쌓아 온 기억들은 갈수록 찬란하게 빛났다. 생생한 감정들에 심장이 박동했다. 로젤린은 비로소 자신이 살아 있다는 사실을 자각했다. 인간들 속에서 지내 온 짧은 시간은 '그것'의 모든 시간의 합을 무색하게 만들었다.

부디 지켜 주세요.

내가 지키겠다.

과거 '로젤린'과의 약속이 '제가 반드시 지켜 드리겠습니다.'라는 자신의 맹세로 변한 지는 오래되었다.

그러나 그게 언제부터, 또 왜 그렇게 변한 것인지에 대해서는 잘 알지 못했다. 그냥 제 마음이 그를 지키고 싶은 것인데, 왜 지키고 싶으냐고 물어보니 당혹스러울 뿐이었다. 로젤린이 고개를 갸웃거리다 페르탄에게 대뜸 물었다.

"그럼 아버지는 왜 붉은수레바퀴의 영지와 일라베니아를 지키려고 하십니까?"

페르탄은 허를 찔린 듯 잠시 수염을 씰룩였다. 남자의 인상이 배는 사나워졌다. 하지만 로젤린은 그가 기분 나쁜 것이 아니라, 단순히 고민하고 있는 중이라는 사실을 눈치챘다. 페르탄은 곰곰이 생각하다가 답했다.

"……나에게 소중한 것이라 그렇다."

"그렇군요."

로젤린은 빙그레 웃었다.

"저에게도 전하가 소중하기 때문에, 지키겠습니다."

입 밖으로 내뱉는 말 하나하나가 확신에 차 있었다. 페르탄은 그녀 안에 단단하게 자리 잡은 힘을 느꼈다. 굳건한 의지와 신념. 가슴 안쪽에서 타오르며 사람을 나아가게 만드는 그 힘. 고작 인간을 흉내 내는 것에 불과한 존재라면 가질 수 없다고 생각했다. 그렇다면 대체 이 존재는 무엇인가?

바닥을 휘감던 바람이 넓게 천장으로 퍼져 울렸다. 로젤린의 머리카락이 휘날렸다. 바람의 결을 그리듯 흔들렸다.

"너는 대체 무엇인가?"

페르탄의 질문에 이리저리 이동하던 로젤린의 시선이 그의 흉갑에서 멈췄다. 로젤린은 은색 갑주에 비치는 자신을 들여다보았다.

[너는 대체! 대체, 누구야!]

문득, 달빛이 내리는 창가에서 칼릭스의 칼날 위로 비춰 보았던 제 모습이 떠올랐다.

[나는 그림자.]

햇살을 받는 여자의 생명력이 약동했다.

[로젤린의 그림자다.]

"로젤린입니다."

환하게 웃는 모습이 사랑스러웠다.

* * *

[조만간…… 식사나 한번 같이하자.]

페르탄이 헤어지며 했던 말은 낯설지 않았다. 황성에 들어온 이후 로젤린이 많은 사람들로부터 들어 온 인사말이었다. 헤어질 때마다 뭘 그렇게 식사를 하자고 하는지. 로젤린은 신나서 "예!" 하고 힘차게 대답을 했더랬다.

그러나 '조만간 식사…….'로 시작하는 상투적인 문구가 '오늘 만나서 반가웠고, 저는 이만 가 보겠습니다.'쯤으로 해석된다는 사실을 알지 못했던 로젤린은, 그 말을 꺼낸 사람을 일일이 찾아가 언제 식사를 할 거냐며 닦달을 해 댔다. 먹을 것에 대한 그녀의 집념을 알지 못했던 사람들의 크나큰 실수였다. 결국 그들은 의례적인 인사말 한번 잘못했다가 불편한 인물과 불편한 식사를 하는 불편한 상황을 맞이해야 했다.

이후 모든 일을 알게 된 레이몬드가 로젤린에게 그런 인사는 그냥 하는 말이라 가르쳤고, 로젤린은 왜 사람들은 지키지도 않을 약속을 그냥 하냐며 씩씩 성을 냈다. 어쨌거나 로젤린도 '조만간 밥…….' 운운은 인사나 다름없다고 인식하게 되었는데…….

[붉은수레바퀴라는 이름의 꽃이 있다면 꽃말은 '쇠고집', '융통성이라고는 눈을 씻고 찾아봐도 없는'일 것이다.]

라는 말이 많은 사람들의 입을 오르고 내리는 가문답게, 페르탄은 그 말이 진심인 모양이었다. 약속이 이뤄진 것은 바로 3일 뒤였다.

고급스러운 식당은 유명세를 자랑이라도 하듯 사람들로 꽉 채워져 있었다. 그러나 내부에서는 음식점이라면 응당 들려야 할 사람들의 담소 소리와 식기가 부딪치는 소리, 바쁜 웨이터의 발걸음 소리, 그 어떤 것도 들려오지 않았다.

대신전의 기도 시간이 이 정도로 고요할까. 자리에 앉은 사람들은 석상처럼 굳어 꿈쩍도 하지 않고 눈만 분주히 움직였다. 식당 안의 모든 시선이 방금 입구를 통과한 세 사람에게 모였다.

검은 머리, 녹색 눈. 거구에 흉흉한 인상! 누군지 모를 수 없었다. 황실의 충실한 번견, 붉은수레바퀴 백작가의 인물들이었다. 붉은수레바퀴의 페르탄. 붉은수레바퀴의 칼릭스. 붉은수레바퀴의, 그 로젤린까지!

그리고 왜인지는 모르겠지만 일라베니아에서 보기 힘든 품종의 고양이가 그들을 뒤따라 총총총 들어왔다. 말할 것도 없이 음식점은 동물 출입 금지였으나, 종업원은 미처 만류의 말을 꺼내지 못했다. 모두들 그러고 있듯이.

보통 권세가 대단한 귀족이라면 식사를 조용히 즐기고 싶다거나, 재력을 과시하기 위해서라도 한 층을 통째로 예약할 테지만, 붉은수레바퀴 백작은 그런 섬세함 따위는 없는 남자였다. 밥은 먹는 것. 식당은 밥을 먹는 장소. 그러니 식당에서 밥만 먹으면 되었지 뭐가 달리 필요하겠느냐는 식이었다.

하지만 그런 사정을 자세히 알 리 없는 사람들은 여전히 혼란스러워했다. 아니, 왜 다른 층으로 안 가는 거지? 구석진 곳은 돈도 없고 예법도 잘 모르는 사람들이나 앉는 자리인데, 왜 저들이 저기에 있지? 혹시 경고인가? 우리가 지금부터 여기서 밥 먹을 거니까 다 꺼지라는 얘기인가? 그런데 식당은 동물 출입 금지 아니야?

사람들의 시선에서 의문을 읽어 낸 칼릭스만 괴로워했다. 그냥…… 보이는 남은 자리가 여기라 앉은 겁니다…… 고양이는…… 미안합니다…… 제 말을 듣는 분이 아니셔서…….

칼릭스는 앞에 펼쳐진 광경을 천천히 훑었다. 앞에는 페르탄, 오른쪽에는 로젤린이, 길쭉한 테이블 위에는 고양이 미미가.

'이델라브힘이시여……'

칼릭스에게만 가혹한 상황이 벌어지게 된 배경은 이 시간으로부터 이틀 전. 로젤린이 아버지와 맛있는 음식을 먹으러 갈 거라며 칼릭스에게 자랑한 일로부터 시작됐다.

함께 식사? 그럴 만한 사이도 아니고, 그럴 이유도 없었다. 그 약속 뒤에 모종의 음모 따위가 도사리겠거니 생각해, 칼릭스는 따라 나올 수밖에 없었다. 아버지가 음모나 비열함 같은 단어와 거리가 한없이 멀다는 것쯤은 자식으로서 잘 알고 있는 바였다.

하지만 예상외의 인물 '로젤린'이 있으며, '죽은 딸의 모습을 한 존재와 식사를 나누는 그 딸의 아버지'라는 예상 밖의 상황으로부터는 어떤 일이 일어난다 해도 놀랍지 않을 것이다. 그래서 도무지 떨어지지 않는 발걸음을 질질 끌고 여기까지 왔는데…….

그 외의 문제가 또 있었을 줄이야. 아버지의 행동이 누이에게 미칠 여파를 생각한 건 좋았으나, 두 사람이 외부로 끼칠 영향까지는 미처 생각하지 못했던 것이다.

칼릭스는 자리로 이동하던 중, 어떤 남자와 눈이 마주쳤다. 남자가 흠칫 놀라며 나이프를 떨어트렸다.

"……."

아버지와 누이만 문제라고 생각했지, 설마 자신의 존재까지 더해져 위압감을 배가시킬 줄은 더더욱 생각하지 못했다.

식당에 발을 들이는 순간부터 내부의 공기가 훅 바뀌었다. 악단이 연주를 멈추고, 음식을 먹던 입이 멈추고, 하다못해 공기도 멈춘 것 같았다. 앞에 둔 음식이 차게 식어 가도 칼질 한번 하지 못하고 숨을 죽이고 있는 사람들을 신경 쓰는 것은 오직 칼릭스뿐이었다.

페르탄은 로젤린이 메뉴를 열심히 고민하는 10분가량 가만히 지켜보고만 있었다. 로젤린이 비장한 표정으로 메뉴판을 보다가 고개를 끄덕이자, 페르탄이 그제야 첫마디를 꺼냈다.

"결정했느냐."

"네."

"결정했느냐, 칼릭스."

"……네."

칼릭스는 지금의 상황에서 뭘 먹든 똑같을 것이라 생각했다. 무조건 체할 거라고. 저번에 아버지와 크게 다투고 비스타로 내려간 일은 차치하고, 그저 이 상황 자체가 너무 거북했다. 아버지와 누님의 조합? 거기에 더해 마카롱 님까지? 칼릭스는 눈을 질끈 감았다. 환장할 것 같았다.

페르탄이 손을 들자 종업원이 바닥에 구를 듯 다급하게 다가왔다. 나이와 복식을 보건대 평범한 종업원은 아니었다. 이 식당의 주인이거나 총지배인이지 않을까. 이마에 식은땀이 배어 있는 모습이 애잔했다.

로젤린이 메뉴판을 펼치고 가장 상단의 메뉴를 가리켰다.

"양 갈비 스테이크와 단호박 수프 세트를 하시겠습니까?"

"여기부터."

첫마디가 심상치 않았다. 나이 든 남자가 눈을 크게 떴다. 여, 여기부터?

로젤린이 가장 하단의 메뉴를 손으로 짚었다.

"여기까지 전부."

종업원이 딸꾹질을 했다. 로젤린은 만족한 듯 눈을 깜빡이며 씩 웃었다.

로젤린이 메뉴판을 덮으려 하자 마카롱이 솜방망이 같은 앞발로 그녀의 손등을 꾹 눌렀다. 그러고는 양 갈비 스테이크를 툭툭 가리켰다.

"아, 양 갈비 스테이크 하나 더."

주문을 받는 남자의 표정이 해괴해졌다. 칼릭스가 급하게 마카롱의 머리를 쓰다듬으며 어색하게 웃었다. 최대한 무해해 보이게.

"우리 미미가…… 굉장히…… 똑똑해서….'

굉장히 똑똑한 미미가 칼릭스의 손을 할퀴었다. 상처가 쓰라렸다. 누구는 하고 싶어서 한 말인 줄 아나…….

곧 음식이 나왔다. 로젤린의 '여기서부터 여기까지' 주문 덕분에 테이블 두 개를 붙여야 했는데, 놀랍게도 그 두 개의 테이블은 빈틈없이 접시로 가득 채워졌다. 다른 사람들의 음식은 다 식어 먹음직한 빛을 다 잃어버린 반면, 두 개의 테이블 위를 채운 음식들은 김이 모락모락 나고, 윤기가 자르르 흘렀다. 입맛이 없는 칼릭스마저도 군침이 돌 정도였다.

페르탄이 먼저 스푼을 들었다.

"들자."

"네! 잘 먹겠습니다."

"잘…… 먹겠습니다…….'

칼릭스가 마른세수를 했다. 숨 막혀 뛰쳐나가고 싶었다. 세 사람은 어떤 대화도 없이 음식에만 집중했다. 조용하던 음식점에 이따금 달그락거리는 식기 소리만 울렸다.

칼릭스가 음식을 깨작이자 로젤린이 스테이크를 주사위 모양으로 잘라 칼릭스의 입에 들이밀었다.

"왜 안 먹어. 아− 해."

"……누님, 그러니까 저는…….'

"아."

칼릭스가 무기력하게 아− 하고 입을 벌리자, 로젤린이 그의 입에 큰 스테이크 조각을 집어넣었다.

"이거도!"

그러고는 구운 아스파라거스도 칼릭스의 입에 잽싸게 넣었다. 그는 입을 우물거리며 그녀를 흘겨보았다. 로젤린이 슬그머니 고개를 돌려 동생의 시선을 피했다.

'역시나 채소 먹기 싫어서 고기랑 같이 넣어 준 거로군……'

갈수록 똑똑해진다고 해야 할지, 영악해진다고 해야 할지.

사람들은 로젤린이 움직일 때마다 조용히 술렁였다. 로젤린 경이…… 음식을 많이 시켰어! 로젤린 경이…… 스테이크를 동생한테 먹였어! 로젤린의 행동 하나하나에 크게 반응을 하는데, 조만간 그녀가 숨을 쉬는 것도 신기해할 듯했다. 하지만 칼릭스는 그것보다는 스테이크를 소스에 찍어 먹는 고양이가 더 신기하지 않나 싶었다.

"사이가 좋아 보이는구나."

페르탄이 불쑥 말을 꺼내 왔다. 칼릭스는 고기 조각을 미처 다 씹지 못한 채 삼켰다. 내 딸도 아닌 무언가와 너는 사이가 퍽 좋아 보이는구나, 하는 왠지 모를 질책처럼 느껴졌으나, 로젤린은 다르게 받아들인 듯했다.

"네. 사이가 아주 좋습니다."

당당한 그녀의 대답에 페르탄은 고개를 끄덕였다. 그러고는 다시 식사에 집중했다. 로젤린과 마카롱, 페르탄은 대식가답게 모든 음식을 해치웠다. 칼릭스도 꾸역꾸역 한 접시는 비웠다. 로젤린이 후식으로 나온 푸딩을 먹으며 살살 녹아 가고 있을 때, 페르탄이 다시 말을 꺼냈다.

"잘 먹었느냐."

"네. 맛있었습니다."

"그러면 됐다."

뭐가 됐는데요! 칼릭스는 미처 묻지 못했다. 칼릭스는 아버지가 어떤 목적 때문에 그녀를 부른 것이라 생각했다. 무엇을 묻거나, 그녀에게 원하는 것이 있거나, 앞으로 어떻게 하라는 둥의 훈계라든가. 혹은 그녀를 제거하려 하든가.

그런데 어떤 것도 하지 않은 채, '결정했느냐.'라든지 '들자.', '사이가 좋아 보이는구나.', '잘 먹었으면 됐다.'와 같은 말만 하고는 주섬주섬 짐을 챙기고 있지 않은가. 마치 이게 목적이었다는 듯.

"나는 내일부로 다시 변경에 내려간다."

"건국제가 곧 다가오는데, 지나고 가지 않으십니까?"

"느낌이 좋지 않다."

발타가 한창 공작 중이니, 요즘의 국경은 지난 수년간보다 훨씬 날이 서 있는 상태였다. 제 아버지가 남들보다 감이 뛰어나지 않더라도 충분히 불안감을 느낄 수 있는 상황이었다. 그렇다 하더라도 황제가 건국제까지만이라도 황성에 남아 있으라 분명 얘기했을 텐데, 행동에 아주 거침이 없었다.

누가 붉은수레바퀴 아니랄까 봐.

"……몸조심하세요."

칼릭스는 입술을 긁적이며 다른 곳에 시선을 둔 채 말했다. 로젤린도 칼릭스를 따라 "몸조심하세요." 하고 얘기했다. 페르탄은 제 아들과 로젤린을 한 번씩 눈에 담고 자리에서 일어났다.

"칼릭스."

"예."

"네 어머니에게는 내가 말해 두었다."

"……네."

로젤린의 일을 말했다는 얘기이리라. 대륙 전역에 제 딸이 마인이라는 얘기가 퍼졌는데 에델바이스가 모를 리 없었다. 로젤린이 죽었고 딸의 탈을 쓴 무언가가 제 딸인 양 활동하고 있다는 상세한 얘기를 과연 그녀가 받아들일 수 있을까? 칼릭스는 어머니가 혼절하거나 기절한 것은 아닐까 하고 걱정이 몰려왔다.

"갈라·제르타예의 후예다. 네 어머니는 네가 생각하는 것보다 강한 사람이니, 쓸데없는 고민 하지 말고 안부 편지나 보내거라."

"……아버지도 어머니 얼굴이나 보고 내려가시죠. 얼굴은 안 까먹으셨습니까?"

칼릭스가 울컥해서 반격했음에도 페르탄은 전혀 타격받지 않은 듯했다. 코웃음을 치기까지 했다. 그는 겉옷을 걸치고는 마지막으로 로젤린을 바라보았다. 로젤린과 페르탄은 서로의 눈동자를 오랫동안 바라보았다.

"로젤린 에스터."

"네."

그는 로젤린에게 성큼 다가가 그녀의 목걸이를 풀었다. 목걸이 줄에 걸려 있던 붉은수레바퀴 가문의 반지가 페르탄의 손으로 굴러 들어갔다. 칼릭스가 벌떡 일어섰다. 가문에서 아주 연을 끊겠다는 것인가 싶어 자신도 모르게 행동한 것이었으나, 페르탄은 그의 예상과는 달리 그녀의 반지를 주머니에 넣거나 어디에 버리지 않았다.

로젤린이 어리둥절한 표정으로 그를 올려다보았다.

"붉은수레바퀴는······."

"네."

"일라베니아를 지킨다."

"네."

"나는 나의 일라베니아를 지킬 테니."

페르탄이 그녀의 손을 잡고는 중지에 반지를 끼워 주었다.

칼릭스는 제 아버지가 무슨 말을 할지 알 것 같았다. 어두운 밤의 고요가 깨질 때였다. 로젤린이 하얀밤 기사단에 무단으로 입단 신청을 하면서부터 붉은수레바퀴 성에는 바람 잘 날이 없었다. 로젤린과 페르탄은 며칠, 몇 주, 몇 달을 다퉜다.

제 아버지는 담담하다. 제 누이는 온화하고 부드럽다. 그러나 두 사람의 의견 차이가 만들어 내는 다툼은 결코 담담하지도, 온화하지도, 부드럽지도 않았다. 그래서 어렸던 칼릭스는 어두운 밤을 소란하게 만드는 그들의 싸움을 두려워했다.

그때에 로젤린이 했던 말이었다.

[아버지는 아버지의 일라베니아를 지키세요!]

페르탄은 언제나 가르쳤다. 붉은수레바퀴는 일라베니아를 지킨다. 어렸던 칼릭스는 일라베니아를 지킨다는 말을 단어 그대로 해석했다. 그러니까 '일라베니아 제국, 자신이 속한 나라를 지킨다.'라고 생각했다. 그러나 제 아버지와 로젤린의 입에서 나오는 '일라베니아'라는 단어는 항상 다양하게 변화했다. 마치 살아서 움직이는 생물처럼. 그 단어가 가진 단순한 뜻을 넘어서 더욱 거대해졌다.

[저는 저의 일라베니아를 지키겠습니다.]

그때의 제 누이에게 묻지 못해, 지금은 모른다. 그녀의 일라베니아는 단순히 리카르디스를 뜻하는 것이었을까. 어슴푸레하게 띤 형상만을 더듬을 수 있을 뿐이었다. 대단한 것, 위대한 것, 가장 소중한 것.

"너는 너의 일라베니아를 지켜라."

칼릭스는 어쩐지 제 가슴 한구석이 시큰거리는 것 같다 생각했다. 과거 로젤린이 관계를 끊어 내기 위해 입 밖으로 내뱉은 말이, 지금은 결코 이어질 수 없는 관계의 두 사람을 연결해 주는 것 같았다.

"네."

로젤린이 그의 눈을 똑바로 바라보며 대답했다. 페르탄은 잡고 있던 그녀의 손을 다시 한번 꽉 쥐었다. 그러고는 로젤린의 어깨를 툭툭 도닥이고 나서 곧바로 손을 들어 올리더니 푸딩을 주문했다. 칼릭스는 눈, 코, 입을 제각기 구겨서 제 어처구니없는 기분을 표현했다. 방금까지만 해도 진지한 얘기를 하고 있었던 것 같은데…… 하여간 분위기 못 맞추는 건 제국 제일이었다.

페르탄은 곧 예쁜 박스에 포장되어 나온 푸딩을 들고 밖으로 나섰다. 로젤린에게도 한 박스 선물한 후였다.

로젤린은 그가 밖에 나설 때까지도 손에 끼워진 반지를 오랫동안 바라보고 있었다. 투박하고, 예쁘지도 않은 그 반지를 보물이라도 되는 것처

럼. 한참을. 한 손에는 푸딩 박스를 꼭 껴안은 채였다. 칼릭스는 먼 산을
바라보았다.

참 잘 어울리는 부녀지간이었다.

<다음 권에 계속>